허클베리 핀의 모험

Adventures of Huckleberry Finn

세계문학전집 6

허클베리 핀의 모험

Adventures of Huckleberry Finn

마크 트웨인

김욱동 옮김

민음사

일러두기

1. 이 책은 『Adventures of Huckleberry Finn(The Only Comprehensive Edition)』
(Random House, 1966)을 저본으로 번역했다.
2. 본문의 모든 각주는 역주다.

차례

일러두기

이 책에서 나는 여러 가지 사투리를 사용하고 있다. 즉 미주리주(州) 흑인 사투리, 극단적 형태의 남서부 오지(奧地) 사투리, '파이크 지역'의 일상 사투리, 그리고 이 마지막 사투리의 네 가지 변종이 바로 그것이다. 이러한 사투리 사이의 미묘한 차이는 아무렇게나 또는 어림짐작으로 만들어 낸 것이 아니다. 이러한 몇몇 형태의 사투리를 개인적으로 잘 알고 있기 때문에 그 믿을 만한 안내와 뒷받침을 받아서 고심하여 그렇게 한 것이다. 내가 굳이 이것을 밝히는 까닭은, 만약 이러한 설명이 없다면 모든 등장인물이 서로 비슷하게 말하려고 하다가 그만 실패했다고 생각하는 독자들이 많을 것이기 때문이다.

— 지은이

경고문

이 이야기에서 어떤 동기를 찾으려고 하는 자(者)는 기소할 것이다.
이 이야기에서 어떤 교훈을 찾으려고 하는 자(者)는 추방할 것이다.
이 이야기에서 어떤 플롯을 찾으려고 하는 자(者)는 총살할 것이다.
— 지은이의 명령에 따라, 군사령관 G. G.

1장

『톰 소여의 모험』이라는 책을 읽어 보지 않은 사람이라면 아마 나에 대해 잘 모를 겁니다. 하지만 그것은 그리 대수로운 일이 아닙니다. 그 책을 쓴 사람은 마크 트웨인이라는 사람인데 대체로 진실을 말하고 있습니다. 이야기를 좀 뻥튀기해 말한 대목이 없지 않지만 대체로 진실을 적고 있는 셈이지요. 그건 아무래도 좋습니다. 나는 여태껏 한두 번 거짓말을 안 해본 사람을 본 일이 없답니다. 모르긴 해도 거짓말을 한 번도 안해 본 사람이라면 폴리 아줌마나 과부댁 또는 아마 메리 정도일 거라고요. 폴리 아줌마랑(톰의 아줌마 폴리 말이지요.) 메리랑 더글러스 과부댁 이야기는 그 책[1]에 다 적혀 있습니다. 방금 앞에서 말한 것처럼 얼마간 뻥튀기하기는 했지만 그런대로 진실을 적어 놓은 책이지요.

그 책은 대충 이렇게 끝이 납니다. 톰과 나는 강도들이 동굴 안에 숨겨 두었던 돈을 찾아내었고, 그 바람에 우리들은 왕부자가 되었지요. 한 사람 몫으로 거금 6000달러씩 나눠 갖게 되었는데 고스란히 금화였답니다. 차곡차곡 쌓아 놓고 보니 엄청난 돈이더라고요. 그런데 새처 판사 나리가 그 돈을 대신 맡아 가지고 이자를 받고 다른 사람에게 빌려주었습니다. 이자만도 일 년 내내 날마다 1달러씩 굴러들어와 그 돈을 어떻게 써야 될지 모를 정도였지요. 더글러스 과부댁은 나를 양자로 삼고 '교양 있는' 사람으로 만들 거라고 했습니다. 하지만 이 아줌마가 어찌나 매사에 엄격하고 격식을 따지는지 밤낮 그 집안에서 지내는 일이 갑갑해서 죽을 맛이었습니다. 더 이상 참을 수 없게 되자 나는 그만 그 집에서 토껴 버렸지요. 옛날에 입던 헌 누더기 옷과 설탕을 담던 큰 나무통으로 되돌아와 다시 한번 자유를 누리는 몸이 되었지요. 그러나 톰 소여가 끝내 나를 찾아내고 말았습니다. 갱단을 조직하는 중인데 만일 내가 과부댁 집에 다시 돌아가 얌전히 굴면 이 갱단에 끼워 주겠다는 겁니다. 그래서 하는 수 없이 나는 다시 그 집으로 돌아왔지요.

---

1) 이 소설의 전편이라고 할 『톰 소여의 모험』(1876)을 말한다.

과부댁은 나를 보자 엉엉 울어 대면서 불쌍한 길 잃은 어린 양이니 하며 그 밖에 다른 여러 이름으로 불러 댔습니다. 하지만 무슨 악의가 있어 그렇게 부른 것은 아니고요. 과부댁은 또다시 나에게 새옷을 입혔고, 나는 땀을 뻘뻘 흘리고, 온몸이 꽉 조여드는 기분을 느꼈습니다. 그리고 전에 하던 일이 다시 시작되었지요. 저녁 식사 때 과부댁이 종을 울리면 식탁으로 달려가야 했습니다. 식탁에 가서도 곧장 밥을 먹는 것이 아니고, 과부댁이 음식 앞에 머리를 숙이고는 뭐라고 중얼중얼거리고 있는 동안 가만히 기다리고 있지 않으면 안 되었습니다. 뭐 그렇다고 음식에 무슨 문제가 있다는 것은 아니지요. 음식은 한 가지씩 따로따로 요리되어 있었을 뿐 그 밖에 별다른 이상이라고는 아무것도 없었습니다. 먹다 남은 찌꺼기를 모아 두는 통이라면 얘기가 다르지요. 여러 음식들이 한데 짬뽕되어 있어, 말하자면 국물이 꿀꿀이죽처럼 뒤범벅되어 음식 맛이 한결 끝내줍니다.

저녁 식사가 끝나면 과부댁은 으레 성경 책을 꺼내 들고는 나에게 모세와 갈대 바구니에 관한 이야기를 가르쳐 주었고, 나는 땀을 뻘뻘 흘려 가며 그 사람에 관해 하나도 빼놓지 않고 배워야만 했습니다. 그러다가 이 마나님이 그만 모세가 아주 오래전에 이 세상을 떠난 사람이라는 사실을 말하고 말았습니다. 나는 죽은 사람에게는 눈곱만큼도 관심이 없었고, 그 다음부터는 그 사람에 대해서는 신경을 모두 꺼 버리기로 했지요.

곧 나는 담배가 피우고 싶어졌고, 과부댁한테 담배 한 대

만 피우게 해 달라고 졸라 보았지만 과부댁은 막무가내였습
니다. 담배 피우는 것은 나쁜 버릇이며 깨끗하지 못하니까 이
제부터는 아예 담배를 피워서는 안 된다는 거지 뭡니까. 정말
이 세상에는 이런 사람들이 흔히 있는 법이지요. 아무것도 모
르는 주제에 남에게만 심하게 구는 사람 말입니다. 이 과부댁
은 자기 친척도 아닌 데다가 이미 죽어서 아무 짝에도 쓸모없
는 모세에 관한 일을 가지고 골통을 썩힙니다. 그러면서도 내
가 쓸모 있는 어떤 일을 하려고 들면 서슬이 퍼렇게 되어 가지
고 펄쩍 뛰는 겁니다. 자기도 연방 코담배를 피워 대면서 말입
니다. 자기가 하는 일이니까 괜찮다는 식이지요.

　이 과부댁의 동생이 되는 사람으로, 안경을 끼고 몸집이
꽤 호리호리한 노처녀 왓츤 아줌마가 이 무렵 자기 언니와 함

Miss Watson

께 살러 왔습니다. 그런데 이번에는 이 여자가 철자책을 가지고 나에게 달려드는 것이 아니겠습니까. 이 아줌마가 한 시간쯤 나에게 공부를 시킨다고 혼쭐을 낸 다음에야 과부댁이 아줌마에게 고삐를 풀어 주도록 했습니다. 나는 이제는 더 이상 참을 수가 없었지요. 그 후 한 시간쯤은 골로 가는 게 아닌가 싶을 만큼 심심해서 견딜 수가 없었습니다. 왓츤 아줌마는 밤낮으로 나를 보기만 하면 하는 소리가 "허클베리, 발을 그런데다 얹는 게 아니야."라든지, "허클베리, 그렇게 덜거럭거리지 말고 똑바로 앉아라." 하는 거였습니다. 그러고는 금방 "허클베리, 그렇게 하품을 하거나 기지개를 켜는 게 아니야. 왜 얌전하게 굴지 않는 거지?" 하고 잔소리를 해 대는 겁니다. 그러고는 버릇없이 굴면 가게 된다는 그놈의 지옥 이야기를 하나도 빼놓지 않고 해 주는 바람에 나는 정말로 그곳에 가 봤으면 좋겠다고 했습니다. 그랬더니 이 말을 듣고 왓츤 아줌마는 그만 무척이나 화를 내는 거였습니다. 나로서는 뭐 무슨 악의가 있어서 그렇게 말한 것이 아니었지요. 그저 아무 데라도 좋으니 무작정 가 보고 싶었던 겁니다. 무언가 형편이 달라지는 것이 부러웠을 뿐 이렇다 하게 어디를 꼭 가겠다는 것은 아니었지요. 나처럼 말하는 것은 나쁜 일이며, 자기 같으면 온 세상을 다 준다고 해도 그런 말을 절대로 하지 않을 거라고 했습니다. 그러면서 자기는 좋은 나라에 가서 살 거라고 했지요. 하지만 나로서는 왓츤 아줌마가 가는 곳이라면 가 봐야 별로 신통한 일이 있을 것 같지 않았습니다. 그래서 그곳에는 가지 않기로 작정했지요. 하지만 그 말을 내놓고 말하지는 않았습니다. 그래 봤자 성가신 일이 일어날 것이 불을 보듯 뻔할뿐더러 아무 쓸데없는 일일 테니까요.

그런데 일단 입을 연 왓츤 아줌마는 계속하여 천당 이야기를 자질구레하게 늘어놓았습니다. 거기에 간 사람들은 하루 종일 하프를 타고 노래 부르며 빈둥거린다는 겁니다. 언제까지나 영원토록 말이지요. 그러나 나는 그곳을 별로 대수롭게 여기지 않았습니다. 그래도 내놓고 그렇다고 말하지는 않았지요. 톰 소여 같으면 그곳에 갈 것 같으냐고 물었더니, 천만에 말씀, 당치 않은 소리라고 펄쩍 뛰는 겁니다. 어쨌든 잘된 일이었습니다. 나는 늘 톰과 함께 같이 있고 싶으니까요.

왓츤 아줌마는 계속 나를 못살게 굴었으며, 그 바람에 나는 갑갑증이 나고 심심해서 죽을 맛이었습니다. 얼마 후 검둥이들을 불러 모아 놓고 기도를 올린 다음 모두들 잠자리로 들어갔습니다. 나는 양초 토막 하나를 집어 들고 2층 방으로 올라가 그것을 책상 위에 놓았습니다. 창문 옆 의자에 걸터앉아 신바람 나는 생각을 해 보려고 했지만 아무 소용이 없었지요. 차라리 죽어 버리는 편이 더 나을 만큼 심심해서 도저히 견딜 수가 없었습니다. 별은 반짝거렸고, 숲속의 나뭇잎들은 처량하게 살랑거렸고, 멀리서는 부엉이가 죽은 사람을 부르는 듯 부엉부엉 소리를 내며 울고 있었습니다. 죽어 가는 그 누구를 위해서인 듯 소쩍새는 울고 있었고, 개는 컹컹 짖어 대고 있었으며, 바람은 나에게 하소연이라도 하듯 속삭이고 있었지만 그 말이 무엇을 뜻하는지 도저히 알아낼 재간이 없었지요. 나는 온몸이 오싹 떨렸습니다. 그때 먼 숲에서 무슨 소리가 들려왔습니다. 마음속에 있는 무슨 사연을 털어놓고 싶지만 누구에게도 그 말을 알아듣게 말할 수 없는 유령이 무덤 속에서 조용히 쉬고 있을 수 없어, 밤마다 슬퍼하며 그처럼 내지 않고는 도저히 배기지 못하는 그런 종류의 소리였습니다. 너무 기가 죽고 무서워서 정말 누가 나와 함께 같이 있어 주었으면 했지요. 조금 있으려니까 거미 한 마리가 내 어깨로 살살 기어 올라오기에 그놈을 손톱으로 탁 튀겼더니 그만 촛불에 떨어져 눈 깜짝할 사이에 지글지글 타 버리고 말았습니다. 누가 굳이 말해 주지 않더라도 이것은 그야말로 불길한 전조로서 좋지 않은 일이 곧 닥쳐오리라는 것을 알 수 있었습니다. 무서워 어찌나 벌벌 떨었던지 하마터면 입고 있던 옷이 다 벗겨져 버릴 뻔했지요. 자리에서 일어나 걸으면서 세 번 방향을 바꾸어

그때마다 가슴에 십자를 긋고는 마녀를 쫓아내려고 머리카락 몇 개를 실로 잡아매었습니다. 그래도 안심이 안 되었습니다. 길에서 주운 말 편자를 문 위에 못으로 박아 놓지 않고 잃어버릴 때 바로 이 짓을 하는 겁니다. 거미를 죽이고 악운을 쫓는 데도 이 짓이 무슨 소용에 닿는다는 말은 아직 누구한테도 들어본 적이 없습니다만.

　나는 사시나무처럼 부들부들 떨면서 다시 한번 의자에 걸터앉아 담배 한 대 피워 보려고 곰방대를 꺼냈습니다. 집 안이 온통 쥐 죽은 듯이 고요해서 과부댁에게도 들킬 염려가 없었지요. 그런데 시간이 꽤 지난 다음 마을 저 멀리서 땡땡땡하고 시계가 12시를 알리는 소리가 들려왔습니다. 세상이 아까보다 훨씬 더 조용해졌지요. 곧 이어 창 아래 나무 사이 어둠 속에서 작은 나뭇가지 하나가 뚝 부러지는 소리가 들렸습니다. 그리고 무엇인가가 흔들흔들 움직이고 있었습니다. 나는 가만히 앉아 귀를 기울였지요. 그러자 바로 아래에서 "야옹, 야옹!" 하고 고양이 우는 소리가 희미하게 들려오는 겁니다. '옳지, 됐다!' 하고 나는 되도록 낮은 목소리로 "야옹! 야옹!" 하며 대답하고는, 불을 끄고 창을 빠져나가 헛간 지붕으로 기어 내려왔습니다. 그런 다음 땅 위로 미끄러져 내려와 나무 사이로 기어 들어가니, 아니나 다를까 톰 소여가 거기서 나를 기다리고 있는 겁니다.

2장

　우리는 나무 사이 오솔길을 따라 과부댁의 뜰 끝까지 나뭇
가지에 머리를 긁히지 않도록 몸을 구부린 채 발끝으로 살금
살금 걸어갔습니다. 부엌 옆을 지날 때 나무 뿌리에 발이 걸
려 넘어지는 바람에 나는 그만 소리를 지르고 말았습니다. 우
리들은 몸을 웅크리고는 가만히 숨을 죽이고 있었지요. 짐이
라는, 몸집이 큰 왓츤 아줌마네 검둥이 노예가 부엌 문가에
앉아 있는 모습이 뒤쪽에서 새어 나오는 불빛 때문에 꽤 똑똑
히 보였습니다. 짐은 일어서서 잠시 목을 길게 뽑고는 귀를 기

울이는 겁니다. 그러고는 이렇게 말했습니다.

"거 누구여?"

좀 더 귀를 기울인 다음 그는 발끝으로 살금살금 걸어 내려오더니 바로 우리 두 사람 사이에 섰습니다. 손을 뻗으면 거의 닿을 만한 곳에 말입니다. 몇 분이 지나도록 어느 누구도 소리를 내지 않은 채 세 사람이 가까이 꼼짝 않고 서 있었지요. 발목에 가려운 데가 생겼지만 감히 긁을 수도 없었습니다. 다음엔 귀가 가려워지더니 이번에는 두 어깨 사이 등이 가려워지는 겁니다. 긁지 못하면 금방 죽을 것만 같았지요. 그 후에도 나는 몇 번이고 그런 경험을 했습니다. 지체 높은 분과 함께 있게 된다든지, 장례식에 참석한다든지, 졸리지도 않은데 잠을 자려고 한다든지, 그러니까 몸을 긁어서는 안 될 장소에 있기만 하면 이건 어찌된 영문인지 어김없이 온몸이 천 군데 만 군데 가려워지는 겁니다. 얼마 안 되어 짐이 이렇게 말했습니다.

"어이, 누구냐께? 어디 있는 거여? 분명히 무슨 소리가 나기는 났는디 말이여. 옳지, 어떻게 할긴지 알겠는디. 이렇게 하면 되겠제. 내 여기 주저앉아서 다시 한번 그 소릴 들을 때꺼정 귀를 기울이고 있을 거구면."

이러면서 짐은 나와 톰 사이 땅바닥에 덥석 주저앉는 겁니다. 등을 나무에다 기대고 두 다리를 죽 뻗는 바람에 하마터면 다리 하나가 내 한쪽 다리에 닿을 뻔했습니다. 이번에는 코가 가렵기 시작했지요. 너무 가려워 그만 눈물이 날 지경이었습니다. 그렇다고 차마 긁을 수도 없는 노릇이었지요. 이번에는 뱃속이 가려워졌습니다. 다음에는 궁둥이가 가려워지는

겁니다. 도저히 가만히 앉아 있을 수가 없었습니다. 이렇게 비참한 상황은 불과 6, 7분 동안 계속되었지만 나에게는 그보다도 훨씬 더 길게 느껴졌지요. 이제는 가려운 곳이 열한 군데나되었습니다. 이제는 더 이상 1분도 참을 수가 없다는 생각이 들었지만 이를 악물고는 참아 보리라 마음먹었지요. 바로 그때짐이 숨을 크게 몰아쉬더니 곧 코를 골기 시작하는 겁니다. 그러자 가려운 데가 씻은 듯이 말끔히 사라지고 말았습니다.

톰이 (입을 움직여 조그마한 소리로) 나에게 신호를 보냈고,우리는 네 발로 엉금엉금 기어 그 장소를 벗어났습니다. 3미터쯤 갔을 때 톰이 내 귀에다 입을 갖다 대고 말하기를 재미삼아 짐을 나무에다 묶어 놓자는 겁니다. 나는 그건 안 된다고 했지요. 짐이 눈을 뜨고 소란을 피울지도 모르고, 그렇게 되면 내가 집 안에 없는 것이 들통나게 될는지도 모른다고 말입니다. 그러자 톰은 양초가 부족하니까 부엌에 몰래 들어가 몇 개만 더 가지고 오자고 했습니다. 나는 톰이 그런 짓을 하지 말아 주었으면 싶었습니다. 짐이 눈을 뜨고 부엌으로 들어오면 어떻게 하느냐고 했지만 톰이 기어이 한 번 해 보고 싶다고 우겨 대는 바람에 우리는 부엌으로 들어가 양초 세 개를 찾아냈습니다. 톰은 양초값이라고 하면서 5센트짜리 은화 한 닢을 식탁 위에다 놓았습니다. 그다음 우리들은 밖으로 나왔지요. 나는 빨리 도망치고 싶어 안달했지만 톰은 짐이 있는 데까지 네 발로 엉금엉금 기어가서 무슨 장난을 해 주지 않으면 직성이 풀리지 않는다고 막무가내였습니다. 나는 기다리고 있었지만 사방이 쥐 죽은 듯 고요하고 쓸쓸하여 꽤나 오랜 시간이 흘러간 것 같았습니다.

톰이 돌아오자마자 우리는 재빨리 오솔길을 따라 마당 울타리를 돌아 마침내 집 건너편 가파른 언덕 꼭대기에 이르렀습니다. 톰은 짐의 머리에서 모자를 살짝 벗겨 머리 위 나뭇가지에 걸어 놓았는데, 그 바람에 짐은 약간 꿈틀거렸지만 눈은 뜨지 않더라는 겁니다. 나중에 짐이 말하기를, 마녀들이 자기에게 요술을 걸어 혼을 빼앗고는 미주리주(州) 여기저기를 데리고 돌아다니다가 나무 아래에 도로 데려다 놓고는, 누가 그 짓을 했는지 보여 주려고 모자를 나뭇가지에 걸어 놓았다는 겁니다. 그리고 그다음 이 얘기를 할 때에는, 마녀들이 자기를 뉴올리언스까지 몰고 내려갔다고 했습니다. 이 얘기를 되풀이할 때마다 점점 더 뻥튀기하더니 마침내는 마녀들에게 끌려 온 세계를 두루 돌아다닌 바람에 죽을 맛으로 온몸이 녹초가 되었을 뿐 아니라, 온 잔등은 말 안장 때문에 생긴 종기투성이였다고 했습니다. 짐은 이것을 엄청 자랑거리로 여겼고 나중에는 다른 검둥이들을 거들떠보지도 않게 되었습니다. 짐의 얘기를 들으려고 몇 킬로미터나 떨어진 곳에서 검둥이들이 찾아왔고, 짐은 이 지방의 어느 검둥이보다도 더 존경을 받게 되었지요. 낯선 검둥이들은 입을 헤 벌리고 서서 마치 짐이 그 무슨 신비로운 존재라도 되는 듯이 아래위를 훑어보는 겁니다. 검둥이들은 부엌 난로 옆 어둠 속에서 늘 마녀 얘기를 합니다. 그런데 누군가가 입을 열고 그런 것을 아는 척할 때, 짐이 끼어들어 "흥! 임자가 마녀에 대해 뭘 안다는 거여?" 하고 핀잔을 주면, 그 사나이는 그만 코가 납작해져서 뒷자리로 물러나지 않으면 안 되었지요. 짐은 톰이 양초값으로 놔둔 5센트짜리에다 실을 꿰어 늘 목에다 걸고는, 악마가 손수 자기에게 준 부적으로 이것만 있으면 어떤 환자의 병도 고칠 수 있고, 또 무슨 말을 하면 얼마든지 마녀들을 불러들일 수 있다고 했습니다. 그러나 그 5센트짜리에다 대고 악마에게 무슨 말을 하는지는 말하지 않았습니다. 사방에서 검둥이들이 모여들어 그 5센트짜리를 꼭 한 번 보려고 가지고 있는 물건을 무엇이건 다 짐에게 주었습니다. 그런데 악마가 손으로 만진 물건이라고 하여 아무도 그것에 손을 대려고 하지 않았지요. 악마를 만나고 마녀에게 끌려 사방으로 돌아다닌 나머지 그만 엉덩이에 뿔이 난 짐은 이제는 머슴으로는 거의 쓸모가 없게 되었습니다.

언덕 꼭대기에 다다른 톰과 나는 마을을 내려다 보았습니다. 등불 서너 개가 깜박거리는 것이 보였습니다. 어쩌면 그것은 환자가 있어서 켜놓은 등불 같았습니다. 또 머리 위에선 별들이 보석처럼 반짝거리고 있었고, 마을 옆 저쪽 아래로는 폭이 2킬로미터가량이나 되는 굉장히 고요하고 웅장한 강이 흐르고 있었습니다. 우리들은 언덕을 내려가 조 하퍼랑 벤 로저스랑 그 밖에 두서너 명의 사내애들이 이제는 폐허가 된 무두질 공장에 숨어 있는 것을 찾아내었지요. 그다음 우리들은 소형 보트의 밧줄을 풀고는 3킬로미터 반쯤 강 하류 쪽 언덕 중턱의 큰 절벽까지 저어가서는 물가에 올라갔습니다.

우리들이 덤불 속으로 들어가자 톰은 우리 모두에게 비밀을 지키겠다는 맹세를 하게 하고는 덤불에서 가장 우거진 곳 한복판에 있는 언덕의 동굴을 보여 주었습니다. 그러고 나서 우리들은 초에 불을 켜 들고는 네 발로 엉금엉금 기어 동굴 속으로 들어갔습니다. 180미터 조금 넘게 기어 들어가자 동굴은 앞이 탁 넓어졌습니다. 톰은 몇 갈래나 되는 통로를 이리저리 더듬어간 끝에 곧 아무도 거기에 설마 무슨 구멍이 있으리라고는 상상도 못 할 암벽 밑으로 기어 들어갔지요. 우리도 좁은 장소를 따라 방 같은 곳으로 나왔는데, 그곳은 축축하고 땀이 서리고 추워서 걸음을 멈추었습니다. 톰이 마침내 이렇게 입을 열었습니다.

"자, 우리들은 강도단을 조직하여 '톰 소여 갱단'이라고 부르기로 한다. 입단하고 싶은 자는 맹세를 하고 자기 이름을 혈서로 써야 한다."

모두들 기꺼이 그렇게 할 생각이었습니다. 그래서 톰은 미리 맹세를 써 둔 종이를 꺼내서 읽었습니다. 단원은 누구나 이 갱단에서 탈단(脫團)해서는 안 되고, 또한 어떠한 비밀도 누설해서는 안 되며, 만일 단원 중 어느 누구가 단원 아닌 어떤 사람으로부터 위해를 받을 경우, 그 자와 그 자의 가족을 죽이라는 명령을 받으면 반드시 그 명령을 완수해야 하며, 그 자들을 죽여 그 가슴에다 이 갱단의 표지인 십자가를 새겨 넣을 때까지는 어떤 음식도 먹어서도 안 되고 또 잠을 자서도 안 된다. 이 갱단에 속하지 않는 자는 절대로 이 표지를 사용해서는 안 되고, 만일 그것을 사용하는 날에는 소송을 제기할 것이며, 이 짓을 두 번 하면 죽여야 한다. 그리고 만약 단원 중에서 비밀을 누설하는 자가 있을 때에는 그 자의 목을 토막토막 잘라 시체를 완전히 태워 그 재를 사방에다 뿌리고, 이름은 명단에서 피로 싹 지워 버리고, 단원은 두 번 다시 그 자의

이름을 부를 수 없으며, 그 이름은 저주를 받아 영원토록 잊히게 할 것이라고 했습니다.

모두들 참으로 끝내주는 맹세라고 말하고는 톰에게 혼자 머리로 짜낸 것이냐고 물었습니다. 톰은 이 중 몇 가지는 자기가 생각해 낸 것이지만, 그 나머지는 해적에 관한 책과 강도에 관한 책에서 뽑아 낸 것으로, 멋진 갱단이라면 누구나 다 이러한 맹세를 한다는 겁니다.

비밀을 누설한 단원의 가족도 죽여 버리는 것이 좋겠다고 누군가가 말하자, 톰은 그것 참 기똥찬 생각이라고 하고는 연필로 써 넣었습니다. 그러자 이번에는 벤 로저스가 말했습니다.

"여기 헉 핀이 있는데, 그에겐 가족이라곤 없잖아. 그 애를 어떻게 할 작정이니?"

"하지만 아버지가 있잖아?" 하고 톰 소여가 대답했습니다.

"있긴 있지. 하지만 요즘엔 어딜 찾아봐도 찾아낼 수가 없단 말씀이야. 그전에는 무두질 공장에서 곤드레만드레가 되어 돼지와 함께 곧잘 잠을 자곤 했는데, 일 년이 넘게 이 근처엔 통 얼씬도 하지 않거든."

모두가 이 문제를 의논하더니 나를 갱단에서 빼 버리려고 했습니다. 누구에게도 죽일 가족이나 누구나가 있어야 하며, 만약 그렇지 않으면 다른 애들에게 공평하지 않다는 겁니다. 어떻게 해야 좋을지 뾰족한 생각이 떠오르지 않았습니다. 모두들 어찌 할 바를 모르고 가만히들 있었지요. 나는 거의 울음보를 터뜨릴 뻔했으나, 바로 그때 갑자기 한 가지 방도가 머리에 떠올랐습니다. 나는 왓츤 아줌마를 내놓기로 했습니다.

아줌마를 죽이면 되는 거지요. 그러자 모두가 한목소리로 말
했습니다.

"옳거니. 그 아줌마면 돼. 그럼 문제없어, 헉도 입단할 수
있다."

그래서 전원이 바늘로 손가락을 찔러 피를 내어 서명을 했
고, 나도 종이에다 표시를 했습니다.

"그런데 말씀이야." 하고 벤 로저스가 물었습니다. "이 갱단
이 하는 일이 도대체 뭐지?"

"강도짓을 하고 살인하는 것이지 뭐긴 뭐야." 하고 톰이 대
답했습니다.

"하지만 누구를 턴다는 거야? 집인가? 가축인가? 그렇지
않으면……."

"저런 돌대가리! 가축 같은 걸 훔치는 건 강도짓이 아니라
도둑질이라는 거야." 하고 톰이 말했습니다. "우린 도둑이 아니
야. 그런 짓엔 격식이 없단 말씀이야. 이래 봬도 우린 노상 강도
란 말이다. 복면을 하고 역마차나 개인 마차를 노상에서 세우
고 타고 있는 사람들을 죽이고 시계와 돈을 빼앗는 거야."

"언제나 사람들을 죽여야만 하니?"

"물론이지, 그래야만 해. 그게 상책이거든. 달리 생각하는
권위자도 없는 건 아니지만, 대체로 죽이는 게 제일 좋은 방법
으로 돼 있어. 하기야 이 동굴까지 데려와서 몸값을 받고 풀
어 주는 사람도 있을 수 있지만."

"몸값이라니? 그게 뭔데?"

"나도 뭔지 몰라. 하지만 강도들이 하는 짓이야. 책에서 읽

은 적이 있어. 그러니까 우리들도 그렇게 하지 않으면 안 돼."

"그게 뭔지도 모르는데 어떻게 그걸 할 수 있다는 거지?"

"에이 빌어먹을. 그렇게 해야만 한다니까 그러네. 책에 나와 있다고 내 그러지 않든? 책에 나와 있는 것과 다른 짓을 해서 모든 걸 엉망진창으로 만들어 놓겠다는 거야?"

"톰 소여, 그렇게 말하는 건 매우 좋은 일이지만, 놈들을 어떻게 석방시키는지도 모르면서 대관절 어떻게 몸값을 받고 놈들을 풀어 준다는 거야? 내가 알고 싶은 건 바로 그거야. 네 짐작으로는 몸값이란 게 뭐라고 생각하니?"

"글쎄, 나도 몰라. 하지만 놈들의 몸값을 받을 때까지 붙잡아 둔다는 말은, 어쩌면 놈들이 죽을 때까지 가둬 둔다는 뜻인지도 모르지."

"응, 그것도 그렇구나. 그럼 이제 됐어. 왜 좀 더 빨리 그 말을 할 수 없었던 거지? 염라대왕한테 몸값을 받아 낼 때까지 가둬 둔단 말이렷다. 하지만 놈들은 여전히 골 때리는 패거리일 거야. 뭐든지 모두 먹어 치워 버릴 테고, 늘 내빼려고만 들게 아니겠어."

"벤 로저스, 무슨 말을 그렇게 하니. 보초가 지키고 있는데 어떻게 달아날 수 있겠어? 한 발이라도 떼어 놓기만 하면 단번에 쏴 죽일 준비를 하고 있는데 말이야?"

"보초라. 그거 좋다. 그렇다면 그놈들을 지키기 위해 누군가가 잠도 자지 않고 밤새도록 일어나 있는 일이 생기겠군. 내겐 암만해도 바보짓만 같아. 그보다는 차라리 몽둥이를 가지고 있다가 놈들이 여기 도착하는 즉시 석방시키는 게 어떨까?"

"책에는 그렇게 써 있지 않아. 바로 그게 이유야. 자 이봐, 벤 로저스, 넌 일을 규칙대로 하고 싶은 거야, 그렇지 않은 거야? 문제는 이거다 말씀이야. 이런 책을 쓴 사람들이 어떻게 하는 게 옳은지 잘 알고 있다고 생각하지 않니? 넌 이런 사람들에게 뭔가 가르칠 수 있다고 생각하는 거야? 어림 반 푼도 없는 수작이지. 천만의 말씀, 절대로 안 돼. 우리들은 놈들을 규칙대로 몸값을 받고 풀어 주는 거야."

"좋아, 난 괜찮아. 그래도 여전히 어리석은 수작만 같아. 그건 그렇고, 여자들도 죽이는 거냐?"

"벤 로저스, 만일 내가 너처럼 돌대가리라면 난 차라리 입 다물고 아무 말도 하지 않을 거다. 여자들을 죽이냐고? 그런 얘기가 책에 나와 있는 걸 본 사람은 하나도 없어. 여자들을 동굴로 데려와서는 아침부터 밤까지 끝내주게 정중히 대해 주는 거야. 그러다가 마침내 그 여자들이 너와 사랑에 빠지게 되고, 더 이상 집에 가고 싶은 생각이 말끔히 없어져 버리고

만단 말씀이야."

"뭐, 그렇다면야 나도 굳이 반대하지 않겠어. 하지만 어쩐지 그다지 믿어지지 않아. 얼마 가지 않아 동굴이 여자와 석방되기를 기다리는 놈들로 가득 차 버려 강도들이 들어설 자리도 없게 될 게 아니겠어. 하지만 하고 싶은 대로 해. 내사 이제 아무 할 말도 없으니까."

꼬맹이 토미 반스는 벌써 잠이 들어 있었고, 다른 애들이 깨우자 겁을 집어먹고는 울음보를 터뜨리며 엄마 있는 집으로 가겠다고, 강도가 되는 건 이젠 싫다고 울기 시작했습니다.

그래서 다른 애들이 모두 놀려 주면서 '울보'라고 했더니, 토미는 몹시 핏대를 올리면서 당장 집으로 달려가 비밀을 전부 털어 놓겠다고 했습니다. 그러자 톰은 입을 다물도록 토미에게 5센트를 주었고, 이제 모두 집으로 돌아가 다음 주일에 다시 만나 누군가를 털고 누구를 죽이자고 했습니다.

벤 로저스는 일요일 말고는 좀처럼 빠져나올 수가 없으니까 다음 일요일부터 일을 시작하자고 했습니다. 그러나 다른 애들 모두가 일요일에 그런 짓을 하는 것이 나쁘다고 반대했으므로 그 문제는 일단락 지어졌습니다. 되도록 빨리 모여 날짜를 정하기로 뜻을 모았지요. 그다음 톰 소여를 이 갱단의 두목으로, 조 하퍼를 부두목으로 뽑고는 모두들 집으로 향했습니다.

나는 날이 새기 바로 직전 곳간의 지붕으로 올라가 창문을 통해 방으로 기어 들어갔습니다. 새옷은 온통 촛물과 진흙투성이였고, 몸은 우뭇가사리처럼 완전히 녹초가 되어 있었습니다.

3장

그 이튿날 아침 나는 옷 때문에 왓츤 아줌마한테 꾸중을 바가지로 들었습니다. 그러나 과부댁은 나무라지도 않고 다만 촛물과 진흙을 깨끗이 닦아 주었으며 자못 슬픈 표정을 하고 있었으므로 나는 될 수 있으면 잠깐 동안이라도 얌전하게 굴어야겠다 하고 생각했습니다. 그다음 왓츤 아줌마는 나를 골방으로 데리고 들어가서 기도를 올렸지만 아무런 일도 일어나지 않았지요. 왓츤 아줌마는 매일마다 기도를 드리면 원하는 것은 무엇이든 다 얻을 수 있다고 말하는 겁니다. 그러나 그렇게 되지는 않았습니다. 언젠가 나는 낚싯줄은 갖고 있었지만 낚싯바늘이 없었습니다. 낚싯바늘이 없다면 낚싯대도 전혀 쓸모가 없게 마련이지요. 그래서 서너 번 낚싯바늘을 주십사 하고 시험 삼아 기도를 해 보았지만 웬일인지 전혀 효과가 없었습니다. 마침내 어느 날 왓츤 아줌마에게 나를 위해 한 번 기도해 줄 수 없겠느냐고 부탁해 보았더니 나보고 바보 멍텅구리라고 하는 것이 아니겠습니까. 왜 내가 멍텅구리인지 그 까닭은 얘기해 주지 않았고, 나는 아무리 생각해 봐도 그 까닭을 알 수 없었습니다.

언젠가 나는 숲속 깊숙한 곳에 들어가 앉아 이 문제를 오랫동안 곰곰이 생각해 보았습니다. 기도 덕택으로 갖고 싶은 물건을 무엇이든 다 손안에 넣을 수 있다면, 왜 교회 집사인 윈 아저씨는 돼지고기에 투자해 잃어버린 돈을 도로 되찾지 못하는 것일까요? 왜 과부댁은 도둑맞은 은제 코담배 상자를 도로 찾지 못하는 것일까요? 왜 왓츤 아줌마는 살이 찔 수 없는 것일까요? 하고 나는 혼잣말로 중얼거렸습니다. 아냐, 기도란 건 아무 쓸모 없는 거라고 말입니다. 과부댁한테 가서 이 얘길 했더니 사람이 기도를 올려 손안에 넣을 수 있는 것은 '정신적인 선물'이라는 겁니다. 내 머리통에는 너무나도 어려운 말이었지만 과부댁은 그게 무슨 뜻인지 나에게 설명해 주었습니다. 즉 나는 다른 사람들을 도와주고, 다른 사람을 위해 할 수 있는 온갖 일을 다 하고, 늘 다른 사람을 보살펴 주되 절대로 나 자신에 대해 생각해서는 안 된다는 겁니다. 모르긴 몰라도 왓츤 아줌마도 그 다른 사람들 가운데 한 사람인 것이 분명했지요.

나는 숲속으로 들어가 오랫동안 마음속으로 이리저리 통밥을 굴려 보았습니다. 그러나 결국 덕을 보는 사람은 다른 사람이었지요. 그래서 마침내 더 이상 그 일에 대해선 신경을 끄기로 했습니다. 때때로 과부댁은 나를 방 한구석으로 데리고 가서 입에 침이 고일 정도로 '신의 섭리'에 관해 얘기를 했지만 다음 날이 되면 왓츤 아줌마가 그만 산통을 깨뜨리고 마는 겁니다. 그래서 나는 '신의 섭리'가 둘 있는데, 가련한 건달도 과부댁의 섭리로부터는 구제받을 가망이 있지만, 왓츤 아줌마의 섭리에게 걸리는 날이면 말짱 꽝이라는 것을 깨달았습니다. 이리저리 통밥을 굴려 본 끝에 만일 과부댁의 섭리가 나를 원한다면 그쪽에 속하는 것이 좋겠다고 생각했지요. 나를 부하로 삼았댔자 그 섭리가 전보다 더 낫게 무슨 덕을 보게 될지 통 알 수 없었습니다만. 이 몸이 워낙 깡통인 데다 미천하고 보잘것없기 때문이지요.

우리 아빠는 일 년이 넘도록 볼 수가 없었습니다. 오히려 나에겐 그게 마음이 편했습니다. 두 번 다시 만나고 싶다는 생각이 들지 않았으니까요. 술에 취해 있지 않을 때에는 늘 나를 때려 가며 못살게 굴었습니다. 난 아빠가 옆에 있을 때에는 대개 숲속으로 도망치곤 했지요. 그런데 소문에 들으니 이 무렵 아빠의 시체가 마을 위쪽으로 20킬로미터쯤 떨어진 강에서 발견되었다는 겁니다. 어쨌든 사람들은 그게 아빠라고 판단을 내렸습니다. 익사체의 몸뚱어리가 꼭 아빠만 한 크기인 데다 누더기 옷을 걸치고 있었고, 머리카락이 보기 드물게 길더라는 겁니다. 바로 그 점에서 아빠와 아주 비슷했지요. 그러나 얼굴을 전혀 분간할 수 없었던 것은 너무 오랫동안 물 속에 잠겨 있었으므로 얼굴이 얼굴 같지 않았기 때문이라는 겁니다. 소문에 들으니 얼굴이 하늘을 향한 채 떠내려왔다고 했습니다. 사람들은 시체를 건져 강가에다 묻어 버렸습니다. 그러나 무엇인가 머리에 짚이는 것이 있어 나는 오랫동안 마음이 편치 못했지요. 물에 빠져 죽은 남자의 시체는 얼굴을 하늘로 향한 채 떠 있지 않고 엎드린 자세로 떠 있다는 사실을 너무나 잘 알고 있었던 겁니다. 그래서 결국 그 시체는 우리 아빠가 아니라 남자 옷을 입은 여자라고 생각했지요. 그래서 나는 또다시 덜컥 걱정이 앞섰습니다. 아빠가 머지않아 곧 나타날 것이라고 생각한 탓이지요. 나타나지 않으면 더 좋을 텐데 말입니다.

우리들은 거의 한 달 동안 이따금씩 강도 놀이를 했지만 그 후 나는 그만두고 말았습니다. 다른 애들도 모두 그만두고 말았지요. 누구의 물건을 훔친 것도 아니고, 누구를 죽인 것도 아니고, 그저 그런 짓을 하는 시늉만 내 보았을 따름입니다. 우리들은 숲속에서 뛰어나와 돼지를 모는 사나이와 야채를 장터로 운반하는 짐마차 위에 앉아 있는 여자들을 습격하기는 했지만 아무것도 훔치지는 않았습니다. 톰 소여는 돼지를 '금괴'라고 부르고, 무와 그 밖의 야채를 '보석'이라고 불렀지요. 그런 다음 우리들은 동굴로 가서는 무슨 짓을 했고, 몇 사람이나 죽였고, 누구를 눈여겨 두었는지 서로 지껄여 댔습니다. 하지만 나로서는 그게 무슨 소득이 있는 것인지 통 알 수가 없었습니다. 언젠가 톰은 한 아이에게 그가 신호라고 부르는 횃불(갱단에게 집합하라는 신호였지요.)을 들고 동네를 한 바퀴 달리게 한 다음, 밀정(密偵)으로부터 비밀 뉴스를 입수했는데, 다음날 아주 많은 스페인 상인들과 아라비아 부자들이 코끼리 200마리와 낙타 600마리, 1000마리가 넘는 짐 나르는 노새에다 다이아몬드를 산더미처럼 가득 싣고 '케이브 할로' 동굴에서 야영을 하기로 되어 있고, 호위병은 겨우 400명밖에 안 된다는 겁니다. 그래서 매복하고 있다가 (톰은 그렇게 불렀습니다.) 사람들을 죽이고 물건을 빼앗아야 하기 때문에 칼과 총을 손질하여 만반의 준비를 하지 않으면 안 된다고 했습니다. 톰은 칼과 총을 정성껏 닦아 내지 않고서는 무 실은 마차 하나 공격하지 못하는 녀석이었지요. 하기야 말이 총과 칼이지 그것은 흔해 빠진 윗가지와 빗자루에 지나지 않았습니다. 그러니 골로 갈 때까지 닦아 봤댔자 조금도 전보다 나아질 턱이 없었지요. 나는 우리들이 그렇게 많은 스페인 사람들과 아라비아 사람들을 해칠 수 있으리라고는 생각도 안 했지만 어쨌든 낙타와 코끼리만은 보고 싶었기에 그다음 날 토요일에 매복병 가운데 한 명이 되었습니다. 그러고는 신호가 내리자 우리들은 부리나케 숲속을 빠져나와 언덕을 향해 달려 내려갔지요. 그러나 스페인 사람도 아라비아 사람도, 낙타도 코끼리도 그림자 하나 보이지 않았습니다. 고작 눈에 띄는 것이라고는 소풍 나온 주일 학교 학생들뿐으로, 그것마저도 저학년의 꼬맹이들이었습니다. 우리들은 소풍을 절단 내고 애들을 골짜기 위로 내쫓아 버렸지요. 전리품이라고는 도넛 몇 개와 잼뿐이었으나, 그래도 벤 로저스는 헝겊 인형 하나를, 조 하퍼는

찬송가 책과 종교 소책자 한 권을 손에 넣었습니다. 바로 그때 주일 학교 선생님이 갑자기 달려드는 바람에 우리들은 가지고 있던 물건을 낱낱이 땅바닥에다 내던지고는 줄행랑을 쳤지요. 나는 다이아몬드라고는 그림자도 보지 못했고, 톰 소여에게 그 말을 했더니 톰은 어쨌든 다이아몬드가 산더미처럼 쌓여 있었고, 아라비아 사람도 코끼리도 그 밖의 것도 모두 다 있었다고 우겨 대는 것이지 뭡니까. 그러면 왜 그런 것들을 볼 수 없었냐고 따졌더니, 톰은 네가 그렇게까지 골통이 비지 않고 『돈키호테』라는 책을 읽어만 봤어도 아마 그런 것쯤은 묻지 않고도 잘 알 수 있을 것이라고 도리어 핀잔만 주었습니다. 톰이 한다는 말이, 모든 것이 다 요술에 의해 이루어졌다는 겁니다. 병사도 몇백 명 있었고, 코끼리와 보물과 그 밖의 여러 가지 물건도 있었지만, 우리들에게는 마술사라는 적들이 있어 그놈들이 그저 악의로 모든 것을 주일 학교 애들로 바꿔 놓았다는 겁니다. 응, 그래, 그렇다면 그 마술사를 공격하면 될 거 아니냐고 말했더니, 톰 소여는 나보고 병신 머저리라고 불렀습니다.

"야, 인마." 하고 톰이 말했습니다. "마술사 한 사람이 엄청 많은 도깨비를 불러 낼 수 있단 말이야. 그러니까 끽 소리를 내기도 전에 너 같은 거 하나쯤은 콩가루로 만들어 버릴 수 있는 거야. 놈들은 키가 나무처럼 크고, 몸뚱어린 예배당만큼이나 되거든."

"그럼." 하고 내가 말했습니다. "우리들을 도와주는 도깨비들이 있으면 되잖아? 그러면 상대방을 쳐부술 수 있을 게 아냐?"

"인마, 무슨 수로 도깨비들을 우리 편으로 만든다는 거야?"

"그건 나도 몰라. 어떻게 하면 그놈들을 불러 낼 수 있을까?"

"헌 깡통 램프나 쇠 고리를 문지르면 우당탕 천둥소리가 나고, 번갯불이 번쩍번쩍거리고 연기가 자욱이 솟아오르면서 도깨비들이 순식간에 몰려오는 거야. 그러고는 시키는 일이면 뭣이든지 다 척척 해내거든. 탄환 제조탑을 뿌리에서부터 송두리째 뽑아 그걸로 주일학교 교장 선생님의 대갈통이나, 그밖에 누군가의 대갈통을 후려갈기는 건 누워 떡 먹기라는 말씀이야."

"그럼 도깨비를 그렇게 움직이게 하는 건 누구야?"

"누구긴 누구야, 램프나 쇠 고리를 문지르는 사람이지. 도깨비들은 램프나 고리를 문지르는 사람의 부하니까 그 사람이 시키는 대로 뭐든지 척척 그대로 하지 않으면 안 되는 거야.

다이아몬드로 길이가 65킬로미터쯤 되는 궁궐을 짓고, 그 궁궐을 풍선껌이니 뭐니 자기가 좋아하는 것들로 가득 채우고, 아내로 삼을 테니 중국에서 공주를 데려오라고 명령을 내리면 도깨비들은 그 명령대로 꼭 해야만 해. 그것도 다음 날 아침 당장 해가 뜨기 전까지 그대로 하지 않으면 안 되거든. 그뿐인 줄 알아? 도깨비들은 그 궁궐을 네가 원하는 대로 이 나라 어디로든지 이리저리 가지고 돌아다니지 않으면 안 된단 말씀이야."

"그런데 말이야." 하고 내가 말했습니다. "궁궐을 자기네 것으로 갖지 않고 그런 식으로 쓸데없이 가지고 돌아다니다니, 도깨비란 정말 바보 멍텅구리인 게로구나. 게다가 말이야, 만일 내가 도깨비라면, 죽으면 죽었지 절대로 헌 깡통 램프를 문

지른다고 해서 하던 일을 내팽개치고 그 사람한테 달려가지는 않을 거야."

"헉 핀, 너 지금 무슨 소리를 하고 있는 거야. 누군가가 그걸 문지르면 싫든 좋든 하는 수 없이 가야만 하는 거란 말이다."

"뭐라고, 키가 나무처럼 크고 몸집이 예배당만 한 내가 말이야? 그럼 좋아. 난 가기로 할 테니. 그렇지만 난 꼭 그놈을 이나라에서 제일 높은 나무 꼭대기에 올라가게 하고 말 테야."

"제기랄, 헉 핀, 소 귀에 경 읽기로구나. 넌 도대체 아무것도 모르는 것 같으니. 이 진짜 돌대가리야!"

나는 이삼 일 동안 이 일을 곰곰이 생각해 보았습니다. 그러고 나서 그 말이 어디 진짜인지 알아보기로 했지요. 헌 깡통 램프와 쇠 고리를 얻어가지고 숲속으로 들어가 땀을 뻘뻘 흘릴 때까지 문지르고 또 문질러 보았답니다. 궁궐을 지어서 그것을 팔아 버릴 작정이었거든요. 그러나 말짱 꽝이었습니다. 도깨비 한 놈 얼씬거리지 않았습니다. 그래서 나는 그게 다 톰 소여가 지어낸 거짓말 가운데 하나가 틀림없다는 판단을 내렸습니다. 톰은 아라비아 사람들이니 코끼리니 하는 얘기를 믿고 있는 모양이지만 나는 생각이 다릅니다. 톰의 얘기에는 주일 학교 냄새가 물씬 풍기거든요.

4장

서너 달이 지나고 어느덧 한겨울로 접어들고 있었습니다. 나는 거의 매일마다 학교에 다니고 있었고, 이제는 제법 철자법에 맞게 읽고 쓰기를 조금 할 수 있었고, 구구단도 '육 칠은 삼십오' 하고 외울 수 있게끔 되었습니다. 하지만 죽을 때까지 아무리 해도 그 이상은 도저히 외워질 것 같지 않았지요. 어쨌든 나는 산수 같은 것에는 도통 흥미가 없었던 겁니다.

처음에는 학교가 딱 질색이었지만 마침내 참을 만하게 되었습니다. 학교가 견딜 수 없이 싫어질 때에는 땡땡이쳤고, 그

다음 날 얻어맞고 나면 기분이 좋아지고 마음이 편해졌습니다. 그래서 학교에 가면 갈수록 학교 가는 일이 점점 쉬워지게 되었지요. 또 과부댁의 일에도 얼마간 익숙해져서 그리 신경을 쓰지 않게 되었답니다. 집 안에서 지내고 침대 위에서 잠을 잔다는 것은 몹시나 힘든 일이었지요. 추위가 다가오기 전에는 가끔씩 몰래 집을 빠져나가 산에서 자기도 했는데, 이것은 나에게는 기분 전환이 되었습니다. 예전대로의 생활 방식이 제일 마음에 들었지만 새로운 생활 방식도 점점 마음에 들게 되었지요. 과부댁은 내가 비록 느리기는 하지만 착실히 만족스럽게 아주 아주 잘 해내고 있다고 했습니다. 그래서 이제는 나를 부끄럽게 생각하지 않는다고 말하는 겁니다.

어느 날 아침 식사 때 나는 그만 소금 병을 엎지르고 말았습니다. 재빨리 손을 뻗쳐 소금을 집어 왼쪽 어깨 너머로 던져 악운을 몰아내려고 했는데, 왓츤 아줌마가 어느새 나보다도 먼저 손을 뻗어 막아 버렸습니다. 그러고는 "손을 치워, 허클베리. 넌 밤낮으로 난장판을 만드는구나!" 하고 말하는 겁니다. 과부댁은 나를 두둔해 주었지만 그걸로 악운을 막을 수는 없다는 것을 나는 너무나도 잘 알고 있었지요. 아침 식사가 끝나자 걱정이 되고 몸이 덜덜 떨리는 기분으로 어디서 어떤 악운이 닥쳐올지 몰라 마음 조이며 집을 나섰습니다. 어떤 악운은 막아 낼 몇 가지 방법이 있지만 이것은 그런 종류의 악운이 아니었습니다. 그래서 숫제 아무것도 해 보려고도 하지 않고, 그저 기가 죽은 채 조심스럽게 어슬렁거릴 뿐이었지요.

앞뜰로 내려간 다음 발판 계단으로 올라가 높은 판자 울타리를 넘어갔습니다. 땅 위에는 갓 내린 눈이 3센티미터 하얗게 쌓여 있었는데, 누구의 것인지는 몰라도 사람 발자국이 나 있었지요. 발자국은 채석장 쪽에서 와서 잠시 계단 근처에서 머뭇거리다가 마당 울타리를 따라 저쪽으로 가 버렸습니다. 이렇게 머뭇거리면서도 안으로 들어오지 않은 것이 참으로 이상했습니다. 도무지 그 까닭을 알 수가 없었지요. 어쨌든 이상한 일이었습니다. 나는 그 뒤를 따라가 보려고 하다가 허리를 굽혀 발자국부터 살펴보았지요. 처음에는 아무것도 알아볼 수 없었으나 점차 마음에 짚이는 것이 있었습니다. 왼쪽 구두 뒤꿈치에는 악마를 쫓기 위해 큰 못으로 만든 십자가 자국이 찍혀 있었던 겁니다.

나는 곧 걸음아 날 살려라 하고 쏜살같이 언덕을 달려 내려갔습니다. 가끔 어깨 너머로 뒤를 돌아다 보았지만 아무도 보이지 않았습니다. 날기라도 하듯 새처 판사 댁으로 달려갔지요. 판사 나리가 이렇게 말했습니다.

"웬일이냐, 얘야. 숨이 곧 넘어가겠구나. 이자를 받으러 온 거냐?"

"아뇨, 판사님. 아닙니다." 하고 내가 말했습니다. "제가 받을 이자가 있습니까?"

"그럼 있고말고. 반 년치가 엊저녁에 막 들어왔단다. 150달러가 넘는 돈이지. 너한텐 엄청난 재산이다. 그러나 가지고 가면 써 버릴 테니까 그 6000달러와 함께 나에게 투자해 두는 게 좋을 거다."

"그렇게 하세요, 판사님." 하고 내가 말했습니다. "난 그 돈

을 쓰고 싶지 않아요. 전혀 쓰고 싶지 않다고요. 그 6000달러
도 말이에요. 판사님께서 가지세요. 6000달러고 뭐고 몽땅 판
사님께 드릴게요."

새처 판사는 놀란 표정을 지었습니다. 도무지 뭐가 뭔지 모
르겠다는 표정이더라고요. 판사 나리가 이렇게 물었습니다.

"아니, 얘야, 그게 무슨 말이냐?"

"제발 그 이유에 관해선 물어보지 마세요." 하고 내가 말했
습니다. "제발 그 돈을 받아 주세요. 그렇게 하시는 거죠?"

"뭐가 뭔지 통 모르겠구나." 하고 판사 나리가 말했습니다.
"무슨 일이 있는 게냐?"

"제발 그냥 받아 주세요" 하고 내가 말했습니다. "그러고는
제발 아무것도 묻지 말아 주세요. 그러면 저도 거짓말을 할

필요가 없을 테니까요."

잠시 생각을 하더니 판사 나리가 다시 입을 열었습니다.

"으응, 이젠 알 것 같구나. 넌 네 재산을 몽땅 나에게 팔고 싶단 말이지. 주는 게 아니고 말이야. 그거 잘 생각했다."

그러고 나서 판사 나리는 종이에다 무엇을 쓴 다음 찬찬히 읽어 보더니 이렇게 말하는 겁니다.

"자, 이걸 봐라. 이 매도 증서에 '그 대가로'라고 써 있지? 이 건 내가 너한테 그것을 사고, 그 대금을 지불했다는 말이다. 자, 여기 1달러가 있다. 자, 이 서류에다 서명을 하려무나."

그래서 나는 서명을 하고는 그곳을 떠났습니다.

왓츤 아줌마의 검둥이 짐은 황소 네 번째 밥통에서 꺼낸 사람 주먹만 한 털 공 하나를 가지고 있었는데, 그것을 가지 고 곧잘 마술을 부리곤 했습니다. 짐은 이 공 속에 영혼이 있 어, 무엇이든지 다 알고 있다고 늘 큰소리쳤습니다. 그래서 나 는 그날 밤 짐한테 가서, 눈 위에서 발자국을 보았는데 아빠 가 또다시 여기 나타난 게 분명하다고 말했지요. 정말로 내가 알고 싶었던 것은, 아빠가 무슨 일을 할 작정인지, 또 여기에 언제까지 머무를 작정인지 하는 거였습니다. 짐은 털 공을 꺼 내 그것에다 대고 뭐라고 중얼거리고는 높이 치켜들다가 마루 위에 떨어뜨렸습니다. 공은 푹 하고 떨어지며 3센티미터쯤 굴 렀습니다. 짐은 똑같은 짓을 되풀이하고 다시 또 한 번 해 보 았고, 공은 아까와 마찬가지로 굴렀지요. 짐은 마루에 무릎 을 꿇고 귀를 공에다 갖다 대고는 열심히 무슨 소리를 들었습니다. 하지만 헛수고였지요. 짐은 공이 아무 말도 하지 않으려고 한다고 머리를 가로젓는 겁니다. 말을 잘 듣다가도 어쩌다가 돈을 주지 않으면 영 말을 듣지 않는 수가 있다고 불평을 늘어놓았습니다. 나는 짐에게 반들반들하게 닳아 빠진 가짜 25센트짜리 은화를 하나 가지고 있는데, 은이 닳아서 놋쇠 부분이 약간 보이므로 쓸모가 없고, 비록 놋쇠 부분이 보이지 않는다고 하더라도 기름 묻은 것같이 아주 매끈매끈거려 언제나 금방 탄로가 나고 마니까 영 쓸모가 없다고 말했습니다. (판사 나리가 준 1달러에 관해서는 입도 뻥긋하지 않으리라고 마음먹었지요.) 나는 이 돈이 가짜 돈이지만 털 공은 어쩌면 진짜와 가짜를 구별하지 못할 터이니 아마 그것을 받을지도 모르겠다고 했습니다. 그랬더니 짐은 냄새를 맡아 보고, 깨물어 보고, 비벼 보고는 털 공이 이것을 진짜로 생각하도록 어떻게 손을 써 보겠다고 말하는 겁니다. 생 감자를 잘라 내어 25센트짜리 은화를 그 사이에 끼워 하룻밤만 두면 다음 날 아침엔 놋쇠가 보이지 않게 되고, 매끈매끈한 촉감도 없어지게 되어 털 공은 말할 것도 없고 마을 사람들도 서슴지 않고 받아 줄 것이라고 짐은 자못 자신만만했습니다. 실은 나도 감자가 그런 작용을 한다는 것을 진작부터 알고 있었지만 까맣게 잊어버리고 있었던 겁니다.

짐은 털 공 아래에다 25센트짜리 은화를 놓고 무릎을 꿇고는 또다시 귀를 기울였습니다. 이번엔 털 공이 아주 말을 잘 듣는다고 했습니다. 내가 원한다면 내 운수 전부를 가르쳐 줄 것 같다고 했습니다. 그래서 나는 어서 그렇게 해 달라고 졸랐

지요. 그랬더니 털공은 짐에게 말하고, 짐은 또 그것을 나에게
전해 주었습니다. 그가 이렇게 말했지요.

"느그 아부진 말이여, 아직 어떻게 해야 좋을지 모르고 있
제. 어떤 때는 어디로 꺼져 버릴까 하고 생각하다가도, 또 어
떤 때에는 여기 머물러 있을까 하는 생각도 하고 있쟈. 제일
좋은 방법은 말이여, 느그 아부지가 하는 대로 그냥 내버려
두는 것이겠제. 느그 아부지 주위를 천사 둘이 빙빙 돌고 있
어. 한 천사는 하얗게 반짝반짝 빛나고, 다른 천사는 시커멓
구먼. 흰 천사는 느그 아부지를 얼마 동안은 옳은 길로 인도
허는디, 그 시커먼 천사가 난데없이 나타나 모든 걸 망가뜨려
버린당께. 결국 느그 아부지가 어느 천사 손 안에 들어가게
될지는 아직 아무도 모르제. 하지만 넌 걱정할 게 없쟈. 이제
부터 꽤나 고생도 허겠지만 꽤나 재미도 볼 거구먼. 몸을 다치
고 아플 때도 있겠지만, 늘 먼저대로 회복하고 말지. 일생 동

안 여자애 둘이가 네 주위를 맴돌 거여. 한 여자앤 얼굴빛이 하얗고, 다른 한 여자앤 시커멓제. 한 여자앤 돈이 많고, 다른 여자앤 가난뱅이여. 처음엔 가난뱅이 여자애와 결혼하다가 나중엔 부자 여자애와 결혼허겠구먼. 되도록이면 물을 멀리하고, 위험한 짓은 절대로 안 해야 쓰겄다. 모가지에 밧줄을 매고 죽을 팔자랑께."

그날 밤 양초에 불을 켜들고 2층 내 방으로 올라가 보니 바로 거기에 아빠가 앉아 있는 게 아닙니까!

5장

나는 방 안으로 들어와 문을 닫았습니다. 그러고 나서 뒤를 돌아보니 바로 거기 아빠가 있었습니다. 지독하게 매를 얻어맞아 왔기 때문에 나는 아빠만 보면 덜컥 겁이 났습니다. 그때도 겁을 먹었으리라고는 생각하지만 금방 그 생각이 잘못이라는 것을 깨달았지요. 말하자면 숨이 목에 걸렸을 때의 그 최초의 충격이라고나 할까요. 아빠가 그렇게 뜻밖에 나타났기 때문이었지요. 좌우간 그 충격이 일단 가라앉자 걱정할 만큼 아빠가 그리 무섭게 느껴지지 않았습니다.

아빠는 나이가 쉰이 다 되었는데 정말로 그런 나이로 보였습니다. 머리카락이 길고 서로 뒤엉켜 있고 기름에 절어 있는데다가 아래로 흘러내려, 두 눈이 마치 덩굴 뒤에서 번쩍거리고 있는 것만 같았습니다. 머리카락은 새치 하나 없이 온통 검은색인데, 서로 뒤엉킨 긴 구레나룻 수염도 마찬가지였고요. 구레나룻 수염과 머리칼에 가려 있지 않은 얼굴은 핏기라곤 전혀 없는 그저 흰색이었습니다. 그것도 다른 사람에게서 흔히 볼 수 있는 그런 흰색이 아니라, 보기만 해도 느끼하고 소름이 끼치는 그런 흰색이었습니다. 청개구리의 흰색이랄까, 생선 배때기의 흰색 말입니다. 몸에 걸치고 있는 옷으로 말할 것 같으면 온통 넝마였지요. 한쪽 발목을 다른 쪽 다리 무릎 위에다 올려놓고 있었는데, 올려놓고 있는 발 쪽의 구두에 구멍이 나 있어 그 사이로 발가락 둘이 삐죽이 밖으로 삐져나와 있었습니다. 이따금씩 그 발가락을 움직여 대고 있었지요. 마룻바닥에 내려놓은 모자는 꼭대기가 뚜껑처럼 푹 가라앉은다 낡아 빠진 검은색 슬라우치해트였습니다.

나는 선 채로 아빠를 쳐다보고 있었고, 아빠는 의자를 약간 뒤로 젖히고 앉은 채 나를 노려보고 있었습니다. 나는 양초를 내려놓았습니다. 그때 창이 열려 있는 것이 눈에 띄었지요. 헛간을 통해서 기어 들어온 겁니다. 내 아래위를 훑어보더니 아빠가 마침내 입을 열었습니다.

"빳빳하게 풀을 먹인 옷을 입고 있구나. 그것도 아주 빳빳하게 말이다. 이놈 제법 지체 높은 사람이라고 생각하는 모양이구나, 그렇지 않냐?"

"그럴지도 모르고, 그렇지 않을지도 모르죠." 하고 내가 말했습니다.

"네 이놈, 주둥아리 닥치지 못하겠냐!" 하고 아빠가 소리쳤습니다. "내가 없는 동안 꽤나 목에 힘을 주고 있었구나. 네놈을 해치우기 전에 단단히 혼쭐을 내줄 테다. 듣자 하니 네 이놈 교육도 받았다더구나. 제법 글씨도 쓰고 읽을 수도 있다지? 그래서 네놈이 이 애비보다도 잘났다고 생각하는 거냐? 이 애비는 글을 쓸 줄도 읽을 줄도 모른다고 말이다. 네 이놈 혼쭐을 내줄 테다. 대관절 어느 놈이 네놈에게 그런 터무니없는 수작을 해도 좋다고 한 거냐, 응? 누가 네놈에게 그런 수작을 해도 좋다고 했난 말이다."

"과부댁이에요, 그 아줌마가 그랬어요."

"뭐, 과부댁이라고? 그러면 대관절 또 그 과부댁에게 자기 일도 아니면서 끼어들어도 좋다고 한 작자는 어느 놈이냐?"

"어느 누구도 그런 적 없어요."

"자, 주제넘은 짓을 하면 그 결과가 어떻게 된다는 걸 그 여편네에게 가르쳐 줄 테다. 이 봐라, 네놈은 당장에 학교를 때려 치워 버려라, 알았지? 자기 애비 앞에서 건방을 떨고 애비보다도 잘난 척하는 자식을 길러 내는 사람들을 내 그냥 둘줄 알고. 한 번만 더 학교 근처를 얼씬해 봐라, 알았지? 네 어미도 죽을 때까지 글을 읽을 줄도 쓸 줄도 몰랐다. 우리 집안에서 죽을 때까지 글을 쓰고 읽을 줄 안 사람은 단 한 사람도 없었단 말이다. 나도 마찬가지야. 한데 네놈의 허파에 바람이 들어가도 잔뜩 들어간 거야. 난 그런 꼴 눈 뜨고는 볼 수 없다. 알아들었냐? 야, 이놈아, 어디 뭘 좀 읽어 봐라."

나는 책을 집어들고는 조지 워싱턴 장군과 독립 전쟁에 관한 대목을 읽기 시작했습니다. 한 30초쯤 읽었을 때 아빠는 손을 뻗쳐 책을 홱 낚아채더니 방 안에다 힘껏 내던지는 겁니다. 그러고는 이렇게 말했습니다.

"그렇군. 네놈은 글을 읽을 줄 아는구먼. 네놈이 그럴 수 있다고 했을 때 난 설마 했더니만. 자, 이 봐. 건방 떨고 잘난 체하는 짓 당장 집어치워. 난 그런 거 못 본다 못 봐. 요 똘똘이 녀석, 내 몰래 기다리고 있겠다. 만약 학교 근처에서 붙잡히는 날엔 실컷 두들겨 줄 테다. 그러다가는 예수쟁이까지 되겠구나. 난 그런 자식 못 본단 말이다."

아빠는 하늘색과 노란색으로 황소 몇 마리와 남자아이 하나를 그린 조그마한 그림을 한 장 집어들고는 이렇게 말했습니다.

"이건 또 뭐야?"

"내가 공부를 잘했다고 학교에서 준 거예요."

아빠는 그림을 북북 찢어 버리고 이렇게 말하는 겁니다.

"이것보다 더 좋은 걸 주마. 쇠가죽 채찍질 말이다."

아빠는 잠시 앉아 뭐라고 중얼중얼거리고 투덜대더니 다시 입을 열었습니다.

"네놈은 근사한 냄새를 풍기는 멋쟁이란 말이렷다. 침대에다 이불에다 거울에다, 마룻바닥에는 융단까지! 한데 네 애비는 무두질 공장에서 똥 돼지를 벗삼아 잠을 자야 한단 말이지. 난 그런 자식 본 적이 없다. 네놈을 해치워 버리기 전에 그 잘난 체하는 콧대를 먼저 꼭 꺾어 놓고야 말 테다. 네놈 뻐기는 데엔 정말 끝이 없구나. 듣자 하니 네놈이 부자가 됐다면서? 야? 대체 어찌된 거냐?"

"그건 거짓말이에요! 정말이에요!"

"아니, 이놈! 저 주둥아리 놀리는 것 좀 봐. 나로선 이제 참을 만큼 다 참았다! 그러니 아예 건방진 소리는 할 생각 마라. 마을에 온 지 이틀이 됐는데, 온통 네놈이 부자가 됐다는 소문뿐이더구나. 강 아래 동네에서도 그 소문을 들었지. 그래서 내가 여기 온 거야. 내일 그 돈 나한테 가져와라! 내가 써야겠다."

"저한텐 돈이 없어요."

"거짓말 말아. 새처 판사가 그 돈을 보관하고 있다던데. 찾아오거라. 내 그 돈이 필요하단 말이다."

"정말이지 없다니까요. 새처 판사님께 물어보세요. 내 말과 똑같을 테니."

"좋다. 그럼 내가 물어보기로 하지. 내 꼭 그 돈을 토해 내게 하고야 말 테다. 토해 내지 않으면 그 까닭을 알아낼 테고. 인마! 지금 네 주머니엔 얼마나 있냐? 그 돈이라도 어서 내놔!"

"1달러밖에 없어요. 난 그 돈으로……."

"네놈이 그 돈으로 뭘 하든 내 알 바 아니다. 썩 이리 내놔!"

아빠는 그 돈을 받자 진짜 돈인지 알아보려고 이빨로 깨물어 보고는 마을로 가서 술을 마시겠다고 했습니다. 하루 종일 술 한 방울 마시지 못했다는 겁니다. 그러고 나서 헛간 지붕으로 빠져나가면서 다시 머리를 안으로 쑥 디밀더니, 나 보고 주제넘은 놈이라느니, 애비 대가리에 서 있는 놈이라느니 하고 계속 투덜거리며 욕설을 퍼부어 댔지요. 이젠 가 버렸겠지 하고 마음을 놓고 있으려니까 또다시 돌아와서 머리를 디밀고는, 학교 일을 조심해라, 학교를 그만두지 않으면 숨어 있다가 단단히 혼쭐을 내 줄 테니 그리 알라고 말하는 겁니다.

이튿날 아빠는 술에 곤드레만드레가 되어 새처 판사에게 찾아가 판사를 위협하여 돈을 빼내려고 했으나 실패했습니다. 그러자 이번에는 법에 호소하여 돈을 받아 내겠다고 펄펄 뛰었습니다.

판사와 과부댁도 법에 호소하여, 재판소가 나를 아빠에게서 떼어 내어 두 사람 가운데 한 사람이 내 후견인이 되도록 하려고 했습니다. 하지만 판사는 새로 갓 부임해 온 터라 아빠의 소행을 잘 모르는 거였습니다. 그래서 법원으로서는 되도록이면 이 사건에 끼어들어 한집안 식구를 서로 떼어 놓아서는 안 되며, 또 그 아버지에게서 아들을 떼어 놓는 것은 옳은 일이 못 된다고 했습니다. 그래서 새처 판사와 과부댁은 이 사건에서 손을 떼지 않을 수 없었지요.

아빠는 좋아서 그야말로 뽕갈 정도였습니다. 돈을 가지고 오지 않으면 온몸이 시커멓게 멍이 들 때까지 나를 쇠가죽 채찍으로 때리겠다고 협박했습니다. 나는 새처 판사한테서 3달러를 빌렸고, 아빠는 그 돈을 가지고 가서 곤드레만드레가 되도록 술을 퍼마시고는 허풍을 떨고 욕설을 퍼붓고 난장판을 치며 돌아다녔지요. 거의 한밤중이 될 때까지 양은 냄비를 두드리고 온 동네를 돌아다니며 그 짓을 계속했습니다. 결국 그 일로 유치장 신세를 지게 되었고, 그다음 날에는 재판소에 끌려 나가 또다시 일주일 동안 유치장에 갇히게 되었지요. 그러나 아빠는 그래도 만족스럽다고 말하고 자기야말로 자식 놈을 마음대로 할 수 있는 사람이고, 그놈을 혼쭐내 주겠다고 소리쳤습니다.

감옥에서 나오자 새로 부임해 온 판사는 아빠를 훌륭한 사람으로 만들어 보겠다고 했습니다. 자기 집으로 데리고 가서 깨끗한 새옷을 입히고, 가족과 함께 아침, 점심, 저녁, 세 끼 꼬박꼬박 같이하도록 했으며, 말하자면 온정을 가지고 그를 맞았던 겁니다. 저녁 식사가 끝나면 판사는 아빠에게 금주(禁酒)와 그 밖의 일에 대해 말했고, 마침내 아빠는 울음보를 터뜨리며 자기는 참 바보였다, 인생을 헛되게 보냈지만 이제부터라도 마음을 고쳐먹어 누구한테도 부끄럽지 않은 사람이 될 테니 업신여기지 말고 제발 도와 달라고 눈물까지 줄줄 흘리는 겁니다. 그 말을 들은 판사는 아빠를 가슴에 껴안을 수도

있다고 말했지요. 그러고는 울음보를 터뜨렸고, 그 부인도 울음보를 터뜨렸습니다. 아빠가 자기는 지금까지 늘 남의 오해만 받고 살아왔다고 말하자, 판사는 아마 그랬을 거라고 대꾸했습니다. 아빠는 타락한 사람이 필요로 하는 것은 오직 동정뿐이라고 했고, 재판장도 이 말에 맞장구를 치고는 두 사람이 함께 울었지요. 잠잘 때가 되자 아빠는 자리에서 일어나 한 손을 앞으로 내밀고는 이렇게 말했습니다.

"여러분, 이 손을 보십시오. 이 손을 잡고 악수해 주십시오. 이 손으로 말하면 전에는 똥 돼지의 손이었지만 이제는 안 그렇습죠. 새로운 삶을 시작한 사람의 손입니다. 다시 옛날 생활로 되돌아가느니 차라리 죽고 말겠습니다. 이 말을 명심해 주십시오. 내가 이 말을 한 것을 잊지 마십시오. 이제 이 손은 깨끗한 손이올시다. 자, 악수해 주십시오. 무서워할 거 없어요."

그래서 모두들 차례차례로 그 손에 악수를 하고는 울었습

니다. 판사의 아내는 아빠 손에다 키스까지 했지요. 그러고 나서 아빠는 서약서에 서명을, 말하자면 무언가 표시를 했습니다. 판사는 이거야말로 기록에 남을 가장 거룩한 시간이니 무엇이니 하고 말했지요. 그다음 집안 식구들이 아빠를 멋진 손님용 침실로 안내했습니다. 그런데 한밤중 몇 시쯤인가 몹시 목이 마른 아빠는 현관 지붕으로 기어 나와 기둥을 타고 내려와 새 저고리를 벗어 주고 아주 독한 술 한 병과 바꿨습니다. 그러고는 2층 방으로 다시 기어 올라와 옛날의 그 재미를 신나게 만끽했습니다. 먼동이 트기 전에 아주 곤드레만드레가 되어 또다시 방을 빠져나오다가 그만 현관에서 떨어져 왼팔을 두 군데나 부러뜨리고 말았지요. 해가 뜬 다음 누군가가 그를 발견했을 때에는 얼어 죽기 일보 직전이었습니다. 그리고 손님용 방에 들어가 보았더니 한 발도 들여놓을 수 없을 만큼 완전히 난장판이었습니다.

판사는 어지간히 기분이 상했습니다. 이런 영감은 아마 엽
총으로밖에는 개조시킬 수 없을 거라고 했습니다. 그 밖에는
다른 방법이 없다는 거였지요.

6장

    아빠는 이내 자리에서 일어나 다시 돌아다니기 시작했습니다. 그리고 돈을 빼내기 위해 법원에서 새처 판사를 괴롭혔고, 나더러는 학교를 그만두지 않는다고 야단이었습니다. 두 번쯤 나를 붙잡아 매질을 해 댔지만 나는 여전히 학교에 갔으며, 대개 아빠의 눈을 피하거나 도망을 다녔습니다. 전에는 그다지 학교에 가고 싶다는 생각이 들지 않는데, 이제는 아빠를 괴롭혀 주려고 도리어 학교에 가고 싶어지더라구요. 그 소송 사건은 참으로 지루한 일이어서 언제까지도 시작할 것 같아 보이지 않았습니다. 나는 가끔 2, 3달러를 판사님한테서 빌려 아빠에게 주어 쇠가죽 채찍질을 모면했습니다. 그런데 아빠는 손안에 돈이 들어올 때마다 어김없이 술에 곤드레만드레가 되는 겁니다. 술에 취하기만 하면 동네에서 큰 소란을 일으켰으며, 큰 소란을 일으킬 때마다 콩밥 먹는 신세가 되었지요. 그런데도 아빠는 그게 싫지 않은 모양이었습니다. 이런 일이야 말로 아빠에게는 거의 적성에 꼭 들어맞았지요.

아빠가 너무나도 자주 과부댁 집 주위를 어슬렁거렸기 때문에 마침내 과부댁은 그 부근에 얼씬거리면 혼내 주겠다고 위협했습니다. 이 말을 듣고 아빠는 펄쩍 뛰는 것이었습니다. 누가 헉 핀의 아버지인지 똑똑히 보여 주겠다는 겁니다. 그리하여 어느 봄날 망을 보고 있다가 그만 나를 붙잡아 나룻배에 태워 강을 따라 5킬로미터쯤 상류로 올라가더니, 거기서 다시 나무가 울창한 일리노이주(州) 쪽 강변으로 건너갔습니다. 그곳에는 낡은 통나무집 한 채 외에는 집이라곤 하나도 없었습니다. 나무가 어찌나 우거져 있는지 그 오두막집까지도 있는 장소를 모르면 도저히 찾아낼 수 없을 정도였지요.

아빠는 죽 나를 감시하고 있었기 때문에 도망칠 기회라곤 전혀 없었습니다. 우리들은 그 낡은 통나무집에서 함께 살았고, 밤이 되면 아빠는 늘 문에 자물쇠를 채우고는 그 열쇠를 머리 밑에다 집어넣고 잠을 자는 겁니다. 아빠는 어디서 훔친 것으로 보이는 총을 한 자루 갖고 있었고, 우리들은 고기를 낚고 사냥을 하여 그것으로 살아 나갔지요. 가끔 가다 아빠는 나를 방 안에다 가둬 놓고는 5킬로미터의 하류 나루터 가

게에 가서 물고기와 사냥감을 술과 바꿔 가지고 왔습니다. 술
을 퍼마시고 기분을 내고는 나를 때려 대곤 했습니다. 마침내
과부댁이 내가 어디 있는지를 알아내어 사람을 보내 나를 데
려가려고 했지만, 아빠는 이 사내를 총으로 위협하여 쫓아 버
렸습니다. 그리고 얼마 안 되어 나도 그곳 생활에 익숙하게 되
었을뿐더러 또 그곳 생활이 마음에 들게 되었습니다. 물론 그
쇠가죽 채찍질만 없다면 말이지요.

　온종일 아무 할 일 없이 담배나 피우고 낚시질이나 하는 데
다가, 책도 읽지 않고 공부도 하지 않는 편안하고 느긋한 생활
이었습니다. 이런 식으로 두 달 이상 지나자 내 옷은 온통 누
더기와 때투성이가 되어 버렸지요. 어째서 과부댁 집이 그렇
게 마음에 들었는지 도통 모를 일이었습니다. 세수를 하고, 접
시에 담아 음식을 먹고, 머리를 빗질하고, 꼭 제시간에 맞춰
잠을 자고 잠자리에서 일어나고, 늘 책을 가지고 씨름하고, 게

다가 왔튼 아줌마가 늘 잔소리를 퍼부어 댔는데도 말입니다. 이젠 다시 그 과부댁 집에 돌아가고 싶은 생각이 들지 않았지요. 과부댁이 싫어했기 때문에 욕질하는 것을 그만두었지만, 이제는 아빠가 전혀 반대를 하지 않으니 또다시 그 욕하는 버릇이 붙었습니다. 뭐니 뭐니 해도 나는 그 숲속에서 꽤나 재미있게 시간을 보내고 있었던 겁니다.

그런데 마침내 아빠가 호두나무 채찍을 마구 휘두르게 되어 나는 더 이상 견뎌 낼 재간이 없었습니다. 온몸이 상처투성이였지요. 게다가 아빠가 나를 방에다 가둬 놓고는 집을 비우는 일이 많아졌습니다. 언젠가는 나를 가둬 놓은 채 사흘씩이나 집에 돌아오지 않은 적도 있었습니다. 이럴 때에는 참으로 심심해서 죽을 맛이더라고요. 아빠가 물에 빠져 죽은 것으로 판단했고, 이젠 이 통나무집에서 빠져나가기는 영 글러 버렸구나 하고 생각했습니다. 이렇게 생각하니 갑자기 무서워졌지요. 어떻게 해서든지 이곳에서 도망쳐야겠다고 마음먹었습니다. 지금까지 몇 번인가 이 통나무집에서 도망치려고 했지만 빠져나갈 길이 전혀 없었던 겁니다. 겨우 개가 빠져나갈 만한 크기의 창도 없었으니까요. 연통은 너무 좁아서 기어 올라갈 수가 없었고요. 문은 두껍고 튼튼한 참나무 판자로 되어 있었습니다. 아빠는 꽤나 조심성이 많아 통나무집을 나갈 때에는 집 안에다 칼이나 무엇을 남겨 놓고 가는 법이 없었습니다. 나는 집 안을 아마 백 번쯤은 샅샅이 뒤졌을 겁니다. 글쎄, 거의 언제나 이 짓거리를 하고 있었습니다. 이 짓거리 말고는 달리 어떻게 시간을 보낼 만한 일이 없더라고요. 그러다가 마침내 어떤 물건을 하나 찾아냈습니다. 손잡이가 빠진 낡고 녹슨 헌 톱인데, 지붕 서까래와 널빤지 사이에 꽂혀 있었습니다. 나는 이 톱에다 기름을 발라 일에 착수했지요. 식탁 뒤쪽 오두막 구석 끝 통나무에 낡은 말 안장 담요가 못에 걸려 있었습니다. 바람이 통나무 틈 사이로 들어와 촛불을 끄지 못하도록 해 놓은 것이었지요. 나는 식탁 밑으로 기어 들어가 담요를 쳐들고는 겨우 내 몸뚱어리가 빠져나갈 만큼 제일 밑장 큰 통나무의 한 군데를 톱질하기 시작했습니다. 그런데 이 일은 꽤 시간이 걸리는 작업이더라고요. 이 일을 거의 다 끝냈을 무렵 숲속에서 아빠의 총소리가 들려왔습니다. 나는 얼른 일하던 흔적을 없애 버리고, 담요를 내려 톱을 감춰 버렸습니다. 그러자 곧 아빠가 들어왔습니다.

아빠는 기분이 그다지 좋아 보이지 않았습니다. 타고난 그 본성을 개에게 줄 수 있나요. 마을에 다녀오는 길인데 모든 일이 잘 풀리지 않는다고 했습니다. 변호사 말에 따르면 재판만 시작하면 소송에서 이겨 돈을 손에 넣을 수 있을 텐데, 재판을 열지 않고 자꾸 연기만 하고 있다는 겁니다. 새처 판사가 농간을 부리고 있다는 거였지요. 그리고 또 마을 사람들 말로는 나를 아빠에게서 빼앗아 과부댁을 후견인으로 삼아 맡기려는 또 다른 재판도 있을 것이라고 했지요. 그렇게 되면 이번에는 과부댁이 이길 것이라고들 생각하고 있다는 겁니다. 이 말을 듣고 나는 꽤나 몸서리가 쳐졌습니다. 과부댁 집으로 돌아가 다시 구속받고 뭐 교양 있는 문명인이 된다는 것은 딱 질색이었기 때문이었지요. 그러고 나서 아빠는 연방 욕설을 퍼부어 대기 시작했습니다. 생각나는 일이면 일, 머릿속에 떠오르는 사람이면 사람에 대해 모조리 욕설을 퍼부어 댔습니다. 누구 한 사람이라도 빼놓으면 안 되겠다 싶었든지 다시 한번 모두에게 욕설을 퍼부었습니다. 그다음에는 말하자면 도매금으로 통틀어 욕설을 늘어놓고는 마무리를 짓더라고요. 그 가운데에는 아빠가 이름을 잘 모르는 사람들도 상당수 끼여 있었는데, 이름이 생각날 때엔 아무개 아무개 하고 불러 대며 계속 욕설을 퍼부어 나갔습니다.

아빠는 과부댁이 나를 빼앗아 가는지 어디 한번 보고 싶다고 했습니다. 망을 보고 있다가 만약 마을 사람들이 허튼수작을 하려고 찾아오면 10킬로미터 떨어진 곳에 나를 가둬 둘 만한 장소를 잘 알고 있노라고 했습니다. 그곳에서는 놈들이 까무러치게 될 때까지 찾아도 결국 나를 찾아내지 못할 거라고

했지요. 잠깐 사이이기는 하지만 이 말을 듣고 나는 또다시 덜컥 겁이 났습니다. 아빠가 그런 기회를 가질 때까지 내가 계속 머물러 있지는 않을 작정이었거든요.

아빠는 나더러 소형 보트가 있는 데에 가서 사온 물건을 가져오라고 했습니다. 22킬로그램짜리 옥수수 가루 한 부대, 베이컨, 탄약, 182리터들이 술병, 총알과 화약 사이 틈을 메우는 충전물로 쓸 헌책 한 권과 신문지 두 장, 그리고 견인용 밧줄이었습니다. 이러한 짐을 나르고 난 다음 다시 나룻배 있는 데까지 돌아가 뱃머리에 걸터앉아 쉬었습니다. 나는 이리저리 통밥을 굴린 끝에 토낄 때에는 총과 낚싯줄을 갖고 숲속으로 토끼리라 결심했지요. 한곳에서 오래 머물러 있지 않고 주로 밤을 이용하여 이리저리 돌아다니며 사냥도 하고 물고기를 낚아 살아갈 작정이었던 겁니다. 아빠도 과부댁도 두 번 다시 나를 찾아낼 수는 없을 아주 먼 곳으로 말입니다. 아빠가 곤드레만드레가 될 때까지 술을 마시면 그날 밤에 톱질을 하여 구멍을 크게 뚫고는 토끼리라고 마음먹었지요. 아빠는 틀림없이 술에 만취해 있을 겁니다. 골똘히 그 일을 생각하느라 정신이 팔린 나머지 너무 오랫동안 그곳에 머물러 있은 것도 몰랐습니다. 마침내 아빠가 나를 향해 잠들어 있는 거냐, 아니면 물에 빠져 죽기라도 한 거냐고 고함을 질러 대는 겁니다.

사 온 물건을 모두 집까지 나르는 동안에 벌써 어두워지기 시작했습니다. 내가 저녁을 짓고 있는 동안 아빠는 술을 한두 잔 걸치고는 꽤나 흥이 나 있어 그 바람에 또다시 소란을 피워 댔습니다. 마을에서 만취가 된 채 밤새도록 시궁창에 처박혀 있었기 때문에 꼴이 말이 아니었지요. 알아볼 수 없을 지경으로 머리통부터 발끝까지 온통 흙투성이였으니 말입니다. 술이 오르기만 하면 아빠는 늘 정부를 공격해 대는 겁니다. 이번에는 이렇게 욕설을 퍼부어 댔습니다.

"이것도 정부라고! 흥, 그 꼴이 어떤지 한 번 보시라지. 남의 자식을 애비한테서 빼앗아 가려는 법이 있단 말이지. 갖은 고생, 갖은 걱정을 하고, 갖은 돈을 써서 키워 낸 남의 집 자식을 말이야. 겨우 길러 이제 막 밥벌이를 하여 애비를 좀 편케 해 주려고 할 때 뻔뻔스럽게도 법이 나타나 괴롭힌다. 도대체 이런 걸 정부라고 부른단 말이지! 어디 그뿐인가. 법은 그 늙은 새처 판사 놈과 한통속이 되어 내 재산을 손에 넣지 못하도록 돕고 있으니 말이야. 이게 법이 하는 짓거리란 말인가. 법이 하는 짓거리란 게 6000달러나 나가는 인간을 붙잡아다 이런 거지 같은 낡은 통나무집에 처박아 놓고 똥 돼지에게도 어울리지 않을 옷을 입고 돌아다니게 한단 말씀이야. 제기랄, 이런 게 정부란 말이지! 이런 거지 같은 정부에선 인간은 권리를 제대로 행사할 수 없어. 가끔 나는 이런 우라질 나라에서 깨끗이 꺼져 버리고 싶은 생각이 굴뚝같단 말씀이야. 암 그렇고말고. 난 모든 놈들에게 그렇게 말해 준 거야. 그 늙은 새처 놈에게도 낯짝에다 대고 그렇게 쏘아붙여 주었지. 내 말을 들은 놈이 한두 놈이 아니었어. 난 하고 싶은 말이라면 무슨 말이든지 얼마든지 할 수가 있어. 동전 몇 푼만 쥐어 줘도 빌어먹을 이놈의 나라에서 꺼져 버려 영영 다시는 돌아오지 않겠다는 말이다. 내 말이 바로 이거야. 자, 어디 이 내 모자 꼴을 좀 보란 말이다! 이것도 모자라고 할 수 있다면 말이야. 뚜껑이 쑥 올라가고 그 밖의 다른 부분은 내 턱 밑에까지 축 처져 있으니 어디 모자라고 하겠나. 마치 내 대가리는 이어 맞춘 난로 연통에서 불쑥 나와 있는 꼴이 아니고 뭐야. 자, 이걸 좀 보란 말이다. 이런 걸 나보고 쓰고 다니라고, 내 권리만 제대로 행사할 수 있다면 이 마을에서 제일 내로라하는 부자가 될 어르신넨데 말씀이야.

암, 그렇고말고. 죽여 주는 정부고말고. 정말 끝내준다구. 자, 좀 보란 말이다. 오하이오주에서 건너온, 노예 신분에서 벗어난 검둥이 놈이 하나 있지. 백인에 가까울 만큼 피부가 흰 그 튀기 놈 말이야. 게다가 이놈이 지금까지 못 본 제일 하얀 셔츠에다 제일 삐까번쩍하는 모자를 쓰고 있는 게 아니겠어. 온 동네를 다 뒤져 봐도 이놈만큼 광 나는 옷을 입고 있는 놈은 없을 거야. 금시계에다 금줄, 대가리에다 은을 입힌 지팡이에다, 이 미주리주에서도 내로라 하는 반백(半白)의 명사라는 거야. 어디 그뿐인가. 이놈이 대학 교수로 온갖 여러 나라 말을 지껄일 수 있을뿐더러 모르는 것이 하나도 없다더군. 이뿐이라면 괜찮게. 제 고향인 오하이오주에서는 투표할 권리까지 있었다는 게 아니겠어. 이 말을 듣고 까무러칠 것 같았다니까. 이놈의 나라가 도대체 어떻게 돼 가고 있는 거야. 마침 선거 날이라 투표장에 가서 한 표 던지려던 참이었지. 물론 술에 곤드레만드레가 되어 있지 않았다면 말이지. 검둥이한테 투표시키는 주가 이 미국 안에 있다는 소리를 듣고 난 아예 그만 두 손 들어 버렸다니까. 내 죽을 때까지는 두 번 다시 투표할까

보냐고 그래 줬지. 내가 한 소린 바로 그거야. 사람들이 모두 내 말을 들었단 말씀이야. 이 따위 나라가 폭삭 망한다 해도 내 알 바 아니야. 난 이 모가지가 붙어 있는 한 투표는 안 할 거다. 글쎄, 이 검둥이 놈 하는 수작 좀 보시지. 내가 그놈을 떼밀어 버리지 않는다면 길을 비키려고도 하지 않거든. 왜 이 검둥이 놈을 경매에 걸어서 팔아 치우지 않는 거냐고 거기 있던 사람들에게 물어보았지. 그 까닭을 알고 싶었거든. 그랬더니 그 작자들이 뭐라고 그랬는지 알아? 글쎄, 이 미주리주에서 여섯 달 동안 살지 않으면 팔 수가 없다는 거야. 그리고 놈은 아직 그만큼 오래 살지 않았다는 거지. 이 일 한 가지만 보아도 모든 걸 알 수 있어. 이 미주리주에 여섯 달 동안 살고 있지 않았다고 해서 이 풀려난 검둥이를 팔 수 없는 이것을 두고 정부라고 부른다니까. 이런 주제에 스스로 정부라고 떠들어 대고, 정부인 척을 하고, 정부라고 생각하고 있단 말씀이야. 이리저리 싸질러 다니며 도둑질이나 일삼는 이 빌어먹을 흰 셔츠 입은 검둥이를 한 놈 붙잡으려고 꼬박 여섯 달이나 손 놓고 가만히 기다려야 한다니 말이야. 어디 그뿐인가……."

아빠는 계속해서 이런 식으로 불평을 늘어놓았습니다. 늙고 비쩍 마른 다리가 어디로 향하고 있는지도 전혀 분간할 수 없을 정도였습니다. 그러다가 소금에 절인 돼지고기 통에 부딪쳐 그만 거꾸로 나자빠지고 말았지요. 그 바람에 양쪽 정강이가 벗어졌습니다. 나머지 욕설은 정말 가관이었습니다. 그 검둥이와 정부 사이를 오락가락하며 욕설을 퍼부어 댔는데, 여기저기서 베이컨 통에다가도 욕설을 퍼부었습니다. 아빠는

처음에는 한쪽 정강이를 붙잡고 다른 쪽 다리로, 다음에는 다른 쪽 정강이를 붙잡고 한쪽 다리로 방 안을 뛰어 돌아다니다가 갑자기 왼쪽 발을 치켜올리더니 통을 힘껏 걷어차는 겁니다. 그러나 그건 계산 착오였지요. 구두 앞축으로부터 발가락이 두 개 삐져나와 있다는 것을 깜빡 잊어버렸던 겁니다. 그래서 아빠는 머리카락이 쭈뼛 서리만큼 무서운 비명을 지르고는 그만 땅 위에 벌렁 나자빠져 데굴데굴 뒹굴며 발가락 끝을 움켜쥐고는 아까보다도 더 지독한 욕설을 퍼붓는 겁니다. 나중에 이런 말을 하더라고요. 소베리 헤이건 영감이 한창 끝발 날리던 시절의 욕설을 들은 적이 있는데, 자기 욕설에 비하면 그까짓 건 새 발의 피라고요. 하지만 그 말은 좀 뻥튀기한 것 같았습니다.

저녁 식사가 끝나자 아빠는 술병을 꺼내 와, 두 번은 얼큰히 취할 분량이고 한 번은 꼭지가 빠지도록 취할 분량이라고 했습니다. 말하는 것이 늘 이런 투였지요. 나는 한 시간쯤 지나면 아빠가 술에 곤드레만드레가 되어 버리리라고 판단하고는, 그렇게 되면 열쇠를 훔치거나 톱을 사용해서 빠져나가리라고 생각했습니다. 아빠는 계속 술을 퍼마셔 마침내 담요 위에 쓰러지긴 했지만 아직 행운이 나에게 오지 않았습니다. 어디가 불안한지 아빠는 푹 잠을 이루지 못하고는 끙끙 앓고 있더라고요. 오랫동안 투덜대는 소리를 내기도 하고 신음소리를 내기도 하고 이리저리 몸을 움직여 댔습니다. 마침내 나는 너무나 졸음이 쏟아져 아무리 해도 도저히 눈을 뜨고 있을 수 없었답니다. 그래서 나도 모르는 사이에 그만 촛불을 켜 둔 채 깊은 잠에 떨어지고 말았지요.

얼마나 잤는지 모르겠지만 갑자기 비명 소리가 들려와 그만 잠이 깨고 말았습니다. 아빠가 마치 미친 사람처럼 이리저리 방 안을 마구 뛰어 돌아다니면서 뱀이 있다고 소리쳤습니다. 뱀이 두 다리 위로 기어 오른다고 펄펄 뛰면서 비명을 질러 댔지요. 한 마리가 뺨을 물었다고 야단법석이었지만 내 눈에는 뱀 같은 것은 어디에도 보이지 않았습니다. 자리에서 벌떡 일어나 "그놈을 떼! 어서 그놈을 떼어 버리라니까. 내 모가지를 물었어!" 하고 소리치면서 아빠는 방 안을 이리저리 뛰어 돌아다니는 겁니다. 저렇게 미쳐 날뛰는 사람을 난 본 적이 없었습니다. 얼마 후 아주 녹초가 되어 버린 아빠는 숨을 헐떡거리며 그만 마루 위에 쓰러졌지요. 아주 굉장히 빠르게 몸을 이리 뒤치락 저리 뒤치락하면서 두 다리로 마구 여기저기를 걷어차고 비명을 지르며 귀신이 붙어 있다고 하면서 두 손으로 허공을 때리기도 하고 움켜잡기도 했습니다. 그러다가 그만 녹초가 되어 잠시 동안 끙끙거리면서 가만히 누워 있었지요. 좀 더 조용해지더니 이제는 끽 소리도 내지 않았습니다. 저 멀리 숲속에서 부엉이와 늑대 우는 소리가 들려와서 아주 고요한 느낌을 자아내 주었습니다. 아빠는 한구석에 누워 있었지요. 마침내 상반신을 조금 일으키더니 머리를 한쪽으로 갸우뚱한 채로 귀를 기울이는 겁니다. 그러고는 아주 나지막한 목소리로 이렇게 중얼거렸습니다.

"쿵, 쿵, 쿵, 저건 죽은 사람들 소리야. 쿵, 쿵, 쿵, 저건 나를 붙잡으러 오고 있는 거야. 하지만 어디 내가 갈 줄 아느냐. 아, 여기 왔구나! 나한테 손 대지 마! 손을 대지 말라니까, 손을 떼! 손도 차갑군. 어서 놔! 아, 불쌍한 날 내버려 두라니깐 그러네!"

그러고 나서 아빠는 네 발로 엉금엉금 기어서, 죽은 사람들에게 자기를 제발 내버려 두라고 애원했습니다. 그러고는 몸에 담요를 둘둘 말고는 헌 송판 식탁 밑으로 기어 들어가 여전히 애원하다가 엉엉 울기 시작했습니다. 담요 사이로 울음소리가 새어 나왔습니다.

마침내 아빠는 담요에서 기어 나와 마치 미친 사람처럼 사나운 모습으로 벌떡 일어섰습니다. 나를 알아보자 이번에는 나한테 달려들었습니다. 잭나이프를 집어 들고는 방 안을 이리저리 쫓아다니며 나를 보고 죽음의 천사라고 부르면서 네놈을 죽이면 두 번 다시는 자기를 공격해 올 수 없을 것이라고 고래고래 소리를 질러 댔습니다. 나는 살려 달라고 애원을 하며 천사가 아니라 그저 헉에 지나지 않는다고 애원을 해 보았지만, 아빠는 째지는 듯한 목소리로 웃고 욕설을 퍼부으며 계속 내 뒤를 따라다녔습니다. 한 번 몸을 홱 돌려 팔 아래로 빠져나가려고 하다가 그만 아빠한테 어깻죽지를 붙잡히고 말았습니다. 나는 이젠 모든 것이 다 끝장이로구나 하고 단념했지요. 하지만 번개처럼 재빨리 저고리에서 빠져나와 가까스로 목숨을 건졌습니다. 아빠는 곧 완전히 녹초가 되어 문에 등을 기대고 털썩 주저앉았습니다. 잠시 쉰 다음에 또다시 나를 죽여 없애 버리겠다고 했지요. 칼을 엉덩이 밑에 집어넣고는 한 잠 자고 나서 힘이 생기거든 어디 누가 이기나 두고 보자고 하는 겁니다.

그러다가 아빠는 곧 잠이 들어 버렸습니다. 마침내 나는 헌 등나무 의자를 가져다가 아무 소리가 나지 않도록 가만히 그 위에 올라서 총을 꺼내 들었습니다. 화약이 재어 있나를 확인하려고 탄약 재는 쇠꼬챙이를 밀어 보고는, 총구를 아빠 쪽으로 향해 무통 위에다 걸쳐 놓고, 그 뒤에 앉아 아빠가 몸을 움직이기를 기다리고 있었지요. 그런데 시간은 참으로 느릿느릿 지루하게 흘러가고 있었습니다.

7장

"어서 일어나지 않고 뭘 하고 있는 거야!"

나는 눈을 뜨고 대체 내가 어디 있는가를 알려고 주위를 돌아다 보았습니다. 해가 벌써 중천에 떠 있었고, 나는 세상 모르게 잠을 자고 있었던 겁니다. 아빠는 못마땅한 얼굴을 하고 내 앞에 서 있었습니다. 어디가 아픈 사람처럼 말이지요. 아빠가 이렇게 물었습니다.

"이 총 가지고 뭐 하고 있는 거야?"

나는 아빠가 무슨 짓을 했었는지 전혀 깨닫지 못하고 있다고 판단하고서 이렇게 대답했습니다.

"누가 들어오려고 하길래 그놈을 기다리고 있었어요."

"왜 나를 깨우지 않았지?"

"깨우려고 했지만 그렇게 할 수가 없었어요. 꿈쩍도 하지 않던걸요."

"그럼 됐어. 거기 서서 온종일 입만 놀리지 말고 어서 나가 아침 먹을 고기가 낚싯줄에 걸렸나 보고 와. 나도 이제 곧 따라갈 테니."

아빠가 문을 열어 주었고, 나는 강가로 나갔습니다. 큰 나뭇가지 몇 개와 그것 비슷한 것과 나무 껍질 부스러기가 떠내려오고 있었습니다. 그래서 나는 미시시피강 강물이 불기 시작한 것을 알았습니다. 지금쯤 내가 마을에 있다면 재미를 톡톡히 볼 텐데 하고 생각했습니다. 유월에 물이 불어나면 나에게 늘 행운을 가져다주곤 했지요. 물이 불어나기 시작하면 땔

나무가 될 장작이며 통나무 뗏목이 떠내려왔습니다. 한꺼번에 몇십 개씩이나 떠내려오는 때도 있었지요. 그래서 그것들을 건져 내어 재목상과 목재소에 내다 팔기만 하면 되는 겁니다.

나는 한 눈으로는 아빠 쪽을 쳐다보면서, 다른 한 눈으로는 불어난 물에 떠내려올지도 모르는 표류물에 마음을 쓰면서 강가를 따라 상류 쪽으로 걸어 올라갔습니다. 그런데 갑자기 카누 하나가 나타나는 것이 아닙니까. 길이가 3미터 내지 4미터가량 되는 멋진 카누로, 물오리처럼 가볍게 물 위에 떠 있는 겁니다. 옷을 입은 채로 개구리 모양으로 강가에서 곧장 강 속으로 풍덩 뛰어들어 카누를 향해 헤엄을 치기 시작했습니다. 누가 카누 바닥에 누워 있을지 모른다고 생각한 것은, 사람들을 놀려 주려고 곧잘 그런 짓을 하는 작자들이 자주 있었기 때문이었지요. 누군가가 소형 보트를 저어서 카누 바로 앞에까지 가면 벌떡 자리에서 일어나서 웃어 대는 겁니다. 그러나 이번만큼은 사정이 달랐습니다. 틀림없이 임자 없이 떠내려온 카누로, 나는 그것에 기어 올라가 강기슭을 향해 조용히 젓기 시작했지요. 아빠도 이걸 보면 기뻐할 거라고 생각했습니다. 너끈히 10달러는 받을 수 있어 보였으니까요. 하지만 강기슭에 이르고 보니 아직 아빠의 모습이 보이지 않았습니다. 덩굴과 버들가지로 뒤덮여 있는 도랑 같은 작은 개울 속으로 카누를 저어 넣고 있는 동안 갑자기 생각 하나가 머릿속에 스쳐 갔습니다. 이놈을 꼭 숨겨 놓았다가 도망칠 때가 오면 숲속으로 들어가는 대신, 강을 따라 한 80킬로미터쯤 하류로 내려가 어느 곳에서 언제까지나 야영 생활을 하면, 걸어서 고생스럽게 떠돌이 생활을 하지 않아도 될 것 같다는 생각이 들었던 겁니다.

이곳은 비교적 통나무집에 가까운 곳이라 나는 줄곧 아빠의 발자국 소리를 듣는 것만 같았습니다. 그러나 나는 교묘히 카누를 감추고 나서 강가로 올라가 버드나무 숲을 한 번 둘러보았지요. 바로 그때 아빠는 오솔길로부터 약간 떨어진 곳에서 총으로 새 한 마리를 겨누고 있었습니다. 그렇다면 아빠는 그때까지 아무것도 보지 못했을 겁니다.

아빠가 가까이 다가왔을 때 나는 열심히 견지낚싯줄을 끌어당기는 시늉을 하고 있었습니다. 아빠는 뭘 그리 꾸물거리고 있느냐고 나무랐지만 강에 빠졌기 때문에 그만 늦었노라고 대답했습니다. 아빠는 내가 물에 젖어 있는 것을 보고 틀림없이 뭐라고 물어보리라는 것을 알고 있었기 때문이었지요. 우리들은 낚싯줄에서 메기 다섯 마리를 떼어 집으로 돌아왔습니다.

두 사람 다 지칠 대로 지쳐 있었기 때문에 아침을 먹은 다음 누워서 한잠 자기로 했습니다. 아빠나 과부댁이 내 뒤를 쫓지 않도록 어떻게든지 꾸며 놓을 수만 있다면 그 편이 오히려, 두 사람이 내가 없어진 것을 알기 전에 운에 맡기고 멀리 줄행랑쳐 버리는 것보다 더 안전할 거라는 생각이 들었습니다. 온갖 일이 어떻게 일어나게 될지 아무도 모르거든요. 어떡하면 좋을지 뾰족한 방법이 떠오르지 않았습니다. 그때 또 한바탕 물을 마시기 위해 아빠가 잠시 자리에서 일어나 이렇게 말하는 겁니다.

"또다시 누가 이 근처에서 서성거리면 나를 깨우는 거다. 알았지? 그놈은 필경 무슨 까닭이 있어 여기에 찾아온 것일 거야. 아까 그놈을 쏘아 죽였으면 좋았을 걸 그랬군. 요 다음 엔 꼭 날 깨우는 거다. 알아들었지?"

그러고 나서 아빠는 다시 자리에 누워 잠들었습니다. 이제 방금 아빠가 한 말을 듣고 나니 기똥찬 생각 하나가 머리에 떠올랐습니다. 이제 어느 누구도 내 뒤를 쫓아올 엄두도 내지 못할 그런 방법을 쓰리라고 마음속으로 생각했습니다.

정오쯤 해서 우리들은 밖으로 나가 강가를 따라 상류 쪽으로 걸어 올라갔습니다. 강은 꽤 빨리 물이 불어나 그 물살에 따라 표류목이 꽤 많이 떠내려오고 있었습니다. 얼마 후 통나무 뗏목의 일부, 그러니까 아홉 개를 한데 묶은 것이 떠내려왔습니다. 우리들은 나룻배를 타고 나가 그것을 강가로 끌어올렸지요. 그런 다음 저녁을 먹었습니다. 만약 다른 사람이라면 아마 그날 하루만은 하루 종일 강가에서 기다리고 있다가 좀 더 많은 것들을 건지려 했겠지만, 아빠가 하는 방식은 다른 사람과는 달랐지요. 그에게는 한 번에 뗏목 아홉 개면 충분했습니다. 곧장 마을로 가지고 가서 팔아 치워야만 직성이 풀린답니다. 3시 반쯤 아빠는 나를 방 안에 가둬 놓고는 소형 보트를 타고 통나무를 끌고 마을을 향해 떠났습니다. 오늘 밤은 돌아올 리가 없으리라고 판단했지요. 아빠가 이젠 꽤 멀리 갔으리라는 생각이 들 때까지 기다렸다가 나는 톱을 꺼내 예의 그 통나무를 다시 썰기 시작했습니다. 아빠가 강 건너편에 닿기 전에 나는 구멍에서 빠져나왔지요. 아빠와 뗏목은 저 멀리 강 위에 한 점으로밖에는 보이지 않았습니다.

나는 옥수수 가루 부대를 들고 카누를 감춰 둔 곳으로 가서는 덩굴과 작은 나뭇가지를 헤치고는 그것을 카누에 실었습니다. 다음에 베이컨을 싣고, 그다음에는 술병을 실었지요. 집 안에 있던 커피랑 설탕이랑 탄약이랑 모두 다 카누에 가져다 실었습니다. 충전용 종이, 양동이, 바가지, 국자와 양철 컵, 헌 톱과 담요 두장, 프라이팬과 커피 주전자도 갖다 실었습니다. 낚싯줄, 성냥, 그 밖에 조금이라도 값어치가 있어 보이는 물건은 무엇이든지 죄다 갖다 실었지요. 오두막집을 완전히 털다시피 했던 겁니다. 도끼도 탐이 났지만 장작더미에 있는 것 한 자루밖에는 없었습니다. 그 도끼를 그곳에다 그냥 남겨 둔 까닭을 나는 너무도 잘 알고 있었습니다. 총을 싣자 모든 일이 끝났습니다.

구멍으로 기어 나오기도 하고, 또 여러 가지 물건을 질질 끌어 내기도 하여 땅바닥이 꽤나 닳았습니다. 그래서 나는 반들거리게 된 곳과 톱밥이 있는 곳에다 바깥쪽에서 모래를 뿌려 덮어 교묘하게 먼저 모양대로 만들어 놓았습니다. 그다음에 통나무 자른 부분을 도로 제자리에 갖다 끼우고, 그것을 지탱하도록 돌 두 개를 그 밑에 고여 놓고 돌 하나는 기대어 놓았습니다. 바로 그 자리가 굽어 있고 땅에 닿지 않았기 때문이지요. 2미터쯤 떨어져 있고 톱으로 잘라 낸 것을 알지 못한다면 절대로 들킬 염려가 없을뿐더러, 여기는 통나무집 뒤쪽이고 보니 그곳에 서성거릴 사람이 있을 것 같지 않았습니다.

카누 있는 데까지는 온통 풀이 우거져 있어 발자국이 하나

도 남지 않았습니다. 주위를 한 바퀴 빙 둘러보았습니다. 그리
고 나서 강가에 서서 저 멀리 강을 내다보았지요. 모든 게 안
전했습니다. 그래서 총을 들고 숲속으로 조금 들어가 새를 찾
고 있던 중 멧돼지 한 마리가 나타났습니다. 대초원의 농장에
서 도망쳐 나온 돼지는 강의 저지대에서는 곧 야생 짐승이 되
어 버리고 마는 겁니다. 그놈을 잡아 집으로 왔습니다.

　나는 도끼를 집어 들고 문을 때려 부쉈습니다. 꽤나 심하게
부숴 버렸지요. 돼지를 안으로 끌고 와 식탁 근처까지 가지고
가서 도끼로 목을 쳐 피를 흘리도록 땅바닥에다 그냥 내버려
두었습니다. 내가 굳이 땅바닥이라고 하는 것은 진짜 땅이었
기 때문이지요. 마룻바닥이 아니라 발로 밟아서 굳게 다져진
땅이라는 말입니다. 그다음 이번에는 헌 부대를 꺼내다가 큰
돌을 주워 그 안에 잔뜩 집어넣었습니다. 힘닿는 데까지 말이
지요. 그러고는 이 부대를 돼지가 있는 데에서 시작하여 숲속

을 지나 강 있는 데까지 질질 끌고 나와 물 속에다 집어 던졌더니 그만 가라앉아 자취를 감추어 버렸습니다. 무엇이 땅바닥을 질질 끌려갔다는 것을 금방 알 수 있었지요. 톰 소여가 여기 있었다면 얼마나 좋을까 하고 생각했습니다. 그 녀석이 이런 일에 큰 흥미를 갖고 멋지게 솜씨를 부렸으리라는 걸 나는 알고 있거든요. 이런 일이라면 아마 톰 소여만큼 기똥차게 멋 부릴 녀석도 아마 없을 겁니다.

마지막으로 나는 머리카락을 한 움큼 뽑아 도끼에 흥건히 피를 묻혀 도끼 뒤쪽 날에다 머리카락을 붙인 후에 방 한쪽 구석으로 던져 버렸습니다. 그다음 돼지를 들어 올리고 (피가 떨어지지 않도록) 겉저고리 가슴팍까지 치켜들고는 집 아래쪽으로 꽤 멀리 간 다음 강 속에다 던져 버렸습니다. 이때 언뜻 딴생각 하나가 머리에 떠올랐지요. 나는 카누가 있는 데까지도로 가서 옥수수 가루와 부대와 예의 그 낡은 톱을 들고 다시 오두막으로 돌아왔습니다. 부대를 늘 놓아두는 곳에다 갖다 놓고는 톱으로 그 밑바닥에다 구멍을 뚫었습니다. 톱으로 구멍을 낸 것은 방 안에는 칼도 포크도 없었기 때문이지요. 아빠는 요리할 때 잭나이프 하나 가지고 무엇이든 다 하거든요. 다음엔 집 동쪽편 풀밭을 가로지르고 버드나무숲을 지나 90미터가량 떨어진 얕은 호수로 그 부대를 운반했습니다. 그 호수는 폭이 8킬로미터나 되고 온통 갈대가 우거져 있었습니다. 제철에는 오리들이 날아들 만한 곳이지요. 그 반대편에는 호수에서 수렁이라고 할까 개울이라고 할까 하는 것이 있어, 어디인지는 모르지만 미시시피강은 아닌 어떤 곳으로 몇 킬로미터나 흘러 내려갔습니다. 옥수수 가루가 부대에서 흘러나와 호수까지 죽 기다란 자국을 만들어 냈지요. 나는 그곳에다 아빠의 숫돌을 떨어뜨려, 그런 일이 우연히 일어난 것처럼 보이게 했습니다. 그다음 옥수수 가루가 흘러내리지 않도록 찢어진 부대를 실로 묶어 매고는 톱과 함께 카누 있는 데로 다시 가지고 갔습니다.

벌써 날이 어두워지기 시작했습니다. 나는 강가 위 버드나무 가지가 늘어진 곳에 카누를 돌려놓고는 달이 뜨기를 기다렸습니다. 버드나무 하나에다 밧줄을 매어 놓은 다음 밥을 먹었지요. 그러고는 카누 바닥에 드러누워 담배를 피우며 계획을 짜냈습니다. 마음속으로 이렇게 생각했습니다. 아마 사람들은 돌맹이를 잔뜩 담은 부대 자국을 따라 강가까지 가서 내 시체를 찾아 강바닥을 뒤질 거야. 그다음 옥수수 가루 자국을 따라 호수까지 가서 나를 죽이고 물건을 훔쳐간 강도를 찾아 호수에서 흘러내리는 개울을 따라 내려갈 거야. 내 시체 때문이 아니라면 절대로 강을 뒤질 리가 없겠지. 금방 시체 찾는 일에 싫증이 나서 그 이상 더 내 일에 마음을 쓰진 않을 거야. 잘됐어. 그러면 나는 어디든지 가고 싶은 곳에 마음대로 갈 수가 있지. 잭슨섬이라면 안성맞춤일 거야. 나는 그 섬이라면 꽤 잘 알고 있고, 또 그 섬에는 아무도 올 리가 없어. 게다가 또 나는 밤에는 카누를 타고 마을에 가서 숨어 다니며 필요한 물건을 얻어 올 수도 있어. 뭐니뭐니 해도 잭슨섬만 한 곳이 없지 뭐야 하고 말입니다.

꽤나 피로했으므로 나도 모르는 사이에 어느덧 잠이 들어

버렸습니다. 눈을 떴을 때 잠깐 동안은 나는 내가 어디에 있는
지 알 수 없었지요. 좀 겁이 나 자리에서 일어나 주위를 둘러
보았습니다. 그러자 기억이 났습니다. 강은 몇 킬로미터나 떨
어져 있는 것처럼 보였습니다. 달빛이 어찌나 밝은지 강가에
서 몇백 미터 떨어진 곳에 시꺼멓게 그리고 고요히 떠내려가
고 있는 표류목의 숫자를 헤아릴 수 있을 정도였으니까요. 모
든 것이 쥐 죽은 것처럼 고요하고, 시간이 늦은 것처럼 보였습
니다. 냄새로 늦었다는 것을 알 수 있었지요. 내 말이 무슨 뜻
인지 알 겁니다. 어떻게 표현해야 될지 잘 모르겠습니다만.

크게 하품을 하고 기지개를 켜고 나서 이제라도 곧 밧줄을
풀고 떠나려고 할 때였습니다. 강물 저쪽으로부터 무슨 소리
가 들려왔습니다. 나는 가만히 귀를 기울였습니다. 금방 그 소
리를 알아차릴 수 있었지요. 고요한 밤에 노걸이를 움직일 때
규칙적으로 노가 내는 둔탁한 소리였습니다. 버드나무 가지
사이로 가만히 내다보았지요. 소형 보트가 떠 있었습니다. 몇
사람이 타고 있는지는 알 수 없었습니다. 점점 가까이 다가와
바로 내 옆에까지 왔을 때 오직 한 사람만이 타고 있는 것을
알 수 있었습니다. 오늘 밤 돌아오리라고는 생각도 안 했지만
어쩌면 그게 아빠일지도 모르겠다는 생각이 들었지요. 조류
에 밀려 그가 내 바로 아래까지 떠내려왔고, 마침내 물 흐름이
약한 강가 쪽으로 다가왔습니다. 총을 뻗치면 닿을 만큼 아주
가까운 거리로 지나갔지요. 틀림없는 아빠였습니다. 노를 젓
는 폼으로 봐서는 술에 취해 있지도 않았습니다.

이제 단 1초라도 더 꾸물거리고 있을 수가 없었습니다. 다

음 순간 나는 강가의 그늘 속에서 조용히 그러나 빠른 속도로 배를 돌렸습니다. 4킬로미터쯤 빠져나온 다음 400미터 이상 강 한복판으로 나아갔지요. 나루터 옆을 지나게 되면 사람들이 나를 알아보고 불러 세울지도 모르기 때문이었습니다. 표류목 사이로 들어가서 카누 밑바닥에 납작하게 드러누운 채 조류가 흐르는 대로 몸을 내맡겼습니다. 드러누워서 곰방대를 피워 물고 푹 휴식을 취했지요. 하늘을 쳐다보니 구름 한 점 없었습니다. 달빛 아래 벌렁 누워 있으니 하늘이 여간 넓어 보이는 것이 아니었습니다. 나는 이런 경험은 이번이 처음이었지요. 더구나 이런 밤에는 물 위에서는 아주 멀리서 들려오는 소리까지도 들을 수 있었습니다. 나루터에서 사람들이 지껄이고 있는 소리가 들렸습니다. 뭐라고 지껄이고 있는지 한 마디도 빼놓지 않고 다 들을 수가 있었지요. 어떤 사람 하나가 낮이 길어지고 밤이 짧아지는 계절이 되었다고 했습니다. 다른 사나이가 이 말을 받아, 오늘 밤은 짧은 밤이 아닌 것 같은데 하고 대꾸하자 두 사람은 껄껄 웃었습니다. 그 사내가 똑같은 말을 되풀이하자 두 사람은 또다시 웃어 댔지요. 그다음 두 사람은 또 한 사내를 깨워 가지고 이 얘길 하며 웃었으나, 이 사내는 따라 웃지 않았습니다. 뭔가 날카롭게 욕설을 퍼부으면서 제발 그냥 내버려 둬 달라고 말했습니다. 맨 처음 사내는 이 얘길 늙은 마누라에게 할 거라고 했지요. 그러면 참 근사한 얘기가 될 거라고 했습니다. 그러나 이런 것은 자기가 젊었을 때 한 얘기에 비하면 아무것도 아니라는 겁니다. 한 사나이는 이젠 거의 3시쯤은 되었을 것이고, 어서 빨리 날이 새었으면 좋겠다고 했습니다. 그 후 지껄이는 소리는 점점 멀어져 갔고, 이젠 무슨 말을 하는지 알아들을 수 없게 되었지요. 중얼중얼하는 소리와 가끔 웃는 소리가 들렸지만 그것도 멀리서 들려오는 소리만 같았습니다.

어느덧 나는 나루터 한참 아래쪽에 와 있었습니다. 일어나 보니 4킬로미터쯤 하류에 잭슨섬이 있었습니다. 나무가 울창하게 우거지고 시커멓고 육중하게 강 한복판에 우뚝 서 있는 모습이 마치 불을 켜 놓고 있는 기선 같았지요. 물이 불어서 섬 끝에 모래톱의 흔적이 전혀 보이지 않았습니다. 물 아래에 가라앉아 있는 겁니다.

섬에 오르기까지 그렇게 오랜 시간이 걸리지 않았습니다. 조류가 빨라서 섬 위쪽 끝을 거센 속력으로 지나 흐름이 없는 수역으로 들어가서 일리노이주 쪽을 바라보는 곳에 상륙했지요. 그전부터 알고 있던 강둑이 움푹 들어간 곳에 카누를 저어 넣었습니다. 그곳에 들어가려면 버드나무 가지를 헤쳐야만 했습니다. 카누를 밖에서 볼 수 없도록 매 놓았습니다.

나는 섬 위쪽 끝까지 걸어가 통나무 위에 걸터앉아 큰 강과 시커먼 표류목, 그리고 5킬로미터 떨어져 있는 마을을 바라보았습니다. 마을에는 등불이 세넷 깜박거리고 있었습니다. 괴물처럼 커다란 뗏목이 2킬로미터쯤 상류 지점에서 그 한가운데에다 등불을 걸어 놓은 채 떠내려오고 있었지요. 느릿느릿 떠내려오고 있는 모습을 지켜보고 있으려니까 거의 내가 서 있는 장소와 나란히 왔을 때, 사내 하나가 "자, 고물 노를 저어! 뱃머리를 오른쪽으로 돌려!" 하고 외치는 소리가 들려왔습니다. 마치 이 사내가 내 바로 옆에 있는 것처럼 똑똑히 그 목소리를 들을 수 있었습니다.

이제 하늘에는 회색빛이 조금 감돌았습니다. 그래서 나는 숲속으로 들어가 아침 식사에 앞서 한잠 자려고 땅바닥에 벌렁 드러누웠습니다.

8장

눈을 떴을 때에는 8시가 넘었으리라고 생각될 만큼 해가
높이 솟아 있었습니다. 이 일 저 일을 궁리하면서 서늘한 그늘
밑 풀밭에 누워 있으려니까 마음이 가라앉고 느긋해지고 만
족스런 기분이 들었지요. 나무 사이 한두 개 구멍을 통해 해
를 볼 수 있었지만, 부근 일대가 큰 나무들이라 그 안은 어두
웠습니다. 나뭇잎 사이를 뚫고 햇살이 떨어지는 땅은 얼룩얼
룩 반점을 이루고 있었습니다. 반점들이 약간 흔들거리는 것
으로 보아 위쪽에서 바람이 조금 불고 있다는 걸 알 수 있었

지요. 다람쥐 몇 마리가 큰 가지에 앉아서 나에게 자못 정답게 뭐라고 재잘거리고 있었습니다.

몸이 꽤나 나른하고 느긋해졌습니다. 그래서 자리에서 일어나 아침밥을 만들 생각이 나지 않았지요. 또다시 깜박 졸고 말았는데, 바로 그때 상류에서 "꽝!" 하는 낮은 소리가 들려온 것 같았습니다. 몸을 쳐들어 팔꿈치를 괴고 귀를 기울이자 이내 또 한 번 들려왔습니다. 벌떡 일어나 나뭇잎 구멍 있는 데로 가서 내다보니 저 상류 위쪽 물 위에 연기가 몇 줄기 솟아 있는 것이 보였습니다. 나루터와 나란한 곳이었지요. 그리고 사람을 가득 태운 나룻배가 떠내려오고 있는 게 아닙니까. 그 사람들이 무슨 짓을 하고 있는지 금방 알 수 있었지요. "꽝!" 하고 하얀 연기가 나룻배 한쪽에서 솟아오르는 것이 보였습니다. 내 시체를 물 위에 떠오르게 하려고 대포를 쏘아 대고 있었던 겁니다.

나는 꽤나 배가 고팠지만 그렇다고 해서 연기가 눈에 띌까 봐 불을 피울 수도 없었습니다. 그래서 나는 거기 앉아서 대포 연기를 지켜보면서 "꽝!" 하는 대포 소리에 귀를 기울였습니다. 그쪽 강 폭이 2킬로미터로, 여름 아침엔 늘 아름답게 보였지요. 그래서 나는 그 사람들이 내 시체 찾는 것을 지켜보면서 마음껏 즐거운 시간을 보내고 있었습니다. 다만 무엇인가 먹을 것이 있었다면 말입니다. 그런데 그때 사람들이 늘 빵 덩어리 속에다 수은을 넣어서 물 위에다 띄운다는 것이 생각났습니다. 이렇게 하면 빵은 곧 익사체 있는 데로 가서 멈춰서기 때문이라지요. 그래서 나는 그 빵 덩어리를 지켜보고 있다가 그것이 나를 찾아서 떠내려오면 한번 시험해 보리라고 생각했습니다. 어떤 운수에 얻어걸릴지 보려고 일리노이주 쪽에 있는 섬 끝으로 자리를 옮겼지요. 나를 실망시키지 않았습니다. 큰 빵 덩어리 두 개가 흘러 내려왔으므로 나는 긴 장대로 거의 그놈을 건질 뻔했지만, 발이 미끄러지는 바람에 그만 빵은 멀리 떠내려가고 말았습니다. 조류가 둑에서 가장 가까운 곳에 밀려오는 장소에 가 있던 것은 두말할 나위도 없지요. 나는 이 일을 너무나도 잘 알고 있었습니다. 마침내 또한 개가 떠내려와 이번에는 건져 내는 데에 성공했습니다. 마개를 뽑고 조그만 수은 덩어리를 흔들어 버리고는 입에 물었습니다. 그것은 말하자면 '제과점에서 만든 빵'으로 지체 높은 사람들이나 먹는 그런 빵이었습니다. 그 거지 같은 옥수수 빵이 아니라는 말이지요.

나는 나뭇잎 사이 좋은 장소를 찾아내어 통나무에 걸터앉아 자못 만족스러운 마음으로 빵을 씹으며 나룻배를 바라보고 있었습니다. 바로 그때 언뜻 무슨 생각 하나가 머리에 떠올랐습니다. 과부댁이나 목사 또는 누군가가 이 빵이 나를 찾아내도록 기도를 올렸을 것이고, 그렇다면 이처럼 빵이 물에 떠내려와 제 구실을 다 해낸 셈이 아닐까 하고 말이지요. 그렇다면 그 기도에는 무슨 효능이 있는 게 틀림없었습니다. 즉 과부댁이나 목사 같은 사람이 기도를 올리면 그 기도는 효능을 발휘합니다만 내가 기도를 드리면 아무런 효력이 없으며, 진실한 사람이 아니고서는 기도가 맥을 못 춘다는 생각이 들었지요.

곰방대에 불을 붙여 천천히 길게 빨면서 계속 지켜보았습니다. 나룻배는 조류에 따라 둥실둥실 떠다니고 있었지요. 배가 떠내려오면 누가 타고 있는지 볼 수 있으리라는 생각이 들었습니다. 빵 덩어리가 그랬던 것처럼 배도 섬 근처까지 올 것이 뻔하기 때문이지요. 배가 꽤 가까이까지 왔을 때 나는 곰방대를 입에서 떼고 빵을 건져 올린 장소로 가 조그마한 공터에 있는 통나무 뒤 강가에 드러누웠습니다. 통나무가 갈라진 곳을 통해 들여다볼 수 있었습니다.

　마침내 나룻배는 판자만 걸치면 걸어서 상륙할 수 있을 만한 거리에까지 떠내려왔습니다. 거의 모두들 죄다 배에 타고 있었습니다. 아빠랑, 새처 판사 나리랑, 판사의 딸 베시 새처랑, 조 하퍼랑, 톰 소여랑, 폴리 아줌마랑, 톰의 동생 시드랑, 메

리랑 그 밖에도 더 많이 있었습니다. 모두가 살인 사건 얘기로 꽃을 피우고 있는 게 아닙니까. 그런데 선장이 끼어들며 이렇게 말했습니다.

"자 잘들 보십쇼. 조류는 여기서 제일 가깝게 밀려 들어오니까 그 애는 둑에 밀려와 물가 덤불 속에 엉켜 있을는지도 모릅니다. 어쨌거나 그렇게라도 되었으면 오죽 좋겠습니까만."

하지만 나로선 조금도 좋을 것이 없었습니다. 모든 사람들이 한곳에 모여 내 얼굴 바로 앞에서 난간 너머로 몸을 불쑥 내밀고는 있는 힘을 다해 조용히 살피고 있었습니다. 나는 모든 사람들의 얼굴을 똑똑히 볼 수 있었지만 그 사람들은 나를 볼 수가 없었지요. 바로 그때 선장이 크게 소리를 질렀습니다.

"거기 좀 비키시오!"

그러자 대포가 바로 내 앞에서 어찌나 큰 소리를 내며 터졌던지 귀가 멀고 눈앞이 잘 보이지 않을 정도였습니다. 나는 골로 가는 게 아닌가 하고 생각했지요. 만약 탄알을 장전해 쏘았더라면 그 사람들은 아마 찾고 있는 시체를 찾았을 겁니다. 하지만 하나님 덕택으로 나는 조금도 다치지 않았습니다. 배는 움직이기 시작하여 섬 옆쪽을 돌아 시야에서 사라져 버렸지요. 점점 더 멀리서 이따금씩 꽝 하는 소리가 들렸는데, 마침내 한 시간 후에는 아무 소리도 들리지 않게 되었습니다. 이 섬은 길이가 5킬로미터나 되는 섬이었지요. 나는 그들이 섬 아래쪽 끄트머리에까지 가서 그만 단념한 것이 아닌가 생각했습니다. 하지만 한동안 포기한 것이 아니었습니다. 섬 끄트머리를 돌아 이번에는 증기의 힘으로 미주리주 쪽 수로를 달리면서 가끔씩 꽝 하고 대포를 쏘아 대는 겁니다. 나는 섬을 가로 질러 그쪽으로 가서 지켜보았지요. 섬 머리쪽과 나란한 지점에 이르자 사람들은 대포 쏘는 것을 그만두고는 미주리 쪽 강변을 끼고 뱃머리를 동네 쪽으로 향하는 겁니다.

이젠 아무 문제 없다는 걸 알았습니다. 더 이상 나를 찾으러 오는 사람은 없을 겁니다. 카누에서 짐을 집어들고 우거진 숲속에다 끝내주는 야영을 했습니다. 담요 두 장으로 텐트를 만들어 비가 와도 젖지 않도록 그 아래에다 여러 가지 물건을 넣었지요. 나는 메기를 한 마리 잡아 톱으로 아무렇게나 배를 갈라 해가 질 무렵 모닥불을 만들어 저녁밥을 해 먹었습니다. 그다음 아침밥으로 먹을 고기를 낚기 위해 낚싯줄을 물 속에 넣어 두었습니다.

어두워지고 모닥불 앞에 앉아서 담배를 피우고 있으려니 기분이 몹시 좋아지는 것 같았습니다. 그러나 마침내 곧 그것도 심심해졌습니다. 강가에 앉아 조류가 밀려오는 소리를 듣기도 하고, 또 별과 물에 떠내려오는 통나무와 뗏목의 수를 세기도 했지요. 그러고 나서 잠자리에 들었습니다. 심심한 때 시간을 보내는 데에는 잠을 자는 것보다 더 좋은 방법이 없을 겁니다. 언제까지나 심심한 채로 있을 수는 없는 노릇이고, 잠을 자면 마침내 심심한 것을 잊어버리게 되니까요.

이러한 식으로 사흘 낮 사흘 밤이 지났습니다. 아무 변화가 없었지요. 하루하루가 똑같은 날들이었습니다. 하지만 다음 날 나는 섬을 한 바퀴 빙 돌아 아래쪽을 탐색하려고 떠났습니다. 이제 나는 이 섬의 주인으로, 말하지면 섬 전체가 내 것이었으니까 이 섬에 대해 모든 걸 다 알고 싶어졌던 겁니다. 그러나 주로 무료한 시간을 소일하고 싶었기 때문이었지요. 한참 잘 익은 산딸기가 널려 있었습니다. 초록색 산포도랑 초록색 래즈베리랑 초록색 블랙베리가 지금 막 모습을 드러내고 있는 참이었습니다. 이제 머지않아 손쉽게 따 먹을 수 있게 될 것이라고 생각했지요.

나는 섬 끝에서부터 그리 멀다고 생각되지 않는 지점까지 그윽한 숲속을 어슬렁어슬렁 걸어갔습니다. 총을 들고는 있었지만 아무것도 쏘지는 않았습니다. 그저 방어 목적으로 그냥 들고 갔지요. 집 근처에서 무슨 짐승을 죽일 작정이었습니다. 이때 나는 하마터면 큰 뱀을 밟을 뻔했지만 뱀은 풀과 꽃 사이를 스르륵 빠져나갔습니다. 나는 놈을 쏘아 죽일 작정으로 뒤를 따라갔지요. 있는 힘을 다해 그 뒤를 쫓다가 아직도 연기가 모락모락 피어오르고 있는 야영 모닥불의 잿더미에 뛰어들고 말았습니다.

심장이 두근두근 뛰어 간이 콩알만 해졌습니다. 무엇을 보려고 할 것도 없이 방아쇠를 내린 다음 되도록 빨리 발끝으로 슬금슬금 뒤로 물러섰지요. 우거진 나뭇잎 사이에서 잠깐씩 걸음을 멈추고는 귀를 기울였지만, 숨이 가쁜 탓에 그 밖의 소리는 아무것도 들리지 않았습니다. 또 잠시 도망을 치다가 다시 한번 귀를 기울이고, 또 도망치다가 귀를 기울이기를 몇 번씩이나 되풀이했지요. 나무 그루터기를 사람으로 착각했습니다. 발에 밟힌 나뭇가지가 부러지면 누군가가 내 숨통을 둘로 쪼개놓은 것같이 느껴졌습니다. 그중 반쪽, 그것도 작은

쪽 것밖에 남지 않은 느낌이 들었지요.

야영 장소에 돌아왔을 때에는 기운마저 빠져 맥이 완전히 풀려 버렸습니다. 여기서 어물어물하고 있을 때가 아니라는 생각이 들었습니다. 그래서 아무에게도 눈에 띄지 않도록 살림 도구 모두를 다시 카누에다 싣고, 불을 끄고 재를 그 근처에다 뿌려 작년에 피운 옛날 야영처럼 보이도록 해 놓고는 나무 위로 기어 올라갔지요.

아마 두 시간쯤은 나무 위에 올라가 있었을 겁니다. 그동안 실제로는 아무것도 보지 못하고 아무 소리도 듣지 못했습니다. 수많은 것을 보고 수많은 것을 들은 것처럼 생각되었지요. 하지만 언제까지 나무 위에 있을 수도 없고 해서 나무에서 내려왔습니다. 하지만 우거진 숲 밖으로는 한 걸음도 나가지 않은 채 줄곧 감시를 게을리하지 않았습니다. 먹을 것이라곤 산딸기와 먹다 남은 아침밥뿐이었습니다.

밤이 왔을 때 나는 꽤나 배가 고팠습니다. 그래서 완전히 어두워진 다음 달이 뜨기 전에 살그머니 강가를 떠나 400미터쯤 일리노이주 쪽 강가를 향하여 카누를 저어 갔습니다. 숲속으로 들어가 저녁밥을 지었습니다. 오늘 밤은 여기서 보내리라고 결심했을 때였습니다. 저벅저벅 저벅저벅 하고 말굽 소리가 들려오는 것이 아니겠습니까. 말굽 소리 다음에 사람 목소리가 들렸지요. 되도록 빨리 모든 것을 카누 속에다 처넣고는 가만히 숲속으로 들어가서 살펴보았습니다. 그리 멀리 가지 않아 한 사내가 이렇게 말하는 소리가 들렸습니다.

"마땅한 장소가 있으면 여기서 야영을 하는 게 좋겠는걸. 말이 녹초가 되다시피했어. 어디 좀 찾아보지."

나는 기다리지 않고 조용히 노를 젓기 시작했습니다. 예의 그곳에다 카누를 매어 놓고 오늘 밤은 카누에서 잠을 자기로 했습니다.

잠이 깊이 들지 않았습니다. 이 생각 저 생각으로 암만해도 쉽사리 잠을 이룰 수가 없었습니다. 눈을 뜰 때마다 누가 내 목덜미를 누르고 있는 것은 아닌가 하는 생각이 들었지요. 그래서 이런 상태로는 잠을 자도 몸에 좋을 것 같지가 않았습니다. 마침내 이러한 꼴로는 도저히 살 수 없다는 생각이 들었습니다. 대관절 이 섬에 나와 같이 있는 작자가 누구일까. 무슨 일이 있어도 꼭 찾아내야겠다고 마음먹었습니다. 이렇게 결심을 하고 나니 금방 마음이 가벼워지는 겁니다.

그래서 노를 집어들고 한두 발 강가에서 미끄러진 다음 그늘 아래로 카누를 저어 나갔습니다. 달은 빛났고 그늘 밖은 마치 대낮처럼 훤히 밝았습니다. 거의 한 시간 동안이나 찾아 다녔지만 모든 것은 바위처럼 고요하고 깊은 잠에 빠져 있었습니다. 이때 나는 거의 섬의 아래쪽 끝에까지 와 있었습니다. 시원한 산들바람이 조금 불기 시작하였고, 밤이 거의 다 지샜다고 해도 좋을 정도였지요. 노를 사용하여 카누를 돌려 뱃머리를 강가에다 대고, 총을 들고 슬그머니 숲 가장자리에 몸을 숨겼습니다. 거기 있는 통나무에 걸터앉아 나뭇잎 사이로 밖을 내다보았지요. 달이 졌는지 어둠이 온통 강 위로 퍼지기 시작했습니다. 그러나 얼마 후 나무 끝에 파릿한 줄무늬가 보이는 것으로 보아 아침이 가까이 다가오고 있다는 것을 알 수 있었습니다. 그래서 총을 집어들고는 아까 밟았던 그 야영 모닥불이 있던 곳으로 살금살금 접근해 갔습니다. 1, 2분씩 걸음을 멈춰 서서 귀를 기울이면서 말이지요. 그러나 그 장소를 찾아낼 것 같지가 않았습니다. 그러나 마침내 저 멀리 나무 사이로 불빛이 보였습니다. 나는 조심조심 그쪽으로 접근해 갔지요. 그것이 똑똑히 보일 만큼 가까이 가서 보니 웬 사내 하나가 땅 위에 벌렁 누워 있는 겁니다. 가슴이 덜컹 내려앉았지요. 사내는 머리에다 담요를 뒤집어쓰고 있었으며, 머리가 거의 불 속으로 들어가 있었습니다. 나는 그 사내로부터 약 2미터쯤 떨어진 우거진 덤불 뒤에 앉아 두 눈을 사내에게서 잠시도 떼지 않고 지켜보았습니다. 동쪽 하늘이 희멀겋게 밝아 왔습니다. 얼마 후 그 사내는 꿈틀하더니 하품을 하고 기지개를 켜고는 담요를 쳐들었습니다. 아니, 그 사내는 왓츤 아줌마네 노예 짐이 아니겠습니까! 그를 보자 나는 정말로 반가웠지요.

"어이, 짐!" 하고 소리치며 뛰쳐나갔습니다.

짐은 벌떡 일어나더니 놀란 듯이 나를 쳐다보았습니다. 그러고는 땅에다 무릎을 꿇고 두 손을 모으고 이렇게 말했습니다.

"내를 해쳐선 안 되지. 정말이여! 난 귀신한테도 해를 끼쳐본 일이 없으니께. 난 언제나 죽은 사람들을 좋아했고, 그 사람들을 위해서라면 할 일을 다 했는디. 네가 사는 강 속으로 다시 돌아가랑께. 늘 네 친구였던 이 늙은 짐에게 무슨 짓거리도 해서는 안 된당께 그러네."

짐에게 내가 죽지 않았다는 것을 깨닫게 하는 데에는 그리 오랜 시간이 걸리지 않았습니다. 나는 짐을 만나서 정말 기뻤습니다. 이젠 심심하지 않게 되었기 때문이었지요. 짐이 사람들에게 내가 있는 곳을 일러바치리라고 생각하지 않는다고 말했습니다. 나는 계속해서 입을 놀려 댔지만, 짐은 거기 앉아서 나를 쳐다보고만 있을 뿐 한 마디 입도 뻥끗하지 않았습니다. 그래서 내가 이렇게 말을 했지요.

"이젠 영락없이 아침이군. 아침밥을 지어야겠는걸. 자, 모닥불을 피워 줘."

"딸기 나부랭이로 요리하는 데 야영 모닥불을 만들어서 무슨 소용이당가. 그렇지만 넌 총을 가지고 있겠지. 그럼 딸기보다 훨씬 좋은 걸 잡을 수 있겠구먼."

"딸기 나부랭이라고." 하고 내가 말했습니다. "그런 걸 먹고 이제까지 살아왔단 말이야?"

"그것밖엔 먹을 것이 없응께."

"글쎄, 짐, 이 섬에 온 지는 얼마나 되었지?"

"네가 죽은 날 밤에 왔제."

"아니 그럼, 이 섬에 그렇게 오랫동안 있었다는 거야?"

"정말이랑께."

"그런데 그 쓰레기 같은 것 말고는 먹을 거리가 없었다는 거야?"

"없고말고. 그 밖엔 아무것도 없었으니께."

"그렇다면 거의 굶어 죽을 지경 아니야?"

"말 한 마리라도 통째로 먹을 수 있을 것 같당께. 정말이라고. 이 섬에 온 지 얼마나 됐디야?"

"내가 살해당한 날부터지."

"아니 뭐! 그럼 그동안 넌 무엇을 먹고 살아왔다냐? 하지만

너한텐 총이 있제. 잘됐구먼. 자, 그럼 뭘 잡아 오드라고. 나는 불을 지필 테니끼니."

그래서 우리들은 카누를 매어 둔 곳으로 갔습니다. 짐이 나무 사이 풀이 난 공터에다 불을 지피고 있는 동안 나는 옥수수 가루랑, 베이컨이랑, 커피 주전자랑, 프라이팬이랑, 설탕이랑, 양철 컵이랑을 꺼내 가지고 왔지요. 이것을 본 짐은 이게 모두 도깨비 조화가 아니냐고 깜짝 놀라는 겁니다. 나는 큼직한 메기 한 마리를 잡아 왔습니다. 짐은 칼로 그놈 배때기를 따서 기름에 튀겼습니다.

아침 식사가 준비되자 우리들은 풀 위에 아무렇게나 주저앉아 김이 모락모락 나는 뜨끈한 메기를 먹기 시작했습니다. 거의 굶어죽기 일보직전인지라 짐은 대단한 기세로 먹어 치웠지요. 배가 부르게 되자 우리들은 먹기를 그만두고 벌렁 나자빠져서 빈둥거렸습니다. 마침내 짐이 이렇게 입을 열었습니다.

"근디 말여. 헉, 그 오두막집에서 죽은 게 네가 아니라믄 대관절 누구란 말이당가?"

내가 자초지종을 모두 얘기해 주었더니 짐은 그거 끝내주는 일이라고 했습니다. 톰 소여라도 나만큼 그런 통밥을 굴릴 수 없을 거라고 감탄하지 뭡니까. 그래서 이번에는 내가 입을 열었습니다.

"짐, 어떻게 여기에 있게 된 거야? 대관절 어떻게 해서 여기까지 오게 된 거냐 말이야?"

이 말을 듣고 짐은 꽤 불안한 표정을 지으며 얼마 동안 아무 말도 하지 않았습니다. 그러고 나서 이렇게 말하는 겁니다.

"얘기 안 하는 게 좋겠는디."

"짐, 왜 얘기 않는 게 좋다는 거야?"

"뭐 이유가 하나둘이야 말이제. 헉, 하지만 너에게 얘기해도 날 밀고하진 않을 테지?"

"짐, 만약 내가 그렇게 한다면 성을 갈겠어."

"음, 그럼 난 너를 믿을 거여. 헉, 난, 난 말여 도망친 거랑께."

"짐!"

"이봐, 너 밀고 안 한다고 그랬제? 밀고 안 허겠다고 한 말을 잊지 않았을 테지, 헉."

"물론이지. 밀고 안 한다고 했고말고. 난 그 말을 지킬게. 어떠한 일이 있더라도 꼭 지킬 거야. 고발 안 한다고 해서 날 보잘것없는 노예 폐지론자라고 부르고 깔보고들 하겠지만 놈들 맘대로 하라고 하시지. 그렇게 하든 말든 아무 상관 없어. 난 밀고도 안 하고, 어쨌든 마을로 돌아가지도 않을 테야. 그러니까 뭐든지 죄다 얘기해 봐."

"음, 사정인즉슨 이렇당께. 그 아씨? 그 왓츤 아씨 말이제, 아씨가 늘 나에게 잔소리를 퍼부어쌌고, 또 나한테 심하게 굴기는 했지만, 지금까지 나를 올리언스에다 내다 팔겠다는 말은 없었단 말이제. 그러던 것이 요먼저 그 집에 노예·매매인이 온 것을 알게 되고 나서 버럭 걱정이 되었단 말이제. 그러던 차에 어느 날 밤 꽤나 늦게 문 뒤로 살짝 가 보았더니 문이 꼭 닫혀 있지 않았는데, 아씨가 과부댁에게 하는 말이, 나를 올리언스에다 팔기로 했는데, 팔기는 싫지만 날 팔면 800달러를 받게 되고, 그건 엄청난 돈이라서 팔지 않을 수 없다는 소릴 들었단 말여. 과부댁은 아씨에게 나를 팔지 말라고 말렸고, 난 그다음 말은 더 이상 듣지 않았당께. 정말이야, 다리야 날 살려라 하고 곧장 밖으로 빠져나왔제.

마을 상류 둑 어디에서 소형 보트를 훔치리라고 생각했제. 아직 자지 않고 서성거리는 사람들이 있어서 강가 근처 허물어진 통 가게에 숨어서 사람들이 모두 없어지기를 기다리고 있었구먼. 하룻밤을 그 속에서 보냈단 말이제. 누군가가 늘 거기 있더랑께. 아침 6시쯤 소형 보트가 지나가기 시작했고, 8시인가 9시경이 되니까 지나가는 소형 보트마다 네 아빠가 마을에 나타나 네가 죽었다는 말을 했다고들 하지 않능가. 그 뒤 소형 보트들에는 그 오두막집을 보러 가는 신사 나리 부인, 나리들로 가득 찼당께 글쎄. 때로는 강을 건너기 전에 강가에다 소형 보트를 대놓고 쉬는 사람들도 있고 해서 그 사람들이 하는 얘기를 듣고 난 살인 얘기를 전부 알게 되었단 말여. 헉, 난 네가 죽었다는 말을 듣고 꽤나 슬펐제. 하지만 이젠 더 이상 슬프진 않구먼.

난 하루 종일 대팻밥 밑에 누워 있었제. 배는 고팠지만 무섭지는 않더라고. 아씨와 과부댁은 아침 식사가 끝나기 무섭게 곧 야외 집회에 가서 하루 종일 거길 떠나지 않았제. 두 마님은 날만 새면 내가 가축을 밖으로 내놓는 걸 알고 있으니까, 저녁 때가 되어 어두워질 때까진 내가 집에서 없어진 걸 알 까닭이 없으리라는 걸 난 잘 알고 있었제. 다른 머슴들도 주인이 집을 비우자마자 자기 일을 하지 않고 땡땡이칠 것이니 내가 집에 없는 걸 알 까닭이 없을 거란 말이제.

그런데 날이 어두워지자 난 강가 길로 몰래 빠져나와 몇 킬로미터가량 집이 없는 곳으로 갔제. 이제부터 어떻게 할까 하고 마음을 정했당께. 만약 걸어서 도망친다면 개가 뒤쫓아 올게 아니겠능가. 소형 보트를 훔쳐서 그걸로 저쪽 둑으로 간다면 배가 없어진 것을 알고는, 내가 저쪽 둑 어디 내렸는지, 어디서 내를 쫓아야 할지 알 게 아니겠능가. 그래서 택한 게 뗏목이었제. 뗏목은 자국을 남길 리 없응께.

마침내 섬 머리 저쪽에서 등불이 하나 까물까물하며 이쪽으로 오고 있는 것이 보였제. 나는 강 속으로 뛰어들어 통나무 하나를 붙잡고는 강을 절반 이상이나 헤엄쳐 표류목 사이로 들어간 다음, 머리를 낮게 숙이고는 뗏목이 떠내려올 때까지 조류에 거슬리면서 헤엄을 치고 있었제. 그다음 뗏목 고물로 헤엄쳐 가 거기를 꽉 붙잡았당께. 그때 구름이 끼면서 잠시 꽤 어두워지데. 그래서 슬쩍 뗏목 위로 기어올라 널빤지 위에 드러누웠구먼. 뱃사람들은 모두가 저쪽 등불이 있는 한가운데서 모여들 있더랑께. 강물이 부쩍 늘어 그 속력이 여간이 아니었제. 그래서 나는 아침 4시까지는 틀림없이 40킬로미터 하류까지는 와 있으리라, 그러면 거기서 날이 새기 직전에 강 속으로 슬쩍 들어가서 강가로 헤엄쳐 올라 일리노이주 쪽 숲 속으로 달아나리라고 통밥을 굴린 거제.

그런데 글쎄 무슨 놈의 운이 그렇게도 딱 막히는지. 거진 섬 머리까지 뗏목이 떠내려왔을 때 뱃사람 하나가 등을 들고 고물 쪽으로 걸어오는 게 아니겠능가. 이거 가만히 있다간 큰일 날 것 같아 덜컥 겁이 나길래, 나는 뗏목에서 슬쩍 내려 이 섬을 향해 헤엄치기 시작했당께. 아무 데나 마음에 드는 장소에 오를 수 있으리라고 생각했지만 웬걸 그렇게 쉽게 되지 않더구먼. 강둑이 아주 깎아 내린 듯한 절벽이더란 말이제. 섬 끝에 가까운 곳으로 왔을 때 겨우 좋은 장소 하나가 눈에 띄었제. 숲속으로 기어 들어가 저렇게 등을 들고 뱃사람이 이리저리 돌아다닌다면 두 번 다시는 뗏목에 절대로 손을 대지 않으리라고 마음먹었제. 모자 속에다 곰방대와 쌈지와 성냥을 넣어 뒀더랬는데, 아 글쎄 요놈들이 하나도 물에 젖지 않았고, 그래서 이렇게 내가 무사태평하게 되지 않았겠능가."

"그럼 짐은 지금까지 고기도 빵도 먹은 일이 없다는 거야? 그럼 왜 거북이라도 잡지 않았지?"

"무슨 수로 그놈을 붙잡는단 말인가. 살금살금 다가가서 잡을 수도 없고. 그렇다고 바위를 집어던져 잡을 수도 없는 노릇이지 않은가. 한밤중에 무슨 수로 그런 짓을 한단 말이당가. 게다가 대낮엔 강가에 얼씬도 하지 않으려고 했당께."

"그랬었군. 숲속에 늘 숨어 있지 않으면 안 되었을 테지. 헌데 대포 쏘아 대는 소리 못 들었어?"

"듣고말고. 사람들이 너를 찾고 있다는 걸 난 그 대포 소리를 듣고 알았제. 작자들이 여길 지나가는 것이 보이더구먼. 덤불 속에서 지켜보았지."

새끼 새 몇 마리가 날아와서는 일이 미터 빙 돌더니 내려앉았습니다. 짐은 그걸 보고 비가 올 징조라고 했습니다. 병아리가 이렇게 나는 것은 비가 올 전조인데, 새끼 새들이 이런 짓을 해도 역시 마찬가지라고 했지요. 나는 그놈을 몇 마리 잡겠다고 했더니 짐이 굳이 말렸습니다. 그런 짓을 하다간 이쪽이 죽고 말 거라고 펄쩍 뛰는 겁니다. 자기 아버지가 언젠가 중병에 걸렸을 때 식구 중의 누가 새를 잡았다는 거지요. 그런데 짐의 할머니 말이 이제 너의 아버지가 곧 죽게 될 거라고 했는데, 정말로 세상을 떠나고 말았다는 겁니다.

그리고 또 짐은 저녁 식사에 반찬거리로 쓸 물건의 숫자를 헤아려서도 안 된다고 했습니다. 그러면 악운이 오기 때문이라는 겁니다. 해가 진 다음 식탁보를 털어 흔들어도 마찬가지라는 것이지요. 그다음 또 짐은, 꿀벌 집을 가지고 있는 사람이 죽으면 다음 날 아침 해가 뜨기 전까지 그 얘기를 꿀벌에게 해 주지 않으면 안 되고, 만일 그렇게 안 하면 벌들이 모두 약해져서 일도 안 하고 죽어 버린다는 말도 했습니다. 꿀벌은 바보는 쏘지도 않는다고 짐은 말했지만 나는 그 말을 믿지 않았습니다. 나는 몇 번이고 시험해 보았지만 벌들은 도통 나를 쏘려고는 하지 않았기 때문이었지요.

나는 전에 이런 전조 얘기를 몇 개는 들어 본 적이 있었지만 그 전부를 듣지는 못했습니다. 짐은 이런 종류의 전조를 죄다 알고 있었습니다. 아무튼 내가 보기에 전조라는 것은 거의 모두가 악운을 알리는 것같이 보였지요. 무슨 행운을 가져다주는 전조는 없느냐고 물어보았더니 짐이 이렇게 대답했습니다.

"굉장히 적당께. 그것도 사람들에게 별로 도움이 되진 않제. 행운이 언제 올지 무엇 땜시 그렇게 알고 싶어 하능가? 행운이 오지 않게 하려고 그러능가?" 그러고는 다시 말을 이었습니다. "털이 많은 팔과 털이 많은 가슴은 부자가 될 전조랑께. 그런 전조는 좀 쓸모가 있제. 먼 장래 일이닝께. 그렇지, 처음 오랫동안 가난뱅이로 살아야 할지도 모르고, 그래서 전조를 보고 마침내 부자가 된다는 걸 모른다면, 실망한 나머지 그만 자살해 버릴지도 모른다는 말이제."

"짐, 그럼 짐은 팔과 가슴에 털이 많다는 거야?"

"그걸 질문이라고 하능가? 이게 보이지 않능가?"

"그럼 짐은 부자란 말이야?"

"천만의 말씀이제. 하지만 옛날에 한 번 부자였었는데 이제 다시 한번 더 부자가 될 거랑께. 한때 나에게 14달러가 있었는데 투기에 손을 대어 그만 홀딱 날려 버리고 말았제."

"무엇에 투기를 했는데?"

"글쎄, 처음엔 주식에 손을 댔제."

"어떤 주식이었는데?"

"가축 주식이었제. 소 말이제. 난 10달러를 주고 암소를 한 마리 샀당께. 이젠 죽으면 죽었지 돈을 가축에 거는 일은 안 하지. 이 암소는 무슨 생각이 들었던지 내가 키우는 동안 그만 뻗어 버렸단 말여."

"그러니까 결국 돈만 손해 보았겠네."

"천만의 말씀. 10달러를 고스란히 손해 본 건 아니제. 그중에서 9달러 날려 버렸지. 소 가죽과 비계는 1달러 10센트 받고 팔았으니까 말이제."

"그럼 1달러 10센트 남은 셈이네. 그걸로 또 투기를 했어?"

"하고말고. 아, 왜 저 부래디쉬 영감님네 외다리 검둥이 알지. 그 작자가 은행을 세운 거야. 1달러를 넣으면 그 해 말에 4

달러를 준다든가. 그래서 검둥이들이 모두 돈을 넣었는데 많은 돈을 가진 작자가 어디 있어야제. 아 글쎄 큰 돈을 가졌다는 건 나 하나뿐이 아닝가. 그래서 4달러 이상을 내라고 하며 내 끝까지 버티지 않았겠남. 그 돈을 안 주면 내가 은행을 차리겠다고 말이제. 이 검둥이가 나까지 은행 일을 하는 걸 좋아하지 않았제. 은행은 둘이서 할 만한 장사거리는 못 된다고 하면서 말이제. 내가 5달러를 내면 그 해 끝에 가서 35달러를 돌려주겠다는 게 아닝가.

그래서 난 그대로 했잖능가. 그 35달러를 투자하여 그걸로 한 몫 단단히 볼 배짱이었제. 밥이라는 검둥이가 있어서 이 검둥이가 뗏목을 건졌는데, 이 사실을 그 작자 주인은 모르고

있었단 말이제. 난 이것을 밥에게서 외상으로 사서 그 해 연말이 되면 35달러를 주겠다고 큰소리를 했잖능가. 그런데 웬걸 그날 밤에 어떤 놈이 그 뗏목을 감쪽같이 엎어 가 버렸고, 다음 날엔 외다리 검둥이가 은행이 파산했다고 딱 잡아떼는 바람에 누구 하나 돈을 건진 사람이 없었지."

"짐, 그 10센트 어떻게 했지?"

"옳지, 난 그 10센트도 써 버리려고 생각했제. 아 글쎄, 꿈을 꿨는디, 그 꿈이 나에게 나타나서 하는 말이, 그 10센트를 발럼이라는 검둥이에게 주라는 게 아닝가? '바보 발럼'이라고 모든 사람들이 그렇게들 부르는 그 게으름뱅이 바보 멍텅구리 말이제. 그런데 모든 사람들이 말하기를, 놈은 바보지만 운은 타고난 놈이라나. 난 내가 재수가 나쁘다는 걸 잘 알고 있거든. 이 꿈이 말하기를 발럼에게 10센트를 투자하게 하라, 그러면 그놈은 나에게 돈을 벌어다 준다 이거제. 그래서 이 발럼이라는 작자가 돈을 들고 교회로 간 것인데, 목사가 가난한 사람에게 선심을 쓰는 자는 누구나 하나님에게 돈을 꿔 주는 것이 되어 그 돈의 백 배가 되어 틀림없이 되돌아오게 된다고 하는 말을 들었단 말이제. 그래서 이 작잔 10센트를 들고 가서 가난한 사람에게 주고는 어떠한 일이 일어나나 하고 기다리고 있었당께."

"짐, 그래서 어떻게 된 거야?"

"어떻게 되긴 뭐가 어떻게 돼. 나도 이젠 그 돈을 되돌려받을 수 없게 되었고, 발럼도 어림도 없게 되었제. 난 이제 저당물을 보지 않고선 절대로 돈을 꿔 주지 않기로 했당께. 목사님 말인즉슨, 틀림없이 돈이 백 배가 되어서 돌아온다는 거랑께! 그 10센트라도 그대로 찾을 수만 있다면 이거야말로 공평한 처사고, 재수가 참으로 좋다고 기뻐할 거란 말이제."

"하지만 어쨌든 잘되었어. 언젠가 한 번은 또다시 부자가 되기로 되었다니 말이야."

"허긴 그렇당께. 생각해 보면 지금도 난 부자이제. 난 내 몸뚱어리를 소유하고 있는 주인인데, 능히 800달러는 받을 수 있으니께. 그 돈이 지금 있다면 더 이상 바랄 것이 없겠구먼."

9장

　탐험을 하다가 찾아낸 섬 한복판에 있는 장소로 가서 거기를 잘 봐 두고 싶었습니다. 그래서 우리들은 그곳을 향해 떠났고, 멀리 가지 않아 곧 그곳에 도착했습니다. 이 섬은 길이가 5킬로미터인 데다가 넓이가 400미터밖에 되지 않았기 때문이지요.

　그 장소는 높이가 12미터가량 되는, 꽤 길고 가파른 언덕이라고 할 만한 산마루였습니다. 사면(斜面)이 아주 가파른 데다가 덤불이 우거져서 꼭대기까지 오르는 데 꽤나 애를 먹었지요. 우리들은 그 부근을 빙빙 돌기도 하고 또 기어오르기도 하여, 마침내 일리노이주 쪽을 향한 꼭대기 근처 바위에 꽤 큼직한 동굴 하나가 있는 것을 찾아냈습니다. 방을 두세 개쯤 합친 정도의 크기로, 짐은 그 안에서 몸을 꼿꼿이 펴고 설 수 있었지요. 동굴 안은 서늘했습니다. 짐은 단번에 살림 도구를 이곳으로 옮기자고 했지만 나는 밤낮 오르내리게 될 테니 그렇게 하기가 싫다고 했습니다.

짐은 카누를 안전한 장소에 숨겨 놓고, 살림 도구를 모두 이 동굴 속에다 감춰 둔다면, 누가 섬으로 와도 우리들은 동굴 속으로 피신할 수 있을 것이고, 개를 데리고 오지 않는 이상 들킬 염려가 없다고 했습니다. 게다가 또 새끼 새들로 보아 비가 곧 내릴 것 같은데 물건들을 비에 젖게 해도 괜찮겠냐는 겁니다.

그래서 우리들은 다시 돌아가 카누를 타고, 동굴과 나란한 지점까지 와서 물건 전부를 그 동굴로 날랐습니다. 그다음 우리가 있는 장소에 아주 가까운 우거진 버드나무 숲 한복판에다 카누를 감출 장소를 찾았습니다. 낚싯줄에서 물고기 몇 마리를 떼고, 낚시 장치를 다시 먼저대로 해 놓은 다음 점심 식사 준비를 했지요.

동굴 아가리는 큰 통을 굴려서 넣을 수 있을 만큼 컸으며, 아가리 한쪽으로 바닥이 좀 앞으로 나오고 평평했으므로 불을 피우기에는 그야말로 안성맞춤이었지요. 그래서 우리들은 거기서 불을 피워 점심 준비를 했습니다.

우리들은 그 안에다 융단 대신 담요 몇 장을 깔고는 그 위에서 점심을 먹었습니다. 그 밖의 다른 물건들은 동굴 구석에 다 쓰기 편하게 정리해 두었지요. 얼마 되지 않아 곧 어두워지더니 천둥 소리가 나며 번갯불이 번쩍번쩍하기 시작했습니다. 역시 새들은 틀림이 없었습니다. 곧 비가 퍼붓기 시작했는데, 기세가 아주 대단했을뿐더러 이렇게 세차게 불어 대는 바람을 나는 여태껏 본 적이 없었습니다. 영락없는 한여름의 폭풍우였습니다. 캄캄해져서 밖은 모든 것이 짙은 남색으로 제법 아름답게 보였지요. 빗발이 굵게 내리치는 탓에 조금 떨어진 나무들이 희미하고 거미줄처럼 보였습니다. 게다가 엎친데 덮친 격으로 회오리바람마저 마구 불어와 나무를 쓰러뜨리고, 나뭇잎의 연한 아래쪽을 뒤집어 놓고 말았지요. 다음 순간 몹시도 거센 질풍이 그 뒤를 뒤따라오자 작은 나뭇가지들이 미친 듯이 두 팔을 휘둘러 댔습니다. 그다음 푸르고 검은색으로 변하리라고 생각하고 있을 바로 그때, '번쩍!' 하고 번갯불이 비치는 바람에 그때까지 볼 수 있었던 것보다 몇백 미터 더 멀리 나뭇가지들이 폭풍우 속에서 몸을 비틀고 있는 것이 얼핏 보였습니다. 생각할 겨를도 없이 금방 다시 사방은 완전히 깜깜해졌지요. 천둥소리가 한 번 크게 들린 다음 하늘에서 땅 아래쪽으로 꽈다당 꽝 하고 굴러가는 소리가 계속 들렸습니다. 마치 빈 통을 2층에서 아래로 굴리는 것만 같았답니다. 계단이 길어서 통이 몇 번씩이나 튀어오를 때 일어나는 바로 그 소리 말이지요.

"짐, 이거 정말 끝내주는데." 내가 말했습니다. "난 여기 말고는 아무 데도 있고 싶지 않아. 생선 한 토막하고 따끈따끈한 옥수수 빵 좀 이리 집어 줘."

"근데 내가 없었더라면 넌 지금 이 자리에 있을 수 없제. 저 아래 숲속에서 아마 점심도 제대로 먹지 못한 채 물에 빠진 생쥐처럼 있을 거구먼. 틀림없제. 병아리들은 언제 비가 오실지 잘 알고 있고, 그건 새들도 마찬가지랑께."

"짐, 언젠가 전에 톰 소여랑 조 하퍼랑 이곳에 와 본 적이 있어. 지금처럼 폭풍우가 몰아쳐 대었지. 지난여름이었어. 우린 이곳에 대해 아무것도 모르고 있었고, 그래서 우린 물에 빠진 생쥐처럼 흠뻑 젖었었거든. 번개가 때려 거목이 산산조각 났었지. 짐, 도대체 왜 번갯불에는 그림자가 생기지 않을까?"

"글쎄, 번갯불에도 그림자가 생기는 것 같은데. 하지만 잘 모르겠는걸."

"아니야, 그렇지 않아. 내가 잘 안다니깐. 햇빛에는 그림자가 생기지만, 또 촛불에도 그림자가 생기지만, 번개는 아니야. 톰 소여가 그러는데 그림자가 생기지 않는다는 거야. 그래 안 생겨."

"분명하제. 네가 잘못 생각하고 있는 거랑께. 그 총 이리 줘 보더라고. 어디 한번 보고 싶구먼."

그러고 나서 짐은 문간에 총을 세워 놓고 총을 잡았습니다. 번개가 내리치자 총에는 아무런 그림자도 생기지 않았습니다. 그러자 짐이 이렇게 말했지요.

"거 참 이상하구먼. 겁나게 이상하당께. 사람들 말로는 귀신에도 그림자가 생기지 않는다던데. 뭣땀시 그런지 아는가? 하기사 귀신이 번갯불로 만들어졌거나, 아니면 번갯불이 귀신으로 만들어졌으니까 그럴 테지. 하지만 어떤 쪽이 맞는지 잘 모르겠구먼. 어느 쪽이 맞는지 알았으면 좋으련만, 헉."

"나도 마찬가지야. 하지만 도통 알 도리가 있어야지. 헌데 짐, 귀신을 본 적 있는 거야?"

"귀신을 본 적이 있느냐고? 본 적이 있지."

"그래? 짐, 그럼 그 얘기 좀 들려줘. 그 얘기 좀 해 보라니깐."

"폭풍우가 무섭게 휘몰아치고 있어 이대로라면 어디 말을 제대로 할 수 있겠능가. 하지만 어디 한번 해 보지. 아주 오래 전 일이었제. 내가 열여섯 살 적에, 그러니까 지금은 저승 사람이 되었지만, 윌리엄 서방님이 우리가 살던 마을에 있던 의과 대학에 다니던 시절이랑께. 그 의과 대학은 벽돌로 지은 되게 큰 3층 건물이었는디, 마을 어귀 탁 트인 곳에 홀로 서 있었지. 헌데 한겨울 어느 날 밤 윌리엄 서방님께서 나더러 그 대학에 가서 계단을 올라가 2층 해부실로 가라는 게 아니겠능가. 거기 가서 테이블에 누워 있는 죽은 시체 하나를 따뜻하게 녹이라는 거지. 칼로 자르기 좋게 말랑말랑하게 만들라는 거였제."

"짐, 뭣 때문에 그랬을까?"

"내사 아능가. 모르긴 몰라도 시체 안에서 무엇인가 찾으려는 거였제. 어쨌든 서방님이 나더러 그렇게 하라고 하셨구먼. 서방님이 도착할 때까지 나더러 거기서 기다리고 있으라고 말이여. 그래서 램프를 들고 마을을 가로질러 갔지. 제기랄, 폭풍우가 내리치는디 춥기는 또 얼마나 춥고! 길거리에는 개미 새끼 하나 돌아다니지 않고, 바람을 헤치고 걸어가기가 되게 힘들데. 거의 한밤중이 다 되었는데, 칠흑같이 깜깜하더랑께.

학교에 도착하고 나니까 되게 기쁘더랑께. 문을 따고 들어가 2층 해부실로 올라갔제. 길이가 18미터에 넓이가 8미터 되는 방이드구먼. 두 벽을 따라 학생들이 죽은 사람들을 칼로 쨀 때 입는 길고 검은 가운이 걸려 있드랑께. 램프를 흔들거리며 걸어가니까 그 가운 그림자들이 벽을 따라 펼쳐졌다 오무라졌다 하는데 되게 무섭더랑께. 손을 녹이려고 손을 흔들어대는 것처럼 보이더라고. 두 번 다시는 쳐다보지 않았제. 하지만 여전히 내 등 뒤에서 그 짓을 하고 있는 것 같더구먼.

방 한가운데에는 12미터가량 되는 테이블이 하나 놓여 있는데, 그 위에 시체 넷이 무릎을 치켜들고 천을 뒤집어쓴 채 누워 있더구먼. 천 속으로 사람 형체가 보이더랑께. 글쎄, 윌리엄 서방님 말씀이 나더러 검은 구레나룻을 한 몸집이 큰 시체를 녹이라고 하셨제. 그래서 시체 하나의 천을 벗겨 보았더니 수염이 없지 않겠능가. 하지만 두 눈을 크게 부릅뜨고 있어 얼른 천을 덮어 버렸제. 그다음 시체는 지독하게 무시무시한 꼴인지라 하마터면 램프를 떨어뜨릴 뻔했당께. 시체 하나를 건너뛰고 마지막 시체로 갔지 않았겠능가. 천을 벗기고 나서, 응 자네가 내가 찾던 임자구먼, 하고 말했지. 검은 구레나룻에다 몸집은 되게 크고 해적처럼 험상궂은 표정을 하고 있었제. 실오라기 하나 걸치고 있지 않더라고. 다른 시체도 마찬가지지만. 굴림댄가 하는 둥근 말뚝 위에 누워 있었제. 천을 벗겨낸 다음 발을 앞쪽으로 하고 그 시체를 벽난로 앞에 있는 테이블 끝까지 밀고 갔제. 두 다리는 벌어져 있고 무릎은 약간 굽혀 있데. 그래서 그를 테이블 끝에 세워 놓았더니 몸을 녹이려는 듯이 두 다리를 내놓고 큼직한 발가락을 꼿꼿이 세운 채 꼭 산 사람처럼 앉아 있더랑께. 굴림대로 그를 받쳐 세워 놓은 다음 따뜻하게 해 주려고 등뒤와 머리에 천을 뒤집어씌웠제. 그러고 나서 턱 아래 천 귀퉁이를 붙잡아 매고 있는데, 맙소사 두 눈을 크게 뜨는 게 아니겠능가! 난 천 자락을 놓고 서서 몸을 부들부들 떨며 그 시체를 쳐다보았제. 글쎄, 딱 부러지게 뭣인가를 쳐다보는 것도 아니고, 그렇다고 무슨 다른 짓을 하는 것도 아니었지. 그래서 진짜로 죽은 시체라는 걸 알았당께.

하지만 그 부릅뜬 두 눈은 도저히 참을 수 없었제. 그걸 쳐다보는 것만으로도 소름이 오싹 끼치더랑께. 그래서 천으로 얼굴 위와 턱 아래쪽을 덮어씌우고 꽁꽁 묶어 버렸제. 그랬더니 앞에는 실오라기 하나 걸치지 않은 알몸에 마치 커다란 눈덩이 같은 머리를 하고 앉아 있더군. 시체 뒤쪽에는 등을 덮은 천이 테이블까지 축 늘어져 있고. 그런 식으로 두 다리를 쭉 펴고 앉아 있더란 말이제. 정말이지 그래 봤자 아까보다 더 나아 보이지도 않더랑께. 어쨌든 머리가 겁나게 무시무시하였제.

하지만 그 두 눈은 천으로 덮어씌워 있었제. 그래서 난 그런 식으로 그냥 내버려 두자고 생각하고 더 이상 손을 대지 않았구먼. 그러다가 난 벽난로의 재받이돌 위에 있는 그의 두 다리 사이로 몸을 굽히고, 불을 좀 더 밝게 하려고 램프에서 양초를 꺼내 손에 잡고 있었제. 벽난로에는 재가 좀 남아 있었지만 장작은 모두 실험실 끝 쪽에 있더랑께. 허리를 굽히고 장작을 막 가지러 가려는 참에 촛불이 깜박거렸고, 그 늙은이의 다리가 움직이는 걸로 생각했지 않겠능가. 소름이 쫙 끼치데. 손을 내밀어 내 왼쪽 턱 쪽에 쑥 뻗쳐 있는 그의 다리를 더듬어 보았제. 그랬더니 얼음처럼 차디차더랑께. 그래서 시체가 움직이지 않는다고 생각한 거구먼. 그러고 나서 이번에는 내 오른쪽 턱 쪽에 쑥 뻗쳐 있는 다리를 더듬어 보았더니만 그것도 몹시 차더랑께. 바로 두 다리 사이에 내가 허리를 굽히고 있었던 거란 말이제.

곧바로 그의 발가락이 움직인다는 생각이 들더구먼. 양쪽으로 바로 내 코앞에 있었제. 참말이지 불안해지데. 덜커덕거리는 아주 커다란 낡은 건물이었는데, 그 안에는 나 말고는 아무도 없었당께. 얼굴에 천을 뒤집어쓴 채 내 위에 있는 그 시체랑 고통받고 있는 귀신처럼 건물 주위에서 울부짖는 바람이랑 유리창에 휘몰아치는 진눈깨비뿐이었제. 바로 그때 마을

에서 시계가 열두 점을 알리지 않겠능가. 너무 멀리 떨어져 있는지라 바람에 막혀 마치 신음소리처럼 들리더랑께. 오로지 그런 소리뿐이었지. 이 건물 밖에 있다면 얼마나 좋을까 하는 생각이 들데. 이러다가 내가 어떻게 될지 모르지 않겠능가? 그런데 그 친구가 분명히 발가락을 움직이는 거였제. 똑똑히 눈에 보이더랑께. 그 친구의 두 눈을 느낄 수 있었고, 천에 덮인 큼직한 머리도 보이더랑께.

오, 맙소사, 바로 그 순간 그 차디찬 다리를 내 목에 탁 걸쳐 놓고 내려오면서 발길로 촛불을 꺼 버리는 게 아니겠능가!"

"어쩌면! 짐, 그래서 어떻게 했지?"

"어떻게 했냐고? 아무 일도 하지 않았제. 다만 어둠 속에서 토껴 버렸지. 그가 원하는 게 무언지 알아보려고 기다리지 않았제. 천만의 말씀. 쏜살같이 계단 아래로 뛰어 내려가, 걸음아 나 살려라 하고 비명을 지르며 집을 향해 줄행랑을 쳤당께."

"윌리엄 서방님이 무어라고 하셨어?"

"나더러 바보 멍텅구리라고 하시더군. 서방님이 가 보았더니, 그 죽은 사람은 마룻바닥 위에 편안히 누워 있었다는 거여. 서방님은 그 시체를 칼로 난도질하시지 않았겠능가. 정말이지 내도 한번 해 보고 싶더라고."

"짐, 대관절 무엇 때문에 그 시체가 짐의 목에 뛰어 올랐던 걸까?"

"글쎄, 윌리엄 서방님 말씀은, 내가 굴림대로 그를 잘 받쳐 놓지 않았다는 거제. 하지만 잘 모르겠어. 죽은 시체라면 그런 식으로 행동할 수 없는 노릇이제. 다른 사람 같았으면 아마 까무라쳐 죽었을 거랑께."

"짐, 하지만 그 시체는 귀신이 아니었잖아. 그는 오직 죽은 사람이었을 뿐이지. 정말로 진짜 귀신을 보기는 본 거야?"

"두말하면 잔소리지! 그것도 아주 많이 보았당께."

"짐, 그 귀신 얘기 좀 해 줘."

"암, 나중에 해 주겠구먼. 이제 폭풍우가 가라앉고 있당께. 그러니 낚싯줄이나 살펴보고 미끼나 다시 달아 놓는 게 좋겠구먼."

열흘인가 열이틀 동안 계속 강물이 불어나 마침내는 강둑을 넘고 말았습니다. 이 섬의 얕은 곳과 일리노이주 쪽 저지대는 수심(水深)이 1미터나 되었습니다. 그쪽 강가까지는 넓이가 몇 킬로미터나 되었지만, 미주리주까지 강폭은 전과 다름없는 2.5킬로미터 정도밖에 되지 않았습니다. 미주리 쪽의 강가가 높은 절벽처럼 되어 있기 때문이었지요.

우리들은 대낮에 카누를 타고 섬 안을 이리저리 돌아다녔습니다. 해가 내리쬐도 깊은 숲속은 여간 시원하지 않았고 또 그늘이 많았습니다. 우리들은 나무 사이를 나왔다 들어갔다 했지요. 덩굴이 몹시 엉킨 채 흘러내리고 있었으므로 뒤로 물러서 다른 곳으로 비켜가지 않으면 안 되었던 적도 있었습니다. 다 쓰러진 고목마다 토끼와 뱀과 그 밖의 짐승들이 우글거렸습니다. 섬이 하루나 이틀 동안 침수되어 있을 때에는 이놈들이 배가 잔뜩 고파 얌전해져서, 생각만 있으면 근처까지 카누를 타고 가까이 가서 만져 볼 수도 있었지요. 하지만 뱀과 거북만은 어림도 없었습니다. 물속으로 그만 스르르 미끄러져 들어가고 말지요. 동굴이 있는 산등성이에는 이런 짐승들이 꽤 득실거렸습니다. 마음만 있으면 얼마든지 애완동물로 삼을 수도 있었지요.

어느 날 밤 우리들은 목재 뗏목의 조그마한 부분, 그러니까 근사한 송판 몇 장을 건져 냈습니다. 넓이가 4미터에다 길이가 5미터가량으로 윗부분이 수면으로 16센티미터쯤 나와 있는 단단하고 평평한 마루용 재목이었지요. 대낮에도 가끔 톱으로 켠 나무들이 떠내려오는 것을 보았지만 그대로 내버려 두었습니다. 대낮에는 우리들은 모습을 드러내지 않았으니까요.

어느 날 밤 해가 뜨기 직전 섬의 머리 부분에 있었습니다. 우리들이 섬 머리에 있으려니까 서쪽으로 목조 건물 한 채가 둥실둥실 떠내려오고 있는 겁니다. 이층집이었는데 한쪽으로 꽤 기울어져 있었지요. 카누를 젓고 가 그 배에 올라간 다음 2층 창문으로 기어올라 갔습니다. 하지만 아직 어두워서 잘 보이지 않는 까닭에 카누를 잡아매 놓고서는 그 안에 앉아 날이 밝기를 기다렸습니다.

섬 끝으로 오기 전에 날이 벌써 환하게 밝아 오기 시작했습니다. 우리들은 창을 통해 배 안을 들여다보았습니다. 눈에 보이는 것이라곤 침대 하나, 책상과 헌 의자 두 개, 그리고 마루에 흩어져 있는 잡동사니 물건이었습니다. 벽에는 옷들도 걸려 있었고요. 구석에는 사람처럼 보이는 무엇인가가 드러누워 있었습니다. 짐이 소리를 질렀습니다.

"여보시우!"

그러나 꿈쩍도 안 했습니다. 그래서 내가 소리를 질러 보았고, 다음에 짐이 다시 소리쳤습니다.

"저 사람은 자고 있는 게 아니고 죽은 거여. 넌 여기 가만히 있으라고. 내 가서 보고 올 테니."

짐은 그 안에 들어가 허리를 구부리고 살펴보더니 이렇게 말했습니다.

"죽은 사람이구먼. 맞아, 죽은 데다가 옷도 벗구 있는걸. 등에 관통상을 입었는디. 골로 간 지 이삼 일은 된 것 같구먼. 헉, 들어와 봐. 하지만 절대루 얼굴을 봐선 안 된당께. 되게 무시무시하거든."

나는 그 사내를 보려고 하지 않았습니다. 짐은 헌 넝마를 그 사람 얼굴 위에다 덮어씌웠지만 그럴 필요가 없었습니다. 나는 그 사내를 보고 싶지 않았으니까요. 마루 위에는 기름기 흐르는 낡아 빠진 카드랑, 헌 술병 몇 개랑, 시커먼 천으로 만

든 마스크 두 개가 여기저기 널려 있었습니다. 벽에는 온통 숯
으로 쓴 상스러운 욕설과 그림이 있었지요. 벽에 걸려 있는 것
이라고는 더러운 무명옷 두 벌과 부인용 밀짚모자와 여자 내
복 따위였고 남자 옷도 있었습니다. 우리들은 그것들을 카누
에 실었습니다. 나중에 쓸모가 있게 될지도 모르니까요. 마루
에 있는 사내아이용 밀짚모자는 여기저기 때가 묻고 낡은 것
이었지만 나는 그것도 갖고 가기로 했습니다. 또 우유가 담겨
있는 병도 있었는데, 어린애에게 먹일 수 있도록 헝겊 젖꼭지
가 달려 있었습니다. 우리들은 이 병도 가지고 갈까 하다가 깨
져 있었기 때문에 그만두기로 했지요. 낡아 빠진 헌 궤짝과
모서리가 깨지고 낡아 빠진 털 트렁크도 하나 있었습니다. 뚜
껑은 열린 채였지만 값어치가 있어 보이는 물건이라곤 아무것
도 들어 있지 않았지요. 여러 가지 물건이 흩어져 있는 것으
로 미루어 보아 사람들이 허겁지겁 급하게 떠났고, 그 때문에
물건을 대부분 갖고 갈 수 없었으리라는 생각이 들었습니다.

　우리들은 헌 양철 램프랑, 손잡이가 없는 식칼이랑, 어느 가
게에서든지 25센트는 주어야 사는 새 발로우 나이프랑, 많은
양초랑, 양철로 만든 촛대랑, 바가지랑, 양철 컵이랑, 침대에서
벗겨 낸 쥐가 갉아먹은 헌 이불이랑, 바늘과 핀과 밀랍과 단추
와 그 밖의 여러 가지 물건이 들어 있는 손가방이랑, 도끼 한
자루랑, 못이랑, 터무니없이 큰 낚싯바늘이 몇 개 달려 있는
내 새끼손가락만큼이나 굵은 낚싯줄이랑, 무두질을 한 사슴
가죽 한 장이랑, 가죽으로 만든 개 목걸이랑, 말 편자랑, 상표
가 붙어 있지 않은 물약 병 몇 개를 손에 넣었습니다. 막 방에

서 나오려고 하는 참에 나는 꽤 쓸 만한 말빗 하나를 발견했고, 짐은 거지 같은 낡은 바이올린 활 하나와 나무 의족 하나를 찾아냈습니다. 나무 의족의 가죽 끈은 끊어져 있었지만 그것만 제외하면 꽤 쓸 만한 다리였지요. 그러나 나에게는 좀 길고 짐에게는 좀 짧은 데다 여기저기를 찾아보았지만 다른 한쪽 의족은 눈에 띄지 않았습니다.

그럭저럭 모든 것을 합치면 대체로 우리들은 큰 벌이를 한 셈이었습니다. 이 목조 집을 막 떠나려고 할 즈음에 우리들은 섬에서 400미터나 하류에 와 있었습니다. 사방이 꽤 훤해졌으므로 나는 짐더러 카누 바닥에 누우라고 하고는 그 위에다 이불을 푹 덮어씌웠습니다. 꼿꼿이 앉아 있으면 꽤 멀리서도 단번에 검둥이라는 것을 알아볼 수 있기 때문이었지요. 나는 일리노이주 쪽으로 노를 저어 800미터가량 아래로 내려갔습니다. 누구에게도 들키지 않고 무사히 강가 밑 고여 있는 물 위로 기어 올라갔습니다. 마침내 우리들은 무사히 집으로 돌아왔습니다.

10장

아침 식사를 마친 다음 나는 그 죽은 사람 얘기를 꺼내면
서 어떻게 해서 죽었는지 알아내고 싶었지만 짐이 좀처럼 응
해 주지 않았습니다. 그런 얘기를 하면 재수없는 일이 생기게
될지도 모르며, 더구나 그 사내 귀신이 나타나게 될지도 모른
다는 거였지요. 아직 무덤에 묻히지 않은 사람은 매장되어 편
히 쉬고 있는 사람보다는 어쨌든 더 많이 귀신이 되어 떠돈다
는 겁니다. 이 말은 꽤나 그럴싸하게 들렸으므로 나는 입을 꾹
다물고는 그 이상 아무 말도 하지 않았지요. 하지만 그 사건이

계속 머릿속에서 맴돌았으며, 누가 그 사내를 쏘아 죽였고 또 왜 그런 짓을 했는지 알고 싶은 마음이 굴뚝같았습니다.

우리들은 가지고 온 옷가지들을 샅샅이 뒤져 헌 담요로 만든 외투 안쪽에 은화 8달러를 꿰매 놓아 둔 것을 찾아냈습니다. 짐은 그 집 사람들이 이 외투를 틀림없이 훔쳤을 것이라고 했습니다. 돈이 있는 것을 알고 있었다면 그냥 그대로 둘 리가 없지 않느냐는 겁니다. 나는 그 사람들이 이 외투를 훔쳤을 뿐만 아니라 외투의 주인마저 죽였을 거라고 말했지요. 그러나 짐은 그것에 관해서는 입을 열고 싶지 않다고 했습니다. 그래서 내가 이렇게 말했습니다.

"짐은 그걸 재수없는 일이라고 생각하는 모양이지. 하지만 그저께 지붕 꼭대기에서 찾아낸 뱀 껍질을 내가 가지고 왔을 때 짐은 뭐라고 그랬지? 손으로 뱀 껍질을 만지는 것은 세상에서 가장 재수없는 짓이라고 그랬었지. 그런데 어때, 이게 짐이 말하는 악운이라는 거야? 우린 이 물건들에다 8달러까지 벌지 않았느냐 말이야. 제발 이렇게 재수없는 일이 매일마다 일어났으면 좋겠는걸."

"걱정 마. 걱정일랑 하질 말랑께. 너무 건방 떨지 않는 게 좋을 거구먼. 이제 곧 그 악운이 닥쳐올 테니 어디 두고 보라지. 내 말을 잊지 말랑께. 이제 곧 닥쳐온다니께."

그런데 정말로 그 악운이 닥쳐오고야 말았습니다. 짐과 이야기를 나눈 것은 화요일이었습니다. 금요일 점심을 먹은 다음 우리들은 산마루 꼭대기 풀밭에서 뒹굴고 있었습니다. 그때 마침 담배가 떨어졌지요. 담배를 가지러 동굴 속으로 들어

갔을 때 동굴 안에 방울뱀 한 마리가 있었습니다. 나는 그놈을 죽여 짐의 담요 한끝에다 아주 살아 있는 것처럼 둘둘 사리를 튼 채로 놔 두었습니다. 짐이 그놈을 발견하면 재미난 일이 일어날 거라고 생각했거든요. 그런데 밤이 되기 전에 나는 뱀 생각을 그만 까맣게 잊어버리고 말았습니다. 내가 불을 켜고 있는 동안 짐은 털썩 하고 담요 위에 나자빠졌습니다. 그런데 마침 거기에 와 있던 죽은 뱀의 짝이 짐을 물었던 겁니다.

짐은 비명을 지르면서 뛰어올랐고, 불빛이 비치자 독사가 또 다시 뛰어오를 준비로 몸을 둥글게 사리를 틀고 있는 모습이 보였습니다. 나는 당장에 그놈을 막대기로 때려죽였고, 짐은 아빠의 술병을 움켜쥐더니 꿀꺽꿀꺽 마시기 시작하더군요.

짐은 맨발이어서 독사는 발 뒤꿈치를 문 것이 분명했습니다. 죽은 뱀을 놔두면 그 짝이 와서 시체 주위에 사리를 틀고 앉아 있다는 사실을 나는 어리석게도 깜빡한 겁니다. 짐은 뱀 대가리를 쌍둥 잘라서 멀리 내던지고, 몸뚱어리에서 껍질을 벗기더니 고기를 한 덩어리 구워 달라고 했지요. 시키는 대로 했더니 짐은 그것을 먹으며, 이렇게 하면 뱀에 물린 상처가 낫는다는 겁니다. 또 그 방울뱀의 소리나는 부분을 잘라서 자기 손목에다 감아 달라고 했습니다. 이것도 도움이 된다는 겁니다. 그다음 나는 가만히 밖으로 나와 뱀 두 마리를 멀리 덤불 속으로 던져 버렸습니다. 그럴 수만 있다면 짐에게 이 모두가 나 때문에 일어난 일이라는 걸 알리고 싶지 않았지요.

짐은 계속해서 술을 마셨고, 가끔 정신을 잃고는 갑자기 뛰어오르기도 하고 고함을 지르기도 했습니다. 제정신으로 돌

아올 때마다 또다시 계속해서 술을 마셔 댔습니다. 뱀에 물린 발과 다리가 꽤나 부풀어 올랐습니다. 마침내 술 기운이 돌기 시작했으므로 이제 그가 괜찮게 될 것이라고 판단했지요. 그래도 나는 아빠의 술로 혼이 나는 것보다는 뱀에 물리는 편이 더 낫겠다고 생각했습니다.

짐은 무려 나흘 밤과 낮을 꼬박 잠만 잤습니다. 그다음부터 부기가 모두 빠지고, 다시 돌아다니게끔 되었습니다. 무슨 일이 일어나게 될지 똑똑히 안 이상, 이제 나는 두 번 다시는 뱀 껍질을 손으로 만지지 않기로 마음먹었지요. 짐은 나더러 이제부터는 자기 말을 믿을 것이라고 말하는 겁니다. 그리고 뱀 껍질을 만지는 것은 너무나 끔찍히 재수없는 일이므로 아직도 언짢은 일이 더 일어나게 될지도 모른다고 했습니다. 자기 같으면 뱀 껍질을 손으로 만지기보다는 차라리 초승달을 왼쪽 어깨 너머로 1000번쯤 쳐다보는 쪽이 더 낫겠다는 겁니다. 나도 그 점에서는 마찬가지이지요. 초승달을 왼쪽 어깨 너머로 본다는 것은 사람이 할 수 있는 일 중에서도 가장 어리석고 바보 같은 짓이라고 생각합니다. 행크 벙커 영감은 한때이 짓을 하고는 그걸 자랑삼아 떠벌리고 다녔습니다. 그 일이 있은 지 채 이 년도 못 되어 술에 취해 가지고 높은 탄환 제조탑에서 떨어져 마치 오징어처럼 납작하게 되어 버렸거든요. 사람들은 벙커 영감을 관 대신 헛간 문 두 짝 사이에다 겨우 틀어넣고서 그대로 매장해 버렸다고 합니다. 그걸 내 눈으로 똑

똑히 보지는 못했습니다. 아빠가 그 이야기를 해 주어서 알고 있는 거라고요. 어쨌든 그것은 바보처럼 초승달을 왼쪽 어깨 너머로 쳐다본 데서 생겨난 일임에는 틀림없습니다.

이런 식으로 하루하루가 흘러갔습니다. 강은 양쪽 둑 사이로 다시 흐르게 되었습니다. 우리들이 맨 처음 한 일 가운데 하나는, 껍질을 벗겨 낸 토끼를 큰 낚싯줄에 매달아 길이가 190센티미터가량에다 무게가 무려 90킬로그램이 넘는 사람 크기만 한 메기 한 마리를 잡아 올린 것이었습니다. 물론 우리들은 이놈을 다룰 수 없었지요. 잘못하다간 도리어 이놈이 우리들을 일리노이주 쪽 강둑에다가 내동댕이쳐 버렸을지도 모를 것 같았습니다. 우리들은 이놈이 제 멋대로 이리 펄떡 저리 펄떡 날뛰다가 드디어 죽는 꼴을 그저 둑에 앉아서 지켜보고만 있었지요. 밥통 안에는 놋쇠 단추 하나, 둥근 공, 그리고 여러 가지 잡동사니들이 가득 들어 있었습니다. 도끼로 공을 갈라 보았더니 그 속에서 실감개가 나왔습니다. 짐은 이 메기가 그 실감개를 오랫동안 밥통 안에 가지고 있었고, 그것을 무엇으로 자꾸만 싸고 또 싸서 이렇게 공이 되고 만 것이라고 했습니다. 미시시피강에서 잡은 고기 중에서 가장 큰 놈이라고 생각됩니다. 짐도 이보다 더 큰 놈을 본 적이 없다고 했지요. 마을로 가지고 가서 팔면 꽤 많은 돈을 받을 수 있을 겁니다. 마을 시장에서는 이런 물고기를 킬로그램 단위로 팔고, 누구나 다 얼마만큼씩은 이 고기를 사 가거든요. 살이 눈처럼 하얀 것이 기름에 튀기면 그 맛 죽여 줍니다.

다음 날 아침 나는 점점 더 지루하고 따분해지니 신바람

나는 일 한 가지를 벌여 보고 싶다고 했습니다. 강을 건너가
그쪽에서 무슨 일이 일어나고 있는지 보고 싶은데 어떻겠느냐
고 물어보았지요. 짐은 그거 좋은 생각이라고 했습니다. 그러
나 어두워진 다음에 가야 되고 단단히 조심을 하지 않으면 안
된다는 것이었지요. 한참 통밥을 굴린 끝에 나더러 무슨 헌
옷 같은 것을 걸치고 여자애 차림으로 가는 게 어떻겠냐는 겁
니다. 그것도 역시 좋은 생각이었지요. 그래서 우리들은 사라
사 잠옷 하나를 줄였습니다. 그리고 나는 바짓가랑이를 무릎
까지 걷어올리고 그 옷을 입었습니다. 짐이 등뒤를 낚싯바늘
로 찍어 매니 꽤 잘 어울렸습니다. 나는 밀짚모자를 쓴 다음
턱 아래에다 모자끈을 동여맸지요. 챙이 넓은 여자 모자를 깊
숙이 쓰고 있었기 때문에 누군가가 내 얼굴을 들여다본다면
아마 연통 이은 곳을 내려다보는 것 같을 겁니다. 짐은 이거라

면 대낮이라도 나를 알아볼 사람이 거의 없을 거라고 했습니다. 나는 여자 옷 입는 법을 몸에 익히기 위해 하루 종일 걷는 연습을 했고, 마침내는 꽤 그럴듯하게 걸을 수 있게 되었지요. 그러나 짐은 암만해도 걷는 폼이 여자답지 않다고 했습니다. 바지 주머니에 손을 넣을 때 윗옷 자락을 치켜올리지 말라고 했습니다. 나는 그 주의를 받아들여, 전보다는 훨씬 능란하게 걷게 되었지요.

해가 저물자 곧 나는 카누를 타고 일리노이주 쪽 강가로 향했습니다.

나루터 조금 아래로 가려고 강을 건넜는데, 그만 조류에 떠밀려 마을 끝자락에 도착하고 말았습니다. 카누를 매어 놓은 다음 강가를 따라 걷기 시작했지요. 오랫동안 사람이 살지 않던 집에 불이 켜져 있어 누가 있는가 하고 이상하게 생각되어 살금살금 가까이 다가가 창을 통해 방 안을 들여다보았습니다. 마흔 살가량 되는 여자 하나가 소나무 판자로 만든 식탁 위에 올려놓은 촛불 옆에서 뜨개질을 하고 있었습니다. 처음 보는 얼굴로 낯선 사람이었습니다. 이 마을에서 내가 모르는 얼굴은 하나도 없거든요. 점점 다리가 휘청거려졌기 때문에 참으로 잘된 일이었습니다. 마을에 온 것이 덜컥 겁이 나기 시작했습니다. 사람들은 내 목소리를 듣고 곧 나를 알아볼 테니까 말입니다. 그러나 만약 이 여자가 이렇게 조그마한 마을에 이틀씩이나 있었다면, 아마 내가 알고 싶은 것은 모두 얘기해 줄 수 있을 게 아니겠습니까. 그래서 나는 문에 노크를 하였고, 내가 여자애라는 사실을 잊지 않으리라 단단히 마음먹었습니다.

11장

"들어와요." 하고 아주머니가 대답하는 바람에 나는 집 안으로 들어갔습니다. 그러자 이번에는 이렇게 말하는 겁니다.

"앉아라."

그녀의 말대로 의자에 앉았더니 그 여자는 조그맣고 반짝이는 눈으로 나를 훑어보았습니다.

"이름이 뭐지?"

"새러 윌리엄스예요."

"어디 살아? 이 근처에 사니?"

"아뇨, 아줌마. 하류 쪽으로 11킬로미터 떨어진 후커빌에 살아요. 여기까지 줄곧 걸어오는 바람에 아주 녹초가 됐어요."

"배도 고프겠구나. 먹을 것 좀 찾아 주마."

"아뇨, 아줌마. 배 고프지 않아요. 어쩌나 배가 고팠던지 3킬로미터 아래 어떤 농가에 들렀더랬어요. 이젠 배가 고프지 않아요. 그래서 이렇게 늦어졌어요. 우리 엄마가 병으로 누워 있는데 돈도 한 푼 없어서 지금 애브너 무어 삼촌한테 소식을 알리러 가는 중이에요. 엄마가 그러시는데 삼촌은 이 동네 위쪽 끝에 살고 있대요. 난 여태껏 여길 와 본 일이 없거든요. 혹시 애브너 삼촌을 아세요?"

"모르겠는걸. 하기야 아직 아무도 아는 사람이 없어. 여기로 이사 온 지 아직 채 이 주일도 안 되었으니까. 마을 위쪽 끝까진 꽤 멀단다. 우리 집에서 묵고 가는 게 좋겠구나. 모자를 좀 벗으렴."

"아뇨, 괜찮아요." 나는 말했습니다. "좀 쉬었다 그냥 가야겠어요. 난 어두워도 무섭지 않아요."

그 여자는 나를 혼자 보내고 싶진 않으니, 자기 남편이 한 시간 반만 있으면 돌아올 테니 남편에게 바래다주도록 하겠다고 했습니다. 그러고 나서 자기 남편 얘기며, 상류에 사는 친척 얘기며, 하류에 사는 친척 얘기며, 그 전엔 얼마나 잘살았다는 얘기며, 그대로 살지 않고 영문도 모르고 이 마을로 오게 되었는데 이제 와 생각해 보니 큰 실수였다는 얘기며, 그 밖에 여러 가지 얘기를 연방 지껄여 댔습니다. 너무 지껄여 대는 탓에 동네 사정을 알려고 이 집에 들어온 것이 실수가 아닌가 하고 후회하게 되었지요. 하지만 이윽고 얘기가 아빠와 살인 사건에 이르게 되었으므로 나는 한결 안심이 되어 그대로 지껄이게 내버려 두었습니다. 나와 톰 소여가 거금 6000달러(그러나 이 여자는 1만 달러로 알고 있었지요.)를 찾아낸 얘기며, 아빠에 관한 온갖 얘기며, 아빠가 얼마나 운이 나쁘고, 나 또한 얼마나 재수가 없는지, 마침내는 내가 어디서 죽었는지를 얘기하는 겁니다. 그래서 내가 끼어들었습니다.

"그런 짓을 누가 했죠? 후커빌에서도 그 사건에 대해 많은 얘기를 들었답니다. 하지만 누가 헉 핀을 죽였는지는 아무도 몰라요."

"하기야 여기서도 누가 그 애를 죽였는지 알고 싶어 하는 사람들이 꽤 많을 거다. 몇몇 사람들은 헉 핀의 아빠가 그 짓을 했다고 생각하고 있지."

"그럴 리가……. 정말이에요?"

"처음에는 모두들 그렇게 생각했었지. 헉 핀의 아빠는 하마터면 사형(私刑)을 당할 뻔했다는 걸 모르고 있을 거야. 그러나 사람들은 밤이 되기 전에 생각을 바꿔 짐이라는 도망친 검둥이 짓이라고 판단을 내린 거지."

"어째서 그 사람이……."

나는 말을 멈추었습니다. 잠자코 있는 편이 낫겠다는 생각이 들었습니다. 그 여자는 계속 지껄여 댔고, 내가 한 마디 끼어든 것도 전혀 모르고 있었답니다.

"이 검둥이는 헉 핀이 살해된 바로 그날 밤에 도망쳤다는 거야. 그래서 지금 현상금이 붙어 있지. 300달러래. 그리고 핀 영감한테도 현상금이 붙어 있고. 200달러란다. 얘야, 그 작자는 살인 사건이 있은 다음 날 아침 마을로 와서 그 사건 얘기를 하고, 또 나룻배를 타고 사람들과 함께 시체를 찾으러 나갔지. 그러고는 그 후 곧 자취를 감춰 버렸다는 거구나. 밤이 되기 전 그 자를 사형(私刑)하려고 했는데, 그만 어디론가 사라져 버린 거야. 그런데 그다음 날 이 검둥이도 없어졌다는 게 아니겠어. 살인 사건이 일어난 날 밤 10시 이후로 아무도 이놈을 본 사람이 없다는 사실도 드러났어. 그래서 사람들은 그놈한테 혐의를 뒤집어씌웠지. 다음 날 모두가 온통 이 얘기로 꽃을 피우고 있는 판에 핀 영감이 난데없이 나타나 울며불며 새처 판사한테 찾아가서 일리노이주를 샅샅이 뒤져 그 검둥이 놈을 찾아낼 테니 돈을 내라고 했다는 거야. 판사가 얼마간 돈을 주니까, 그날 밤으로 이 작잔 곤드레만드레가 되어 아주 험상궂게 생긴 낯선 사람 두 명과 한밤중까지 싸돌아다니더니 어디론지 자취를 감춰 버렸다는 거란다. 그 후로는 이 작잔 꼬리도 보이지 않고 있으며, 마을 사람들도 이 소동이 좀 가라앉을 때까진 돌아오지 않을 걸로 보고 있지. 왜 그런고하니 이제 사람들은 그 작자가 자기 아들을 죽이고는 마치 강도가 한 짓처럼 여러 가지로 꾸며 놓고는, 귀찮게시리 소송에 시간을 오래 끌지 않고서도 헉 편의 돈을 손에 넣으려고 한다고 생각하고 있는 거야. 소문에 따르면 이 작잔 능히 그런 짓을 하고도 남음이 있는 놈이래. 참 교활한 놈이지 뭐야. 만약 그 작자가 일 년 동안만 돌아오지 않으면 만사가 잘 풀리게 될 거야. 그놈에 대해서 아무 증거도 댈 수 없게 될 테고, 그때까진 모든 사건이 가라앉아 있을 테니까, 그 작자는 누워 떡 먹기로 아주 쉽게 헉 핀의 돈을 수중에 넣고 말 거야."

"예, 나도 그렇게 생각해요. 걸리적거리는 것이라곤 아무것도 없으니까요. 그 검둥이가 그 짓을 했다고 생각하는 사람은 이제 하나도 없나요?"

"천만의 말씀. 모두는 아니지. 그놈이 했다고 생각하는 사람도 아직 꽤 많아. 하지만 이제 곧 그 검둥이는 잡히게 될 것이고, 혼쭐을 내면 불지도 모르지."

"그럼 아직도 검둥이를 쫓고 있나요?"

"넌 참 순진도 하구나! 300달러라는 돈이 누가 주워 가라고 매일같이 그냥 길바닥에 굴러다니고 있다더냐? 이 검둥이가 이 근방에 있다고 생각하는 사람이 몇 있어. 나도 그중의 한 사람이지. 그런 얘기를 퍼뜨리지는 않지만. 이삼 일 전에 이웃 통나무집에 살고 있는 노인 부부와 얘기하던 끝에 우연히 이 부부가 강 저쪽 잭슨섬이라는 섬이 있는데 그곳에 가본 사람이 거의 없다고 하지 않겠어. 그 섬에 아무도 살고 있지 않느냐고 물었더니, 노부부가 하는 말이 아무도 살고 있지 않다는 거야. 난 그 이상 아무 말도 안 했지만 이리저리 머리를 좀 굴려 봤어. 하룬가 이틀 전 섬 머리 근방에서 연기가 피어오르는 것을 틀림없이 봤거든. 그래서 난 그 검둥이 놈이 거기 숨어 있을지 모른다고 혼자 생각했지. 어쨌든 그곳을 뒤져 볼 가치는 충분히 있다고 말이야. 그 후 연기 나는 것을 볼 수 없으니 그게 그놈이었다면 아마 이젠 도망쳤을지도 모르지. 하지만 우리 집 애기 아빠가 가 보겠다는 거야. 다른 남자를 한 사람 데리고 말이지. 우리 집 애기 아빠가 지금 강 상류에 갔다가 오늘 돌아왔어. 두 시간 전에 돌아오기가 무섭게 그 얘길 했지."

나는 몹시 걱정이 되어 가만히 앉아 있을 수가 없었습니다. 두 손으로 무엇인가를 하고 있지 않으면 안 될 정도였습니다. 그래서 식탁에서 바늘 하나를 집어들어 그것에 실을 꿰기 시작했지요. 사뭇 손이 떨리는 바람에 잘 꿰지지가 않았습니다. 그 여자가 얘기를 그치자 난 얼굴을 쳐들었지요. 그런데 약간 미소를 띠며 나를 꽤 이상한 눈초리로 쳐다보고 있는 것이 아니겠습니까. 나는 바늘과 실을 내려놓고는 흥미있는 척해 보였습니다. 정말로 흥미진진했지요. 그래서 입을 열었습니다.

"300달러라고 하면 엄청 많은 돈이군요. 우리 엄마가 그 돈

을 가졌으면 참 좋겠네요. 그럼 아저씨는 오늘 밤에 그 섬으로 떠날 건가요?"

"그럼, 물론이지. 우리 애기 아빠가 아까 얘기한 그 사람과 함께 배를 얻고, 또 총 한 자루 더 빌릴 수 있는지 알아보러 이웃 마을에 갔단다. 두 사람은 자정이 넘어 떠나게 될 거야."

"날이 밝을 때까지 기다리는 편이 더 잘 보이지 않을까요?"

"그야 그렇지. 하지만 검둥이도 이쪽을 잘 볼 수 있을 게 아니겠어? 자정이 지나면 놈은 어쩌면 잠을 자고 있을 테니까, 컴컴하면 컴컴할수록 숲속을 뒤지고 다니며 야영 모닥불을 발견해 내기가 쉽지. 물론 그놈이 불을 피우고 있다면 말이지만."

"아 정말 그렇군요."

그 여자가 이상한 눈초리로 나를 쏘아보고 있기 때문에 나는 조금도 마음이 편치 못했습니다. 곧 그 여자가 다시 입을 열었습니다.

"저, 너 이름이 뭐라고 했지?"

"메…… 메리 윌리엄스예요"

암만해도 전에 '메리'라고는 하지 않은 것 같았으므로 나는 차마 얼굴을 쳐들 수가 없었습니다. '새러'라고 했던 것만 같아서 어쩐지 궁지에 몰린 듯한 느낌이 들었고, 그런 느낌이 들었을 뿐 아니라 사실 그런 기색을 하고 있는 것이 아닐까 하고 걱정이 되었지요. 나는 이 여자가 좀 더 무슨 얘길 지껄여 주었으면 하고 바랐습니다. 가만히 앉아 있는 시간이 길면 길수록 점점 더 불안해지기만 했지요. 그런데 바로 그때 그 여자가 입을 열었습니다.

"너 처음에 여기 왔을 때 '새러'라고 그랬던 것 같은데?"

"네, 맞아요, 아줌마. 그랬어요. 새러 메리 윌리엄스예요. 새러가 제 이름이에요. 날 새러라고 부르는 사람도 있고, 메리라고 부르는 사람도 있어요."

"오, 그래?"

"네, 아줌마."

그러고 나니 아까보다는 마음이 좀 편해졌지만 어쨌든 이 집에 있고 싶진 않았습니다. 아직 머리를 쳐들 수가 없었지요.

그런데 이 여자는 세상살이가 말이 아니라느니, 가난하게 살지 않으면 안 되었다느니, 쥐 놈들이 마치 이 집 주인인 것처럼 제 마음대로 활개를 치고 돌아다닌다느니 이와 비슷한 얘기를 계속 늘어놓기 시작했습니다. 그러자 나는 또다시 마음이 편해졌지요. 쥐 얘긴 거짓이 아니었습니다. 쥐 한 마리가 방구석 구멍에서 쉴 새 없이 코를 날름거리는 꼴이 보였으니까요. 아주머니는 혼자 있을 때에는 뭣이든 쥐에게 던질 물건을 옆에다 늘 놓고 있지 않으면 안 되며, 그렇지 않으면 쥐가 야단을 떨어 견딜 수가 없다고 했습니다. 뒤틀어서 혹처럼 만든 납덩어리를 나에게 보여 주며 대개는 그놈을 멋지게 던져 잘 맞히는 편인데, 하룬가 이틀 전에 그만 한쪽 팔을 삐고 말아서, 이제는 전처럼 맞힐 수 있을는지 모르겠다고 하는 겁니다. 하지만 그녀는 기회를 노리다가 쥐한테 곧장 던졌지만 그만 과녁에서 크게 빗나가고 말았지요. 팔이 너무 아파 "아야!" 하고 비명을 질렀습니다. 그래서 다음 놈은 나에게 해 보라고 했습니다. 나는 이 집 주인 아저씨가 오기 전에 어서 도망쳐 나와

야겠다고 생각했지요. 하지만 그런 내색은 조금도 보이지 않았습니다. 나는 납덩어리를 주워다 구멍에서 남실 코를 내민 제일 첫 놈을 향해서 잽싸게 던졌지요. 만약 그놈이 코를 내민 장소에 그대로 가만히 있었더라면 상당한 큰 부상을 입었을 것입니다. 그 여자는 아주 잘 던졌다고 칭찬을 하며, 요다음 쥐는 문제없이 맞힐 거라고 했습니다. 그 여자는 일어나 납덩어리를 다시 들고왔고, 그것과 함께 털실 한 뭉치를 들고 오더니 나에게 좀 도와 달라고 했습니다. 내가 두 손을 쳐들었더니 거기에다 털실을 걸고는 자기 얘기와 남편 얘기를 다시 계속해 댔습니다. 그러다가 도중에서 갑자기 말을 끊는 겁니다.

"쥐에서 눈을 떼면 안 돼. 납덩어리를 손이 닿을 수 있는 네 무릎 위에다 놓는 게 좋을 거다."

그리고 그 말이 떨어지기가 무섭게 그녀는 납덩어리를 내 무릎에다 던졌고, 나는 두 다리를 꼭 오무려 붙여 그것을 받았으며, 그녀는 그대로 말을 이어 나갔습니다. 하지만 그것도 잠시 동안이었지요. 털실을 집어 들더니 내 얼굴을 빤히 들여다보며 자못 즐거운 듯이 이렇게 말하는 겁니다.

"자, 자! 네 진짜 이름이 무어냐?"

"뭐, 뭐요, 아줌마?"

"네 진짜 이름이 뭐냔 말이야. 빌이냐, 톰이냐, 밥이냐? 그것도 아니면 뭐지?"

나는 사시나무 떨듯 떨었다고 생각되었고, 어떻게 해야 좋을지 몰랐습니다. 그러나 이렇게 대답했습니다.

"아줌마, 나 같은 불쌍한 계집애를 놀려선 안 돼요. 내가 여기 있는 게 방해가 된다면 난……."

"안 돼. 나갈 수 없어. 거기 가만히 앉아 있어. 난 네게 해를 끼치려고 하지도 않고, 밀고도 안 해. 나를 믿고 비밀을 얘기하렴. 비밀을 지킬 것이고, 게다가 너를 도와줄 테니까 말이다. 네가 원한다면 우리 애 아빠도 역시 그렇게 해 줄 게다. 넌 일자리에서 도망친 견습공이야. 아무래도 그렇다니까. 그건 그렇게 대수로운 게 아니야. 아무 잘못도 없어. 넌 학대에 못 이겨 도망치려고 결심한 거겠지. 불쌍도 해라. 애야, 난 밀고는 안 한다. 자, 무엇이든지 낱낱이 털어놔 봐. 착한 애는 그래야만 하는 거란다."

나는 이제 더 이상 연극을 해 보았자 아무 소용이 없을 것만 같아서, 깨끗이 모든 걸 털어놓을 테니 아까 한 그 약속만은 지켜 달라고 말했습니다. 그러고 나서 나는 부모 모두가 이 세상을 떠나고 말아 법률이 명하는 바대로 강으로부터 50킬로미터 가량 오지(奧地)에 있는 어느 몹쓸 농부 영감한테 일꾼으로 계약을 맺었는데, 학대가 너무 심해 더 이상 참을 수 없게 되자, 영감이 이틀 동안 집을 비운 기회를 노려 딸의 헌옷을 훔쳐 입고 도망쳐 나와, 50킬로미터가량 길을 사흘이나 걸려서 이곳까지 왔으며, 밤엔 걷고 낮엔 숨어서 잠을 잤고, 그 집에서 가지고 나온 빵과 고기가 든 주머니로 여태껏 끼니를 이어 왔으며 아직도 충분히 남아 있다고 했습니다. 애브너 무어 삼촌이 나를 받아 줄 거라고 믿고 있고, 그래서 이 고셴 읍까지 달려왔노라고 늘어놓았지요.

"고셴이라고, 애야? 여긴 고셴이 아니다. 여기는 세인트 피터스버그란 말이다. 고센은 여기서 14킬로미터나 상류 쪽에 있어. 누가 이 마을이 고센이라고 가르쳐 주었단 말이냐?"

"오늘 아침 먼동이 틀 무렵 늘 하던 대로 낮잠을 자러 숲속으로 들어가려고 할 때 만난 어떤 사람이 그랬어요. 길이 갈라지면 오른쪽으로 돌아 8킬로미터만 더 가면 고센에 다다른다고 그랬어요."

"술에 취해 있었나 보지. 아주 정반대 소릴 했구나."

"그러고 보니 어째 그 사람 꼴이 취한 것 같기도 하네요. 하지만 이젠 아무래도 상관없어요. 그럼 이젠 그만 가 봐야겠어요. 밤이 새기 전엔 고센에 도착하겠지요."

"잠깐만 기다려라. 뭘 좀 간단히 먹을 걸 만들어 줄 테니. 필요하게 될지도 모르니까."

그 여자는 먹을 것을 만들어 나에게 주고 나서 이렇게 말했습니다.

"저 말이다. 암소가 누워 있다가 일어설 때 어느 쪽에서부터 일어서지? 지금 곧바로 대답하는 거다. 생각하지 말고 말이다. 어느 쪽부터 먼저 일어서느냐?"

"뒤쪽이지요, 아줌마."

"그럼, 말은?"

"앞쪽이지요, 아줌마."

"나무에 이끼가 끼는 건 어느 쪽이냐?"

"북쪽이에요."

"언덕 비탈에서 소 열다섯 마리가 풀을 뜯고 있다면 그중 몇 마리가 같은 방향을 향해서 풀을 뜯고 있지?"

"열다섯 마리 전부죠, 아줌마."

"옳지, 진짜로 시골서 자란 것 같구나. 어쩌면 또 날 속일 셈이 아닌가 하는 생각이 들어서 그랬다. 헌데 네 진짜 이름은 무어냐?"

"조지 피터스예요, 아줌마."

"그래. 조지, 그 이름을 잘 외우고 있어라. 나가기 전에 잊어버리고 알렉산더라고 그러지 마라. 그러고 나서 꼬리를 잡히면 이번에는 조지 알렉산더라고 말하지 않도록 하란 말이다. 그리고 그 낡아 빠진 사라사 옷을 입고 여자들 사이를 돌아다니지 마라. 여자 흉내가 서툴러 남자를 속일 순 있을지 모르지만. 얘야, 바늘에 실을 꿰려고 할 때에는 실을 움직이지 않고 바늘을 실 쪽으로 갖다 대는 게 아냐. 바늘을 움직이지 않고 실을 바늘 구멍에 갖다 꿰는 거, 그게 바로 여자들이 거의 늘 실을 꿰는 방법이란다. 하지만 남자들은 하나같이 그 반대로 하거든. 그리고 또 쥐나 뭐에게 물건을 던질 때에는 여자라면 발끝으로 서서 되도록 어색하게 팔을 머리 위로 가져다가 쥐 있는 데서 2미터 떨어진 곳에다 던져 버리는 거야. 팔을 뻣뻣이 내뻗어 어깨에 회전축이라도 있는 듯이 어깨에서부터 던지는 게야. 여자들이 하는 식으로 말이다. 팔을 한쪽으로 쭉 뻗어 손목과 팔꿈치로 던지는 것은 남자들이 하는 식이지. 그리고 말이다, 뭘 무릎으로 받으려고 할 때 여자는 두 무릎을 벌리는 법이야. 네가 납덩어리를 받았을 때처럼 두 무릎을 갖다 모으진 않아. 난 네가 바늘에 실을 꿰려고 할 때 사내 녀석이라는 것을 단번에 알아챘지. 그걸 확인하려고 다른 걸 생각해 낸 거야. 자, 이젠 삼촌 댁에 어서 가거라, 새러 메리 윌리엄스 조지 알렉산더 피터스. 그리고 무슨 문제가 생기면 주디스 로프터스 아줌마에게 연락하려무나. 그게 내 이름이거든. 할 수 있는 데까지 널 돌보아 줄 테니까. 강둑길만을 죽 따라가는 거다. 그리고 요담에 여행할 때에는 구두와 양말을 가지고 오도록 해. 강둑길은 돌투성이라 고센에 도착할 때면 네 발 꼴이 말이 아닐 게야."

나는 45미터쯤 강을 따라 올라간 다음 다시 뒤로 되돌아서 그 집 한참 아래에다 매 둔 카누 있는 데까지 걸어갔습니다. 몸을 싣기가 무섭게 출발했지요. 섬의 북단 상류까지 멀리 올라간 다음에 강을 횡단했습니다. 이젠 사람 눈을 피할 필요가 없게 되었으므로 밀짚모자를 벗었습니다. 강 한가운데 근처에까지 왔을 때 시계 종소리가 울리기 시작했지요. 그래서 노젓는 것을 멈추고 귀를 기울였습니다. 소리는 물 위에서 희미하게, 그러나 똑똑히 들려왔습니다. 11시였습니다. 섬 북단에 이르자 거의 숨이 끊어지지 않았나 할 정도였지만 숨을 돌릴 사이도 없이 예의 그 야영을 했던 숲속으로 곧장 달려가, 높고 마른 땅에 큰 불을 지폈습니다.

그러고 나서 나는 다시 카누에 몸을 싣기가 무섭게 3킬로미터 하류 우리들이 현재 머물고 있는 장소를 향해 힘껏 노를 저었습니다. 상륙하자마자 숲을 뚫고 언덕을 올라가 동굴 속으로 쏜살같이 뛰어 들어갔지요. 동굴 속에서는 짐이 땅 위에 나자빠진 채 곤히 잠을 자고 있었습니다. 그를 흔들어 깨우며 이렇게 말했습니다.

"짐, 어서 일어나! 단 1초도 어물거릴 시간이 없어. 우리를 쫓아오고 있단 말이야!"

짐은 아무 말도 묻지도 않고, 또 아무 말도 하지 않았습니다. 그러나 그다음 반 시간 동안 그가 한 행동으로 보아 얼마나 겁을 집어먹고 있는지 능히 알 수 있었습니다. 그동안 우리들은 이 세상에서 우리가 갖고 있던 전재산을 몽땅 뗏목에 실었고, 뗏목을 감추어 둔 버드나무 우거진 물굽이에서 언제라도 밀어내도 좋을 만큼 만반의 준비를 갖추고 있었지요. 우리들은 무엇보다도 먼저 동굴의 야영 불을 껐고, 그다음에는 촛불 광선이 밖으로 새어 나가지 않도록 했습니다.

나는 카누를 물가에서 약간 떨어진 곳으로 끌어내고 사방을 둘러보았지만, 비록 가까이에 배가 있었더라도 볼 수가 없었을 겁니다. 별과 그림자로는 빛이 충분하지 않았거든요. 그러고 나서 우리들은 뗏목을 꺼냈고, 둑의 그늘진 곳을 미끄러져 내려가 쥐 죽은 듯이 고요한 섬 아랫목을 지나갔습니다. 물론 둘다 입 한 번 뻥끗하지 않았습니다.

12장

　우리들이 마침내 섬 아래까지 왔을 때는 새벽 1시 가까이
되었음이 틀림없었고, 뗏목은 아주 천천히 움직이고 있는 것
만 같았습니다. 만약 배가 가까이 다가오면 우리들은 카누에
옮겨타고 일리노이주 쪽으로 내뺄 작정이었지요. 배가 오지
않은 것은 천만다행이었습니다. 우리들은 카누에다 총과 낚싯
줄과 먹을 것을 싣는 것을 까맣게 잊어버리고 있었기 때문이
지요. 우리들은 너무도 서두른 나머지 그렇게 여러 가지 일을
한꺼번에 생각할 여유가 없었던 겁니다. 모든 물건을 다 뗏목

에 실으려고 한 것은 잘못 생각한 거였지요.

만약 그 아저씨들이 섬에 온다면 내가 지펴 놓은 모닥불을 발견하고는 밤새도록 짐이 나타나기를 기다리며 감시할 것이라는 생각이 들었습니다. 어쨌든 두 사람은 우리들로부터 멀리 떨어진 곳에 있었고, 설령 내가 불을 지핀 모닥불에 속아 넘어가지 않았다고 하더라도 그건 내 탓이 아니지요. 나는 내가 할 수 있는 가장 비열한 방법으로 두 사람을 골탕먹인 겁니다.

동쪽 하늘이 환히 밝아오기 시작할 무렵 우리들은 일리노이주 쪽 강둑의 큰 굴곡에 있는 사주(沙州)에다 뗏목을 매 놓고, 도끼로 미루나무 가지를 쳐서 뗏목 위를 덮어 놓았기 때문에 뗏목은 마치 강둑이 움푹 들어간 곳처럼 보였습니다. 사주란 미루나무가 마치 써레 발처럼 우거진 모래톱입니다.

미주리주 쪽 강둑에는 산들이, 일리노이주 쪽 강둑에는 울창한 숲이 있었고, 그곳 뱃길은 미주리주 쪽 물가를 따라 흘러 내려가고 있었으므로 누구를 만날 염려는 없었습니다. 우리들은 온종일 드러누운 채 뗏목들이며 증기선들이 미주리주 쪽 물가를 따라 내려가고, 또 상류로 향하는 증기선들이 한가운데서 이 커다란 강과 힘겹게 힘을 겨루는 모습을 지켜보았습니다. 나는 짐에게 그 여자와 지껄였던 얘기를 몽땅 털어놓았지요. 그랬더니 짐은 머리가 참 잘 돌아가는 여자라며, 만약 그 여자가 직접 우리들을 추격하기로 했다면 그 여자는 가만히 앉아서 모닥불이나 지켜보고 있을 리 없고, 천만의 말씀, 필경 개를 데리고 올 거라고 했습니다. 그래서 나는 왜 그 여자가 자기 남편더러 개를 데리고 가라는 말을 할 수 없느냐고 물어보았지요. 그랬더니 짐은 두 사람이 막 떠나려고 하는 참에 그 여자는 그것에 생각이 미쳤음에 틀림없고, 그 사람들은 개를 구하러 윗마을로 가는 바람에 시간만 허비했다고 생각한다고 했습니다. 그렇지 않았다면 우리들은 지금쯤 그 마을에서 25킬로미터나 하류인 이 모래톱에 있을 리 만무하고, 정말이지, 그 옛날 마을로 끌려가 있을 게 아니겠느냐는 것이었습니다. 그래서 나는 그 사람들이 우리들을 잡지 못한 이상, 잡지 못한 까닭이야 무엇이든 상관할 바가 아니라고 말했지요.

사방이 어두워지기 시작할 무렵 우리들은 미루나무 덤불 사이로 얼굴을 내밀고는 상류와 하류 쪽 그리고 맞은편을 살펴보았습니다. 눈에 보이는 것이라고는 아무것도 없었지요. 그래서 짐은 뗏목 위쪽의 판자 몇 장을 뜯어서 아늑한 인디언 오두막을 만들어, 찌는 듯이 햇볕이 내리쪼이는 날과 비가 내리는 날에는 그 속에 들어가 있기도 하고, 또 물건들이 젖지 않도록 넣어두기로 했습니다. 짐은 이 오두막에다 마루를 만들고, 그것을 뗏목 높이보다도 30센티미터 이상이나 높였으므로 담요며 그 밖의 물건들이 증기선이 일으키는 물결에 젖지 않게 되었지요. 우리들은 오두막 한복판에다 높이 15센티미터가량 진흙을 쌓고 그것이 움직이지 않도록 주위에다 나무 틀을 둘렀습니다. 날씨가 축축하고 추울 때 이 위에서 불을 피우기 위한 것이었지요. 오두막 때문에 불이 밖에서 보일 염려는 없었습니다. 그리고 또 물 속에 잠긴 나무나 그 밖의 다른 무엇에 부딪혀 부러지는 일이 생길지 모르기 때문에 여분의 노도 몇 개 더 만들었습니다. 또 낡은 램프를 걸어 둘 두 갈래로 갈라진 짧은 막대기도 준비했습니다. 증기선이 내려오는 것이 보이면 반드시 램프를 켜서 증기선이 덮치는 것을 막을 필요가 있었기 때문이지요. 그러나 상류 쪽으로 향하는 증기선의 경우에는 흔히 '횡단 수로'라고 부르는 곳에 있지 않는 이상 램프에 불을 켤 필요는 없었습니다. 강물은 아직도 물이 불어 있는 데다 아주 낮은 강둑은 여전히 조금 물 속에 잠겨 있었기 때문이지요. 그래서 상류 쪽으로 가는 증기선은 굳이 수로를 통할 필요가 없었고, 완만한 흐름을 찾아서 올라갔습니다.

이틀째 되던 날 밤 우리들은 시속 8킬로미터가 넘는 흐름을 타고 일곱 시간에서 여덟 시간 동안 강을 따라 내려갔습니다. 우리들은 고기를 낚았고, 얘기도 나누었으며, 때때로 졸음을 쫓기 위해 헤엄도 쳤습니다. 벌렁 나자빠져 누워서 하늘의 별을 쳐다보면서 유유히 흐르는 큰 강을 떠내려가는 것엔 뭐라고 할까 일종의 엄숙함마저 감돌았습니다. 커다란 목소리로 지껄이지도 못할 것 같았으며, 별로 크게 웃음소리도 낼 수 없을 것 같아, 다만 나지막한 소리로 킬킬대는 정도였지요. 대체로 날씨는 아주 좋았고, 그날 밤에도, 그다음 날 밤에도, 또 그다음 날 밤에도 아무런 일도 일어나지 않았습니다.

밤마다 우리들은 여러 마을을 지나갔는데 그중 어떤 마을은 저 멀리 떨어진 시꺼먼 구릉 비탈에서 반짝이는 한 점에 지나지 않았으며, 집이라곤 한 채도 보이지 않았습니다. 닷새째 되던 날 밤 우리들은 세인트 루이스를 지나갔는데 마치 온

세상에 불을 환히 밝혀 놓은 것만 같았지요. 세인트 피터스버그 사람들 말로는 세인트 루이스 인구가 2, 3만 명이 된다고 했지만, 그 고요한 밤 새벽 두시에 놀랄 만큼 퍼져 있는 그 숱한 불빛의 바다를 보고 나서야 나는 비로소 그 얘기를 믿을 수 있었습니다. 끽 하는 소리도 들리지 않았고, 모두들 잠을 자고 있었습니다.

밤마다 10시쯤 되면 나는 어떤 조그만 마을에 몰래 들어가 옥수수 가루며 베이컨이며 그 밖의 음식물을 10센트나 15센트씩 주고 샀으며, 또 이따금 닭장에서 편히 잠을 이루고 있지 못한 닭을 슬쩍 훔쳐 돌아올 때도 있었습니다. 아빠는 늘 입버릇처럼 기회만 있으면 언제나 꼭 닭을 훔치라고 말했거든요. 만약 내가 닭을 원치 않으면 그걸 원하는 사람들은 얼마든지 있게 마련이고, 또 착한 일은 잊히지 않고 두고두고 고마움을 받는 법이라나요. 나는 아빠 자신이 닭을 싫어하는 걸 한 번도 본 적이 없는데도 어쨌든 아빠는 늘 그런 소리를 하곤 했지요.

해가 뜨기 전 아침이면 나는 옥수수 밭으로 몰래 기어 들어가 수박이며 참외며 호박이며 햇옥수수며 그런 것들을 슬쩍 빌려왔습니다. 아빠는 언젠가 갚을 생각만 있다면 그런 것들을 빌려와도 나쁘지 않다고 했지요. 그러나 과부댁은 그것은 훔치는 짓을 부드럽게 표현한 것에 지나지 않으며, 착한 아이라면 그런 짓은 하지 않을 것이라고 했습니다. 짐은 과부댁의 말에도 일리가 있고 또 아빠의 말에도 일리가 있다고 했습니다. 그래서 제일 좋은 방법은, 리스트를 만들어서 그중에서 두세 가지쯤 뽑아내어 그건 다시 빌리지 말자고 했습니다. 그러면 나머지 것들은 빌려도 상관없을 것이라는 겁니다. 그래서 우리들은 어느 날 밤 강을 따라 내려가면서 밤새도록 그 문제에 대해 얘기를 나누었습니다. 수박을 그만둘 것인가, 캔털루프 참외를 그만둘 것인가, 머시멜론 참외를 그만둘 것인가, 아니면 다른 어떤 것을 그만둘 것인가 하고 말이지요. 그러나 날이 밝아 올 무렵에서야 우리들은 만족할 만한 결론에 이르러 야생 능금과 감을 그만두기로 결정했습니다. 그 결정이 있기까진 어쩐지 마음이 찝찝했었는데 이렇게 결정을 짓고 보니 마음이 한결 거뜬해지는 게 아니겠습니까. 나는 그런 식으로 결정 난 것이 기뻤습니다. 야생 능금은 언제나 맛이 그리 좋지 못했고, 감은 익으려면 아직도 두세 달은 더 기다려야만 했기 때문이었지요.

우리들은 가끔 아침에 너무 일찍 일어났거나 저녁 때 일찍 잠자리에 들지 못한 물새 한 마리를 총으로 쏘았습니다. 대체로 말해 우리들은 꽤 호사스런 생활을 하고 있던 셈이었지요.

닷새째 되던 날 밤 자정이 지난 다음 세인트 루이스 하류에서 큰 폭풍우를 만났는데, 천둥과 번갯불이 무섭게 야단을 치더니 마치 양동이로 물을 퍼붓듯이 비가 억수같이 퍼부어 대기 시작했습니다. 우리들은 오두막 속으로 들어가서는 모든걸 뗏목에 내맡겼지요. 번갯불이 번쩍 하고 비치자 눈앞에는 크고 곧은 강이, 그리고 양쪽으로는 높은 바위 낭떠러지가 보였습니다. 얼마 후 나는 "어이, 짐! 저걸 좀 봐!" 하고 짐을 불렀습니다. 바위에 부딪혀 난파한 증기선이었지요. 우리들은 그것을 향해서 똑바로 떠내려가고 있었습니다. 번갯불 덕택으로 여간 똑똑히 보이는 게 아니었지요. 증기선은 윗 갑판의 일부를 수면 위로 드러내 놓고는 한쪽으로 비스듬히 기울어져 있었습니다. 번쩍 하고 번갯불이 비칠 때 굴뚝을 잡아맨 가느다란 쇠줄이 또렷하게 보였으며, 큰 종 옆에 놓인 의자며 그 의자 등받이에 걸려 있는 낡은 중절모자 하나까지 보였습니다.

그런데 밤이 깊은 데다가 폭풍우가 몰아치기도 하고 또 모든 것이 약간 신비스럽게 보였기 때문에 강 한복판에 이토록 슬프고도 외롭게 한쪽으로 기울어져 있는 증기선을 보면서, 나는 다른 어떤 소년이라도 느꼈을 법한 기분을 느꼈지요. 그 증기선 위로 올라가 이리저리 걸으면서 무엇이 있나 하고 한번 살펴보고 싶은 생각이 들었던 겁니다. 그래서 짐에게 이렇게 말했습니다.

"짐, 저 배에 올라가 볼까?"

그러나 짐은 처음에는 완강히 반대했습니다.

"난 난파선 같은 데 가서 기웃거리며 돌아다니기 싫당께. 지금 우리들은 뭐 하나 부러울 것 없이 잘 지내고 있잖여. 성경 책 말마따나 부족함이 없는데 괜스리 욕심을 내는 게 아니제. 모르긴 몰라도 그 난파선엔 망꾼이 있을지도 모르니까."

"망꾼 같은 소리 하네." 하고 내가 말했습니다. "상갑판실과 조타실 말고는 망을 볼 거라곤 아무것도 없잖아. 언제 부서져 떠내려갈지도 모르는 판에 상갑판실과 조타실을 지키기 위해 이런 밤중에 목숨을 내걸 사람이 있을 것 같아?" 이 말에 짐은 아무 대꾸도 할 수 없었고, 그래서 숫제 대답하려고도 하지 않았습니다. "게다가 말이야." 나는 다시 말을 이었지요. "선장실에서 무슨 값어치 있는 물건이라도 슬쩍 빌려 올 수 있을지도 모르지 않아. 시거 담배쯤은 문제 없어. 한 개비에 현찰로 5센트나 하는 것 말이야. 증기선 선장들은 월급을 한 달에 60달러씩이나 받으니까 늘 돈이 많거든. 그러니까 갖고 싶은 물건이 있으면 서슴지 않고 무엇이든 마구 사들이는 거야. 어서 주머니에 양초를 하나 집어넣으라고. 짐, 난 저 난파선을 샅샅이 뒤져 보지 않고선 도저히 가만히 있을 수 없을 것 같단 말이야. 톰 소여 같으면 이걸 그냥 내버려 둘 것 같애? 천만의 말씀, 어림 반 푼도 없지. 톰은 이걸 모험이라고 부를 거야. 바로 그렇게 부를 거라고. 비록 목숨을 거는 일이 있더라도 그 배에 꼭 올라가고 말걸. 그리고 멋지게 해치울 게 아니겠어? 또 뻐기기는 얼마나 뻐길 거고? 마치 천국을 발견해 낸 크리스토퍼 콜럼버스처럼 굴 거다. 톰 소여가 지금 여기 있었더라면 오죽 좋을까."

짐은 처음에는 무어라고 툴툴대었으나 이내 굴복하고 말았습니다. 우리들은 필요 이상으로 얘기를 하지 말 것이며, 한다 해도 아주 낮은 목소리로 얘기를 하자고 했습니다. 때마침 번갯불이 번쩍 하는 바람에 다시 한번 난파선을 볼 수 있었고, 오른쪽 뱃전 기중기에 이르러 거기에다 뗏목을 잡아매었습니다.

이쪽 갑판은 수면 위로 높이 나와 있었습니다. 우리들은 어둠 속을 상갑판실로 향해 경사진 왼쪽 뱃전 아래로 발소리를 죽여 걸어갔으며, 받침쇠 줄을 피하려고 발로 천천히 뒤지고 두 손을 뻗쳐 더듬었습니다. 너무나 컴컴해서 받침쇠줄이 전혀 보이지 않았기 때문이지요. 얼마 안 되어 천창(天窓) 앞쪽 끝에 이르러 기어 올랐습니다. 한 걸음 내딛자 우리들은 선장실 입구에 서 있게 되었는데 문이 열려 있었지요. 그런데 놀랍게도 상갑판실 저쪽에 등불이 보이는 게 아닙니까! 그 순간 저쪽에서 나지막한 목소리가 들려오는 듯했습니다!

짐은 웬일인지 아주 기분이 좋지 않다고 하며 돌아가자고 나지막하게 속삭였습니다. 나는 그러자고 하고는, 뗏목 있는 데로 막 돌아가려고 했지요. 바로 그때 마침 누군가가 애원하며 이렇게 말하는 소리가 들렸습니다.

"아, 자네들, 제발 그 짓만은 말아 주게나. 내 절대로 입 밖에 내지 않을 테니!"

그러자 다른 사람이 꽤 큰 목소리로 받았습니다.

"짐 터너, 거짓말이야. 넌 전에도 이런 식이었어. 너는 늘 약탈품의 자기 몫 이상을 원했고 반드시 그걸 손안에 넣고 말았

거든. 내놓지 않으면 다른 놈들에게 누설하겠다고 협박해서
는 말이야. 하지만 이번에는 한 번만이라는 말 가지고는 안 될
걸. 네놈처럼 비열한 데다 배반하기 잘하는 개자식은 이 나라
엔 또다시 없을 거야."

그동안에 짐은 벌써 뗏목 있는 데 가 있었습니다. 나는 호
기심으로 혀가 탔습니다. 톰 소여라면 여기서 꽁무니 빼지는
않을 거야, 그러니까 나는 무슨 일이 일어나고 있는지 알아내
고야 말겠다고 스스로를 타일렀습니다. 그래서 나는 좁은 통
로에 꿇어앉아 네 발로 엎드려 어둠 속에서 고물 쪽을 향해
엉금엉금 기어가 마침내 나랑 상갑판실의 복도 사이에 객실이
하나밖에 없는 곳까지 다다랐지요. 그러자 그곳 마루 위에 손
과 발이 결박된 채 웬 사나이 하나가 쓰러져 있었고, 그 위에
두 사나이가 서 있는 것이 보였습니다. 그중 한 사람은 흐릿한
램프를 들고 있었고, 다른 한 사람은 권총을 들고 있었지요.

이 사나이는 마루에 쓰러져 있는 사나이의 머리에 연방 총구를 들이대며 이렇게 을러대는 것이었습니다.

"이놈을 그저 한 방 쏴 주고 싶구나! 이 비열한 개새끼, 꼭 그래야만 하고말고!"

마루에 뒹굴고 있는 사나이는 잔뜩 몸을 웅크리고 "아아, 빌, 제발! 죽어도 누설하지 않을 테니." 하고 말했습니다.

이 사나이가 이런 말을 할 때마다 램프를 들고 있는 사나이는 비실비실 웃으며 이렇게 말했습니다.

"정말 그럴 테지! 이보다 더 참말을 말해 본 적이라곤 없었으니까." 그러고는 이런 말도 했습니다. "저 살살 비는 꼬락서니 좀 보시지! 우리가 이놈을 꺾어 결박해 놓지 않았다면 아마 우리 둘을 모두 해치웠을걸. 뭣 때문이냐고? 그거야 우리의 권리를 주장했기 때문이지. 다만 그 이유뿐으로. 하지만 짐 터너, 넌 이젠 아무도 위협할 수 없을 게다. 빌, 그 권총 집어 치워."

그러나 빌은 이렇게 말했습니다.

"제이크 패커드, 그럴 순 없어. 난 이놈을 죽여 버릴 테야. 이놈이 이와 똑같은 방법으로 햇필드 영감을 죽인 게 아니냐 말이야. 그러니 죽어 마땅하지 않은가?"

"하지만 난 이놈을 죽이고 싶진 않아. 다 그럴 만한 까닭이 있단 말일세."

"제이크 패커드, 그런 말을 해 주니 자넨 복 받을 거야! 평생을 두고 자네 은혜는 잊어버리지 않을 테야." 마루에 쓰러져 있는 사나이가 훌쩍거리며 말했습니다.

패커드는 그 말에는 아랑곳하지 않은 채 램프를 못에다 걸어 놓더니, 어둠 속에 숨어 있는 내 쪽으로 걸어오며 빌에게도 따라오라고 손짓하는 겁니다. 되도록 빨리 나는 2미터쯤 뒤로 물러섰지만 배가 어찌나 몹시 기울고 있었던지 마음대로 쉽게 되지 않았습니다. 그들한테 짓밟혀서 붙잡히게 되지 않으려고 얼른 위쪽 객실로 기어 들어갔지요. 그 사나이는 어둠 속을 더듬어 왔고, 패커드가 내가 있는 객실까지 와서는 이렇게 말했습니다.

"여기야, 이리 들어와."

패커드가 먼저 들어왔고 그의 뒤를 따라 빌이 들어왔습니다. 그러나 두 사람이 들어오기 전에 나는 위쪽 침대에 올라가 있었는데 여기에 온 것을 후회했지요. 두 사람은 거기 서서 침대 선반에다 손을 얹고는 얘기를 하고 있었습니다. 두 사람의 모습은 보이지 않았지만 마시고 있던 위스키 냄새로 그들이 어디 있는지는 잘 알 수 있었지요. 내가 위스키를 마실 줄 모르는 게 천만다행이었지만, 어쨌든 술을 마신다고 치더라도 별 차이는 없었습니다. 어쨌든 숨을 죽이고 있었으므로 그들이 냄새를 맡고 나를 뒤쫓을 수는 없었기 때문이었지요. 되게 겁이 났습니다. 게다가 숨을 죽이지 않고서는 이런 얘기를 들을 수 없었으니 말입니다. 두 사람은 나지막한 목소리로 진지하게 얘기를 주고받았습니다. 빌은 터너를 죽이고 싶었던 겁니다. 빌은 이렇게 말했습니다.

"놈은 밀고하겠다고 했고, 사실 그 말대로 할 거야. 이렇게 소동을 피워 가며 놈을 혼내 준 이상, 우리 두 사람의 몫을 그놈에게 주겠다고 해 본댔자 아무 소용이 없을 거야. 틀림없이 그놈은 우리들한테 불리하게 증언을 할 거란 말이야. 그러니 내 말 잘 들어. 내 말은 그놈을 깨끗이 없애 버려 후환을 없게 하자는 거야."

"나도 동감이야." 패커드가 아주 조용하게 말했습니다.

"제기랄, 난 자네가 그렇게 생각하지 않는 줄로만 알았지. 자, 그럼 이걸로 됐어. 해치우러 가세."

"잠깐만 기다려, 아직 내 말이 끝나지 않았으니까. 내 말을 잘 들어 보라고. 총을 쏴 죽이는 것도 좋지만 꼭 해치워야 한다면 좀 더 조용한 방법이 얼마든지 있단 말씀이야. 내가 말하고 싶은 건 바로 이거야. 똑같이 목적을 달성할 방법이 있으면서도 위험이 따르지 않는다면, 굳이 목을 매달 밧줄을 찾아다니는 건 그리 영리한 방법이 아니거든. 안 그런가, 이 사람?"

"그야 그렇지. 하지만 이번에는 대관절 어떻게 하자는 건가?"

"음, 내 생각은 이래. 객실을 살펴보고 거기서 빠뜨린 물건들을 좀 더 모아서 강가로 나가 그걸 감춘단 말씀이야. 그러고 나서 기다리자는 거야. 채 두 시간도 못 가서 이 난파선은 산산조각이 나 하류로 떠내려갈 게 뻔하네. 알겠나? 그놈은 물에 빠져 죽을 거고. 자업자득이지 뭐야. 내 생각엔 그놈을 죽여 버리는 것보다는 그게 훨씬 좋은 방법이거든. 나도 될 수 있으면 사람을 죽이는 일은 반대야. 분별 없는 짓일뿐더러 양심에도 어긋나지. 어때 내 말이 맞지 않은가?"

"맞아. 자네 말이 옳은 것 같아. 한데 말이지, 만약 배가 산산조각이 나서 떠내려가지 않는다면 어떻게 하지?"

"어쨌든 두 시간쯤 기다리면서 어떤 일이 일어날지 보면 되잖아. 안 그런가?"

"그럼, 됐어. 가세."

그러고 나서 두 사람은 방을 나갔습니다. 나는 온몸이 식은 땀 투성이가 되어 얼른 그곳을 피해 앞쪽으로 엉금엉금 기어갔습니다. 거긴 마치 칠흑같이 캄캄했습니다. 그러나 쉰 목소리로 "짐!" 하고 나지막하게 속삭였더니 짐이 내 팔꿈치 바로 옆에서 신음소리 같은 목소리로 대답했습니다.

"어서 빨리, 서둘러, 짐. 꾸물거리거나 신음하고 있을 시간이 없단 말이야. 저기 살인자 놈들이 있어. 그놈들의 보트를

찾아내어 놈들이 이 난파선에서 도망치지 못하도록 어서 떠내려보내지 않으면, 그중 한 놈이 큰 궁지에 빠지게 돼. 하지만 놈들의 보트를 발견할 수만 있다면, 우린 놈들 모두를 궁지에 빠뜨릴 수도 있지. 군 치안관이 그놈들을 체포할 테니까 말이야. 어서 빨리! 서둘러! 자, 난 왼쪽 뱃전을 찾아볼 테니까, 짐은 오른쪽 뱃머리를 찾아보라고. 뗏목 있는 데서부터 시작해. 그리고……."

"아이구, 하느님 맙소사! 뗏목이라고! 뗏목이 없어졌당께. 밧줄이 끊어져서 떠내려갔단 말이여! 우리를 여기에다 남겨 놓고서 말이제!"

13장

   나는 숨이 콱 막혀 그만 기절할 것만 같았습니다. 저런 무시무시한 갱 놈들과 함께 난파선에 갇히는 신세가 되고 말았다니! 그러나 이렇게 감상에 빠져 있을 때가 아니었지요. 우린 이제 그 보트를 꼭 찾아내지 않으면 안 되었습니다. 찾아내서 우리들이 사용하지 않으면 안 되었지요. 그래서 우리들은 부들부들 떨면서 오른쪽 뱃전을 따라 걸어갔는데 시간이 걸리는 바람에 고물까지 다다르는 데 일주일이나 걸린 듯했습니다. 보트는 그림자도 보이지 않았습니다. 짐은 이제 더 이상 한 발자국도 옮겨 놓을 수 있을 것 같지 않다고 했지요. 너무나 무서워서 그만 힘이 모두 빠져 버렸다는 겁니다. 그러나 나는, 정신을 차려야지 만일 이 난파선에 그대로 남게 되면 그야말로 큰일이 날 거라고 했습니다. 그래서 우리들은 또다시 엉금엉금 기어가기 시작했지요. 상갑판실 끝을 목표로 기어가, 그것을 찾아낸 다음 천창 위를 덧문에서 덧문을 따라 매달리면서 앞쪽으로 계속 나아갔습니다. 천창 끝이 물에 잠겨 있었기 때문이었지요. 복도의 문 바로 옆에까지 왔을 때 과연 거기에 소형 보트가 놓여 있는 게 아니겠습니까! 희미하게나마 그 모습이 내 시야에 들어왔습니다. 참으로 고맙기 그지없었지요. 그 다음 내가 소형 보트에 몸을 실으려고 하는 순간 마침 문이 열렸습니다. 사나이 하나가 내가 있는 데서부터 불과 60센티미터 떨어진 곳에서 불쑥 머리를 내밀었고, 나는 이젠 모든 것이 끝장이로구나 하는 생각이 들었습니다. 그러나 그 사나이는 또다시 머리를 집어넣고는 이렇게 말하는 거지요.

"빌, 그 빌어먹을 램프를 보이지 않게 치워 버려!"

그 사나이는 무엇인가가 든 주머니를 보트에 던지고는 다음에 자기도 안으로 들어와 앉았습니다. 패커드였지요. 이번엔 빌이 나와 보트에 올라탔습니다. 패커드가 나지막한 목소리로 이렇게 속삭였습니다.

"준비 끝! 자, 배를 밀어!"

나는 너무나 힘이 없어 들창문에 거의 매달려 있을 수가 없을 지경이었습니다. 그러나 이때 빌이 말했습니다.

"잠깐만. 그놈 몸을 뒤져 보았나?"

"아니. 자넨?"

"아니. 저런, 그럼 그놈은 제 몫의 현금을 아직 가지고 있겠구면."

"자, 그럼 이리 따라와. 쓸데없는 물건만 가져가고 돈을 놔두고 가서야 말이 되나."

"한데 말씀이야, 그놈은 우리가 뭘 하려는지 의심하지 않을까?"

"의심하지 않을지도 모르지. 하지만 우린 어쨌든 그 돈을 손 안에 넣어야만 해. 자, 가세"

기울어진 쪽에 문이 달려 있었으므로 쾅당 소리를 내고 닫혔습니다. 다음 순간 나는 순식간에 보트에 올라탔고, 짐도 내 뒤를 따라 굴러 들어왔습니다. 나는 칼을 꺼내 밧줄을 잘랐으며 우리들은 순식간에 움직이기 시작했지요!

우리들은 노에는 손을 대지도 않았으며, 입을 열지도 않았을뿐더러 속삭이지도 않았고, 거의 숨까지 죽이고 있었습니다. 소형 보트는 죽은 듯이 고요히 미끄러져 떠내려가 외륜(外輪) 덮개 끝을 지났고 그다음에는 고물 옆쪽을 빠져나갔습니다. 그러고 나서 1, 2초가 지난 다음 난파선에서 하류 쪽으로 90미터쯤 내려와 있었고, 암흑이 난파선을 삼켜 버려 그림자도 보이지 않았으므로, 이젠 살았구나 하는 것을 알았지요.

하류 쪽으로 200미터에서 300미터쯤 왔을 때 상갑판실의 문에서 램프가 잠시 조그마한 불꽃처럼 반짝하는 것이 보였습니다. 그것으로 보아 악한들이 자신들의 보트가 없어지고 이제 자신들도 짐 터너와 똑같은 운명에 빠져 있다는 것을 깨닫기 시작했다는 것을 알 수 있었습니다.

그러고 나서 짐은 노를 집어들었고 우리들은 뗏목을 찾아보았습니다. 이때서야 비로소 나는 그 세 사람의 일이 걱정되기 시작했지요. 지금까진 그런 것을 말할 시간이 없었습니다. 비록 사람을 죽인 범인이라고는 하지만 그런 곤경에 빠지게 되면 얼마나 무서울까 하는 생각이 들기 시작했던 겁니다. 나라고 사람을 죽이는 살인자가 되지 말라는 법도 없을 텐데, 내가 그런 꼴이 되면 내 기분이 어떨까 하고 혼자 마음속으로 생각해 보았지요. 그래서 나는 짐에게 이렇게 말했습니다.

"맨 처음 불빛이 보이거든 거기서부터 90미터쯤 상류나 하류에다 짐과 보트를 안전하게 감출 수 있는 곳에 상륙하기로 해. 그다음 난 무슨 얘길 꾸며 내 누군가가 그 악당 놈들을 구해 내게 한 다음 적당한 때에 놈들을 교수형에 처하도록 해야겠어."

그러나 이 계획은 실패로 돌아가고 말았습니다. 또다시 폭풍우가 몰아치기 시작했고, 아까보다도 더 심했기 때문이지요. 불빛이라곤 하나도 보이지 않았습니다. 모두가 잠을 자고 있는 모양이었습니다. 불빛을 찾으랴 또 뗏목을 찾으랴 맹렬한 기세로 강을 따라 내려갔습니다. 한참 만에 비는 그쳤지만 구름은 걷히지 않았고, 번갯불은 계속 번쩍거려 댔습니다. 얼마후에 번갯불이 다시 번쩍 하는 바람에 저만큼 앞에서 무엇인가 커다란 것이 떠내려가고 있는 것이 보였으므로 우리들은 그것을 목표로 삼아 그쪽으로 보트를 몰았지요.

그것은 우리 뗏목이었습니다. 또다시 뗏목에 오를 수 있어 얼마나 기뻤는지 모릅니다. 이때 훨씬 하류 오른쪽 강가에 불빛이 하나 보였습니다. 그래서 나는 거기에 가 보겠노라고 했지요. 소형 보트는 그 악당 놈들의 난파선에서 훔친 약탈품으로 절반이나 찼습니다. 우리들은 그것들을 뗏목에다 옮겨 쌓아 두었고, 짐에게 그냥 이대로 떠내려가 3킬로미터쯤 갔다고 생각되거든 램프에 불을 붙여 놓고 내가 돌아올 때까지 끄지 말고 그대로 놔두라고 당부했습니다. 그러고 나서 나는 노를 집어 들고 불빛을 목표로 저어 나가기 시작했지요. 그쪽으로 접근해 가자 불빛이 서너 개 더 보였습니다. 언덕 중턱에 말입니다. 마을이었습니다. 나는 강가 불빛이 있는 곳에 가까이 배를 저어 놓고 노에서 손을 떼고는 그냥 떠내려갔지요. 그 옆을 지나면서 보니 그것은 배 두 척을 옆으로 나란히 매어 놓은 나룻배의 이물 깃대에 매달려 있는 램프라는 것을 알 수 있었습니다. 아무도 움직이는 사람이 없이 모든 것이 쥐 죽은 듯 고요했습니다. 나는 고물 아래로 떠내려가서는 나룻배에 올라탔습니다. 망꾼이 어디서 자고 있는 걸까 하고 생각하면서 주위를 슬금슬금 돌아다녔습니다. 그러다가 곧 머리를 무릎 사이에다 처박고 이물 쪽 밧줄 감는 말뚝 위에 쭈그리고 앉아서 잠을 자고 있는 사람을 발견했지요. 나는 그의 어깨를 서너 번 가볍게 두들기고 나서 엉엉 소리를 내어 울기 시작했습니다.

망꾼은 깜짝 놀라며 몸을 일으켰습니다. 그러나 그게 나라는 것을 깨닫자 큰 하품을 하고 기지개를 켜고 난 다음 이렇게 말했습니다.

"얘, 왜 그래? 울지 마라. 무슨 일이라도 생겼니?"

그래서 나는 말했습니다.

"우리 아빠랑 엄마랑 누나랑 그리고……."

그러고 나서 나는 울음보를 터뜨렸습니다. 그랬더니 그가 이렇게 말하는 겁니다.

"제기랄, 아니 이게 어찌된 거냐. 그렇게 울지 마라. 사람이란 누구나 다 어려운 일을 당하게 마련인데 네가 겪고 있는 일도 이제 곧 잘 풀리게 될 거야. 그래 네 식구들이 어찌 됐다는 거냐?"

"우리 식구들이 말이에요, 우리 식구들이 그만……. 헌데 아저씨는 이 배의 망꾼인가요?"

"그렇단다." 그는 꽤나 만족스러운 듯이 말했습니다. "나로 말하면 이 배의 선장이기도 하고, 선주이기도 하고, 기관사이기도 하고, 수로 안내인이기도 하고, 망꾼이기도 하고, 또 갑판 수부장이기도 하지. 때론 내가 화물이자 승객이 되는 때도 있고 말이다. 난 짐 혼백 영감처럼 그렇게 부자가 아니라서 톰이니 딕이니 해리니 하는 아무 사람들에게나 인심을 쓰거나 잘해 줄 순 없단다. 하지만 그 영감하고 신분을 바꿀 생각은 영 없다는 말을 몇 번이나 했는지 몰라. 말하자면 뱃사공 생활이야말로 내게는 그야말로 안성맞춤이거든. 영감의 모든 재산, 아니 그 몇 배를 준다고 해도 마을에서 3킬로미터 떨어진 곳, 아무런 일도 일어나지 않는 그런 곳에서 내가 살 줄 아느냐. 내 말은······."

내가 갑자기 끼어들었습니다.

"우리 집 식구들이 지금 당장 죽을 지경에 놓여 있어요. 그리고······."

"누가 말이냐?"

"누구긴요. 아빠랑 엄마랑 누나랑 미스 후커 말이에요. 아저씨가 이 나룻배를 가지고 거기까지 가 주신다면······."

"어디로 말이냐? 모두들 어디 있는데?"

"난파선 말이에요."

"어느 난파선 말이냐?"

"난파선이 한 척밖에는 없지요."

"뭐? 설마 월터 스콧호는 아닐 테지?"

"바로 그 배예요."

"맙소사! 아니, 대관절 거기서 뭘 하고 있다는 거야?"

"일부러 거기에 간 게 아니에요."

"그야 그렇겠지! 하지만 이거 어쩌면 좋으냐. 어서 빨리 빠져나오지 않으면 살아남을 기회가 영 없을 텐데 말이다. 도대체 어떻게 해서 하필 그런 곤경에 빠졌다는 말이냐?"

"아주 간단했어요. 미스 후커가 상류 마을을 방문하러 왔다가……"

"옳지, 그럼 부스 나루터겠구나, 어서 계속해 보렴."

"미스 후커는 부스 나루터를 방문했는데, 해가 질 무렵 친구 거시기 누구라더라, 이름을 그만 잊어버렸지만 그 친구 집에서 그날 밤을 묵을 생각으로 검둥이 하녀랑 말이 끄는 나룻배를 타고 강을 건너기 시작했는데, 그만 키잡이 노를 잃어버리는 바람에 배는 빙빙 돌면서 고물을 앞으로 하고 3킬로미터나 떠내려간 끝에 난파선에 부딪혀 올라타게 되었고, 사공이랑 검둥이 하녀랑 말이랑 할 것 없이 모두가 그만 물에 빠져 죽고 오직 미스 후커만이 무엇인가를 붙잡고 난파선 위로 기어 올라간 거예요. 해가 저문 지 한 시간쯤 해서 우리들이 장삿배를 타고 내려와 보니, 하도 어두워서 아무것도 보이지 않아서 우리도 그만 바로 그 난파선에 올라타고 말았지요. 그러니까 우리들은 난파선과 부딪친 거지요. 우린 모두 살아남았지만 빌 위플 하나만은……. 아, 그처럼 그렇게 착한 녀석은 없는데 말입니다! 그 녀석 대신 차라리 내가 물귀신이 되었더라면 좋았을 텐데요."

"저런! 이런 낭패가 또 어디 있담. 그래서 그다음 어떻게들 했나?"

"그래서 우린 사람 살리라고 소리를 질러 댔지만, 워낙 강폭이 넓은 탓에 누구한테도 들리지 않았지요. 그래서 아빠 말

씀이, 누군가 한 사람이 육지로 가서 어떻게 해서든지 도움을 청해야겠다는 거예요. 헤엄을 칠 줄 아는 사람이라곤 나 혼자 뿐이었지요. 그래서 내가 이 일에 뛰어들었어요. 그런데 미스 후커가 하는 말이, 만일 도와줄 사람을 금방 찾지 못하면, 이리로 와서 자기 아저씨를 찾아라, 그러면 그 아저씨가 어떻게 해서든 도와줄 거라는 거예요. 1킬로미터쯤 하류에서 육지로 올라와 그때부터 쭉 누구에게 어떻게 좀 도움을 청해 보려고 이리저리 돌아다녔지만, 모두들 하는 말이, '뭐라고, 이런 밤에다 이런 물살에? 그런 철없는 소릴 그만둬라. 증기선 소형 보트나 찾아보거라.' 하는 거예요. 그러니 아저씨가 좀 가 주신다면……."

"물론 가 주고말고. 꼭 가고 싶다만. 그런데 대관절 사례는 누가 한다더냐? 네 생각엔 네 아버지가……."

"아, 그건 걱정 말아요. 미스 후커가 나에게 다짐하기를 자기 아저씨 혼백 영감님이……."

"뭐라구! 그분이 바로 그녀 아저씨란 말이냐? 이봐, 너 저기 불빛이 보이지, 거기까지 뛰어간 다음 서쪽으로 꼬부라져 400미터만 더 가면 주막이 나올 거다. 거기 있는 사람들더러 짐 혼백 영감님네 집에 데려다 달라고 그래라. 그리고 짐 영감님이 돈을 치를 거라고도 그러고. 도중에서 농땡이치면 안 돼. 영감님은 그 소식을 듣고 싶어 할 테니까 말이다. 영감님이 마을에 이르기 전에 조카 따님을 무사히 데리고 오겠다는 말도 전해라. 자, 어서 빨리 서둘러라. 난 이 모퉁이를 돌아가 기관사를 깨워야겠다."

나는 불빛 있는 데를 향해 달려갔지만, 이 사나이가 모퉁이를 돌기가 무섭게 다시 돌아와, 소형 보트에 몸을 싣고 바닥에 고인 물을 퍼냈습니다. 그다음 550미터쯤 물살이 빠르지 않은 강의 흐름을 따라 상류 쪽으로 올라가 몇 척의 목재선 사이에 숨어 버렸습니다. 나룻배가 떠나는 것을 볼 때까지는 안심이 되지 않았기 때문이지요. 그러나 뭐니뭐니 해도 그 악당 놈들 때문에 내가 이렇게까지 수고를 한 것을 생각하니 아주 기분이 좋았습니다. 이런 짓을 하는 사람은 그리 많지 않을 테니까요. 과부댁이 이 사실을 알았으면 하고 생각했습니다. 이런 악당 놈들을 살려 낸 나에 대해 자부심을 느낄 테지요. 과부댁과 그 밖의 착한 사람들이 가장 흥미를 느끼는 사람들이란 이런 악당 놈과 사기꾼 놈 들이니까요.

그런데 얼마 되지 않아 난파선이 희미하고도 어두운 장막에 싸여 떠내려오는 것이 아니겠습니까! 오싹하고 소름이 끼치는 것을 느꼈습니다. 그래서 나는 난파선을 향해 저어 갔지

요. 꽤나 깊이 물 속에 가라앉아 있었고, 그 안에 사람이 살아 남을 기회란 거의 없다는 것을 금방 알아차릴 수 있었습니다. 나는 그 주위를 빙빙 돌면서 소리를 질러 보았지만 아무런 대답도 없고 모든 것이 쥐 죽은 듯 고요하기만 했습니다. 나는 그 악당들 일 때문에 기분이 조금 울적했지만 그리 대단한 편은 아니었습니다. 놈들이 그걸 견딜 수 있다면 나도 견디지 못할 리가 없다고 생각했던 거지요.

그때 마침 나룻배가 왔습니다. 그래서 나는 긴 사류(斜流)를 타고 강 한복판으로 나왔습니다. 보이지 않을 곳까지 왔다고 생각되는 곳에 이르자 노질을 멈추고는 뒤를 돌아다보았지요. 나룻배가 미스 후커의 유품을 찾아서 난파선 주위를 빙빙 돌고 있는 모습이 보였습니다. 선장은 그녀의 아저씨 혼백 영감이 유품을 바라고 있다는 것을 뻔히 알고 있었기 때문이지요. 그러나 곧 나룻배는 수색을 포기하고 강가 쪽으로 뱃머리를 돌렸고, 나는 또다시 노를 저어 곧장 강을 따라 내려갔습니다.

펑장히 오랜 시간이 지나서야 짐이 켜놓은 불빛이 보이기 시작했습니다. 보이긴 해도 1600킬로미터나 떨어져 있는 것만 같았습니다. 가까스로 그곳에 도착했을 때에는 동녘 하늘이 조금씩 회색빛을 띠기 시작했지요. 그래서 우리들은 어떤 섬으로 향했고, 거기에다 뗏목을 감추고 소형 보트는 물을 넣어 가라앉게 하고는 잠자리에 들자마자 마치 죽은 사람처럼 깊은 잠에 떨어졌습니다.

14장

마침내 우리들은 잠자리에서 일어나 그 악당들이 난파선에서 훔쳐 낸 물건을 하나하나 살펴보았습니다. 장화랑 담요랑 옷가지랑 그 밖의 갖가지 물건, 또 많은 책과 소형 망원경이 한 개, 시거 담배가 세 상자나 나왔습니다. 우리들 중 어느 누구도 이렇게 부자가 되어 보긴 난생 처음이었지요. 시거 담배는 최상품이었습니다. 우리들은 오후 내내 아무 일도 하지 않고 숲속에서 얘기나 하고 쉬었으며, 나는 책을 읽기도 하면서 아주 즐겁게 시간을 보냈습니다. 나는 짐에게 난파선에서 겪은 일과 나룻배 얘기를 들려주었지요. 이런 종류의 일이야말로 모험이라는 것이라고 했더니, 짐은 모험은 이제 딱 질색이라고 했습니다. 짐이 하는 말이, 내가 상갑판실로 들어가고 자신은 뗏목을 타려고 뒤쪽으로 엉금엉금 기어갔을 때 뗏목이 없어진 것을 알고는 거의 죽을 뻔했다는 겁니다. 아무리 궁리를 해 봐도 이젠 끝장이구나 하는 생각이 들었기 때문이라고 했지요. 만약 누가 건져 주지 않으면 물에 빠져 죽고 말 테고, 누군가가 건져 준다 해도 건져 준 사람이 상금을 타려고 자기를 왓츤 아주머니 댁으로 보낼 게 아니겠느냐는 거지요. 그러면 왓츤 아주머니는 자기를 남부 지방으로 팔아 버릴 게 뻔하지 않느냐는 겁니다. 정말로 짐의 말이 옳았습니다. 짐이 하는 말은 대체로 늘 옳았습니다. 짐은 검둥이치고 비상한 머리를 갖고 있었으니까요.

나는 짐에게 왕이니, 공작이니, 백작이니 그 밖의 것에 관해, 또 이 사람들이 얼마나 옷을 화려하게 차려 입고 멋을 부리며 서로를 '미스터'라고 부르지 않고 '폐하'니, '각하'니, '대감'이니 하고 부른다는 것을 꽤 자세히 읽어 주었습니다. 그랬더니 짐은 눈알이 튀어나올 듯이 놀라며 재미있어 했습니다. 그러고는 이렇게 말하는 겁니다.

"난 그런 사람들이 그렇게 많을 줄은 몰랐당께. 솔로몬왕 말고는 아직껏 그런 사람 얘길 들은 적이 별로 없응께. 트럼프 짝에 나오는 왕까지 그 안에 넣지 않는다면 말이제. 왕은 월급을 얼마나 받능가?"

"월급을 받는다고? 원한다면야 한 달에 1000달러라도 받겠지. 얼마든지 갖고 싶은 대로 가질 수 있어. 무엇이든 다 자기 거니까 말이야."

"그거 근사하구먼? 그런데 말이제 헉, 그 사람들은 도대체 무슨 일을 하능가?"

"아무 일도 하는 게 없어! 글쎄, 짐 말하는 것 좀 보시지. 그 사람들은 그냥 가만히들 앉아만 있을 뿐이라고."

"설마 그럴 리가! 그게 정말이야?"

"그렇다니까. 그 사람들은 그냥 앉아 있을 뿐이라니까 그러네. 물론 전쟁이 있을 때엔 다르지만. 그때엔 전쟁에 나가는 거야. 그렇지 않을 때에는 그저 빈둥거리기만 하고. 아니면 매 사냥, 그저 매 사냥이나 하면서 탁탁 하고 침이나……. 쉿! 방금 무슨 소리가 나지 않았어?"

우리들은 뛰어나가 주위를 살펴보았습니다. 그러나 그것은 하류 저 멀리 곶을 돌아서 이쪽으로 오고 있는 증기선의 타륜 소리였습니다. 그래서 우리들은 있던 곳으로 다시 돌아왔지요.

"정말이야." 나는 말을 이었습니다. "그리고 아무 일도 없을 때에는 왕은 의회에 가서 소동을 일으키지. 자기 마음대로 말을 잘 듣지 않으면 그들의 모가지를 싹둑 잘라 버리는 거야. 하지만 대개는 왕들은 늘 후궁 주위를 돌아다니는 거야."

"어디를 돌아다닌다고?"

"후궁 말이야."

"후궁이 뭔데?"

"자기 마누라들을 둬 두는 데 말이야. 짐은 아직 후궁이 뭔지도 모르는 거야? 솔로몬왕도 하나 있었는데, 마누라가 100

만 명이나 되었어."

"아, 정말 그랬었지. 깜빡 잊었었구면. 후궁이란 기숙사일 거제. 보나마나 애들 방은 무척이나 시끄러울 것일 테구면. 게다가 부인네들은 꽤나 말다툼을 벌일 거고. 그런데도 사람들은 솔로몬왕이 이 세상에서 가장 어진 왕이라는 말을 했쌌제. 난 암만해도 믿어지지 않는당께. 무엇땜시 그러냐고? 어진 양반이 그런 난장판 같은 데서 어떻게 배겨 낼 수가 있겠느냔 말이여? 참말로, 어림도 없는 소리제. 어진 사람이라면 차라리 보일러 공장을 세울 거구면. 그러문 쉬고 싶을 때엔 보일러 공장 문을 닫아 버리면 될 테니까 말이제."

"하지만 솔로몬왕은 어쨌든 가장 어진 사람이었어. 과부댁이 자기 입으로 직접 나에게 그런 말을 했으니까."

"난 과부댁이 무슨 말을 했건 콧방귀도 뀌지 않제. 솔로몬

왕이 어질긴 어디가 어질어. 빌어먹을 그 괴상한 짓거리를 한 사람을 난 이제껏 본 적이 없어. 어린애를 두 쪽으로 싹둑 잘라 버리려고 했던 얘기를 알고 있는가?"

"알고말고, 과부댁한테서 모두 들었지."

"그렇데두! 그런 터무니없는 소리가 이 세상에 또 어디 있능가? 많이두 말고 조금만 생각해 보란 말이제. 저기 있는 나무 그루터기가 있잖아. 저게 그 여자 중 하나라고 치잔 말씀이야. 여기 네가 있구, 너를 다른 여자라구 치구. 난 솔로몬이제. 여기 있는 1달러짜리가 어린애구. 너희들이 이 어린애가 자기 애라고 다툰단 말이랑께. 그럼 난 어떻게 하면 좋제? 난 말야 이 이웃사람들 사이로 돌아다니면서 이 1달러짜리가 누구 것인지를 캐물어서 온전한 채 그 주인한테 넘겨줄 게 아닌감? 분별 있는 사람이라면 누구나 다 이렇게 할 거랑께. 그렇지만 내사 그렇지 않거든. 나는 이 1달러짜리를 둘로 짝 찢어 가지고 그 절반은 너에게 주고, 나머지 절반은 다른 여자에게 준단 말씀이제. 솔로몬이 바로 어린애를 가지고 이렇게 하려고 했단 말이랑께. 내가 어디 물어보겠는데, 그 절반짜리가 무슨 소용이 있능가? 그것 가지고서는 아무것도 살 수 없을 게 아니냐 말이제. 어린애 절반이 무슨 쓸모가 있냐는 말이여. 그런 반쪽 애 100만 명이 있은들 무엇에다 쓰겠능가."

"하지만 짐, 짐은 요점을 놓치고 있어. 제기랄, 요점을 놓쳐도 한참 놓치고 있단 말이야."

"누가? 나 말여? 요점 같은 소리 집어치우랑께. 이래 봬도 사리분별 정도는 알고 있는 나랑께. 그 솔로몬이 한 짓은 분별

이 있는 사람이 하는 짓은 아니제. 재판은 반쪽짜리 애에 관한 것이 아니구 완전한 애에 관한 거였지. 온전한 애에 관한 재판을 반쪽짜리 애로 처리할 수가 있다고 생각하는 작자는, 비가 오셔도 비 한 방울 피하지 못할 위인이랑께. 헉, 나한테 솔로몬 얘기 같은 건 아예 입 뻥긋하지도 말랑께. 내사 그 사람에 대해선 손바닥 들여다보듯 빤히 알고 있으니까 말이제.”

“그러니까 짐은 요점을 놓치고 있다는 거야.”

“요점 같은 소리 하지 말랑께 그러네! 내사 알고 있는 건 알고 있다고 생각헝께. 정말이지, 요점이라는 건 좀 더 멀리, 좀 더 깊은 데 있는 거제. 그건 솔로몬이 자라난 방식과 관련이 있당께. 가령 그저 자식이 하나나 둘밖에 없는 사람을 생각해 보란 말이제. 그 사람이 자식을 헤프게 하겠냔 말이여? 물론 그렇게는 못하제. 그렇게 할 수 없고말고. 애를 소중하게 다뤄야 한다는 걸 알고 있을 테니까. 그렇지. 하지만 애새끼가 500만

명쯤 되어 집안을 온통 뛰어 돌아다니는 사람의 경우라면 얘기는 달라지는 거제. 이런 작자는 애들을 고양이를 잘라 내듯이 두 동강이로 싹둑싹둑 잘라 버려도 아무렇지 않거든. 얼마든지 있으니까 말이제. 솔로몬에게는 애새끼 하나둘쯤 없어도 그만, 있어도 그만이랑께."

난 이런 검둥이는 난생처음이었습니다. 어떤 생각이 일단 떠오르면 다시는 생각을 바꿀 줄 모르는 겁니다. 솔로몬 얘기에 이렇게 덤벼 대는 검둥이는 지금껏 본 적이 없었습니다. 그래서 나는 다른 왕들 이야기를 꺼내어 솔로몬 이야기는 그만두기로 했지요. 옛날에 프랑스에서 단두대에 목이 잘린 루이 16세 이야기를 꺼냈습니다. 나중에 왕이 되게 되었는데 붙잡혀 감옥에 들어가 거기서 죽고 말았다는 그 나이 어린 황태자에 대한 이야기도 꺼냈지요.

"가엾은 애구먼."

"하지만 감옥에서 탈옥하여 미국으로 도망 왔다는 사람도 있어."

"그건 참 잘됐군! 하지만 꽤 심심할 게구먼. 여긴 왕이란 게 없지 않능가 말이야, 헉?"

"없고말고."

"그럼 일자리도 없을 게 아니야. 무슨 일을 할 것이라고 하등가?"

"그야 나도 모를 일이지. 경찰이 되는 자도 있고, 사람들에게 프랑스 말을 가르치는 사람도 있고."

"뭐라고, 헉. 프랑스 사람들은 우리하고 똑같이 말하지 않능가?"

"다르게 하고말고, 짐. 짐은 아마 프랑스 사람이 하는 말을 알아 듣지 못할걸. 단 한 마디도 말이야."

"저런, 이렇게 딱한 일이! 어째서 그렇당가?"

"그건 나두 몰라. 좌우간 그래. 난 그 프랑스 사람의 어쩌고 저쩌고하는 말을 책에서 몇 마디 배운 적이 있지. 만약 누군가 가 짐에게 와서, '폴리-부-프란지' 하고 말한다면, 짐은 무슨 말이라고 생각하겠어?"

"생각은 무슨 생각인가. 붙잡아 그놈 대갈통을 깨뜨려 놓고 말 것다. 물론 그 사람이 백인이 아니라면 말이제. 그게 검둥 이라면 나를 그렇게 부르면 절대 용서 안 할 거구먼."

"제기랄. 그건 절대 짐을 욕하는 게 아냐. 프랑스 말을 할 줄 아느냐고 물어본 것뿐이란 말이야."

"그럼 왜 그렇게 말하지 않느냐 말이여?"

"그렇게 말하고 있는 거지. 그게 프랑스 사람들이 하는 말 이라니까."

"하여튼, 그거 되게 웃기는 놈의 말이로구먼. 그러니 난 이 젠 더 이상 그런 소린 듣기 싫당께. 그런 말에는 아무런 뜻이 없제."

"이봐, 짐. 고양이가 우리 인간들처럼 똑같이 말해?"

"못 하지. 고양이는 그렇게 못 해."

"그럼, 소는?"

"소도 못 해"

"고양이는 소처럼 말해, 또 소는 고양이처럼 말하고?"

"아니."

"고양이와 소가 서로 다르게 말하는 건 당연하고도 옳은 일이겠지?"

"그야 두말하면 잔소리이제."

"그렇다면, 고양이나 소가 우리 사람들과 다르게 말하는 것도 당연하고도 옳은 일이 아니냐 말이야."

"그야 물론 그렇지."

"그렇다면, 프랑스 사람이 우리 미국 사람들과 다르게 말을 하는 것이 어째서 당연하지 않고 옳지 않으냐 말이야. 자, 어서 대답 좀 해 봐."

"헉, 고양이가 뭐 사람이당가?"

"그야 아니지."

"그렇다면, 고양이가 사람처럼 말할 까닭이 없잖능가. 소는 사람이랑가? 아니면 소는 고양이랑가?"

"어느 쪽도 아니지."

"그렇다면, 고양이는 사람이나 소처럼 말할 까닭이 없지 않느냐 말이제. 프랑스 사람은 사람이당가?"

"물론 사람이지."

"그럼 됐네그려! 빌어먹을, 도대체 왜 프랑스 사람들은 사람처럼 말하지 않는 거란 말이랑가? 이걸 대답해 보란 말이랑께!"

더 이상 얘기를 해 봐도 아무 소용이 없다는 것을 나는 깨달았습니다. 검둥이에게 토론을 가르친다는 것은 소 귀에다 경을 읽는 것과 마찬가지였으니까요. 그래서 나는 그만 입을 다물기로 했습니다.

15장

　사흘 밤 안으로 우리들은 일리노이주 남단 오하이오강이 흘
러 들어가는 어귀에 있는 케이로라는 곳에 닿으리라고 생각했
습니다. 그곳이 바로 목적지였지요. 뗏목을 팔아서 증기선을
타고 오하이오강을 따라 올라가 자유주(自由州)[2]에 들어가면,
모든 귀찮은 일에서 벗어나게 될 것이라고 생각했던 겁니다.

---

2) 미국에서 노예 제도가 금지되었거나 그 전에 폐지되었던 주. 일리노이주,
인디애나주, 오하이오주 등 주로 북동주가 여기에 속한다.

그런데 이튿날 밤 안개가 자욱이 끼기 시작하였고, 우리들은 안개 속을 달릴 수 없었기 때문에 뗏목을 붙잡아 매 놓기 위해서 모래톱이 있는 데로 향했습니다. 그러나 내가 카누를 타고 뗏목을 붙잡아 매 놓을 밧줄을 가지고 먼저 저어 가 보았으나 조그마한 나뭇가지 말고는 그럴 만한 곳이 없었습니다. 깎아내린 듯한 절벽 바로 한끝에 자라 있는 나뭇가지 하나에다 밧줄을 감았지만, 흐름이 빨랐으므로 뗏목은 대단한 기세로 돌진해 뿌리를 송두리째 뽑아 떠내려가고 말았지요. 안개가 자꾸만 짙어지는 것을 보고 나는 몹시도 겁에 질려 있었기 때문에 순간 몸을 움직일 수도 없을 것 같았습니다. 그런데 뗏목이 온데간데없이 보이지 않았던 겁니다. 18미터 앞도 제대로 보이지 않았지요. 나는 카누 속으로 뛰어 들어가 고물 쪽으로 달려가서 노를 집어 들고는 한 번 뒤로 저었습니다. 그러나 카누는 꿈쩍도 하지 않았습니다. 너무나 서두르는 바람에 매 놓은 것을 풀지 않았던 겁니다. 일어나 밧줄을 풀려고 했지만 너무나 흥분한 나머지 손이 떨려 아무 일도 할 수 없었지요.

출발하자마자 나는 곧 맹렬한 기세로 곧장 모래톱 아래쪽으로 뗏목의 뒤를 따라갔습니다. 거기까지 가는 데는 별 문제가 없었지만 그 모래톱의 길이는 55미터도 채 못 되었고, 그 아랫부분을 통과한 순간 하얀 안개 속에 잠기고 말았으며, 어느 쪽을 향해서 배가 나아가고 있는지 전혀 분간이 서지 않았습니다.

노를 저어 봤자 아무 소용이 없었을 것이라는 생각이 들었습니다. 그런 짓을 하다간 도리어 강둑이나 모래톱이나 무엇을 들이받고 말 것 같았습니다. 그래서 그냥 가만히 앉아 떠내려갔지만 이럴 때 손을 놓고 앉아 있자니 마음이 안절부절하여 견딜 수가 없었습니다. 나는 큰 소리를 지르고는 귀를 기울였지요. 그러자 저 멀리 하류 쪽 어디에선가 희미하게 대답하는 소리가 들려와서 한결 기운을 차릴 수 있었습니다. 다시 한번 소리가 들리지 않을까 하고 귀를 기울이면서 그 뒤를 맹렬한 기세로 추격해 갔지요. 그다음에 소리가 다시 들렸을 때 나는 그쪽을 향해 가고 있는 것이 아니라 목소리가 난 곳의 오른쪽을 향해 가고 있다는 것을 알았습니다. 그리고 그다음에는 왼쪽을 향해 달려가고 있었습니다. 그렇다고 그쪽에도 닿지는 못했지요. 나는 이쪽 저쪽으로 이리저리 빙빙 돌기만 하고 있었는데 저쪽은 계속 앞을 향해 돌진하고 있었기 때문이었지요.

나는 그 바보가 양철 냄비를 두드려야겠다는 생각을 떠올려 계속 그걸 두드렸으면 하고 은근히 바랐지만, 그는 전혀 그렇게 하지 않았습니다. 나를 괴롭힌 것은 고함 소리와 고함 소리 사이의 고요한 장소였습니다. 그래서 열심히 노를 저어 댔고, 바로 그때 내 등 뒤에서 고함 소리가 들렸지요. 나는 이 소리를 듣고 나서 헷갈렸습니다. 다른 사람의 고함 소리였거나, 그렇지 않으면 내가 방향을 바꿨거나 둘 중의 하나였던 겁니다.

나는 노를 던져 버렸습니다. 또다시 고함 소리가 들렸습니다. 이 소리도 역시 뒤쪽에서 들려온 소리이긴 했지만 그 방향이 달랐지요. 소리는 점점 가까이 다가오며 끊임없이 장소를 바꾸고 있었습니다. 그래서 나는 계속해서 대답해 대고 있었고, 그러는 사이에 저쪽이 또다시 내 앞으로 왔지요. 카누의 뱃머리가 흐름에 휩쓸려 강 하류 쪽으로 돌아간 것을 알 수 있었습니다. 만일 그 목소리가 다른 뗏목 사공이 외치는 소리가 아니라 짐의 목소리라면 좋을 텐데 말입니다. 안개 속에서 목소리를 알아듣기란 여간 어려운 게 아니었습니다. 안개 속에서는 무엇이든 부자연스럽게 보이고 부자연스럽게 들리는 법이니까요.

고함 소리가 계속해서 들린 다음 1분쯤 지나 나는 큰 나무들이 마치 유령처럼 희미하게 죽 서 있는 가파른 절벽을 향해 무서운 기세로 떠내려가고 있었습니다. 물결은 나를 왼쪽으로 내동댕이치고는 물 속에 잠긴 나뭇가지들 사이로 재빠르게 흘러가 버렸습니다. 그 흐름이 어찌나 빠른지 물 속에 잠긴 나뭇가지들이 꽤나 요란한 소리를 냈습니다.

또다시 1, 2초가 지난 뒤 그 일대가 하얗게 뿌얘지고 고요해졌습니다. 나는 꼼짝하지 않고 가만히 심장의 고동소리에 귀를 기울이고 있었습니다. 심장이 백 번이나 고동치는 동안 숨 한 번 제대로 쉬지 못한 것 같았습니다.

그래서 나는 단념하고 말았지요. 사태를 깨달았던 겁니다. 그 깎아내린 듯한 절벽은 섬이었고, 짐은 섬 반대쪽으로 가 버린 것이었습니다. 10분 동안에 지나갈 수 있는 그런 모래톱이 아니었습니다. 큰 숲이 있는 버젓한 섬이었지요. 길이가 8, 9킬로미터에 폭이 800미터는 넘을 것 같았습니다.

한 15분가량 나는 귀를 쫑긋 세우고 가만히 앉은 채 있었습니다. 물론 그사이에도 계속 시속 7, 8킬로미터의 속력으로

떠내려가고 있었지요. 그러나 나 자신한테는 그렇게는 느껴지지 않았습니다. 나로서는 죽은 듯이 물 위에 고요히 누워 있는 것만 같았습니다. 물속에 잠긴 나뭇가지가 옆을 미끄러지듯 재빠르게 지나가는 것이 얼핏 보이면, 자기도 얼마나 빨리 움직이고 있다는 것은 생각하지 않고, 숨을 죽이고는 '어이구! 저 나뭇가지는 참말이지 무서운 기세로 흘러가고 있구나.' 하고 생각할 겁니다. 밤 안개 속에 이런 꼴로 홀로 있는 것이 무섭지도 않고 쓸쓸하지도 않다고 생각하는 사람이 있다면 한 번 해 보시지요. 아마 단번에 그 맛을 알게 될 겁니다.

그로부터 약 30분 동안 나는 이따금 고함을 질러 보았습니다. 마침내 멀리서 대답이 있어 그 뒤를 쫓으려고 했지만 헛수고였습니다. 그리고 곧 나는 모래톱 한가운데로 밀려 들어간다는 생각이 들었지요. 때로 그 사이에 좁은 수로도 있고 내 양쪽 편에 모래톱의 모습이 희미하게 여기저기 보였기 때문입니다. 강둑에 걸려 있는 낡고 썩은 나뭇가지와 쓰레기에 부딪히는 물소리가 들려온 탓에 어떤 수로는 내 눈엔 보이지 않았지만 거기에 수로가 있다는 것을 알 수 있었지요. 그런데 그후 곧 모래톱 사이에서 고함 소리가 들리지 않았습니다. 조금 쫓아가 보려고 하다가 그만두기로 했습니다. 도깨비불을 쫓는 것보다 더 힘든 일이었기 때문이었지요. 그처럼 소리가 이리저리 옮아 다니고, 또 그처럼 빨리 그리고 자주 장소를 바꾸는 것은 난생처음이었습니다.

나는 강에서 삐죽 나와 있는 섬들과 부딪치지 않으려고 너더댓 번이나 꽤 힘껏 노를 저어 강둑에서 떨어지지 않으면 안되었습니다. 그래서 뗏목이 이따금씩 강둑에 부딪히거나 그렇지 않다면 훨씬 앞쪽에 가 있어 소리가 들리지 않을 것 같다는 생각이 들었지요. 나보다 조금 빠르게 떠내려가고 있었을 겁니다.

얼마 후 나는 또다시 강이 넓게 탁 트인 곳으로 나온 것 같았습니다만 아무 데서도 고함소리는 들려오지 않았습니다. 아마도 물속에 잠긴 나무에 걸려 짐이 그만 물귀신이 된 것이 아닐까 하는 생각이 들었지요. 나는 파김치처럼 녹초가 되어 있었으므로 카누에 드러누워 더 이상 그 일에 대해 신경을 끄기로 했습니다. 물론 잠을 자고 싶진 않았지만 견딜 수 없이 졸음이 쏟아졌습니다. 그래서 잠깐 눈을 붙여 보자고 생각했지요.

그러나 눈을 잠깐 붙여 본 정도는 아니었던 것 같았습니다. 눈을 떠 보니 하늘에는 별들이 벌써 반짝이고 있었고 안개도

말끔히 걷혀 있었으며 나는 고물을 앞으로 한 채 커다란 만곡부(彎曲部)를 무서운 기세로 떠내려가고 있었기 때문이었지요. 처음에는 내가 어디에 있는 줄도 몰랐습니다. 꿈을 꾸고 있는 게 아닌가 싶었지요. 여러 가지 일들이 다시 되살아나기 시작했을 때 그것들은 지난 주일에 일어난 것처럼 어렴풋했습니다.

이 근처는 터무니없이 큰 강으로 강둑 양편에는 하늘을 찌를 듯이 키가 크고 빽빽이 우거진 나무들이 줄지어 늘어서 있었습니다. 별빛에 보니 그야말로 담벼락 같았습니다. 저 멀리 하류 쪽 물 위에 까만 점이 하나 보였습니다. 그래서 그 뒤를 따라갔지요. 그러나 거기에 가 보았더니 다른 게 아니라 톱질할 통나무 두 개를 한데 묶어 놓은 것이었습니다. 그다음 또 다른 흑점이 보여 그걸 따라갔고, 또 다른 것이 보였지요. 이번엔 내 판단이 옳았습니다. 역시 뗏목이 아니었겠습니까.

뗏목에 닿아 보니 짐은 오른손을 조타용(操舵用) 노에다 걸치고 무릎 사이에다 머리를 푹 파묻고는 잠을 자고 있었습니다. 또 한 개의 노는 산산조각으로 부서져 있었으며, 뗏목에는 나뭇잎이랑 나뭇가지랑 진창이 사방에 어지럽게 흩어져 있었지요. 단단히 혼이 났던 거였습니다.

나는 카누를 뗏목에다 매 놓고는 뗏목으로 기어 올라가 짐 바로 코 밑에 드러누웠습니다. 그러고 나서 하품을 하고 짐 쪽을 향해 기지개를 켜며 이렇게 말했지요.

"이봐, 짐, 내가 깜빡 잠에 들었었나? 왜 나를 깨우지 않고?"

"맙소사, 이거 헉 아닝가? 너 안 죽은 겨? 물귀신이 된 것두 아니구, 정말루 돌아온 거여? 이거 정말 믿어지지가 않는디. 정말이랑께. 어디 한번 쳐다보자구. 좀 만져 보자고. 틀림없이 죽은 게 아니로구먼! 살아왔단 말이제. 전과 다름없는 헉이랑께! 천지신명께서 도우신 거제!"

"짐, 대관절 어떻게 된 셈이야? 술 한잔했어?"

"한잔했냐구? 내가 한잔했냐구? 술 마실 짬이 어디 있었다구 말여?"

"그럼, 어째서 그런 미친 소릴 하느냐 말이야."

"내가 미친 소릴 한다구?"

"그럼 아냐? 내가 마치 어디 먼 데라도 갔다 온 것처럼 내가 돌아왔느니 뭐니 하고 허튼소릴 했잖아?"

"헉, 헉 핀, 내 눈 좀 똑바로 쳐다보랑께. 내 눈 좀 보란 말이여. 아무 데두 간 적이 없다구?"

"가다니? 대관절 지금 무슨 소릴 하는 거야? 난 아무 데도

간 적이 없어. 도대체 어디에 갔다는 거야?"

"이봐. 참말로 귀신이 곡할 노릇인디. 내가 나인가? 난 누구당가? 내가 지금 여기 있는 경가? 그렇지 않으면 어디 있는 경가? 난 그게 알고 싶단 말이랑께."

"그래 참말로 짐은 바로 여기에 있어. 하지만 짐은 대갈통이 어떻게 된 바보 멍텅구리란 말이야."

"내가 말이여, 내가? 그럼 내 묻는 말에 답해 보더라고. 헉이 모래톱에다 뗏목을 매려고 카누를 타고 밧줄을 갖고 간게 아니란 말이랑가?"

"천만의 말씀, 그런 적 없어. 모래톱이 도대체 뭐야? 난 모래톱 같은 건 본 일이 없어."

"모래톱을 본 적이 없다구? 이봐, 이봐! 밧줄이 풀어져서 뗏목은 무서운 기세로 강을 떠내려갔고, 헉과 카누는 안개 속에 남아 있었던 게 아니었냔 말이여?"

"안개는 무슨 안개?"

"그 안개 말이제. 밤새도록 자욱하게 끼었던 그 안개 말이여. 그래서 헉의 고함 소리와 내 고함 소리가 다닥다닥 붙은 섬과 섬 사이에서 온통 뒤죽박죽이 되어, 한 사람은 그만 길을 잃고 또 한 사람은 자기가 어디 있는지 분간을 못 해 길을 잃은 거나 마찬가지가 아니었냔 말이제? 그래서 난 그 많은 섬에 몇 번이나 부딪히고 된통 혼이 나지 않았겠남? 하마터면 물귀신이 되고 말 뻔했구먼. 헉, 아닌가, 그게 아니란 말여? 어디 대답 좀 해 보랑께."

"짐, 너무 어처구니 없어 말이 안 나오는군. 난 안개도 섬도 보지 못했고, 혼난 일도 없고, 아무런 일도 겪은 일이 없어. 밤중에 여기 앉아서 짐과 얘기를 하고 있었는데, 10분쯤 전에 짐은 잠이 들어 버렸고, 그래서 나도 아마 잠이 들었던 모양이야. 그동안에 짐이 술에 취할 리 없을 테니까 꿈을 꾼 것임에 틀림없어."

"제기랄, 아니 무슨 수로 10분 동안에 그렇게 많은 꿈을 꿀 수 있냔 말이여?"

"또 그 허튼소리야. 분명히 꿈을 꾼 거라니까 그러네. 그런 일이 일어난 적이 없으니까 그렇지."

"혁, 내겐 모든 게 분명한, 마치……."

"아무리 분명해도 마찬가지야. 아무런 일도 일어나지 않았으니까. 난 여기 그대로 죽 앉아 있었으니까 다 알고 있단 말이야."

짐은 한 5분 동안 아무 말도 하지 않고 가만히 앉아서 무엇인가를 골똘히 생각하고 있었습니다. 그러더니 이렇게 입을 열었습니다.

"혁, 그렇다면 난 꿈을 꾸고 있었는지도 모르겠구먼. 허지만 꿈치곤 참말로 지독한 꿈이로군, 난생처음이었제. 이렇게 몸을 녹초로 만들어 버리는 꿈은 머리털 나고 처음이랑께."

"음, 그야 그렇지. 때로 꿈도 사람을 녹초로 만들어 버리는 수가 있으니까. 하지만 그 꿈은 참으로 기똥찼던 모양이군. 짐, 어디 낱낱이 얘기 좀 해 봐."

그래서 짐은 자초지종을 낱낱이 있는 대로 이야기하기 시작하였는데 꽤나 뻥튀기한 점이 많았습니다. 얘기가 끝나자 짐은 이 꿈은 하나의 경고로서 꾼 것이니까 먼저 해몽을 해보지 않으면 안 된다는 거였습니다. 처음 모래톱은 우리들에게 좋은 일을 해 주려는 사람을 나타내지만, 물살은 우리들을 그 사람으로부터 떼어 놓으려는 사람을 나타낸 것이라는 겁니다. 고함 소리는 자주 우리들에게 들려주는 경고로서, 열심히 그 의미를 알아내려고 하지 않으면 우리들을 재난에서 건져 주는 대신 도리어 재난 속으로 몰아넣고 만다는 거지요. 그 수많은 모래톱은 앞으로 싸움을 좋아하는 놈들과 갖가지 나쁜 사람들 때문에 우리들이 받게 될 성가신 일을 암시해 주는 것이지만, 우리들이 다만 자기 분수를 지키고, 말대답을 하지 않고, 그자들의 화를 돋우지만 않는다면 우리들은 그 안개 속을 빠져나와 자유주인 물이 맑고 잔잔한 큰 강으로 들어와 이제 더 이상 귀찮은 일을 당하지 않게 된다는 것이었습니다.

내가 뗏목에 닿은 다음 하늘에는 곧 구름이 덮여 사방이 컴컴해졌지만 이제는 말끔히 개이고 있었습니다.

"짐, 거기까진 참으로 멋진 해몽이야." 하고 내가 말했습니다. "헌데 이것들이 도대체 무얼 뜻하는 거지?"

그것은 뗏목 위에 있는 나뭇잎들이랑 쓰레기들이랑 그리고 부서진 노였습니다. 이제는 똑똑히 보였지요.

짐은 그 쓰레기를 보더니 그다음에는 나를 보고, 또다시 쓰레기를 보았습니다. 짐의 머리는 온통 꿈 얘기로 가득 차 있어서 그 생각을 쉽게 떨구어 버리고 사실을 올바로 볼 수 없는 듯했습니다. 그러나 머릿속이 정리되자 짐은 미소 하나 띠지 않고는 나를 뚫어져라 노려보는 겁니다.

"저게 무엇을 뜻하느냐구? 내 가르쳐 주겠구먼. 일을 하랴 너를 부르랴 그만 녹초가 되어 잠들어 버렸을 때, 너를 잃어 버려 나는 가슴이 그만 찢어지는 것만 같았당께. 그래서 내사 어떻게 되든, 그리고 뗏목이야 어떻게 되든 전혀 아랑곳하지 않았제. 그러다가 눈을 떠보니 네가 무사히 돌아와 있는 것을 보자 눈물이 왈칵 쏟아져 나왔당께. 난 너무나도 고마워서 무릎으로 엉금엉금 기어가 네 발에다 입을 맞출 정도였단 말이제. 그런데 너는 생각한다는 것이 고작, 어떻게 하면 거짓부렁으로 이 늙은 짐을 곯려 줄까 하는 것뿐이었당께. 저기 있는 저 잡동사니들은 쓰레기여. 쓰레기란 말이제, 친구 머리통에다 진창을 잔뜩 발라 놓아 그 친구를 부끄럽게 만드는 인간들이 바로 쓰레기란 말이제."

그러고 나서 짐은 천천히 일어나 인디언 오두막 쪽으로 걸어가더니 말 한 마디 없이 그냥 그 속으로 들어가 버렸습니다. 그러나 그것으로 충분했지요. 나 자신이 한없이 비열한 놈이라는 생각이 들어, 만약 짐이 그 말을 철회해 주기만 한다면 짐의 발에다 입이라도 맞추는 것조차 마다하지 않을 것만 같았습니다.

검둥이한테 가서 내 머리를 숙이고 사과하기로 결심하기까지는 15분이나 걸렸습니다. 그러나 마침내 나는 이 일을 해내고 말았지요. 그리고 나중에 가서도 그에게 사과한 것을 후회한 적이 없습니다. 이 일이 있고부터는 다시는 그에게 비열한 장난을 치지 않았습니다. 만약 짐이 그렇게까지 마음 상할 줄 진작 알았더라면, 아마 처음부터 그런 장난을 치지 않았을 겁니다.

16장

　우리들은 거의 하루 종일 잠을 자고는 밤이 되자 행렬처럼 천천히 떠내려가고 있는 괴물같이 생긴 긴 뗏목 뒤에 조금 떨어진 채 그 뒤를 따라 출발했습니다. 이 뗏목의 네 귀퉁이에 각기 큰 노가 네 개 달려 있는 것으로 미루어 보아 너끈히 30명은 타고 있으리라 생각되었습니다. 뗏목 위에는 간격을 넓게 두고서 커다란 인디언 오두막이 다섯 개나 있었고, 한복판에는 노천으로 된 야영 모닥불이 있었고, 뗏목 양끝에는 높다란 깃대가 서 있었습니다. 제법 위풍당당한 모습을 갖추고 있었습니다. 이러한 뗏목의 사공이 되면 참으로 멋질 거라는 생각이 들었지요.

우리들은 커다란 만곡부 쪽으로 떠내려갔는데, 밤이 다가오자 날씨가 흐리고 무더워졌습니다. 강폭이 아주 넓은 데다 양쪽에는 빽빽이 우거진 숲이 담벽처럼 죽 늘어서 있었습니다. 그 사이로 좀처럼 빈 공간이나 불빛 하나 보이지 않았지요. 우리는 케이로 얘기를 하며 거기에 다다를 때 과연 거기를 알아볼 수 있을까 하고 생각했습니다. 아마 알아보기 어려울 거라고 내가 말했지요. 케이로에는 집이라곤 몇 채밖에 없다는 말을 들었기 때문이지요. 만일 거기 사람들이 어쩌다 불을 켜고 있지 않는다면 우리들이 그 옆을 그냥 지나쳐 가는지 어떻게 알 수 있겠습니까? 짐은 두 개의 큰 강이 거기서 하나로 모이는 곳이니까 보일 것이라고 했습니다. 그러나 나는 어쩌면 우리들이 섬 끄트머리를 지나고 있다가 다시 똑같은 강으로 들어왔다고 생각할지도 모를 일이 아니냐고 했지요. 이 말을 듣고 짐은 불안해했고, 불안하기는 나도 마찬가지였고요. 그런데 문제는 어떻게 하면 좋겠느냐는 거였습니다. 나는 맨 먼저 불빛이 보이면 강둑으로 카누를 젓고 가서, 사람들에게 아빠가 장삿배를 타고 뒤따라오는데 이 일에 아직 서투른지라 아직 케이로까지는 얼마나 남았는지 알고 싶어 한다고 하면 되지 않겠느냐고 했습니다. 짐은 거 참 좋은 생각이라고 맞장구를 쳤고, 그래서 우리들은 담배를 한 대씩 피우면서 기다리기로 했지요.

그런데 누구나 다 아다시피 젊은 사람이란 무엇인가를 알아보려고 안달하면 진득하게 기다리지 못하는 법입니다. 그래서 400미터도 채 못 가 싫증을 느끼고 다른 방법을 생각하고 싶었습니다. 여러 가지로 의논해 보았지요. 마침내 짐이 이렇게 칠흑같이 어두운 밤이니 저 큰 뗏목까지 헤엄쳐 가서 그 위로 기어 올라가 엿들어도 별로 문제 없을 것이라고 말하는 겁니다. 모두가 케이로 얘기를 하고 있을 거라고 했습니다. 왜냐하면 케이로에 도착하면 어쩌면 그들은 상륙하여 한바탕 흥청망청 놀이를 벌일 작정일지도 모르는 일이며, 어쨌든 보트를 강변으로 보내 술이나 고기 따위를 사들일 작정일지도 모르기 때문이지요. 짐은 검둥이치고는 참으로 분별 있는 머리의 소유자였습니다. 필요할 때에는 언제나 그럴듯한 지혜를 짜내니 말입니다.

나는 일어나서 누더기옷을 벗어 던지자마자 이내 강 속으로 뛰어들어 뗏목의 램프 쪽을 향해 헤엄치기 시작했습니다. 마침내 뗏목 옆에까지 다가가서는 손을 늦추고는 천천히 조심스럽게 접근해 갔습니다. 그러나 모든 것이 나무랄 데 없이 훌륭했지요. 큰 노에는 아무도 없었습니다. 그래서 나는 뗏목 가장자리를 따라 헤엄쳐서 뗏목 한가운데에 피워 놓은 모닥불과 거의 평행이 되는 곳에까지 갔습니다. 그러고 나서 뗏목 위로 기어 올라가 조금씩 엉금엉금 기어서 모닥불의 바람받이 쪽 다발로 묶어놓은 판자 더미 뒤에 몸을 숨겼습니다. 그곳에는 열세 명의 사나이가 있었지요. 물론 갑판 위에서 망을 보는 사람들이 있었습니다. 참으로 험상궂게 생긴 사람들이었습니다. 제각기 손에다 양철 컵 하나씩을 들고 쉴새없이 술병을 돌리고 있었습니다. 그중 한 사람이 노래를 부르고 있었지요. 아니, 고함을 지르고 있다고 하는 편이 더 좋을지 모릅니다. 물론 그다지 좋은 노래가 아니었습니다. 어쨌든 거실에서 부를 만한 그런 노래가 못 되었지요. 그 사나이는 코로 고함을 쳤고, 노래 가사의 각 줄마다 끝의 낱말을 길게 늘어 뽑았습니다. 이 사나이가 노래를 마치자 이번에는 모두들 인디언들이 싸울 때 지르는 함성처럼 고래고래 소리지르더니, 그다음엔 다른 사나이가 노래를 부르기 시작하는 겁니다. 그 노래는 이렇게 시작되었지요.

　　우리 마을에 여편네 한 사람이 있었다네
　　우리 마을에 살고 있었지
　　그 여편네는 자기 서방을 되게 좋아했다네
　　하지만 다른 사내는 두 배나 더 좋아했지
　　노래도 좋아했다네, 릴루 릴루 릴루

릴투 릴루 릴레이——에

그 여편네는 자기 서방을 되게 좋아했다네

하지만 다른 사내는 두 배나 더 좋아했지

이런 식으로 계속, 무려 열네 절이나 해댔습니다. 별로 신통한 노래가 아니었지요. 다음 절을 시작하려 하자 다른 사나이는 늙은 암소가 듣고 까무러쳐 죽을 노래라고 했습니다. 또 한 사나이는 "오, 제발 조용히 쉬게 좀 해 줘." 하고 말했습니다. 또 다른 사나이가 그러면 산보라도 하고 오라고 했지요. 모두가 이렇게 놀려대자 그 사나이는 화가 치밀어 올라 그만 자리에서 벌떡 일어나더니 모두에게 욕설을 퍼부어 대며 어느 놈이고 발목을 분질러 놓겠다고 말하는 겁니다.

그들은 모두가 그에게로 달려들려고 했습니다만, 그중에서 가장 키가 큰 사나이가 벌떡 뛰어 일어나더니 이렇게 말했습니다.

"신사 양반 나리들, 움직이지 말고 제자리에 있으라구. 이 친구는 나에게 맡겨 두고. 내 짝이니까."

그러고는 몸집이 큰 사나이는 세 번 공중으로 껑충 뛰어오르더니 그때마다 발뒤꿈치를 서로 철썩하고 맞부딪쳤습니다. 술이 많이 달린 사슴 가죽 윗도리를 벗어 던지더니 "어이, 모두들, 내 말씀이 끝날 때까지 가만히 계시지." 하고 말했습니다. 그리고 이번에는 사방에 리본이 달린 모자를 벗어 던지면서 "어이, 저 친구 괴로움이 가라앉을 때까지 기다려 주시지." 하고 말하는 겁니다.

그리고 나서 그는 다시 한번 껑충 뛰어올라 발뒤꿈치를 철썩하고 서로 맞부딪치고는 큰 소리로 이렇게 소리쳤습니다.

"야앗! 이 몸으로 말할 것 같으면, 턱은 무쇠요 발은 놋쇠에다 배는 구리인 아칸소주 황야 출신의 시체 제조인이렸다! 자, 날 좀 보소! 사람들은 나를 '급살'이라고도 하고, '파괴자'라고도 부르지. 아비는 태풍이요 어미는 지진, 콜레라의 이복 동생이요, 모계 쪽으로는 천연두와 인척 관계가 되는 몸! 자 나를 보시라! 건강이 좋을 때엔 아침 식사로 악어 열아홉 마리에다 위스키 한 통, 몸이 아플 때엔 방울뱀 한 붓셀에다 시체 하나를 해치운다! 1000만 년 가도 부서질 줄 모르는 바위도 내 눈으로 한 번만 노려보면 팍 하고 깨지고 말고, 내가 입을 열면

천둥소리도 입을 다물거든! 야앗! 자, 뒤로 둘러서 이 몸이 움직일 자리를 비켜 주시지! 사람 피는 이 몸이 마시는 음료수요, 죽어 가는 사람의 통곡 소리는 나에겐 감미로운 음악이렷다! 이 신사 양반들, 날 좀 보라고! 그리고 어서 엎드려 숨을 죽이고 있으라고. 이제 한번 몸을 풀어 볼 테니!"

이렇게 떠벌이고 있는 동안 몸집이 큰 사나이는 머리를 가로젓고, 무서운 눈초리를 하고는 조그만 동그라미를 그리고 빙빙 돌아다니면서 팔 소매를 걷어올리고 주먹으로 가슴을 탕탕 치면서 "신사 나리들, 모두 날 좀 보라니까!" 하고 말했습니다. 그것이 끝나자 이번에는 세 번이나 껑충 공중으로 뛰어올라 발뒤꿈치를 서로 부딪치면서 "엇차! 이 몸만큼 피에 굶주린 살쾡이도 없지!" 하고 큰 소리로 외쳐 대는 겁니다.

그러자 이번에는 줄 맨 앞에 있던 사나이가 다 낡은 모자를 오른쪽 눈 위까지 바싹 내려쓰고 몸을 숙여 등을 둥글게 만들어 엉덩이를 쏙 뒤로 빼내고는 두 주먹을 앞으로 내밀었다가는 뒤로 당기곤 했습니다. 그리고는 가슴을 죽 펴고 크게 심호흡을 한바탕 하면서 조그만 동그라미를 그리며 빙빙 돌아다녔지요. 그러고 나서 몸을 꼿꼿이 펴고는 깡충 뛰어올라 발이 땅에 닿기 전에 세 번 계속해서 발뒤꿈치를 부딪쳤습니다. (모두들 그것을 보고 함성을 질렀지요.) 그러고 나서 그 사나이는 이렇게 외쳐 대기 시작하는 겁니다.

"엇차! 모가지를 숙이고 어서 뿔뿔이 꺼지지 못할까! 슬픔의 왕국이 지금 다가오고 있지! 나를 땅바닥에다 눌러 버려. 이 몸의 힘이 슬슬 작동할 것 같으니까! 엇차! 이 몸이 죄의

맏아들이니 나를 건드리지 마라. 여기 모두를 위해 연기로 그을려놓은 유리가 있다! 자, 신사 나리들, 맨눈으로 나를 보려고 하지 말렷다! 이래 봬도 이 몸이 놀 때에는 경도의 자오선과 위도의 위선을 예망으로 대서양을 휩쓸어 고래를 잡는다! 번갯불로 머리를 긁고, 천둥소리를 자장가로 삼아 잠을 청한다! 몸이 추울 때엔 멕시코 만의 물을 끓여서 목욕을 하고, 몸이 더울 때엔 추분 때 부는 폭풍으로 부채질을 하고, 목이 마를 때엔 손을 죽 뻗쳐서 구름의 물을 스펀지처럼 짜 들이킨단 말이야. 배가 고파서 땅 위를 걸어다니면 내 뒤엔 기근이 따른단 말이야! 엇차! 어서 모가지를 숙이고 꺼져 버리렷다! 태양의 얼굴을 손으로 가려 지상을 밤으로 만들고, 달의 한 조각을 물어뜯어 계절을 재촉하며, 몸을 떨어 태산을 무너지

게 한다! 날 쳐다보려면 눈에다 가죽을 갖다 대고 보렷다! 맨
눈으로 보는 것은 절대 금물! 이 몸의 심장은 돌의 심장이요,
내장은 무쇠 보일러라! 이곳저곳 외딴 마을을 몰살시키는 것
이 이 내 몸의 소일거리요, 이 나라 저 나라를 죽사발로 만드
는 것이 이 내 몸의 본업이라! 끝없이 드넓은 미국의 대사막도
이 몸의 안마당이고, 내가 죽인 사람들은 모두 다 내 땅에다
묻어 버리는 거다!"

　그 사나이는 깡충 뛰어오르며 땅에 닿기 전에 세 번이나 계
속하여 발뒤꿈치를 서로 부딪쳤습니다. (그러자 모두가 또 환성
을 올렸지요.) 몸을 땅에 떨구면서 그는 "엇차! 모가지를 숙이
고 어서 뿔뿔이 꺼져 버리지 못할까. 지금 '재앙의 자식'이 나
가신다!" 하고 외쳐 댔지요.

　그러자 이번에는 다른 한 사나이(맨 처음 나왔던 사나이 말
이지요.) 밥이라고 부르는 그 작자가 그 근처를 우쭐대고 걸어
다니면서 또다시 허풍을 떨기 시작했습니다. 그러자 '재앙의
자식'이 끼어들며 아까보다 더 큰 소리를 질러 댔습니다. 이번
에는 둘 다 내가 질쏘냐 하는 듯이 서로 맞붙어 우쭐대며 주
먹으로 상대방의 얼굴에 주먹을 들이대며 마치 인디언들처럼
함성을 지르고 떠들어 댔지요. 밥이 '재앙의 자식'에게 욕지거
리를 하면, '재앙의 자식'은 밥에게 욕지거리로 되받아 넘겼습
니다. 밥이 더 지독한 욕설을 퍼부으면, '재앙의 자식'은 욕설
의 극치를 다하여 받아넘기는 겁니다. 다음에 밥이 총아의 모
자를 발길로 걷어차자 총아는 도로 그것을 집어 들고는 이번
에는 리본 달린 밥의 모자를 2미터나 저쪽으로 걷어차 버렸지

요. 밥은 가서 그 모자를 집어 들고는, 흥 걱정할 것 없어, 이 걸로 끝장 난 것은 아니라는둥, 난 절대로 잊어버릴 위인도 아닐뿐더러 용서해 줄 위인도 아니니까 네놈은 조심을 하는 게 좋을 거라는 둥, 네놈의 몸에서 가장 좋은 피로 그 앙갚음을 해 줄 때가 올 것은 불을 보듯 뻔하다는 둥 하고 소리를 질러 댔습니다. 그러자 총아는 그때가 어서 오기를 기다려져 견딜 수가 없다느니, 경고를 하는 바이니 다시는 자기 앞에 얼씬거리지 말라느니, 만일 가족이 있다면 가족이 불쌍해서 이번만큼은 용서해 주지만 내 성질로서 네놈의 몸에 흐르는 피바다 속을 헤엄쳐 돌아다니기 전에는 암만 해도 내 직성이 풀리지 않는다느니 하고 대꾸했지요.

두 사나이는 으르렁거리는 소리를 내고 머리를 흔들면서 어디 두고 보자고 호통을 치면서 제각기 다른 방향으로 헤어졌습니다. 그러나 이때 키가 작고 까만 구레나룻 수염을 기른 사나이가 깡충 뛰어나와 이렇게 말하는 겁니다.

"이 겁쟁이 놈들아, 다시 이리로 나오너라. 두 놈 다 골통을 깨뜨려 줄 테다!"

그러고 나서 이 사나이는 그 말을 곧 행동으로 옮겼습니다. 두 사나이를 움켜잡고 이리저리 잡아나꾸다가 일어날 틈도 주지 않고 빠르게 탁 걷어차 내동댕이쳐 버렸습니다. 채 2분도 되지 않아서 두 사나이는 마치 개처럼 용서를 비는 것이 아니겠습니까? 그러자 그 모습을 지켜본 구경꾼들은 껄껄 웃고 손뼉을 치면서 고래고래 이렇게 소리를 질러 댔지요. "'시체 제조인', 덤벼들어!" "'재앙의 자식', 이봐, 들이쳐 버려!" "꼬마 데이비, 멋지다 멋져!"

이건 정말 인디언 축제 자리와 같은 난장판이었습니다. 모든 것이 끝났을 때 보니 밥도 총아도 콧등이 새빨개지고 눈 가장자리가 시꺼멓게 멍이 들어 있었습니다. 꼬마 데이비는 두 사나이에게 자기들이 비겁한 겁쟁이들로 개나 검둥이와 함께 밥을 먹을 자격도 없는 인간들이라는 고백을 하게 만들었습니다. 그다음 밥과 총아는 아주 엄숙하게 서로 악수를 하고 이제까지도 늘 서로를 존경해 왔으니까, 과거지사(過去之事)는 과거지사로 돌려 버리자고 하는 겁니다. 그러고 나서 그들은 강물로 얼굴을 씻었습니다. 바로 그때 횡단 수로를 건널 준비를 하라는 큰 소리가 들려와, 몇 명의 사나이가 큰 노를 젓기 위해 이물 쪽으로 달려갔고, 나머지는 사나이들은 뒤쪽 큰 노를 젓기 위해서 고물 쪽으로 달려갔지요.

나는 누운 채 15분 동안 기다렸고, 사나이 중 누군가가 내 손이 닿는 곳에다 두고 간 파이프를 집어 들고 담배를 한 대 피웠습니다. 횡단 수로를 지나가자 사나이들은 다시 우르르 몰려와 또다시 술병을 돌리며 이야기를 지껄이고 노래를 불러 댔습니다.

그다음 누군가가 낡아 빠진 바이올린 하나를 꺼내어 켜기 시작하자 또 한 사람이 거기에 장단을 맞추어 주바 춤을 추기 시작했고, 나머지 사나이들도 자못 흥에 겨운 듯 옛날 그 구식 거룻배 시절의 블레이크다운이라는 흑인 춤을 추기 시작했습니다. 하지만 얼마 되지 않아 숨이 차자 그들은 그만 헐떡거리면서 다시 술병 주위에 둘러앉았습니다.

모두들 "얼씨구 좋다, 절씨구 좋다, 즐거운 뗏목 생활이 최고로구나." 하고 큰 소리로 합창을 하더니, 그다음에는 갖가지 잡담으로 꽃을 피웠습니다. 갖가지 서로 다른 돼지 이야기며 돼지의 이 버릇 저 버릇에 대해 말했지요. 그다음에는 여자들과 그들의 갖가지 서로 다른 생활 방식에 관해 말했습니다. 그다음에는 집에 불이 났을 때 가장 효과적으로 끄는 방법에 대해 말했습니다. 그다음엔 인디언들을 어떻게 하면 좋을지에 관해 말했지요. 그다음엔 왕들은 어떠한 일을 하는 존재이며 얼마나 많은 돈을 버는가에 대해 말했습니다. 그다음엔 고양이에게 싸움을 붙이는 방법에 대해 말했습니다. 그다음엔 누군가가 발작 증세를 보일 때 어떻게 해야 하는지를 말했지요.

그러고는 맑은 물이 흐르는 강과 흙탕물이 흐르는 강의 차이점에 대해서도 말했습니다. 에드라는 사나이가 오하이오강의 맑은 물보다도 미시시피강의 흙탕물 쪽이 음료수로는 몸에 더 좋다고 말했지요. 이 누런 흙탕물을 500밀리리터만 가라앉혀 놓고 보면 그때의 수위에 따라 다르지만 1센티미터에서 2센티미터의 진흙이 밑바닥에 가라앉는데, 그대로라면 오하이오강의 물과 마찬가지가 되고 만다고 했습니다. 그래서 물을 계속 뒤섞지 않으면 안 된다는 겁니다. 그리고 수위가 얕은 것 같으면 진흙을 옆에 두고 있다가 계속 물 속에 집어넣어서 원래대로 물을 탁하게 만들어야만 한다고 했지요.

'재앙의 자식'이 끼어들어 그 말이 옳다고 맞장구를 쳤습니다. 진흙 속에는 영양분이 들어 있어 미시시피강의 강물을 마시면 원한다면 뱃속에 옥수수라도 키울 수 있다는 겁니다. 그는 이렇게 말했지요.

"무덤을 보면 잘 알 수 있단 말씀이야. 신시내티의 무덤에서는 오두막집 하나 지을 나무 토막도 자라지 않지만 세인트 루이스의 무덤이라면 240미터 이상짜리 큰 나무가 자라거든. 그건 말이야, 사람이 무덤 속에 들어가기 전에 마신 물 탓이 아니고 뭐겠어. 신시내티의 시체는 조금도 땅을 걸게 하지 못하거든."

그러고 나서 그들은 오하이오강의 강물이 미시시피강의 강물과는 서로 잘 섞이려고 하지 않는다는 얘기를 했습니다. 에드가 하는 말이, 미시시피강에 물이 불고 오하이오강의 물 적을 때에는 미시시피강의 동쪽 강둑을 따라 320킬로미터 이상이나 맑은 물이 넓은 폭을 이루고 계속 흐르고 있다는 겁니다. 그러나 강둑에서 600미터쯤만 나와 그 선을 넘는 순간, 그 다음 저쪽 강둑까지는 온통 누런 흙탕물이 흐른다는 겁니다.

그러고 나서 그들은 담배에 곰팡이가 끼지 않게 하려면 어떻게 하면 좋은지에 대해 이야기를 나누었고, 화제는 이윽고 귀신 이야기에 이르러, 모두가 다른 사람이 보았다는 귀신 이야기들을 이것저것 늘어놓았습니다. 그러자 또다시 에드가 이렇게 입을 열었지요.

"왜 자네들은 자기 눈으로 직접 보았다는 얘긴 하나도 하지 않는 거야? 그럼 내가 한 마디 해 볼까? 오 년 전 얘기야. 난 그때도 이만한 크기의 뗏목에 타고 있었지. 마침 그때도 이 근방에 있었는데 달이 휘영청 밝은 밤으로 망을 보고 있었지. 오른쪽 뱃전의 앞 노가 내 책임 노였어. 내 짝에 딕 올브라잇이

란 놈이 있었는데, 그 작자가 내가 앉아 있는 이물 쪽으로 달려오더니 숨을 헐떡거리며 두 팔을 앞으로 뻗치고 말이야. 뗏목 가장자리에서 몸을 굽히고 강물에다 얼굴을 씻고 나서 내 옆으로 다시 와 걸터앉더니 곰방대를 꺼내 담배를 재고서는 나를 올려다보면서 이렇게 말하는 게 아니겠어? '어이, 이봐. 저기 저 만곡부에 있는 게 벽 밀러의 집이 아니던가?' '글쎄, 그런 것 같은데. 그런데 그건 왜 묻나?' 하고 내가 물었더니, 딕은 파이프를 아래에다 내려놓고 머리를 손에 기대면서 '난 우리가 지금 좀 더 아래쪽에 내려와 있는 줄 알았지.' 하고 말하는 게 아닌가. '나도 당번을 서지 않을 때 그렇게 생각하고 있었지.〉 우리들은 여섯 시간마다 교대를 했거든. 내가 다시 말을 이었지. '그런데 모두가 그러는데 마지막 한 시간 동안은 뗏목이 꿈쩍도 안 하는 것만 같다는 거야. 지금은 그렇지 않은

것 같지만.' 그랬더니 그 작자는 신음소리 같은 소리를 내더니 '나도 전에 이 근처에서 뗏목이 그랬던 것을 본 적이 있지.' 하고 말했지. '지난 이 년 동안 이 만곡부의 머리 부분 위에서 흐름이 없어지고 만 것만 같아.'

에드는 두서너 번 몸을 펴고는 저 멀리 이리저리 물 주위를 둘러보더군. 그래서 나도 따라서 둘러보았지. 사람이란 건 남이 뭘 하면 그럴 까닭이 없는데도 흉내를 내 보고 싶은가 봐. 얼마 안 되어 곧 훨씬 저 아래쪽에서 뭔가 시꺼먼 물체가 오른쪽 뱃전 쪽에서 뗏목을 뒤따라오고 있는 게 보이지 않겠어? 그 녀석도 쳐다보고 있더군. 그래서 난 그에게 '저건 뭐야?' 하고 물었지. 그랬더니 녀석은 다소 뚱한 얼굴로 '낡은 빈 통이지 뭐긴 뭐야.' 하더군. '빈 통이라고!' 하고 내가 말했지. '야, 자네 눈에는 망원경이라도 못 당하겠군. 어떻게 해서 저게 빈 통으로 보이는가?' 그랬더니 그 녀석은 '모르겠는걸. 통이 아닌 것 같기도 하고. 암만해도 통일 것 같은데.' 하고 대꾸하더군. '그래.' 하고 내가 말했지. '그럴지도 모르지. 다른 어떤 것일지도 모르고. 저렇게 멀리 떨어져 있어서야 무슨 수로 그걸 똑똑히 알아낼 수 있담.'

우리들로선 어떻게 할 수 없는 노릇이어서 그저 계속 가만히 바라다보고만 있을 뿐이었다. 마침내 내가 '어이, 딕 올브라잇, 이봐. 저게 우리를 쫓아오고 있는 것 같아.' 하고 말했지. 그랬더니 그 녀석은 아무 말도 하지 않더군. 그 물건은 자꾸만 자꾸만 쫓아오고 있더군. 난 그게 기운 빠진 개가 아닌가 하고 생각했지. 그때 뗏목은 마침 횡단 수로 속에 밀려오게 되었단 말이야. 그러자 그게 휘영청 밝은 달빛 속에 둥실둥실 떠 있는 게 아니겠어. 어럽쇼, 그건 나무 통이 아니냔 말이야.

그래서 내가 '어이, 딕 올브라잇, 자넨 무슨 수로 그게 통이라고 생각한 거지. 800미터나 떨어진 곳에서 말이야?' 하고 물었더니, 이 작자 대답이 '난 몰라.' 하고 대답했더라고. 그래서 내가 '어서 얘기해 봐, 딕 올브라잇.' 하고 졸라 댔지. 그때서야 이 녀석이 이렇게 실토를 하더군. '응, 난 처음부터 통이라는 걸 알고 있었어. 그걸 전에도 본 적이 있거든. 나 말고도 다른 작자들도 본 사람이 많지. 사람들 말이 그 통엔 귀신이 붙어 있다는 거야.' 그래서 나는 다른 망꾼들을 불렀지. 모두들 와서 거기에 서 있더군. 난 그들에게 딕이 한 말을 그대로 하지 않았겠나? 그 통은 뗏목과 나란히 옆에 서 있을 뿐 그 이상 앞으로는 가지 않았어. 한 9미터가량쯤 되는 거리였던가. 그 통을 뗏목 위로 끌어올리자는 축도 있었지만 나머지는 그렇게 하기 싫다는 거였지. 딕 올브라잇이 하는 말이, 그 통에 손을 댄 뗏목은 반드시 재수가 없게 될 거라는 거야. 망꾼 반장은 그 말을 믿지 않는다고 하더군. 그는 그 통이 우리를 따라오는 것은 우리가 있는 곳보다 좀 흐름이 좋은 쪽에 있어서 그렇다는 거였지. 곧 떨어져 나갈 테니 어디 두고 보라고 하더군.

그래서 우리들은 화제를 다른 곳으로 돌리기 시작했지. 노래를 부르기도 하고, 브레이크 다운 춤을 추기도 했어. 그다음 망꾼 반장이 다른 노래를 청하더군. 하늘에는 점점 먹구름이 끼기 시작했고, 그 통은 딱 똑같은 장소에 붙어 있는 게 아니겠어. 나 참 기가 막혀서. 노래에는 왠지 신명이 없었지. 그래서 끝까지 노래를 마칠 수도 없었고, 환호도 없었으며, 도중에서 어물어물 노랫소리가 사라지고 말더군. 잠시 동안 누구 하나 뭐라고 말하는 사람이 없었지. 얼마 후 이번엔 모두가 다같이 얘기를 해 보려고 했지. 누군가가 농담을 해 보았지만 아무 소용도 없더구먼. 누구 하나 웃지도 않았고, 그 농담을 한 장본인도 웃지 않았는데, 전에는 그렇지 않았거든. 우리들은 그저 꿀먹은 벙어리처럼 잠자코 앉아서 그저 그 통만 뚫어져라 쳐다보고 있었지. 불안해서 어디 마음이 놓여야지. 그런데 말이야, 나 참, 갑자기 하늘이 캄캄해지고 조용해지더니 바람이 윙윙 일기 시작하고 그다음에는 번개가 번쩍이고 천둥이 치기 시작하더군. 얼마 안 되어 진짜 폭풍우가 몰아쳤는데, 한

사람이 그 속을 뚫고 고물 쪽으로 달려가다가 그만 고꾸라져 심하게 발목을 삐고는 길게 뻗고 만 게 아니겠어. 그것을 보고는 다른 사나이들도 모두 머리를 설레설레 흔들더군. 번갯불이 번쩍할 때마다 그 통 주위에는 파란 빛이 까불까불 떨고 있더군. 우린 그쪽에서 시선을 뗄 수가 없었지. 그러자 마침내 새벽녘이 되어서야 그 통이 보이지 않더군. 낮에는 아무 데에서도 보이지 않았고, 누구 하나 그걸 아쉽다고 생각하는 사람은 없었지.

그런데 다음 날 밤 9시 반쯤 됐을까, 노래를 부르며 한바탕 난장판을 벌이고 있는 판에 그 통이 또다시 나타나서 오른편 뱃전 그 자리에 버티고 있는 게 아니겠는가! 난장판이 다 뭐야. 모두들 조용히 숨을 죽였지. 누구 하나 입 여는 사람도 없더라니까. 시무룩한 표정으로 그저 그 통만 쳐다보고 있는 판이었지. 다시 하늘이 흐려지기 시작하더군. 망꾼의 교대 시간이었는데도 비번이 된 사람들은 안으로 들어가려고 하지 않고 밖에 계속 남아 있었지. 그만 폭풍우가 몰아닥치더니 밤새도록 야단을 치더군. 그 북새통에 또 다른 사나이가 고꾸라져 발목을 삐고는 꼼짝도 못하는 게 아니겠어. 그 통은 새벽녘이 되어서야 다시 감쪽같이 모습을 감추었는데, 그것이 사라지는 모습을 본 사람은 아무도 없었지.

모두들 흥이 나지 않아 하루 종일 입을 꾹 다물고들 있었지. 내 말은 술을 마시지 않아서 흥이 나지 않았다는 게 아냐. 조용히들 있기는 있었지만 술만큼은 여느 때 이상으로 마셔 댔단 말씀이야. 한곳에 모여 마시는 게 아니라 한 사람씩 슬금슬금 몰래 빠져나가 혼자서 슬쩍 마셨던 거였지.

어두워진 다음에는 비번이 된 작자들도 안으로 들어오지 않는 거야. 노래를 하는 사람이 있겠나, 얘기하는 사람이 있겠나. 그저 뿔뿔이 흩어져 있지 않고 전처럼 이물 쪽에 달라붙어 있는 거지 뭐야. 한 방향으로만 시선을 돌리고 가끔 가다 땅이 꺼지도록 한숨이나 쉬면서 그렇게들 조금도 움직이지 않고 앉아 있은 지 무려 두 시간이나 되었지. 그런데 또 그 통이 나타나는 게 아니냐 말이야. 또 그 자리에 와서 밤새도록 딱 버티고 서 있는 거였지. 이쪽도 누구 하나 안으로 들어가진 않았어. 자정이 지나자 또다시 우르릉 꽝꽝 하고 폭풍우가 치겠지. 또 우라지게 컴컴해지더군. 비가 몹시 퍼붓는 데다가 이번에는 우박까지 쏟아지더군. 천둥은 우르릉 꽝꽝 소리를 내었고, 바람은 태풍으로 바뀌었다. 번갯불은 여기저기 번쩍번쩍 하면서 커다란 빛의 천을 덮어씌운 듯 사방을 대낮처럼 밝게 비춰 주었고, 뗏목 전체가 마치 대낮처럼 뚜렷하게 보이더군. 강은 몇 킬로미터 저쪽까지도 마치 우유 같은 뿌연 파도를 일으키고 있었지. 이렇게 모든 것이 다 야단법석인데도 그 통만은 여전히 물 위에 둥실둥실 떠 있는 게 아닌가? 반장은 망꾼더러 횡단 수로를 건너게 되었으니 뒤쪽 큰 노 있는 데로 가라고 명령을 내렸지만, 어느 누구 한 사람 꿈쩍을 해야 말이지. 이제 더 이상 발목을 삐는 건 딱 질색이라는 거였어. 하나같이 뒤쪽으로는 한 발자국도 움직이려고 하지 않는 거야. 바로 그때 하늘이 번쩍 하고 크게 갈라지면서 굉장한 소리를 내더니 번개가 내리쳐 고물 쪽에서 망을 보고 있던 사나이 둘을

죽이고 또 두 사람을 절름발이 병신으로 만들어 버렸단 말이야. 어떻게 절름발이가 된 거냐구 묻겠지? 발목을 삔 거지 뭐겠어!

그 통은 새벽 무렵에 번갯불이 번쩍 하는 사이의 어둠을 타 그만 사라져 버리고 말았더란 말이야. 그날 아침 어느 놈 하나 아침 식사를 하려고 하는 사람이 없었지. 그다음 모두가 두 사람 세 사람씩 짝을 지어 서성거리며 낮은 소리로 소근거리기나 하는 것이 고작이었어. 그런데 딕 올브라잇과 한패가 되려는 사람은 아무도 없더란 말이야. 모두가 쌀쌀한 얼굴로 딕을 돌려놓는 게 아니겠어. 딕이 곁에 다가오기만 하면 모두들 슬슬 꽁무니를 빼는 거지. 누구 하나 딕과 함께 노를 저으려고 도 하지 않더군. 반장은 보트를 전부 뗏목에다 올려 실어 인디 언 오두막 옆에다 놓게 하고는 시체를 강둑에다 옮겨 매장하지 못하게 했지. 강둑에 오른 작자는 영영 다시는 돌아오지 못하게 될 것이라고 하면서 말이야. 그런데 그의 말이 맞았어.

밤이 온 다음 또 그 통이 나타나면 무슨 일이 일어날 건 불을 보듯 뻔한 이치란 말씀이야. 모두들 수근수근거리며 그 얘기뿐이었지. 많은 사나이들이 딕 올브라잇을 아주 죽여 없애 버리자고 말하더군. 딕은 벌써 다른 여행 때 그 통을 본 적이 있어 그게 암만 해도 기분 나쁘다는 거였지. 딕을 차라리 강둑에 내려놓자는 축도 있었고, 또다시 그 통이 나타나거든 모두들 다같이 강둑으로 올라가 버리자는 축도 있었지 뭐야.

모두들 이런 얘기를 소근대면서 이물 쪽 한군데에 달라붙어 이제나 저제나 그 통이 나타나기를 기다리고 있었지. 그런데 아니나 다를까 딱 제시간에 그 통이 나타나는 게 아니겠어. 천천히 그리고 침착하게 나타나 딱 제자리에 와서 자리를 잡는 거야. 그 순간 바늘 하나 떨어져도 그 소리를 들을 수 있을 만큼 사방은 쥐 죽은 듯 고요해졌지. 그때 반장이 이쪽으로 와서 '이게 무슨 어린애 같은 바보짓들이야. 난 저 통이 뉴 올리언스까지 줄곧 따라오는 것을 원하지 않아. 그건 너희들도 마찬가지일 테고. 그러면 어떻게 하는 것이 제일 좋은 방법일까? 태워 버리는 거야! 그 방법밖에는 없단 말씀이야. 내 그 통을 뗏목에 들어 올리겠어.' 하고 말했지. 이 말을 끝내기 무섭게 반장은 누가 뭐라고 할 사이도 없이 물 속으로 텀벙 뛰어

들어가더군.

반장이 그 통이 있는 데까지 헤엄쳐 가서는 그것을 뗏목 있는 데로 밀고 오니까 모두들 슬금슬금 한쪽으로 몰리더군. 하지만 그 반장 영감이 그 통을 뗏목 위로 올려놓고서 깨뜨리니까 그 안에는 젖먹이 간난애가 들어 있는 것이 아니겠어. 그랬다니까, 완전히 발가벗은 죽은 젖먹이 간난애더란 말이야. 그건 딕 올브라잇의 어린애였단 말이지. 딕이 그렇다고 자백하더군. 딕은 젖먹이 위에다 몸을 숙이고는 '그래, 이앤 내 불쌍한 귀염둥이, 세상을 떠난 찰스 윌리엄 올브라잇이 틀림없어.' 하더란 말이야. 딕이라면 마음만 먹으면 능히 가장 더러운 욕설을 얼마든지 스스럼없이 내뱉을 만한 위인이란 말이야. 그래, 딕은 이 만곡부의 위 끝에서 살고 있었는데, 어느 날 밤 애가 어찌나 우는지 그만 견디다 못해 목을 눌러 죽였다는 거야. 물론 죽일 생각은 없었지만. 이건 암만해도 거짓말 같아. 그 다음 덜컥 겁이 나서 죽은 애를 통 속에다 넣어 마누라가 돌아오기 전에 도망쳤다는 거야. 북부로 도망쳐 와서 뗏목 사공이 됐다는 거였지. 그런데 삼 년째나 이 통이 그를 쫓아다니고 있다는 거지 뭐야. 이 액운은 처음엔 가볍게 시작하지만 마침내는 생사람을 넷이나 잡아먹었다는 거지. 그런 일이 있은 다음엔 더 이상 나타나지 않더라는 거야. 모두가 한 밤만 더 참고 이대로 있어 줄 수 없냐고 (전처럼 말이지.) 물었지만 사나이들은 그 부탁을 들어주려고 하지 않았지. 모두들 보트를 내어 그 녀석을 강둑으로 데리고 가서 사형(私刑)하겠다고 하는 게 아니겠어. 그러자 딕은 갑자기 그 간난애를 가슴에 껴안고 눈

물을 흘리면서 그대로 뗏목 밖으로 뛰어들었단 말이야. 그 후
로는 우리는 더 이상 이 세상에 그 불쌍한 영혼 딕도 젖먹이
찰스 윌리엄도 두 번 다시 볼 수 없었지 뭐야."

"누가 눈물을 흘렸다는 거야?" 하고 밥이 물었습니다. "올
브라잇인가 아니면 젖먹이앤가?"

"그야 물론 올브라잇이지. 아, 내가 그 간난애는 이미 죽어
있었다고 말하지 않았던가? 죽은 지 삼 년이나 된다고 말이
야. 죽은 애가 무슨 수로 울 수 있단 말이지?"

"죽은 간난애가 어떻게 우는지는 아무래도 상관없어! 대관
절 무슨 수로 그때까지 그 애가 돌아다닐 수 있었다는 거야?"
하고 데이비가 말했습니다. "내가 알고 싶은 건 바로 그거야."

"그건 나도 몰라." 하고 에드가 말했습니다. "어쨌든 그랬다니까. 내가 아는 건 그뿐이야."

"어이, 그래 사람들이 그 통을 어떻게 한 거야?" 이번에는 '재앙의 자식'이 물었습니다.

"그야 뗏목 밖으로 내던져 버렸지. 그랬더니 납덩어리처럼 금방 가라앉고 말던데"

"에드워드, 그 간난애가 정말 목을 졸려 죽은 것처럼 보이던가?" 하고 누군가가 물었지요.

"머리에 가르마를 타고 있던가?" 또 다른 사람이 물었습니다.

"에디, 그 통에는 어떤 낙인이 찍혀 있던가?" 하고 빌리라는 사나이가 물었습니다.

"에드먼드, 그 얘기를 증명할 서류라도 가지고 있는 거야?"
하고 지미가 말했습니다.

"이봐, 에드윈, 자네가 바로 벼락을 맞고 죽었다는 그 사람 중의 하나가 아닌가?" 하고 데이비가 물었습니다.

"그 녀석이라고? 천만의 말씀. 하나가 아니라 둘 다 이 작자 인데." 하고 밥이 말했지. 그러자 모두들 깔깔대며 웃어 댔지요.

"이보라고, 에드워드, 자네 약이라도 먹는 게 좋지 않겠어? 어쩌 아픈 것 같아 보이는데 말이야. 핏기가 없다는 생각이 안 드는가?" 하고 '재앙의 자식'이 빈정댔지요.

"이봐, 자, 에디" 하고 지미가 말했습니다. "제발 입 좀 다물 라고. 자네, 그 증거로 통의 한 조각이라도 가지고 있을 게 아 냐. 그 통 마개를 보여 봐, 제발 부탁이야. 그러면 우리도 자네 말을 믿을 테니까."

"이봐, 자네들." 하고 빌이 말했습니다. "모두가 그것을 나누 어 마시세. 우린 모두 열세 명이렷다. 십삼분의 일은 내가 마 셔 주지. 나머지는 자네들이 어떻게 처분해 준다면 말일세."

이 말을 듣고 에드는 화가 나서 자리에서 벌떡 일어나더니 자못 거친 말투로 이놈 저놈 할 것 없이 모두 꺼져 버리라고 투덜투덜 욕설을 퍼부어 대고는 저쪽으로 몰려가 버렸습니다. 그랬더니 나머지 사나이들은 그 뒷모습에다 대고 고래고래 소 리를 지르고 놀려 대는가 하면 1킬로미터 떨어진 곳에서도 능 히 들릴 만한 큰 소리로 와아 하고 웃어 대는 것이었습니다.

"자, 다들 이제 수박이라도 하나 깨뜨려 볼까나." 하고 말하 면서 '재앙의 자식'이 내가 숨어 있는 판자 더미를 어둠 속에

서 손으로 더듬더니 나에게 손을 걸쳤습니다. 나는 몸이 따뜻하고 부드럽고 옷을 걸치고 있지 않았으므로 그는 그만 "이크!" 하고 외마디 소리를 지르면서 뒤로 물러서고 말았습니다. "이보게들, 램프나 불 좀 이리 가지고 와 봐! 여기 소만 한 뱀이 있단 말이야."

그러자 모두가 램프를 들고 부리나케 달려와서 서로 밀치락 뒤치락 야단을 하면서 나를 들여다보았습니다.

"이 거지새끼야, 썩 나오지 못해!" 하고 한 사나이가 말했습니다.

"넌 도대체 누구야?" 하고 다른 사나이가 말했습니다.

"임마, 여기서 무얼 찾고 있는 거야? 어서 말해 봐. 말 안 하면 뗏목 밖으로 던져 버릴 테다."

이같이 갖가지 소리가 튀어나왔습니다.

"다들, 이놈을 끌어내. 발목을 붙잡아 끄집어내란 말이야."

나는 제발 살려 달라고 부들부들 떨면서 사나이들 한가운데로 나왔습니다. 사나이들은 이상한 표정으로 내 모습을 살펴보았습니다. '재앙의 자식'이 이렇게 말했습니다.

"이 몹쓸 도둑놈 같으니라고. 자 손을 좀 빌려주게. 이놈을 강 속으로 던져 버릴 테니!"

"아냐." 하고 몸집이 큰 밥이 말했습니다. "페인트 통을 꺼내다가 이놈을 머리끝에서 발끝까지 새파랗게 칠해 가지고는 던지기로 하면 어때!"

"그래! 그게 좋군. 지미, 페인트를 가지고 와."

페인트를 가지고 와서, 밥이 브러쉬를 들고 칠하려고 하자 다른 사나이들은 껄껄 웃기도 하고 손을 비비기도 하며 서 있었지요. 나는 그만 울음보를 터뜨렸습니다. 그게 아마 데이비의 마음을 움직였던지 데이비가 이렇게 말했습니다.

"잠깐 기다려 봐! 이 녀석은 아직 마빡에 피도 안 마른 어린애야. 이런 어린애에게 손을 대는 녀석에게야말로 페인트 칠을 해 주겠어."

그러고 나서 그는 주위를 둘러보았고, 그중 몇 명은 불평을 늘어놓으며 중얼거렸습니다. 그러나 밥이 페인트를 바닥에다 내려놓자, 다른 사나이들도 그것을 집어 들려고는 하지 않았습니다.

"불이 있는 데로 나오거라. 여기서 무얼 하고 있었는지 말해 보렴." 하고 데이비가 물었습니다. "자, 거기 앉아서 네 얘기

를 좀 해 보란 말이다. 여기 올라온 지 얼마나 되지?"

"아저씨, 사분의 일 분도 안 되었어요." 내가 말했습니다.

"그런데 그렇게 벌써 몸이 바싹 말랐단 말이냐?"

"아저씨, 그건 나도 몰라요. 난 언제나 그래요."

"응, 그래? 이름은 뭐냐?"

나는 내 진짜 이름은 대고 싶지 않았습니다. 뭐라고 해야 좋을지 몰라서 그냥 이렇게 둘러댔습니다.

"찰스 윌리엄 올브라잇이에요, 아저씨."

그랬더니 모두들 와아 하고 소리를 내어 껄껄 웃었습니다. 한 사람도 빼지 않고 말이에요. 그렇게 말한 건 참 잘했다는 생각이 들었습니다. 웃으면 모두 기분이 풀릴 테니까요.

웃음이 가라앉자 데이비가 이렇게 입을 열었습니다.

"찰스 윌리엄, 그건 말도 안 되는 소리야. 오 년 동안에 그렇게 크게 자랄 순 없지. 통에서 나왔을 땐 아직 젖먹이였으니까. 게다가 죽어 있었거든. 자, 어서 실토를 하라고. 그러면 너한테 아무 짓도 하지 않을 테니까. 도대체 이름이 뭐냐 말이다."

"알렉 홉킨스예요, 아저씨. 알렉 제임스 홉킨스예요."

"자, 그럼 알렉, 어디서 여기까지 왔지?"

"저기 저 장사 거룻배에서 왔어요. 저기 저 만곡부에 지금 서 있어요. 난 그 배 위에서 태어났어요. 아빠는 줄창 이곳을 오르내리면서 장사를 하고 있어요. 아빠가 여기까지 헤엄쳐 가라고 했어요. 아저씨 중 누구에게 케이로에 사는 조너스 터너 아저씨에게 말 좀 전해 달라고 부탁해서……."

"야 인마, 왜 이래!"

"정말이에요, 아저씨. 아빠가 하는 말이……."

"흥, 네 할머니일 테지!"

모두들 껄껄 웃어 댔습니다. 나는 다시 말하려고 했지만 모두가 끼어들어 내 말을 막았습니다.

"어이, 이봐." 데이비가 말했습니다. "이놈 겁을 잔뜩 먹고 있어 그런 식으로 엉뚱하게 말하는구나! 자, 참말로 거룻배에 사는 거냐, 아니면 거짓말을 하는 거냐?"

"정말이라니까요. 장사 거룻배예요. 지금 만곡부 위끝에 서 있다니까요. 하지만 거기서 태어나지는 않았어요. 이번이 난생처음 하는 여행이에요."

"저놈 또 저런 소리구나! 도대체 여기는 무엇 하러 왔느냐? 뭘 훔치러 온 거냐 말이다."

"아아뇨, 아저씨. 그렇지 않아요! 그저 뗏목에 한 번 타 보고 싶었어요. 애들은 모두 다 그래요."

"그걸 누가 모른다더냐? 그럼 왜 숨어 있었느냐?"

"때로 어른들이 아이들을 쫓아 버리는 수가 있으니까요."

"그렇지, 도둑맞을 염려가 있으니까. 이봐, 이번에 용서해 준다면, 다음에 절대로 이런 시끄런 일이 일어나도록 하지 않겠지?"

"네, 알았습니다. 어디 두고 보세요."

"그럼 됐다. 여기서 강둑까진 얼마 되지 않는다. 자, 그럼 어서 가 보렴. 다시는 이런 바보 수작을 하지 않는 게 좋아! 빌어먹을, 다른 뱃사공 아저씨들 같았으면 아마 온몸이 시퍼렇게 멍들 때까지 너를 가죽 채찍으로 두들겨 팼을 게다!"

나는 작별의 입맞춤을 기다릴 틈도 없이 그냥 강 속으로 뛰어들어 강둑을 향해 헤엄치기 시작했습니다. 마침내 짐이 왔을 때에는 그 큰 뗏목은 저 멀리 돌출부 근처 눈에 보이지 않는 곳에 있었습니다. 나는 헤엄을 쳐 가서 보트 위로 기어올랐지요. 또다시 집에 돌아온 것이 무척이나 기뻤습니다.

나는 짐에게 케이로까지 얼마나 남았는지 알아내지 못했다고 말하지 않으면 안 되었습니다. 그러자 짐은 꽤나 실망했지요.

이제 우리들은 정신을 바짝 차리고 케이로를 놓칠세라 지켜보는 것 말고는 아무 일도 할 일이 없었습니다. 짐은 꼭 찾게 될 것이라고 했습니다. 왜냐하면 케이로를 발견한 순간부터 자기는 자유의 몸이 되는 것이며, 만일 놓치고 말면 또다시 노예의 땅으로 돌아가 다시는 자유의 몸이 될 기회가 영영 없어지고 말 것이기 때문이라고 했지요. 짐은 몇 번씩이나 벌떡 자리에서 뛰어 일어나며 이렇게 말했습니다.

"바로 저기다!"

그러나 그곳은 아니었습니다. 도깨비불 아니면 개똥벌레불이었지요. 그래서 짐은 또다시 풀썩 주저앉아 아까와 마찬가지로 감시를 계속했습니다. 이처럼 자기가 자유세계 바로 가까이에 와 있다고 생각하니 온몸이 후들후들 떨리고 신열이다 난다고 했습니다. 헌데 정말이지 짐의 이 말을 듣고 보니 나도 온몸이 후들후들 떨리고 열이 났습니다. 이젠 그가 거의 자유의 몸이 된 것이나 마찬가지라는 생각이 갑자기 머리에 떠올랐기 때문이었습니다! 과연 그건 누구의 책임일까요? 바로 내 책임이었지요. 암만해도 이 생각을 양심에서 떨구어낼 수가 없었습니다. 그것이 나를 괴롭혀서 마음의 안정을 얻을 수가 없었던 겁니다. 한곳에 가만히 앉아 있을 수가 없었지요. 이제껏 내가 무슨 일을 하고 있었는지 절실하게 느껴지지 않았던 겁니다. 그러나 이젠 그렇지가 않았습니다. 머릿속에서 떨어지지 않고 계속 남아 한층 더 나를 괴롭힐 뿐이었지요. 이것은 내 탓은 아니야, 내가 짐을 그의 정당한 소유주한테서 빼낸 것은 아니니까 하고 자신에게 타일러 보려고 했지만 모두 헛수고였지요. 그럴 때마다 양심이 고개를 쳐들고는 이렇게 말하는 겁니다. '그러나 너는 짐이 자유를 찾아서 도망친 것을 알고 있었지 않았는가, 그리고 너는 강둑에 배를 갖다 대고 누구에게든 그 일을 고발할 수가 있었을 게 아니냐 말이다.' 정말로 지당한 말이었지요. 피하려야 피할 길이 없었던 겁니다. 내 마음을 괴롭히는 것은 바로 이 점이었습니다. 양심은 나에게 이렇게 말했습니다. '불쌍한 왓츤 아주머니가 도대체 너에게 어떻게 했길래, 그녀의 검둥이가 바로 네 눈앞에서 도망을 치는 것을 보고도 넌 말 한 마디도 하지 않았단 말이냐? 그 불쌍한 아주머니가 너에게 무슨 짓을 했길래, 너는 이렇게까지 지독한 짓을 그 아주머니에게 하느냐 말이다. 그 아주머니는 너에게 공부를 가르쳐 주려고 했고, 예의범절을 가르쳐 주려고 했으며, 힘 자라는 데까지 여러 가지로 너에게 친절히 대하려고 한 사람이 아니었던가? 그게 바로 그 아줌마가 한 일이 아닌가 말이다.'

내 모습이 너무나도 비열하고 비참하게 생각되어 나는 그만 죽어 버리고 싶었습니다. 나 자신의 양심에 채찍질을 하면서 뗏목 위를 이리저리 조바심하며 왔다갔다했고, 짐도 마찬가지로 안달하며 내 옆을 왔다 갔다 했지요. 짐도 나도 가만히 있을 수가 없었던 겁니다. 짐이 뛰어 일어나며 "저기가 케이로다!" 하고 버럭 소리를 지를 때마다 나는 총알을 한 방 얻어맞은 것만 같았지요. 그게 정말 케이로라면 비참한 나머지 나는 그만 죽어 버리고 말 것 같은 생각이 들었습니다.

내가 혼잣말을 하고 있는 동안 내내 짐은 큰 소리로 떠들어 대고 있었습니다. 자유주에 이르러 제일 먼저 할 일은, 일전 한 푼 쓰지 않고 돈을 모을 것이고 충분히 모아지면 왓츤 아줌마가 살고 있는 데서 그리 멀지 않은 농장에 팔려 간 자기 마누라를 다시 사고, 그러고 나서 자기 부부 둘이서 열심히 일을 하여 아들 둘을 되살 것이며, 만일 주인이 팔지 않는다면 노예 폐지론자에게 부탁하여 애들을 훔치게 할 작정이라고 했습니다.

이런 얘기를 듣고 있자니 나는 거의 몸이 꽁꽁 얼어붙는 것만 같았습니다. 이제까지 짐은 감히 이런 이야기를 한 적이 없었지요. 거의 자유의 몸이 되었다고 생각하는 순간 짐은 이렇게 돌변하는 것이 아니겠습니까. 옛날 격언대로 '하나를 얻으니까 열을 바란다.'는 식이지요. 이것은 내 생각이 모자란 데서 온 것입니다. 지금 내 앞에는 내가 도망치는 것을 도와준 거와 다름없는 검둥이가 있는데, 자기 아들들을, 내가 알지도 못하고 나에게 아무런 해를 끼친 일도 없는 사람이 소유하고 있는 애들을 훔쳐 내겠다고까지 분명히 말하고 있는 것이 아닙니까.

나는 짐이 그런 말을 하는 것을 듣고 참 안되게 생각했습니다. 이 말은 도리어 짐의 가치를 떨어뜨리게 하는 것과 다름이 없었습니다. 내 양심이 아까보다도 한층 더 나에게 채찍질을 하는 탓에 마침내 짐을 향해 "제발 그만둬. 이제라도 늦진 않았으니까, 빛이 보이는 대로 곧 강둑으로 달려가서 신고할 테니까." 하고 외쳐 댔지요. 이러고 나니 금방 마음이 놓이고 행복감이 되살아나며 깃털처럼 마음이 가벼워졌습니다. 모든 고민이 말끔히 씻어졌지요. 나는 불빛이 보이지 않을까 하고 날카롭게 지켜보며 혼자서 콧노래를 불러 댔지요. 마침내 불빛이 하나 보였습니다. 짐은 그걸 보고 큰 소리로 외쳤습니다.

"헉, 이젠 됐제. 이젠 살았단 말이여! 어서 뛰어 일어나 춤을 추잔 말이랑께! 이젠 그 그리운 케이로에 다 왔당께. 난 다 알구 있구먼!"

내가 이렇게 그 말을 받았습니다.

"짐, 내가 카누를 타고 가서 보고 올게. 틀릴지도 모르니까."

짐은 뛰어 일어나 카누 준비를 하고는 내가 앉도록 자기 헌 저고리를 깔아 방석을 만들어 주고는 노를 집어 주었습니다. 내가 노를 젓기 시작하자 짐은 이렇게 말했습니다.

"이제 곧 나는 너무 기뻐서 큰 소릴 지를 거랑께. 그리고 이렇게 말할 거구먼. 이게 모두 다 헉의 덕택이라구. 난 이제 자유의 몸이 되었다구. 만약 헉이 없었더라면 난 자유의 몸이 될 리가 없다구 말이여. 헉이 그렇게 만들어준 거랑께. 헉, 짐은 평생 동안 니를 잊어버리진 않을 거구먼. 헉은 내 친구 중에서 제일 좋은 친구인 거여. 그리고 이제 이 늙은 짐의 단 하나밖에 없는 친구랑께."

나는 짐을 밀고하려고 끙끙거리며 빠른 속력으로 노를 젓기 시작했습니다. 그러나 짐의 이 말을 듣자 힘이 쭉 빠져 버

리는 것만 같았지요. 그래서 나는 천천히 저어 갔고, 내가 이
렇게 떠난 것이 잘한 일인지 못한 일인지 분간이 가지 않았습
니다. 45미터쯤 떨어졌을 때 짐이 다시 말을 이었지요.

"저기 헉이 가는구먼. 그 진짜배기 헉 말이여. 이 늙은 짐과
의 약속을 절대로 깨뜨린 일이 없는 오직 하나밖에 없는 백인
신사말이제."

이 말을 듣고 나는 매스꺼움을 느꼈습니다. 그러나 무슨 일
이 있더라도 이 일을 해야 돼, 그만두어 버릴 수는 없어 하고
나 자신에게 타일렀지요. 그때 마침 총을 든 두 사나이를 태
운 소형 보트가 다가왔고, 그들도 나도 배를 세웠습니다. 그중
한 사람이 이렇게 물었습니다.

"저기 있는 건 뭐냐?"

"뗏목이에요."

"네 뗏목이냐?"

"네, 그래요."

"누가 타고 있는 거지?"

"한 사람밖엔 없어요."

"오늘 밤 검둥이 다섯 놈이 저기 상류의 만곡부 위쪽에서 도망쳤단다. 네 뗏목에 타고 있는 건 백인이냐 검둥이냐?"

나는 얼른 대답하지 못했습니다. 대답하려고 했지만 입이 떨어지지 않았습니다. 1, 2초 동안 나는 용기를 내어 말해 버릴까 하고 애를 썼지만, 차마 그럴 용기가 나지 않았습니다. 토끼의 용기조차도 없었던 거지요. 힘이 빠져 가고 있다는 것을 느꼈습니다. 그래서 나는 용기를 내는 것을 포기하고 불쑥 이렇게 말했습니다.

"백인입니다."

"우리가 직접 가서 확인해 보는 게 좋지 않을까?"

"제발 좀 그렇게 해 주세요." 내가 말했습니다. "거기 있는 건 우리 아버지인데요, 아저씨들은 내가 뗏목을 강둑 저기 저 불빛이 보이는 데까지 끌고 가는 걸 도와주시겠지요. 우리 아버진 지금 병으로……. 우리 엄마도, 매리 앤도 모두 병이에요."

"에잇, 빌어먹을! 이봐 꼬마, 우리들은 지금 급해. 그렇지만 그냥 가 버릴 순 없군. 자, 노를 저어라. 같이 가 줄 테니."

나는 부지런히 노를 젓기 시작했고, 그 사나이들도 노를 집어 들었습니다. 우리가 노를 한두 번 저었을 때 내가 이렇게 말했지요.

"정말이지 우리 아버진 아저씨들을 아주 고맙게 생각할 거

예요. 뗏목을 강둑으로 좀 끌어 달라고 부탁하면 모두들 누구
나 다 도망쳐 버렸지요. 그렇다고 나 혼자선 할 수도 없는 노
릇이었고요."

"거 몰인정한 놈들도 다 있군. 하지만 이상한데. 어이, 꼬마.
네 아버지는 도대체 어떻게 됐길래 그러는 거야?"

"그게, 저…… 글쎄, 뭐 그리 대단한 건 아니에요."

이 말에 두 사람은 노 젓는 것을 멈추었습니다. 이제 뗏목까
지는 아주 가까이 와 있었습니다. 그중 한 사람이 말했습니다.

"꼬마야, 너 거짓말하는 거지. 정말로 네 아버진 어떻게 된
거냐? 자, 어서 솔직히 말해 봐. 그게 너를 위해서 좋은 일일
테니."

"말할게요, 아저씨, 정직하게 말하겠어요. 하지만 우릴 버리
지는 말아주세요. 그게, 저…… 아저씨들, 좀 더 조금만 더 저
어서 나에게 밧줄을 던지게 해 주신다면 뗏목 근처까지 오지
않아도 좋습니다. 제발 부탁입니다."

"존, 어서 보트를 돌려. 어서 돌리라니까!" 하고 그중 한 사
람이 외쳤습니다. 그들은 보트를 후진시켰습니다. "꼬마, 가까
이 오지 말아. 이놈아! 바람목으로 서 있어. 제기랄, 바람이 우
리 쪽으로 그것을 날려 보냈는지도 몰라. 네놈 아버지는 천연
두에 걸려 있고, 넌 그걸 뻔히 알고 있는 거야. 그런데도 왜 솔
직하게 그 얘길 하지 않은 거지? 병을 온통 퍼뜨릴 작정이냐?"

"그런데 저……." 나는 울면서 말했습니다. "이제까지 모두
들 그 소리만 하면, 우릴 남겨 둔 채 그냥 가 버리는 거예요."

"불쌍한 녀석이로구나. 하지만 그것도 무리는 아냐. 우린 네

처지가 참 딱하다고 생각하지만……. 우린, 제기랄, 너도 아다 시피 천연두에 걸리고 싶지 않단 말이다. 이봐, 어떻게 하면 좋을지 가르쳐 주마. 혼자서 육지에 오르려고 해선 안 돼. 그 러다간 모두가 낭패가 된다. 30킬로미터쯤 강을 내려가면 강 왼편에 마을이 하나 있다. 그때쯤 되면 해가 중천에 떠 있을 거다. 거기 가서 도움을 청할 땐, 집안 식구들이 감기와 오한 때문에 모두들 자고 있다고 그러는 거다. 또 바보 소릴 해서 사람들에게 무슨 일인지 추측을 하게 해선 안 돼. 자 우린 너 에게 친절하게 해 주었으니까 넌 우리들로부터 30킬로미터 떨 어지는 거다. 그래야 착한 애지. 저 불빛이 보이는 델 가 봐도 아무 소용 없어. 목재소에 지나지 않으니까 말이야. 이봐! 네 아버진 가난뱅이에다 되게 재수가 없는 것 같구나. 자, 이 판 자 위에다 내 20달러짜리 금화 하나를 올려놓을 테니 판자가 네 옆까지 떠내려가면 집도록 해라. 널 이대로 버리고 간다는 건 참 안된 일이다만, 참말이지 천연두와 노닥거리는 것은 딱 질색이다. 내 말 알아듣겠지?"

"파커, 가만 있어 봐." 하고 또 한 사나이가 말했습니다. "내 몫으로 20달러짜리 한 닢을 판자 위에다 더 올려놓을 테니. 꼬마야, 잘 가거라. 파커 아저씨 말대로 하는 거다. 그럼 만사 가 다 잘될 테니까."

"꼬마야, 암 그렇고말고! 그럼 안녕, 안녕이다, 만약 도망친 검둥이 놈들을 발견하거들랑 누군가의 도움을 받아서 꼭 붙 잡는 거다. 돈을 벌 수 있는 기회가 될 테니까."

"아저씨들, 안녕히들 가세요." 내가 말했습니다. "힘닿는 데까지 도망친 검둥이놈들을 놓치지 않겠습니다."

그 사나이들은 가 버렸고, 나는 뗏목에 올라탔습니다. 내가 한 일이 나쁜 일이라는 걸 잘 알고 있었기 때문에 비참한 마음이었지요. 난 암만 좋은 일을 하려고 벼러도 나에겐 아무 소용 없다는 것을 알 수 있었습니다. 어렸을 적부터 좋은 일을 하는 걸 배우지 못한 인간한테는 전혀 기회가 없었던 겁니다. 위급한 상황에 부딪히면 뒤를 밀어서 좋은 일을 할 수 있게 해 주는 것이라곤 아무것도 없으니 결국 손을 들고 말지요. 나는 잠시 생각해 본 다음 이렇게 혼자 중얼거렸습니다. 가만 있자 내가 옳은 일을 해서 짐을 남의 손에 넘겨주었다고 하면, 내 마음이 지금보다 더 편할 수 있을까? 천만의 말씀, 기분이 좋지 못했을 거야. 아마 지금과 마찬가지 기분이었을 거야. 나는 다시 생각해 보았습니다. 그렇다면 옳은 일을 하는 데 힘이 들고, 나쁜 짓을 하는 데는 힘이 들지 않는다면, 그리고 그 결과가 똑같다면 옳은 일을 하려고 노력해 본댔자 소용 없는 일이 아닌가? 나는 여기서 그만 딱 막히고 말았지요. 이 문제에 대해 답을 내릴 수가 없었던 겁니다. 그래서 이젠 이 일로 마음을 쓰는 일을 아예 그만두고, 이제부터는 그때 그때에 제일 편리한 방법을 택하기로 마음먹었습니다.

나는 오두막 속으로 들어갔습니다. 그러나 짐은 거기에 없었습니다. 사방을 둘러보아도 아무 데도 없었습니다. 그래서 나는 이렇게 소리쳤지요.

"짐!"

"헉, 나 여기 있당께. 이젠 그 사람들 가 버렸제? 큰 소릴 내

지 말어."

짐은 고물에 달린 노 아래에 잠긴 채 코만 빼꼼히 물 밖으로 내놓고 강 속에 있었습니다. 두 사람이 이젠 보이지 않는다고 말하자 뗏목으로 기어 올라왔습니다. 그러고는 이렇게 말하는 겁니다.

"얘기 소릴 죄다 들었구먼. 그래서 강 속으로 미끄러져 들어갔고, 그 사람들이 뗏목 위로 올라오면 강둑으로 헤엄쳐 도망가리라고 마음먹었제. 한데 헉, 참말로 멋지게 그 사람들을 속여 버렸당께. 그렇게 근사하게 속여 대는 솜씨는 난 머리털 나고 처음이여! 정말이지 그 덕택으로 이 늙은 짐이 살아났구먼. 헉, 이 늙은 짐은 죽으면 죽었지 이 은혜를 잊어버리지 않을 거여."

그다음 우리들은 돈에 관해서 이야기를 나누었습니다. 한 사람 몫으로 20달러씩이라면 꽤나 큰 액수이지요. 짐은 이 돈만 가지만 증기선의 삼등칸 표를 살 수 있을뿐더러, 자유주에서 우리들이 가고 싶은 데까진 얼마든지 갈 수 있다고 했지요. 뗏목으로 가자면 30킬로미터쯤 더 가는 것은 문제도 되지 않는 거리지만 그래도 어서 빨리 도착했으면 좋겠다고 했습니다.

먼동이 틀 무렵에 우리들은 뗏목을 멈추었는데 짐은 뗏목을 감출 장소에 관해서 아주 까다롭게 굴었습니다. 그러고 나서 짐은 하루 종일 짐을 챙기고는 언제든지 뗏목 여행을 그만둘 준비를 갖추는 겁니다.

그날 밤 10시경 우리들은 강 하류의 왼쪽 만곡부에 마을의 불빛이 보이는 곳까지 왔습니다.

나는 카누를 타고 물어보러 갔습니다. 그러자 얼마 지나지 않아 낯선 사람 하나가 소형 보트를 타고 강 한복판에서 홀림낚싯줄을 늦추고 있는 것이 보였지요. 나는 바싹 그 옆으로 다가가 물어보았습니다.

"아저씨, 저 마을이 케이로인가요?"

"케이로냐고? 천만에. 너 큰 바보로구나."

"아저씨, 그럼 무슨 마을이에요?"

"알고 싶으면 직접 가서 물어봐라. 앞으로 30초라도 내 옆에서 우물거리고 있으면 단단히 혼쭐을 내줄 테다."

나는 뗏목으로 돌아왔습니다. 짐은 되게 실망했지만 나는 걱정할 것 없다고, 요 다음 마을이 케이로임에 틀림없을 거라고 말해 주었지요.

먼동이 트기 전 우리는 또 다른 마을을 지나갔고, 또다시

가 보려고 했습니다. 그러나 이 마을은 고지대에 있었기 때문에 가지 않았지요. 짐 말로는 케이로 근처에는 고지대가 하나도 없다는 겁니다. 나는 그것을 깜빡 잊어버리고 있었습니다. 우리들은 왼쪽 강둑과 꽤 가까운 모래톱에 숨어서 그날 하루를 보냈지요. 어쩐지 좀 이상한 생각이 들었습니다. 짐도 마찬가지였지요. 그래서 내가 이렇게 말했습니다.

"암만해도 그날 밤 그 안개 속에서 케이로를 그만 지나쳐 버린 것만 같아."

그러자 짐이 이렇게 말했습니다.

"헉, 그 얘긴 그만하잖게. 불쌍한 검둥이에게 행운이 찾아올 리가 없제. 내사 늘 그 방울뱀 껍질의 효력이 아직 끝나지 않았다고 생각하고 있었당께."

"짐, 그 뱀 껍질을 보지 않았더라면 좋았을 걸 그랬어. 정말 그런 걸 처다보지 않았더라면 좋았을걸!"

"그게 헉 탓은 아니제. 모르고 그런 것이니께. 그것 때문에 자신을 나무라지는 말어."

날이 환히 밝아오자 강둑에는 오하이오강의 맑은 물이 흐르고 있었고, 그 건너편에는 언제나 다름없는 미시시피강의 탁류가 흐르고 있었지요! 그러니까 이제 케이로의 꿈은 물거품이 되고 만 겁니다.

우리들은 이 문제를 의논했습니다. 강둑에 올라가도 소용이 없었습니다. 그렇다고 뗏목으로 강을 거슬러 올라갈 수도 없는 노릇이었습니다. 어두워지기를 기다렸다가 카누로 상류로 올라가 기회를 기다릴 수밖에는 도리가 없었지요. 그래서 우리들은 원기를 회복하여 일할 수 있도록 미루나무 숲에서 하루 종일 잠을 자고는 어두워진 다음에 뗏목 있는 데로 와 보니, 카누가 온데간데없이 사라져 버린 것이 아니겠습니까!

한참 동안 우리들은 서로 말을 하지 않았습니다. 할 말이 없었던 거지요. 이것 또한 그 방울뱀 껍질 때문이라는 것을 둘 다 잘 알고 있었습니다. 그러니 그것에 대해 얘기해 봤자 무슨 소용이 있겠느냐는 말입니다. 다만 그 얘길 하면 방울뱀 껍질 탓으로 돌리는 것이 되고 말고, 그러면 더 나쁜 일이 일어날 것이고, 또 자꾸 나쁜 일이 일어날 것이기 때문에, 마침내 잠자코 있는 편이 낫다고 생각한 거지요.

마침내 우리들은 어떻게 하면 좋을까 하고 의논하였고, 되돌아가는 데 쓸 카누를 살 기회를 얻을 때까지 뗏목을 타고 강을 따라 내려갈 수밖에 별 도리가 없겠다는 결론에 이르렀습니다. 아빠가 늘 하는 식으로 사람이 없을 때에 카누를 슬쩍 빌리기로 한다는 것은 불가능한 일이었습니다. 그런 짓을 하다간 금방 추격을 당하게 될지도 모르니까요.

그래서 어두워진 다음에 우리들은 뗏목을 타고 출발했습니다.

지금까지 뱀 껍질이 우리에게 한 짓을 다 알고 있으면서도 아직도 뱀 껍질을 주무르는 것이 어리석은 짓이라는 것을 믿지 않는 사람도, 앞으로 이 책을 더 읽어 보고서 뱀 껍질이 우리들에게 어떤 짓을 더 하게 되는가를 알게 된다면, 그것을 믿지 않을 수 없게 될 것입니다.

카누를 사는 장소는 대체로 강둑에 죽 늘어서 있는 뗏목에

서입니다. 그러나 거기에 늘어서 있는 뗏목이라곤 하나도 보이지 않았습니다. 그래서 우리들은 세 시간 이상이나 떠내려 갔습니다. 밤은 뿌옇게 흐리기 시작했는데 이것은 안개 다음으로 귀찮은 일이었지요. 강의 형체를 알아볼 수 없는 데다가 거리도 분간할 수 없었습니다. 밤도 깊어지고 사방이 쥐 죽은 듯이 고요해졌습니다. 그때 증기선 한 척이 강을 따라 올라왔습니다. 우리들은 램프를 켰고, 증기선에서 그것이 보이리라고 생각했지요. 상류로 올라가는 증기선들은 우리 옆으로 오지 않고 모래톱을 따라 암초 밑 물결이 약한 흐름을 찾아서 가는 게 보통입니다. 그러나 이런 밤에는 강 전체를 거슬러 수로(水路)를 맹렬히 돌진해 올라가는 겁니다.

증기선이 올라오는 큰 소리는 들렸지만 바로 옆에 올 때까지 그 모습은 잘 보이지 않았습니다. 증기선은 곧장 우리들을 향해서 올라왔습니다. 증기선은 이렇게 뗏목에 부딪히는 일 없이 얼마나 가깝게 올 수 있나 시험해 보는 수가 종종 있었지요. 때로는 타륜(舵輪)이 큰 노를 빼앗아 가는 일도 있고, 그럴 때는 기관사가 배 밖으로 머리를 쑥 내밀고는 웃으며, 자신이 꽤나 대단한 것처럼 우쭐댑니다. 어쨌든 증기선은 우리를 향해 다가왔고, 우리 뗏목 바로 옆을 스치고 지나갈 작정인가 보다고 했지요. 그러나 증기선은 조금도 방향을 틀 것 같아 보이지 않았습니다. 그것은 큰 배로 주위에 개똥벌레를 몇 줄씩 둘러멘 검은 먹구름 같은 모습으로 몹시 빠르게 다가오고 있었습니다. 크고 무서운 선체를 불쑥 나타냈습니다. 크게 입을 벌린 기관실의 화로 문이 길게 늘어선 채 새빨갛게 단

이빨처럼 활활 타고 있었으며, 괴물 같은 고물과 쇠사슬들이 우리 머리 위에 걸려 있었습니다. 이쪽을 향해서 외치는 소리가 들렸고, 기관을 끄라고 따르릉따르릉 울리는 신호 벨소리며, 마구 지껄여 대는 욕지거리 소리며, 기적 소리 따위가 한꺼번에 들렸습니다. 그리고 짐이 저쪽에서, 내가 이쪽에서 텀벙 물 속으로 뛰어드는 순간, 증기선은 뗏목 한복판을 향해 돌진해 들어왔지요.

나는 물 속에 잠겼습니다. 강 밑바닥까지 내려갈 작정이었지요. 왜냐하면 9미터나 되는 타륜이 바로 내 위에 덮칠 것이기 때문이었습니다. 타륜으로부터 멀리 떨어져 있고 싶었던 겁니다. 나는 1분 동안은 물 속에 잠겨 있을 수가 있었습니다. 이번에는 1분 30초 동안 물 밑에 잠겨 있었다고 생각했습니다. 그러고 나서 거의 가슴이 터질 지경이어서 급히 물 위로 솟아올랐습니다. 겨드랑이 아래까지 떠올라 코에서 물을 내뿜으며 약간 숨을 내쉬었지요. 물론 물은 빠르게 지나갔고, 증기선도 기관을 끄고 난 지 10초 후에 또다시 그것을 켰습니다. 뗏목 사공 같은 것은 안중에도 없었던 겁니다. 그러고 나서 증기선은 다시 강을 따라 올라가고 있었고, 엔진 소리만 들릴 뿐 짙은 안개 속에서 그 모습은 보이지 않았습니다.

나는 열 번 이상이나 짐을 불러 보았지만 대답이 없었습니다. 그래서 '서서 치는 헤엄'을 하고 있는 동안 손에 닿은 판자를 붙잡고 그것을 앞으로 밀면서 강둑을 향해 헤엄쳐 나갔습니다. 그러나 강물의 흐름이 왼쪽 강둑을 향하고 있다는 것을 알았습니다. 그것은 결국 내가 횡단 수로에 있다는 것을 뜻했

지요. 그래서 나는 방향을 바꿔 그쪽으로 헤엄쳐 나갔습니다.

그것은 길고도 비스듬하게 흐르는 3킬로미터나 되는 횡단 수로의 하나였습니다. 그래서 그것을 건너는 데 꽤 많은 시간이 걸렸습니다. 무사히 상륙하여 강둑에 이르러 기어 올라갔지요. 겨우 눈앞이 보일 정도였지만 나는 손으로 더듬으면서 울퉁불퉁한 길을 400미터 이상이나 걸어 올라갔습니다. 그러자 갑자기 두 채를 이어 만든 구식 큰 통나무 집이 내 앞에 나타났지요. 나는 그곳을 빨리 빠져나가려고 했지만 개가 여러 마리 뛰어나와 으르렁거리며 짖는 바람에 한 걸음도 움직이지 않고 장승처럼 그대로 서 있는 편이 낫겠다고 생각했습니다.

17장

30초가량이 지나자 누군가가 창문에서 머리를 내놓지 않은 채 안에서 소리를 질렀습니다.

"이놈들아, 그만들 해! 거기 있는 건 누구냐?"

내가 대답했습니다.

"나예요."

"나라니 누구야?"

"조지 잭슨이에요, 아저씨."

"무슨 일이냐?"

"아무 일도 아니에요, 아저씨. 이 집 앞을 지나고 싶은데 개들 때문에 지나가지 못하고 있어요."

"아니 이런 밤중에 무슨 일로 이 근처를 돌아다니고 있는 거냐, 응?"

"돌아다니고 있는 게 아니에요, 아저씨. 증기선에서 떨어졌어요."

"아, 그러냐? 누구 좀 불 좀 켜거라. 이름이 뭐랬지?"

"조지 잭슨이에요. 사내애랍니다."

"이봐라. 네가 거짓말을 하고 있지 않다면 무서워할 건 없다. 아무도 너에게 해를 끼치진 않을 테니. 하지만 움직여선 안 돼. 가만히 그 자리에 똑바로 서 있는 거다. 누가 밥과 톰을 좀 깨우고 총을 가지고 오너라. 조지 잭슨, 너 누구 동행이 있느냐?"

"아뇨, 아무도 없어요."

집 안에서 사람들이 이리저리 움직이는 소리가 들리고 불빛이 보였습니다. 그 사나이는 소리를 질렀습니다.

"벳시, 그 불을 저쪽으로 비켜, 바보 같으니라고! 그만한 눈치도 없단 말이냐? 그걸 현관문 뒤 마루에다 놓으란 말이다. 밥, 너와 톰이 준비가 다 되었거든 각자 제자리로 가거라."

"준비 완료입니다."

"자, 그럼 조지 잭슨, 넌 셰퍼드슨네 사람들을 알고 있느냐?"

"아아뇨 몰라요, 아저씨. 들어 본 적도 없는걸요."

"응, 그럴지도 모르지, 그렇지 않을지도 모르고. 자 준비는 다 됐다. 조지 잭슨, 앞으로 나오거라. 자, 서두르지 말고, 아주 천천히 나오란 말이다. 만일 동행이 있다면 그놈은 뒤에다 남겨 두고 나와라. 만약 그놈이 나타나면 쏴 죽이겠다. 자, 나오너라. 천천히 말이다. 문은 네가 열어라. 몸 하나 들어올 만큼만 여는 거다. 알았느냐?"

나는 서두르지 않았습니다. 서두르자고 생각해도 서두를 수가 없었지요. 한 번에 한 걸음씩 천천히 걸어, 발소리 하나 내지 않았습니다. 다만 내 심장의 박동 소리만 들리는 것 같았지요. 개들도 사람들처럼 죽은 듯이 가만히들 있었지만 내 조금 뒤에서 따라왔습니다. 통나무 세 개로 만든 계단 있는 데까지 갔을 때 자물쇠를 열고 빗장을 뽑고 열쇠를 푸는 소리가 들렸습니다. 나는 문에다 손을 걸치고 조금씩 열어가는데 누가 "자, 그만하면 됐어. 머리를 안으로 들여 넣어 봐." 하고 말했습니다. 나는 시키는 대로 했지만, 머리가 잘리는 게 아닌가 싶었지요.

마룻바닥 위에 촛불이 놓여 있었습니다. 거기에 모두들 모여 있었는데 그들은 나를, 나는 그들을 약 15초가량 쳐다보고 있었습니다. 몸집이 큰 사나이 셋이 나에게 총부리를 겨냥하고 있어 정말이지 나는 그만 질겁을 했지요. 가장 나이 많은 사람은 백발에다 예순 살가량 되어 보였고, 나머지 두 사람은 서른 남짓한 사나이들인데, 세 사람 모두 다 잘생겼습니다. 그 밖에 더할 나위 없이 상냥해 보이는 백발의 노부인, 그 뒤로 잘 보이진 않았지만 젊은 여자 둘이 있었습니다. 노신사는 이렇게 말했지요.

"자, 괜찮을 것 같다. 들어오너라."

내가 안으로 들어가자마자 노신사는 문에 자물쇠를 채우고, 빗장을 지르고, 걸쇠를 걸고는 젊은 사나이들에게 총을 가지고 따라 들어오라고 했습니다. 그들은 모두 마루에 새 융단을 깐 커다란 응접실로 들어가, 앞쪽 창문에서 총을 쏘아도 닿지 못할 한 구석에 모였습니다. 그쪽에는 창이라곤 하나도 없었지요. 그들은 촛불을 쳐들어 내 얼굴을 찬찬히 들여다보더니 "정말, 이앤 세퍼드슨 집 사람은 아니군. 전혀 세퍼드슨을 닮은 데라곤 없어." 하고 말했습니다. 그러고 나서 노인은 무기를 가졌나 몸을 수색할 테니 기분 나쁘게 생각하지 않기를 바란다고 했습니다. 무슨 해를 끼치지는 않을 것이고, 다만 확인하기 위해서 하는 일이라고 했습니다. 그래서 노인은 내 주머니 속에까지 손을 집어넣지는 않고 그저 겉에서 한 번 슬쩍 만져 보더니 됐다고 했지요. 나에게 마음을 놓고 내 신상 얘기를 모두 털어놓으라고 했지요. 그러자 노부인이 이렇게 말했습니다.

"아니, 소울, 이 불쌍한 애는 몸이 온통 젖어 있어요. 그리고 배가 고파 보이지 않아요?"

"레이철, 당신 말이 옳아. 난 그만 깜박 잊고 있었군."

"벳시(이 사람은 검둥이 여자였지요.), 어서 빨리 이 애에게 먹을 것을 갖다주거라. 참 가엾기도 하구나. 그리고 너희들 중 누군가가 가서 벅을 깨워 이렇게 일러라. 옳지, 벅이 바로 저기 있구나. 벅 너 말이다, 이 꼬마 손님을 데리고 가서 젖은 옷을 벗기고 마른 네 옷으로 갈아입히도록 해라."

벅이라는 애는 내 또래의 소년이었습니다. 열셋이나 열넷

정도였지만 나보다는 몸집이 좀 컸지요. 입고 있는 것이라곤
셔츠 한 장으로, 아주 텁수룩한 머리를 하고 있었습니다. 그는
하품을 하고 한 주먹으로 눈을 비비면서, 또 한쪽 손으로는
총을 끌면서 들어왔습니다. 그가 이렇게 말했습니다.

"세퍼드슨 집 놈들이 온 게 아녜요?"

거기 있는 사람들은 그게 아니고 잘못 알린 경고였다고 대
답했습니다.

"글쎄." 하고 그가 말했지요. "만일 몇 놈이 왔다면 나도 한
놈쯤은 처치했을 텐데."

그 말에 모두들 깔깔 웃었습니다. 밥이 입을 열었지요.

"이봐, 벅. 하마터면 놈들이 우리들 머리 껍질을 모두 벗겨

갔을지도 모를 뻔했단다. 그런데도 너는 이렇게 늦게 나타났으니." 하고 놀려 댔습니다.

"하지만 아무도 날 불러 주는 사람이 없었잖아요? 그건 공평하지 않아요. 언제나 난 잠만 자고 있군요. 그러니 솜씨를 보여 줄 기회가 있어야지요."

"걱정할 것 없다." 하고 노인이 끼어들었습니다. "앞으로 때가 되면 기회가 얼마든지 올 거다. 그러니 초조하게 생각할 필요는 없단다. 자아, 어서 가서 어머니 말씀대로 하거라."

우리가 2층에 있는 벅의 방으로 올라갔을 때 벅은 천이 거친 셔츠와 짧은 저고리와 바지를 내주었고, 나는 그 옷들을 입었습니다. 입고 있는 동안 벅은 나에게 내 이름이 뭐냐고 묻고는 내 대답을 기다릴 것도 없이, 그저께 숲에서 잡은 어치새와 새끼 토끼 얘기를 꺼내기 시작하는 겁니다. 그러고 나서 촛불이 꺼졌을 때 모세가 어디 있었는지 아느냐고 물었습니다. 나는 모른다고 대답했습니다. 아직 그런 얘길 들은 적이 없었기 때문이지요.

"그럼 어디 한번 맞춰 봐." 하고 그가 말했습니다.

"한 번도 그런 얘길 들은 적이 없는데." 하고 내가 말했습니다. "어떻게 맞춰 본단 말이야?"

"그래도 맞춰 보면 되잖아? 누워서 떡 먹기인데."

"그런데 어떤 양초인데?"

"어느 양초도 상관없어."

"모세가 어디 있었는지 통 알 수 없는걸." 하고 내가 말했습니다. "어디에 있었는데?"

"그야 아주 컴컴한 어둠 속에 있었지! 바로 그 어둠 속에 있었던 거야."

"그가 어디에 있었는지 그렇게 잘 알고 있으면서 무엇 땜에 나한테 물은 거냐?"

"이런 바보, 이게 수수께끼라는 거야. 그것도 모르는 거야? 이봐, 헌데 넌 언제까지 우리 집에 있을 작정이니? 언제까지나 함께 있어라. 우린 멋진 시간을 보낼 수 있을 거야! 이제 학교 공부가 없거든. 너 개 갖고 있니? 난 한 마리 갖고 있어. 헌데 이놈은 말이야, 나뭇조각을 강에다 던지면 막 가서 물고 오지. 넌 주일이 되면 머리 빗질을 하는 그런 바보 짓을 좋아하니? 난 아주 싫어 죽겠는데 우리 엄마가 그렇게 시켜. 빌어먹을 이 헌 바지 말이야. 입는 게 좋으리라곤 생각하지만 입기 싫어 죽을 지경이야. 너무 덥거든. 자, 준비됐니? 그럼 됐어. 자, 가자 친구야."

차가운 옥수수 빵과 식은 콘비프와 버터와 탈지유, 이러한 것들이 아래층에서 나를 기다리고 있었습니다. 그런데 오늘날까지도 이보다 더 맛있는 음식을 먹어 본 기억이 없지요. 벅도, 벅의 어머니도 그 밖의 식구들도 모두가 다 옥수수 속대로 만든 담뱃대로 담배를 피우고 있었습니다. 담배를 피우지 않는 사람이라곤 어디로 가 버린 검둥이 하녀와 젊은 두 딸뿐이었지요. 모든 사람들은 담배를 피우며 얘기를 나누었고, 나는 음식을 먹으면서 얘기를 했지요. 젊은 여자들은 누비 이불을 몸에 두르고, 머리카락을 등 아래로 흘려 내려뜨리고 있었습니다. 그들은 모두가 나에게 이것 저것 여러 가지를 물어 댔습니다. 그래서 나는 아빠랑 나랑 집안 식구들이 아칸소주의 남쪽 끝에 있는 조그마한 농장에서 살고 있었는데, 누나 메리 앤이 집을 도망쳐 나가 결혼한 이래로 소식이 없으므로 빌이 누나 부부를 찾으러 나갔지만 이 빌도 소식이 끊어지고 말았다느니, 톰과 모트는 세상을 떠나고 말았으므로 나랑 아빠랑 둘만이 남게 되었는데, 아빠는 여러 가지 문젯거리고 거의 벌거숭이와 다름없었으며, 결국 아빠마저 세상을 떠나고 말자, 본래 이 농장은 우리들의 것이 아니었기 때문에 남은 것을 챙겨가지고는 3등표로 강을 따라 올라오다가 그만 강에 떨어지고 말아 결국 여기까지 이렇게 오게 되고 말았다고 말해 주었지요. 그러자 집안 식구들은 내가 있고 싶을 때까지 얼마든지 있어도 좋다고 했습니다. 이럭저럭 하는 동안에 거의 새벽이 되어 모두가 잠자리로 들어갔고, 나는 벅과 함께 잠을 잤습니다. 아침이 되어 눈을 떴을 때, 빌어먹게도 나는 내 이름을 까맣게 잊어버리고 만 것이 아니겠습니까. 그래서 한 시간쯤 드러누운 채 이리저리 생각해 내려고 하고 있었습니다. 벅이 눈을 떴을 때 내가 이렇게 물었습니다.

"벅, 너 철자법을 아니?"

"그럼, 알고말고."

"그렇지만 내 이름자는 쓰지 못할걸."

"쓰지 못할지 어디 내기 해 볼래?"

"좋아." 하고 내가 말했습니다. "자, 어디 해 봐."

"G-e-o-r-g-e J-a-x-o-n——자, 어때?" 하고 그가 말했습니다.

"그래, 참 용하구나. 난 네가 못 할 줄로 알았지. 그저 아무렇게나 쓸 수 있는 이름자가 아니거든. 공부하지 않고서는 금방 댈 수 없단 말이야."

나는 몰래 그것을 적어 두었습니다. 누군가가 다음에 대 보라고 할지 모를 일이니까요. 그랬다가 앞으로 자못 이 이름에 익숙해 있듯이 술술 대고 싶었던 겁니다.

참으로 훌륭한 집안이었고 집도 또한 아주 근사했습니다. 나는 아직까지 시골에서 이만큼 훌륭하고 이만큼 멋진 집을 본 적이 없었답니다. 현관문에는 무쇠 걸쇠나 사슴 가죽 끈이 달린 나무 걸쇠가 아니라, 도회지의 집에서 볼 수 있는 것과 똑같은 놋쇠 손잡이가 달려 돌리게 되어 있었지요. 응접실에는 침대는커녕 침대 그림자도 볼 수 없었습니다. 그러나 도회지의 응접실에서는 침대는 얼마든지 있지요. 커다란 벽난로의 바닥에는 벽돌을 깔아 놓았고, 그 벽돌은 물을 부어 다른 벽돌로 문질러 늘 깨끗하고 새빨갛게 되어 있었지요. 때로는 도시 사람들이 하는 것처럼 스페인 갈색이라고 부르는 빨간 물 페인트로 씻어 낼 때도 있었습니다. 커다란 놋쇠 장작통은 목재용 통나무까지도 넣을 수 있을 정도였지요. 벽난로 선반 한복판에는 시계가 놓여 있었고, 그 시계의 정면 유리 아래쪽에는 어떤 도시가 그려져 있었으며, 그 한복판의 뭉근 곳은 태양이었고 그 뒤에서 추가 흔들리는 것이 보였습니다. 이 시계의 똑딱똑딱 하는 소리는 참으로 아름다웠습니다. 가끔 행상인 하나가 와서 시계를 깨끗이 닦아 내고 조절해 놓으면, 태엽이 모두 풀릴 때까지 무려 150번이나 계속 땡땡땡 하고 소리를 울려 댔지요. 집안 식구들은 아무리 값을 많이 주어도 이 시계를 팔려고 하지 않았습니다.

시계 양쪽 편에는 이국풍의 커다란 앵무새가 놓여 있었습니다. 백목 같은 것으로 만든 것인데 화려한 색으로 칠해져 있었습니다. 한 앵무새 옆에는 도자기로 만든 고양이가 있었고, 다른 앵무새 옆에는 도자기로 만든 개가 놓여 있었지요. 이 고양이와 개를 꾹 누르면 찍찍 하고 소리를 내었는데, 입을 여는 것도 아니고 표정을 바꾸는 것도 아니고 또 재미있어하는 기색도 보이지 않았습니다. 그 찍찍 하는 소리는 아래쪽에서 났습니다. 이런 물건 뒤쪽에는 야생 칠면조 깃털로 만든 커다란 부채 한 쌍이 펼쳐져 있었지요. 방 한가운데 식탁 위에는 멋진 도자기로 만든 바구니 같은 것이 놓여 있는데, 사과랑 귤이랑 복숭아랑 포도가 수북이 담겨져 있었습니다. 그것들은 진짜 과일보다는 훨씬 더 빨갛고 노랗고 예뻤습니다. 적이 떨어져 나간 부분 밑에 석고나 그와 비슷한 것이 드러나 있는 것으로 보아 진짜는 아니었습니다.

이 식탁에는 아름다운 유포(流布) 식탁보가 덮여 있었습니다. 식탁보에는 빨강색과 청색의 날개를 편 독수리가 그려져 있고, 가장자리에도 빙 둘러 그림이 그려져 있었습니다. 이것은 멀리 필라델피아에서 왔다고 했습니다. 식탁 양끝에는 책 몇 권이 아주 단정하게 포개져 놓여 있었지요. 한 권은 그림이 많이 들어 있는 대형 가정용 성경이었고, 다른 한 권은 무슨 까닭에서인지는 모르지만 가출한 사나이에 관한 『천로역정(天路歷程)』이라는 책이었습니다. 나는 이 책을 가끔 읽었습니다. 이야기 줄거리는 재미있었지만 읽어 내기가 어려웠지요. 또 한 권은 『우정의 선물』이라는 책으로 아름다운 문구니 시 따위가 많이 실려 있었지만, 나는 시는 읽지 않았습니다. 또 한 권은 헨리 클레이의 연설집이고, 또 한 권은 건 박사가 쓴 가정 의학 책으로 이 책에는 누가 병이 나거나 죽거나 했을 때 어떻게 하면 된다는 이야기가 쓰여 있었습니다. 찬송가도 한 권 있었고 그 밖의 다른 책들도 많았습니다. 아주 튼튼하고 멋진 등의자가 몇 개 놓여 있었습니다. 한가운데가 마치 헌 광주리처럼 움푹 들어가고 갈라진 그런 의자가 아니었지요.

벽에는 그림 몇 장이 걸려 있었습니다. 주로 워싱턴과 라파예트 그림이랑, 전쟁터의 그림이랑, 스코틀랜드 고원 지방의 아가씨들의 그림 등으로 그중 하나는 '독립 선언서 서명'이라는 제목을 붙인 그림도 한 장 있었습니다. 크레용화라는 그림도 몇 장 있었는데 그것은 이 집의 죽은 딸이 열다섯 살 때 손수 그린 자화상이었습니다. 이 그림은 내가 아직까지 보아 온 어떤 그림과도 달랐지요. 보통 그림보다 대체로 색이 더 검었습니다. 한 장은 날씬한 검은 옷을 입은 여자 그림으로, 겨드랑이 아래를 혁대로 졸라매서 날씬하게 한 까만 드레스에다, 소매 한가운데가 양배추 모양으로 부풀어 올라 있고, 삽 비슷한 모양의 커다란 밀짚모자에 검은 베일, 까만 테이프를 가로 감은 희고도 가냘픈 발목, 끝처럼 아주 작은 까만 구두를 신고 있는 몸차림으로, 수양버들 아래에 서서 근심에 잠겨 바른쪽 팔꿈치를 묘석 위에다 괴고, 옆구리에 축 늘어져 있는 다른쪽 손에는 흰 손수건과 손가방을 쥐고 있었습니다. 그리고 그 그

림 밑에는 '슬프도다, 그대를 다시는 볼 수 없으리.'라고 쓰여
있었지요. 또 한 장은 머리카락을 머리 꼭대기로 똑바로 치켜
올려 가지고는 의자등처럼 생긴 빗 앞쪽에 땋아놓은 젊은 귀
부인의 그림으로, 그 여자는 손수건을 얼굴에다 파묻고 울고
있는데, 한쪽 손에는 죽은 새가 발을 위로 치켜든 채 나자빠
져 있었습니다. 그 그림 아래에는 '슬프도다, 그대의 구슬 같
은 목소리를 다시는 들을 수 없으리.'라고 쓰여 있었습니다. 창
가에서 달을 쳐다보고 있는 젊은 여자의 그림도 있었지요. 눈
물이 두 뺨을 타고 흘러내리고 있었고, 한 손에는 밀봉을 뜯
은 편지를 들고 있는데 한쪽 가장자리에 까만 밀랍 자국이 붙
어 있는 것이 보였고, 쇠줄이 달린 목걸이를 입에 물고 있었습
니다. 그 그림 밑에는 '슬프도다, 그대는 가 버렸는가, 그렇다,
그대는 가 버렸구나.'라고 쓰여 있었습니다. 이 그림들은 하나
같이 잘 그린 그림이라는 생각이 들었지만 왠지 마음에 들지
는 않았습니다. 좀 기분이 나쁠 때 이런 그림을 보면 마음이
어수선해지기 때문이지요. 이 소녀는 이런 그림을 아직도 얼
마든지 그릴 작정으로 있었기 때문에 누구나 다 이 소녀의 죽
음을 슬퍼했습니다. 그녀가 그린 그림만 보더라도 얼마나 재
능 있는 사람을 이 가족이 잃었는가를 능히 짐작할 수 있었습
니다. 그러나 이런 성격의 소유자라면 차라리 무덤 속에서 쉬
고 있는 편이 훨씬 더 낫지 않을까 하는 생각이 들었지요. 이
소녀가 아프기 시작한 건 집안 식구들이 그녀의 최대 걸작이
라고 부른 그림을 막 그리기 시작한 때였습니다. 밤낮으로 이
소녀는 이 그림을 끝마칠 때까지 목숨이 붙어 있게 해 달라고

기도를 올렸지만, 끝내 그 소원은 성취되지 못했던 겁니다. 그
것은 흰 가운을 몸에 감은 젊은 여자가 금방이라도 당장 물
속에 뛰어들려는 자세로 다리 난간에 서 있는 그림으로, 머리
카락은 온통 등뒤로 흘러내리고, 눈물이 흐르는 얼굴로 달을
쳐다보고 있었지요. 두 팔은 가슴 위에 십자로 팔짱을 끼고
있었고, 또 두 팔은 앞으로 쑥 뻗쳐 있었으며, 나머지 두 개는
달을 향해 뻗쳐 있었습니다. 까닭인즉슨 어느 팔이 가장 멋있
게 보이는가를 판단하여 나머지 불필요한 팔들은 모두 지워
버릴 생각이었지요. 그러나 방금 얘기한 것처럼 그 결정을 내
리기도 전에 그만 죽어 버리고 말았습니다. 그리고 이 그림은
지금 이 소녀의 방 침대 머리맡에 걸려 있었고, 해마다 소녀의

생일이 되면 집안 식구들은 그 그림 앞에다 꽃을 갖다 놓았지요. 그 밖의 날에는 늘 조그마한 커튼으로 가려져 있었습니다. 이 그림 속의 젊은 여자는 귀엽고 상냥한 얼굴을 하고 있었지만 너무도 팔이 많아서 나에게는 마치 거미처럼 보였습니다.

이 소녀는 살아 있을 때 스크랩북을 만들어 《장로교 옵서버》라는 신문에서 사망 기사랑 사고 기사랑 병으로 고생하고 있는 사람들의 기사 등을 오려 내어 붙여 놓았습니다. 그리고 기사 맨 끝에다 손수 지은 시를 써 넣었습니다. 여간 훌륭한 시가 아니었지요. 그것은 우물에 빠져 죽은 스티븐 다울링 보츠라는 소년에 관해서 쓴 시였습니다.

고(故) 스티븐 다울링 보츠에게 바치는 송시

나이 어린 스티븐은 병에 걸렸는가?
나이 어린 스티븐은 이 세상을 떠났는가?
슬픈 가슴은 괴로워했던가?
애도하는 사람들은 울었던가?
아니, 그렇지는 않았도다.
나이 어린 스티븐 다울링 보츠의 운명은
슬픈 마음은 괴로웠지만
그것은 병 때문이 아니었나니.

백일해가 그 몸을 괴롭힌 것도 아니었고
홍역이 그 몸을 망친 것은 아니었나니
이러한 것들은 스티븐 다울링 보츠의
슬기로운 이름을 더럽힐 수 없었나니.
고수머리를 내려친 것은
헛된 사랑도 아니었고
저 나이 어린 스티븐을 쓰러뜨린 것은
위장병도 아니었나니.

눈물을 머금고 들을지어다
내가 얘기하는 그의 운명을.
그의 영혼은 우물에 빠져서
이 차디찬 세상을 떠나갔도다.

우물에서 건져 내어 토하게 했지만

아, 슬프도다 때는 이미 늦었나니

그의 영혼은 드높이 올라갔다네

착한 사람 훌륭한 사람들이 사는 곳으로.

채 열네 살도 안 된 소녀의 몸으로 이런 시를 쓸 수 있었던 에멀린 그레인저포드가 만일 아직도 살아 있다면 그 장래가 어떻게 되는지 아무도 예측할 수 없었습니다. 에멀린은 시 같은 것은 아무 문제 없이 술술 쓸 수 있었다고 벅이 말했습니다. 도중에 손을 멈추고 생각하고 뭐고도 없었다는 것이었지요. 단숨에 한 줄을 써 내려갔고, 그것에 운(韻)이 맞는 시구가 머리에 떠오르지 않으면 지워 버리고는 또 다른 한 줄을 단숨에 고쳐 쓰곤 했답니다. 에멀린은 시의 소재에 관해서 별로 까다롭지가 않아서 그저 슬픈 일이기만 하면 무엇이든지 다 시를 쓸 수 있었습니다. 남자건 여자건 어린애건 할 것 없이 누군가가 죽기만 하면 반드시 에멀린은 그 시체가 식기 전에 '추모시'를 지어 그 집으로 가곤 했답니다. 에멀린은 그런 시를 추모시라고 불렀지요. 그래서 마을 사람들의 입에서는 첫 번째가 먼저 의사요, 두 번째가 에멀린이요, 세 번째가 장의사라는 말이 나오게 되었습니다. 장의사는 에멀린보다 먼저 간 일이 절대로 없었는데, 딱 한 번 그런 일이 있었답니다. 휫슬러라는 사람이 죽었는데 그 이름에 맞는 운(韻)이 얼른 머리에 떠오르지 않아 그것을 찾아내느라고 쩔쩔매고 있었기 때문이었지요. 그런 일이 있고 난 다음부터 그녀의 몸은 예전 같지 않았습니다. 결코 불평하는 법은 없었지만 자꾸만 몸이 여위어 가더니 그 후 얼마 더 살지 못했습니다. 불쌍한 에멀린의 그림들에 기분이 언짢아지고 그녀에 대해 좀 시큰둥해질 때면, 나는 곧잘 그녀의 방으로 올라가 예의 그 스크랩북을 꺼내 읽곤 했지요. 나는 죽은 사람들까지 넣어서 집안 식구들이 하나같이 모두 마음에 들었고, 그래서 언제까지나 정을 붙이며 살아가고 싶었습니다. 불쌍한 에멀린은 살아 있을 때 죽은 사람들에 대해 시를 지어 주었지만, 그녀가 세상을 떠나고 만 이제 아무도 에멀린에게 시를 지어 주지 않는 것이 가엾다는 생각이 들어 나는 손수 한두 절 지어 보려고 애써 보았지만 웬일인지 잘되지 않았지요. 집안 식구들은 에멀린의 방을 단정히 치워 놓고는 무엇이나 다 그녀가 생전에 좋아하던 대로 해 놓고는 아무도 그 방에서 잠을 자지 않았습니다. 검둥이 하인이 몇 사람이나 있는데도 노부인은 손수 이 방을 치웠으며 여기서 바느질을 하기도 하고 또 성경 책을 읽기도 했지요.

아까도 얘기한 바와 같이 응접실 창문에는 아름다운 커튼이 걸려 있었습니다. 흰 바탕에 벽이 온통 덩굴로 덮인 성(城)

이며 물을 마시러 오는 소떼 그림이 그려져 있었습니다. 그 안에 함석 냄비가 들어 있는 것 같은 조그맣고 낡은 피아노도 한 대 있었지요. 젊은 부인들이 「최후의 고리가 끊어지고 말았네」라는 노래를 부르거나, 피아노로 「프라하 전투」를 연주하는 것을 듣고 있으면 이보다도 더 아름다운 것은 이 세상에 없을 것만 같았습니다. 방의 벽마다 하얗게 회칠을 하였고, 대부분의 방 마루에는 융단이 깔려 있었으며, 집 전체의 바깥도 하얗게 칠했습니다.

이 집은 두 채를 한 채로 이어 만든 집으로 두 채 사이의 넓은 빈터에는 지붕을 올리고 마루를 깔아 놓았습니다. 한낮에는 때때로 여기에다 식탁을 갖다 놓았습니다. 시원하고 안락한 장소였지요. 이보다 더 멋진 장소가 어디 있겠습니까. 음식맛이 끝내주는 데다가 그 양도 무지무지하게 많았으니까요!

18장

　그레인저포드 대령은 신사였습니다. 어느 모로 보나 진짜
신사였지요. 집안 식구들도 그러했습니다. 대령은 이른바 명문
출신이었고, 더글러스 과부댁의 말마따나 말[馬]과 마찬가지
로 사람에 있어서도 혈통은 매우 중요하지요. 그리고 과부댁
이 우리 마을에서 제일가는 명문 출신이라는 것을 부정할 사
람은 아무도 없었습니다. 하기야 우리 아빠는 저 개천의 메기
만도 못한 위인이지만 늘 그렇게 말을 했습니다. 그레인저포드
대령은 아주 키가 컸으며, 체격이 날씬했습니다. 얼굴색은 어

디에서도 핏기라고는 찾아볼 수 없이 거무죽죽하고 창백했습니다. 아침마다 그 마른 얼굴을 말끔히 면도질했지요. 입술은 더할 나위 없이 얇고, 콧구멍은 다시없이 가늘었으며, 코는 오똑했습니다. 눈썹은 몹시 진하고 까만 눈은 너무나 깊이 움푹 들어가 있어 말하자면 동굴 안에서 밖을 내다보고 있는 것 같다고나 할까요. 이마는 높고 머리칼은 검고 곧았으며 어깨까지 흘러 내려왔습니다. 손은 길고도 가늘었고, 평생 동안 매일같이 깨끗한 셔츠를 입고 있었고, 머리에서 발끝까지 린넨으로 만든 정장을 입고 있었는데 그 옷이 얼마나 흰지 정말로 눈이 부실 정도였지요. 일요일이면 놋쇠 단추가 달린 푸른색 연미복을 입었습니다. 은 손잡이가 달려 있는 마호가니 단장을 짚고 다녔습니다. 어느 모로 보나 경박한 데라곤 눈을 씻고 보아도 찾아볼 수 없었으며, 얘기를 할 때에도 절대로 큰소리를 내는 법이 없었지요. 친절한 것은 두말 할 나위가 없지요. 그것을 분명히 느낄 수 있을 정도였고, 그래서 신뢰감이 생겨나는 것이었습니다. 때로 미소를 짓는 때가 있었고, 그것은 옆에서 보기에도 기분이 좋았습니다. 그러나 대령이 국기 게양대처럼 몸을 꼿꼿이하고 눈썹 아래에서 번갯불을 번쩍번쩍하기 시작하면, 그 까닭을 아는 것은 나중 일로 미루고 우선 나무에라도 올라가고 싶은 심정이었습니다. 대령은 절대로 남에게 행실을 잘하라고 말할 필요가 없었습니다. 대령 앞에서는 누구나 늘 행실이 얌전해지기 때문이지요. 또 모두가 대령이 있는 옆에 있고 싶어 했습니다. 대령은 거의 언제나 태양같은 존재였습니다. 말하자면 대령만 있으면 좋은 날씨처럼 보였다는 것이지요. 그리고 대령의 얼굴이 구름 봉오리로 변하게 되면 한 30초 동안은 무섭게 어두워지는데 그것만으로도 충분했습니다. 그 후부터의 일주일 동안은 만사가 잘 돌아가게 되었지요.

아침에 대령과 노부인이 이층에서 내려오면 집안 식구들은 모두가 자리에서 일어나 두 사람에게 아침 인사를 했고, 두 사람이 자리에 앉을 때까지 그대로 서 있었습니다. 그다음 톰과 밥이 술병이 들어 있는 찬장으로 가서 맛이 쓴 술을 한 잔 섞어서 그걸 대령에게 갖다주었지요. 대령은 유리잔을 손에 든 채 톰과 밥의 술이 준비될 때까지 기다렸습니다. 그러고 나서 그들은 머리를 숙이고는 "아버님, 어머님에게 자식으로서의 의무를 다하겠습니다." 하고 건배를 드는 겁니다. 그러면 대령 부부는 아주 조금 머리를 숙이고는 고맙다고 답례했습니다. 그러고는 셋이서 그것을 마셔 버렸습니다. 밥과 톰은 술잔바닥에 남은 설탕이랑 소량의 위스키나 애플 브랜디에다 물을 한 스푼 부어 그것을 나와 벅에게 주었습니다. 그러면 우리들도 노부부의 건강을 위하여 건배를 올렸습니다.

밥이 맏이고 그다음이 톰이었습니다. 딱 벌어진 어깨에다 갈색의 얼굴, 검은 머리카락에다 검은 눈을 한 키가 후리후리한 미남들이었지요. 대령과 마찬가지로 머리부터 발끝까지 흰 린넨 정장을 차려 입고, 차양이 넓은 파나마 모자를 쓰고 있었습니다.

미스 샬럿은 나이는 스물다섯에 키가 크고 자신감이 흘러넘치고 기품이 있어 보였고, 화를 내고 있지 않을 때는 더할 나위 없이 친절했습니다. 하지만 일단 화가 나면 아버지와 마찬가지로 보는 사람을 기죽게 만드는 무서운 표정을 지었지요. 미인이었습니다.

그녀의 동생 미스 소피아도 마찬가지였지만 종류가 조금 달랐습니다. 그녀는 비둘기처럼 상냥하고 귀여웠습니다. 이제 나이 겨우 스무 살이었지요.

집안 식구들은 제각기 시중을 들어줄 검둥이를 거느리고 있었는데, 물론 벅도 마찬가지였습니다. 내 검둥이는 되게 편했습니다. 나는 별로 남에게 일을 시키는 일이 익숙하지 않기 때문이지요. 그러나 벅의 검둥이는 거의 언제나 바쁘게 뛰어다니는 편이었습니다.

지금으로서는 이게 집안 식구 전부이지만 전에는 이보다 더 많았습니다. 아들 셋이 있었는데 피살되었고, 에멀린은 병으로 사망했지요.

노신사는 많은 농장과 백 명이 넘는 검둥이들을 소유하고 있었습니다. 가끔 근처 16킬로미터나 24킬로미터쯤 떨어진 곳에서 많은 사람들이 말을 타고 와서 네댓새씩 묵고 갔습니다. 그럴 때에는 그들은 근처와 강 위에서 호탕하게들 놀았으며, 낮에는 숲속에서 춤과 피크닉을, 밤에는 집 안에서 무도회를 열었지요. 대부분이 친척들로, 남자들은 총을 가지고들 왔습니다. 정말이지 모두가 신분이 높은 사람들이었습니다.

이 근처에는 또 다른 지체 높은 명문 가문들(다섯 가구나 여섯 가구쯤 되었지요.)이 살고 있었는데 그 이름은 세퍼드슨이라고 했습니다. 이 집안도 그레인저포드 집안 못지않게 품위가 있는 데다가 명문이자 부자였고 태도 또한 우아했지요.

세퍼드슨 집안과 그레인저포드 집안은 3킬로미터쯤 상류 쪽에 있는 똑같은 나루터를 사용하고 있었으므로, 때로 집안 식구들과 함께 거기에 가면 세퍼드슨 집안 사람들이 훌륭한 말을 타고 거기 와 있는 것을 볼 때가 있었습니다.

어느 날 벅과 내가 숲속 깊숙한 곳에서 사냥을 하고 있을 때 말굽 소리가 들려왔습니다. 때마침 우리들은 길을 막 건너려던 참이었습니다. 벅이 이렇게 말했습니다.

"어서 빨리! 숲속으로 뛰어 들어가라고!"

우리들은 숲속으로 도망쳐 들어가, 나뭇잎 사이로 저쪽을 내다 보았습니다. 얼마 안 되어 멋진 청년 하나가 말을 몰고

길 이쪽으로 달려왔는데 말에 편히 앉아 있었고 군인처럼 보였지요. 총은 안장 머리에 걸어놓고 있었습니다. 나는 전에 이 청년을 본 적이 있습니다. 바로 하니 세퍼드슨 청년이었지요. 벅의 총이 내 귀 바로 옆에서 땅 하고 터졌고, 하니의 모자가 머리에서 땅으로 굴러 떨어졌습니다. 하니는 총을 움켜쥐자 우리들이 숨어 있는 장소를 향해 쏜살같이 달려 들어왔습니다. 그러나 우리들도 우물거리지는 않았지요. 달려서 숲을 빠져나갔습니다. 숲은 그다지 우거져 있지 않았으므로 나는 어깨 너머로 뒤를 돌아보며 총알을 피했습니다. 그리고 하니가 두 번 벅에게 총을 겨누는 것을 보았는데, 얼마 후 하니는 오던 길을 다시 돌아갔습니다. 아마 모자를 주우러 가는 것 같았습니다. 올 때와 마찬가지로 말을 몰고는 되돌아가 버렸습니다. 그러나 더 이상 보이지 않았습니다. 우리들은 집에 도착할 때까지 줄곧 뛰었습니다. 노신사의 두 눈이 잠시 번쩍거렸습니다. 기뻐서 그랬으리라고 나는 생각했지요. 그다음 얼굴 표정이 얼마간 부드러워졌습니다. 그러고는 부드러운 목소리로 이렇게 말했습니다.

"덤불 뒤에서 총을 쏘는 건 좋지 않다. 얘야, 왜 한길로 나가지 않았느냐?"

"아버지, 세퍼드슨 놈들도 그렇게 안 해요. 그놈들은 늘 유리한 기회를 노려요."

벅이 이야기를 하고 있는 동안 미스 샬럿은 여왕처럼 머리를 높이 쳐들고 콧구멍을 벌름거리며 눈을 반짝거리고 있었습니다. 두 젊은이들은 못마땅한 얼굴이었으나 아무 말이 없었습니다. 미스 소피아는 얼굴이 새파랗게 질렸지만 그 청년이 부상을 입지 않았다는 것을 알자 다시 원래 혈색을 되찾았습니다.

나는 나무 아래 옥수수 창고 옆으로 벅을 끌고 가 우리 둘만 있게 되기가 무섭게 이렇게 물었습니다.

"벅, 넌 그 사람을 죽일 작정이었니?"

"물론이지."

"그 사람이 너에게 무슨 짓을 했길래?"

"그 사람? 나한테 아무 짓도 하지 않았어."

"그럼 왜 죽이려고 한 거야?"

"글쎄, 이유는 없어. 그저 오랜 원한이 있기 때문이야."

"원한이란 게 뭐야?"

"뭐랄까. 넌 어디서 자라났니? 원한이 뭔지도 몰라?"

"그 말을 들어 본 적이 없으니까 그렇잖아. 그것에 대해 가르쳐 줘."

"그래." 하고 벅이 말했습니다. "원한이란 이런 거야. 어떤 사람이 다른 사람과 싸우고 그 사람을 죽여 버린단 말이야. 그러면 그 피살된 사람의 형제가 처음 사람을 죽일 게 아냐. 그러자 그 양쪽 형제들이 서로 맞붙어서 서로를 죽인단 말이야. 이번엔 사촌들이 끼어들 게 아니겠어? 마침내 모두가 다 죽게 되면 결국엔 원한은 없어지고 마는 법이야. 하지만 빨리 끝나는 게 아니라 오랜 세월이 걸려."

"벅, 그럼 이 원한도 오래됐니?"

"음, 그랬나 봐! 아마 1830년인가 그 무렵에 일어났나 봐.

무슨 일로 해서 문제가 생겼고 그것을 해결하려고 재판을 건 거야. 그 재판에서 한쪽이 지니까 진 쪽이 재판에 이긴 쪽을 총으로 쏴 죽인 거야. 물론 그 사람으로서는 당연한 행동이었지. 아마 누구라도 그렇게 다 했을 거야."

"벅, 그 문제라는 것이 무엇에 관한 것인데? 땅 때문인가?"

"그럴지도 몰라. 난 잘 몰라."

"그럼 총을 쏜 편은 어느 쪽이야? 그레인저포드 집안 사람인가, 아니면 세퍼드슨 집안 사람인가?"

"맙소사, 그런 걸 내가 어떻게 아니? 아주 오래된 옛날 얘기인데."

"누구 아는 사람이 없니?"

"그야 있지. 아빠는 알고 계셔. 그리고 다른 노인들 몇 사람도. 그렇지만 그들도 무엇 때문에 첫 싸움이 시작되었는지는 몰라."

"벅, 많이들 죽었니?"

"음, 장례식이 꽤나 많이 있었거든. 그러나 늘 죽이는 건 아냐. 아빠 몸엔 사슴 총알이 두서너 발 박혀 있어. 하지만 본래 몸무게가 가벼우니 조금도 상관하지 않으셔. 밥은 사냥칼에 몇 군데 찔렸고, 톰도 한두 번 상처를 입었어."

"벅, 금년 들어 누구 죽은 사람은 없었니?"

"음, 우리 편에서 한 사람을 죽였고, 놈들이 우리편 사람 하나를 죽였어. 석 달쯤 전에 열네 살이 되는 내 사촌 버드가 강 저쪽에서 숲속을 말을 타고 가고 있었는데, 바보같이 글쎄 총을 가지고 있지 않았단 말이야. 바보지 뭐야. 그런데 외진 곳에 왔을 때 뒤에서 말 소리가 들리길래 뒤돌아다 보니 볼디 세퍼드슨 영감이 백발을 바람에 휘날리면서 손에 총을 들고 쫓아오는 게 아니었겠어. 버드는 말에서 뛰어내려 덤불 속으로 도망쳐 들어가는 대신 그 영감을 떼어 버릴 수 있겠다고 생각했지. 그래서 둘은 8킬로미터 이상이나 막상막하로 달렸지만 영감 쪽이 가깝게 따라붙었던 거야. 마침내 버드는 이젠 틀렸다고 생각하고 말을 세우자 홱 몸의 방향을 바꿨단 말이야. 총알을 앞에서 받기 위해서였지. 그래서 영감은 가까이 다가와서 버드를 쏴 죽인 거야. 하지만 영감은 그 행운을 기뻐할 시간이 그다지 길지도 못했어. 왜냐하면 그 일이 있은 다음 채 일주일도 못 되어 우리 집 사람들이 그 늙은이를 처치해 버렸거든.”

“벅, 그 늙은이는 비겁한 사람 같군.”

“난 비겁자가 아니라고 생각해. 천만에, 절대로 아니야. 세퍼드슨 집안에 비겁자는 하나도 없단 말이야. 물론 그런 비겁자는 그레인저포드 집안에도 없지. 그런데 말이지, 그 영감은 어느 날 그레인저포드 집안 식구 세 사람을 상대로 30분 동안이나 버틴 끝에 마침내는 이기고 말았거든. 그 영감은 말에서 뛰어내리자마자 조그만 장작더미 뒤로 들어가, 말을 앞에다 놓고 총알을 피한 거야. 그런데 그레인저포드 집안 사람들은 말은 탄 채 영감 주위를 뛰어다니며 총알을 퍼부어 대었단 말이야. 물론 영감도 그들을 향해 총알을 퍼부어 댔지. 영감도 말도 절름발이가 되어 집으로 돌아갔지만 우리 쪽 사람은 등에 업혀서 올 정도였어. 하나는 그 자리에서 죽고 말았고, 다른 하나는 다음 날 죽었어. 그렇지, 겁쟁이를 찾고 싶다면 세퍼드슨 집을 찾았다가는 말짱 헛수고야. 그 집엔 겁쟁이는 하나도 태어나지 않으니까."

다음 날 일요일 집안 식구 모두가 말을 타고 5킬로미터쯤 떨어진 교회에 갔습니다. 사나이들은 총을 가지고 갔고, 벅도 마찬가지였습니다. 그들은 총을 무릎 사이에다 꽂기도 하고 가까운 벽에다 기대 놓기도 했습니다. 세퍼드슨 집 사람들도 똑같이 그렇게 했습니다. 설교는 그저 그랬지요. 형제애니 뭐니 뭐니 하는 지루한 소리만 늘어놓았습니다. 그러나 모두들 참 훌륭한 설교였다고 말했으며, 집에 돌아올 때에도 계속 설교 얘기로 꽃을 피웠습니다. 믿음이니 선행이니, 관대한 은총이니 예정 운명설이니 그 밖에도 여러 가지를 꽤나 거창하게 늘어놓았지요. 나에겐 그게 도무지 무슨 말인지 알 수 없었습니다. 이때까지 이렇게 고달픈 일요일을 지내 보기는 이번이 처음이었습니다.

점심을 먹은 다음 한 시간쯤 지나서 집안 식구들은 모두 낮잠을 잤습니다. 어떤 사람은 의자에 앉은 채, 또 어떤 사람은 자기 방에서 자고 있는 까닭으로 나는 꽤나 심심해졌습니다. 벅과 개는 햇빛이 내리쪼이는 풀밭에서 네 활개를 펴고 세상 모르게 자고 있었지요. 벅과 같이 쓰고 있는 방으로 올라가 나도 잠깐 눈을 붙여 볼까 하고 생각했습니다. 우리 방 바로 옆방이 소피아의 방이었는데, 방문 앞에 그 상냥한 미스 소피아가 서 있는 것이 아니겠어요. 그녀는 나를 자기 방으로 데리고 들어가더니 문을 아주 조용히 닫고 나서, 자기를 좋아

하느냐고 묻는 거였습니다. 내가 좋아한다고 말하자 그녀는
아무한테도 말하지 않고 자기를 위해 무슨 일을 좀 해 줄 수
없겠느냐 물었지요. 그러마고 대답했더니 그녀는 깜빡 잊고 성
경 책을 교회 의자 위 다른 책 두 권 사이에 놓고 왔노라고 하
면서 나더러 몰래 가서 그것을 가져다줄 수 없겠느냐고 했습
니다. 그리고 절대로 아무한테도 그 말을 해서는 절대로 안 된
다는 거였습니다. 나는 그렇게 해 주겠다고 했지요. 그러고 나
서 몰래 집을 빠져나가 길을 따라갔습니다. 교회에는 돼지가
한두 마리 돌아다니고 있을 뿐 아무도 없었습니다. 문에 자물
쇠가 채워 있지 않은 데다가 돼지는 여름철에는 바닥이 찬 판
자 마루를 좋아하기 때문이지요. 알고 있는지 모르겠지만 대

체로 사람들은 꼭 나가야 할 때 말고는 교회에 나가지 않지만 돼지들은 그렇지가 않습니다.

무엇인가 필경 심상치 않은 일이 있다는 생각이 들었습니다. 처녀가 성경 책으로 해서 저렇게까지 안달을 하는 것은 예사로운 일이 아니기 때문이지요. 그래서 성경 책을 한 번 흔들어 보았더니 '2시 반'이라고 연필로 쓴 조그만 종이쪽지 하나가 바닥에 떨어졌습니다. 나는 성경 책을 구석구석 찾아보았지만 그 밖에는 아무것도 찾을 수가 없었지요. 나는 무슨 영문인지 통 알 수 없었으므로 종잇조각을 도로 성경 책 속에 집어넣었습니다. 집으로 돌아와 2층으로 올라갔을 때 미스 소피아가 자기 방문 앞에서 나를 기다리고 있었습니다. 나를 방 안으로 끌어들이고는 문을 잠갔습니다. 그러고는 성경 책을 뒤져 그 종이 조각을 찾아내었지요. 그녀는 그것을 읽자마자 곧 얼굴 표정이 밝아졌습니다. 생각할 틈도 주지 않고 갑자기 나를 꼭 껴안고서는 나를 이 세상에서 제일 착한 애라고 하면서 어느 누구에게도 이 얘기를 절대로 해서는 안 된다고 말하는 겁니다. 잠시 동안 미스 소피아는 얼굴이 새빨개지고 눈은 불타듯이 활활 밝아졌는데 여간 예쁘게 보이지 않았습니다. 나는 무척 놀랐지만 호흡이 정상대로 되돌아오자 그 종이에 무엇이 적혀 있느냐고 물어보았습니다. 그랬더니 다시 미스 소피아가 이 종이를 읽었느냐고 묻길래 읽지 않았다고 대답해 주었지요. 그러자 그녀가 다시 글을 읽을 줄 아느냐고 물어서 "고딕체로 쓴 글씨라면 몰라도 읽을 줄 몰라요." 하고 대답했습니다. 미스 소피아는 그 종이는 읽은 곳을 표시해 두는

서표(書標)에 지나지 않는다고 말하면서 이젠 나가서 놀아도 좋다고 했습니다.

이 일을 곰곰이 생각하면서 나는 강 쪽으로 걸어 내려갔습니다. 얼마 안 되어 내 검둥이가 뒤쫓아오는 것을 깨달았습니다. 집이 보이지 않는 곳에까지 오자 그는 잠시 뒤와 주위를 살피고 나더니 나에게로 뛰어와 이렇게 말했습니다.

"조지 서방님, 늪으로 가면 물뱀이 우글우글하는 걸 보여 드리지라우."

참으로 이상하다는 생각이 들었습니다. 이 녀석은 어저께도 이런 소리를 했던 겁니다. 일부러 찾아서 갈 만큼 물뱀을 좋아할 사람이 없으리라고 하는 것쯤은 알고 있을 텐데 말입니다. 이 녀석이 도대체 어쩌자는 셈일까? 그래서 내가 이렇게 말했지요. "좋아, 그럼 앞서거라."

800미터쯤 따라갔더니 그 녀석은 또 800미터가량 더 발목까지 물에 적시며 늪지로 건너갔습니다. 잠시 후 나무와 덤불과 덩쿨이 우거져 있는 조그만 마른 평지에 이르렀지요.

"조지 나으리, 이제 두서너 걸음만 더 가 보시랑께유. 거기 있으니까유. 난 전에도 봤으니까 이젠 또 보고 싶진 않구먼유."

이 말을 하더니 그는 물 속을 철벅철벅 저쪽으로 걸어가서 금방 나무 사이로 모습을 감추고 말았습니다. 좀 더 걸어가니 온통 사방이 덩쿨로 덮여 있는 침실만 한 조그만 땅이 나왔지요. 그런데 거기에 웬 사나이 하나가 누워 잠을 자고 있었습니다. 맙소사, 그건 바로 짐이 아니겠습니까!

나는 짐을 깨웠고, 나를 또다시 만나게 되어 얼마나 짐이 깜짝 놀랄 것인가 하고 생각해 보았습니다만 웬일인지 짐은 그렇게 놀라지 않았습니다. 기쁜 나머지 눈물을 글썽했지만 놀라지는 않았습니다. 그날 밤 짐은 내 뒤에서 헤엄을 치고 있었고 내가 소리를 지를 때마다 그 소리를 들었지만 붙잡히게 되어 다시 노예가 될까 봐 대답하지 않았노라고 했습니다.

"난 조금 부상을 입은 터라 어디 빨리 헤엄칠 수가 있었어야제. 그래서 나중엔 너에게서 꽤 떨어지고 말았지. 네가 강둑에 올라섰을 때 난 너에게 크게 소리를 지르지 않고서도 따라갈 줄 알았당께. 하지만 저 집을 보고 나서부터 난 슬슬 걷기 시작했지. 너무 떨어져 있어서 집 사람들이 네게 무슨 소리를 하는지 통 들리지 않더라고. 난 개가 무서웠제. 하지만 사방이 다시 고요해졌을 때 네가 그 집으로 들어간 것을 알았지. 그래서 난 숲속으로 들어가서 밤이 새기를 기다리기로 했당께.
아침 일찍이 들일을 나가는 검둥이가 몇 지나다가 나를 여기
다 데려다준 거제. 여기라면 물이 있어 개가 뒤따라올 까닭도
없구. 밤마다 그 친구들이 먹을 것을 날라다 주고 또 네 소식
을 전해 주었지."

"짐, 왜 좀 더 빨리 나를 여기 데려다 달라고 잭에게 말하
지 않은 거야?"

"뭘, 우리들이 무엇인가 할 수 있을 때까진 너를 방해해 봤
자 아무 소용이 없었제, 헉, 하지만 이젠 우리들은 걱정이 없
구먼. 난 기회가 있을 때마다 냄비랑 먹을 것이랑을 사들이고
밤에는 뗏목을 고치고……."

"짐, 뗏목이라니 무슨 뗏목?"

"우리 그 뗏목 말이제."

"그럼 우리 뗏목이 산산조각 나지 않았다는 거야?"

"그럼, 안 부서지고말고. 꽤 부서지기는 했제. 한 끝이…….
하지만 그다지 크게 부서지지는 않았당께. 물론 우리 물건은
거의가 다 없어졌지만 말이제. 만약 우리들이 그렇게까지 깊
이 물 속에 잠기지 않았더라면, 또 그렇게 밤이 어둡지 않았더
라면, 그렇게 우리들이 무서워 벌벌 떨고만 있지 않았더라면,
옛말마따나 그렇게 돌대가리가 아니었더라면, 틀림없이 뗏목
을 보았을 거제. 하지만 보았건 안 보았건 차이가 없구먼. 이
젠 거의 새것같이 뗏목을 고쳐 놓았으니까 말이제. 그리고 잃
어버린 물건 대신에 새 물건을 많이 가지고 있으니까는."

"짐, 도대체 어떻게 해서 그 뗏목을 또다시 손에 넣은 거

야? 짐이 그것을 손으로 붙잡은 거야?"

"무슨 수로 숲속에 있는 내가 뗏목을 붙잡을 수 있단 말이랑가? 천만의 말씀이제. 검둥이 몇이 이 근처 만곡부의 물 속 나무에 걸려 있는 뗏목을 발견해 가지고 버드나무 속의 개울에다 감춰 둔 거여. 그래서 그 뗏목이 누구 것이냐고 서로들 떠들썩하게 야단법석을 치는 소리가 내가 있는 데까지 들려왔단 말이제. 그래서 내가 이 뗏목은 너희들 누구의 것도 아니고, 나와 헉의 거라고 말하고는 문제를 해결해 주었당께. 너희들은 백인 신사의 재산을 훔쳐가지고 가죽 채찍을 얻어맞고 싶은 거여? 하고 말해 주었지. 그러고 나서 놈들 각자에게 10센트씩 주었더니, 놈들 모두 헬렐레 해가지고 뗏목이 좀 더 떠내려와서 부자가 되었으면 좋겠다고 하더라고. 그 검둥이들은 나에게 썩 잘 해 주제. 내가 원하는 게 무엇이든 한 번으로 충분하당께. 두 번 다시 부탁할 필요가 없구먼. 저 잭이라는 녀석은 참으로 착한 데다가 꽤나 영리한 검둥이여."

"정말 그래. 짐이 여기 있는 얘기를 절대로 하지 않고, 나더러 물뱀을 보여 줄 테니 오라고 그러는 게 아니겠어. 만일 무슨 일이 생겨도 빠져나갈 구멍이 된단 말씀이야. 우리들이 같이 있는 걸 보지 못했다고 말할 수 있을 테니까. 또 그게 사실이기도 하고."

그다음 날 일은 그다지 말하고 싶지 않습니다. 아주 짧게 줄일 참입니다. 새벽녘에 잠을 깬 나는 이쪽으로 돌아누워서 다시 잠을 청해 보려고 했습니다. 그때 너무나 조용한 것이, 아무도 일어나 있는 것 같아 보이지 않았지요. 보통 때와는 달랐습니다. 다음에 벅이 자리에 없는 것을 깨달았습니다. 그래서 나는 이상한 일이라고 생각하면서 자리에서 일어나 아래층으로 내려갔지요. 아무도 없었습니다. 모든 것이 쥐 죽은 듯 잠잠하기만 했지요. 집 바깥도 마찬가지였고요. 도대체 어찌된 일일까 하고 생각했습니다. 장작더미 있는 곳에서 잭을 우연히 만났지요.

"대관절 어떻게 된 거야?" 하고 내가 물었습니다.

"조지 나으리, 아직 모르시는 건가유?"

"응." 하고 내가 말했습니다. "아직 몰라"

"사실은 말이유, 밤에 소피아 아씨가 집에서 도망쳤어유. 그게 몇 시인지는 아무도 모르지만, 아다시피 그 하니 셰퍼드슨 청년과 결혼하려고 도망친 거랑께유! 적어도 다들 그렇게 생각하고 있지라우. 집안 식구들은 30분 전쯤에서야(어쩌면 그보다는 좀 더 일찍일지도 모르구.) 그걸 겨우 알았지유. 모두들 1초라도 우물거릴 시간이 없었당께유. 그렇게 서둘러 총을 움켜쥐고 말을 타고 달리는 것을 본 적이 없었지유. 여자들은 친척을 부르러 달려갔고, 소울 나으리랑 도련님들은 총을 집어들기가 무섭게 말을 집어타고는 강둑길을 쏜살같이 올라갔지유. 그 젊은이가 소피아 아씨를 데리고 강을 건너기 전에 붙잡아서 해치워 버리겠다구 말이구면유. 필경 큰일이 벌어질 것만 같당께유."

"벅은 날 깨우지 않고 가 버렸구나."

"그랬을 거구면유! 도련님까지 성가신 일에 끌어들이고 싶지가 않았으니까 말이지유. 벅 도련님은 총을 장전하고는 꼭 세퍼드슨 집안 놈을 하나 잡아 오든지 쏘아 버리겠다고 큰 소리를 하던뎁쇼. 거기 세퍼드슨 집안 놈들이 우글거릴 테니 재수만 좋으면 필경 한 놈쯤은 붙잡아 올 거랑께유."

나는 될 수 있는 한 빠른 속력으로 강둑길을 달려 올라갔습니다. 마침내 멀리서 총 소리가 들려오기 시작했습니다. 증기선이 착륙하는 선창가 재목 가게와 장작 더미가 보이는 곳까지 왔을 때, 나무와 덤불 아래를 기어 적당한 장소에 이르렀지요. 총알이 미치지 못할 미루나무의 갈라진 나뭇가지 위로 기어 올라가 살펴보았습니다. 이 나무 바로 전방에 높이 1미터가량의 재목 더미가 있었으므로 처음에는 그 뒤에 숨을까 하고 생각했지만, 그렇게 하지 않은 것이 천만 다행이었습니다.

네다섯 명의 사나이가 말을 타고 재목 더미 앞 공지에서 욕을 하고 고래고래 소리를 지르며 이리 뛰고 저리 뛰고 있었습니다. 그러고는 증기선 선창가 옆에 있는 재목 더미 뒤에 숨어 있는 소년 둘을 공격하려고 하고 있었습니다. 러나 그들은 그렇게 할 수 없었지요. 그중 하나가 재목 더미의 강 쪽으로 나가려고 할 때마다 총을 쏘아 댔습니다. 두 소년들은 재목 더미 뒤에서 서로 등을 맞대고 웅크리고 있었기 때문에 양쪽을 다 볼 수 있었습니다.

마침내 청년들은 껑충껑충 뛰어다니며 고함을 지르는 짓을 그만두었습니다. 그들은 가게 쪽을 향해 말 머리를 돌렸습니다. 그러자 소년 중 하나가 일어나 재목 더미 위에서부터 총을 겨누어서 말에 탄 사람 하나를 쏘아 떨어뜨렸습니다. 사나이들은 하나같이 말에서 뛰어내려 총에 맞은 사나이를 부축

해 가지고 재목 가게로 운반해 가기 시작했습니다. 그 순간 두 소년은 도망치기 시작했지요. 두 소년이 내가 숨어 있는 나무 쪽으로 절반쯤 달려왔을 때에서야 비로소 사나이들은 그것을 눈치챘습니다. 그 소년들을 보자 곧 말에 올라타고는 그들을 뒤쫓았습니다. 사나이들은 두 소년에게 가까이 다가가긴 했지만 결국 아무 소용이 없었습니다. 소년들이 먼저 출발했기 때문이지요. 두 소년들이 내가 올라가 있는 나무 앞에 있는 장작 더미에 이르러 그 뒤에 재빨리 미끄러져 숨어 버렸습니다. 그래서 소년들은 또다시 사나이들에 대해 유리한 지점을 점령하게 되었지요. 그 소년 중 하나는 벅이었고, 또 하나는 열아홉 살 정도 되어 보이는 몸이 호리호리한 청년이었습니다.

사나이들은 잠시 미친 듯이 날뛰고 돌아다니다가 그곳을 떠나고 말았습니다. 사나이들이 보이지 않게 되자마자 나는 벅에게 큰 소리로 그들이 가 버렸다고 알려 주었지요. 처음에 벅은 나무에서 들려온 내 목소리를 어떻게 받아들여야 할지 전혀 알지 못했습니다. 그는 되게 놀랐습니다. 그는 나에게 잘 감시를 해서 놈들이 또다시 나타나면 알려 달라고 했지요. 그 놈들은 무슨 응큼한 짓을 꾸미러 간 것이니까, 곧 다시 돌아올 거라고 했습니다. 나는 그 나무에서 내려가고 싶었지만 그럴 용기가 나지 않았습니다. 벅은 울며 큰 소리로 욕설을 퍼붓기 시작했고, 자기와 사촌 형 조(다른 청년이 바로 그였지요.)는 이제부터 오늘의 앙갚음을 단단히 갚겠다고 했습니다. 아버지와 형 둘이 살해되었고, 상대편도 두서넛이 죽었다는 겁니다. 세퍼드슨 놈들은 매복하고 그들을 기다리고 있었다고 했습니다. 벅 말로는 아버지와 형들이 친척이 오기를 기다리고 있었으면 좋았을 것이라고 했습니다. 세퍼드슨 놈들은 자신들에겐 힘에 겨운 강적이었다는 겁니다. 나는 그에게 하니와 미스 소피아가 어떻게 되었느냐고 물었지요. 두 사람은 무사히 강을 건넜다고 했습니다. 나는 그 말을 듣고 기뻤습니다. 그러나 하니를 쏘던 그날 놈을 쏘아 죽이지 못한 것이 큰 한이라고 벅은 원통해했습니다. 그렇게 원통해하는 모습을 나는 지금껏 본 적이 없었지요.

이때 갑자기 '땅! 땅! 땅!' 하고 계속해서 서너덧 번 총소리가 울려 왔습니다. 사나이들은 말을 타지 않고 걸어서 몰래 숲속을 돌아 뒤쪽에서 나타난 것입니다! 소년들은 강 속으로 뛰어들었습니다. 둘 다 부상을 입고서 말이지요. 흐름을 타고 하류 쪽으로 헤엄쳐 내려가자 사나이들은 강둑을 따라 쫓아가면서 "저놈 죽여라, 죽여!" 하고 외치며 총을 쏘아 댔습니다.

이 광경을 보고 나는 속이 메스꺼워 하마터면 나무에서 떨어질 뻔했습니다. 그때 일어난 모든 일을 다 말하지는 않겠습니다. 그렇게 하다가는 또다시 속이 메스꺼워질 테니까요. 이런 광경을 목격하다니 차라리 그날 밤 강둑에 올라오지 않았더라면 좋았을 것이라는 생각이 들었습니다. 그때의 모습은 일생을 두고도 잊어버릴 수가 없을 겁니다. 여러 번이나 꿈 속에 나타났으니까요.

나는 나무에서 내려오는 것이 무서워 컴컴해질 때까지 그냥 그대로 나무 위에 있었습니다. 가끔 숲 저쪽에서 총소리가 들려왔고, 총을 든 몇몇이 떼를 지어 목재 가게 옆을 말을 타고 쏜살같이 지나가는 것이 두 번 보였습니다. 아직도 싸움이 계속되고 있는 것이 분명했지요. 나는 마음이 무척 무거워 두 번 다시는 그 집 근처로 가지 않으리라고 결심했습니다. 나에게도 얼마간 책임이 있다고 생각되었기 때문이지요. 그 종이 쪽지는 미스 소피아가 2시 반에 어디서 하니 청년과 만나서 도망치자는 것을 알리는 것이라는 생각이 들었습니다. 그 종이쪽지랑 미스 소피아의 이상한 행동을 그녀 아버지에게 미리 일러 주었어야 마땅했습니다. 그렇게 했더라면 아마 그녀의 아버지는 미스 소피아를 방에다 가둬 놓고 밖에서 자물쇠를 채워 버렸을 테니까요. 그러면 이런 무서운 소동은 일어나지 않았을 겁니다.

나는 나무에서 내려와 얼마 동안 살금살금 강 하류 쪽으로 강둑을 걸어갔습니다. 물가에 시체가 두 구나 뒹굴고 있는 것을 보고 강가에 끌어 올렸습니다. 그러고 나서 얼굴에다 보자기를 덮어 주고는 되도록 빨리 그곳을 빠져나왔지요. 벅의 얼굴에다 보자기를 덮어 주면서 나는 약간 울었습니다. 그는 나에게 참으로 잘해 주었기 때문입니다.

이제 아주 캄캄해졌습니다. 나는 그 집 근처에는 얼씬하지도 않고 곧장 숲을 빠져 늪지로 향했습니다. 짐은 그가 있던 섬에 없었으므로 나는 발걸음을 재촉하여 개울 쪽으로 달려가 서둘러 뗏목을 타고 이 무서운 땅을 어서 벗어나고 싶은 생각에서 버드나무를 헤치며 걸어갔습니다. 그런데 뗏목은 온데간데없었습니다! 맙소사, 가슴이 덜컹 내려앉았지요! 거의 1분 동안 숨도 제대로 쉴 수가 없을 정도였습니다. 크게 소리를 질러 보았습니다. 그러자 8미터도 떨어져 있지 않은 곳에서 목소리가 들려왔지요.

"아이구! 이게 헉 아닌감? 소리 내서는 안 되제."

그것은 짐의 목소리였습니다. 이렇게 반가운 소리를 듣기란 난생처음이었지요. 나는 강둑을 약간 달려 뗏목으로 뛰어올랐습니다. 짐은 너무나 반가운 나머지 나를 꼭 껴안았습니다. 그러고는 이렇게 말했습니다.

"하나님, 고맙습니다. 내사 네가 또 죽은 줄로만 생각하고 있던 참이었제. 잭이 여기 와서 말하기를, 집에 돌아오지 않는 걸 보니 총에 맞았음에 틀림없다는 거제. 그래서 난 곧 뗏목을 개울 어귀에다 밀어다 놓고, 잭이 다시 와서 네가 확실히 죽었다고 하면 곧 떠나 버리려고 준비를 하고 있던 참이었당께. 네가 또 돌아와 줘서 난 참말로 반가워 죽겠지라우."

내가 이렇게 입을 열었습니다.

"잘됐군. 정말로 잘되었다니까. 집 사람들은 날 찾아낼 순 없을 거야. 내가 총에 맞고 강물에 떠내려갔다고 생각할 테지. 그 사람들이 그렇게 생각할 만한 건덕지가 있단 말이야. 그러니까 여기서 꾸물대지 말고 어서 빨리 뗏목을 큰 강으로 밀란 말이야."

뗏목이 거기로부터 3킬로미터 강 하류로 내려와 미시시피 강의 한복판으로 나와서야 나는 비로소 마음이 놓였습니다. 거기서 우리들이 신호등을 켜고 다시 한번 자유롭고 안전한 몸이 되었다고 생각했습니다. 나는 그 전날부터 물 한 모금 마시지 않았지요. 짐은 나에게 옥수수 빵이랑 탈지유랑 돼지고기랑 양배추랑 야채 따위를 꺼내 주었습니다. 잘만 요리하면 이 세상에서 이보다 더 맛있는 요리도 없을 겁니다. 나는 저녁을 먹으면서 짐과 얘기를 하며 즐거운 한때를 보냈지요. 나는 그 원한 싸움에서 빠져나온 것이 무척이나 기뻤으며, 짐은 짐대로 늪지에서 도망쳐 나온 것을 매우 기뻐했습니다. 뭐니 뭐니 해도 뗏목처럼 살기 좋은 집은 이 세상에 다시 없다고 했습니다. 다른 곳들이라면 그야말로 갑갑해서 숨이 막힐 것 같지만 뗏목만은 그렇지 않았거든요. 뗏목 위에 있으면 모든 게 자유롭고 마음이 놓이며 편안하기 그지없었습니다.

19장

　한 이틀 낮과 밤이 지나갔습니다. 헤엄쳐 흘러갔다고나 할까, 아주 조용하고도 평온하게 그리고 즐겁게 흘러갔습니다. 우리들은 이러한 식으로 시간을 보냈습니다. 이 근처에 이르면 강은 그야말로 거대한 강이 되었습니다. 강 폭이 무려 2킬로미터 반이나 될 때도 있었지요. 우리들은 밤에는 활동하고, 낮에는 누워서 쉬었습니다. 밤이 끝날 무렵이 되면 우리들은 강을 따라 내려가는 일을 그만두고 강둑에다 뗏목을 잡아매었습니다. 거의 언제나 모래톱 아래 물이 고여 있는 곳에다 세워 놓고는, 미루나무와 버드나무 가지를 잘라다가 그 위에 덮어 뗏목을 감추었습니다. 그리고 나서 우리는 낚싯줄을 드리웠지요. 그다음 원기를 돋우고 몸을 시원하게 하기 위해 강 속으로 뛰어들어 헤엄을 쳤습니다. 수영이 끝나면 이번에는 물이 무릎까지 올라오는 모래톱 바닥에 앉아서 먼동이 트는 것을 바라다보았습니다. 어느 곳에서도 아무 소리 하나 들려오지 않았습니다. 사방은 쥐 죽은 듯 고요했지요. 마치 세상의 모든 것이 다 잠을 자고 있는 것만 같았습니다. 다만 어쩌다 먹개구리가 울어 대고 있을 뿐이었습니다. 물 위를 저 끝까지 바라다 보고 있으면 시야에 들어오는 것이라고는 희미한 선 같은 것뿐이었습니다. 그것은 저쪽 강둑에 있는 숲이었지요. 그 밖엔 아무것도 알아볼 수가 없었습니다. 그다음 하늘에 뿌연 곳이 보였고, 그것이 점점 사방으로 퍼져 나갔습니다. 그다음 강이 저 멀리서 뿌옇게 밝아져 검은색은 찾아볼 수 없이 회색으로 변해 갔습니다. 저 멀리 꺼뭇꺼뭇 작고 검은 점들이 떠 있는 것이 보였습니다. 그것은 장삿배들이거나 그런 비슷한 것들이었지요. 그리고 길고 검은 줄무늬가 보였습니다. 뗏목이었습니다. 때로는 삐걱거리며 노를 젓는 소리가 들려오는 때도 있었지요. 또는 그만큼 사방이 고요한 탓에 서로 뒤섞인 사람들 목소리가 멀리서도 들려오기도 했습니다. 마침내 물 위에 무늬가 나타나 보였는데, 그것은 물 속에 잠긴 나무가 빠른 물살에 부딪혀 그런 모양으로 보이는 것임을 알 수 있었습니다. 얼마 후 안개가 물 표면에서 피어오르고 동녘 하늘과 강이 훤히 밝아지며 저 멀리 강둑 위 숲 가장자리에 통나무 오막집 한 채가 어슴푸레 보였습니다. 어쩌면 장작 더미일지도 모르는데 협잡꾼들이 장삿속으로 엉성하게 쌓아 올려 놓아 그 사이로 얼마든지 개가 빠져나갈 수 있을 정도였지요. 그때 시원한 산들바람이 일어나 숲과 꽃을 스쳐 불어왔는데, 시원하고 신선하며 향기로운 냄새가 코를 찔렀습니다. 그러나 그렇지 않을 때도 있었지요. 여기저기 사람들이 죽은 가오리나 그와 비슷한 생선들을 버린 탓으로 코를 찌를 정도로 냄새가 고약할 때도 있었습니다. 그럭저럭하는 사이 날이 완전히 밝아져 세상 만물이 아침 햇살 속에 미소를 짓고 있고, 새들은 여기저기서 한창 지저귀는 게 아니겠습니까!

이제 웬만한 연기쯤은 눈에 띄지 않는 까닭으로 우리들은 낚싯줄에서 고기를 떼어 따뜻한 아침 식사를 지었습니다. 밥을 먹고 난 다음 우리들은 쓸쓸한 강을 내려다보고, 할 일 없이 빈둥거리고 있으면 어느새 자기도 모르는 사이에 꾸벅꾸벅 잠이 찾아오는 겁니다. 마침내 잠에서 깨어나 무엇 때문에 잠이 깨었나 하고 사방을 둘러보면, 증기선이 쿵쿵쿵 소리를 내며 강을 올라가고 있었지요. 너무도 멀리 떨어진 저쪽 강둑을 따라 올라가고 있었기 때문에 외륜차(外輪車)가 고물에 달려 있는지 뱃전에 달려 있는지를 겨우 분간할 수 있을 정도였습니다. 그 후 한 시간쯤은 아무 소리도 들리지 않고 아무것도 보이지 않았습니다. 그야말로 완전한 고독 그 자체였지요. 그다음 저 멀리 뗏목 하나가 미끄러지듯 떠내려가는 것이 보였습니다. 그리고 어떤 얼간이 하나가 그 위에서 장작을 패고 있었는데, 뗏목 위에선 거의 언제나 그런 일을 하고 있었지요.

도끼가 번쩍 하고 아래로 떨어지는 것이 보였지만 소리는 전혀 들리지 않았습니다. 이 도끼가 다시 한번 위로 올라가 사나이의 머리 위까지 왔을 때 그때서야 '딱!' 하는 소리가 들렸지요. 소리가 물 위를 따라 전해져 오는 데 시간이 이렇게 오래 걸리는 겁니다. 이렇게 우리들은 빈둥거리며 정적에 귀를 기울이면서 하루를 보냈습니다. 일단 짙은 안개가 내리게 되면 지나가는 뗏목이나 그 밖의 배들은 증기선과 충돌을 피하기 위해 양은 냄비를 두드려 댔지요. 거룻배나 뗏목 같은 것들은 우리들 바로 옆을 지나가기 때문에 사람들이 지껄이는 소리, 욕지거리 소리, 웃음소리가 들렸습니다. 이런 소리들이 아주 똑똑히 들리는 겁니다. 그러나 사람 모습은 전혀 보이지 않았습니다. 귀신이 공중에서 장난치는 것만 같아서 온몸에 오싹하게 소름이 끼쳤지요. 기분이 나빠졌습니다. 짐은 그게 귀신이라고 믿는다고 했지만 나는 이렇게 말했습니다.

"그렇지 않아. 귀신 같았으면, '이 빌어먹을 놈의 안개' 하고 말하지는 않을 거야."

밤이 되기가 무섭게 우리들은 출발했습니다. 강 한복판 근처까지 가서는 뗏목을 강물에 그냥 떠내려가도록 내맡겼습니다. 그리고 나서 곰방대에 불을 붙이고는 발을 물속에 담근 채 온갖 얘기를 나누었지요. 우리들은 밤이고 낮이고 모기가 심하지 않을 때엔 늘 벌거숭이로 지냈습니다. 벅의 집안 식구들이 나에게 지어 준 새 옷은 너무도 좋아서 거추장스러웠고, 게다가 나는 원래 옷 같은 것에는 별로 신경을 쓰지 않았습니다.

때로는 강을 오랫동안 우리들만 독차지하고 있을 때도 있었습니다. 강 저쪽은 둑과 섬뿐이었습니다. 어쩌다가 번쩍 하고 비치는 것이 있었지요. 그것은 오두막집 창가의 촛불이었습니다. 그리고 때로 물 위에 하나둘 번쩍하는 것이 보일 때도 있었습니다. 그것은 뗏목이 아니면 거룻배였습니다. 그런 뗏목 하나에서 바이올린 소리나 노랫소리가 들려올 때도 있었지요. 뗏목 생활이란 여간 멋진 것이 아니었습니다. 우러러보면 온통 별이 사방에서 반짝이는 하늘이 있고, 우리들은 벌렁 드러누워 별들을 쳐다보며 누가 별을 만들었을까, 그렇지 않으면 저절로 생긴 것일까 하고 토론을 벌이곤 했지요. 짐은 누군가가 만들어 낸 것이라고 했고, 나는 저절로 생긴 것이라고 했습니다. 저렇게 많은 별을 만들자면 아마 여간 많은 시간이 걸리지 않을 테니까요. 짐은 달이 별을 낳았을 것이라고 했습니다. 그것은 꽤 일리 있는 말처럼 생각되었기에 나는 그 말에 반대하지 않았습니다. 개구리가 무섭게 많은 알을 낳는 것을 본 일이 있으므로 물론 달도 그럴 수 있으리라고 생각했기 때문이지요. 우리들은 또 길게 꼬리를 끌고 떨어지는 유성(流星)도 가끔 보았습니다. 짐은 별들이 곪아서 둥지에서 내던져진 것이라고 했지요.

밤중에 한두 번 증기선이 어둠 속을 미끄러지듯 달려가는 것이 보였습니다. 이따금 연통에서 불꽃을 무수히 뱉어 놓았고, 그 불꽃은 마치 비처럼 강 속으로 떨어져 내려 그야말로 장관을 이루었습니다. 얼마 후 증기선이 모퉁이를 돌아가는 바람에 불빛은 삽시에 꺼져 버리고 소란한 소리도 뚝 그치고 말아 강은 또다시 깊은 침묵 속에 잠겨 버렸지요. 마침내 증기선이 일으킨 파도는 그 배가 사라진 지 한참 만에 우리 뗏목까지 닿아 그 바람에 뗏목이 약간 흔들렸습니다. 그다음에는 언제까지 정적만 감돌 뿐 귓가에 들려오는 것이라고는 개구리 따위가 우는 소리밖에는 없었지요.

자정이 지나면 강둑에 사는 사람들은 모두 잠자리로 들어가 그 후 두서너 시간 동안 양쪽 강둑은 암흑 속에 잠기고 맙니다. 오두막집 창가에는 이제 더 이상 불빛이 하나도 보이지 않았지요. 이 불빛들은 우리들에게는 시계 구실을 했습니다. 다시 나타나는 첫 불빛은 아침이 왔다는 것을 뜻했고, 그래서 우리들은 뗏목을 감추고 매어 둘 장소를 찾는 겁니다.

어느 날 아침 먼동이 틀 무렵 나는 카누 한 척을 발견하고는 빠른 물살을 가로질러 강 기슭으로 갔습니다. 불과 180미터밖엔 되지 않았지요. 그러고는 1킬로미터쯤 개울을 따라 혹시 딸기를 딸 수 있을까 하고 삼나무숲 사이로 노를 저어갔습니다. 마침 소들이 짓밟아 생긴 것 같은 길이 개울을 가로지르는 곳에 왔을 때, 두 사나이가 그 길을 따라 허둥지둥 이쪽으로 달려오고 있었습니다. 나는 이제 꼼짝없이 죽었구나 하고 생각했지요. 왜냐하면 누군가가 누구를 뒤쫓고 있을 때 쫓기는 쪽은 언제나 나, 아니면 짐이라고 생각하고 있었기 때문이지요. 황급히 뺑소니를 치려는 참이었는데, 벌써 사나이들이 내 가까이까지 와서는 큰 소리로 사람 좀 살려 달라고 애원하는 겁니다. 자기들은 아무런 나쁜 일도 저지른 것이 없는데 지금 쫓기고 있다고 했지요. 사람들과 개들이 그들을 뒤쫓아오고 있다는 겁니다. 두 사람이 곧장 카누에 뛰어들려고 할 때 내가 이렇게 말했습니다.

"이러지들 마세요. 아직 개 소리도 말굽 소리도 들리지 않는걸요. 덤불 속을 헤치고 개울 쪽으로 올라갈 만한 시간은 아직 있어요. 그런 다음 물 속으로 들어가 나 있는 데까지 걸어와서 타면 되잖아요. 그렇게 하면 개가 냄새를 맡을 수 없게 되어 쫓아오는 것을 막을 수 있지요."

두 사람은 내가 시키는 대로 했고, 그들이 카누에 올라타자마자 나는 뗏목을 매어 놓은 모래톱을 향해 젓기 시작했습니다. 5분이나 10분이 지나자 멀리서 개 짖는 소리와 함께 사람 소리가 들려왔습니다. 그들이 개울 쪽으로 오는 소리는 들을 수 있었지만 모습은 전혀 보이지 않았지요. 사람들은 걸음을

멈추고는 잠시 머뭇머뭇거리고 있는 것 같았습니다. 그다음 우리들이 자꾸만 멀어져 가고 있어 이제는 목소리마저 전혀 들리지 않게 되었지요. 숲을 뒤로 하고 1킬로미터쯤 떨어져 강으로 나오자 주위가 쥐 죽은 듯 고요해졌습니다. 우리들은 모래톱으로 노를 저어 미루나무 밑으로 안전하고 무사하게 숨었습니다.

두 사람 중 하나는 나이가 일흔 살이 넘어 보였는데 대머리에다 희끗희끗한 구레나룻 수염을 기르고 있었습니다. 테가 넓은 낡아 빠진 소프트 모자를 쓰고 기름때가 찌든 푸른색의 털 셔츠에, 장화 속에 아무렇게나 쑤셔 넣은 다 해진 블루진 바지 차림이었습니다. 집에서 만든 멜빵을(그것도 한쪽만) 매고 있었지요. 팔에는 매끈매끈한 놋쇠 단추가 달린 낡은 연미복 비슷한 윗저고리를 걸치고 있었습니다. 두 사람 다 배가 불룩한 초라한 손가방을 하나씩 들고 있었습니다.

또 한쪽 사나이는 서른 살가량으로 노인 못지않게 초라한 옷차림을 하고 있었습니다. 아침 식사가 끝난 다음 우리들은 모두 쉬면서 이야기를 나누었는데, 이 두 사람에 대해 제일 먼저 알게 된 사실은 서로 모르는 사이라는 것이었지요.

"당신은 어쩌다 이런 일에 걸려들었소?" 하고 대머리 노인이 젊은 사나이에게 물었습니다.

"글쎄요, 난 치석(齒石)을 제거하는 약을 팔고 있었지요. 헌데 그 약은 사실 치석도 제거하지만 대체로 치아의 에나멜도 벗겨 버리지요. 나는 그 마을을 진작 떠났어야 했는데도 하룻밤 더 머물러 있었기에 이젠 슬슬 뺑소니를 치려던 참에 마을 이쪽 길에서 영감을 만나게 된 거죠. 그랬는데 영감이 놈들이 쫓아오고 있으니 좀 도와 달라고 하지 않았소. 그래서 나도 마찬가지로 귀찮은 일에 걸려들 것만 같아서 영감과 같이 줄행랑쳤을 뿐이오. 내 얘긴 그게 전부요. 헌데 영감의 얘기는 어떻소?"

"글쎄, 나는 그 마을에서 한 주일 남짓하게 조촐한 금주 부흥회를 열고 있었소. 작건 크건 할 것 없이 여편네들한테서 인기를 한몸에 받았지. 술꾼들을 호되게 혼내 주었기 때문이지. 하룻밤에 5달러 내지 6달러나 되는 수입을 올렸단 말씀이야. 한 사람당 10센트씩, 애들과 검둥이들은 공짜였지. 그래서 장사는 날로 번창해 가는 판이었지. 그런데 어떻게 된 셈인지 내가 사람 눈을 피해 몰래 혼자서 술을 마시며 시간을 보낸다는 소문이 어젯밤에 나돌았단 말씀이야. 오늘 아침 검둥이 하나가 와서 날 깨워 일으키더니, 마을 사람들이 개며 말을 데리고 몰래 모여 나 있는 데로 몰려온다는 게 아니겠어. 한 반 시간쯤 나를 먼저 보낸 다음 뒤쫓기로 한다는 거지 뭐야. 만약 나를 붙잡기만 하면 내 몸에 타르를 칠하고 깃털을 꽂아 가로장에 태워 이리저리 끌고 다니며 혼내 준다는 거였지. 난 아침 식사를 기다리고 있을 형편이 아니었지. 배가 고픈 게 다 뭐야."

"영감님." 하고 젊은이가 말했지요. "우리 둘이 함께 합작으로 장사를 해 볼까 하는데, 영감 생각은 어떠시오?"

"반대하지는 않소이다. 헌데 젊은이가 하는 일은 뭐요? 본업 말이오."

"오, 그야 못 하는 것만 빼놓고는 죄다 하지요. 손에 닿는 일이라면 무엇이든지 닥치는 대로 말이외다. 그러니 뭐 직업이라 할 것까지도 없지요. 영감님 직업은 무엇인지요?"

"주로 복음 사업을 하지. 복음 사업이라면 어떤 종류라도 말이오. 부흥회를 후원해 주거나 부흥회를 직접 열기도 하구. 야회 예배 모임을 주선하기도 하지. 한 주일 푹 쉬고 싶은 목사가 있으면 대신 설교도 맡아 주기도 하구. 또한 선교 일도 한다네. 수입으로 말하면 선교 일이 어떤 다른 일보다도 짭짤하지. 하나님의 복음을 전할 야만인들이 아주 먼 곳에 살고 있다고 하기만 하면, 사람들은 그 야만인들을 위해 더 많은 현금을 즉석에서 내놓는단 말씀이야. 북극 저편에 살고 있는 하나님을 모르는 그 가련한 구주 사람들을(물론 내가 만들어 낸 사람들이지 뭐야.) 위한 한 모임에서는 무려 17달러나 긁어 모았거든. 그게 성공한 것을 보고 다음번에는 한 술 더 떴지 않았겠나. 마을 전체를 홀딱 벗겨 낼 양으로 이번에는 야만인들이 한 혜성에 살고 있는 것으로 해 버렸더랬지. 하지만 일이 뜻대로 되지 않더군. 동전 한 푼 내놓는 사람이 없지 뭐야. 게다가 나는 사람들한테 얻어맞아 거의 죽을 뻔했단 말이지.

한참 시절엔 난 의사 노릇도 꽤 잘했단 말씀이야. 손을 머리에 얹어 안수하는 것이 내 장기지. 암이니 중풍이니 그런 병들을 고치는 거야. 그리고 점도 곧잘 쳤지, 물론 누군가 살짝 와서 나에게 정보를 알려 준다면 말일세. 설교도 내 직업이야. 또한 야외 설교도 하고 전도하러 돌아다니기도 하고."

잠시 동안 아무도 입을 여는 사람이 없었습니다. 그러자 젊은이가 한숨을 지으며 이렇게 말했습니다.

"아, 슬프군요!"

"도대체 무엇이 슬프다는 말이오?" 하고 대머리 영감이 따져 물었습니다.

"내가 어쩌다 이런 생활을 하게 되고 이런 작자들과 한패가 될 만큼 신세가 영락하고 말았나를 생각하니 말이지요." 그리고 그는 헝겊으로 눈 가장자리를 훔치기 시작했지요.

"에이, 이 천벌받을 놈 같으니라구. 우리들이 뭐 너하고 한패가 되지 못할 게 어디 있단 말이냐?" 하고 대머리 영감이 꽤나 거만하게 거드름을 피우며 내뱉었습니다.

"그야, 내겐 과분할 정도이지요. 훌륭한 한패고말고요. 하지만 나를 그토록 높은 지위에서 이렇게 낮은 신분으로 떨어뜨린 작자는 누구지요? 바로 나라는 말입니다. 나는 여러분을 비난하고 있는 게 아니올시다, 천만에요. 나는 누구도 비난하지 않습니다. 모든 게 다 자업자득이지요. 냉엄한 이 세상더러 하고 싶은 대로 최악을 다하라지요. 한 가지만은 나는 알고 있지요. 나를 위한 무덤이 어디엔가에 있다는 말입니다. 이 세상은 여전히 전과 다를 것 없이 돌아가고, 나에게서 모든 것을 다 빼앗아가겠지요. 사랑하는 사람들, 재산, 그 밖에 모든 것을 말입니다. 하지만 그 무덤만은 빼앗아갈 수가 없어요. 언젠가 나는 그 무덤에 누워 모든 걸 잊어버리고 내 불쌍한 상처받은 가슴이 안식을 찾게 될 겁니다." 이렇게 말하면서 그는 계속 울어 댔지요.

"불쌍한 상처받은 가슴이라니 배꼽이 다 웃을 일이군." 하고 대머리 영감이 말했지요. "도대체 무엇 때문에 네놈의 그 불쌍한 상처받은 가슴을 우리들에게 털어놓는 거야? 우리는 아무것도 한 일이 없는데."

"그렇고말고요. 여러분들은 아무 짓도 하지 않았지요. 신사 여러분, 나는 지금 당신들을 책망하는 건 아니올시다. 내 스스로 나를 이 지경으로 만들었으니까요. 그렇습니다, 나 때문에 영락하였고말고요. 그러니 내가 고통받는 건 당연합니다! 아주 당연하지요. 나는 내 신세를 한탄하지 않지요."

"어디서 영락했다는 건가? 대관절 어떤 위치에서 이 지경으로 떨어졌다는 거야?"

"아아, 여러분들은 아마 내 말을 믿지 않을 테지요. 세상 사람은 누구 하나 믿어 주지 않아요. 그러라지요. 그건 그렇게 중요한 게 아니니까요. 내 출생의 비밀로 말하면……."

"출생의 비밀이라고요? 설마 하니……."

"여러분." 하고 젊은이는 꽤나 엄숙한 어조로 말했습니다. "여러분을 믿을 수 있을 것 같으니까 내 터놓고 말하겠습니다. 사실로 말하면 나는 공작(公爵)이올시다!"

이 말을 듣자 짐의 두 눈이 튀어나왔습니다. 내 눈도 마찬가지였고요. 그러자 대머리 영감이 "설마 그럴 리가 있을라고!" 하고 말했지요.

"정말입니다. 브리지워터 공작의 장남인 내 증조부는 자유의 공기를 호흡하기 위해 지난 세기말 이 나라로 도망쳐 왔습니다. 그리고 이 땅에서 결혼하여 자식을 하나 남겨 놓고는 이 세상을 떠나셨습니다. 바로 그 무렵 그의 부친도 이 세상을 하

직하셨지요. 돌아가신 공작의 차남이 작위와 재산을 빼앗아
간 탓에 어린애였던 진짜 공작은 그만 무시되고 말았습니다.
나는 그 어린애의 직계 자손이랍니다. 정당한 브리지워터 공작
이란 말이지요. 그런 내가 이처럼 높은 신분에서 떨어져 사람
들한테 버림받고, 이 냉혹한 세상으로부터 멸시를 받으며, 다
해진 누더기 옷에다 지칠 대로 지치고 상심되어, 마침내는 뗏
목의 악당들 틈에 낄 만큼 신세가 영락해 버린 겁니다!"

　이 말을 듣고 짐은 그에게 여간 큰 동정을 보내는 것이 아
니었고, 그것은 나도 마찬가지였지요. 우리들은 그를 위로하려
고 했지만 그는 위로해도 아무 소용 없다고 했습니다. 별로 위
로가 되지 않는다는 겁니다. 자기 신분을 기꺼이 알아줄 수만
있다면 그게 무엇보다도 기쁜 일이라고 했지요. 그래서 우리

들은 그것을 알아주는 방법을 가르쳐 주면 그렇게 해 주겠다고 했습니다. 그랬더니 그는 자기에게 말을 걸 때는 머리를 숙이고는 '각하'니 '전하'니 또는 '경'이니 하고 불러야 한다는 겁니다. 그저 '브리지워터'라고 불러도 괜찮다고 했습니다. 어쨌든 그것은 자기 이름이 아니고 칭호라는 거지요. 그리고 자기가 식사할 때에는 누군가 한 사람이 시중을 들며, 아무리 사소한 일이라도 자신이 시키는 일이면 무엇이고 다 들어주지 않으면 안 된다고 했습니다.

이런 일은 모두가 아주 쉬운 일인 터라 우리들은 그대로 했습니다. 짐은 식사 시간 내내 주위에 서서 시중을 들었고, "각하, 이걸 좀 잡숴 보겠습니까? 이건 어떻습니까?" 하고 물었습니다. 공작에게는 그게 무척 기분 좋은 일처럼 보였습니다.

그러나 이번에는 노인 쪽이 입을 다물어 버렸습니다. 좀처럼 말이 없을뿐더러 공작이 시중을 받고 있는 모습을 지켜보고 그다지 기분이 좋아 보이지 않았습니다. 무언지 가슴속에 품어 둔 것이 있다는 눈치였지요. 오후가 되자 그는 이렇게 입을 여는 겁니다.

"어이, 빌지워터." 하고 그가 말했습니다. "난 자네가 꽤 불쌍하다고 생각하지만 그렇게 고생을 한 건 자네만이 아니란 말일세."

"나 혼자가 아니라고요?"

"그래, 자네 하나만은 아니지. 높은 신분에서 억울하게 떨어져 내려온 건 자네 혼자가 아니란 말일세."

"거, 안됐군요!"

　"암, 그렇고말고. 출생의 비밀을 가지고 있는 건 자네 하나만이 아니란 말이지." 어럽쇼, 이렇게 말하면서 그 영감은 엉엉 울기 시작하는 겁니다.

　"왜 이러슈! 어떻게 됐다는 겁니까?"

　"빌지워터, 내 자네를 믿어도 좋을까?" 하고 영감은 여전히 흐느껴 울며 말했습니다.

　"그 비밀을 입 밖에 내면 내 성(姓)을 갈겠습니다." 공작은 영감의 손을 붙잡고 세게 힘을 주고는 "어서 영감의 비밀을 말해 보시지요!" 하고 말했습니다.

　"빌지워터, 나는 사망한 프랑스의 황태자야!"

　이 말에 짐과 나는 정말로 크게 놀랐습니다. 그러자 공작이 이렇게 말했습니다.

"지금 뭐라고 했습니까?"

"그렇소이다, 젊은 양반. 이건 사실이외다. 자네의 눈은 지금 이 순간 루이 16세와 마리 앙뜨와네뜨의 아들로 행방불명이 된 그 불쌍한 황태자 루이 17세를 쳐다보고 있는 거외다."

"당신이! 그 나이로요! 천만의 말씀! 차라리 샬르마뉴 대제(大帝)라고 하시는 게 어떠실지. 아무리 적게 쳐도 당신 나이는 틀림없이 6, 700살은 될 텐데요."

"빌지워터, 고생을 한 탓이죠. 고생 때문에 이렇게 된 것이외다. 고생을 하다 보니 이렇게 머리카락이 백발이 되었고 이렇게 때 이르게 대머리가 되었다오. 그렇소이다, 신사 여러분, 블루진 옷에다 초라한 꼴로 이리저리 떠돌아다니고, 제 나라에서 내쫓기고 사람들한테 짓밟힐 대로 짓밟혀 가며 갖은 고생을 하고 있는 그 정당한 프랑스 국왕이 지금 이렇게 여러분의 앞에 서 있는 거외다."

그는 어찌나 몹시 울어 대던지 나와 짐은 어떻게 해야 좋을지 몰랐습니다. 우리들은 매우 측은하게 생각했고, 또한 그와 같은 사람과 함께 있게 된 것이 몹시 기쁘고도 자랑스러웠지요. 그래서 우리들은 공작처럼 이 영감도 위로해 주려고 했습니다. 그러나 그는 아무리 위로해 줘도 아무 소용없다느니, 죽어서 이 모든 고생으로부터 벗어나는 길만이 상책이라느니 하고 말했습니다. 하기야 사람들이 그에게 신분에 맞는 대접을 해 주어 자기에게 말을 걸 때에는 한쪽 무릎을 꿇고 반드시 '폐하'라고 부르며, 식사 때에는 누구보다도 먼저 자기에게 시중을 들고, 자기 앞에선 앉으라고 할 때까지 서 있어 준다면 그래도 얼마만큼은 마음이 가벼워지고 기분이 풀리는 수가 가끔 있다고 하는 겁니다. 그래서 짐과 나는 그를 폐하 대접을 해 주기 시작했고, 이일 저 일 그의 일을 보살펴 주었으며, 그가 앉아도 좋다고 할 때까지 서 있었지요. 그랬더니 그는 만면에 희색이 가득해 흐뭇해하는 것 같았습니다. 그러나 공작은 그에 대해 못마땅한 얼굴을 하고는 일이 돌아가는 것에 대해 자못 불만스러운 표정이었습니다. 왕은 공작을 아주 친절하게 대했지요. 공작의 증조부 빌지워터 공작 일족도 자기 선친이 잘 보살펴 주셨으며 궁중 출입도 자주 허락했노라고 했습니다. 그러나 공작은 여전히 얼마 동안 못마땅한 표정을 하고 있었으므로 마침내 왕은 이렇게 말했습니다.

"빌지워터, 이젠 별 수 없이 우리들은 신물이 날 정도로 오랫동안 이 뗏목에서 함께 지내지 않으면 안 되게 되었단 말씀이야. 그러니 그렇게 자네가 우거지상을 해도 소용없지 않은가? 괜히 마음만 불편할 뿐이란 말일세. 내가 공작으로 태어나지 않은 것은 내 탓이 아니야. 자네가 왕으로 태어나지 않은 것도 자네 탓이 아니고. 그러니 마음을 썩힌들 무슨 소용이 있겠는가? 주어진 상황에서 최선을 다하자, 이게 바로 내 좌우명이란 말씀이야. 우리들이 여기까지 오게 된 것도 그리 나쁘진 않단 말이야. 먹을 것도 많겠다 생활도 느긋하겠다. 자, 그러니 공작, 우리 악수나 하고 친하게 지내자고."

공작이 손을 내미는 것을 보고 짐도 나도 여간 기쁘지 않았습니다. 이것으로 꺼림칙하던 마음이 모두 가시게 되었고, 우리들은 꽤 마음이 놓였습니다. 뗏목 위에서 화목하지 않는다는 것은 비참한 일이기 때문입니다. 뗏목을 탈 때 무엇보다도 필요한 것은 모두가 만족하고 상대방에 대해 올바르고 친절한 마음을 갖는 것이지요.

　이 거짓말쟁이들이 왕도 공작도 아니고 그저 천하의 협잡꾼이요 사기꾼이라는 사실을 아는 데에는 그다지 많은 시간이 걸리지 않았습니다. 그러나 나는 입도 뻥끗하지 않고 그대로 내버려 두었지요. 혼자만 알고 내색을 않는 것, 그게 제일 좋은 방법입니다. 그러면 자연히 싸움도 일어나지 않고, 귀찮은 일도 생기지 않으니까 말입니다. 놈들이 자기들을 왕이니 공작이니 하고 불러 주기를 원한다면, 그것이 가족의 평화를 유지하는 한 나는 반대하지 않았지요. 짐에게 얘기해 보았자 아무 소용도 없는 일이어서 말하지 않았습니다. 내가 아빠한테서 무엇인가 배운 바가 있다면, 이런 종류의 인간들과 함께 살아 나가는 데 제일 좋은 방법은 그들이 하고 싶은 대로 그냥 내버려 두는 거라는 겁니다.

20장

그 사람들은 우리들에게 꽤나 갖가지 일을 물어 댔습니다. 왜 뗏목을 그렇게 나뭇가지로 덮어 두는지, 어찌해서 대낮에는 강을 따라 내려가지 않고 쉬고 있는지, 짐은 도망 중인 검둥이가 아닌지 따위를 알고 싶어 했습니다. 그래서 내가 대답했지요. 당치도 않은 말씀, 도망 중인 노예라면 남쪽으로 가겠냐고요? 어떤 식으로라도 사태를 설명하지 않으면 안 되어서 나는 이렇게 말했지요.

"우리 집 식구들은 미주리주 파이크군에서 살고 있었어요.

난 거기서 태어났는데, 나랑 아빠랑 동생 아이크 말고는 집안 식구들이 모두 세상을 떠났어요. 아빠는 가산을 정리해 가지고 올리언스 하류 70킬로미터 지점에서 초라한 농장을 가지고 있는 벤 숙부네 집으로 가서 살겠다고 했지요. 아빠는 아주 가난한 데다 빚도 얼마간 있었으므로 그걸 모두 갚고 나니까 남은 거라곤 겨우 돈 16달러와 검둥이 짐뿐이었어요. 이 돈으로는 3등 갑판 선객으로 가든 그 밖의 어떤 방법으로 가든 2000킬로미터나 여행하기엔 충분하지 않았답니다. 그런데 강물이 불었을 때 어느 날 아빠는 재수가 좋아 이 뗏목을 붙잡은 거예요. 그래서 이 뗏목을 타고 올리언스까지 가려고 생각한 거지요. 한데 아빠의 재수는 그리 오래가지 못했습니다. 어느 날 밤 증기선이 뗏목의 앞쪽 귀퉁이를 들이받는 바람에 우리들은 모두 강 속에 빠져 타륜 밑에 잠겨 버렸어요. 짐과 나는 무사히 물 위로 떠올랐지만 아빠는 술에 취해 있었고 아이크는 네 살밖에 되지 않아 결국 물 위에 떠오르지 못했어요. 그 후 하루이틀 동안 우린 아주 고생을 많이 했지요. 왜냐하면 사람들이 늘 소형 보트를 타고 와서는 짐이 도망친 검둥이임에 틀림없다고 하면서 그를 빼앗아 가려고 했기 때문이지요. 그래서 우린 이제 더 이상 대낮엔 강을 따라 내려가지 않기로 했지요. 밤이라면 아무도 우리를 성가시게 구는 사람이 없으니까요.”

그러자 공작이 이렇게 말했습니다.

“원한다면 대낮에도 여행할 수 있는 방법을 궁리해 낼 테니 내게 맡기면 어때. 머리를 잘 짜 볼 테니까 말이다. 내 이 문제를 해결할 계획 하나를 세워 보지. 하지만 오늘은 그만두기로 하자. 저 건너 마을 옆을 지나고 싶지 않거든. 안전하지 않단 말씀이야."

저녁이 되면서 하늘이 컴컴해지는 것이 금방 비가 쏟아져 내릴 것만 같았습니다. 멀리 지평선에 가까운 얕은 하늘에서는 번갯불이 여기저기서 번쩍번쩍거리고 나뭇잎이 바들바들 떨기 시작했습니다. 꽤 험상궂은 날씨가 될 것임을 쉽게 알 수 있었지요. 그래서 공작과 왕은 뗏목 위 인디언 오두막을 손보려고, 그러니까 잠자리가 어떤지 보려고 그 속으로 들어갔습니다. 내 침대는 밀짚으로 만든 것인데, 옥수수 껍질로 만든 짐의 것보다는 나았지요. 옥수수 껍질 침대에는 반드시 옥수수 속대가 여기저기 섞여 있어 몸에 찔려 아팠습니다. 또 그 위에서 구르기라도 하면 마른 껍질에서는 마치 쌓아올린 가랑잎 위를 구르는 것 같은 소리가 났습니다. 그런 소리 때문에 잠이 깨고 말지요. 그런데 공작은 내 침대를 자기 것으로 하겠다고 했지만, 왕이 그대로 내버려 두려고 하지 않았습니다. 왕이 이렇게 말했습니다.

"신분의 차이를 보아서라도 옥수수 껍질 침대는 이 몸이 잘 곳이 못 된다는 것쯤은 알 만할 텐데. 공작 각하는 옥수수 껍질 침대를 차지하도록 하라고."

짐과 나는 또다시 두 사람 사이에 무슨 싸움이 일어나지나 않을까 하고 몹시 마음을 졸였습니다. 그런데 공작이 이렇게 말하는 것을 보고 꽤 마음이 놓였습니다.

"늘 압제의 쇠발굽 아래 짓밟혀 진창에 빠져 있는 것이 내 운명이었지요. 불운은 한때는 내 고귀한 영혼을 파괴해 버렸지요. 굴복하고 복종하겠습니다. 그게 내 운명이니까요. 이 세상에서 나는 외톨박이올시다. 내가 고통을 당하지요. 난 그걸 참을 수 있습니다."

우리들은 사방이 아주 어두워지자마자 곧 출발했습니다. 왕은 강 한복판으로 나가 마을에서 멀리 떨어진 하류 쪽에 닿을 때까진 절대로 불을 켜선 안 된다고 했습니다. 얼마 후 조그마한 불빛이 모여 있는 것이 보이기 시작했습니다. 마을이었지요. 800미터쯤 무사히 통과했습니다. 1킬로미터쯤 내려간 다음 신호등을 켜 달았지요. 한 10시쯤 되었을 때 비가 몹시 퍼붓기 시작했고 바람이 불기 시작하더니 천둥소리와 함께 번갯불이 번쩍번쩍 비치기 시작했습니다. 그래서 왕은 우리 두 사람에게 날씨가 가라앉을 때까지 망을 보고 있으라고 하고는, 공작과 함께 오두막 속으로 기어 들어가 잠을 잤습니다. 12시까지가 내 당번이었지만 비록 침대가 있었다고 하더라도 침대 속으로 들어가지는 않았을 겁니다. 이러한 폭풍우는 매일마다 있는 일이 아니니까요. 아아, 얼마나 지독하게 휘몰아치는 바람이었는지요! 1, 2초마다 번갯불이 번쩍하고 비쳐서 사방 800미터에 있는 흰 파도랑 비 속에서 희뿌옇게 보이는 섬들이랑 바람에 불려 몸부림치고 있는 나무들이 보였습니다. 그러고 나서 '우지끈 뚝딱!' 하고 벼락치는 소리와 '우당땅 땅 땅 땅땅! 우당땅 땅 땅 땅!' 하는 천둥소리가 나더니 멀리 사라져 버렸지요. 그러자 번쩍 하고 번개가 비치더니 또 한 번 우당탕거렸습니다. 나는 하마터면 몇 번이나 파도 속에 휩쓸릴 뻔했지만 옷을 걸치지 않은 알몸이었으므로 아무렇지도 않았습니다. 물속에 가라앉아 있는 나무도 걱정되지 않았지요. 번갯불이 쉴 새 없이 사방을 번쩍번쩍 비추면서 날고 있었기 때문에 뗏목 머리를 이리저리 돌리며 물속에 가라앉아 있는 나무를 능히 피할 시간이 충분히 있었습니다.

나는 한밤중에 망을 보게 되어 있었는데, 12시쯤이 되자 졸려서 더 이상 견딜 수가 없었습니다. 그래서 짐이 대신 전반부 망을 서 주겠노라고 했습니다. 짐은 늘 이처럼 나에게 아주 친절하게 대해 주었습니다. 내가 오두막 속으로 기어 들어가자 왕과 공작이 다리를 뻗칠 대로 뻗치고 누워 있어 내가 누울 자리가 없었지요. 그래서 나는 밖에서 잤습니다. 날씨가 따뜻했고 파도가 이제는 그렇게 높지 않았기 때문에 비 같은 건 문제가 되지 않았습니다. 그러던 것이 2시쯤에 또다시 파도가 높아졌으므로 짐은 나를 깨우려고 했지만 마음을 바꾸고는 깨우지 않았습니다. 아직 파도는 위험할 만큼 높지 않다고 생각했기 때문이지요. 그러나 그것은 잘못 생각한 것이었습니다. 얼마 후 굉장히 큰 파도가 밀려와 나를 물 속으로 휩쓸어 갔기 때문입니다. 재미있어 죽겠다고 짐이 깔깔 웃어 대었습니다. 어쨌든 저렇게 잘 웃어 대는 검둥이는 아마 이 세상에 둘도 없을 겁니다.

이번엔 내가 망을 보았고, 짐은 눕자마자 금방 코를 골았습니다. 얼마 후 폭풍우는 완전히 가라앉았고, 오두막집 불빛이 처음 보이자 나는 짐을 깨워 뗏목을 숨겨 둘 장소에 몰아넣었지요.

아침 식사가 끝나자 왕은 때묻은 카드를 꺼내더니 공작과 둘이서 한 판에 5센트씩 걸고 얼마 동안 '세븐 업' 놀이를 했습니다. 얼마 후 싫증이 나자 둘은 '유세(遊說) 계획 수립'이라는 것을 해보자고 했습니다. 공작은 여행 가방을 뒤져 인쇄한 조그마한 광고 전단을 여러 장 꺼내어 큰 소리로 읽어 나갔습니다. 그중 한 장에 '파리의 유명한 아르망 드 몽딸방 박사'가 이러이러한 장소에서 아무 날에 입장료 10센트를 받고 '골상학 강연'을 한다는 내용과 '성격도(性格圖) 한 장에 25센트씩 받고 판다.'고 적혀 있었습니다. 공작은 그 박사가 바로 자기라고 했지요. 또 다른 한 장에서 공작은 '세계적으로 명성을 떨친 셰익스피어 연극의 비극 배우, 런던의 드루리 레인 극장의 개릭 2세'라고 적혀 있었습니다. 다른 광고 전단에서도 그는 여러 가지 별명을 가지고 있었고, '마술 지팡이'로 땅 속의 물과 금을 찾아낸다느니, '마녀의 주문을 쫓아낸다'느니 그 밖의 깜짝 놀라게 할 만한 일 따위를 한다고 적혀 있었지요. 마침내 공작이 입을 열었습니다.

"하지만 연극의 뮤즈가 이 몸의 총아지요. 그런데 폐하, 이제까지 무대에 서 본 일이 있습니까?"

"없는데." 하고 왕이 대답했습니다.

"영락한 폐하, 사흘이 되기 전에 무대를 밟게 해 드리지요." 하고 공작이 말했습니다. "제일 먼저 가게 될 마을에서 공회당을 빌려 「리처드 3세」의 검극(劍劇) 장면과 「로미오와 줄리엣」의 발코니 장면을 하기로 하지요. 그래 어떻게 생각하십니까?"

"빌지워터, 돈이 되는 일이라면 뭐나 가릴 것 없이 전력을 다하지. 헌데 난 연극 일에 대해선 눈곱만치도 모르는 데다가, 연극을 그다지 본 일도 없구려. 선친께서 궁정에서 연극을 상연하도록 하실 때엔 난 아주 나이가 어렸으니까 말일세. 자넨 나에게 가르쳐 줄 수 있다고 생각하는가?"

"그야 누워 떡 먹기지요!"

"그럼 됐어. 어쨌든 난 뭔가 좀 색다른 것이 없나 하고 몸이 근질근질하던 참이었는데 말이야. 지금 당장 시작하기로 함세."

그래서 공작은 로미오가 어떠한 인물이고 줄리엣이 어떠한 인물이라는 것을 낱낱이 왕에게 설명하고는, 자기는 늘 로미오 역을 맡아 보고 있었으니까 왕더러 줄리엣 역을 맡으라고 했지요.

"하지만 공작, 줄리엣이라는 게 그렇게 젊은 처녀라면, 이 대머리와 흰 구레나룻 수염이 여간 우습게 보일 게 아니겠소?"

"뭘요, 그 점에 대해선 걱정할 필요가 없지요. 이런 시골뜨기 촌놈들이 그런 걸 알아보지 못할 겁니다. 게다가 의상을 입으니까 아주 딴사람으로 보이지요. 줄리엣은 잠을 자기 전 발코니에 나와 달빛을 즐기고 있단 말입니다. 흰 잠옷에다 술이 달린 잠자리용 모자를 쓰고 있지요. 자, 여기 그 의상들이 있습니다."

공작은 커튼용 무명천으로 만든 의상을 두서너 벌 꺼내어, 리처드 3세와 그 상대역의 중세풍 갑옷이라고 설명했습니다. 그다음에 긴 무명천으로 만든 잠옷과 그에 알맞은 술이 달린 잠자리용 모자도 꺼내 들었습니다. 이것을 보고 왕은 만족해 했지요. 그래서 공작은 책을 꺼내어 어떠한 식으로 하는지 보이기 위해 이리저리 껑충껑충 뛰어다니고 동시에 실제 연기까지 하면서 아주 빼겨 대는 태도로 대사를 읽어 나갔습니다. 그다음 왕에게 그 책을 주며 자기 대사를 외우라고 했습니다.

강의 만곡부에서 하류 쪽으로 5킬로미터쯤 되는 곳에 초라한 마을 하나가 있었습니다. 점심 식사를 마친 다음 공작은 대낮에도 강을 따라 내려가도 짐에게 위험한 일이 일어날 염려가 없는 방도를 생각해 냈다고 했습니다. 그래서 그는 마을로 가서 그렇게 할 수 있도록 마련해 보겠노라고 했지요. 왕도 무슨 좋은 일이 얻어걸릴 것이 있나 하고 자기도 같이 가 보고 오겠다고 했습니다. 마침 커피가 떨어졌으므로 짐은 나더러 같이 따라가서 커피를 사 오라고 했습니다.

마을에 도착하고 보니 개미 새끼 한 마리 꿈틀거리지 않았습니다. 한길도 텅 비어 있는 것이 마치 일요일처럼 쥐 죽은 듯 고요했지요. 몸이 아파서 뒷마당에서 일광욕을 하고 있는 검둥이 하나를 만났습니다. 아주 나이 어린 애들이랑 몸이 아픈 사람들이랑 노인들을 빼고는 모두들 마을에서 3킬로미터쯤 떨어진 숲속의 야외 집회에 가 있다는 겁니다. 왕은 집회가 열리는 곳의 방향을 묻더니 그곳에 가서 한탕 해 보겠다고 하면서 나더러 같이 가도 좋다고 했지요.

공작은 자기가 찾고 있는 것은 인쇄소라고 했습니다. 우리는 인쇄소 하나를 찾아냈습니다. 조그마한 가게로 목공소 2층에 있었습니다. 목수도 인쇄공도 모두 야외 집회에 나가고 없었지만 어느 가게에도 자물쇠는 채워져 있지 않았지요. 지저분하고 여기저기 물건이 흩어져 있는 곳으로, 잉크 자국이 곳곳에 묻어 있었고, 벽에는 온통 말 그림이랑 도망친 검둥이를 그린 광고 전단이 붙어 있었습니다. 공작은 윗저고리를 벗어 부치고는 이젠 됐다고 했습니다. 그래서 나와 왕은 야외 집회 장소를 향해 걸음을 재촉했지요.

반 시간쯤 걸려서 우리는 땀을 뻘뻘 흘려가며 그곳에 도착했습니다. 끔찍히도 무더운 날이었지요. 모든 것이 요란했습니다. 그곳에는 30킬로미터 사방에서 약 1000명이나 되는 사람들이 모여 있었습니다. 숲에는 온통 매어둔 짐마차와 그것을 끄는 말로 가득 찼는데, 말들은 짐마차에 단 여물통에서 여물을 먹기도 하고, 발을 굴러 파리를 쫓기도 하고 있었습니다. 가는 막대로 기둥을 세우고, 나뭇가지로 지붕을 깐 오두막집이

몇 채 있었고, 거기서 레모네이드랑 생강과자를 팔고 있었지요. 또 수박과 날옥수수 따위가 산더미처럼 쌓여 있었습니다.

설교는 똑같은 막사에서 진행 중이었는데, 다만 이쪽 집이 좀 더 규모가 크고 사람들이 많이 모여 있을 뿐이었습니다. 나무 의자는 통나무의 바깥쪽 두꺼운 판자로 만들었고, 둥근 쪽에다 구멍을 뚫어 나무 토막을 박아서 다리로 삼았습니다. 등을 기댈 등받이는 없었지요. 오두막 한쪽 구석에 높은 단이 있었고, 설교사들은 그 위에 서 있었습니다. 여자들은 밀짚모자를 쓰고 있었고, 어떤 여자들은 리넨과 양모 교직물 덧옷을 입고 있었으며, 또 어떤 여자들은 줄무늬 평직 면포 옷을 입고 있었고, 몇몇 젊은 여자들은 갱사 옷을 입고 있었지요. 젊은 남자 중에는 맨발로 있는 사람도 있었고, 아이들 중에는

아무것도 입지 않고 다만 굵은 베 셔츠 한 장만을 걸치고 있
는 아이도 있었습니다. 늙은 여자 중에는 뜨개질을 하고 있는
사람도 있었고, 젊은 측 중에는 몰래 서로 연애를 거는 남녀들
도 있었습니다.

우리들이 제일 먼저 들어선 막사에선 설교사가 찬송가를
한 줄 한 줄 읽고 있었습니다. 그가 두 줄을 읽으면 그 뒤를
따라 노래를 불렀습니다. 목이 터져라 하고 크게 소리쳐 불렀
지요.

십자가 군병 되어서
예수를 좇을 때—

그러면 설교사는 그다음 두 줄을 읽어 내려갔습니다.

무서워하는 맘으로
주 모른 체할까

그리고 등등 말입니다. 사람들이 점점 흥분하자 노랫소리가
점차 높아졌습니다. 끝날 때쯤에 어떤 사람들은 신음소리를 내
고 큰 소리를 지르기 시작했습니다. 이쯤에서 설교사는 설교를
시작했지요. 곧 흥분되어 처음에는 설교단 좌우를 왔다 갔다
하고 또 설교단에 엎드리듯 몸을 앞으로 쑥 내밀고는 연방 팔
과 몸을 움직이며 있는 힘을 다하여 노래 부르듯 설교를 했습
니다. 어찌나 큰 소리로 설교하는지 1킬로미터 떨어진 곳에서

도 들을 수 있을 정도였지요. 가끔 성경 책을 한 군데 펼친 채 높이 쳐들어 이러저리 돌려 가면서 "이것이 광야의 뱀이니라! 아! 이것을 보고 살지어다! 아!" 하고 소리쳤습니다. 그러면 사람들이 이에 화답하여 "영광 있으리! 아一아一멘!" 하고 크게 외쳐 댔습니다. 그다음 설교사는 성경 책을 내려놓고 설교단 주위를 좌우로 왔다 갔다 하다가는 금방 다시 성경 책으로 돌아가서 주먹으로 꽝 치며 그것을 가지고 오고는 "바로 여기에 있습니다! 구원의 반석이一아!" 하고 소리쳤습니다. 그러고 나서 그는 소리치며 돌아다녔고, 신도들은 신음소리를 내는가 하면 울부짖고, 펄쩍펄쩍 뛰는가 하면 서로를 껴안았습니다. 여기저기서 아멘 소리가 들려왔지요. 가끔 가다 그는 흥분한 사람들을 향하여 이렇게 설교를 했습니다.

"형제들 마음속에 지금 성령이 움직이고 있습니다! 성령을 떨쳐버려서는 아니됩니다! 아! 지금이 바로 그 순간입니다一아!" "아一아一멘!" "자매들이여, 악마의 손길이 지금 힘을 잃고 있습니다! 그 악마를 떨쳐 버리시오, 그를 떨쳐 버리시오! 아! 한 번만 떨치면 승리를 얻을 것이오! 아!" "주여 오소서!" "지옥불이 지금 활활 타오르고 있소, 왕국이 지금 다가오고 있는 중이오! 아! 자매여, 한 번만 떨치면 쇠사슬은 영원히 뗠구어 나갈 것이오! 아!" "영광 할렐루야!" "오, 이 회개하는 자의 자리로 나오시오! 죄에 더렵혀진 자들이여 나오시오!" "아멘!" "병이 든 자 다친 자는 이리로 나오시오!" "아멘!" "가난하고 부족한 자, 치욕의 수렁에 빠진 자는 이리로 오시오!" "아一아一멘!" "피곤한 자, 죄를 진 자, 고통받는 자는 이리로 나오시오! 상처받은 영혼을 가지고 나오시오! 회개한 마음을 가지고 나오시오! 누더기와 죄와 더러운 것을 입은 채 오시오! 그것을 씻어 버리는 물은 값이 없나니, 천국의 문은 넓게 열려 있나니! 오, 영원한 휴식으로 들어오시오!" "아멘! 여—엉—광! 주여, 오소서!"

계속 이런 식이었습니다. 이제는 사람들이 통곡하고 비명 지르고 울부짖는 바람에 설교사가 무슨 소리를 하고 있는지 통 알아들을 수가 없었습니다. 군중이 모여 있는 이곳저곳에서 사람들이 일어나 눈물을 줄줄 흘리면서 회개자들이 앉아 있는 의자로 몰려 나갔지요. 그 의자로 나아가는 동안 사람들은 온갖 힘을 다하여 그들을 껴안고 그들을 위해 눈물을 흘렸습니다. 회개자들이 떼를 지어 맨 앞 의자에 모이자 사정은 아까보다 훨씬 더 심했습니다. 서로 껴안고 소리를 지르는가 하면, 짚단 위에 몸을 내던지고는 미친 사람들처럼 뒹굴어 댔습니다. 나이가 한 마흔쯤 되어 보이는 뚱뚱한 검둥이 여자가 가장 꼴불견이었지요. 백인 회개자들이 그녀를 어떻게 막아 낼 도리가 없었습니다. 한 사람이 그녀의 손아귀에서 빠져나가기가 무섭게 그녀는 다른 사람에게 달려들어 그를 꼭 껴안는 겁니다. 그다음 그녀는 다른 사람들과 함께 밀짚에 엎어져 뒹굴어 대고 손가락으로 흙을 파헤치며 영광 할렐루야 소리를 외쳐 댔습니다.

이때 비로소 나는 왕이 처음으로 무슨 짓을 하려고 하는지 알 수 있었습니다. 왕은 흥분하기 시작했고, 마침내 소리치고 껴안고 뒹구는 것으로 말하면 그를 당할 자가 없었습니다. 모든 것이 그야말로 절정에 달하자 왕은 단상으로 뛰어 올라가더니 두 팔을 벌리고 달려가 설교자를 껴안고는 그에게 키스를 퍼붓고 울부짖으며 자신을 구해 주어서 정말로 고맙다고 말하는 겁니다. 그러자 설교사는 너무나 기분이 좋아 그에게 이 사람들에게 이야기를 해 달라고 부탁했고, 왕은 부탁받은 대로 그렇게 했습니다. 왕은 그들을 흥분하게 만들었지요. 그들에게 자신이 해적이라고 했습니다. 지난 사십 년 동안 인도양에서 해적 노릇을 했노라고 말입니다. 부하들은 지난 봄에 있은 싸움에서 꽤나 많이 줄어들어 지금 새 부하들을 모집하러 고향에 돌아왔는데, 빌어먹을 어젯밤에 강도를 만나 돈 한 푼 없이 증기선에서 강제로 상륙을 당하고 말았다고 했지요. 그런데 영광 할렐루야, 자기는 이 일을 여간 기쁘게 생각하지 않으며, 이렇게 고마운 일은 난생처음이라고 했습니다. 까닭인 즉슨 자기는 이제 딴사람이 되어 난생처음으로 행복감을 느끼게 되었기 때문이라고 했지요. 자기는 가난하기는 하지만 이제 곧 어떻게 해서든지 인도양으로 다시 돌아가 해적들을 참사람으로 만드는 데 여생을 바칠 계획이라고 했습니다. 인도양에 있는 해적들을 속속들이 다 알고 있는 까닭에 자기가 그 일을 하기에 최적임자라는 겁니다. 돈 한 푼도 없이 인도양까지 가려면 오랜 시간이 걸리겠지만 어떻게 해서든지 꼭 그곳으로 돌아갈 작정이라느니, 해적 하나를 설득할 때마다 그 사나이에게 "나에게 감사할 게 아냐, 내 덕택이라고 생각 마라. 모두가 포크빌의 야외 집회에 참석한 분들, 그리고 내 영혼을 불붙게 만들어 저 영원히 불타는 유황불로부터 나를 구원해

주신 설교사님의 덕택이다! 영광 할렐루야!" 하고 말할 거라고 했지요.

이렇게 말하고 나서 왕은 울음을 터뜨렸고, 다른 사람들도 모두 따라 울었습니다. 그리고 그는 설교사를 껴안고 그에게 기대어 다시 울어 댔습니다. 모든 사람들도 서로 껴안고는 '아―아―멘!' 따위 소리를 외쳐 댔지요. 그때 누군가가 "이 사람을 위해 성금을 모금합시다! 이 가난한 영혼을 위해 성금을 모금합시다!" 하고 소리쳤습니다. 그러자 너다섯 명이 모금하려고 자리에서 벌떡 일어났지만, 누군가가 "그 사람에게 모자를 돌리라고 하시오!" 하고 외쳤습니다. 모두들 그게 좋겠다고 했고, 설교사도 맞장구쳤습니다.

그래서 왕은 모자를 벗어 들고 울면서 그리고 눈물을 닦으면서 군중 사이를 돌아다녔습니다. 사람들을 축복하고 찬양하며, 누구 하나 손길을 들어 구원의 빛을 밝혀 주는 사람 없이 그렇게 먼 곳에 있는 불쌍한 해적들에게 이렇게까지 친절하게 대해 주니 고맙기 그지없다고 인사를 했습니다. 그리고 가끔 가다 아주 아름다운 처녀들이 두 뺨에 눈물을 흘리면서, 당신을 잘 기억해 두기 위해서 키스하고 싶은데 그렇게 해 주겠느냐고 물었습니다. 그러면 그는 그 부탁을 하나도 거절하는 일 없이 모두 허락하고는 그중 몇 명을 꼭 껴안고 몇 번씩이나 키스를 해 댔지요. 그는 한 일주일 동안 자기 집에 와 푹 쉬고 가라는 초대도 받았습니다. 모두들 자기 집에 머물다 가기를 원했고, 그렇게 해주면 참으로 영광으로 생각할 것이라고 했지요. 그러나 그는 오늘이 야외 집회의 마지막 날이라 그렇게 할 수 없을뿐더러, 하루 빨리 인도양으로 돌아가 해적들의 영혼을 구해 내야 한다고 말하는 겁니다.

우리가 뗏목으로 돌아와 계산해 보았더니 무려 87달러 75센트나 되었습니다. 게다가 왕은 숲 사이를 빠져서 집으로 돌아오는 도중 짐마차 아래에서 발견한 9리터들이 위스키 병까지도 어느새 들고 왔던 겁니다. 왕은 통틀어 오늘의 벌이는 전도 사업에서 번 어떤 날보다도 수입이 더 좋았다고 자못 만족해했지요. 그는 야외 집회 무리들을 속이는 데에는 야만인을 개종시킨다는 수법이 해적을 개종시킨다는 수법에 비하면 새 발의 피에 지나지 않는다고 했습니다.

공작은 왕이 돌아올 때까진 그래도 꽤 한몫 단단히 벌었

다고 생각하고 있었습니다. 그러나 왕의 얘기를 듣고 난 다음
엔 자기가 한 일을 대수롭게 생각하지 않게 되었습니다. 그는
인쇄소에서 농부들을 위해 조그마한 인쇄 일을 해 주고는 (도
망친 말을 찾는 전단이었지요.) 그 대금으로 4달러를 벌었습니
다. 그리고 10달러짜리 신문 광고 주문을 받았는데, 선불을 하
면 4달러로 실어 주겠다고 했더니, 그렇게 하더라는 겁니다. 신
문은 연간 구독료가 2달러인데, 선불이라는 조건으로 한 부당
반 달러의 예약을 세 건이나 받았다는 겁니다. 사람들은 전에
하던 대로 장작과 양파로 대금을 지불하겠다고 했으나 공작은
이제 바로 이 가게를 산 참이어서 손해를 보지 않을 정도로 싸
게 하여 이제부터는 현금으로 받을 작정이라고 했다는 겁니

다. 그는 손수 지은 자작시 한 편을(세 절로 된 겁니다. 약간 감미롭고도 구슬픈 시였지요.) 인쇄했다는 겁니다. 그 제목은 '그래, 냉정한 세상이여, 이 찢어진 가슴을 깨뜨리려무나'였습니다. 그리고 그는 이 시를 언제라도 곧 인쇄에 붙일 수 있도록 조판해 놓고 그 대가로 한 푼도 청구하지 않았다는 겁니다. 말하자면 이런 식으로 9달러 30센트를 벌게 되었는데, 하루 벌이치고는 꽤 좋은 편이라고 했습니다.

그다음 공작은 자기가 인쇄를 했으나 우리들을 위한 것이기 때문에 대금을 청구하지 않았다는 또 하나의 조그마한 일을 보여 주었습니다. 작대기에 보따리를 묶어 어깨에다 걸머메고 있는 도망친 검둥이의 그림이 그려져 있고, 그 밑에는 '상금 200달러'라고 쓰여 있는 쪽지였습니다. 글 내용은 하나같이 짐에 관한 것으로 아주 자세히 적혀 있었습니다. 이 노예는 작년 겨울 뉴올리언스에서 65킬로미터 하류 쪽 세인트 자크 농장에서 도망쳐 북쪽으로 간 것 같다느니, 누구든 그를 체포하여 돌려주는 사람에게는 상금과 그 비용을 지불하겠노라고 적혀 있었습니다.

"그래서 말인데요." 하고 공작은 말했습니다. "오늘 밤만 지나면 이제 우리들은 생각만 있다면 얼마든지 대낮에도 뗏목을 몰 수가 있어요. 누군가가 오는 것이 보이면 얼른 짐의 팔다리를 결박하여 오두막 한구석에다 굴려 놓고 이 광고 전단을 보이며, 우리들이 상류에서 이놈을 붙잡았지만 돈이 없어 증기선으로 여행할 수가 없어, 친구한테서 이 조그마한 뗏목을 외상으로 사 가지고 지금 상금을 타러 가는 중이라고 하면 된단 말씀이거든요. 수갑과 쇠사슬을 채우면 짐에게 한층 잘 어울리겠지만, 그러면 우리들이 아주 가난하다는 얘기와는 어긋나게 될 게 아니겠습니까. 그런 물건은 귀금속과 다름없지 뭡니까. 밧줄이면 안성맞춤이지요. 연극 무대에서 흔히 말하는 삼일치의 법칙이라는 것을 지키지 않으면 안 된다는 말씀이지요."

우리들은 이구동성으로 공작의 머리가 참으로 잘 돌아간다고, 이젠 대낮에 뗏목을 몰아도 문제가 없겠다고 말했습니다. 그 조그마한 마을의 인쇄소에서 저지른 공작의 짓거리가 큰 소동을 일으킬 것이 뻔했으므로, 그 소동으로부터 멀리 피하기 위해 오늘 밤 안으로 몇 킬로미터를 도망칠 수 있으리라고 판단했습니다. 게다가 마음만 먹으면 지금이라도 당장 뗏목을 몰 수 있었습니다.

우리들은 가만히 숨어 있다가 거의 밤 10시가 되어서야 출발했습니다. 마을에서 꽤 떨어진 지점을 몰래 통과하여 마을이 완전히 보이지 않게 될 때까지 램프를 켜지 않았습니다.

짐이 새벽 4시에 당직 교대로 나를 깨우러 왔을 때 그는 이렇게 말했습니다.

"헉, 이 여행에서 왕들을 더 많이 만날 거라고 생각하는가?"

"아니." 하고 내가 말했습니다. "그러리라고는 생각하지 않아."

"그려." 하고 그가 말했습니다. "그럼 됐구먼. 왕도 하나둘이라면 괜찮지만 그 이상이라면 골칫거리랑께. 이 왕은 대단한 술주정뱅이이고, 공작도 조금도 나을 것이 없제."

짐은 왕에게 프랑스 말이 대관절 어떤 건지 한 번 듣고 싶으니까 해 보라고 졸라 댔습니다. 그러나 왕은 이 나라에 온 지 하도 오래된다가 너무 고생을 많이 하여 다 잊어 먹었다고 대답하는 거였습니다.

21장

Kemble.

    벌써 해가 뜬 다음이었지만 우리들은 뗏목을 매려고도 하
지 않고 자꾸만 강을 따라 내려갔습니다. 왕과 공작은 마침내
꽤 초라한 모습으로 나타났습니다. 강으로 뛰어들어 헤엄을
치고 난 다음에서야 생기가 돌아왔습니다. 아침을 먹은 다음
왕은 뗏목 한끝에 걸터앉아 장화를 벗고 바짓단을 걷어 올리
고 편하게 두 다리를 물속에다 담그고 곰방대에다 불을 붙여
물고는 「로미오와 줄리엣」 대사를 암기할 수 있기 시작했지요.
제법 암기할 수 있게 되자 그는 공작과 함께 연습을 시작했습니다. 공작은 대사 하나하나를 어떻게 하는지 몇 번이고 되풀이하여 그것을 왕에게 가르치지 않으면 안 되었지요. 또 왕에게 한숨을 쉬고 가슴에 손을 얹도록 했습니다. 얼마 후 공작은 그가 꽤 잘한다고 칭찬했습니다. "다만." 하고 그가 말했습니다. "그런 식으로 '로미오!' 하고 황소가 우는 것처럼 소리 내선 안 됩니다! 부드럽게 상심하는 듯괴로워하고 있는 듯한 목소리로! 그러니까 '로―오―미오!' 하고 이렇게 말하라는 말이외다. 그렇게 해야만 되지요. 줄리엣은 아직 귀엽고 상냥한 어린 여자애니까 숫나귀 같은 소리를 내지 않지요."

그런 다음 두 사람은 공작이 떡갈나무 외가지로 만든 긴 칼 두 자루를 집어들고 칼싸움 연습을 시작했습니다. 공작은 자기를 리처드 3세라고 불렀지요. 둘이 상대방을 겨누면서 뗏목 위를 뛰어다니는 꼴이란 참으로 가관이었습니다. 그러나 왕이 발을 헛디뎌 그만 강 속에 떨어졌고, 그다음 그들은 휴식을 취하면서 그동안 강가에서 겪은 갖가지 모험담으로 꽃을 피웠지요.

점심 식사가 끝났을 때 공작이 이렇게 입을 열었습니다.

"이보시오, 카페3) 왕, 이 공연을 아주 멋진 일류 연극으로 만들고 싶단 말씀입니다. 그러려면 뭐 좀 덧붙여야 할 것같이 생각됩니다. 어쨌든 앙코르에 응할 무엇이 좀 필요하단 말이지요."

"빌지워터, 앙코르란 게 뭐야?"

공작은 그것을 설명하고 나서 이렇게 말했습니다.

---

3) 프랑스의 왕 '위그 카페'로 재위 기간은 987~996년.

"앙코르에 난 스코틀랜드의 춤이나 뱃사공의 혼파이프 춤으로 답하겠습니다. 영감님은, 가만 있자……. 오, 옳지 됐어. 영감님은 「햄릿」의 독백을 하면 될 것 같군요."

"「햄릿」의 뭐라고?"

"「햄릿」의 독백 말입니다. 셰익스피어 극 중 제일 유명한 거지요. 아, 장엄하고말고, 장엄하고말고! 늘 관중들을 죽여 주고 말지요. 내가 갖고 있는 대본에는 들어 있지 않아요. 이거 한 권밖엔 가진 게 없으니. 하지만 기억을 더듬어 끼워 맞출 순 있을 것 같습니다. 어디 잠깐 여기를 왔다 갔다 하면서 기억 속에서 다시 불러낼 수 있을는지 한 번 해 보겠소이다."

그러고는 그는 잔뜩 생각에 잠긴 얼굴로 가끔 얼굴을 무섭게 찡그리며 왔다 갔다 하기 시작했습니다. 또 그다음에는 손을 이마에다 대고 뒤로 비틀거리며 신음 소리를 내기도 했지요. 그다음 한숨을 푹 내쉬고 눈물을 흘리는 시늉을 했습니다. 참으로 가관이었지요. 마침내 그는 그것을 기억해 냈습니다. 우리들에게 주의를 기울이라고 했습니다. 그러고 나서 그는 한쪽 발을 앞으로 쑥 내밀고 두 팔을 높이 쳐들며 머리를 뒤로 젖혀 하늘을 우러러보며 아주 품위 있는 포즈를 취했지요. 그다음 이번에는 미쳐 날뛰며 이를 북북 갈기 시작했습니다. 그러더니 대사를 외우는 동안 큰 소리를 지르며, 두 팔을 넓게 펼쳐 가슴을 앞으로 내미는 것이, 내가 이제까지 보아온 어떤 연기도 당해 낼 재간이 없었지요. 그 대사는 이렇게 시작됩니다. 그가 왕에게 가르치고 있는 동안 나도 쉽사리 그것을 익힐 수 있었습니다.

사느냐 죽느냐, 이것이 단검이로다

이 단검이 있기에 인생은 불행하게 마련이지.

그 누가 이 무거운 짐을 짊어지고

지루한 세상의 짐을 진 채

버남의 숲이 던시네인까지 다가올 때까지

참을 것이냐

죽음 뒤의 어떤 공포가

대자연의 두 번째 선물인

죄 없는 잠을 죽이고

우리들로 하여금 미지의 운명에 따르기보다는

가혹한 운명의 화살을 쏘게 하는 일만 없다면.

이를 생각하니 망설여질 수밖에.

문을 두드려 던컨의 잠을 깨워라!

그대가 그럴 수만 있다면 얼마나 좋으리.

그 누가 견딜 수 있겠는가

세상의 비난과 경멸, 폭군의 비행,

오만한 자의 무례, 재판의 지루함,

언제나와 같이 엄숙한 검은 옷을 입은

어두운 무덤이 입을 벌리고 기다리는

무서운 한밤중의 그 괴로운 죽음을.

그러나 이제껏 어떤 나그네도

돌아오지 못한 미지의 나라가,

이 세상에 두려움을 전해 주고

그래서 결심의 본래 색깔은

속담에 나오는 가련한 고양이처럼

걱정으로 흐려지고,

지붕 위까지 내려온 온갖 구름도

이 때문에 길을 잃고 결행의 명분을 잃게 된다.

죽음이야말로 더할 나위 없는 대소원의 극치.

그러나 기다리자 아리따운 오필리아여,

그대의 무거운 대리석 입을 열지 말고

수녀원으로 가거라! 어서 가거라!

왕은 이 대사가 마음에 들었고, 단번에 그는 아주 곧잘 멋들어지게 할 수 있게 되었습니다. 그는 마치 이 대사를 위해서 이 세상에 태어난 사람 같다고나 할까요. 이 대사를 완전히 통달하고 흥이 나자 그가 이 독백을 외면서 이리 뛰고 저리 뛰다가 우뚝 장승처럼 서 있는 꼴이란 정말로 볼만했습니다.

재수좋게 얻어걸린 첫 기회에 공작은 연극 광고 전단을 인쇄했습니다. 그 후 강을 따라 떠내려가는 이틀 동안 우리 뗏목은 그야말로 대단한 활기를 띠었습니다. 왜냐하면 이 뗏목 위에서는 (공작의 말을 빌린다면) 온통 칼싸움과 대사 연습만이 벌어지고 있었기 때문이지요. 아칸소주 아래쪽으로 꽤 내려갔을 무렵의 어느 날 아침, 커다란 만곡부에 초라한 마을 하나가 눈에 들어왔습니다. 그래서 거기서부터 약 1킬로미터 가량 상류 지점에 삼나무가 터널처럼 우거져 있는 개울 입구에다 뗏목을 매어 놓았지요. 그러고는 짐을 빼놓고 세 사람 모두가 카누를 타고 강을 따라 내려가 그 마을에서 연극을 상연할 기회가 있는지 보러 갔습니다.

우리들은 참으로 운이 좋았습니다. 마침 그날 오후 이 마을에서 서커스가 개최될 예정으로 있었으며, 벌써부터 시골 사람들이 온갖 종류의 낡고 덜컹거리는 마차와 말을 타고서 모여들기 시작하고 있었습니다. 서커스는 날이 어두워지기 전에 떠날 것이니, 그러고 보면 우리들의 연극은 아주 좋은 기회를 얻게 된 셈이었지요. 공작은 큰 저택을 하나 빌렸고, 우리들은 광고를 붙이며 돌아다녔지요. 광고 전단에는 다음과 같은 문구가 적혀 있었습니다.

셰익스피어극 재상연!!!

깜짝 놀랄 구경거리!

오늘 밤만 상연!

세계적으로 유명한 비극 배우들 출연

런던의 드루리 극장 전속 데이빗 개릭 2세

및

런던 피카딜리 푸딩 레인 화이트 채플

왕립 헤이마켓 극장 및

왕립 대륙 극장 전속 에드먼드 킨 1세

그들이 출연할

장엄한 셰익스피어극 중의 흥행물은

「로미오와 줄리엣」 중의

발코니 장면!!!

로미오 역 ·················· 개릭 씨

줄리엣 역 ·················· 킨 씨

극단원 조연으로 총출연!

새로운 의상, 새로운 배경, 새로운 장비!

이 밖에 또한

「리처드 3세」 중의

스릴에 넘치고 웅장하고 간담을 서늘하게 하는 결투!!!

리차드 3세 역 ·················· 개릭 씨

리치몬드 역 ·················· 킨 씨

이 밖에 또한

(특별 요청에 의하여)

「햄릿」의 불멸의 독백!!

유명한 킨의 출연!

파리에서의 300회 연속 흥행!

유럽 흥행 기일 박두로 말미암아

오늘 밤만 공연!

입장료 25센트, 소인 및 하인 10센트.

그리고 나서 우리들은 마을을 돌아다녔습니다. 가게와 집은 거의 모두가 금방 쓰러질 듯이 낡고 바싹 마른 목조 건물들로 페인트라곤 한 번도 칠한 적이 없었습니다. 홍수 때 물이 차지 않게 하기 위해 땅 위에서 1미터가량 높은 버팀대에 세워 놓았지요. 집 주위에는 조그마한 정원이 있었으나 심은 것이라곤 거의 아무것도 없었습니다. 흰꽃독마풀과 해바라기에다 잿더미, 낡고 쭈그러진 장화와 단화, 깨진 병, 넝마, 쓰지 못하게 된 양철 깡통 따위가 여기저기 널려 있었습니다. 울타리는 갖가지 다른 종류의 판자 조각으로 되어 있었고, 그것도 각기 다른 때에 못질해 놓은 것이었지요. 이리저리 제멋대로 사방으로 기울고 있었으며, 문에는 대체로 돌쩌귀라곤 하나밖에 없었습니다. 그것도 가죽으로 만든 돌쩌귀였지요. 어떤 울타리는 언제 칠했는지 모르지만 희게 칠한 것도 있었는데, 공작은 아마 콜럼버스 시절에 칠한 것처럼 보인다고 말했고, 아마 그럴지도 모를 일이었습니다. 대체로 마당에는 돼지들이 돌아다니고 있었고, 사람들이 돼지들을 몰아내고 있었지요.

가게들은 모두가 한쪽 길에 죽 늘어서 있었습니다. 가게 앞에는 집에서 만든 흰 차일을 쳐 놓았고, 시골 사람들은 그 차일 기둥에다 말들을 매 놓고 있었습니다. 차일 아래에는 빈 포목 상자가 놓여 있었는데, 할 일 없이 빈둥거리는 사람들이 그 위에 올라앉아 큰 나이프로 상자를 깎기도 하고, 담배를 씹기도 하고, 하품을 하기도 하고, 기지개를 켜기도 하면서 하루 종일 거기 붙어 있었습니다. 하나같이 비천하기 이를 데 없는 사람들이었지요. 그들은 대부분 거의 우산만 한 누런 밀짚모자를 쓰고 있었지만 윗 저고리나 조끼를 입고 있지 않았습니다. 서로를 빌이니 벅이니 행크니 조니 앤디니 하고 불러대며 느릿느릿하게 말끝을 길게 빼며 말했고 꽤나 심한 욕설을 해 댔습니다. 차일 기둥 하나에 건달 한 사람씩 기대어 서서 거의 언제나 두 손을 호주머니 속에 꽂고 있었고, 남에게는 씹는 담배를 한 입 꾸어 준다거나 어디를 긁는다거나 할 때 말고는 절대로 손을 밖으로 내놓지 않았지요. 그 사람들 사이에서 서로 오고가는 말은 늘 이런 식이었습니다.

"어이, 행크, 담배 한 입만 줘."

"안 돼. 한 번 씹을 것밖에는 남지 않았어. 빌보고 달래지."

빌은 그에게 한 대 줄지도 모르고, 또는 하나도 없다고 거짓말을 할지도 모릅니다. 이런 건달들 중에는 돈이라곤 동전 한 닢 없고, 또 자기 담배라곤 한 입도 가지고 있지 않은 작자도 있었지요. 이런 작자들은 늘 담배을 꾸어서 씹는 겁니다. 친구에게 이렇게 말을 걸지요. "잭, 한 입만 꿔 주라. 내가 가

21장

지고 있던 마지막 한 입을 지금 막 벤 톰슨에게 줘 버렸거든."
그런데 이 말은 늘 거짓말인 것이 뻔했지요. 다른 지방에서 온
낯선 사람이 아니라면 속을 리가 없습니다. 그러나 잭은 낯선
사람이 아닌지라 이렇게 대답했습니다.

"네놈이 그놈에게 한 입 주었다고? 네 여동생이 기르는 고
양이 할매가 주었겠다. 레이프 버크너, 지금까지 나한테서 꿔
간 걸 내놓으시지. 그러면 한 톤이나 두 톤을 꿔 줄게. 그리고
이자 같은 건 내라고 하지 않을 테니까."

"하지만 내 어제 좀 갚지 않았나?"

"그래, 갚고말고. 여섯 입쯤 갚았지. 네놈은 가게서 파는 담
배를 꿔 가서는 검둥이들이나 씹는 형편없는 담배로 갚았다
말이다."

가게에서 파는 담배란 납작하고 새까만 담배였지만 이런 건달들은 거의가 다 생담뱃잎을 비튼 것을 씹고 있었습니다. 한 묶음 꿀 때엔 대개 칼로 자르지 않고 입에다 물고는 이빨로 물어뜯어 두 쪽으로 잘라질 때까지 손으로 잡아당겼습니다. 그러면 가끔 담배 주인은 남은 부분을 돌려받으면 애통한 듯한 눈으로 바라보며 이렇게 비꼬아 말하는 겁니다.

　"어이, 씹은 쪽을 이리 내고, 잘라진 쪽을 네가 가져."

　큰 길이고 작은 길이고 모두가 진창투성이였습니다. 진창 말고는 아무것도 없었습니다. 마치 콜타르처럼 새까맣고, 곳에 따라선 깊이가 1미터 되는 것도 있었습니다. 어디를 가나 4, 5센티미터 정도의 깊이는 보통이었지요. 또 어디를 가나 돼지들이 여기저기 꿀꿀대며 어슬렁거리며 돌아다니고 있었습니다. 그리고 흙투성이 암퇘지와 돼지 새끼들이 길거리를 따라 빈둥거리며 오다가 길 한복판에 벌렁 나자빠졌고, 그러면 사람들은 그것을 피해서 지나가지 않으면 안 되었지요. 암퇘지는 새끼 돼지들에게 젖을 물리고 있는 동안 몸을 죽 뻗고 눈을 지그시 감고 귀를 설레설레 흔들면서 마치 월급이라도 받고 있는 것 같은 행복감에 젖어 있었습니다. 얼마 안 되어 건달 하나가, "쉭 쉭! 티지, 저놈을 해치워라!" 하고 큰 소리를 지르자, 암퇘지는 비명을 지르며 자신의 귀를 물고 늘어진 개를 한두 마리 질질 끌면서 도망을 쳤습니다. 그 뒤를 3, 40마리나 되는 개가 모여들었지요. 건달들은 모두 일어나 보이지 않을 때까지 그것을 바라보며 깔깔대며 한바탕의 소동을 고맙게 여기는 눈치들이었습니다. 그런 다음 건달들은 개싸움이 있을 때까지 다시 한번 제자리로 돌아가 서성거리고들 있었지요. 개싸움만큼 이 건달들의 정신을 바짝 들게 하고 무척이나 흥미를 돋우는 짓거리도 없었습니다. 하기야 주인 없는 개에다 테레빈 기름을 끼얹어 불을 지르는 짓거리나, 개 꼬리에다 양철 냄비를 매달아 죽을 지경이 될 때까지 뛰어 돌아다니는 모습을 볼 때를 빼놓고 말이지요.

강둑에 있는 집은 몇 채 고개를 숙이고 한쪽으로 기울어 있었고, 언제라도 당장 강 속으로 굴러떨어질 것만 같았습니다. 그런 집에 살고 있는 사람들은 다른 데로 벌써 이사를 갔습니다. 또 다른 집 몇 채는 한쪽 구석 밑 강둑이 무너져 내려 그 구석은 공중에 매달려 있었습니다. 그런 집에는 아직도 사람들이 살고 있었지만 어쩌다가 집 넓이만큼의 땅이 한꺼번에 무너져 내리는 수가 가끔 있어 위험하기 짝이 없었지요. 때로는 400미터 깊이의 땅이 한여름 동안 꺼지고 또 꺼져 그 전부가 강 속으로 떨어지고 마는 일도 있었습니다. 이러한 마을은 강이 자꾸만 둑을 침식하고 마는 까닭으로 결국 뒤쪽으로 뒤쪽으로 자꾸 물러가지 않으면 안 되었지요.

그날 정오가 가까워 오자 거리의 짐마차와 말이 점점 많아졌고 계속 그 수가 늘어났습니다. 자꾸만 뒤에서 밀려왔지요. 시골에서 온 가족들은 도시락을 가지고 와 짐마차 안에서 먹고 있었습니다. 위스키를 마시고 주정을 하는 사람도 꽤 있었고, 나는 싸움하는 것을 세 번이나 보았습니다. 마침내 누군가가 이렇게 큰 소리로 외쳤습니다.

"저기 보그스 영감이 온다! 한 달에 한 번씩 술에 취하러 시골에서 오는구나. 여러분, 지금 그가 이쪽으로 오고 있어요!"

건달들은 하나같이 기쁜 표정이었습니다. 모두들 보그스 영감으로 해서 재미를 보는 것 같다는 생각이 들었습니다. 그 중 하나가 이렇게 말했습니다?

"저 영감 이번엔 누구를 해치울까. 지난 이십 년 동안 해치워 버린다고 벼르던 사람들을 모두 해치워 버렸다면 그 영감도 이젠 이름 깨나 났을 텐데 말이야."

그러자 다른 사나이가 "보그스 영감쟁이가 날 죽인다고 하면 참 좋겠는데. 그러면 난 1000년 동안은 죽지 않게 될 테니 말이야." 하고 말했습니다

보그스는 말을 타고 오면서 마치 인디언처럼 고래고래 소리를 질러 댔습니다.

"어이, 비켜. 난 지금 전쟁에 나가는 길이야. 관(棺) 값이 오를 거다!"

보그스는 술에 취해 있었고, 안장 위에서 제대로 몸을 가누지 못했습니다. 쉰이 좀 지난 나이로, 얼굴색이 여간 빨갛지 않습니다. 모두들 보그스를 향해 소리치고 웃어 대며 욕지기를 퍼부었고, 보그스 영감도 조금도 지지 않고 말대꾸를 하면서 네놈들도 차례차례 해치워 버려야 하겠지만, 오늘은 셔번 대령 영감쟁이를 죽이러 온 것이니까 다음 차례로 미룰 수밖에 없다, '고기를 먼저, 숫가락으로 먹는 음식은 둘째.'가 자신의 좌우명이라고 말하는 겁니다.

보그스 영감은 나를 보자 내 앞으로 바싹 말을 몰고 오더니 이렇게 말했습니다.

"임마, 너 어디서 굴러온 놈이야? 너 죽을 각오는 됐느냐?"

이 한마디를 던지고는 영감은 휙 말을 타고 가 버렸습니다. 나는 덜컥 겁이 났지만 옆의 사나이가 이렇게 말했지요.

"괜찮다. 저 작잔 술이 취하면 으레 저 모양이야. 아칸소주에서도 제일 마음씨가 착한 바보 영감쟁이란다. 취해 있든 취해 있지 않든 남에게 해를 끼친 적은 한 번도 없어."

보그스 영감은 마을에서 제일 큰 가게 앞으로 말을 몰고 가더니 목을 숙여 차일 안을 들여다보고 이렇게 버럭 소리를 질렀습니다.

"셔번, 이리 나와! 어서 나와 네놈이 속여 먹은 사람과 맞붙어 보잔 말이다. 네놈은 나에게 몰리고 있는 개란 말이다. 네놈을 단단히 혼내 줄 테다!"

이렇게 보그스는 입에서 나오는 대로 갖가지 욕설을 셔번에게 퍼부어 댔고, 길거리는 그것을 듣고 웃어 대고 떠들어

대는 건달들로 가득 찼습니다. 얼마 후 쉰다섯쯤 되어 보이는 자존심 강하게 생긴 사람 하나가(마을에서도 가장 멋진 옷을 입고 있었지요.) 가게에서 나왔습니다. 사람들은 그 사람이 지나가도록 좌우로 길을 비켜섰지요. 그 사람은 아주 침착한 목소리로 그리고 천천히 보그스에게 이렇게 말했습니다.

"이젠 이런 장난에 진절머리가 났다. 하지만 1시까지 참아 주겠다. 1시까지야. 잘 들어, 그 이상은 절대 안 돼. 만약 한시 이후에 단 한 번만이라도 나에게 입을 뻥끗하기만 하면, 어디로 도망치건 꼭 붙잡아 내고야 말 테다."

이렇게 한마디를 던지고는 그 사람은 가게 안으로 다시 들어가 버렸습니다. 군중들은 아주 엄숙한 표정을 지었고, 꼼짝도 하지 않았습니다. 더 이상 웃는 사람들도 없었지요. 보그스는 목소리를 끝까지 돋우어서 셔번에게 고래고래 욕설을 퍼부어 대며 한길 저쪽으로 가 버렸습니다. 얼마 후에 곧 다시 돌아오더니 가게 앞에 서서 또다시 욕설을 퍼붓기 시작했지요. 몇 사람이 보그스 주위에 달려들어 입을 막으려고 했지만 그는 막무가내였습니다. 사람들은 보그스에게 앞으로 15분만 지나면 1시가 된다고 일러 주고는, 어서 집으로 돌아가지 않으면 안 된다고 타일렀습니다. 당장 여기를 떠나지 않으면 안 된다고 말이지요. 그러나 아무 소용이 없었습니다. 보그스는 있는 힘을 다하여 욕설을 퍼붓고 있을 따름이었습니다. 그리고 모자를 진창 속에다 던져 그 위를 말발굽으로 짓밟고 나서는 이내 곧 백발을 바람에 흩날리며 한길 저쪽으로 다시 말을 몰았습니다. 그를 붙잡을 수 있는 사람들은 하나같이 있는 힘을 다하여 보그스를 말에서 끌어 내려 술이 깰 때까지 감금해 두려고 했습니다. 그러나 헛수고였지요. 그는 또다시 한길 쪽으로 올라와 셔번에게 욕설을 퍼부어 댔습니다. 마침내 누군가가 소리쳤습니다.

"어서 딸을 불러와! 어서 빨리 딸을 불러오라고. 딸의 말이라면 간혹 들을 때도 있으니까. 보그스를 타이를 수 있는 사람이라면 딸밖엔 없어."

그래서 누군가가 부르러 뛰어갔습니다. 나는 거리를 좀 더 내려가서 걸음을 멈췄습니다. 5분인가 10분이 지나 또다시 보그스가 왔습니다. 그러나 이번에는 말을 타고 있지 않았습니다. 내 쪽으로 모자를 쓰지 않은 채 비틀거리며 걸어왔지요. 친구들이 양쪽에서 팔 하나씩을 붙잡고 보그스를 재촉하고 있었습니다. 그는 말없이 불안에 떨고 있는 눈치였습니다. 이제는 꾸물거리기는커녕 오히려 자신이 서두르고 있었지요. 이때 누군가가 소리쳤습니다.

"보그스!"

나는 누가 소리쳤나 보려고 뒤를 돌아보았습니다. 다름아닌 셔번 대령이었습니다. 한길 한복판에 몸 하나 까딱 하지 않고 서 있었지요. 치켜든 오른손에 권총을 들고 있었습니다. 그 총을 겨누진 않고 그저 총신을 하늘 쪽으로 향하고 있었지요. 바로 이때 젊은 여자 하나가 두 사나이와 함께 총총걸음으로 이쪽으로 달려오는 모습이 보였습니다. 보그스와 두 사나이는 누가 불렀나 하고 되돌아보았고, 권총을 보자 사나이들은 얼른 옆으로 비켜 섰습니다. 권총의 총신이 천천히 수평선까지 내려왔습니다. 격철이 양쪽 다 올려져 발사 준비가 되어 있었지요. 보그스는 두 손을 쳐들고 "제발, 총을 쏘지 마!" 하고 말했지요. '땅!' 하고 처음 한 방이 터지자 보그스는 허공을 쥐면서 뒤로 비틀거렸습니다. '땅!' 하고 두 번째가 터지자 보그스는 팔을 편 채 꽈당 하고 뒤로 쓰러지고 말았습니다. 젊은 여자는 비명과 함께 달려들어 아버지에게 몸을 던지고는 울면서 "아, 저 사람이 아버지를 죽였어요, 저 사람이 아버지를 죽였단 말이에요!" 하고 말했지요. 사람들은 두 사람 주위로 몰려들어 이 광경을 보려고 목을 길게 뽑고는 서로 밀치락달치락 야단이었습니다. 안에 있는 사람들은 안에 있는 사람대로 사람들을 밀어내면서 "뒤로 물러서, 뒤로 물러서! 바람을 통하

- Kemble.

게 해, 바람을 통하게 해!" 하고 소리를 질렀지요.

셔번 대령은 권총을 땅바닥에다 내던지고는 휙 돌아서 저쪽으로 가 버렸습니다.

사람들은 보그스를 조그마한 약방으로 데려갔습니다. 사람들은 아까처럼 그 주위를 밀치락달치락하며 따라갔고, 그뒤에 마을 사람 모두가 따라갔으며, 나는 쏜살같이 달려가 보그스 가까이에서 안이 잘 들여다보이는 창가의 좋은 장소를 차지했습니다. 사람들은 보그스를 마루 위에다 누이고는 머리 밑에다 커다란 성경 책 한 권을 놓고, 성경 책 또 한 권을 그의 가슴 위에다 펼쳐 놓았습니다. 사람들이 먼저 보그스의 셔츠를 벗겼으므로 나는 탄알 하나가 어디에 박혔는지 볼 수 있었지요. 보그스는 열댓 번이나 숨을 길게 헐떡거렸고, 숨을 들이쉴 때마다 성경 책이 올라갔고, 숨을 내쉬면 또다시 성경 책은 내려왔습니다. 그러고 나서 보그스는 조금도 움직이지 않았습니다. 숨을 거둔 거지요. 사람들은 울부짖고 있는 딸을 그에게서 떼어 어디론지 데리고 갔습니다. 그녀는 나이가 열여섯 살쯤 되어 보였으며 매우 귀엽고 상냥하게 생겼지만, 얼굴색이 무섭게 창백하였고 겁에 질려 있었습니다.

그런데 얼마 안 되어 마을에 사는 모든 사람들이 모여들어 창가로 가서 보려고 서로 밀치락뒤치락하며 야단법석을 떨었습니다. 먼저 있던 사람들은 비키려고 하지 않고, 또 나중에 온 사람들은 "이봐, 당신들은 실컷 보지 않았소? 언제까지 거기 서서 다른 사람들에게는 보여 주지 않는 건 공평하지가 않아. 다른 사람들도 당신들과 마찬가지로 똑같은 권리가 있잖나." 하고 불평을 늘어놓았지요.

지독한 욕설로 대꾸하는 사람들이 있었기 때문에 나는 큰 소동이 일어날지도 모른다고 생각하고는 그곳을 슬쩍 빠져나왔습니다. 큰길은 사람으로 가득 찼고, 모두들 흥분하고 있었습니다. 사살 현장을 목격한 사람은 어떻게 피살되었는가를 얘기하고 있었고, 그 주위에는 목을 길게 뽑고서 듣고 있는 사람들로 인산인해를 이루고 있었지요. 머리를 길게 기르고, 큰 흰 모피 실크해트를 삐딱하게 쓰고, 손잡이가 굽은 지팡이를 들고 있는 깡마르고 키가 큰 사나이가 보그스가 있던 장소와 셔번이 있는 장소에다 표시를 했습니다. 사람들은 그의 꽁무니를 줄줄 따라다니며 그 사나이의 거동을 하나도 빼놓지 않고 지켜보며, 알았다는 듯이 연방 머리를 끄덕끄덕거렸고, 지팡이로 땅에다 표시를 하는 것을 보기 위해서 넓적다리에다 두 손을 올려놓고 약간 앞으로 몸을 구부리고 있었지요. 그 사나이는 셔번이 서 있던 장소에 똑바로 뻣뻣이 일어서서 얼굴을 찡그리고 모자 테두리를 깊숙이 내리고는 "보그스!" 하고 외쳤습니다. 그러고 나서 그는 지팡이를 천천히 수평으로 내리며 '땅!' 하고 소리를 질렀고, 뒤로 비틀거리다가 또다시 '땅!' 하고 소리를 지르고는 덜컥 뒤로 나자빠졌습니다. 보그스가 쓰러지는 것을 보고 있던 사람들은 정말 그대로였다고 했습니다. 그러고는 약 열 명가량의 사람들이 제각기 술병을 꺼내더니 그 사나이를 대접하는 거였습니다.

그런데 마침내 누군가가 셔번을 사형(私刑)에 처해야 한다고 소리쳤습니다. 약 1분이 지난 다음 모두들 그래야 한다고 이구동성으로 말했지요. 그래서 그들은 마치 미친 사람처럼 고래고래 소리를 지르며 닥치는 대로 빨랫줄을 걷어서는 그것으로 목을 매달려고 달려갔습니다.

22장

　사람들은 마치 인디언처럼 고래고래 소리지르고 떠들어 대면서 셔번 대령의 집을 향해 몰려갔습니다. 길을 비키지 않으면 당장 짓밟혀 산산조각 날 듯 그야말로 보기에도 무시무시한 광경이었습니다. 아이들은 비명을 지르고 옆으로 비키면서 군중들 앞을 달려갔고, 길가의 창이라고 하는 창은 여자들 얼굴로 가득 찼으며, 나무라고 하는 나무에는 검둥이 사내들이 올라가 있었고, 울타리라고 하는 울타리로부터는 검둥이 남녀 하인들이 밖을 내다보고 있었지요. 군중이 가까이 다가오자 그들은 사방으로 뿔뿔이 흩어져 손이 미치지 않는 안전한 곳으로 피해 버리는 것이었습니다. 많은 아낙네들과 처녀들은 겁을 잔뜩 집어먹고는 큰 소리를 내며 마구 울어 댔습니다.

사람들은 될 수 있는 대로 한데 뭉쳐 셔번의 집 울타리 말뚝 앞으로 몰려갔습니다. 어찌나들 서로 떠들어대고 있는지 자기가 하는 소리도 제대로 들리지 않을 정도였지요. 집 앞은 6미터 정도의 조그마한 정원이었지요. 그중 누군가가 "담을 헐어 버려! 담을 헐어 버려!" 하고 외쳤습니다. 그러자 잡아뜯고 뽑아버리며 때려부수는 등 큰 소동이 일어나자 울타리는 삽시간에 무너지고, 군중의 앞벽은 파도처럼 안으로 밀려들어가기 시작했습니다.

마침 그때 셔번이 조그만 현관 지붕 위에 나타났습니다. 손에는 연발 장총을 들고 말 한마디 없이 아주 침착한 태도로 유유히 서 있었습니다. 그러자 소동이 갑자기 그치고, 인파는 뒤로 물러섰습니다.

셔번은 한마디 말이 없었습니다. 그저 거기 선 채 아래만 내려다보고 있을 뿐이었습니다. 너무나 조용하여 소름이 끼치고 불안할 정도였지요. 셔번은 천천히 군중들을 한 번 훑어보았습니다. 그 시선과 마주친 사람들은 도로 쏘아붙이려고 했지만 그렇게 할 수 없었지요. 눈을 내리깔고는 흘끔흘끔 바라볼 뿐이었습니다. 그러자 곧 셔번은 약간 웃음을 지었으나, 유쾌한 웃음이 아니라 마치 모래가 든 빵을 씹을 때 짓는 그런 웃음이었습니다.

그다음 셔번은 천천히 그리고 사람들을 비웃는 듯한 어조로 이렇게 말했습니다.

"너희들이 누구를 사형(私刑)에 처한다고! 재미난 생각이
야. 너희들에게 한 사나이를 사형할 만한 배짱이 있다고 생각
하다니 참으로 가소롭구나! 이 마을로 온, 의지할 곳 없이 불
쌍하고 버림받은 여자들에게 콜타르를 바른 후에 깃털을 꽂
아 혼낼 만한 용기가 있다고 해서, 사나이에게도 손을 댈 만
한 배짱이 있다고 생각하는가? 흥, 너희들 같은 인간 만 명이
있어도 그 사나이는 눈 하나 꿈쩍도 안 할 거다. 대낮이고, 또
등뒤에서 얻어걸릴 염려만 없다면 말이다.

내가 너희들을 알고 있느냐고? 손바닥처럼 잘 알고 있고말
고. 나는 남부에서 태어나 자랐고, 북부에서 산 일도 있다. 그
래서 모든 웬만한 인간쯤은 두루 알고 있단 말이다. 보통 사
람들이란 겁쟁이지. 북부에선 짓밟으려고 생각하는 자에게는
누구나 다 자기를 짓밟게 하고, 그 후 집으로 돌아가서는 그
것을 참아 낼 만큼의 겸허한 마음을 주시옵소서 하고 기도를
올린단 말이다. 남부에서 한 사나이가 자기 혼자서 대낮에 사
람들이 가득 탄 역마차를 세워 놓고는, 승객들로부터 돈을 빼
앗는단 말이다. 너희들 신문들이 너희들을 용감한 사람이라
고 불러 대니까 정말로 다른 누구보다도 용감하다고 착각하
고 있지. 실은 너희들은 다른 사람들과 같은 정도의 용기가 있
을 뿐 용기가 더 뛰어나다고 할 수는 없지. 너희들 배심원은
왜 살인자들을 교살하지 않은 거지? 그것은 그자의 친구 놈
들이 어둠을 타 등뒤에서 자기를 쏘아 죽이지나 않을까 하고
무서워하기 때문이다. 그 친구 놈들은 틀림없이 그 짓을 해내

고야 말 테니까.

그래서 그들은 늘 놓아주지. 그러면 복면을 쓴 겁쟁이들 백 명을 거느리고 사나이다운 사나이가 밤에 가서 그 악당을 사형(私刑)한단 말이다. 너희들의 잘못은, 너희들이 사나이다운 사나이를 데리고 오지 않은 점이다. 이것이 첫 번째 잘못이요, 또 다른 잘못은 어둠을 타고 오지 않고 게다가 복면도 가져오지 않았다는 점이다. 너희들이 데리고 온 것은 절반짜리 사나이란 말이다. 저기 있는 저 벽 하크니스가 바로 그런 놈이거든. 그리고 만약 벽이 앞장을 서지 않았다면, 너희들은 그저 소동만 일으켰을 뿐이란 말이야.

너희들은 여기에 오고 싶지는 않았을 거다. 평범한 인간은 귀찮은 일과 위험한 일은 싫어하는 법이거든. 너희들도 그런 것을 싫어하지만 저기 있는 저 벽 하크니스 같은 절반짜리 인간이 '놈을 사형에 처하라! 놈을 사형에 처하라!' 하고 외치면 너희들은 물러서기가 두려워지거든. 너희들의 본색이 탄로될까 봐서 말이다. 겁쟁이라는 본색 말이다! 그것이 두려워 큰 소리치고 그 절반짜리 사나이 저고리 꼬리에 잔뜩 매달려서 대단히 장한 일을 해낸다고 떵떵거리고는 대단한 기세로 여기로 몰려왔단 말이지. 이 세상에서도 제일 불쌍한 건 오합지중(烏合之衆)이야. 군대가 바로 그렇지. 오합지중 말이다. 오합지중은 타고난 배짱으로 싸우는 게 아니라 그들의 집단에서, 그들의 상관한테서 빌려 온 배짱으로 싸운단 말이다. 하지만 그 선두에 사나이다운 사나이가 없는 오합지중은 불쌍하기 이를 데 없단 말이다. 자, 이제 너희들이 할 일은 꽁무니를 낮추고 어서 집으로 돌아가 쥐구멍 속으로 기어 들어가는 것이다. 진짜 사형을 할 작정이라면 남부식으로 어둠을 타고 하는 거야. 그리고 올 때엔 반드시 복면을 가지고 올 것, 사나이다운 사나이를 데리고 올 것, 이 두 가지다. 자, 모두들 돌아가거라. 너희들 그 반쪽짜리 작자도 같이 데리고 가는 거다." 이렇게 말하면서 셔번은 총을 왼팔 위에다 겨누고는 격철을 찰싹하고 올렸습니다.

그러자 군중은 갑자기 뒤로 물러서기가 무섭게 사방으로 뿔뿔이 흩어져 버렸고, 벅 하크니스도 꽤나 비겁한 꼴로 슬금슬금 그 뒤를 따라 도망쳤습니다. 나는 그대로 있을 생각만 있다면 그대로 있을 수도 있었지만 영 그럴 생각이 들지 않았지요.

나는 서커스로 가서 감시인이 지나갈 때까지 뒤쪽에서 서성대다가 텐트 아래로 슬쩍 기어 들어갔습니다. 20달러짜리 금화 말고도 얼마간 돈이 있었지만 이렇게 집에서 멀리 떨어진 타향에 나와 있으면 언제 어느 때 돈이 필요하게 될지도 모르니까 쓰지 않고 그냥 모아 두기로 했지요. 아무리 주의해

도 지나치지 않습니다. 그 밖에 다른 도리가 없을 때엔 언제나 돈을 내고 서커스를 구경하는 것에 나는 반대하지 않지만, 서커스 같은 것에 헛되이 돈을 써 버릴 필요는 없었지요.

참으로 굉장한 서커스였습니다. 이제까지 본 서커스 중에서 그야말로 가장 멋들어졌지요. 단원 전부가 말을 타고 입장하는데, 신사와 숙녀가 나란히 한 쌍을 이루고 남자는 속바지와 셔츠 차림만으로 신발도 신지 않은 채 박차도 없이 경쾌한 모습으로 손을 넓적다리 위에다 올려놓고 있었고(아마 스무 명쯤은 되었을 겁니다.) 여자들은 하나같이 아리따운 얼굴의 미인들로 정말 진짜 여왕들과 조금도 다름없는 모습으로 몇백만 달러씩이나 할 옷에 다이아몬드를 여기저기 박은 번드레한 옷을 입고 있었습니다. 그야말로 대단한 광경이었지요. 이렇게 아름다운 광경은 난생처음이었습니다. 다음에 그들은 하나씩 말 잔등 위에 일어서서 아주 천천히 파도치는 물결처럼 넘실거리면서 우아하게 링 주위를 빙빙 돌아다녔습니다. 남자들은 키가 크고, 경쾌한 몸가짐으로 똑바로 몸을 펴고는 높다란 텐트의 지붕 아래를 부딪칠 듯 말 듯 지나가며 그때마다 머리를 남실남실 숙였습니다. 여자들은 장미 잎 같은 드레스를 허리 둘레에 부드럽고도 가볍게 펄럭거렸는데 다시없이 아름다운 양산처럼 보였지요.

그리고 나서 그들은 춤을 추며 한층 더 속력을 내어 달리기 시작했습니다. 한쪽 다리를 높이 공중으로 쳐들다가 이내 또 한쪽 다리를 쳐들며 말들은 한층 더 몸을 앞으로 숙였습니다. 단장(團長)은 링 한가운데 기둥 주위를 빙빙 돌면서 "하이! 하이!" 하고 말 채찍을 때렸고, 그 뒤에서는 어릿광대가 농담을 퍼부었지요. 마침내 모두들 말 고삐를 손에서 놓고 여자들은 모두가 주먹을 허리에 댔고 남자들은 팔짱을 끼었습니다. 그러자 말들은 앞으로 바짝 몸을 숙이고는 허리를 둥글게 하는 것이 아니겠습니까! 그런 다음 한 사람씩 차례차례로 링 안으로 뛰어내리더니 멋들어지게 머리를 숙여 인사를 하고는 재빨리 저쪽으로 사라져 버리는 겁니다. 그러자 구경꾼들은 미친 듯이 우레 같은 박수갈채를 보냈지요.

서커스는 처음부터 끝까지 구경꾼들을 놀라 자빠지게 하는 것들뿐이었습니다. 어릿광대가 어찌나 익살을 잘 부리는지 관객들은 모두 배꼽을 쥐고 웃어 댔지요. 단장이 무어라고 한마디 하면 금방 그 말을 받아 어릿광대가 사람들을 죽여 주는 익살로 받아넘기는 겁니다. 무슨 수로 그렇게 많은 익살을 그렇게도 빨리 척척 앞뒤가 들어맞게 내뱉는지 나로서는 전혀 알 수가 없었지요. 나 같으면 일 년이 걸려도 그런 것들을 생각해 낼 것 같지가 않았습니다. 마침내 술주정뱅이 하나가 링 안으로 뛰어들려고 했습니다. 자기도 말을 타고 싶다는 겁니다. 말 타는 일이라면 둘째가라면 슬퍼할 자기라고 하면서 말입니다. 서커스 사람들은 술주정뱅이를 링 밖으로 쫓아내려고 했지만 주정꾼은 막무가내로 안으로 들어가겠다고 고집을 부렸고, 그 바람에 서커스 전체가 중단되고 말았지요. 구경꾼들이 술주정뱅이를 야유하기 시작했으므로 그는 더욱 미친놈처럼 펄펄 뛰기 시작했습니다. 그 바람에 구경꾼들 사이에선 큰 소동이 일어났고, 많은 구경꾼들이 자리에서 일어나 링을 향해 우르르 몰려와 "저놈을 잡아 죽여라! 저놈을 내던져 버려라!" 하고 소리쳤고, 여자 한둘이 비명을 올리기 시작했지요. 그래서 단장은 소란을 피우지 말아 달라고 간단히 연설했습니다. 만약 그 술주정뱅이가 더 이상 소동을 일으키지 않겠다고 약속을 하고 또 능히 말 위에 올라타 있을 수만 있다면, 태워 주겠다고 하는 겁니다. 그러자 모두들 웃으며 좋다고 하자 그 사나이는 말에 올라탔지요. 그 사내가 올라타기가 무섭게 말은 두 사람이 말 고삐에 매달려 제지하려고 했는데도 껑충껑충 날뛰면서 링 안을 돌기 시작했고, 술주정뱅이는 말 목을 잔뜩 끌어안고 앉아 있었고, 말이 뛰어오를 때마다 발꿈치가 공중에 높이 솟구치는 겁니다. 구경꾼들은 다들 일어나 소리치며 눈물이 쏟아질 정도로 잔뜩 웃어 댔지요. 그러나 마침내는 서커스 단원들의 온갖 노력에도 불구하고 말은 고삐에서 벗어나 링 주위를 미친 듯이 달렸고, 주정뱅이는 말 잔등에 납작하게 엎드려 모가지에 매달려 처음에는 한쪽 발이 한쪽 땅에 닿을락 말락, 다음엔 다른 발이 다른 편 땅에 닿을락 말락 했습니다. 구경꾼들은 그야말로 미칠 지경이었지요. 그러나 내게는 조금도 우습지 않았습니다. 이 술주정뱅이의 위태로운 꼴에 몸이 저절로 부들부들 떨렸지요. 그러나 얼마 안 되어 이 술주정뱅이는 가까스로 겨우 말 잔등에 올라타더니 이쪽으로 저쪽으로 건들건들하면서 말 고삐를 움켜잡았습니다. 다음 순간 말 잔등 위에 뛰어오르더니 고삐를 손에서 놓고 우뚝 일어서는 것이 아니겠습니까! 그러자 말은 불이 붙은 집 모양으로 맹렬히 달려 댔지요. 그 사나이는 마치 술 한 방울 마

시지 않은 멀쩡한 사람처럼 편안하고 경쾌한 솜씨로 말 위에
서서 말을 몰고 있었습니다. 그러고 나서 옷을 훌훌 벗어던지
기 시작했지요. 연거푸 내던지는 바람에 공중이 온통 옷으로
가득 찬 것처럼 보였는데 모두 해서 무려 열일곱 벌이나 되었
습니다. 옷을 모두 벗어버린 사나이는 체격이 미끈한 미남으
로 아무도 아직까지 본 적이 없을 만큼 삐까번쩍하고도 아름
다운 옷차림을 하고 있었지요. 그는 말에게 채찍을 가해 획획
달리게 했고, 마침내 말에서 뛰어내려 손님들에게 머리를 숙
여 인사를 하고는 발걸음도 가볍게 의상실로 뛰어갔지요. 구
경꾼들은 모두가 기쁨과 놀라움으로 그저 울부짖을 뿐이었습
니다.

그때서야 겨우 단장은 자기가 얼마나 속고 있었는가를 알았고, 단장의 그 어쩔 줄 몰라하는 얼빠진 얼굴이란 참으로 가관이었지요! 글쎄, 그 술주정뱅이는 서커스 단원 중의 하나였던 겁니다! 그는 이 장난을 몰래 혼자서 생각해 내어 아무에게도 알리지 않았던 것이지요. 나도 그렇게 감쪽같이 속고 보니 무척 얼간이처럼 생각되었습니다만, 비록 1000달러를 준다고 해도 그 단장의 입장에 서고 싶지 않았습니다. 이 서커스보다도 몇 갑절 멋진 서커스가 있는지는 모르지만, 나는 아직껏 이런 서커스는 본 적이 없었지요. 어쨌든 이 서커스는 나에게는 충분하고도 남음이 있었지요. 어디서 또 만나건 언제나 내 단골이 될 수 있을 겁니다.

그날 밤 우리들도 흥행을 가졌지만 구경꾼이라고는 겨우 열두 명밖에는 되지 않았습니다. 겨우 경비를 벌었을 정도였지요. 더구나 구경꾼들이 껄껄 웃고만 있어서 공작은 화가 치밀었습니다. 어쨌든 잠이 든 사내애 하나를 빼놓고는 모두들 연극이 끝나기도 전에 가 버리고 말았지요. 그래서 공작은 이런 아칸소주 돌대가리들이란 셰익스피어극을 감상할 자격이 없다, 이놈들이 보고 싶어 하는 것은 저질 코미디, 어쩌면 저질 코미디보다도 못한 것일지도 모른다고 했습니다. 이제 이놈들의 구미를 맞출 수 있을 것 같다고 했지요. 그러더니 다음날 그는 커다란 포장지 몇장과 검정 페인트를 구해 가지고 광고 전단을 그려 마을 곳곳에다 붙였습니다. 광고 전단에는 이런 문구가 적혀 있었지요.

법원 건물에서!

사흘 밤 동안에 한함!

세계적으로 유명한 비극 배우

데이빗 개릭 2세!

및

에드먼드 킨 1세!

런던 및 유럽 대륙

극장 전속

스릴 만점의 비극

「국왕의 기린(麒麟)」

일명

왕궁의 걸작!!!

입장료 50센트

그리고 맨 밑에는 제일 큰 글씨로 이렇게 적혀 있었습니다.

부인과 애들은 입장을 금함

"바로 이거야." 하고 그는 말했습니다. "이 한 줄을 보고도
오지 않는다면, 아칸소주란 알다가도 모를 곳이란 말이야!"

23장

　공작과 왕은 하루 종일 무대 장치랑 커튼 준비랑 각광(脚光)에 사용할 양초를 준비하는 일로 몹시 바빴습니다. 그날 밤 극장 안은 그야말로 입추의 여지도 없을 만큼 구경꾼들로 초만원을 이루었습니다. 더 이상 사람들이 들어올 수 없게 되자 공작은 출입구의 문지기 노릇을 그만두고는 슬쩍 뒤쪽으로 돌아 무대 앞에 나타나 짤막한 연설을 했지요. 이 비극을 극구 찬양하며 지금까지 있었던 극 중에서 가장 스릴 만점의 걸작이라고 했습니다. 그는 계속하여 이 비극에 대해 허풍을 떨면서 이 비극의 주인공 역을 맡은 에드먼드 킨 1세의 칭찬을 늘어놓았지요. 그리하여 구경꾼들의 기대가 고조에 달했을 때 커튼을 올렸습니다. 다음 순간 왕이 벌거벗은 채 네 발로 엉금엉금 기어 무대로 뛰어나왔습니다. 몸뚱어리에 마치 무지개 모양으로 화려하게 온갖 색깔로 둥근 선과 줄무늬가 그려져 있었습니다. 그리고 그 밖의 몸차림은 상관할 것이 없지만, 그것은 거칠기 짝이 없으면서도 여간 우습지가 않았습니다. 구경꾼들은 좋아 죽겠다고 깔깔 웃어 댔지요. 그리고 왕이 이리저리 뛰어 돌아다니는 짓을 그만두고 무대 뒤로 뛰어들어갔을 때에는 구경꾼들은 모두가 울부짖고 박수를 치고 포복 요절할 지경이 되었고, 마침내 왕은 다시 무대에 나와 다시 한번 그 짓을 했습니다. 그다음에도 또다시 그 짓을 되풀이했지요. 정말 그 바보 영감이 뛰어 노니는 꼴이란 아마 암소라도 웃었을 겁니다.

그다음 공작은 막을 내리고는 구경꾼들에게 머리를 숙여 런던에서의 공연 날이 임박해 있으므로 이 훌륭한 비극을 이틀밖에는 상연할 수 없으며, 이 극을 공연하기로 한 드루리 레인 극장의 좌석은 벌써 매진되었다고 말했지요. 여기서 다시 한번 머리를 숙여 인사를 하고는, 만일 이 비극이 재미있고 유익했다면 친구들에게 널리 선전하여 관람하도록 권해 주시면 참으로 고맙겠다고 덧붙였습니다.

스무 명쯤 되는 사람들이 이렇게 소리를 질렀습니다.

"뭐라고, 벌써 연극이 다 끝난 거야? 이게 다야?"

공작이 그렇다고 대답했습니다. 그러자 큰 소동이 일어났지

요. 누구 할 것이 없이 모두가 "속았다!" 하고 소리를 지르고는 미친 듯이 자리에서 박차고 일어나 무대와 비극 배우들을 향해 달려갔습니다. 그때 체격이 크고 풍채가 당당한 사나이 하나가 의자 위에 뛰어올라 이렇게 소리를 질렀지요.

"여러분, 잠깐 기다리시오! 한 마디 말할 게 있소." 그 말에 사람들은 주춤 걸음을 멈추고는 귀를 기울였습니다. "우리들은 정말로 속아 넘어갔소. 하지만 우리들은 이 마을에서 웃음거리가 되고 죽을 때까지 늘 이 얘기를 듣고 싶지는 않단 말이외다. 그것은 아니될 일이오. 아무 말 없이 조용히 빠져나가서 연극을 칭찬하여 다른 마을 사람들도 우리처럼 속아 넘어가도록 합시다! 그러면 우리 모두 피차 똑같은 처지에 놓이는 게 아니겠소. 어디 내 말이 틀렸소?"("그 말이 옳아! 판사님 말이 옳다니까!" 하고 모두들 이구동성으로 외쳤습니다.) "그럼 좋소. 우리가 속았다는 건 한마디도 입 밖에 내지 맙시다. 자, 어서들 집으로 돌아가서 누구나 다 이 비극을 보러오라고 권합시다."

다음 날 이 마을에서는 온통 이 연극이 훌륭하다는 얘기뿐이었습니다. 그날 밤도 극장은 초만원이었고, 우리들은 이 구경꾼들도 똑같은 식으로 속였지요. 나와 왕과 공작은 뗏목으로 돌아와 저녁을 먹었고, 마침내 한밤중쯤 왕과 공작은 짐과 나에게 뗏목을 저어 강 한복판으로 끌어내어 마을로부터 3킬로미터쯤 하류 지점에다 뗏목을 대게 한 다음 그곳에다 감춰 두라는 겁니다.

사흘째 밤도 극장은 초만원이었습니다. 이번은 처음 오는 구경꾼들이 아니라 전날밤에 온 사람들이었지요. 공작과 함께 출입구에 서 있던 나는 들어가는 사람들이 모두 주머니에 무엇인가를 불룩하게 넣고 있거나 저고리 아래에다 무엇인가를 감추고 있다는 것을 알아챘습니다. 그것은 아무리 보아도 결코 향기가 나는 물건이 아닌 것만은 틀림없었지요. 통으로 셀 만큼 많은 썩은 달걀이랑 썩은 양배추랑 그런 따위로 역겨운 냄새가 물씬 코를 찔렀습니다. 만약 그 근처에서 맡은 냄새가 틀림없이 고양이 냄새였다면, 아마 고양이가 예순네 마리는 들어가 있을 겁니다. 나는 잠깐 동안 안으로 들어가 보았지만, 너무도 많은 냄새들이 코를 찌르는 통에 무슨 냄새가 무슨 냄새인지 전혀 분간할 수 없었지요. 도저히 참아 낼 수가 없었습니다. 그런데 이제 더 이상 사람들이 들어갈 수 없게 만원이 되자 공작은 한 사나이를 붙잡고 그에게 25센트 은화 한 닢을 주면서 잠시 문지기 일을 부탁하고는 뒤쪽 무대 문 있는 데로 돌아갔고, 나도 그 뒤를 따라갔지요. 그러나 우리 두 사람이 모퉁이를 돌아 어둠 속으로 들어가기가 무섭게 공작이 이렇게 입을 열었습니다.

"집들이 보이지 않을 때까지 어서 빨리 걸어. 그다음에 악마에게 쫓기기라도 하듯 빠른 속력으로 뗏목 있는 데로 달려가는 거다!"

나는 그가 시키는 대로 했습니다. 공작도 마찬가지였구요. 우리들은 동시에 뗏목에 닿자 2초도 되기 전에 컴컴하고 조용한 강 중류를 향해 한마디 말도 없이 미끄러지듯 떠내려가고 있었습니다. 나는 불쌍하게도 왕이 구경꾼들로부터 단단히 혼구멍이 나고 있으려니 하고 생각하고 있었지요. 그런데 천만의 말씀, 얼마 안 되어 왕은 뗏목 오두막 아래에서 기어 나오면서 이렇게 말하는 것이 아니겠습니까.

"그런데 공작, 오늘 저녁은 재미가 어땠나?"

왕은 마을에는 처음부터 얼씬도 하지 않았던 겁니다.

우리들이 마을로부터 16킬로미터가량 하류에 내려올 때까지 불빛은 보이지 않았습니다. 거기까지 와서야 비로소 램프를 켜고 저녁을 먹었지요. 왕과 공작은 마을 사람들을 골탕 먹인 얘기를 늘어놓으며 허파가 터질 듯이 몹시 웃어 댔습니다. 공작이 이렇게 말했습니다.

"풋내기 얼간이 같은 놈들, 바보 멍텅구리 같은 놈들! 첫날 구경꾼들은 잠자코 있어 마을의 나머지 놈들을 끌어내리라는 것을 난 뻔히 알고 있었지. 그리고 사흘째 밤에는 잔뜩 우리를 기다리고 있다가 이번엔 자기들 차례라고 벼르고 있던 것도 뻔히 알고 있었단 말이야. 그렇지, 이번은 그놈들 차례고말고. 대관절 놈들이 얼마만큼 복수를 했는지 알고 싶어 죽겠는걸. 놈들이 그 기회를 어떻게 이용했는지 그게 꼭 알고 싶단 말씀이야. 생각만 있으면 놈들은 피크닉 판을 만들 수도 있었을 테지. 처먹을 것을 듬뿍들 가지고 들어왔으니까 말이야.”

이 사흘 밤 동안 악당들은 무려 465달러를 벌어들였습니다. 나는 이렇게 수레에 가득 차도록 많은 돈을 끌어들이는 것을 아직껏 본 적이 없었지요.

마침내 놈들이 잠이 들어 쿨쿨 코를 골기 시작하자 짐이 이렇게 물었습니다.

“헉, 저 왕들 하는 짓에 놀라지 않았능가?”

“아니.” 하고 내가 말했습니다. “놀라긴 왜?”

“헉, 어떻게 놀라지 않았다는 거제?”

“놀랄 게 어디 있어. 신분이 신분이니까 말이지. 왕이란 하나같이 그 모양들이야.”

“그렇지만 헉, 우리 왕들은 참말로 악당들이랑께. 놈들은 정말로 그렇구먼. 진짜 악당들이란 말이제.”

“그래, 내 얘기도 바로 그거야. 내가 알고 있는 한 왕이란 거의 다 악당 놈들이야.”

“그렁가?”

“한번 책을 읽어 봐. 그러면 금방 알 수 있지. 헨리 8세를 보란 말이야. 헨리 8세에 비하면 여기 있는 왕 따위는 주일 학교 선생님 감이야. 그리고 찰스 2세를 보란 말이야. 그리고 루이 14세랑, 제임스 2세랑, 에드워드 2세랑, 그리고 리처드 3세랑 그 밖에도 마흔 명이 넘어. 그리고 또 그 옛날에 천지를 뒤흔들고 돌아다니던 그 색슨족의 7왕국 왕 모두를 생각해 보란 말이야. 참말이지 한창 때의 헨리 8세를 보았더랬으면 참 좋았을걸 그랬군. 정말 대단했지 뭐야. 매일 다른 여자와 결혼하고서는 다음 날 아침에는 아내 모가지를 싹둑 잘라 버렸단 말이야. 마치 달걀을 주문하듯 손쉽게 해치웠다니까. '넬 권을 대령하렷다.' 한단 말이야. 그러면 신하들이 데리고 올 수밖에. 다음 날 아침 '이년 목을 잘라 버려.' 이런단 말씀이야. 그러면 이번에는 신하들이 싹둑 목을 자른단 말이지. '제인 쇼어를 대령하렷다.' 하면 그녀를 데려오지. 다음 날 아침이면 또 '그녀 목을 잘라라.' 하면 신하들이 싹둑 잘라 버린단 말이야. '페어 로저먼을 대령하렷다.' 하면 페어 로저먼이 부름에 응할 수밖에. 다음 날 아침엔 역시 '목을 잘라라.' 이러는 거지. 그리고 이 왕은 아내들에게 매일 밤마다 얘기 하나씩을 시켜서는 그것을 베껴 두었다가 그런 식으로 얘기가 1000가지하고도 하나 더 모이면 그것을 전부 한 권의 책에다 집어넣어 '최후 심판일의 대장'이라는 이름을 붙였단 말씀이야. 이 제목은 참 그럴듯한 이름으로 사건을 일목요연하게 설명하고 있지. 짐은 왕에 대해서 잘 모를 테지만 난 잘 알고 있어. 이 우리 뗏목에 있는 영감님들은 내가 역사책에서 본 중에선 제일 얌전한 축에 들어. 그런데 말이야, 그 헨리라는 작자는 이 나라와 한판 겨누려고 무슨 궁리를 한 거야. 어떠한 식으로 했냐면 말이야…… 미리 예고를 했냐고? 그렇지 않으면 이 나라에게 충분한 기회를 주었냐고? 천만의 말씀. 갑자기 보스턴 항구에서 차(茶)를 모두 바다로 던져 버렸단 말씀이야. 그리고 독립 선언서를 내동댕이치며 덤빌 테면 어디 덤벼 보라고 했지. 이게 그놈이 하는 식이야. 절대로 남에게 기회를 주지 않거든. 자기 아버지 웰링턴 공작에게 그전부터 의혹을 품고 있었지. 그래서 어떻게 한 줄 알아? 출두하라고 명령했을까? 천만의 말씀! 고양이처럼 포도주 통에 집어넣어 빠져 죽게 만들어 버렸단 말이야. 사람이 그 작자 옆에다 돈을 놓고 잊어버리고 가면 그 작자는 어떻게 한 줄 알아? 자기 마음대로 써 버리는 거야. 가령 놈이 무슨 계약을 한다고 해서 놈에게 선금을 치르고, 거기 앉아서 그놈이 하는 짓을 지켜보고 있지 않으면, 그 작자가 무슨 짓을 하는지 알아? 늘 엉뚱한 다른 짓을 한단 말씀이야. 가령 입을 열면 그땐 무슨 말을 하는지 알아? 만약 그 입을 봉해 버리지 않으면 입을 열 때마다 거짓말이 술술 튀어나온단 말이야. 헨리란 그런 도깨비 같은 인간이란 말씀이야. 만약 그 자가 지금 여기 있는 왕들 대신에 있다면 그들보다도 몇 갑절 지독하게 마을 사람들을 골탕 먹였을 거야. 물론 나도 이 왕들이 양처럼 온순한 사람들이라곤 생각 안 해. 냉정하게 사실을 바라본다면 그렇지 않으니까. 그러나 어쨌든 이 작자들은 저 옛날 숫양놈과 비교해 보면 새 발의 피지 뭐야. 결국 내가 하고 싶은 말은 말이야, 역시 왕은 왕이니까 정상을 참작해 주지 않으면 안 된다는 거야. 이것 저것 따져 보면 왕이라는 건 되게 저질이지. 워낙 자라기를 그렇게 자랐으니까 말이야."

23장

"헉, 그렇지만 여기 있는 왕도 지독한 냄새를 풍기고 있제."

"짐, 왕들이란 다 그래. 왕이 지독한 냄새를 풍기는 걸 우리로선 어쩔 도리가 없어. 역사책에도 그것에 대해선 쓰여 있지 않아."

"공작은 그래도 얼마간 좋은 구석이 있제."

"그래, 공작은 달라. 하지만 그리 다를 것도 없지. 이 공작은 공작치고는 꽤 지독한 축에 들어. 그자가 술에 취해 있을 땐 근시안이라면 왕과 그를 영 구별할 도리가 없을걸."

"헉, 글쎄 우쨌든, 이런 작자들은 난 딱 질색이여. 내사 이둘로 충분하당께."

"짐, 나 역시 그래. 하지만 우리들은 저놈들을 떠받들어야 하고, 저놈들이 누구라는 것을 잊지 말고 정상을 참작해 주지 않으면 안 돼. 때론 왕 없는 나라 얘기를 좀 들었으면 해."

짐에게 이놈들이 왕도 공작도 아니라는 얘기를 한들 무슨 소용이 있겠습니까? 아무 소용도 없을뿐더러, 아까 말한 대로 이놈들과 진짜 왕을 구별할 수도 없을 겁니다.

나는 곧 잠이 들어 버렸고, 내 당직 시간이 와도 짐은 나를 깨우지 않았습니다. 짐은 가끔 이렇게 했지요. 마침 아침 새벽녘에 눈을 떠보니 짐은 거기 그대로 앉아서 머리를 무릎 사이에다 박고는 혼자서 신음 소리를 내며 흐느껴 울고 있었습니다. 나는 관심을 두지도 않았고, 또 그런 내색도 하지 않았습니다. 무엇 때문인지 잘 알고 있었지요. 짐은 멀리 떨어져 있는 아내와 자식 생각을 하고는 상심하여 향수병에 걸려 있는 겁니다. 아직까지 한 번도 집을 떠나 본 일이 없었기 때문이지요. 자기 가족을 생각하는 심정은 흑인이나 백인이나 다를 것이 없다고 나는 믿고 있습니다. 이것은 당연한 일같이 보이지 않지만 나는 당연하다고 생각하지요. 밤에 내가 자고 있는 줄 생각하고 짐은 가끔 슬피 신음하면서 "불쌍한 어린 엘리자베스! 불쌍한 어린 조니! 정말 지독한 고생이로구나. 너희들을 이제 두 번 다시 만날 수 없겠구나. 두 번 다시는 말이야!" 하는 겁니다. 짐은 정말로 좋은 검둥이였지요.

그러나 이때만은 어떻게 된 셈인지 나는 짐에게 그의 아내랑 애들에 대해 이야기를 꺼내게 되었습니다. 마침내 짐은 이렇게 말했습니다.

"지금 내가 이렇게 슬픈 생각을 하고 있는 건 방금 바로 저쪽 강둑에서 철썩 하고 무엇을 두드리는 소리가 들려왔는데, 그 때문에 그 어린 엘리자베스를 몹시 심하게 다루었던 게 생각이 났기 때문이제. 아직 채 네 살도 못 되어서 성홍열에 걸려, 하마터면 죽을 뻔했당께. 겨우 병이 나아 어느 날 그 계집애가 내 옆에 서 있길래 그 애에게 이렇게 말했겠제.

'문을 닫거래이.'

그런데 계집애는 문을 닫으려고도 하지 않고 그냥 뻣뻣이 선 채 싱글싱글하며 날 쳐다보고 있는 게 아니겠능가. 그래서 내가 다시 큰 소리로 이렇게 말했제.

'내 말이 안 들리능겨? 어서 문을 닫으랑께.'

그런데도 계집애는 여전히 우뚝 선 채 그냥 싱글벙글이라. 그만 오장육부가 다 뒤틀리더랑께. 그래서 이렇게 소리쳤제.

'어디 내 뭐랬는지 알려 주마!'

이러면서 그 계집애의 머리통을 힘껏 후려갈겼더니, 아니 그 계집애가 그만 벌렁 나자빠지는 게 아니겠능가. 그러고 나서 나는 다른 방으로 가서 한 10분 있었제. 다시 돌아와 보니까, 문은 아직 그때까지 열린 채로 있는데, 계집애는 문 중간쯤 되는 곳에 서서 아래를 내려다보며 슬프게 눈물을 짜내고 있는 게 아닝가. 화가 머리끝까지 치밀어 올르더랑께. 난 그만 계집애한테 달려들려고 했는데 바로 그때 바람이 휙 하고 불어와 (안쪽으로 열리는 문이었다.) 계집애 등쪽의 문을 '꽝!' 하고 닫아 버렸단 말이제. 맙소사, 계집애는 꿈쩍도 안 하는 게 아닌감! 난 숨이 그만 칵 하고 막힐 것만 같았제. 그때 심정 정말로 그때 내 심정이 어떠했는지 모른당께. 난 부들부들 떨면서 기다시피하여 나와 문을 가만가만 열고는 계집애 뒤로 살짝 머리를 내밀고 갑자기 큰 소리고 '왓!' 하고 있는 힘을 다

해 소리를 질러 보았단 말이제. 그러나 그 계집애는 여전히 꼼짝도 안 하는 게 아니겠능가! 아아, 헉, 나는 그만 와아하고 울음보를 터뜨리고는 두 팔로 그 계집애를 꽉 껴안고는 이렇게 울부짖었당께. '아이고, 불쌍한 어린 것! 전지전능하신 하나님 아버지, 이 불쌍한 늙은 짐을 용서해 주시라우요. 제 목숨이 다하는 한 제 자신을 용서하지 못할 것 같구먼요!' 아아, 그 계집앤 아무것도 듣지도 말하지도 못하는 귀머거리, 벙어리였제. 헉, 그것도 찰귀머거리에다 찰벙어리였단 말이제, 그런데도 나는 그 계집애한테 그렇게 무섭게 야단쳤당께."

24장

　다음 날 밤이 가까워올 무렵 강 양쪽편에 마을이 있는 강
중류 조그만 버드나무 모래톱 아래에 뗏목을 매 놓고는, 공작
과 왕은 한탕 할 궁리를 하기 시작했습니다. 짐은 공작에게 되
도록이면 두서너 시간 안에 끝나는 일로 해 달라고 부탁했지
요. 하루 종일 밧줄로 묶인 채 뗏목 오두막 속에서 뒹굴고 있
다는 것은 몹시 괴로울뿐더러 심심해서 죽을 지경이었기 때문
이었습니다. 우리들은 짐을 혼자 남겨두고 뗏목을 떠날 때는
그를 묶어 놓지 않으면 안 되었습니다. 왜냐하면 만약 누군가

가 짐이 결박도 당하지 않은 채 혼자 있는 것을 보게 된다면, 도망친 검둥이라고 생각할 것이기 때문이지요. 그래서 공작은 하루 종일 묶인 채 있는 것은 참으로 힘들 것이니 그렇게 하지 않아도 좋을 무슨 방도를 하나 생각해 본다고 했습니다.

공작은 참으로 놀랍게도 머리통을 잘 굴리는 사람이었고, 곧 그 방법 하나를 생각해 냈습니다. 공작은 짐에게 완전히 리어왕의 복장 차림을 시킨 겁니다. 커튼용 갱사천으로 만든 긴 옷을 입히고 하얀 말털 가발과 구레나룻 수염을 달게 했습니다. 그러고 나서 공작은 극장용 페인트로 짐의 뺨이랑 손이랑 귀랑 목 전체를 온통 칙칙한 푸른색으로 칠했지요. 마치 아흐레 동안이나 물에 빠져 있던 시체 같았습니다. 정말 짐이 이와 같이 무서운 꼴을 하고 있는 것을 본 적이 없었지요. 그다음 공작은 판자쪽에다 다음과 같은 문구를 적어놓았습니다.

아라비아인 환자, 미쳐 있지 않을 때에는 해를 끼치지 않음.

그리고 공작은 이 판자쪽을 가는 나무쪽에다 못으로 박고는 그것을 오두막 1미터 앞에다 세워 놓았습니다. 짐은 자못 만족했지요. 매일마다 몇 시간 동안 밧줄로 묶인 채 무슨 소리 하나가 날 때마다 부들부들 떨고 있는 것보다는 차라리 이쪽이 훨씬 더 낫다고 좋아했습니다. 공작은 짐에게 자유롭고 편하게 있으라고 했고, 만약 누가 와서 집적거리면 오두막에서 튀어나와 잠시 날뛰면서 들짐승 모양으로 한두 번 짖어대면, 그 사람은 그냥 내버려 두고 가 버릴 것이라고 했지요. 그것은 자못 그럴 듯한 생각이었습니다. 하지만 보통 사람이라면 짐이 짖어 댈 때까지 기다릴 것도 없을 겁니다. 왜냐하면 짐은 죽은 송장같이 보이지 않았고, 오히려 훨씬 그 이상의 무엇으로 보였으니까 말이지요.

이 악당들은 다시 한번 걸작품을 만들어 보고 싶어 했습니다. 큰돈이 들어오기 때문이지요. 그러나 지금쯤은 그 소식이 이 근처에까지 퍼져 있을지도 모르기 때문에 안전하지 못하다고 생각했습니다. 잘 맞아떨어질 계획을 쉽사리 생각해 낼 수가 없었습니다. 그래서 마침내 공작은 잠시 쉬면서 한두 시간 머리를 굴려 아칸소주 마을에서 상연할 수 있는 것이 뭐 없을까 생각해 보겠다고 했지요. 왕은 아무 계획도 미리 세울 것 없이 그저 무턱대고 그 마을로 건너가 이익이 될 만한 일을 신의 섭리에 (그것은 악마의 꼬임이겠지요.) 맡기자고 했습니다. 우리들은 그 전에 머물렀던 장소에서 가게 옷을 사 둔 것이 있었습니다. 왕은 그 옷을 입고는 나에게도 내 것을 입으라고 했습니다. 물론 나는 시키는 대로 했지요. 왕의 옷은 온통 검정색이었는데 빳빳하고 여간 품위가 있게 보이는 것이 아니었습니다. 옷이 날개라더니 옷차림이 사람을 이렇게 달라지게 만드는 줄을 처음 알았지요. 여태까지는 둘도 없는 악질 늙은이로 보였습니다. 그러나 이제 새 흰 실크햇을 벗고 허리를 굽히고 생글생글 미소를 짓는 모습이 어찌나 훌륭하고 선량해 보이고 경건하게 보이는지 지금 막 노아의 방주에서 걸어 나온 것이 아닌가, 그리고 어쩌면 레위 자신이 아닌가 하고 생각될 정도이었지요. 짐은 카누를 깨끗이 청소했고, 나는 노를 준비했습니다. 마을에서 5킬로미터쯤 상류 갑 아래쪽 강둑에 증기선 한 척이 정박 중이었습니다. 두세 시간 동안이나 짐을 싣고 있었지요. 왕이 이렇게 말했습니다.

"나는 이렇게 훌륭한 몸차림을 하고 있으니까 세인트 루이스나 신시내티나 그렇지 않으면 그 밖의 다른 도시에서 강을 따라 내려온 것으로 하면 좋을 테지. 허클베리, 카누를 저 증기선에다 갖다 대라. 그놈을 타고 저 마을로 들어가기로 하자꾸나."

증기선을 타러 간다면야 나는 두 번 다시 명령을 들을 필요가 없었습니다. 마을 상류 800미터 강둑에다 갖다 댄 다음 깎아내린 듯한 절벽을 따라 물살이 느린 곳으로 저어 갔습니다. 얼마 가지 않아 우리들은 꽤나 순진해 보이는 시골 청년 하나를 만났지요. 젊은이는 통나무에 걸터앉아 얼굴에 흐른 땀을 씻고 있었습니다. 그날은 날씨가 무척이나 더웠지요. 그 옆에는 커다란 여행 가방 두서너 개가 놓여 있었습니다.

"강둑에다 갖다 대거라." 하고 왕이 말했습니다. 나는 시키는 대로 했지요. "이봐 젊은이, 어디로 가는 길이오?"

"증기선을 타려고요. 뉴올리언스에 가는 길이에요."

"그럼 타구려." 하고 왕이 말했습니다. "잠깐 기다리게나. 내 하인이 그 가방을 거들어 줄 테니. 어서 강둑에 올라가서 저 양반을 좀 도와 드려라, 아돌퍼스." 나를 두고 하는 말이었지요.

그 젊은이는 그대로 했고, 그러고 나서 우리 셋은 또다시 강을 따라갔습니다. 젊은이는 아주 고마워하며 이런 날에 가

방을 들고 다닌다는 것은 여간 힘든 일이 아니라고 했습니다.
그는 왕에게 어디로 가는 길이냐고 물었지요. 왕은 오늘 아침
강을 따라 내려와 다른 마을에 상륙했는데, 이제는 몇 킬로미
터 상류 쪽 농장에서 살고 있는 옛 친구를 만나러 가는 길이
라고 대답했습니다. 그러자 젊은이가 이렇게 말했습니다.

"노인 어른을 처음 보았을 때 난 혼자 마음속으로 이렇게
생각했습죠. '저건 틀림없이 윌크스 영감일 거야. 한 걸음만
빨리 왔더라면 좋았을걸.' 하고 말입니다. 허나 이렇게도 생각
했죠. '천만에 윌크스 영감일 리가 없어. 그 양반이라면 강을
따라 올라오진 않을 거야.' 하고 말입니다. 노인 어른은 윌크
스 영감이 아닐 테지요?"

"아니오, 내 이름은 블로젯, 알렉산더 블로젯이라 하오. 성
직자 알렉산더 블로젯이라고 해야겠지. 그리스도를 섬기는 가
난한 머슴 중 하나이니까. 그건 그렇고, 윌크스 영감이 시간에

대지 못한 것은 참 안 된 노릇이지만, 시간에 늦었다 해서 무슨 손해라도 보는 일이라도 있는 거요. 그런 일이 없었으면 좋겠지만."

"뭘요, 재산상 손해는 없어요. 틀림없이 그의 손에 들어올 테니까요. 하지만 그분 동생 되시는 피터 영감의 임종을 지켜보지 못한 거죠. 그런 것 상관 않을지 누가 알겠소마는. 하지만 피터 영감으로 말하자면 죽기 전에 한 번 윌크스 영감을 볼 수만 있다면 이 세상 것은 무엇이고 다 주었을 겁니다. 죽기 전 삼 주일 동안에는 온통 그 얘기뿐이었으니까요. 두 분이 어릴 때 이후 쭉 오늘날까지 서로 만난 적이 없었다는군요. 게다가 동생 윌리엄은 한 번도 본 적이 없을뿐더러(윌리엄이라는 건 귀머거리에다 벙어리인 동생 말이지요.) 윌리엄의 나이는 아직 서른인가 서른다섯밖에는 되지 않았을 겁니다. 미국으로 이주해 온 것은 피터 영감과 조지 영감 둘뿐이지요. 조지란 결혼한 동생 말이에요. 조지와 그 마나님은 둘 다 작년에 세상을 떠나고 말았지요. 이제 남아 있는 건 하비랑 윌리엄 둘뿐이랍니다. 그런데 아까도 얘기했지만 이 사람들은 임종에 오지 못한 거지요."

"누가 소식은 전했는가?"

"물론이지요, 알리고말고요. 한두 달 전에 피터 영감이 병으로 눕게 되었을 때 알렸지요. 피터 영감은 어쩐지 이번엔 자리에서 일어날 것 같지 않다고 그랬으니까요. 나이가 나이였으니까요. 게다가 조지 영감의 딸들은 그 빨강머리인 메리 제인 말고는 모두가 아직 나이가 너무 어려서 그다지 말 상대도 되지 않고 해서 피터 영감은 조지 영감과 마나님이 세상을 떠난 후에는 웬일인지 여간 쓸쓸하게 보이지 않았고, 그리 살고 싶은 의욕도 없었던 모양이었고요. 하비만큼은, 이 일이라면 윌리엄도 마찬가지고요, 무슨 일이 있어도 무척 만나보고 싶어 했지요. 그분은 유언장을 쓸 생각이 없는 분이었으니까요. 그래서 하비 영감에게 보내는 편지를 한 통 남겼는데, 그 편지에는 어디다 돈을 감춰 두었는지, 조지 영감의 딸들이 고생하지 않도록 나머지 재산을 나누어 주라는 내용이 적혀 있지요. 조지 영감은 돈이라곤 한 푼도 남겨 놓지 않고 죽었으니까요. 그 편지도 거기 있는 사람들이 가까스로 쓰게 한 거죠."

"하비 영감이 왜 못 온다고 생각하는 거지? 도대체 어디서 살고 있길래?"

"아, 영국에서 살고 있죠. 셰필드에서요. 거기서 목사 노릇을 하고 있는데, 이 나라엔 아직 한 번도 온 적이 없답니다. 시간을 낼 수 없는 데다가, 어쩌면 그 편지를 아직 받아 보지 못했을는지도 모르지요."

"거 참 안됐구려. 형제들을 만나보지도 못하고 세상을 떠나셨다니 거 참 딱하게 됐군. 가엾단 말씀이야. 자넨 뉴올리언스에 가는 길이라고 했겠다?"

"네. 그렇지만 그건 여행의 일부밖엔 안 되지요. 전 배를 타고 내주 수요일에는 삼촌이 계신 리오자네이로까지 간답니다."

"꽤 긴 여행이로군. 하지만 멋진 여행이겠구려. 나도 어디 그런 여행 한번 해 봤으면 좋겠다. 메리 제인이 제일 손위인가? 다른 딸애들은 몇 살이고?"

"메리 제인이 열아홉, 수전이 열다섯, 조애너가 열네 살쯤 됐을 겁니다. 조애너라는 애는 입이 째진 언청이인데 자선 사업에 열중이지요."

"불쌍한 애들이구나! 이런 냉혹한 세상에 그런 꼴로 남게 되다니."

"뭘요, 그래도 괜찮은 편이지요. 피터 노인에게 친구가 여럿 있어서 그분들이 딸애들이 해를 입지 않도록 돌보아 주고 있지요. 침례교회의 홉슨 목사님이랑, 교회 집사 롯 하비랑, 벤 럭커 씨랑, 애브너 섀클포드 씨랑, 레비 벨 변호사랑, 로빈슨 의사와 그 부인들, 그 밖에도 과부댁의 바틀리, 그리고 그 밖에도 많지요. 그러나 이 사람들은 피터 영감과 가장 친하게 지내던 사람들로 영감이 영국에 편지 쓸 때에 가끔 그 사람들 얘기를 했지요. 그래서 하비 영감도 여기 도착하면 친구들을 어디서 찾을지 금방 알게 될 겁니다."

왕은 계속하여 이 젊은이에게 물어 그가 알고 싶어 하는 정보를 거의 다 얻어 내고 말았습니다. 정말이지, 그 마을에 살고 있는 모든 사람, 모든 일들을 낱낱이 캐내고 말았지요. 윌크스 집안 사람들에 관한 것이며, 피터 영감의 직업(그는 무두질장이였지요.), 조지의 직업(목수였답니다.), 그다음 하비의 직업(영국 국교 반대파의 목사였지요.) 그 밖에도 온갖 것들을 물었습니다. 그러고 나서 왕은 이렇게 말했습니다.

"왜 자넨 증기선 있는 데까지 걸어가려고 한 거였나?"

"그 배는 올리언스행 큰 증기선이어서 어쩌면 마을에 서지 않을지도 모른다고 생각했으니까요. 짐이 많을 때엔 불러도

서 주지 않거든요. 신시내티에서 오는 배는 서 주지만 이 배는
세인트 루이스에서 오는 배거든요."

"피터 윌크스 영감은 살림이 넉넉했던가?"

"그럼요, 꽤 넉넉한 편이었지요. 집도 여러 채나 되고 땅도
있고, 게다가 현금으로 3000달러인지 4000달러인지를 어디
다 감춰 두고 있는 모양이에요."

"세상을 떠난 것이 언제라고 그랬지?"

"그 얘긴 말씀드린 적이 없습니다만, 어젯밤에 죽었지요."

"그럼 장례식은 내일이겠구먼?"

"네, 정오경이에요."

"참으로 딱한 일이로군. 하지만 인간이라면 누구나 언젠가
는 가야 할 길이니. 그러니 늘 준비를 해 두지 않으면 안 된단
말씀이야. 그러면 걱정할 게 없지."

"영감님 말씀이 맞습니다. 그게 최상의 방법이지요. 어머니

도 늘 그렇게 말씀하시곤 했어요."

증기선에 이르고 보니 짐 싣는 일도 거의 끝나 곧 출발했습니다. 왕은 증기선을 탄다는 말을 입 밖에도 내지 않았으므로 나는 결국 증기선에 탈 기회를 놓치고 말았습니다. 증기선이 떠나자 왕은 나더러 1킬로미터쯤 상류 호젓한 곳까지 저어 가게 한 다음 강둑에 오르며 이렇게 말했습니다.

"자, 어서 빨리 가서 공작을 데리고 오거라. 그리고 새 여행 가방을 가지고 오는 거다. 공작이 저쪽 강둑에 가 있다면 거기까지 가서라도 모시고 오도록 해라. 그리고 돈 같은 거 따지지 말고 몸치장을 단단히 하고 오라고 일러라. 자, 그럼 어서 저어라."

나는 왕이 무슨 짓을 꾸미고 있는지 알 수 있었지만 물론 아무 말도 하지 않았습니다. 공작과 함께 돌아온 다음 우리들은 카누를 감추었습니다. 그다음 둘이서 통나무에 걸터앉아, 왕은 그 젊은이가 한 말을 그대로 공작에게 전부 옮겼지요. 한 마디도 빼놓지 않고 말입니다. 그리고 얘기를 하고 있는 도중 왕은 영국 사람처럼 말하려고 애썼습니다. 악당치고는 꽤 능숙하게 해 댔지요. 나는 도저히 그를 흉내 낼 수 없습니다. 그러니까 그런 흉내를 아예 내려고도 생각하지 않았지요. 그러나 왕은 그 흉내를 참으로 근사하게 해냈습니다. 그리고 나서 왕은 이렇게 말했습니다.

"빌지워터, 자네는 벙어리와 귀머거리 흉내를 제대로 낼 수 있는가?"

공작은 그런 것쯤은 자기에게 맡겨 달라고 했습니다. 귀머거리와 벙어리 역이라면 무대에서 한 일이 있다는 겁니다. 그러고 나서 그들은 증기선이 오기를 기다렸지요.

오후도 절반이 지날 무렵 조그마한 배가 두서너 척 내려왔지만 그것은 상류 쪽에서 멀리 오는 배가 아니었습니다. 그러나 드디어 큰 증기선이 왔으므로 그들은 크게 소리를 질러 세웠지요. 증기선이 보트를 보내 주었으므로 우리들은 그것을 탔습니다. 그 배는 신시내티에서 온 배로, 우리들이 불과 8킬로미터밖에 가지 않는다는 것을 알자 선원들은 몹시 화를 내고 욕지거리를 퍼부으며 상륙시켜 주지 않겠다고 야단이었지요. 그러나 왕은 침착한 어조로 이렇게 말했습니다.

"보트에 태워 내려 준다는 조건으로 신사 한 사람 몫으로 1킬로미터당 1달러씩 지불하면, 증기선이라도 그 손님들을 실어다 줄 수 있을 텐데?"

이 말을 듣자 선원들은 화가 풀어지며 좋다고들 했습니다. 그리고 마을에 닿자 보트로 우리들을 강둑에까지 실어다 주었습니다. 보트가 가까이 오는 것을 보고 스무 명쯤이나 되는 사람들이 모여들었습니다. 그러자 왕이 이렇게 말했습니다.

"여러분들 중에 어느 분께서 피터 윌크스 영감이 살고 계시는 데를 좀 가르쳐 주지 않으시렵니까?" 그러자 사람들은 서로 얼굴을 마주 쳐다보며 "어때, 내 말이 옳지?" 하는 듯이 머리를 끄덕거렸지요. 그리고 나서 그중 한 사람이 친절하고도 상냥한 어조로 이렇게 말했습니다.

"참으로 딱한 일입니다만, 우리들로서는 윌크스 노인이 어제저녁까지 살고 계시던 곳밖에는 가르쳐 드릴 수 없습니다."

　그러자 정말로 갑자기 그 야비한 늙은이는 넋을 잃고는 그 사나이에게 쓰러지며 그 사나이의 어깨에다 턱을 고이고는 등에 대고 이렇게 말했지요.

　"아이구, 아이구. 가엾어라 우리 동생! 그만 세상을 떠나고 말았구나. 한 번 서로 만나 보지도 못하고. 아아, 이건 너무 너무나도 가혹하구나!"

　그리고 나서 왕은 흐느껴 울면서 공작 쪽을 바라보며 두 손으로 바보 짓거리를 한참 해 보였습니다. 그러자 공작은 여행 가방을 떨어뜨리고는 왈칵 엉엉하고 울음보를 터뜨리는 겁니다. 정말 이 두 사람처럼 그렇게 지독한 사기꾼들은 일찍이 본 적이 없지요.

24장

사람들은 주위에 모여들어 두 사람에게 동정을 표하고, 여러 가지 친절한 말을 던지면서 그 여행 가방을 언덕 위에까지 날라다 주었습니다. 그리고 자기들에게 기대어 울도록 그냥 내버려 두고 왕에게 그 동생의 임종 이야기를 낱낱이 들려주었고, 왕은 왕대로 그것을 다시 한번 공작에게 손짓으로 이야기해 주었으며, 두 사람은 마치 열두 사도(使徒)를 잃기라도 한 듯 세상을 떠난 그 무두질장이를 슬퍼했습니다. 전에도 이런 꼴을 본 적이 있다면 나는 백인이 아니라 검둥이입니다. 인간의 탈을 쓰고 있다는 것이 정말 부끄러워질 정도였지요.

25장

　이 소식은 2분도 채 되지 않아 온 마을에 쫙 퍼졌고, 사방에서 사람들이 모여들었는데 그중에는 뛰면서 겉저고리를 입고 있는 사람도 있었습니다. 삽시에 군중들이 우리를 에워싸고 말았고, 쿵쿵대며 몰려오는 발소리는 마치 군대의 행진만 같았지요. 모든 창문에고 뜰에고 사람들로 빽빽이 찼습니다. 울타리 너머로 그칠 사이 없이 누군가가 이렇게 묻는 소리가 들렸지요.

　"저 양반들이란 말이지?"

그러자 군중과 함께 총총히 뛰어오던 누군가가 이렇게 대답했습니다.

"그렇다니까 그러네."

그 집에 이르고 보니 집 앞 거리는 그야말로 사람들로 인산인해를 이루고 있었고 문간에는 처녀 셋이 서 있었습니다. 과연 메리 제인은 빨간 머리였지만 문제가 되지 않았습니다. 그 미모는 정말로 놀랄 만큼 빼어났고 두 눈이 영광처럼 찬란히 빛나고 있었지요. 백부들이 온 것을 몹시도 반가워했습니다. 왕이 두 팔을 펼치자, 메리 제인이 그 팔 속으로 뛰어들어갔고, 언청이는 공작에게 뛰어들어 서로 꼭 껴안았고 키스를 해 댔지요! 이처럼 사람들이 서로 만나 반가워하는 모습을 보고 거의 모든 사람들은, 적어도 여자들은 기쁨의 눈물을 흘렸습니다.

그러고 나서 왕은 나에게는 보였지만 다른 사람들의 눈에는 띄지 않게 공작을 팔꿈치로 꾹 찔렀습니다. 그러고는 주위를 둘러보고, 한쪽 구석 의자 두 개 위에 놓여져 있는 관을 보자, 왕과 공작은 서로의 어깨에다 한 팔을 걸치고, 다른 한쪽 손을 눈에다 갖다 대고서 엄숙하게 천천히 그쪽으로 걸어갔지요. 사람들은 모두 물러나 길을 비켜 주었고, 말소리며 떠드는 소리를 뚝 그치고 "쉿!" 하는 소리를 냈습니다. 남자들은 모자를 벗고 머리를 숙였지요. 무척 조용하여 만약 바늘 하나가 떨어져도 그 소리가 들릴 정도였습니다. 두 사람은 관 있는 데까지 걸어가서 몸을 굽혀 들여다보고는, 뉴올리언스까지도 들릴 만한 큰 목소리로 엉엉 통곡하기 시작했습니다.

그러고는 두 손으로 목을 껴안고 서로의 어깨에다 턱을 고이고는 3, 4분 동안 울었는데, 나는 사나이 둘이서 이렇게도 눈물을 흘려 대는 모습을 본 적이 없답니다. 게다가 누구나 다 우는 바람에 방 안이 온통 눈물바다가 되었지요. 그다음 한 사람은 관 이쪽 구석에서, 또 다른 한 사람은 저쪽 구석에 무릎을 꿇고는 이마를 관에다 얹고 묵도를 올리는 시늉을 했지요. 일이 이쯤 되고 보니 일찍이 아무도 보지 못했을 만큼 조객들은 크게 감동되어 너나 할 것 없이 목을 놓아 흐느꼈습니다. 불쌍한 처녀들도 마찬가지였고요. 그리고 거의 모든 여자들이 한마디 말도 없이 소녀들 앞으로 가서 엄숙하게 이마에다 키스를 한 다음 소녀들 머리에다 손을 얹고, 눈물이 글썽글썽한 얼굴로 하늘을 우러러보았지요. 그리고 나서 갑자기 울음을 터뜨리고는 흑흑 흐느껴 울면서 눈물을 닦으며 그 앞을 지나 다음 여자에게 기회를 양보했습니다. 나는 이렇게 구역질 나는 광경은 난생 처음이었지요.

마침내 왕은 자리에서 일어나 조금 앞쪽으로 걸어나와 점점 감정이 고조된 듯한 모습을 짓고는 훌쩍거리며 연설을 늘어놓기 시작했습니다. 그것은 눈물과 허튼 소리로, 자기와 불쌍한 동생에게 고인을 잃었다는 것, 더군다나 6000킬로미터라고 하는 먼 길을 달려왔는데도 이처럼 살아 있는 고인을 만나보지 못한 것은 참으로 쓰라린 시련이지만, 그 쓰라린 시련도 여러분들의 고마운 동정과 그 신성한 눈물 덕분으로 자신들에게는 기쁘고 거룩한 것이 되었고, 그것에 대해 두 형제는 마음에서 우러나는 감사를 드린다고 말하는 겁니다. 말이란 너무 힘이 약하고 차기 때문에 도저히 말로는 표현할 수 없다느니 하고 허튼소리를 늘어놓는 바람에 메스꺼워서 차마 견딜 수 없을 정도였지요. 그러고 나서 왕은 자못 경건하게 아멘 소리를 외치고 난 다음 가슴이 터질 듯 크게 울음을 터뜨렸습니다.

왕이 연설을 끝내자 군중 속에서 누군가가 영광의 송가(頌歌)를 부르기 시작했고, 일동은 있는 힘을 다해 합창했습니다. 그랬더니 감정이 고조되며 마치 예배가 끝났을 때처럼 가슴 속이 후련해지는 겁니다. 음악이라는 것은 참말로 좋은 것이지요. 저렇게 터무니없는 왕의 연설과 엉터리 수작을 들은 다음에도 음악이란 것이 사람의 마음을 그렇게 상쾌하게 해 주고 그렇게 정직하고 기쁘게 해 주는 줄은 여태껏 몰랐습니다.

왕은 또다시 그 엉터리 수작을 늘어놓기 시작했으며, 이 가

족의 절친한 친지 몇 분이 오늘 밤 여기서 자기들과 같이 식사를 하며, 고인의 유해 옆에서 밤을 새워 주시면 자신과 조카들이 얼마나 고맙게 생각할지 모를 일이라고 했습니다. 저기 누워 있는 불쌍한 동생이 이야기를 할 수 있다면 누구누구를 불러 댈지 잘 알고 있다고 했지요. 그 이름들이 자기에게는 대단히 다정한 것은 동생 편지 속에 가끔 나온 이름들이기 때문이라는 겁니다. 그러고는 자기도 그분들의 이름을 댈수 있다고 하면서 예를 들면, 홉슨 목사님, 롯 하비 집사님, 벤 럭커 씨, 애브너 섀클포드 씨, 레비 벨 씨, 로빈슨 의사 선생님, 그리고 그분들의 부인 및 바틀리 과부댁이라고 했습니다.

홉슨 목사와 로빈슨 의사는 둘이서 마을 끄트머리 쪽으로 사냥을 나간 중이었습니다. 제 말은요, 의사는 환자를 저세상으로 떠나보내고, 목사는 그에게 올바른 길을 인도하고 있었던 겁니다. 거기다 벨 변호사는 업무차 지금 루이빌에 출장 중이었지요. 그러나 그 밖의 사람들은 모두 거기 있었으므로 왕에게로 몰려나와 악수를 나누고 고맙다는 인사를 하며 이야기를 나누었습니다. 그러고 나서 그들은 공작과도 악수를 나누었고 한마디 말도 없이 바보들처럼 그저 싱글벙글하며 연방 머리만 끄덕여 보이고 있는 한편, 공작은 갖가지로 손짓을 하면서 마치 입이 떨어지지 않는 젖먹이 모양으로 연방 "구—구—구—구—구." 소리만 낼 뿐이었습니다.

이와 같이 왕은 엉터리 소리를 자꾸만 지껄여 댔고, 마을 사람들과 개까지 일일이 그 이름을 대 가며 꼬치꼬치 캐묻는가 하면, 또 그때그때 마을에서 일어난 갖가지 자질구레한 사건이랑 조지나 피터 가족에게 일어난 사건 따위를 언급했습니다. 왕은 그게 모두 피터가 편지에 써 보낸 얘기인 척했지만 그것은 새빨간 거짓말이었지요. 어느 것 하나 빼놓지 않고 우리들이 카누로 증기선까지 데려다준 그 바보 멍텅구리 젊은이한테서서 얻어들은 얘기였습니다.

그리고 나서 메리 제인은 숙부가 남겨 놓은 편지를 가지고 왔고, 왕은 그것을 큰 소리로 읽고 나서 또 울었습니다. 편지에는 집과 금화 3000달러를 조카딸들에게 남겨 주고, 제혁소랑(한참 장사가 잘되었지요.) 그 밖의 다른 집 몇 채와 토지랑(약 7000달러나 나가지요.) 금화 3000달러를 하비와 윌리엄에게 물려주라고 써 있고, 현금으로 6000달러를 지하실 어디에 감추어 두었다고 적혀 있었지요. 그래서 이 두 사기꾼은 지하실에서 그 6000달러를 가져와 모든 것을 공명정대하게 하자고 말하고는 나더러 양초를 챙겨 따라오라고 했습니다. 우리들은 지하실 문을 닫고 주머니를 찾아내서 그 안에 든 돈을 마룻바닥에 쏟아 놓았습니다. 모두가 누런 금화로 여간 아름답게 보이지 않았습니다. 왕이 두 눈을 반짝이는 꼴이란 참으로 눈 뜨고는 볼 수 없을 정도였지요! 왕은 공작의 어깨를 찰싹 때리며 이렇게 말했습니다.

"야, 이거 정말 끝내주는데! 아니, 그렇고말고! 어때, 빌지, 그 '걸작' 같은 건 이것에 비하면 새 발의 피지, 안 그런가?"

공작도 그 말이 옳다고 맞장구를 쳤습니다. 두 사람은 금화를 긁어모아 손가락 사이로 마룻바닥에 짤랑짤랑 떨어뜨렸습니다. 그러고 나서 왕이 이렇게 말했지요.

"두말하면 잔소리지. 빌지, 부자 고인의 살아남은 형제로서 재외(在外) 재산 상속인의 대표가 되는 것이 자네와 내가 맡은 배역이란 말씀이야. 이게 모두 신의 섭리를 믿은 데서 생긴 일이지 뭐야. 결국 뭐니 뭐니 해도 그게 제일이야. 난 여러 가지 일을 시도해 보았지만 신의 섭리가 역시 제일이더군."

보통 사람이라면 이 금화 더미를 보는 것만으로 만족하고는 계산 같은 건 아예 하지 않았을 겁니다. 그러나 이 두 작자는 그렇지가 않았습니다. 세어 보니 415달러가 부족했지요. 왕이 이렇게 말했습니다.

"제기랄, 대관절 그 영감태기가 이 415달러를 대체 어떻게 했을까?"

잠시 두 사람은 조바심하며 그 근처를 구석구석 찾아보았습니다. 그러고 나서 공작이 이렇게 말했지요.

"어쨌든 꽤 중환자였으니까 잘못 계산했을는지도 모르지요. 아마 그랬을 겁니다. 이대로 그냥 내버려 두고 입을 닥치고 있는 게 제일 좋은 방법이지요. 그쯤은 없어도 상관없으니까요."

"쩟, 그래, 없어도 되긴 하지. 그까짓 거 난 아무렇게도 생각 안 해. 다만 내가 생각하는 건 계산이야. 여기서 우린 아주 솔직하고 공명정대하게 처리하지 않으면 안 되는 거야. 여기 있는 이 돈을 2층으로 갖고 가 모든 사람이 보는 앞에서 세는 거야. 그렇게 하면 의혹도 모두 풀릴 게 아니겠어. 그렇지만 고인이 6000달러라고 했으니까, 우리들로서는 공연히……."

"잠깐." 하고 공작이 말했습니다. "우리 돈으로 부족한 액수를 메꿔 놓으면 어떨까요?" 그러고는 그는 자기 주머니에서 금화를 꺼내기 시작했지요.

"공작, 그것 참 귀신이 놀라 자빠질 좋은 생각이군. 자넨 정말 머리가 잘 돌아간단 말씀이야." 하고 왕이 말했습니다. "예의 그 '걸작'이 또 우리를 살려 준단 그 말이렷다." 그러고는 왕도 금화를 꺼내서 쌓기 시작했습니다.

두 사람은 파산할 지경에 이르렀지만 귀 하나 떨어지지 않게 정확한 액수로 6000달러를 만들어 놓았습니다.

"잠깐만요." 하고 공작이 다시 말을 이었습니다. "또 한 가지 좋은 생각이 떠올랐어요. 2층으로 올라가서 이 돈을 계산해서 그걸 처녀들에게 주도록 합시다."

"공작, 과연, 훌륭한 생각이오. 자네를 한 번 껴안게 해 주구려! 그건 정말로 기똥찬 묘안이지. 이 세상에서 그렇게 훌륭한 머리를 가진 사람을 난 이제껏 본 적이 없소. 참으로 멋진 생각이오. 정말이오. 우리를 의심하려면 얼마든지 하라지. 이걸로 그 의심이 말끔히 풀릴 테니까 말이외다."

우리들이 2층으로 올라갔을 때에는 모두들 테이블 주위에 모여 있었습니다. 왕은 금화를 세워 테이블 위에다 300달러씩 한 무더기로 쌓아 올렸습니다. 보기에도 멋진 스무 개의 덩어리였지요. 모두들 그것을 쳐다보며 군침을 삼키고 입맛을 쩍쩍 다셨습니다. 그러고 나서 두 사람은 금화를 또다시 주머니 속에다 담았고, 왕은 또 한바탕 연설을 하고 가슴을 넓게 폈습니다. 그러고는 그는 이렇게 말했지요.

"친구 여러분, 저기 누워 있는 나의 불쌍한 동생은 슬픔의 골짜기에 남겨진 유족들에게 아낌없이 선심을 베풀었습니다. 동생은 고아가 된 이들 불쌍한 어린 양들을 사랑하고 보호해 주었으며 그들에게 아낌없이 선심을 베풀었습니다. 그렇습니다, 그를 잘 알고 있는 우리들은, 만약 동생이 그가 사랑하는 윌리엄과 내 기분을 상하게 할까 두려워하지 않았다면, 이 아이들에게 좀 더 아낌없이 선심을 베풀었을 것이라는 것을 잘 알고 있습니다. 그렇지 않겠습니까? 그 점에 대해서 내 마음속엔 의심의 여지가 없습니다. 그렇다면 말입니다, 이런 때 동생의 뜻을 방해하는 형제란 진정한 형제라고 할 수 있겠습니까? 또 이런 때 동생이 그렇게까지 애지중지하고 있던 이 불쌍한 귀여운 어린 양한테서 돈을 빼앗는 (그렇습니다, 바로 돈을 빼앗는 거지요.) 백부란 진정한 백부들이라고 할 수 있습니까? 윌리엄만 상관없다면, 윌리엄도 괜찮으리라고 생각합니다만, 어디 잠깐 물어보겠습니다." 왕은 공작 쪽을 돌아다보고는 계속 손으로 신호를 하기 시작했습니다. 그러자 공작은 잠시 멍청한 얼굴로 왕을 처다보고 있다가, 갑자기 그 뜻을 알아챈 듯한 표정을 짓더니 기쁘다는 듯이 있는 힘을 다해 '구! 구!' 소리를 내며 왕에게로 달려들어 열댓 번이나 껴안은 다음에서야 풀어놓았지요. 그러자 왕은 다시 입을 열어 "제가 생각하던 바로 그대로입니다. 윌리엄이 어떻게 생각하고 있는지 지금 한 행동을 보면 누구에게나 다 납득이 갔을 겁니다. 자, 메리제인, 수전, 그리고 조애너, 이 돈을 받거라. 고스란히 받거라. 이것은 저기 싸늘한 시체로 그러나 기뻐하며 누워 계신 저 분께서 주신 선물이다."

메리 제인은 왕에게로, 수전과 언청이는 공작에게로 달려들어 내가 일찍이 본 일이 없을 만큼 껴안고 키스를 했습니다. 그리고 모두들 두 눈에 눈물을 글썽거리며 달려와 이 사기꾼들의 손이 떨어져 나갈 만큼 힘껏 흔들면서 쉴 새 없이 이렇게 지껄였지요.

"참 훌륭도 하시지! 이 얼마나 아름다운 일인가! 이렇게 훌륭한 일을 하시다니!"

그러고 나서 사람들은 모두들 또다시 고인의 얘기로 꽃을 피웠는데, 참 훌륭한 분이었다느니, 그분이 세상을 떠난 것은 얼마나 큰 손실인지 모르겠다느니 따위를 늘어놓았습니다. 얼마 후에 무쇠 같은 턱을 하고 있는 몸집이 큰 사나이가 밖으

로부터 사람을 헤치며 안으로 들어와 한마디 말도 없이 장승
처럼 우뚝 서서 귀를 기울이며 주위를 휘휘 둘러보았지요. 이
사나이에게 이야기를 건네는 사람이라고는 하나도 없었습니
다. 왕의 얘기에 모든 사람이 넋을 잃고 귀를 기울이고 있었기
때문이었지요. 왕은 이렇게 말했습니다. 처음 시작한 무슨 말
가운데 말이지요.

"이 분들은 고인의 특별한 친구분들이었습니다. 그래서 오
늘 밤 여기에 초대한 것이올시다. 그러나 내일은 모두들 와 주
셨으면 고맙겠습니다. 한 분도 빠짐없이 말입니다. 왜냐하면 고
인은 여러분 모두를 존경하였고 좋아하였으니까요. 그러니까
고인의 장례 잔치는 마땅히 공개적으로 거행되어야 합니다."

이와 같이 왕은 자신의 이야기에 도취되어 자꾸 길게 허튼

소리를 늘어놓으며, 가끔 가다 장례 잔치 이야기를 꺼냈으므로 마침내 공작은 더 이상 참을 수가 없었습니다. 그래서 조그마한 종이쪽지에다 '이 바보 영감님아, 장례 잔치가 아니고 장례식이란 말입니다.' 하고 써서 그것을 접어 '구! 구!' 하고 중얼거리며 사람들 머리 위로 손을 뻗쳐 왕에게 건네주었지요. 왕은 그것을 보더니 주머니 속에다 집어넣고는 이렇게 말하는 겁니다.

"불쌍한 윌리엄은 저런 고통을 받고 있으면서도 항시 올바른 마음을 가지고 있습니다. 누구 한 사람 빼놓지 말고 장례식에 초대해 달라고, 누구 한 사람 빼놓지 말고 모두 환영해 달라고, 나에게 단단히 부탁하고 있습니다. 하지만 그런 걱정은 할 필요도 없는 것…… 그것은 이미 제가 부탁드린 바입니다."

그러고 나서 왕은 여전히 침착한 어조로 또다시 말을 계속했고, 전과 마찬가지로 가끔 가다 예의 그 장례 잔치라는 말을 꺼냈습니다. 세 번이나 이 문구를 쓴 다음 왕은 이렇게 말하는 겁니다.

"제가 장례 잔치라는 말은 쓰는 것은, 그것이 흔히 쓰는 말이기 때문이 아니라, 사실 그렇게 쓰지는 않지요. 장례식이라는 말이 흔히 쓰이는 말이지요. 장례 잔치라는 말이 올바른 말투이기 때문이올시다. 현재 영국에선 더 이상 장례식이란 말은 쓰지 않습니다. 죽은 말이 되어 버린 거지요. 이제 영국에선 장례 잔치라는 말을 씁니다. 장례 잔치라는 말이 더 좋은데, 그 까닭은 그 편이 뜻하는 바를 좀 더 정확히 표현해 주기 때문이지요. 이 말은 바깥, 공개, 해외를 뜻하는 그리스어 '오르고'와 심다, 덮다라는 뜻을 가진 히브리어 '지숨'이 결합된 말로서, 즉 파묻는다는 뜻을 지니고 있다는 말입니다. 그러므로 아시다시피 장례 잔치란 바깥에서 거행하는 또는 공개적으로 거행하는 장례식이라는 뜻이올시다."

왕은 그야말로 이 세상에 둘도 없는 최악의 인물이었습니다. 그런데 그 무 쇠턱을 한 사나이는 내놓고 웃어 댔습니다. 모두들 충격을 받았지요. 모두들 "아니, 로빈슨 의사 선생님!" 하고 말했습니다. 그리고 애브너 섀클포드가 이렇게 말했지요.

"아니, 로빈슨, 아직도 소식을 듣지 못하고 있었소? 이 분이 바로 하비 윌크스 씨라네."

왕은 열심히 미소를 지어 보이면서 한쪽 손을 쑥 앞으로 내밀며 이렇게 말했습니다.

"선생이 바로 우리 불쌍한 동생의 친한 친구인 의사 선생이시오? 나는……."

"어서 손을 떼지 못해요!" 하고 의사가 쏘아붙였습니다. "당신은 마치 영국 사람처럼 말하고 있는데, 그렇지 않소? 하지만 그런 서투른 흉내는 난생 처음 듣소. 당신이 피터 윌크스의 형이라고요? 당신은 사기꾼, 그게 당신의 진짜 모습이오!"

그들이 소란을 피운 꼴이란 가관이었지요! 모두들 의사 주위에 몰려들어 그를 달래려고 야단이었고, 하비가 마흔이 넘는 갖가지 방법으로 자신이 하비라는 사실을 보여 주었다느니, 동네 사람들 이름을 일일이 알고 있고, 개 이름까지 알고 있더라고 설명했습니다. 그리고 하비와 이 불쌍한 처녀들의 감

정을 상하지 않게 해 달라고 거듭 애원했지요. 그러나 헛수고였습니다. 의사는 노발대발하며 영국인을 가장하고 그처럼 서툴게 영국 말을 흉내 내는 자는 사기꾼이 아니면 거짓말쟁이라고 했습니다. 불쌍한 처녀들은 왕에게 매달려 울고불고 야단이었고, 이번에는 의사가 갑자기 처녀들 쪽으로 고개를 돌리더니 이렇게 말하는 겁니다.

"난 너희들 아버지의 친구였으며, 지금은 너희들의 친구이기도 하다. 난 친구로서, 더구나 너희들을 보호하고 피해로부터 지키고 싶은 성실한 친구로서 경고하는데, 저 악당에게 등을 돌리고, 엉터리 그리스어와 히브리어를 지껄여 대는 저 무식한 뜨내기와 제발 손을 떼란 말이다. 이렇게 속이 빤히 들여다보이는 사기꾼놈은 이 세상에 다시 없어! 어디서 주워들었는지 헛된 이름과 사실을 알아내고서 여기를 찾아왔지만, 너희들은 그것을 믿을 만한 증거라고 생각하고 있는 데다가, 좀더 분별을 가지고 있어야만 할 이 바보 친구들의 도움으로 스스로를 바보로 만들고 있단 말이다. 메리 제인 윌크스, 너는 내가 네 친구이며, 더구나 사심 없는 친구라는 걸 알고 있을 테지. 자, 내 말을 잘 듣고 이 지독한 악당을 쫓아내거라! 제발 부탁이다. 내 말대로 하겠느냐?"

메리 제인은 몸을 꼿꼿이 폈는데 정말로 아름다운 모습이었지요! 그녀가 이렇게 말했습니다.

"이게 제 대답이에요." 그녀는 금화가 든 주머니를 처들어 왕의 두 손에다 쥐여 주고는 "이 6000달러를 받으시고 나와 동생들을 위해서 아무쪼록 좋으실 대로 투자해 주세요. 우린 영수증 같은 건 필요없으니까요." 하고 말하는 겁니다.

그러고 나서 그녀는 한쪽에서 왕을 껴안고, 수전과 언청이는 또 다른 쪽에서 그를 껴안았습니다. 거기 있는 사람들은 하나같이 마치 폭풍우가 이는 것처럼 박수를 치며 마룻바닥을 발로 쿵쿵 굴러 댔지요. 한편 왕은 머리를 곧추 쳐들고는 자못 만족한 듯 미소를 짓고 있었습니다. 의사가 이렇게 말했지요.

"좋아, 난 이 일에서 깨끗이 손을 뗄 테야. 허나 너희들 모두에게 경고하는 바이지만, 너희들은 오늘 이 일을 생각할 때마다 속이 메스껍다고 느낄 때가 꼭 오고야 말 거다." 그러고는 그는 밖으로 나가 버렸습니다.

"의사 양반, 잘됐군요." 하고 왕이 조금 비웃는 듯한 투로

말했습니다. "병이 나면 선생을 부르러 사람을 보내리다." 이
말을 듣고 모두들 웃음보를 터뜨렸고, 아주 멋진 위트였다고
칭찬을 했습니다.

26장

사람들이 모두 가 버리자 왕은 메리 제인에게 손님용 침실 사정이 어떠냐고 물었습니다. 메리 제인은 손님용 침실은 하나밖에 없지만 그것은 윌리엄 숙부에게, 그리고 그보다 큰 자기 방은 하비 백부에게 양보하고, 자기는 동생애들의 방에 가서 간이 침대에서 잘 작정이라고 했지요. 그리고 다락방에는 밀짚 이불이 있는 조그만 방이 하나 있다고 했습니다. 왕은 이 다락방을 자기 하인의 방으로 하자고 했습니다. 하인이란 나를 두고 하는 말이지요.

메리 제인은 우리들을 2층으로 데리고 가 수수하지만 아늑한 방으로 안내해 주었습니다. 하비 백부님의 방해가 된다면 옷가지와 다른 물건들을 방에서 가져가겠다고 했지만, 왕은 조금도 방해가 될 것이 없다고 말했습니다. 옷가지는 벽에 죽 걸려 있었고, 마루까지 끌리는 갱사 커튼이 그 앞을 가리고 있었지요. 방 한쪽 구석에는 헌 모피 트렁크가 놓여 있었고, 다른 쪽 구석에는 기타 상자, 그 밖에 처녀들이 방 안을 장식하는 데 사용하는 갖가지 자질구레한 장난감과 물건들이 놓여 있었습니다. 왕은 이러한 것이 있는 편이 오히려 가정적이고 기분이 좋으니 그대로 놓아두라고 했지요. 공작의 방은 아주 좁았지만 꽤 훌륭했고, 내 방도 마찬가지였습니다.

그날 밤 성대한 저녁 식사가 베풀어졌고, 낮에 왔던 남자들과 여자들이 모두 참석했으며, 나는 왕과 공작 의자 뒤에 서서 시중을 들었고, 검둥이들은 나머지 사람들의 시중을 들었습니다. 메리 제인은 수전을 옆에다 앉히고 식탁 앞쪽에 앉아서 비스킷이 잘못 구워졌다느니, 과일 설탕절임 맛이 왜 이 모양이냐느니, 닭튀김이 딱딱하게 되었다느니 따위, 이러쿵저러쿵 보통 여자들이 칭찬을 듣고 싶을 때 입에 담는 터무니없는 소리를 늘어놓았지요. 손님들은 모든 음식이 하나같이 맛있다고 하는 것을 알고 있었고 그래서 "어떻게 비스킷을 이렇게 고운 갈색으로 구워 낼 수가 있었을까?"라든지 "아니 도대체 어디서 이렇게 맛있는 오이지를 구했을까?"라든지 따위 손님들이 저녁 식사 때 늘 하게 마련인 아첨 떠는 말을 늘어놓았지요.

저녁 식사가 끝나자 언청이와 나는 부엌에서 먹다 남은 음식으로 저녁 식사를 때웠고, 다른 사람들은 검둥이들이 설거지하는 것을 도왔습니다. 언청이가 가끔 영국 이야기를 묻는 바람에 마치 살얼음을 밟는 것 같은 아찔한 느낌이 들었지요. 그녀가 이렇게 말했습니다.

"너 왕을 본 적이 있니?"

"어떤 왕을 보았냐구요? 윌리엄 4세 말이에요? 그럼 있고말고요. 우리들이 다니는 교회에 나오시니까요." 나는 윌리엄 4세가 훨씬 전에 세상을 떠나고 없다는 사실을 알고 있었지만 시치미를 떼고 있었지요. 그래서 내가 윌리엄 4세가 우리 교회에 온다고 했더니 언청이가 물었다.

"뭐라고? 늘 오시니?"

"그럼, 늘 오시지요. 왕의 자리는 우리들 자리 바로 건너편, 설교단 반대쪽에 있어요."

"난 왕이 런던에 살고 계신다고 생각했는데?"

"맞아요. 거기 말고 어디서 사시겠어요?"

"헌데 넌 셰필드에서 살고 있는 것으로 알고 있는데?"

나는 그만 말문이 막히고 말았습니다. 그래서 위기를 면하려고 궁리를 할 시간을 얻기 위해 목구멍에 닭 뼈가 걸린 시늉을 했습니다. 잠시 후 나는 이렇게 말했습니다.

"제 말은 말이지요, 왕이 셰필드에 오실 때엔 늘 우리 교회에 오신다는 말입니다. 여름에만 오시는데 오시면 해수욕을 하러 가시지요."

"아니, 무슨 말을 그렇게 해? 셰필드는 해변가가 아닌데."

"그래, 누가 해변가라고 그랬나요?"

"어머나, 네가 그래 놓구선."

"난 그런 적 없어요."

"그랬다니까!"

"안 그랬어요."

"그랬어!"

"그런 말은 한 적이 없어요."

"좋아. 그럼 네가 뭐라고 그랬지?"

"왕이 해수욕을 하러 오신다고 그랬지요. 그뿐이에요."

"그렇다면 말이다! 해변가도 아닌데 왕이 무슨 수로 해수욕을 하신다는 거야?"

"이보세요." 하고 내가 말했습니다. "누나는 콩그리스 광천수를 본 적이 있나요?"

"물론 있지."

"그렇다면 광천수를 얻고 싶은 사람은 꼭 콩그리스에 가야만 하나요?"

"그야, 그렇지 않지."

"그럼, 윌리엄 4세도 해수욕을 하러 바다까지 가실 필요는 없단 말이에요."

"그럼 어떻게 해서 해수욕을 하시는데?"

"이 지방 사람이 콩그리스 광천수를 얻는 것과 똑같은 방법으로요. 통에다 물을 실어 온단 말이에요. 셰필드의 궁정에는 가마솥이 몇 개씩이나 있어서 왕은 바닷물을 끓이게 한단 말입니다. 그만한 양의 물을 바다 속에서는 도저히 끓일 수 없으니까요. 그런 설비가 없기 때문이지요."

　"오, 이제서야 겨우 알겠군. 진작 그렇게 말했다면 시간이
절약됐을 걸 가지고."

　언청이가 이렇게 말했으므로 나는 이제 위기를 모면했다는
생각이 들어 마음이 편해지고 기뻤습니다. 그다음 언청이는
이렇게 물었지요.

　"너도 교회에 나가니?"

　"나가고말고요. 늘 나가지요."

　"어디에 앉아?"

　"물론, 우리들 가족석에 앉지요."

　"누구의 가족석이라고?"

　"물론 우리 가족 자리 말이지요. 누나의 하비 백부님 자리

말이에요.”

“백부님 자리라고? 백부님에게 무슨 자리가 필요하담?”

“앉는 데 자리가 필요하지요. 그밖에 달리 무엇 때문에 자리가 필요하다고 생각해요?”

“하지만 백부님은 설교단에 계실 거라고 생각했으니까 그렇지.”

아이쿠, 나는 그가 목사라는 사실을 그만 까맣게 잊어버리고 있었던 겁니다. 나는 또다시 말문이 딱 막히고 말아서 한 번 더 닭 뼈가 목구멍에 박힌 시늉을 하고는 그동안에 머리를 짜냈지요. 그러고 나서 나는 이렇게 말했습니다.

“제기랄, 한 교회에 목사님이 한 분밖에 없는 줄 알아요?”

“어머나, 그럼 뭣하러 몇 사람씩이나 있어?”

“뭣 때문이냐고요! 왕 앞에서 설교하기 위해서지요. 난 누나 같은 사람을 본 적이 없어요. 목사가 열일곱 명이나 있단 말이에요.”

“열일곱 명이나? 어머나! 나라면 비록 천국에 못 들어간다 하더라도, 그렇게 많은 사람의 이야기를 무슨 수로 듣는담. 한 주일 동안이나 걸릴 게 아니겠어.”

“쳇, 같은 날에 모두가 설교하는 게 아니에요. 그중에서 한 사람만 하는 겁니다.”

“그렇다면 다른 사람들은 뭘하고 있어?”

“뭐 별로 하는 게 없지요. 서성거리거나 헌금 접시를 돌리거나, 그저 이 일 저 일 하지요. 하지만 대체로 하는 일이라곤 별로 없답니다.”

"그럼 뭣 땜에 있어?"

"뭣 땜이냐고? 모양을 갖추기 위해서지요. 누나는 정말 아무것도 몰라요?"

"그래, 난 그 따위 시시한 건 알고 싶진 않아. 영국에선 하인 대접이 어때? 우리들이 검둥이를 대우하는 것보다는 나은 편인가?"

"천만에요! 그곳에선 하인 같은 건 전혀 사람 취급을 받지 못하지요. 개보다도 못한 취급을 받아요."

"크리스마스나, 설날이나 독립절 때 우리처럼 그들에게 휴가를 주지 않니?"

"저 말하는 것 좀 보라니까요. 그것만 보아도 누나가 영국에 가 본 적이 없다는 것을 금방 알 수 있어요. 저, 말이에요, 언청…… 아니 조애너 누나, 일 년 중 휴가라는 건 없어요. 서커스에도, 극장에도, 검둥이 쇼에도 아무 데도 가지 않아요."

"교회에도?"

"네, 교회에도"

"하지만 넌 언제나 교회에 나간다고 하지 않았니?"

아이쿠, 말문이 또 막히고 말았습니다. 저 늙은이의 하인이라는 사실을 깜빡 잊고 있었던 겁니다. 그러나 그다음 순간 몸종은 일반 하인과는 달라서 싫어도 할 수 없이 교회에 가서 가족들과 함께 앉아 있지 않으면 안 되는 그런 법률이 있다고 설명했지요. 그러나 그다지 근사하게 되지 않았고, 내가 그 얘기를 했을 때 언청이는 그다지 만족해하는 것 같지 않았습니다.

"자, 사실대로 말해 봐. 넌 지금 나에게 거짓말을 하고 있는

거지?”

“정말이에요.” 하고 내가 말했습니다.

“하나도 거짓말이 아니란 말이야?”

“하나도 거짓말이 아니고말고요. 한마디도 거짓말을 하지 않았어요.”

“이 책에다 손을 얹고서 그렇게 말해 봐.”

그 책은 사전에 지나지 않았으므로 나는 손을 얹고서 그렇게 말했습니다. 그리고 나서야 겨우 언청이는 다소 납득이 간 모양으로 이렇게 말했습니다.

“그렇다면 조금은 믿겠어. 하지만 나머지 네 말도 모두 믿을 수 있었으면 좋겠어.”

"조애너, 도대체 뭣이 믿어지지 않는다는 거야?" 하고 그때 마침 메리 제인이 수전을 데리고 부엌으로 들어오면서 말했습니다. "이 애에게 그렇게 말하는 것은 옳은 일도 친절한 일도 아니야. 자기 식구들로부터 이렇게 멀리 떨어져 있는 낯선 사람에게 말이야. 네가 그런 대우를 받는다면 그 기분이 어떻겠니?"

"또 시작이군, 언니는…… 혼내 주기도 전에 언제나 꼭 나타나서 그 사람을 돕는단 말이야. 난 이 애에게 아무것도 한 게 없어. 어째 나에게 뻥튀기해서 말하는 것만 같아. 그래서 그걸 전부 곧이곧대로 받아들일 수 없다고 말했을 뿐이야. 내가 한 말은 그뿐이야. 이 애는 그런 사소한 것쯤은 참을 수 있으리라고 생각하는데."

"작건 크건 아무래도 좋아. 이 애가 우리 집에 지금 낯선 손님으로 와 있고, 그러니까 그런 말을 하는 건 옳지 못한 거야. 만일 네가 이 애의 입장에 있다면 넌 부끄러운 생각이 안 들겠어? 그러니까 남에게 부끄러운 생각을 불러일으킬 말을 해선 안 되는 거야."

"하지만 언니, 이 애가 그러는데……."

"그 애가 뭐라고 하든 상관없어. 그런 건 아무래도 좋아. 중요한 건 네가 이 애한테 친절하게 대해 주고, 이 애가 고향과 가족으로부터 멀리 떨어져 있다는 사실을 생각나게 하는 말을 해서는 안 된다는 거야."

나는 이렇게 혼자 생각했습니다. 나는 지금 바로 이 처녀의 돈을 저 뱀 같은 늙은이가 훔치도록 잠자코 내버려 두고 있는 것이 아닌가!

이번에는 수전이 사뿐히 걸어들어왔습니다. 정말 놀랍게도 그녀 또한 언청이를 몹시도 나무라는 것이었지요!

나는 또 이렇게 혼자 생각했습니다. 바로 이 처녀의 돈도 그 늙은이가 훔치도록 내가 잠자코 내버려 두고 있는 것이 아닌가!

그러고 나서 메리 제인이 또 한 번 부드럽고도 상냥하게 타일렀습니다. 그것이 그녀가 말하는 방식이었지요. 그러나 말이 끝나자 불쌍한 언청이는 어찌할 바를 모르고는 울음보를 터뜨리는 겁니다.

"이제 됐어." 하고 다른 처녀들이 말했습니다. "이 애에게 잘못했다고 사과해."

언니들이 시키는 대로 언청이는 사과했습니다. 아주 상냥한 사과였지요. 어찌나 상냥한지 듣기에도 기분이 좋았습니다. 그래서 나는 다시 한번 이 처녀한테서 사과를 또 받을 수만 있다면, 거짓말을 몇천 번이라도 하고 싶다고 생각했지요.

나는 혼자 속으로 이렇게 생각했습니다. 여기 또 한 처녀의 돈을 저 늙은이가 훔치도록 모르는 체하고 있는 게 아닌가 하고 말입니다. 그래서 언청이가 나에게 사과를 하자 이번에는 세 사람이 다같이 내가 편하게 느끼고 친한 친구와 함께 있다는 생각이 들도록 하려고 애를 썼지요. 나는 나 자신이 견딜 수 없이 천하고도 비열하다는 생각이 들어 혼자 이렇게 생각했습니다. 자, 이제 내 결심은 섰다, 이 처녀들을 위해서 무슨 짓을 해서라도 그 돈을 감춰 둬야겠다고 말이지요.

그래서 나는 급히 부엌을 빠져나와 이제 곧 잠을 자겠다고 말했습니다. 나 혼자 있게 되자 깊이 이 일을 이리저리 궁리해

보았지요. 그 의사한테 몰래 가서 이 사기꾼놈들을 일러바칠
까? 아니, 그래선 안 되지. 의사는 일러바친 사람의 얘기를 남
에게 말할지 모르고, 그렇게 되면 왕과 공작한테서 내가 혼구
멍 나는 결과가 될 것이다. 그렇다면 몰래 메리 제인에게로 가
서 얘기할까? 아니, 그것도 안 될 소리다. 메리 제인의 안색에
나타날 게 뻔한 노릇이야. 그러면 두 녀석은 대뜸 그것을 알아
채고는 돈을 가지고 있으니까 곧 그것을 가지고 몰래 자취를
감춰 버릴 것이 뻔하다. 만일 메리 제인이 도움을 청한다면 필
경 난 이 일이 끝나기도 전에 이 일에 휩쓸리게 될 거야. 그러
면 안 되지, 딱 한 가지 좋은 방법이 있다. 어떻게 해서든지 그
돈을 훔치는 거다. 그놈들에게서 의심을 받지 않게 감쪽같이
훔치지 않으면 안 된다. 놈들은 이 동네에서 좋은 봉을 잡았
으니 필시 이 가족과 이 마을에서 우려먹을 대로 우려먹을 때
까진 여기를 쉽사리 떠날 리가 만무하며, 따라서 나로서는 충
분히 기회를 가질 여유가 있으리라. 나는 돈을 훔쳐 내어 감춰
두었다가 얼마 후 훨씬 강 하류로 내려갔을 때 편지를 내어
메리 제인에게 어디다 돈을 감추어 두었는지 알리기로 하자.
그러나 되도록이면 오늘 밤 훔치는 것이 좋을 거다. 그 의사는
그렇게 말하기는 했지만 정말 손을 뗄 생각은 없고, 두 녀석을
여기서 위협해서 쫓아내 버릴지도 모르니까.

　그래서 나는 가서 놈들의 방을 뒤져 보리라고 생각했습니
다. 2층 복도는 캄캄했지만 공작의 방을 찾아낸 다음 손을 더
듬어 뒤지기 시작했지요. 그러나 왕이 그 돈을 자기 말고 다
른 사람에게 맡겨 둘 리 만무하다는 생각이 들었으므로 이

번에는 왕의 방으로 가서 그곳을 찾아보기 시작했습니다. 그
러나 촛불이 없이는 어떻게 할 수도 없고 그렇다고 해서 물론
촛불을 켤 수도 없었지요. 그래서 나는 다른 방법을 쓰지 않
으면 안 되었습니다. 숨어 있다가 그들의 말을 엿듣는 것 말이
지요. 마침 그때 2층으로 올라오는 두 사람의 발소리가 들렸
으므로 나는 침대 밑으로 들어가려고 했습니다. 그러나 그쪽
을 손으로 더듬어 보아도 침대는 내가 있으리라고 생각한 곳
에 없었지요. 그러나 손에 닿은 것은 메리 제인의 옷가지를 감
추는 커튼이었습니다. 나는 재빨리 그 뒤로 몸을 피해 옷 사
이로 바싹 몸을 감추고는 가만히 서 있었지요.

두 사람은 방 안으로 들어오자 문을 닫았습니다. 그리고 공
작이 제일 먼저 한 일은 무릎을 꿇고 침대 아래를 들여다보는

것이었습니다. 나는 아까 찾았을 때 침대가 눈에 띄지 않았던 것을 천만다행으로 생각했지요. 사람들이 무슨 일을 몰래 하려고 할 때 으레 침대 밑에 숨는 것이 당연한 일이 아닐까요? 그다음 두 사람이 앉자 왕이 먼저 이렇게 말을 꺼냈습니다.

"헌데, 대관절 뭐야? 어서 얼른 딱 부러지게 말해 봐. 여기 앉아서 그자들에게 우리 얘기를 할 기회를 주기보다는, 차라리 아래층으로 내려가서 곡(哭)이나 하고 있는 편이 더 나을 테니까 말이야."

"이봐요, 그게 이렇단 말입니다, 영감님. 난 불안해 죽겠어요. 암만해도 그 의사가 마음에 걸린단 말이에요. 그래서 영감님의 계획을 듣고 싶었단 말입니다. 나에게 생각 하나가 있는데 꽤 괜찮다고 생각해요."

"공작, 어떤 생각인데?"

"다른 게 아니고, 새벽 3시에 여기를 빠져나가 이미 우리들 수중에 들어온 것만 가지고 강을 빨리 내려가는 편이 좋겠다는 겁니다. 더구나 이렇게 손쉽게 그것을 손안에 넣었으니. 훔쳐야겠다고 생각한 판에, 말하자면 호박이 저절로 굴러 들어와 우리 머리에 내던져진 격이니 말이지요. 암만해도 어서 삼십육계 줄행랑을 치는 게 상책이지요."

나는 이 말을 듣고 꽤 실망했습니다. 한두 시간 전이라면 사정이 달랐겠지만 지금 나는 몹시 실망했지요. 왕은 펄쩍 뛰며 이렇게 말했습니다.

"뭐라고! 나머지 재산을 팔아 버리지 않는단 말이야? 바보 멍텅구리처럼 8000달러나 나가는 재산을 고스란히 내동댕이쳐 버리고 내빼자는 말이지? 게다가 날개 돋힌 듯이 잘 팔려 나갈 물건들을 두고 말이야?”

공작은 투덜거렸습니다. 이 금화 주머니만으로 충분하니 자기는 더 이상 더 깊이 말려들고 싶지 않다고 말했습니다. 고아들로부터 재산 모두를 송두리째 빼앗아 버리기는 싫다는 거였지요.

“이봐, 거 무슨 소릴 그렇게 해!” 하고 왕이 말했습니다. “우리들이 그 계집애들로부터 빼앗는 건 이 돈밖에는 없어. 이 재산을 사는 놈이 손해 볼 뿐이야. 왜냐하면 소유자가 우리들이 아니라고 하는 것이 드러나기가 무섭게, 그것도 우리들이 삼십육계 줄행랑을 친 후 곧 그것이 탄로날 것이지만, 매도는 무효가 되어 모두 원래 주인한테로 되돌아가게 되기 때문이란 말씀이야. 이 집 고아들은 집을 다시 되찾게 될 것이고, 그것으로 충분해. 아직 젊고 건강하니까 쉽게 밥벌이를 할 수 있지. 고생하리라는 염려는 조금도 없어. 근데 좀 생각해 보란 말이야. 이 애들만도 못한 살림을 하고 있는 사람들이 몇천, 몇만 명이 있잖아. 정말 저 애들은 입이 있어도 무슨 불평을 늘어놓을 자격이 없단 말씀이야”

왕이 이리저리 공작을 설득하는 바람에 마침내 공작이 손을 들고 말았습니다. 그렇지만 그 의사 녀석이 줄줄 따라다니고 있는 마당에 언제까지 꾸물거리고 머물러 있는 것은 여간 어리석은 짓이 아니라고 했지요. 그러나 왕은 이렇게 말했습니다.

“그 빌어먹을 의사 놈! 그까짓 놈 상관할 게 뭐람. 이 마을에 살고 있는 바보 놈들이 모두 다 우리 편을 들고 있지 않겠어? 그리고 어떤 마을이든 바보 놈들이 절대 다수를 차지하고 있는 게 아니겠어?"

그러고 나더니 그들은 또다시 아래층으로 내려가려고 했습니다. 그때 공작이 이렇게 말했지요.

"암만해도 돈을 숨긴 곳이 마땅찮은 것만 같아요."

이 말을 듣고 나는 기운이 났습니다. 단서가 될 만한 힌트가 전혀 없구나 하고 실망하고 있던 참이었기 때문이지요.

"그건 왜?"

"왜냐하면 메리 제인은 이제부터 상복을 입게 될 겁니다. 무엇보다도 먼저 방 청소를 하는 검둥이가 이 옷가지들을 상자에 넣어 정리하라는 명령을 받을 겁니다. 그러면 검둥이 놈이 돈을 보고 그 얼마를 훔쳐 내지 않을까요?"

"공작, 자네 머리가 도로 제자리로 돌아왔구먼!" 하고 왕이 말했습니다. 그러고 나서 왕은 나에게서 1미터 떨어진 커튼 아래를 찾기 시작했습니다. 나는 부들부들 떨면서 벽에 딱 달라붙어 서서 숨을 죽이고 가만히 있었지요. 그러고는 만일 놈들에게 들키게 되는 날에는 뭐라고 대답을 할까, 실제로 붙잡혔을 때에 어떻게 하면 좋을까를 생각해 보려고 했습니다. 그러나 내가 절반도 생각해 내기 전에 왕은 돈주머니를 찾아내었고, 내가 거기 있다고는 꿈에도 의심치 않았지요. 그들은 깃털 침대 아래에 있는 밀짚 이불 틈으로 돈주머니를 1미터 밀어 넣고는, 자 이젠 만사가 잘되었다고 했습니다. 이제 검둥이가 깃털 침대만 정리하고 밀짚 이불은 일 년에 두 번밖에 뒤집지 않으니까 이렇게 해 두면 돈이 도난당할 걱정이 없기 때문이라는 겁니다.

하지만 내 수가 한 수 위였습니다. 그들이 계단을 절반도 채 내려가기도 전에 금화 주머니를 거기서 꺼냈습니다. 내 방 쪽으로 길을 더듬어 올라가 좀 더 좋은 기회가 올 때까지 거기에다 감춰 두기로 했지요. 감춰 두기엔 집 바깥 어딘가가 좋을 것이라고 생각했습니다. 만약 그 자들이 돈주머니가 없어진 것을 알아차린다면 아마 집 안을 샅샅이 뒤질 것이기 때문이지요. 나는 그것을 잘 알고 있었던 겁니다. 그다음 옷을 입은 채 침대 속으로 들어갔습니다. 그러나 어서 이 일에 결말을 내고 싶은 조바심 때문에 비록 잠을 자고 싶다고 해도 그리 쉽사리 잠이 오지 않았습니다. 마침내 왕과 공작이 다시 올라오는 소리가 들렸지요. 나는 밀짚 자리에서 굴러나와 턱을 사

다리 꼭대기에 고이고는 무슨 일이 일어나는지 기다리고 있었습니다. 그러나 아무 일도 일어나지 않았지요.

아직 잠을 자지 않고 일어나 있는 사람들의 소리가 모두 가라앉고 아침에 잠에서 깨어난 사람들의 소리가 시작되기 전까지 나는 그대로 버티고 있었습니다. 그러고 나서 몰래 사다리를 타고 미끄러져 내려왔습니다.

27장

　나는 두 사람의 방 문간으로 몰래 기어가 귀를 기울였습니다. 두 사람 모두 코를 골고 자고 있었습니다. 그래서 나는 발끝으로 걸어 무사히 아래층으로 내려왔지요. 어느 곳에서도 소리 하나 들리지 않았습니다. 식당 문 틈새로 안을 들여다보았더니 시신을 지키고 있던 사람들이 의자에서 잠에 곯아떨어져 있었습니다. 문은 시신을 안치해 둔 거실로 통해 있었고, 양쪽 방에 촛불이 하나씩 켜져 있었습니다. 안으로 들어가 보니 거실 문은 열려 있었지만 거기에는 피터의 시신밖에 없었습니다. 그래서 나는 앞으로 걸어 나갔지만, 정면 문이 잠겨 있었고 열쇠가 눈에 띄지 않았습니다. 마침 그때 누군가가 내 뒤에서 계단을 내려오고 있는 소리가 들렸지요. 나는 거실로 뛰어 들어가 급히 주위를 둘러보았지만 금화 주머니를 감출 장소라곤 관 말고는 없었습니다. 관 뚜껑이 30센티미터가량 열려 있어서 그 안에 젖은 보자기를 덮어쓰고 수의를 걸친 고인의 얼굴이 보였습니다. 나는 돈주머니를 뚜껑 바로 아래, 그러니까 시신의 두 손이 서로 팔짱을 끼고 있는 바로 그 아래에다 틀어넣었지요. 시체의 손이 어찌나 찼던지 오싹하고 소름이 끼쳤습니다. 그러고 나서 나는 방을 다시 빠져나와 문 뒤에 숨었지요.

아래층으로 내려온 사람은 바로 메리 제인이었습니다. 그녀는 아주 조용히 관 있는 데로 가서 무릎을 꿇고는 그 안을 들여다보았습니다. 그다음 손수건을 꺼내 훌쩍훌쩍 울기 시작하는 모습이 보였지요. 등이 이쪽으로 향해 있어 그 소리는 들리지 않았지만 말입니다. 나는 살며시 그곳을 빠져나왔고, 식당을 지나면서 밤샘하는 사람들이 혹시 나를 보지 않았을까 하고 틈새로 그 안을 들여다보았지만 모든 일이 잘 돌아가고 있었지요. 사람들은 눈 하나 깜빡하지 않았습니다.

나는 자못 무거운 마음으로 2층 침대 속으로 들어갔습니다. 그렇게 고생을 하고 그렇게 위험을 무릅썼는데도 결과가 이렇게 되고 말았기 때문이었지요. 그 금화 주머니가 지금 그 장소에 그대로 있다면 얼마나 좋으랴 하고 생각했습니다. 우리들이 2, 300킬로미터쯤 강을 따라 내려간 다음 메리 제인에게 그 사실을 편지로 알리면 그녀가 고인의 무덤을 다시 파헤쳐 금화 주머니를 손에 넣을 수 있을 것이기 때문이었지요. 그러나 아무래도 그렇게 될 것 같지가 않았습니다. 어쩌면 관 뚜껑을 나사못으로 박을 때 그 주머니가 발견될지도 모를 일이었습니다. 그렇게 되면 그 돈주머니는 또다시 왕의 손 안으로 돌아오게 될 것이며, 다시 그 돈을 훔칠 기회를 노리기에는 오랜 시일이 걸릴 겁니다. 물론 나는 몰래 아래층으로 다시 내려가 관 속에서 그 주머니를 꺼내 가져오고 싶었지만 그럴 용기가 나지 않았지요. 벌써 시시각각으로 새벽이 다가오고 있었고, 이제 머지 않아 시신을 지키던 사람 중 누군가가 눈을 뜨기 시작할 테니까 그렇게 되면 붙잡히게 될지도 모를 일이었습니다. 누구로부터 맡아 달라는 부탁을 받은 것도 아닌 6000달러를 손에 든 채 말입니다. 그런 궁지에 빠지고 싶지 않다고 혼자 생각했지요.

아침이 되어 아래층으로 내려갔을 때 거실은 닫혀 있고 밤을 새운 사람들은 다 가 버렸습니다. 집안 식구들이랑 바틀리 과부댁이랑 우리들 말고는 아무도 없었습니다. 나는 무슨 일이 일어났나 하고 그들의 얼굴을 살펴보았지만 잘 알아낼 수 없었지요.

그날 정오쯤 장의사가 조수를 데리고 와 관을 방 한가운데에 있는 의자 몇 개 위에다 얹어 놓은 다음, 집안에 있는 의자를 모두 동원하여 한 줄로 죽 늘어놓고 그 밖에 또 이웃에서도 의자를 더 빌려 왔으므로 복도도 거실도 식당도 모두가 의자로 꽉 차고 말았지요. 관 뚜껑은 아까와 조금도 다를 바 없었지만, 사람들이 주위에 모여 있어 나는 감히 뚜껑 아래를 들여다보러 갈 수가 없었습니다.

얼마 후 사람들이 방으로 들어오기 시작했고, 사기꾼들과 처녀들은 관 머리맡 맨 앞줄에 앉아 있었습니다. 반 시간 동안이나 사람들은 천천히 한 줄로 빙 돌며 잠깐씩 고인의 얼굴을 들여다보았지요. 눈물을 흘리는 사람도 있었지만 모두가 조용하고 엄숙했습니다. 다만 처녀들과 사기꾼들만이 눈에다 손수건을 갖다 대고는 머리를 숙이고 조금 훌쩍훌쩍거리며 울고 있었습니다. 들리는 소리라고는 발로 마루를 긁는 발소리와 코를 푸는 소리뿐이었습니다. 교회를 빼놓고는 다른 어느 장소보다도 사람들은 장례식 때 더 많이 코를 풀어 대는 겁니다.

방이 사람들로 가득 차자 장의사는 부드럽고 사람들을 달래는 듯한 태도로 검은 장갑을 끼고 마지막 손질을 하기도 하고, 고양이처럼 소리 하나 내지 않고 사람들과 여러 물건들을 질서정연하게 정돈하기도 했습니다. 그는 말이라고는 한마디도 하지 않았지요. 오직 고개를 끄덕이고 손짓으로만 사람들을 움직이게 하고 늦게 온 사람들을 밀어 넣고 통로를 만들어 놓았습니다. 그리고 나서 이번에는 저쪽 벽 앞에 자리를 잡고 앉았습니다. 이 사나이처럼 조용히 미끄러지듯 무엇이나 남의 눈에 띄지 않게 해치우는 사람을 나는 일찍이 본 적이 없답니다. 마치 햄덩어리처럼 그는 아무리 눈을 씻고 보아도 미소를 짓지 않았지요.

사람들은 소형 오르간을 빌려 왔습니다. 부서진 것이었지요. 모든 준비가 끝나자 젊은 여자 하나가 앉아서 오르간을 치기 시작했습니다. 오르간은 몹시 끽끽거리고 마치 복통이라도 일으킨 듯한 소리를 내었지요. 사람들은 모두 그 소리에 맞추어 찬송가를 불렀습니다. 내 생각으로는 덕을 보고 있는 것은 죽은 피터 한 사람뿐이었지요. 다음에 홉슨 목사가 천천히 엄숙하게 입을 열어 설교를 시작했습니다. 바로 그 순간 아직까지 아무도 들어본 적이 없을 법한 무서운 소동이 지하실에서 벌어졌습니다. 그것은 한 마리의 개에 지나지 않았지만 그 개는 지독하게 소동을 피우며 계속하여 킹킹대는 것이었습니다. 그래서 목사는 관 옆에 그대로 선 채 기다리지 않으면 안

되었지요. 사람들은 자기 생각마저 들을 수가 없을 정도였답니다. 참으로 난처한 느낌으로 아무도 어떻게 해야 좋을지 모르겠다는 눈치였습니다. 하지만 곧 다리가 긴 장의사가 목사에게 마치 "조금도 걱정 마시고, 나한테 맡기시오." 하는 듯이 신호를 보내는 것이 보였지요. 그러고 나서 장의사는 몸을 굽혀 다만 어깨만을 사람들 머리 위로 내밀고는 벽을 따라 미끄러지듯 걷기 시작했습니다. 그가 걸어가는 동안에도 소동은 점점 더 커져만 갈 뿐이었습니다. 마침내 장의사는 방 양쪽을 빙 돌아 지하실로 모습을 감춰 버렸지요. 그 후 2초쯤 지나자 찰싹하고 세게 때리는 소리가 들렸고, 개는 비명을 한두 번 지르더니 그 후로는 모든 것이 죽음처럼 고요히 가라앉고 말았습니다. 이때 목사는 중단했던 부분으로부터 다시 엄숙하게 설교를 하기 시작했지요. 1, 2분이 지나자 장의사의 잔등과 어깨가 또다시 벽을 따라 미끄러지듯 이쪽으로 오고 있었습니다. 이렇게 방 세 면을 빙 돈 다음 일어나 입에다 손을 갖다 대고 사람들 어깨 너머로 목사 쪽으로 목을 길게 뽑고는 조금 쉰 목소리로 이렇게 말하는 겁니다. "그 녀석이 쥐를 잡았어요!" 그는 또다시 몸을 숙여 벽을 따라 미끄러지듯 자기 자리로 돌아왔지요. 사람들은 무엇이 일어났는지 알고 싶어 했으므로 이 말을 듣고 자못 만족했습니다. 이 같은 사소한 일은 돈이 드는 것도 아니고, 사람이 존경을 받고 호감을 사게 되는 것은 이렇게 사소한 일 때문이지요. 이 장의사만큼 이 마을에서 인기 있는 사람도 없었습니다.

장례식의 설교는 매우 훌륭했지만 지나치게 긴 탓에 지루

했습니다. 그다음에 왕이 뛰어나와 예의 그 종잡을 수 없는
소리를 늘어놓았고, 그것이 끝나자 장의사가 나사돌리개를 들
고 살금살금 관 있는 데로 걸어나가기 시작했지요. 나는 안절
부절 못하며 날카로운 시선으로 그를 지켜보았습니다. 그러
나 장의사는 전혀 딴짓은 하지 않고, 마치 흐물흐물한 옥수수
죽처럼 가볍게 뚜껑을 미끄러뜨려 닫고는 나사돌리개로 꼭 조
여 버렸습니다. 큰일이었지요! 돈이 그대로 거기 있는지 없는
지 나로서는 전혀 알 길이 없었던 겁니다. 만일 누가 몰래 그
주머니를 훔쳐 갔다면 어떻게 하지? 메리 제인에게 편지를 써
야 좋을지, 쓰지 않는 편이 좋을지 어떻게 해야 좋단 말인가?
만약 메리 제인이 관을 파내서 그 속에 아무것도 들어 있지
않다면, 나를 어떻게 생각할 것인가? 제기랄, 나는 쫓기다 잡
혀 결국 감방 신세가 될지도 모른다. 그렇다면 차라리 모르는
체하고 편지를 쓰지 않는 편이 낫지 않을까. 정말 이제 사건은
그야말로 복잡하게 얽히고 말았습니다. 좋은 일 하려고 한 짓

이 도리어 사태를 몇백 배나 더 악화시키고 말았던 겁니다. 차라리 그대로 내버려 두었으면 좋았을 것을 하고 생각했습니다. 제기랄 이런 일이 다 일어나다니!

시체를 매장한 다음 우리들은 집으로 돌아왔습니다. 나는 또 다시 놈들의 낯빛을 살피기 시작했지요. 살피지 않을 수가 없었으며, 불안해서 견딜 수가 없었습니다. 도저히 편히 쉴 수가 없었습니다. 그러나 속수무책이었지요. 아무리 얼굴을 살펴보아도 아무것도 알아낼 수가 없었습니다.

그날 저녁 왕은 일일이 찾아다니며 사람들에게 알랑거리고 자못 친절하게 굴었습니다. 그리고 영국에 있는 자기 신도들이 자기가 돌아오기를 학수고대하고 있을 테니까 어서 빨리 재산을 처분하고 고국으로 돌아가지 않으면 안 되겠다고 했지요. 그리고 이렇게 서둘게 된 것에 대해 정말로 섭섭하게 생각했고, 그건 마을 사람들도 마찬가지였고요. 좀 더 오래 있어 주었으면 좋겠지만 그게 무리한 일이라는 것은 자기들도 잘 안다고 했지요. 물론 자신과 윌리엄은 조카딸 애들을 함께 영국으로 데리고 갈 작정이라고 했고, 사람들은 그 말을 듣고 무척 반가워했습니다. 그렇게 되면 처녀들이 친척들 사이에서 편안히 살 수 있을 테니까 말입니다. 이 말을 듣고 처녀들도 반색을 했지요. 너무도 좋아한 나머지 처녀들은 세상 고생이고 뭐고 모두 잊어버렸습니다. 왕에게 어서 빨리 재산을 처분하라고, 자기들은 언제든지 떠날 준비를 하겠다고 했습니다. 이 불쌍한 처녀들이 그렇게도 기뻐하고 행복해하는 모습을 보며 나는 그들이 이렇게 바보 취급당하고 기만당하고 있는 것이 무척이나 가슴 아팠습니다. 그렇다고 해서 그 사이에 끼어들어 사태를 바꿔 놓을 만한 안전한 방법이 머리에 떠오르지 않았습니다.

빌어먹을, 왕은 집과 검둥이들과 그 밖의 모든 재산을 경매에 붙인다고 광고를 냈습니다. 장례식이 끝난 이틀 후가 바로 경매 날이었지요. 그러나 누구든지 사고 싶은 사람이 있으면 그 안에도 몰래 물건을 살 수 있었습니다.

장례식이 끝난 다음날 정오쯤 처녀들의 기쁨은 처음으로 타격을 받았습니다. 검둥이 상인 두세 명이 와서 하는 말이, 왕이 이른바 '3일 후 지불' 어음을 받고 검둥이들을 상당한 돈을 받고 팔아넘겼다는 겁니다. 그래서 노예들이 팔려 갔는데, 아들 둘은 강 위쪽 멤피스로, 그 어미는 강 아래쪽 뉴올리언스로 팔려 갔습니다. 불쌍한 처녀들과 검둥이들이 슬퍼하는 나머지 그만 가슴이 터져 버리는 것이 아닌가 하는 생각이 들었지요. 서로를 꼭 껴안고 엉엉 울어 대는 모습을 보고 나는 차마 견딜 수가 없었습니다. 처녀들은 검둥이 가족이 이렇게 뿔뿔이 사방으로 헤어지거나, 마을 이외의 다른 곳으로 팔려 가리라는 것을 꿈에도 생각지 못했다고 했지요. 비탄에 젖은 불쌍한 처녀들과 검둥이들이 서로 목에 매달려 울고 있는 광경을 나는 언제까지나 잊어버릴 수가 없을 겁니다. 만약 이 매매가 무효가 되어 검둥이들이 한두 주일 후 다시 집에 돌아오리라고 하는 사실을 몰랐다면, 나는 그 이상 더 참을 수가 없어 이 악한들을 일러바치고야 말았을 겁니다.

이 사건은 마을에서도 큰 소동거리가 되었고, 꽤 많은 사람

들이 몰려와 어미와 자식들을 이런 식으로 떼어 놓는 것은 수
치스런 일이라고 강경히 따지고 들었습니다. 이 항의에 사기꾼
들도 다소 움찔했지만 그 바보 늙은이는 공작이 이리저리 타
일렀음에도 불구하고 여전히 강경히 버티고 나갔고, 공작은
정말로 불안해했습니다.

다음 날이 경매일이었습니다. 날이 완전히 밝아졌을 무렵
왕과 공작이 다락방으로 올라와서 나를 깨웠고, 그들의 얼굴
표정을 보고 나는 무슨 일이 있었구나 하는 것을 금방 알아
차렸지요. 왕이 이렇게 물었습니다.

"너 그제 밤에 내 방에 들어왔었지?"

"아뇨, 폐하." 나는 우리밖에 없을 때에는 늘 그런 식으로
그를 불러 왔습니다.

"그럼 어제나 어젯밤에 들어왔었느냐?"

"아뇨, 폐하."

"맹세할 수 있겠지, 거짓말이 아니라고?"

"맹세합니다, 폐하. 정말로 진실을 얘기하는 겁니다. 메리
제인이 폐하와 공작을 안내하여 그 방을 구경시킨 다음으로
는 그 방 근처에는 얼씬거린 적이 없습니다."

그러자 공작이 끼어들었습니다.

"다른 사람이 그 방으로 들어가는 것을 보았느냐?"

"아뇨, 전하. 제가 기억하는 한에는 없었습니다."

"잘 생각해 보아라."

나는 잠시 생각한 다음 기회를 노려 이렇게 말했습니다.

"글쎄, 검둥이들이 몇 번 그 방에 들어가는 것을 보았지요."

　그러자 두 사람은 조금 움찔했습니다. 처음에는 예상하지
못했다는 표정을 짓더니 다음에는 그럴 줄 알았다는 표정을
지었습니다. 그러고 나서 공작은 이렇게 말했지요.

　"무엇이라고, 검둥이들 모두가 그랬다는 거냐?"

　"아니에요. 적어도 모두가 동시에 그런 것은 아닙니다. 말하
자면 한 번 말고는 놈들이 함께 몰려나오는 것을 본 것 같진
않은데요."

　"무엇이라고? 그게 언제 일이야?"

　"장례식이 있던 날이었어요. 아침이었지요. 제가 늦게까지
잠을 잤으니까 그다지 일찍은 아니었어요. 사다리를 타고 내
려오다가 검둥이들을 보았습니다."

　"그래서, 어서 빨리 얘기해 봐! 놈들이 무슨 짓을 했단 말

이야! 어떻게 하더란 말이야!"

"아무 짓도 하지 않던데요. 내가 보기엔 놈들은 별로 이상한 짓을 한 것 같지는 않았어요. 발끝으로 살금살금 나가 버리더군요. 그래서 폐하가 잠에서 깨어 있는 줄 알고 청소를 하거나 무슨 다른 일을 하려고 들어갔다가, 폐하가 아직 주무시고 있는 것을 알고 공연히 깨워서 이쪽에서 사서 귀찮은 일을 당하지 않으려고 그냥 나오는 것으로 생각했지요."

"맙소사, 이거 큰일 났군!" 하고 왕이 소리쳤습니다. 둘 다 오만상으로 낯을 찌푸리고는 어안이 벙벙한 듯한 표정을 지었지요. 잠시 머리를 긁적긁적거리며 생각에 젖어 장승처럼 서 있더니, 마침내 공작이 귀에 거슬릴 정도로 킬킬 웃으며 이렇게 말했습니다.

"우째 이런 일이, 검둥이 놈들한테 단단히 얻어걸려 들었구면요. 놈들이 이 마을을 떠나기가 섭섭하다는 시늉을 한바탕 하더니만! 놈들이 정말로 슬퍼하는 줄로 믿었지요. 그건 영감님도 마찬가지였을 테고요, 다른 사람들도 마찬가지였겠지요. 검둥이들한테 무슨 배우 재능이 있겠냐는 소리는 제발 마십시오. 천만의 말씀, 그 수에 넘어가지 않을 놈이 있으면 어디 나와 보라고 해요. 내 생각 같아서는 놈들은 그야말로 큰 재산과 다름없었는데요. 나에게 자본과 극장만 있다면 그보다 더 수지맞는 사업은 없을 텐데요. 헌데 우리들은 놈들을 똥값으로 팔아 버렸단 말씀이에요. 게다가 그 똥값마저 손 안에 넣을 성싶지 않구면요. 대관절 그 돈은 어디 있는 겁니까? 그 어음 말이에요?"

"현금으로 바꾸기 위해서 은행에 맡겨 두었지. 그 밖에 어디 있겠어?"

"그렇다면 됐군요. 천만다행이군요."

나는 겁먹은 소리로 이렇게 물었습니다.

"아니, 뭐가 잘못된 일이라도 생겼나요?"

이 말에 왕이 홱 내 쪽으로 돌아서며 호통을 쳤습니다.

"네놈이 참견할 일이 아냐! 네놈 같은 건 입을 꾹 다물고 네 일이나 해! 만약 할 일이 있다면 말이다. 이 마을에 머무는 한 이 점을 잊어선 안 돼, 알겠느냐?" 그러고 나서 그는 공작을 향해 "이 일은 입을 꼭 다물고 잠자코 있어야 돼. 우리한테는 잠자코 있는 게 상책이란 말씀이야." 하고 말했습니다.

두 사람이 사다리를 내려가려고 할 때 공작은 또다시 킬킬거리고 웃고는 이렇게 말했습니다.

"박리다매란 말씀이구먼요! 좋은 장사지요. 암, 그렇고말고요."

왕은 공작에게 으르렁거리며 이렇게 말했지요.

"재빨리 팔아 버리는 게 최상책이라고 생각한 거지. 설령 이익이 별로 남지 않고 손에 쥘 게 별로 없다고 하더라도, 그건 자네 탓도 내 탓도 아니야."

"글쎄요, 만일 내 충고를 받아들였다면 검둥이들은 아직도 이 집에 있을 것이고, 우리들은 벌써 이 집에 없을 테지요."

왕은 자기에게 안전할 만큼 공작을 몰아 대고는 이번에는 나를 몰아세웠습니다. 내가 검둥이들이 왕의 방에서 살금살금 걸어 나가는 것을 보고도 왜 알리러 오지 않았느냐고 펄펄 뛰는 겁니다. 아무리 바보라도 그걸 보고서는 무슨 일이 있었으리라고 하는 것쯤은 알았을 게 아니냐는 거였지요. 그러고 나서 잠시 동안 자기 자신을 저주했습니다. 이게 모두 자기가 밤 늦게까지 일어나 앉아 있다가 제대로 아침 잠을 자지 않은 데서 일어난 일이라고 하면서, 두 번 다시 그 짓을 하면 개자식이라고 투덜댔지요. 이렇게 두 사람은 서로 말다툼을 하면서 나가 버렸습니다. 나는 모든 것을 검둥이들 탓으로 돌려 버렸으면서도 검둥이들에게는 아무런 피해도 입히지 않게 한 것을 자못 기쁘게 생각했지요.

28장

  마침내 잠자리에서 일어날 시간이 되었습니다. 나는 사다리
를 타고 내려가 아래층으로 가려고 했습니다. 그러나 처녀들
의 방 옆을 지날 때 방문이 열려 있었고, 메리 제인이 혼자 헌
털 가방 옆에 앉아 있는 것이 보였지요. 가방 뚜껑은 열려 있
고, 메리 제인이 짐을 싸고 있는 중이었습니다. 영국으로 떠날
준비를 하고 있는 것이었지요. 그러나 지금은 잠시 손을 멈추
고, 접어 놓은 옷을 무릎 위에다 올려놓은 채 두 손에다 얼굴
을 파묻고 울고 있었습니다. 그 모습을 보고 나는 견딜 수 없

을 만큼 가엾은 생각이 들었지요. 물론 누구나 다 그 모습을 보았더라도 마찬가지였을 겁니다. 나는 안으로 들어가 이렇게 말했습니다.

"메리 제인 누나, 남들이 괴로워하는 걸 보면 견딜 수 없는 거지요? 나도 그래요, 거의 언제나요. 나한테 얘기해 봐요."

메리 제인은 얘기해 주었습니다. 바로 검둥이들 때문이었습니다. 내가 예상했던 대로였지요. 메리 제인은 영국으로 가는 여행도 거의 즐겁지 않게 되었다고 했습니다. 어머니와 애들이 다시는 서로 만날 수 없는 것을 알고 영국에 간들 행복하게 살 수 있겠느냐는 것이었지요. 그러고 나선 아까보다도 한층 더 슬피 울면서 두 손을 들어 올리며 이렇게 말했습니다.

"아아, 어쩌면 좋지. 그 사람들은 이제 다시는 서로 만날 수 없게 될 텐데 어쩌면 좋아!"

"하지만 그들은 만나게 될 겁니다. 한두 주일 안으로 말이에요. 난 잘 알고 있어요!" 하고 내가 말했습니다.

빌어먹을, 나도 모르는 사이에 이 말이 입 밖으로 튀어나오고 말았던 겁니다! 그러자 금방 메리 제인은 내 목을 껴안고는 다시 한번만 말해 보라고 야단이었지요!

나는 너무 갑작스럽게 그리고 너무 많은 얘기를 한 나머지 꼼짝없이 궁지에 몰리고 말았습니다. 나는 그녀에게 좀 생각할 시간을 달라고 부탁했습니다. 그러자 그녀는 아주 초조하고 흥분한 상태로 앉아 있었지만, 그 모습은 마치 앓던 이를 빼낸 사람처럼 행복하고 편안해 보였지요. 그래서 나는 머리를 짜 보았습니다. 궁지에 몰려 있을 때 진실을 털어놓는다는 것은 여간 위험을 무릅쓰는 일이 아니라고 혼자 생각했지요. 하기야 나에게는 그런 경험이 없으니까 확실히는 말할 수 없습니다만. 그러나 어쨌든 나에게는 그렇게 생각되었지요. 그런데 사실을 고백하는 편이 거짓말을 하는 것보다 훨씬 나은 때가 있는 법인데, 지금이 바로 그때라는 생각이 들었습니다. 이 일을 마음속에다 새겨 두었다가 언젠가 좀 더 생각해 보기로 했습니다. 보통이 아닌 괴상한 일이었으니까요. 이런 일은 난생 처음이었습니다. 마침내 옳지, 위험을 무릅쓰기로 해 보자, 이번만큼은 진실을 말해 보기로 하자 하고 혼자 마음속으로 다짐했습니다. 마치 화약통 위에 앉아 자기가 어디로 튀어나 갈지 보기 위해 화약에다 불을 당기는 격이었지요. 그러고 나서 나는 이렇게 입을 열었습니다.

"메리 제인 누나, 마을에서 좀 떨어진 곳에 어디 한 사나흘 가 있을 만한 곳 없어요?"

"있고말고. 로스로프 씨 집에 갈 수 있지. 한데 그건 왜?"

"그 이유는 상관하지 마세요. 만일 검둥이들이 이 주일 안에, 바로 이 집에서, 다시 만날 수 있다는 것을 어떻게 해서 내가 알고 있는지, 또 어떻게 해서 그것을 알고 있는가를 증명한다면……. 누나는 로스로프 씨 집에 가서 나흘 동안 묵을 수 있어요?"

"나흘 동안이라고!" 하고 그녀가 말했습니다. "일 년 동안이라도 그럴 수 있지!"

"그럼, 좋아요." 하고 내가 말했지요. "그 말만으로 충분해요. 다른 사람들이 성경 책에다 입을 맞추고 맹세하는 것보다도 나는 누나의 그 말을 더 믿겠어요." 이 말에 메리 제인은 생글 미소를 짓고는 귀엽게 얼굴을 붉혔습니다. 그러고 나서 나는 "상관없다면 문을 닫고, 빗장을 지르겠어요." 하고 말했습니다.

그렇게 하고 나서 나는 다시 돌아와서 걸터앉으며 이렇게 말했지요.

"큰 소리를 질러선 안 돼요. 침착하게 앉아서 사내처럼 내 말을 잘 들어 줘요. 나는 사실을 얘기하지 않으면 안 되고, 누나는 정말 용기를 내지 않으면 안 되지요. 누나, 이건 끔찍한 얘기로 듣기 참 힘들겠지만, 그 밖에 다른 도리가 없습니다. 누나 백부와 숙부라고 하는 사람들은 진짜 백부와 숙부가 아니에요. 사기꾼들이지요. 진짜 불한당 놈들이라고요. 자, 이제 제일 끔찍한 것을 얘기해 버렸으니까, 그다음 얘기는 비교적 쉽게 견딜 수 있을 거예요."

물론 이 말을 듣고 메리 제인은 큰 충격을 받았습니다. 그러나 나는 말하자면 물속을 빠져나온 셈이니 이제는 아무 거리낌 없이 앞으로 나아갔지요. 그동안 그녀의 눈은 자꾸만 불타는 듯했습니다. 나는 모든 것을 숨김없이 낱낱이 털어놓았지요. 맨처음 우리들이 증기선 있는 데로 가던 길에 그 바보 청년을 만난 이야기부터 시작하여, 메리 제인이 현관문에서 왕의 가슴에다 몸을 던지고는 놈이 열여섯 번인가 열일곱 번인가 키스를 퍼부어 댄 이야기까지 하나도 빼놓지 않고 낱낱이 말했습니다. 그러자 그녀는 마치 석양 하늘처럼 얼굴에 붉은 홍조를 띠고는 자리에서 벌떡 일어나는 겁니다.

　"짐승 놈들! 자, 이제 단 1분도 가만히 있을 순 없어! 단 1초
라도 말이야! 그놈들에게 타르칠을 하고 깃털을 꽂아 강에다
내던져 버려야 해!"

　내가 이렇게 말했습니다.

　"옳은 말이에요. 하지만 누나 말은, 로스로프 씨 집에 가기
전에 그렇게 할 작정인가요, 그렇지 않으면……."

　"저런." 하고 그녀가 말했습니다. "내가 지금 무슨 생각을 하
고 있담!" 그녀는 이러면서 또다시 털썩 주저앉았습니다. "내
가 한 말을 마음에 두지 마. 제발, 마음에 두지 않을 거지, 그렇
지?" 하고 그녀는 또 말했지요. 그녀는 비단같이 매끈한 손을
내 손에다 올려놓았습니다. 그녀의 말을 마음에 두느니보다 차
라리 죽어 버리는 편이 낫다고 말하지 않을 수 없을 정도였지

요. "이렇게까지 내가 흥분하리라곤 꿈에도 생각 못 했어." 하고 그녀는 말했습니다. "자, 어서 얘기를 계속해 봐. 이제부터는 한마디도 안 할게. 네가 가르쳐 주기만 하면 그게 뭣이든 하라는 대로 할 테니까."

"그런데……." 하고 내가 말했지요. "저 사기꾼들은 아주 지독한 놈들이에요. 하지만 나는 좋건 싫건 어쩔 수 없이 좀 더 그놈들과 여행을 하지 않으면 안 될 형편에 놓여 있어요. 그 이유는 얘기하고 싶지 않아요. 그래서 만일 누나가 저놈들을 밀고하면 마을 사람들은 나를 저놈들 손아귀로부터 구해 주어 나는 괜찮게 되겠지만, 그렇게 되면 누나가 모르는 또 한 사람이 아주 큰 곤경에 빠지게 됩니다. 우린 그 사람을 구해 내야만 해요, 안 그래요? 물론 그래야 되지요. 그래서 놈들을 밀고할 수가 없는 거예요."

이렇게 얘기를 하고 있는 동안 기똥찬 생각 하나가 갑자기 머릿속에 떠올랐습니다. 어쩌면 짐이랑 내가 그 사기꾼놈들 손아귀에서 벗어나 놈들을 마을 감옥에다 처넣은 다음 우리들만 이 마을을 떠날 수 있는 방법이 있을 것 같았지요. 그러나 나 말고는 묻는 말에 대답할 사람이 없이 뗏목을 대낮에 몰고 간다는 것이 어쩐지 마음에 걸렸습니다. 그래서 오늘 저녁 밤이 꽤 깊어질 때까진 그 계획에 착수하지 않기로 했지요.

"제인 누나, 우리가 어떻게 하면 좋을지 얘기해 보지요. 그렇게 하면 누나도 로스로프 씨 집에 그리 오래 머물러 있을 필요도 없지요. 그 집까지는 얼마나 떨어져 있죠?"

"채 6킬로미터도 못 돼. 여기서부터 쑥 들어간 시골 마을

이야."

"아아, 그럼 잘됐군요. 자 그리로 가요. 그리고 오늘 밤 9시 나 9시 반까지 숨어 있다가 그 집 사람더러 여기까지 데려다 달라고 그래요. 뭐 생각난 일이 있다고 말이에요. 만일 여기에 11시 전에 도착하면 이 창에다 촛불을 켜 내놔요. 만일 내가 나타나지 않거든 11시까지 기다려 줘요. 그래도 나타나지 않으면 내가 안전하게 도망을 쳤다는 것이 됩니다. 그렇게 되면 동네 사람들에게 이 소식을 퍼뜨려 이 사기꾼놈들을 감옥에 다 처넣으세요."

"좋아." 하고 그녀가 말했습니다. "그렇게 하도록 하지."

"또 만에 하나 내가 도망치지 못하고 놈들과 함께 붙잡히게 되는 경우, 누나는 내가 미리 모든 걸 누나한테 털어놓았다고 말하고는 되도록 내 편을 들어주어야 합니다."

"물론 네 편을 들어주고말고. 네 머리카락 하나라도 다치게 할 줄 알고!" 하고 그녀는 말했지요. 이렇게 말할 때 그녀의 콧구멍이 벌름거렸고 두 눈이 반짝 빛을 띠었습니다.

"만약 도망을 쳤다면 나는 여기 있을 수 없게 되겠지요." 하고 내가 말했습니다. "이 악한 놈들이 누나의 백부와 숙부가 아니라는 사실을 증명하기 위해서 말이에요. 설령 있다고 하더라도 그렇게 할 수 없을 거예요. 고작 놈들이 사기꾼들에다 밥버러지들이라는 것을 단언할 수 있을 정도겠지요. 물론 그것도 조금은 도움이 될 테지만요. 그런데 그런 것은 나보다 더 잘할 사람들이 있지요. 나처럼 곧 의심을 받을 염려가 없는 사람들 말입니다. 그 사람들을 어떻게 하면 찾아낼지 가르쳐 드

리지요. 연필과 종이를 좀 줘요. 자, '브릭스빌 왕실의 걸작' 이 종이를 잃어버리지 않도록 잘 간직하세요. 재판소가 이 두 놈에 관해서 무엇인가를 조사하고 싶을 때 브릭스빌로 사람을 보내 「왕실의 걸작」을 연출한 놈들을 붙잡았는데, 누가 증인이 되어 줄 사람이 없겠느냐고 한마디만 하면 됩니다. 누나, 그렇게만 하면 눈 깜짝할 사이에 마을 사람 모두가 이리로 몰려올 겁니다. 그것도 화가 잔뜩 나서들 말이에요."

이제 모든 준비가 다 되었다고 생각했습니다. 그래서 나는 이렇게 말했지요.

"경매는 걱정 말고 그대로 내버려 두세요. 공시 기간이 짧았기 때문에 산 물건의 대가는 경매 후 만 하루가 지나기까지는 지불하지 않아도 돼요. 그리고 놈들도 그 돈을 손에 넣기 전에는 이 마을을 떠나지 않을 겁니다. 게다가 경매가 무효가 되도록 해 놓았으니까 놈들은 한 푼도 수중에 넣을 수 없지요. 검둥이들의 경우도 마찬가지예요. 매매 행위가 없었으니까 곧 돌아올 겁니다. 놈들은 아직 검둥이를 판 돈을 긁어 모으지도 못하고 있지요. 메리 제인 누나, 지금 놈들은 정말로 난처한 궁지에 빠져 있는 거예요."

"그럼 난 어서 아래층으로 내려가 아침을 먹고 곧장 로스 로프씨 집으로 떠나겠어."

"천만에요, 그건 안 돼요, 메리 제인 누나." 하고 내가 말했지요. "절대로 그렇게 해서는 안 돼요. 아침을 먹기 전에 어서 빨리 떠나요."

"왜 그렇지?"

"메리 누나, 도대체 무엇 때문에 내가 누나에게 어서 가 달라고 부탁한다고 생각하죠?"

"그건 생각해 보진 않았는데…… 생각해 봐도 잘 모르겠는 걸. 그건 왜야?"

"왜라니요, 그건 누나가 얼굴에 철판을 깐 낯가죽 두꺼운 사람이 아니니까 그렇지요. 누나 얼굴보다 더 좋은 책은 없지요. 누나 얼굴만 보면 커다란 활자체 글씨처럼 훤히 읽어 낼 수 있을 테니까요. 백부와 숙부란 작자들이 누나에게 아침 키스를 하러 온다면 누나는 태연하게 마주 대할 수 있을 것 같아요? 그리고 결코……."

"자, 그만, 이제는 됐어! 그래 아침 식사 전에 갈 테야! 기꺼이 가고말고. 헌데 동생들을 그놈들에게 남겨 놓고 가란 말이야?"

"그럼요. 동생들 일로 머리를 썩이지 않아도 괜찮아요. 그 누나들은 이제 좀 더 잠깐만 참고 있으면 돼요. 만일 누나들이 전부 간다면 놈들은 아마 수상하다고 의심할 겁니다. 누나는 놈들도 동생들도 이 마을의 누구와도 만나지 않는 게 좋아요. 만약 동네 사람들이 백부나 숙부님 아침 안부를 묻는다면, 누나 얼굴에는 반드시 뭣인가가 나타날 테니까요. 메리 제인 누나, 그래요 어서 당장 떠나세요, 다른 사람들 걱정은 내게 맡기고요. 수전 누나한테 부탁해서 그분들에게 누나가 안부를 전하더라고 말할게요. 그리고 누나가 휴식이나 기분 전환을 위해 또는 친구를 방문하기 위해 몇 시간 집을 비우지만 오늘 밤이나 내일 아침에는 돌아온다고 말해 둘게요."

"친구를 방문한다고 하는 것은 좋지만 그 사람들에게 안부를 전한다는 말은 싫어."

"그래요, 그럼 그것은 그만두기로 하지요." 그녀에게 그렇게 말해도 상관없는 일이었습니다. 아무런 해도 끼치는 일이 아니었으니까요. 그것은 사소한 일로 성가신 일이 아니었습니다. 이 지상에서 사람이 가는 길을 가장 평탄하게 해 주는 것은 이와 같이 사소한 일인 겁니다. 그렇게 한마디 해 두면 메리 제인은 안심할 것이며, 게다가 돈 한 푼 드는 일도 아니었지요. 그다음에 나는 "또 하나 얘기할 게 있는데…… 그 돈 주머니 말이에요." 하고 말했습니다.

"아, 그건 그 사람들이 가지고 있지. 바로 그놈들 손 안에 들어간 것을 생각하니 난 참 얼마나 바보짓을 했는지 모르겠어."

"아녜요, 누나 생각이 잘못되었어요. 그놈들이 가지고 있지 않아요."

"아니, 그럼 누가 가지고 있단 말이야?"

"나도 그것을 알았으면 참 좋겠어요. 하지만 난 모릅니다. 한 번은 내가 가진 적도 있었어요. 놈들에게서 훔쳐 냈으니까요. 누나에게 주려고 훔쳤지요. 그리고 그걸 감춘 장소도 알고 있지만 이젠 거기에 없지 않을까 하는 생각이 들어요. 메리 제인 누나, 정말로 미안해요. 하지만 제가 할 수 있는 한 최선을 다했지요. 정말이에요. 하마터면 붙잡힐 뻔했으므로 어쨌든 제일 손쉬운 곳에다 그 주머니를 밀어넣고는 도망치지 않으면 안 되었던 거예요. 감추기에 썩 좋은 장소는 아니었어요."

"오, 제발 자신을 탓하는 건 그만둬. 그건 좋은 일이 아니고, 나는 그렇게 못 하게 할 거야. 넌 그렇게밖에는 할 수 없었잖아. 그러니 그건 네 탓은 아닐 거야. 어디다 감춰 뒀길래 그러는 거야?"

나는 그녀가 다시 한번 그 괴로운 일을 생각나게 하고 싶지 않았습니다. 돈주머니를 배 위에 올려놓은 채 관 속에 누워 있을 시신에 대해 이야기해 그녀의 눈앞에 그려 놓기란 차마 입이 떨어지지 않아 할 수 없을 것 같았지요. 그래서 잠시 입을 다물고 있다가 이렇게 말했습니다.

"메리 제인 누나, 누나만 용서해 준다면 난 그걸 어디다 감췄는지 얘기하고 싶지 않아요. 하지만 종이에다 써 줄 테니 원한다면 로스로프 씨 집에 가는 길에 읽어도 좋아요. 그래도 괜찮겠어요?"

"그럼, 괜찮고말고."

그래서 나는 종이 위에다 이렇게 적었지요. '그것을 관 속에다 넣었습니다. 밤 늦게 누나가 혼자 울고 있었을 때 돈주머니

는 거기 들어 있었어요. 제인 누나, 나는 문 뒤에 서 있었고, 누나가 불쌍해서 견딜 수가 없었지요.'

그날 밤 메리 제인은 혼자서 그 방에서 울고 있었고 그 악마 같은 놈들은 그녀 지붕 밑에서 잠을 자고 그녀를 모욕하고 돈을 빼앗고 있었던 것을 생각하니 눈물이 핑 돌았습니다. 그리고 종이를 접어서 메리 제인에게 주었을 때 역시 그녀의 눈에도 눈물이 고여 있었지요. 그녀는 내 손을 꽉 잡고는 이렇게 말했습니다.

"잘 가! 모든 걸 네가 하라는 대로 꼭 할 테야. 비록 다시는 서로 만날 일이 없을지라도 너를 언제까지 잊어버리지 않고 두고 두고 네 생각을 할 거야. 또 너를 위해서 기도를 올릴 거고!" 이러고는 그녀는 나가 버렸습니다.

나를 위해서 기도를 올린다고! 만일 그녀가 나라는 인간을 알고 있다면 좀 더 그녀의 인격에 알맞는 행동을 취했을 것임에 틀림없었습니다. 그러나 그렇다 하더라도 그녀는 나를 위해서 틀림없이 기도를 올려 주었을 겁니다. 그녀는 바로 그런 사람이었지요. 아마 생각만 떠오른다면 가롯 유다를 위해서도 기도를 드릴 용기를 가진 여자였습니다. 뒤를 물러설 사람이

아니었지요. 뭐라고 할는지는 몰라도 내 생각으로는 그녀는 내가 아직까지 보아 온 어느 처녀보다도 용기가 있었습니다. 이렇게 말하면 아첨처럼 들릴지 모르지만 절대로 아첨이 아닙니다. 또 아름다움으로 말하자면(마음씨 착한 점도요.) 그녀를 당할 사람이 없었습니다. 그녀가 그 문에서 나가는 것을 본 이래 나는 두 번 다시 그녀를 본 일이 없지요. 그러나 헤아릴 수 없을 만큼 수천수만 번 그녀 생각을 했고, 또 나를 위해 기도를 해 주겠다던 그 말을 생각했습니다. 그리고 만일 그녀를 위해 기도 올리는 것이 조금이라도 도움이 되는 줄로 생각했다면 무슨 일이 있어도 나도 꼭 그렇게 했을 겁니다.

그런데 메리 제인은 뒷문으로 빠져나간 것 같았습니다. 그녀가 나가는 모습을 본 사람은 아무도 없었기 때문이지요. 수전과 언청이를 만나자 이렇게 물었습니다.

"누나들이 가끔 만나러 가는, 강 저쪽에 사는 사람들 이름이 뭐라고 했지요?"

그들이 대답했습니다.

"몇 집 있어. 그렇지만 주로 프록터스 씨 집이야."

"바로 그 집이에요." 하고 내가 말했습니다. "하마터면 잊어버릴 뻔했군요. 글쎄, 메리 제인 누나가 급히 그 집에 좀 갔다고 전해 달라고 하던데요. 누군가가 아프다나요."

"누가?"

"난 모르지요. 그만 잊어버렸거든요. 그러나 아프다고 한 사람은……."

"설마 해너는 아닐 테지?"

"안됐지만." 하고 내가 말했지요. "바로 해녀였어요."

"저런 그 앤 지난 주일까지만 해도 그렇게 멀쩡했는데! 몹시 아프대?"

"아픈 정도가 아니래요. 메리 제인 누나 말로는 집안 식구 전부가 밤새도록 한잠도 못 자고 그 옆에 붙어 앉아 간병을 했다고 그러던데요. 그리 오래 살 것 같지 않다고 생각하는 모양이던데요."

"아니, 거 웬일이야! 대관절 어디가 어떻게 아프길래?"

곧 그럴듯한 생각이 머리에 떠오르지 않았으므로 나는 "볼거리라지요!" 하고 대답했습니다.

"뭐 볼거리라고! 그런 환자를 밤새도록 간병하는 사람은 없는 법이야."

"그야 그렇지요. 하지만 이 볼거리는 간병을 할 수 있대요. 이 병은 아마 종류가 다르다지요. 메리 제인 누나가 그러던데, 뭐 신종 병이라던데요."

"어떻게 신종이래?"

"다른 갖가지 병이 한데 뒤섞여 있대요."

"다른 갖가지 병이라니?"

"뭐랄까, 홍역이랑, 백일해랑, 폐렴이랑, 황달이랑, 뇌막염이랑, 그 나머진 잘 모르겠어요."

"어머나, 그런 것을 볼거리라고 해?"

"제인 누나가 그랬다니까요."

"그럼, 대관절 뭣 땜에 그걸 볼거리라고 부를까?"

"왜라니요, 볼거리니까 그렇지요. 그 병에서 시작했으니까

그렇지요."

"어머나, 그런 이치가 어디 있담. 발가락이 돌에 찍혀 독이 들었고 우물에 빠져 목이 부러져 머리통이 깨진 사람이 있다 하자. 누가 와서 이 사람이 뭣으로 죽었느냐고 묻는다면, 어느 바보가 벌떡 일어서 '발가락이 돌에 부딪혀 죽었어요.' 하고 대답했다고 하자. 그러면 이 말이 이치에 맞는 말일까? 아니지. 천만의 말씀. 그러니 네 말에도 그것처럼 이치에 맞지 않는단 말이야. 그 병은 전염한대?"

"전염하냐고요? 무슨 소리를 그렇게 해요. 그럼 써레도 전염하나요? 어둠 속에서 말이에요? 이빨 하나에 걸리지 않으면 다른 이빨에 걸리게 마련이지요, 그렇지 않아요? 그러니 써레 전체를 끌어오지 않는다면, 그 이빨에서 떨어져 나갈 수가 없을 게 아니냐 말이에요? 이 볼거리도 말하자면 써레와 같은 거지요. 게다가 그냥 보통 써레가 아니라 한 번 걸리기만 하면 영영 빠지지 않는 써레 말이지요."

"아이, 무서워라." 하고 언청이가 끼어들었습니다. "난 하비 백부한테 갈 테야. 그래서……."

"아, 그럼요" 하고 내가 말했습니다. "나라면 그렇게 하겠어요. 물론 그렇게 하고말고요. 지금 당장 말입니다."

"그럼 왜 그렇게 하지 않는 거지?"

"잠깐 생각해 봐요, 그럼 곧 알게 될 테니까요. 누나네 백부님과 숙부님은 될 수 있는 대로 빨리 영국으로 돌아가야 하지 않습니까? 그리고 그분들이 먼저 떠나고 누나들만 남겨 놓고 그 긴 여행을 누나들끼리만 시킬 만큼 그렇게 나쁜 사람들이라고 생각하세요? 기다려 줄 건 뻔한 일이지요. 거기까진 좋지요. 하비 백부는 목사님이 아닙니까? 바로 그렇지요. 그렇다면 목사님이라는 분이 증기선 승무원을 속이겠습니까? 메리 제인 누나를 배에 태우게 하기 위해서 말입니다. 그런 행동을 하시지 않을 분이라는 것은 누나들도 잘 알 테지요. 그러면 어떻게 하겠습니까? 이렇게 말할 테지요. '참 안된 일이지만, 우리 교회 일은 가능한 잘 돌아가도록 내맡길 수밖에 없다. 내 조카딸이 그 무서운 유행성 볼거리에 걸려 있으니까. 그 애가 감염이 됐는지 안 됐는지 판명되기까지 석 달 동안은 기다리는 게 내 의무지.' 하고 말이지요. 하지만 상관없어요, 하비 백부님에게 얘기하는 편이 더 낫다고 생각한다면요."

"무슨 소리를 그렇게 하는 거야. 우리들이 모두 영국에서 무척이나 재미있게 지낼 텐데, 언니가 병에 걸렸는지 안 걸렸는지 알려고 여기서 꾸물거리고 기다려야 하다니? 그런 얼간이 같은 소릴랑 제발 집어치워."

"어쨌든 마을 사람 몇한테는 얘기해 두는 편이 좋을지 몰라요."

"말하는 것 좀 봐. 너 같은 바보는 이 세상에 아마 둘도 없을 거야. 그 얘기를 해 봐, 그러면 동네 사람들이 돌아다니며 그 얘기를 퍼뜨릴 게 아니겠어? 아무한테도 아무 얘기 안 하는 도리밖에는 없어."

"네, 그럴지도 모르지요. 그래, 누나 말이 맞는 것 같아요."

"하지만 하비 백부님이 걱정하시지 않도록 언니가 잠깐 집을 나갔다고 말씀드려야겠어."

"그래, 메리 제인 누나도 누나가 그렇게 해 주었으면 했어요. 동생애들더러 하비 백부와 윌리엄 숙부에게 내 안부를 전하고 아침 키스를 해 드리라고 말해 줘. 난 지금 강을 건너 저 거시기, 거시기 아저씨네……" 하고 말했지요. "가만 있자, 누나네 피터 아저씨가 늘 아주 친하게 지내던 그 부잣집 이름이 뭐랬지요? 제 말은 저 거시기……."

"앱소프스 집을 말하려는 게 아냐?"

"그래 맞아요. 그런 이름은 아주 딱 질색이에요. 웬일인지 그런 이름은 절반밖에는 외워지지가 않는다니까요. 맞아요, 메리 제인 누나가 하는 말이, 앱소프스 댁에 가서 경매에 꼭 나오셔서 우리 집을 사 주십사 하고 부탁드리라고 했어요. 피터 아저씨는 다른 어떤 사람보다도 그 분들이 집을 사 주기를 바랐기 때문이라지요. 그리고 또 말하기를, 그분들이 오겠다고 할 때까지 꼭 붙어 있을 작정이라구요. 그리고 너무 몸이 녹초가 되어 있지 않다면 집으로 돌아올 것이며, 녹초가 되어 있더라도 아침까지는 집에 돌아오겠다고요. 어쨌든 프록터스 씨네 집에 대해서는 아무 말도 하지 말고 오직 앱소프스 씨 집 얘기만 해 달라고 그랬어요. 그건 진짜 정말이에요. 메리 제인 누나는 사실 이 집을 사 달라고 부탁하러 가는 참이었으니까요. 메리 제인 누나가 본인 입으로 직접 그렇게 얘기했으니까 내가 알지요."

"그럼 됐어." 하고 말하고는 그들은 백부와 숙부가 오는 것을 기다렸다가 안부 인사로 키스를 하고 전갈을 전하려고 밖으로 나갔습니다.

이제 모든 것이 잘되었습니다. 처녀들은 영국으로 가고 싶은 나머지 아무 말도 지껄이지 않을 테니 말이지요. 왕과 공작으로서도 메리 제인이 로빈슨 의사의 손이 미치는 곳에 있기보다는 경매 일로 분주히 어디로 나가 있는 편이 더 나을 겁니다. 나는 기분이 좋았지요. 꽤 멋들어지게 일을 꾸몄다는 생각이 들었으니까요. 아마 톰 소여라도 이보다 더 멋들어지게 일을 꾸며 낼 수는 없으리라는 생각이 들었습니다. 물론 톰은 이 일에 좀 더 멋을 부렸겠지만요. 그러나 나는 그렇게는 하지 못합니다. 자라기를 그렇게 자라나지 않았으니까요.

경매는 오후 늦게까지 마을 광장에서 열렸는데, 물건을 사려는 사람들이 꼬리에 꼬리를 물고 줄을 이어 몰려왔습니다. 그 늙은이는 매우 불쾌한 얼굴을 하고 경매인과 나란히 그곳에 서 있었고, 가끔 가다 짧은 성경을 몇 구절 섞거나, 무슨

선심 쓰는 말을 뇌까리기도 했지요. 공작은 온갖 방법으로 사
람들의 동정을 사기 위해 '구…… 구…….' 소리를 되풀이하고
자기 모습을 드러내 보이며 돌아다녔습니다.

그러나 마침내 경매도 끝이 났고, 모든 것이 거의 다 팔리고
말았습니다. 남은 것이라고는 묘지에 있는 쓸데없는 손바닥만
한 자투리 땅뿐이었지요. 그래서 놈들은 그것마저 경매에 붙
이기로 했습니다. 나는 이 왕처럼 뭐든지 다 집어삼키려는 불
가사리 같은 녀석을 본 일이 없답니다. 그런데 그 땅을 경매에
붙이고 있을 때 증기선 한 척이 와닿았지요. 그리고 2분쯤 지
나자 사람들이 떼를 지어 떠들썩하게 웃어 대고 야단법석을

떨며 우르르 몰려와서는 이렇게 소리를 치는 겁니다.

"자, 여기 당신네들 경쟁 상대가 나타났소이다! 피터 윌크스 노인한테 두 상속인이라…… 여러분, 자 돈을 치르고 마음에 드는 물건을 골라잡으시오!"

29장

　그 사람들이 데리고 온 사람은 아주 점잖아 보이는 노신사
랑 바른쪽 팔을 삼각 붕대에다 달아매고 있는 사람으로, 역
시 품위 있어 보이는 좀 더 젊은 신사였습니다. 그리고 정말이
지, 사람들이 얼마나 떠들어 대고 웃어 댔던지요. 그러나 나에
게는 웃음거리가 아니었지요. 그 농담의 뜻을 조금이라도 알
았다면 공작도 왕도 뜨끔했을 겁니다. 아마 새파랗게 질리리
라는 생각이 들었습니다. 그런데 천만에요, 조금도 새파랗게
질리지 않았습니다. 도리어 공작은 무슨 일이 일어났는지 조

금도 의심하는 듯한 기색도 없이, 몹시도 행복스럽고도 만족스러운 꼴로 돌아다닐 따름이었지요. 그런가 하면 왕은 세상에 이런 사기꾼과 악당이 있을까 하고 생각하니 심장 한구석에서 복통이라도 날 지경이라는 듯한 시선으로 새로 몰려온 사람들을 뚫어져라 쳐다보고 있었습니다. 아아, 그 꼴이란 참으로 근사했지요. 중요한 인물들이 왕 주위를 빙 둘러싸곤 왕 편이라고 하는 것을 보여 주려고 했지요. 이제 방금 도착한 노신사는 영문을 몰라 어찌할 바를 모르겠다는 눈치였습니다. 얼마 안 되어 노신사는 이야기를 꺼냈는데, 금방 영국 사람다운 발음이라는 것을 알 수 있었지요. 왕도 흉내치고는 꽤 잘하는 편이었지만, 왕의 발음과는 영 딴판이었습니다. 하기야 나도 노신사의 말을 전할 수도 없고 또 흉내 낼 수도 없지만, 노신사는 군중 쪽을 향하여 대충 이렇게 말했습니다.

"이것은 내가 예기치도 못한 놀랄 만한 사건이외다. 나는 이런 사태를 만나 그것에 대처할 준비가 아직 충분히 되어 있지 않다는 것을 솔직히 시인합니다. 그 까닭인즉슨 동생과 나는 재난을 만났기 때문이며, 동생은 팔이 부러졌고, 우리 짐은 어젯밤 여기보다 상류에 있는 마을에 잘못 내려지게 되었기 때문입니다. 나는 피터 윌크스의 형인 하비며, 여기 있는 것은 동생 윌리엄으로 귀머거리에다 벙어리올시다. 게다가 이제 쓸 수 있는 것은 한쪽 손뿐이라서 손 흉내도 제대로 낼 수 없지요. 우리들은 이제 방금 말씀드린 대로의 사람들이외다. 하루나 이틀이 지나 짐이 도착하면 그것을 증명할 수 있습니다. 그러나 그때까지는 이제 더 이상 아무 말도 하지 않을 것이며,

우린 여관으로 가서 기다리기로 하겠습니다."

이렇게 말을 하고 나서 노신사와 새로 온 벙어리는 이곳을 떠났습니다. 그러자 왕이 껄껄 웃으며 이렇게 지껄여 댔습니다.

"팔을 부러뜨렸다고…… 있을 법한 일이군요, 그렇지 않습니까? 손짓을 내야 할 텐데 그 짓을 제대로 할 줄 모르는 사기꾼에겐 편리한 핑계란 말씀이지요. 짐을 잊어버렸다고! 이것 또한 기똥찬 생각이구먼! 이런 경우에는 말이야!"

그러고 나서 그는 다시 한번 껄껄 웃어 댔습니다. 다른 사람들도 모두 따라 웃었지요. 서너 사람, 또는 아마 여섯 사람쯤은 그러지 않았지만요. 그중 한 사람은 예의 그 의사였고, 또 하나는 눈초리가 날카로운 신사로 융단으로 만든 구식 여행 가방을 들고 있었습니다. 이 신사는 지금 방금 증기선에서 내린 사람으로 의사와 뭐라고 낮은 목소리로 수군수군하면서 가끔 왕 쪽으로 시선을 주고는 둘이서 서로 머리를 끄덕였습니다. 이 사람은 바로 루이스빌에 갔다 오는 변호사 레비 벨이었지요. 그다음 또 한 사람은 몸집이 크고 억세게 생긴 사나이로, 어디선지 와서 노신사의 얘기를 전부 듣고 나서 그다음에는 왕의 얘기에 귀를 기울이고 있었습니다. 왕의 이야기가 끝나자 이 억센 사나이가 이렇게 물었습니다.

"이보시오, 당신이 하비 윌크스라면 이 마을엔 언제 왔소?"

"장례식 전날이오, 노형." 하고 왕이 대답했지요.

"그날 몇 시 말이오?"

"저녁 때지요. 해가 지기 한두 시간 전이니까요."

"어떻게 왔소?"

"신시내티에서 수전 포웰호를 타고 왔소."

"그렇다면 그날 아침 뭣 때문에 상류 곳에 있었소. 카누를 타고 말이오?"

"나는 그날 아침 곳 있는 데 있지 않았소."

"거짓말이오."

그러자 몇 명이 이 사나이에게로 달려들며, 노인이고 또 목사인 분에게 그런 식으로 말하지 말라고 부탁했습니다.

"흥, 목사라니 무슨 말라죽을 목사야. 저놈은 사기꾼이요 거짓말쟁이란 말입니다. 이 자는 그날 아침 곳 있는 데 있었어요. 내 집이 거기 있지 않습니까? 그래서 내가 거기 있자니까 이 영감도 거기 있었지요. 거기 있는 걸 내 눈으로 똑똑히 봤다니까요. 이 자는 팀 콜린스와 어떤 사내아이 하나와 함께 카누를 타고 왔다니까요."

의사가 그 뒷말을 이렇게 받았습니다.

"하인스, 자네 그 애를 다시 한번 보면 생각나겠나?"

"그럴 것 같기도 하고 그렇지 않을 것 같기도 합니다. 아니, 저기 있구먼. 금방 알아보겠네요."

그 사나이가 손으로 가리킨 것은 바로 나였지요. 의사가 다시 말을 이었습니다.

"여러분, 나로서는 새로 도착한 그 두 사람이 사기꾼인지 아닌지는 모릅니다. 하지만 만일 여기 있는 이 두 사람이 사기꾼이 아니라면 난 백치나 진배없는 사람이란 말이오. 이 사건을 자세히 조사할 때까지 이 두 사람이 우리 마을에서 도망치지 못하도록 하는 것이 우리들의 의무라고 생각하오. 하인스,

나를 따라와. 다른 분들도 따라오시고요. 이 자들을 여관으로
데리고 가서 아까 그 사람들과 대면시킵시다. 그러면 일이 끝
나기 전에 뭔가 알아낼 수 있을 테니까요."

그것은 왕 편을 든 사람에게는 못마땅한 일이었을지도 모
르지만 다른 사람들에게는 크게 재미난 일이었습니다. 그래서
우리들은 모두 따라나섰지요. 해가 저물 무렵이었습니다. 의
사는 내 손을 붙잡고 끌고 가며, 매우 친절하게 대해 주긴 했
지만 절대로 손을 놓으려고는 하지 않았습니다.

우리들은 모두 여관의 큰 방으로 들어가, 양초를 몇 개 켜
놓고는 그 새로 도착한 두 사람을 불러들였습니다. 의사가 먼
저 입을 열었습니다.

"나는 이 두 사람에게 그리 심하게 굴고 싶진 않지만 나에

게는 이 자들이 사기꾼이라고 생각된단 말이에요. 그리고 우리들이 그 신원을 전혀 알 수 없는 공범자가 있을지도 모릅니다. 만일 공범자가 있다면 그 자는 피터 윌크스가 남겨 놓은 돈주머니를 가지고 도망칠 법하지 않을까요? 있을 법한 일이지요. 만일 이 자들이 사기꾼이 아니라면 그 돈을 가지고 오게 하여 의심이 풀릴 때까지 우리들에게 맡겨 두는 것을 굳이 반대하지 않을 것입니다. 그렇지 않습니까?"

모두가 그 말에 찬성했습니다. 그래서 나는 처음부터 그들이 우리 일당을 꽤 괴로운 궁지에 몰아넣고 말았다는 생각이 들었습니다. 그러나 왕은 다만 슬픈 얼굴을 짓고는 이렇게 대답할 뿐이었지요.

"신사 여러분, 나는 돈이 거기에 있었으면 합니다. 왜냐하면 나는 이 한심한 사건이 공평하고 솔직하며 철저하게 조사되는 것을 방해할 생각이라곤 전혀 없기 때문이올시다. 그러나 유감스럽게도 돈은 거기 없습니다. 원한다면 사람을 보내서 찾아보시오."

"그렇다면 어디에 있다는 겁니까?"

"글쎄요, 내 조카딸 애가 그 돈을 나더러 맡아 달라고 나에게 주었을 때 나는 그걸 내 침대 밀짚 이불 속에다 감춰 두었지요. 이곳에서는 불과 이삼 일밖에 체류하는 것이 아니니까 은행에다 맡길 생각이 통 나지 않았으며, 게다가 검둥이들에게 습관이 되어 있지 않아서 영국의 하인들처럼 정직하리라고만 믿고 침대야말로 안전한 장소라고 생각한 거지요. 검둥이들은 그다음 날 내가 아래층으로 내려간 뒤에 그 돈을 훔쳐 낸 것이올시다. 나는 검둥이들을 팔아 버렸을 때엔 돈이 분실된 것을 미처 깨닫지 못하고 있었으므로 놈들은 돈을 가지고 감쪽같이 내뺀 거지요. 여러분, 여기 있는 내 하인이 그걸 설명해 드릴 겁니다."

의사와 몇 사람은 "엉터리 같은 소리 집어치워!" 하고 소리쳤고, 아무도 왕의 말을 진짜라고 믿지 않는 눈치였습니다. 한 사나이가 나에게 검둥이들이 돈을 훔치는 것을 보았느냐고 물었지요. 나는 훔치는 것을 보진 못했지만, 방 안에서 발소리를 죽이며 나와 허겁지겁 나가는 것을 보고 별로 대수롭게 생각하지 않았으며, 다만 검둥이들이 내 주인의 잠을 깨게 하여 꾸중 듣기 전에 나가려고 서두르는 것이려니 생각했을 뿐이었다고 대답했습니다. 사람들이 내게 물은 것은 그것뿐이었지요. 그러자 이번에는 의사가 홱 내 쪽으로 돌아서더니 이렇게 묻는 겁니다.

"너도 영국 사람이냐?"

나는 그렇다고 대답했습니다. 의사와 몇 사람이 껄껄 웃으며, "말도 안 되는 소리!" 하고 말했지요.

그러고 나서 그들은 일반적인 심문에 들어가 여러 가지 것들을 몇 시간씩이고 열심히 따졌습니다. 그리고 저녁 식사 때가 되어도 어느 누구 하나 식사 얘기를 꺼내는 사람이 없었고, 그것에 대해 생각하는 사람조차 없는 것 같았습니다. 이런 식으로 그들은 계속 조사를 해 나갔지요. 이런 혼란을 보기란 난생처음이었습니다. 사람들은 왕에게 이야기를 시켰고, 그다음엔 노신사에게 이야기를 시켰습니다. 그것을 들으면 편견에 사로잡힌 바보가 아니라면 누구나 다 노신사가 사실을 말하고, 왕이 거짓말을 하고 있다는 것쯤은 쉽게 짐작할 수 있었습니다. 마침내 이번에는 사람들이 나더러 알고 있는 대로 전부 털어놓으라고 했지요. 왕이 한쪽 눈으로 눈짓을 했기 때문에 나는 조심해서 얘기하지 않으면 안 되겠다고 생각했습니다. 나는 우선 셰필드의 얘기부터 시작하여, 우리들이 거기서 어떻게 살고 있었는가, 또 영국에 있는 월크스 집안 사람들 이야기, 그 밖에 여러 가지 것들을 이야기했지요. 그러나 말을 얼마 하지도 않아 의사가 껄껄 웃어 댔습니다. 레비 벨 변호사가 이렇게 말했습니다.

"애야, 앉아라. 내가 너라면 그렇게 말도 안 되는 소리는 안 한다. 너는 거짓말하는 것이 익숙지 않은 것 같구나. 술술 나오는 것 같지 않거든. 좀 더 연습이 필요해. 퍽 서툴단 말이다."

이 칭찬은 조금도 마음에 들지는 않았지만 어쨌든 나는 풀려나서 기뻤습니다.

의사는 무슨 말을 하려고 몸을 돌린 다음 이렇게 말을 꺼냈지요.

"레비 벨, 자네가 처음부터 마을에 있었다면……."

그러자 왕이 끼어들어 손을 뻗치며 말했습니다.

"아, 이 분이 내 죽은 동생이 편지에서 그렇게 자주 말하던 그 친구분인가요?"

변호사와 왕은 서로 악수를 나누었고 변호사는 싱글벙글 웃으며 즐거운 표정이었습니다. 두 사람은 잠시 얘기를 계속한 다음 한쪽 구석으로 가서 낮은 목소리로 무엇인가 속삭이고 있었지요. 마침내 변호사가 이렇게 말했습니다.

"이걸로 결판이 날 겁니다. 나는 법원 명령서를 받아 당신 동생분 것과 함께 보내기로 하겠소. 그러면 사람들이 문제가 없는지 잘 알 수 있을 것이오."

그래서 그들은 종이와 펜을 가져오고, 왕은 걸터앉아 머리를 한쪽으로 기우뚱거리고 혀를 깨물어 무엇인지 갈겨썼습니다. 그다음 그들은 공작에게 펜을 주었습니다. 처음으로 공작이 어디 아픈 표정을 지었습니다. 그러나 그는 펜을 잡고 썼지요. 그러고 나서 변호사는 새로운 노신사 쪽을 바라보고 이렇게 말했습니다.

"동생분과 함께 한두 줄 쓰고 서명해 주시오."

노신사는 글씨를 썼지만 아무도 그것을 읽어 낼 수가 없었습니다. 변호사가 자못 놀라는 듯한 표정을 짓고 이렇게 말했지요.

"글쎄, 이건 통 알 수 없는데요." 그리고 주머니에서 묵은 편지를 한 뭉치 꺼내어 살펴보고, 다음에는 왕의 글씨를 살펴보고, 또 그다음엔 노신사의 편지를 살펴보더니 이렇게 말했습니다. "이 묵은 편지는 하비 윌크스가 쓴 편지올시다. 여기 두 가지 필적이 있는데 이 자들이 이 편지를 쓰지 않은 것은 누가 봐도 뻔합니다."(왕과 공작은 변호사에게 교묘하게 넘어간 것을 알고 아주 얼빠진 표정을 지었지요.) "그리고 이게 이 노인의 필적인데 이 분이 이 편지를 쓰지 않았다는 것도 누구나 쉽게 알 수 있습니다. 사실 이 분이 휘갈겨 쓴 글씨는 전혀 글씨가 돼 있지 않습니다. 그런데 이 몇 통의 편지로 말하면……."

새로 도착한 신사가 이렇게 말했지요.

"죄송합니다만 내가 설명 좀 하리다. 여기 있는 동생 외엔 내 필적을 알아볼 사람은 하나도 없지요. 그래서 동생이 나를 위해 베껴 줍니다. 당신이 가지고 있는 편지는 내 필적이 아니라 동생의 필적입니다."

"글쎄요!" 하고 변호사가 말했습니다. "대체 이런 일도 있을까. 나는 윌리엄의 편지도 몇 통 가지고 있지요. 그러니 동생분더러 한두 줄 써 달라면 그것과 비교해서……."

"동생은 왼손으로는 글씨를 못 씁니다." 하고 노신사가 말했습니다. "바른손을 쓸 수 있다면 동생이 자기 편지나 내 편지나 둘 다 썼다는 것을 알게 될 것이오. 양쪽을 비교해 보십시오. 둘 다 같은 필적이니까요."

변호사는 하라는 대로 하고 나더니 이렇게 말했습니다.

"그런 것 같군요. 또 비록 그렇지 않다고 하더라도 어쨌든 맨 처음 눈에 띈 것보다는 훨씬 비슷합니다. 자, 자, 자! 나는 문제가 잘 해결되고 있다고 생각했는데 일부는 빗나갔습니다. 그러나 어쨌든 한 가지만은 증명되었지요. 이 두 사람은 그 누구도 윌크스 집 사람이 아니라는 것이올시다." 그리고 변호사는 왕과 공작 쪽으로 머리를 흔들어 보였습니다.

자, 여러분들은 어떻게 생각하십니까? 그 고집통이 늙은이는 항복을 하려고 하지 않는 것이 아니겠습니까! 정말로 항복하려 들지 않았지요. 이런 시험 방법은 공평치 않다는 겁니다. 동생 윌리엄은 세상에서 둘도 없는 심술궂은 익살꾼으로 이제껏 글씨를 한 자도 쓰려고 하지 않았다느니, 윌리엄이 종이에다 펜을 댄 순간 또 그 예의 장난 버릇이 나왔다는 것을 알았다느니 하고 말했지요. 그리고 신이 나서 연방 지껄여 댔고, 마침내는 자기가 지껄이고 있는 것을 자신도 진짜라고 실제로 믿기 시작하게 되었습니다. 그러나 곧 새로 도착한 노신사가 이렇게 말했지요.

"생각 하나가 머리에 떠올랐습니다. 여기 어느 분이든 내 동생, 고인이 된 피터 윌크스를 매장하는 일을 도와주신 분 안 계십니까?"

"있지요." 하고 누군가가 대답했습니다. "나와 앱 터너가 했습니다. 우리들 둘 다 여기 있습니다."

그러자 노신사는 왕 쪽을 바라보며 이렇게 물었습니다.

"모르긴 몰라도 이 분께선 피터 윌크스의 가슴에 어떤 문신(文身)이 그려져 있었는지 말할 수 있으시겠죠?"

사실 왕은 재빨리 용기를 가다듬지 않았다면, 강물에 패인 낭떠러지 둑처럼 털썩하고 쓰러졌을 겁니다. 너무도 갑자기 기습을 당했기 때문이지요. 정말이지, 아무 예고도 없이 이런 어려운 문제를 불쑥 던지면 누구든지 대개 두 손을 들고야 말 거라는 심산에서 한 짓이지요. 왜냐하면 무슨 수로 왕이 고인의 가슴 위에 어떤 문신이 있었는지 알 수 있겠습니까? 이 말에 왕은 약간 얼굴이 창백해졌지요. 그렇게 되지 않을 재간이 없었습니다. 사방은 찬물을 끼얹은 듯이 조용해졌고, 누구나 모두가 앞으로 약간 몸을 내밀고는 왕을 쳐다보았습니다. 자 이젠 두 손을 들고 말 테지, 더 이상 버텨 봤자 아무 소용 없는 일이지 하고 나는 마음속으로 혼자 생각해 보았습니다. 그런데 도저히 믿어지지 않게도 왕은 항복하지 않았습니다. 왕이 이렇게 질질 끌고 있으면 사람들이 그만 녹초가 되고 그 틈을 타 공작과 둘이서 포위망을 뚫고 내빼려는 작정임이 틀림없다고 나는 생각했지요. 어쨌든 왕은 거기 그대로 앉아 있었으며, 금방 미소를 지으며 이렇게 말했습니다.

"음! 대단히 힘든 질문이렷다! 허나, 동생 가슴에 무슨 문신이 있었는지 설명해 드리다. 그것은 가느다랗고 조그만 청색 화살이오. 바로 그거요. 자세히 보지 않으면 모를 정도지요. 자, 이제 뭐라고 하실는지, 헤이?"

정말, 나는 그 엉터리 같은 늙은이처럼 이렇게 뻔뻔스런 낯짝을 한 인물을 일찍이 본 적이 없습니다.

새로 도착한 노신사는 갑자기 애브 터너와 그의 동료 쪽으로 얼굴을 돌렸습니다. 이번에야말로 왕을 항복시켰다고 생각했던지 두 눈에 반짝 광채가 일었지요. 그는 이렇게 말했습니다.

"자, 이제 이 자가 한 말을 들으셨겠다! 피터 윌크스의 가슴에 정말로 그런 표시가 있었습니까?"

그러자 두 사람 모두가 이렇게 말했지요.

"우린 그런 표시는 보지 못했는데요."

"그럼, 좋아요!" 노신사가 말했습니다. "자, 당신들이 피터 윌크스의 가슴 위에서 본 것은 희미하게 적힌 조그만 P자와 B자(그것은 피터가 어렸을 때에 쓰다가 그만둬 버린 머릿글자였지요.), 그리고 W자로 그 사이에 대시가 있지요. P, B, W, 이런 식으로 말입니다." 그리고 노신사는 그렇게 종이 위에다 써 보였지요. "자! 당신들이 본 것은 이런 것이었겠지요?"

두 사람 모두 또 이렇게 대답했습니다.

"아뇨, 우린 그런 것을 못 봤어요. 아무런 표식도 없었지요."

모두들 격분해서 이렇게 고함을 질렀습니다.

"이놈들도 저놈들도 모두가 다 사기꾼놈들이군! 강물에다 집어넣읍시다! 물에 빠뜨립시다! 가로장에다 태워 혼내 줍시다!" 그러고는 모두가 일제히 '우우' 하고 떠들어 대자 큰 소동이 일어나고 말았습니다. 그러자 변호사는 테이블 위에 뛰어 올라 큰 소리로 이렇게 말했지요.

"여러분들, 자 여러분! 제발 한 마디만 들어 주십시오! 꼭 한 마디만요! 제발 부탁입니다! 아직 한 가지 방법이 더 남아 있습니다. 가서 시체를 파헤쳐 봅시다."

사람들은 이 말이 마음에 들었습니다.

"우와!" 그들은 모두가 큰 소리를 지르면서 곧 출발하기 시작했지요. 그러나 변호사와 의사가 이렇게 말했습니다.

"잠깐, 잠깐만 기다리시오! 이 네 명과 애를 붙잡아 데리고
가기로 합시다!"

"그럽시다!" 사람들이 모두 맞장구를 쳤습니다. "그리고 만
일 그 문신이 없다면 네 놈들 모두를 사형(私刑)에 처합시다!"

나는 정말로 덜컥 겁이 났습니다. 그러나 도망칠 길이 없었
지요. 사람들은 우리 모두를 붙잡아 묘지 쪽으로 데리고 갔습
니다. 묘지는 강 하류 쪽으로 2킬로미터쯤 내려간 지점에 있었
습니다. 떠들어 대는 소리가 굉장한 데다가 시간은 아직 9시밖
에 되지 않아서 마을 사람들 모두가 우리 뒤를 따라왔습니다.

우리 집 앞을 지날 때 나는 메리 제인을 마을 밖으로 나가
지 않게 했더라면 좋았을 걸 하고 후회했습니다. 만약 그녀에

게 슬쩍 눈짓을 보낼 수 있다면, 그녀는 곧장 뛰어 나와 나를 구해 주고 이 사기꾼의 정체를 폭로해 줄 것이기 때문이지요.

우리들은 마치 살쾡이처럼 떠들어 대며 떼를 지어 강가의 길을 따라 걸어갔습니다. 한층 더 나를 겁나게 한 것은, 하늘이 캄캄해지더니 번갯불이 번쩍번쩍 하고 비치기 시작했고, 바람이 나뭇잎을 뒤흔들기 시작했던 겁니다. 이런 무서운 광경과 위험한 고비는 난생 처음이었지요. 나는 어리벙벙 혼이 나간 사람 같았고, 모든 것이 내가 생각했던 것과는 너무나도 다르게 벌어지고 있었습니다. 마음만 내키면 떡 버티고 앉아서 이 재미난 소동을 구경하다가, 아주 다급해지면 내 뒤에 있는 메리 제인이 나를 구해 자유롭게 해 줄 수 있을 터인데, 지금은 그 문신 하나로 내 생명이 왔다 갔다 하는 위태로운 찰나에 놓여 있었던 겁니다. 만일 사람들이 그 문신을 찾지 못한다면…….

생각만 해도 견딜 수 없는 일이었습니다. 그런데도 웬일인지 그 밖의 것은 전혀 생각할 수가 없었지요. 하늘은 점점 어두워져 가는 판이어서 군중으로부터 몸을 피하기란 참으로 안성맞춤이었지만 그 억센 사나이가(하인스 말이지요.) 내 손목을 꽉 붙잡고 있기 때문에 이 사나이 손에서 빠져나온다는 것은 마치 거인 골리앗에게서 빠져나오려는 것과 마찬가지였지요. 흥분해 있는 탓에 그는 나를 끌고 달려갔고, 나는 그와 보조를 맞추기 위해 달리지 않으면 안 되었습니다.

공동묘지에 이르자 사람들은 그 안으로 벌 떼처럼 밀려 들어갔고 홍수처럼 휩쓸어 버렸습니다. 무덤 있는 곳에 도착하자 삽은 필요한 수보다도 백 배나 많이 가지고 와 있으면서도 정작 램프를 들고 올 것을 생각해 낸 사람은 하나도 없었지요. 그러나 사람들은 번쩍이는 번갯불을 등불로 삼아 무덤을 파내기 시작했고, 800미터쯤 떨어져 있는 제일 가까운 집으로 사람 하나를 보내 램프를 빌려 오도록 했습니다.

사람들은 열심히 파고 또 팠습니다. 사방은 무서울 정도로 어두워졌고, 비가 쏟아지기 시작하였으며, 바람은 요란하게 휘몰아쳐 댔습니다. 번갯불은 자꾸만 더 번쩍거렸고 천둥소리도 요란했지요. 그러나 사람들은 그런 것에는 조금도 아랑곳도 하지 않고 일에 열중했습니다. 한순간 모든 물건이랑, 군중 하나하나의 얼굴이랑, 무덤에서 퍼올리는 삽 가득한 흙이 보였는가 하면, 다음 순간에는 암흑이 모든 것을 삼켜 버려 전혀 아무것도 보이지 않았습니다.

마침내 사람들은 관을 들어내어 뚜껑의 나사못을 비틀기 시작했습니다. 그러자 사람들이 또다시 우르르 몰려와서 밀치락달치락하며 한 번 들여다보려고 했는데, 이런 소동은 두 번 다시 없을 겁니다. 암흑 속에서 그런 꼴이란 정말로 무시무시했지요. 하인스가 어쩌나 내 손목을 세게 잡아당기는지 나는 손목이 몹시 아팠습니다. 하인스는 너무도 흥분한 나머지 숨을 헐떡이고 있었으므로 나 같은 건 까맣게 잊어버리고 잊었음에 틀림없었습니다.

그때 갑자기 번갯불이 사방을 환하게 비춰 주었습니다. 그러자 누군가가 버럭 소리를 질렀습니다.

"아니, 이건 어찌된 셈이야, 시체 가슴 위에 돈주머니가 놓여 있으니!"

하인스도 다른 사람들과 마찬가지로 '으악!' 하는 고함 소
리를 지르더니 그것을 보려고 내 손목을 놓고는 군중을 헤집
고 앞으로 나아갔습니다. 내가 급히 빠져나와 어둠 속에서 한
길 쪽을 향해 줄행랑을 치는 꼴이란 아마 가관이었을 겁니다.

한길에는 나 말고는 아무도 없었으며, 나는 날듯이 뛰어갔
습니다. 적어도 한길에는 칠흑 같은 어둠이며, 가끔 가다 번쩍
하는 번갯불이며, 좍좍 내리는 비며, 휘몰아치는 바람이며, 찢
어지는 듯한 천둥소리 말고는 나 이외에 아무것도 없었지요.
걸음아 날 살려라 하고 뛰고 또 뛰었지요!

마을에 이르러 보니 폭풍우 속에 나와 있는 사람이라고는
아무도 눈에 띄지 않았습니다. 그래서 뒷골목을 찾을 것도 없
이 큰길을 똑바로 달려갔습니다. 집 근처에 왔을 때 나는 집
쪽을 응시했지요. 불빛이 보이지 않고 집안은 캄캄했습니다.
웬일인지 그것을 보자 슬퍼지고 맥이 쪽 빠져 버렸지요. 그러
나 드디어 그 옆을 뛰어가고 있으려니까 마침 메리 제인의 창
에 불빛이 반짝 하고 보이는 것이 아닙니까! 갑자기 심장이 부
풀어 올라 터질 것만 같았지요. 그 순간 집이고 뭣이고 모두
내 등뒤의 어둠 속에 잠기고 말았고, 이제 이 세상에서 두 번
다시 내 앞에 나타나지 않았지요. 메리 제인은 내가 알고 있
는 사람 중에서 가장 착하고 가장 용기가 있는 처녀였습니다.

모래톱을 볼 수 있을 만큼 마을 위쪽에 닿은 순간 나는 빌
릴 만한 배가 없을까 하고 열심히 주위를 돌아보았습니다. 그
리고 번갯불이 번쩍하는 그 불빛에 매어 놓지 않은 한 척을

발견하고는 그놈 속으로 날쌔게 뛰어올라 젓기 시작했지요. 그 배는 카누였는데 밧줄로 매어 있을 뿐이었습니다. 모래톱은 강 한가운데 아주 멀리 떨어져 있었지만, 나는 단 1초라도 꾸물거리고 있을 수가 없었습니다. 마침내 뗏목에 닿았을 때에는 너무나도 기진맥진이 되어 네 활개를 뻗고 누워 좀 숨을 돌리고 싶었습니다. 그러나 그렇게 하지 않았지요. 뗏목 위로 뛰어오르기가 무섭게 이렇게 버럭 소리를 질렀습니다.

"짐, 어서 나와. 뗏목을 풀라고! 아이구 고마워라, 이제 놈들을 쫓아 버렸구나!"

짐은 뛰어나와 너무도 기쁜 나머지 두 팔을 크게 벌리고 내쪽으로 달려왔습니다. 그러자 번갯불에 비친 짐의 모습을 얼핏 본 순간 나는 간이 콩알만 해져서 뒤쪽 뗏목에서 떨어지고 말았지요. 짐이 리어왕이자 물에 빠진 아라비아 사람이라는 사실을 깜빡 잊어버리고 있었던 겁니다. 너무도 깜짝 놀란 나머지 오장육부가 다 몸 밖으로 빠져나올 지경이었지요. 그러나 짐은 나를 강에서 건져 내어 껴안으며 축복하려고 했습니다. 내가 돌아온 것과 왕과 공작을 쫓아 버린 것이 한없이 기뻤던 겁니다. 그러나 나는 이렇게 말했습니다.

"지금은 안 돼. 아침 식사 때 해, 아침 식사 때나 하라니까! 어서 밧줄을 풀어 뗏목을 내려!"

그래서 2초 안에 우리들은 강을 따라 내려가고 있었습니다. 또다시 자유의 몸이 되었고, 이 큰 강에 누구 하나 우리를 괴롭힐 사람 없이 우리들만이 있게 되어 참으로 기분이 좋았습니다. 나는 너무나 기뻐서 뗏목 위를 몇 번이고 깡충깡충

뛰어오르고 발꿈치를 몇 번씩 서로 맞부딪치며 춤을 추지 않을 수 없었지요. 그렇게 하지 않고서는 배길 수가 없었던 겁니다. 그러나 세 번 맞부딪쳤을 때 귀에 낯익은 소리가 들려왔습니다. 숨을 죽이고 귀를 기울이고는 기다렸지요. 아니나 다를까 다음 번갯불이 물 위를 비추자 놈들이 이쪽으로 오고 있는 것이 아니겠습니까! 열심히 노를 저어 쪽배를 화살처럼 달리면서 말입니다. 바로 왕과 공작이었지요.

나는 판자 위에 풀이 죽어 그만 풀썩 주저앉아 단념했습니다. 북받치는 울음을 꾹 참기 위해서는 그것 말고는 달리 뾰족한 수가 없었습니다.

30장

그들이 뗏목에 올라타자 왕은 나에게 달려들어 먹살을 잡고는 흔들어 대면서 이렇게 말했습니다.

"이 강아지 같은 놈아, 우리를 버리고 내빼려고 했겠다! 우리와 같이 있는 것이 싫어졌단 말이지! 응?"

나는 이렇게 대답했습니다.

"아뇨, 폐하, 그렇지 않습니다! 제발 그렇게 붙잡지 마세요, 폐하!"

"그럼 어서 어떻게 하려고 했는지 말해 봐. 그렇지 않으면 네놈 창자를 파헤쳐 버릴 테니!"

"맹세코, 모든 것을 있는 대로 말하겠습니다, 폐하. 나를 붙잡고 있던 사나이는 여간 친절하게 대해 주지 않았고, 나만 한 아들이 있었는데 작년에 죽었다고 계속 말하면서, 사내애가 이런 위험한 처지에 빠진 것을 보니 딱해 견딜 수 없는 노릇이라고 했어요. 그리고 모두가 금화를 발견하고는 깜짝 놀라 관 쪽으로 우르르 몰려갔을 때 나를 놔주며 '자, 어서 내빼거라. 그렇지 않으면 사람들이 틀림없이 네 목을 매달 테니까!' 하고 작은 목소리로 속삭였지요. 그래서 내뺀 겁니다. 거기 있어도 아무 소용에 닿을 것 같지도 않았어요. 내가 할 수 있는 일이라고는 하나도 있을 성싶지 않았거든요. 그래서 조금도 쉬지 않고 달려오다가 카누를 발견했지요. 여기 이르자 짐에게, 어서 서두르라고, 그렇지 않으면 마을 사람들이 나를 붙잡아서 목을 매달아서 죽일 거라고 했습니다. 그리고 폐하와 공작은 지금쯤 살아 있지 않을 거라고 하며 몹시 슬퍼하던 참이었어요. 짐도 슬퍼했고요. 그러니까 두 분이 오시는 걸 보았을 때 정말로 기뻤어요. 정말인지 아닌지 짐에게 어디 물어보세요."

짐이 그렇다고 맞장구를 쳤지요. 그러자 왕은 그에게 입을 닥치라고 하고는 "암, 그럴 테지, 정말 그럴 법도 하다!" 하면서 다시 나를 흔들어 대면서 물 속에 빠뜨려 죽이겠다고 협박했습니다. 그러나 공작이 이렇게 말했습니다.

"이 바보 같은 영감, 이 아이를 놓아주지 못해요! 영감이라면 달리 행동했을 거요? 풀려났을 때 영감은 언제 이 애를 찾은 적이 있나요? 그런 기억이 나지 않는데요."

그러자 왕은 나를 놓아주고는 그 마을과 마을에 사는 모든 사람들에게 욕설을 퍼붓기 시작했습니다. 그러자 공작은 이렇게 말했지요.

"차라리 영감 자신을 욕하는 게 더 낫겠어요. 제일 그럴 만한 자격이 있는 건 바로 영감이니까 말이지요. 애당초부터 분별이 있는 짓이라곤 하나도 한 적이 없지 않소. 뻔뻔스럽게 그 엉터리 청색 화살 문신이라고 말해 어려운 고비를 넘긴 것을 빼놓고는 말이오. 그것은 참으로 훌륭하던뎁쇼. 그야말로 큰 성공이었지요. 그 덕택으로 우리들 모두가 살아났으니까요. 만일 그것이 없었다면 우린 영락없이 그 영국 사람들의 짐이 도착할 때까지 유치장 신세를 지게 됐을 것이고, 그 후로는, 콩밥 먹는 신세가 되었을 것이오! 하지만 그 계략이 놈들을 묘지로 인도하였고, 금화는 우리들에게 좀 더 큰 친절을 베풀어 주었단 말씀이지요. 흥분한 바보놈들이 우리들을 놓고서 그것을 보려고 그렇게 밀려가지 않았던들, 오늘 밤 우리들은 필요 이상으로 긴 밧줄을 목에다 매고 잠을 자고 있을 테지요. 더구나 아주 단단한 밧줄입니다."

그러고 나서 두 사람은 잠시 (무슨 생각에 젖어서) 입을 다물고 있었습니다. 그 후 왕이 약간 멍한 듯한 얼굴을 하고는 입을 열었습니다.

"음! 우린 검둥이들이 훔쳤다고 생각했었구먼!"

이 말을 듣고 나는 흠칫했지요.

"그랬지요." 공작이 천천히 신중하게 그러나 비꼬는 말투로 말했습니다. "그렇더랬지요."

한 30초쯤 지난 다음 왕이 느릿느릿 말했지요.

"아무튼 난 그렇게 생각했었지."

공작도 똑같은 말투로 말했습니다.

"오히려 그렇게 생각한 건 나요."

이 말에 왕은 불끈 화를 내며 이렇게 말했습니다.

"이봐, 빌지워터, 자넨 지금 무슨 소리를 하고 있는 거지?"

그러자 공작도 꽤 팔팔한 목소리로 이렇게 대꾸했습니다.

"이왕 말이 나왔으니 말인데, 영감이야말로 무슨 말을 하고 있는지 묻고 싶소."

"그 잠꼬대 같은 소리 집어치워!" 하고 왕이 빈정대며 쏘아 붙였습니다. "하지만 난 몰라! 어쩌면 자네는 잠을 자고 있어 서 무슨 짓을 하고 있었는지 몰랐을 테지."

그러자 이 말에 공작이 불끈 화를 내며 이렇게 말했지요.

"아, 그런 바보 같은 소리는 좀 작작하란 말입니다. 나를 바 보 천치로 보고 있단 말입니까? 그 돈을 관 속에다 감춘 사람 이 누군지 내가 그걸 모를 줄 알고 그럽니까?"

"그럴 테지! 네놈이 알고 있다는 것을 내 어찌 모르겠는가? 왜냐하면 바로 네놈이 그 짓을 했으니까 말이야!"

"거짓말 마시오!" 그러고 나서 공작은 왕에게로 달려들었 습니다. 왕이 이렇게 소리쳤지요.

"이 손 못 놓겠어! 목을 조르지 마! 지금 말한 것 취소할 테 니까!"

공작은 이렇게 말했습니다.

"좋아, 그럼 우선 먼저 영감이 그 돈을 거기에다 숨겼다고 자백해 보시오. 나중에 언젠가 나를 따돌리고 그 마을로 다시 들어가 무덤을 파내어 그 돈을 혼자 독차지할 생각이었다고 말입니다."

"공작, 잠깐만 기다려 보게. 나에게 한 가지만 정직하게 대답해 보게. 만약 자네가 돈을 거기다 감추지 않았다면, 그렇다고 말해 달란 말이야. 그러면 난 그걸 믿고 내가 아까 한 말을 모두 취소할 테니까."

"이 악당 같은 늙은이, 난 그러지 않았어요. 내가 하지 않았다는 것은 영감도 잘 알고 있을 텐데요. 자, 이래도 그래요!"

"그럼, 좋아. 자넬 믿지. 하지만 나에게 한 가지만 더 말해 줘. 화를 내지 말고 말이야! 자네 마음속으로 그 돈을 훔쳐 감출 생각이 아니었나?"

공작은 잠시 동안 아무 말이 없더니 이렇게 입을 열었습니다.

"글쎄…… 만약 내가 그렇게 생각했건 아니건 그게 무슨 상관입니까. 어쨌든 그런 짓은 하지 않았으니까요. 하지만 영감은 마음속으로 그렇게 생각했을 뿐만 아니라 실제로 행동으로 옮겼지요."

"공작, 만약 내가 그랬다면 난 언제까지나 창피를 당해도 싸단 말이오. 정말이오. 그럴 생각이 없었다는 것은 아니야. 실은 그렇게 생각했으니까. 하지만 자네나 아니면 다른 누가 나보다 먼저 선수를 친 거야."

"거짓말 마시오! 영감이 그래 놓고서. 영감이 한 짓이니 했다고 솔직히 자백하지 않으면……."

왕은 목구멍을 골골거리고 숨을 헐떡거리며 이렇게 말했습

니다.

"항복했소! 내 자백하지!"

왕이 이렇게 말하는 소리를 듣고 나는 그때서야 아까보다도 훨씬 마음이 놓였습니다. 그래서 공작은 손을 놓고 이렇게 말했지요.

"그런 짓을 안 했다고 다시 한번 지껄이기만 하면, 내 당장에 물 속에 던져 버리고 말 거요. 저기 앉아서 젖먹이처럼 울어 대는 게 낫겠소. 그따위 짓을 했으니, 그게 영감에겐 안성맞춤이오. 모든 걸 한꺼번에 꿀꺽 삼켜 버리려고 하는 영감 같은 늙은 타조는 난생처음이오. 그런 영감을 난 이제까지 내 아버지처럼 믿고 있었다니. 그 불쌍한 검둥이들에게 누명을 뒤집어씌우고도 한마디 말도 없이 버티고 서서 가만히 듣고 있었다니 이 늙은 영감, 부끄럽지도 않소. 그런 터무니없는 바보 수작을 감쪽같이 믿다니 나도 참 어처구니없는 놈이지. 제기랄, 영감이 왜 그렇게 열심으로 그 부족액을 메꾸려고 했는지 이제 알 만합니다. 내가 '걸작'이니 뭔가로 번 돈을 송두리째 먹어 치울 작정이었지요!"

왕은 머뭇머뭇 아직도 코를 홀쩍거리며 이렇게 말했습니다.

"하지만, 공작, 부족액을 메꾸자고 한 건 그게 어디 나였던가, 자네였지."

"입 닥쳐요! 영감 소린 이제 듣기 싫소!" 하고 공작이 말했습니다. "그래 그 결과가 어찌됐는지 이젠 잘 알겠구려. 그놈들은 돈을 고스란히 되찾았을 뿐 아니라, 우리 돈까지도 은화한두 닢만 남겨 놓고 몽땅 차지하고 만 거지요. 자 어서 잠이나 자요. 눈에 흙이 들어가기 전에 다시 부족액이니 뭐니 나에게 그런 소리를 어디 한 번만 더 해 보시지!"

이 말에 왕은 살금살금 뗏목의 오두막 속으로 기어 들어가 울분을 달래기 위해 술을 들이키기 시작했습니다. 얼마 후 공작도 자기 술병을 들고 나섰지요. 그리하여 반 시간 후에는 두 사람은 언제 그랬냐는 듯이 도둑처럼 다시 다정한 사이가 되었고, 술에 취하면 취할수록 점점 더 사이가 좋아졌습니다. 나중에는 상대방의 팔을 베개로 삼아 코를 골며 잠이 들어 버렸지요. 두 사람은 자못 마음이 풀어졌지만, 제아무리 마음이 풀어졌다 하더라도 왕은 돈주머니를 감춘 것을 부정하지 않겠다는 약속을 잊어버릴 만큼 풀어지지는 않았지요. 이 바람에 나는 안심이 되었고 또 마음이 홀가분해졌습니다. 물론 두 사람이 코를 골기 시작하자, 우리들은 오랫동안 잡담을 나누었으며, 나는 짐에게 그동안 있었던 일을 모두 털어놓았습니다.

31장

　우리들은 며칠씩이나 어느 마을에도 멈추지 않고 곧장 강을 따라 내려갔습니다. 이제는 날씨가 따뜻한 남부 지방으로 내려와 집으로부터도 꽤 멀리 떨어져 있었습니다. 큰 나뭇가지로부터 긴 흰 턱수염처럼 스페인 이끼가 축 늘어져 있는 나무도 보이기 시작했지요. 스페인 이끼가 자라고 있는 것을 본 것은 이번이 처음으로, 이 이끼 때문에 숲은 장엄하면서도 음산하게 보였습니다. 그래서 사기꾼들도 이젠 위험한 곳에서 벗어나 있다고 생각하고는 또다시 마을 사람들을 골탕먹일 계획을 짜내기 시작했지요.

두 사람은 우선 금주(禁酒) 강연을 했습니다. 그러나 손 안에 들어온 돈이라고는 술값도 못 되었지요. 또 다른 마을에서는 댄스 교습 학교를 열었지만 둘 다 캥거루만큼이나 댄스를 할 줄 몰랐습니다. 그래서 춤을 추자마자 마을 사람들이 달려들어 그들을 쫓아 버리고 말았습니다. 또 한 번은 웅변을 해보려고 한 적도 있었지만 채 웅변을 시작하기도 전에 청중들이 자리에서 일어나 욕을 마구 퍼붓는 바람에 그만 두 사람은 줄행랑을 치고 말았지요. 그들은 전도니, 최면술이니, 의술이니, 점 치는 일이니 그 밖에 닥치는 대로 모든 것에 손을 댔지만 그다지 재미를 보지 못했습니다. 그래서 마침내 두 사람은 주머니 속이 텅텅 비고 말아, 떠내려가는 뗏목 위에서 이리저리 뒹굴면서 때로는 반나절씩이나 아무 말도 하지 않은 채 아주 우울한 마음으로 절망에 빠져 있었습니다.

이윽고 두 사람은 태도를 바꾸어 오두막 안에서 서로 머리를 맞대고는 목소리를 죽여 가며 한 번에 두서너 시간씩 뭐라고 수근거렸습니다. 짐과 나는 불안해졌습니다. 어쩐지 그 꼴이 보기 싫었지요. 지금까지 한 짓보다도 더 질이 나쁜 짓거리를 꾸미고 있다고 판단했던 겁니다. 우리들은 이리저리 궁리를 한 끝에 놈들이 어느 집이나 가게를 털든지, 위조 지폐를 만들든지, 무슨 그런 못된 짓거리를 꾸미고 있는 것으로 판단했던 겁니다. 이렇게 판단을 내리자 우리들은 덜컥 겁이 났고, 그런 일에는 절대로 관여하지 말자고, 조금이라도 기회만 있으면 이 두 놈을 가차 없이 버리고 도망치자고 의견을 모았지요. 그런데 어느 날 아침 일찍 우리들은 파이크스빌이라는 초라한 마을 하류 쪽으로 약 3킬로미터 지점에 있는 안전한 곳에다 뗏목을 감추었고, 왕은 상륙하여 마을로 가서 「왕실의 걸작」 소문이 벌써 그곳까지 퍼졌는지 알아보고 올 테니 그동안 모두들 숨어서 기다리고 있으라고 했습니다. ("도둑질하러 들어갈 집이라는 뜻이구먼." 하고 나는 혼자 마음속으로 생각했지요. "그리고 도둑질을 끝내고 이리 돌아와서는 짐이랑 나랑 뗏목이랑 없어진 것을 보고 깜짝 놀랄 테지. 그리고 놀란 다음 체념하고 말거다.") 왕은 또 만일 자기가 한낮이 되어도 돌아오지 않거든, 성공했다고 생각하고 곧 공작과 나도 마을로 들어오라고 했습니다.

그래서 우리들은 시키는 대로 남아 있었습니다. 공작은 안절부절못하며 사뭇 조바심을 치기 시작했습니다. 시무룩해 가지고 자못 못마땅한 표정이었지요. 무슨 일만 있다면 우리들을 몰아세웠고, 우리들이 하는 일마다 하나같이 못마땅하다는 눈치였습니다. 공작은 눈곱만한 일 가지고도 일일이 꼬집어 뜯었지요. 분명히 무슨 일인가가 벌어지고 있는 것이 틀림없었습니다. 정오가 되어도 왕이 돌아오지 않았으므로 나는 기뻤지요. 어쨌든 무슨 달라진 일이 생기게 될 것이니까요. 게다가 어쩌면 우리가 노리고 있는 그 기회가 생길지도 모릅니다. 그래서 나와 공작은 마을로 들어가서 왕을 찾아 돌아다니다가 마침내 어느 조그마한 싸구려 술집에서 곤드레만드레가 되어 있는 왕을 찾아내었습니다. 많은 건달들이 왕을 놀려 대고 있었고, 왕은 왕대로 있는 힘을 다해 온갖 욕설을 퍼붓고 위협했지만, 워낙 술에 취해 있어 걸음을 제대로 걸을 수도, 건달들을 어떻게 할 도리가 없었지요. 이 꼴을 본 공작은 그에게 바보 늙은이라고 욕설을 퍼붓기 시작했고, 이에 왕도 응수했습니다. 두 사람이 서로 으르렁대는 순간 나는 급히 그곳을 빠져나와 걸음아 날 살려라 하고 마치 사슴처럼 강둑길을 따라 달음질을 쳤습니다. 바로 그 절호의 기회라고 생각했기 때문이지요. 놈들이 나랑 짐을 다시 만날 날은 이제 까마득하다고 생각했습니다. 거기에 도착했을 때 나는 숨이 몹시 찼지만 기쁨으로 가슴이 뿌듯해져 뗏목에 닿기 무섭게 큰 소리로 말했습니다.

"짐, 어서 뗏목을 풀어. 이젠 됐어!"

그러나 아무 대답도 없었고, 오두막으로부터는 아무도 나오지 않았습니다. 짐이 온데간데없었던 겁니다! 나는 소리를 질렀습니다. 또다시 소리를 질러 보았지요. 그리고 또다시 계속 불러 댔습니다. 숲속을 이리저리 뛰어다니면서 불러 보고 소리를 질렀지만 아무런 소용이 없었습니다. 짐은 온데간데없었지요. 그다음 나는 풀썩 주저앉아 엉엉 울었습니다. 울지 않을 수가 없었습니다. 그러나 언제까지나 그렇게 앉아 울고 있을 수만도 없었지요. 그래서 곧 어떻게 하면 좋을까 곰곰이 생각하며 한길로 나섰습니다. 그러자 이쪽으로 걸어오는 사내아이 하나를 만나 이러이러한 옷차림을 한 낯선 검둥이를 본 일이 없느냐고 물었더니 그 아이가 이렇게 대답했습니다.

"응 만났어."

"어디쯤에서?" 하고 내가 물었지요.

"여기서부터 3킬로미터 하류의 사일러스 펠프스 씨 집에서. 그놈은 도망친 검둥이로 사람들이 붙잡은 거야. 넌 그 검둥이를 찾고 있는 거야?"

"아니야! 난 한두 시간 전 숲에서 우연히 만났는데, 그놈이 하는 말이 만일 내가 소리 지르면 내 간을 빼내겠다는 거야. 그놈은 또 가만히 누워서 꼼짝 말라고 했기 때문에 시키는 대로 했지. 나오기가 무서워서 지금까지 죽 그렇게 하고 있었단 말이야."

"그래." 하고 그가 말했습니다. "이젠 무서워할 것 없어. 붙잡혔으니까. 남부 어디에서 도망쳐 온 거래."

"붙잡았으니 참 잘되었군."

"그렇고말고! 그놈한테 200달러 현상금이 붙어 있으니까 말이지. 길에 떨어진 돈을 줍는 거나 마찬가지지 뭐야."

"정말 잘되고말고. 나도 더 컸더라면 그 돈을 탈 수 있었을 걸 그랬군. 제일 먼저 그놈을 본 건 나니까 말이야. 그런데 누가 붙잡았지?"

"어떤 노인이었어. 낯선 사람이던데 강 위쪽으로 올라가야 하니까 기다리고 있을 수 없다고 하면서 단돈 40달러에 자기 권리를 팔아 버렸대. 생각 좀 해 보란 말이야! 나 같으면 비록 칠 년이 걸리는 한이 있더라도 기다릴 테야."

"나 같아도 그래." 하고 내가 말했지요. "한데 그렇게 싸게 파는 걸 보니 그 이상 가치가 없었으니까 그랬을지도 몰라. 어쩌면 무슨 엉터리 수작이 있는 게 아냐?"

"그럴 리 없어. 전혀 엉터리 수작이 아니야. 이 눈으로 광고

전단을 똑똑히 봤거든. 그 검둥이에 관해서 아주 자세히 적혀 있었어. 마치 그림을 보듯이 말이야. 그놈이 도망쳐 온 뉴올리 언스의 농장에 관한 얘기도 써 있고. 이봐, 이 투기는 땅 짚고 헤엄치는 격으로 아주 확실해. 이봐, 너 씹는 담배 있으면 한 입만 줘라."

나는 담배를 갖고 있지 않았고, 그래서 그 애는 그냥 가 버 렸습니다. 나는 뗏목으로 돌아와 오두막에 들어가 앉아 통밥 을 굴려 보았습니다. 그러나 암만해도 좋은 생각이 머리에 떠 오르지 않았지요. 나는 골통이 쪼개질 때까지 생각하고 또 생 각해 보았지만, 이 곤경에서 빠져나갈 구멍이 쉽사리 떠오르 지 않았습니다. 이처럼 길고긴 여행을 해 온 데다 그 악한들 을 그렇게 섬겨 왔는데도, 이제 모든 것이 허사로 돌아갔고 물거품이 되고 말았던 겁니다. 놈들이 몰인정하게도 그 더러운 40달러 때문에 짐을 이렇게 속여 또다시 일생을 낯선 사람들 사이에서 노예가 되도록 만들었기 때문이었지요.

짐이 어차피 노예가 될 바에야 가족들이 있는 고향에서 노예 노릇을 하는 편이 짐에게도 몇천 배 좋을 것이라는 생각이 들었습니다. 그래서 톰 소여에게 편지를 보내어 왓츤 아줌마에게 짐이 있는 곳을 가르쳐 주라고 하는 것이 좋겠다고 말이지요. 그러나 두 가지 이유에서 나는 그 생각을 곧 포기하고 말았습니다. 즉 왓츤 아줌마는 자기 곁을 떠난 괘씸하고 배은망덕한 짐의 짓에 화를 내고 진절머리가 나서 짐을 강 하류 지방으로 또다시 팔아 치울지도 모릅니다. 설령 그렇게 하지 않는다고 하더라도 사람들은 배은망덕한 검둥이를 업신여길 것이니 짐은 늘 그것을 느끼고 자신이 천하고 부끄러운 인물이라는 생각을 떨쳐 버리지 못하게 될 겁니다. 나는 또 어떻고요! 헉 핀이 검둥이가 도망치는 걸 도와주었다는 소문이 온 마을에 쫙 퍼질 테니, 만일 그 마을에서 온 누구라도 만나게 되는 날엔 난 부끄러운 나머지 무릎을 꿇고 신발이라도 핥게 되지 않겠습니까. 이런 식이었지요. 즉 누군가가 비열한 행동을 하고도 그 보복을 받기 싫어한다, 숨어 있을 수가 있는 한 수치가 아니라고 생각한다. 내가 처한 입장이 바로 이와 같았지요. 이 일을 생각하면 생각할수록 점점 내 양심은 나를 괴롭히고, 점점 더 내가 나쁘고 비열하며 야비한 놈으로 생각되었습니다. 마침내 바로 그때 갑자기 이런 생각이 언뜻 머리를 스쳤습니다. 이것은 분명히 신의 섭리의 손길이 내 뺨을 후려갈기면서 나에게 아무 해도 끼친 일이 없는 불쌍한 노파로 부터 검둥이를 훔쳐 내고 있을 동안 하나님께서 저 하늘에서 내 악행을 보고 계시다는 것을 깨우쳐 주는 것이라고요. 그리고 늘 감시를 계속하시는 하나님이 계시는데 지금까지는 그런 비열한 짓을 용서해 주셨지만 앞으로는 더 이상 용서하지 않으시겠다는 것을 보여 주는 것이라고요. 이렇게 생각하니 어찌나 무서웠던지 나는 그 자리에 그만 털썩 주저앉을 뻔했습니다. 그래서 나는 본디 못되게 자라났으니 그것을 탓할 건 없지 않느냐고 있는 힘을 다해 나 자신에게 타일러 조금이라도 마음의 위안을 찾으려고 했지요. 그러나 내 마음속의 그 무엇이 계속하여 "주일 학교라는 게 있잖았어? 생각만 있었다면 능히 갈 수 있었을 거다. 갔었다면 그 검둥이에게 해 준 짓을 하면 영원히 유황 불 속에 떨어지게 된다는 것을 배웠을 것이다." 하고 말하는 겁니다.

이렇게 생각하자 몸이 부들부들 떨렸습니다. 나는 기도를 올리기로 결심했습니다. 과거의 내가 아니라 좀 더 훌륭한 아이가 될 수 있을는지 시험해 보고 싶었습니다. 그래서 나는 무릎을 꿇었지요. 하지만 말이 잘 나오지 않았습니다. 왜 그럴까요? 하나님에게 감추려고 해도 소용없는 일이었습니다. 또 내 자신에게 감추려고 해도 소용없는 일이었지요. 왜 말이 안 나오는지 그 까닭을 알 수 있었습니다. 그것은 내 마음이 올바르지 않기 때문이었지요. 속과 겉이 다르기 때문입니다. 죄를 포기하는 척하면서도 마음속 깊은 곳에서는 가장 큰 죄에 매달려 있는 거지요. 입으로는 옳은 일, 깨끗한 일을 하겠다고, 그

검둥이 주인에게 검둥이가 있는 곳을 편지로 알려 주겠다고
하면서도, 마음 한구석에서는 그것이 거짓말이라고 하는 것을
알고 있는 겁니다. 하나님도 그것을 알고 계시지요. 거짓 기도
를 올릴 수는 없었습니다. 나는 바로 그것을 깨달은 거지요.

그래서 나는 그야말로 고민에 빠졌고, 어떻게 해야 좋을지
모를 지경이 되고 말았습니다. 마침내 한 가지 생각이 머리에
떠올랐습니다. 그래 편지를 쓰자, 그러고 나서 기도가 나올는
지 보기로 하자. 그러자 놀랍게도 그 순간 내 마음이 깃털처럼
가벼워지면서 모든 고민이 말끔히 사라져 버렸습니다. 그래서
기쁘고 마음이 들떠 나는 종이와 연필을 꺼내어 앉아서 이렇
게 편지를 썼습니다.

왓츤 아줌마에게 아줌마의 도망한 노예 짐은 파이크스빌의 하류 3킬로미터에 와 잇습니다 펠프스 씨가 그를 붓잡아 놓고 잇습니다 만약 아줌마가 상금을 보내면 풀어줄 거입니다.

—헉 핀

나는 난생처음으로 죄가 깨끗이 씻겨진 듯한 느낌이 들었습니다. 이제는 기도를 드릴 수 있겠다는 생각이 들었습니다. 그러나 곧장 기도를 드리지는 않고 편지를 아래에다 내려놓고서 앉은 채 생각에 잠겨 있었습니다. 참 이렇게 되기가 천만다행이야, 하마터면 지옥에 떨어질 뻔했잖아 하고 말이지요. 그러고는 생각을 계속했습니다. 강을 따라 내려오던 우리들의 여행에 생각이 미쳤습니다. 짐의 모습을 바로 눈앞에 보는 것 같았습니다. 낮이면 낮, 밤이면 밤, 어떤 때는 달빛이 비치는 밤, 또 어떤 때는 폭풍우가 몰아치던 밤 우리들은 서로 얘기를 나누고 노래를 부르며 웃어 대면서 뗏목을 타고 강을 따라 내려왔지요. 그러나 웬일인지 짐에게 나쁜 감정을 품었던 때는 전혀 머리에 떠오르지 않고 그 반대의 장면만이 머리에 떠올랐습니다. 짐이 자기 몫의 당직을 한 다음, 내가 그대로 잠을 잘 수 있도록 나를 깨우지 않고 내 몫까지 당직을 해 준 모습이며, 안개 속에서 내가 돌아왔을 때에도, 그 숙원 싸움이 있던 늪지에서 다시 돌아왔을 때에도, 또 그 밖에도 그토록 기뻐하던 짐의 모습이 머리에 떠올랐지요. 그리고 늘 나를 '귀염둥이'라고 다정하게 부르며 귀여워해 줬고, 나를 위한 일이라면 무슨 일이고 기꺼이 해 주었지요. 짐은 늘 나에게 그 얼마나 친절하게 대해 주었던지요. 맨 마지막으로 나는 뗏목에 천연두 환자가 타고 있다고 하여 짐을 구해 냈을 때 짐이 아주 고마워하며, 나더러 그가 이 세상에서 가진 가장 좋은 친구이자 하나밖에 없는 친구라고 하던 일이 머리에 떠올랐습니다. 바로 그때 우연히 주위를 둘러보다가 방금 써 놓은 그 편지가 눈에 들어왔습니다.

아슬아슬한 고비였습니다. 나는 종이를 집어 손에 쥐었습니다. 몸이 부들부들 떨렸습니다. 둘 중에서 어느 하나를 결정하지 않으면 안 되었고, 어느 쪽을 택할 것인지 알고 있었기 때문이었지요. 나는 숨을 죽이고는 잠시 생각한 끝에 이렇게 혼잣말로 중얼거렸습니다.

"좋아, 난 지옥으로 가겠어." 그러고는 편지를 북북 찢어 버렸습니다.

그것은 끔찍스런 생각이었고 무서운 말이었지만 벌써 입 밖으로 내뱉고 말았습니다. 그리고 나는 내뱉은 말을 취소하지 않고 그냥 그대로 내버려 두었지요. 그러고는 이제 두 번 다시는 마음을 고쳐먹는 일에 대해서 신경을 끄기로 했습니다. 그 모든 생각을 머리에서 말끔히 씻어 버렸지요. 다시 나쁜 짓을 하기로 하자고 했습니다. 나란 놈은 자라나기를 그런 식으로 자라났으니 나쁜 짓이 내 천성에 맞고, 착한 일은 그렇지 않다고 말입니다. 맨 첫번째 일로 나는 짐을 다시 한번 노예 상태에서 훔쳐 내자, 아니 그보다 더 나쁜 일을 생각해 낼 수 있다면 그것도 하겠다고 다짐했지요. 나쁜 짓을 하기로 한 이상, 더구나 끝까지 하기로 한 이상, 철저하게 해내는 것이 좋을 테니까요.

그다음 나는 어떻게 하면 그 일을 할 수 있을는지 생각하고는 마음속으로 꽤 여러 가지 방법을 궁리했습니다. 마침내 나에게 가장 알맞는 계획 하나를 생각해 냈습니다. 그러고 나서 나는 강에서 좀 내려간 곳에 숲이 우거진 섬의 위치를 잘 봐둔 다음 해가 완전히 저물자마자 살며시 뗏목을 내어 그 섬으로 가 뗏목을 감춰 놓고 잠자리로 들어갔지요. 그다음 날이 새기 전에 일어나 아침 식사를 마치고 가게에서 산 옷을 입고, 다른 옷가지와 그 밖의 물건들을 보따리로 싸가지고 카누를 타고 강둑을 향해 저어 갔습니다. 펠프스 농장이라고 생각되는 곳 아래에 상륙하자 보따리를 숲속에 감춰 놓았지요. 그리고 필요한 때 찾아낼 수 있는 곳에 카누에 물과 돌을 채워 강둑 위 조그만 증기 목재소 아래 400미터쯤 하류에다 가라앉혀 버렸습니다.

그러고 나서 나는 한길로 나섰고, 목재소 옆을 지날 무렵 '펠프스 목재소'라는 간판이 보였습니다. 거기서부터 2, 300미터 더 지나가 농가들이 죽 즐비해 있는 곳에 왔을 때 아무리 눈을 부릅뜨고 살펴보아도 날이 환히 밝았는데 사람 그림자 하나 보이지 않았지요. 그러나 나는 상관하지 않았습니다. 아직 아무와도 만나고 싶지 않았기 때문입니다. 다만 나는 이 근처의 지리를 살피고 싶었을 뿐이었으니까요. 내 계획에 따르면 강 하류 쪽이 아니라 마을 쪽에서 이곳에 온 것으로 할 작정이었습니다. 그래서 한 번 훑어보고 나서 곧장 마을로 향했지요. 그런데 마을에 도착하여 제일 먼저 만난 사람은 바로 공작이었습니다. 공작은 「왕실의 걸작」의 광고 전단을 붙이고 있는 중이었지요. 지난 번과 마찬가지로 사흘 밤 동안의 공연이었습니다. 참으로 뻔뻔스러운 사기꾼놈들이었지요! 나는 피할 사이도 없이 갑자기 그와 마주치고 말았습니다. 놀라는 표정으로 그는 이렇게 말했습니다.

"어이! 어디서 오는 중이야?" 그러고 나서 약간 기쁜 듯이 그리고 다급한 듯이 "뗏목은 어디 있지? 안전한 장소에다 매 두었겠지?"

나는 이렇게 대답했지요.

"아니, 그게 제가 지금 각하에게 물어보려고 하던 겁니다."

그러자 그는 그렇게 기쁜 표정이 아니었습니다. 다시 이렇게 말했습니다.

"나에게 그것을 묻다니 어찌된 셈이야?"

"실은요." 하고 내가 말했습니다. "어제 그 선술집에서 왕을 보았을 때 술이 더 깰 때까지 몇 시간 동안은 집으로 데려올 수 없으리라고 생각했지요. 그래서 나는 시간을 보내려고 시내를 이리저리 싸질러 다녔지요. 그런데 어떤 사람이 하나 와서 10센트를 줄 테니 쪽배를 타고 강 저쪽으로 가서 양 한 마리를 데려오는 것을 도와 달라고 하길래 나는 그 사람을 따라갔습니다. 양을 배 있는 데까지 끌고 와서 그 사람은 나에게 밧줄을 붙잡고 있으라고 하고는 뒤로 돌아가 양의 궁둥이를 밀어 배 안으로 넣으려고 하는 참에 양이 나보다도 힘이 세어 밧줄을 끊고는 그만 내빼 버렸고, 우리 둘이서 그 뒤를 쫓아갔지요. 개를 데리고 있지 않았기 때문에 양이 녹초가 될 때까지 따라다니지 않으면 안 되었답니다. 어두워진 다음에서야 겨우 붙잡아가지고 강을 건넌 다음 나는 뗏목 있는 데로 돌아왔지요. 도착해 보니 뗏목이 없는 게 아니겠습니까. 그래서 나는 이렇게 생각했어요. '문제가 생겨 저 양반들이 그만 달아나고 말았구나. 나에겐 이 세상에 둘도 없는 내 검둥이를 데리고 갔구나. 그러니 이제 난 이 낯설고 눈설은 마을에서 돈 한 푼 없이 어떻게 살아가야 좋을지 막연하구나.' 하고요. 그래서 나는 주저앉아 울기 시작했습니다. 밤새도록 숲속에서 잤지요. 하지만 도대체 뗏목은 어떻게 된 거지요? 그리고 짐, 그 불쌍한 짐은요?"

"그걸 내가 알게 뭐야. 내 말은, 그 뗏목이 어떻게 됐냐는 것 말이야. 그 바보 멍텅구리 영감쟁이가 장사랍시고 해서는 40달러를 벌었지. 우리들이 선술집에서 그 늙은이를 찾았을 땐 거기 있던 건달들이 반 달러짜리 노름을 하며 술값으로 낸 돈 말고는 한 푼도 남기지 않고 깨끗이 털어 버린 거야. 밤 늦게서야 겨우 그 늙은이를 데리고 와 보니 뗏목은 온데간데없이 사라져 버렸지. 그래서 '고놈의 새끼가 우리 뗏목을 훔쳐 우리들을 떼 놓고 저만 강을 따라 내려갔구나.' 하고 말했지."

"내가 검둥이를 떼 놓을 까닭이 없잖아요? 나에게는 이 세상에서 하나밖에 없고 재산이라곤 그것 하나밖에 없는데 말입니다."

"우리는 거기까진 생각 못 했는데. 사실인즉 저건 우리 검둥이라고 생각했던 거야. 사실이 그래, 정말 그렇게 생각했고말고. 정말 그놈 때문에 톡톡히 고생을 한 셈이지. 그래서 뗏목이 없어진 것을 알고, 또 동전 한 푼도 없는 빈털터리가 되어 버린지라, 다시 한번 더 그「왕실의 걸작」을 하지 않을 수 없게 되었단 말이야. 그때부터 지금까지 술 한 모금도 마시지 못하고 화약통처럼 바싹 목이 말라서 이렇게 싸질러 돌아다니는 판이란다. 그 10센트는 어딨지? 이리 내놓거라.”

나는 꽤 많은 돈을 갖고 있었으므로 10센트를 공작에게 주면서 먹을 것을 사서 나한테도 조금 달라고 부탁했습니다. 그게 내가 가지고 있는 전부이고 어제부터 아무것도 먹은 것이 없다고 하면서 말이지요. 공작은 나에게 아무 대답도 하지 않았습니다. 그다음 순간 내 쪽으로 휙 돌아서더니 이렇게 말했습니다.

“너 그 검둥이 놈이 우리들의 일을 폭로할 거라고 생각하냐? 그런 짓을 했다가는 그놈 껍데기를 벗겨 놓고 말 테다!”

“무슨 수로 폭로할 수 있겠어요? 짐은 내뺀 게 아닌가요?”

“아니지! 그 바보 멍텅구리 영감쟁이가 팔아서 돈을 나에게 나누어 주지도 않았지. 그런데 그 돈이 그만 날아가 버리고 만 거야.”

“팔아 버렸다구요?” 하고 말하고는 나는 그만 울음보를 터뜨렸습니다. “글쎄, 그건 내 검둥이고 그 돈은 내 것이란 말이에요. 짐은 어딨어요? 내 검둥이를 어서 내놓으란 말이에요.”

“흠, 넌 그 검둥이를 가질 수 없을걸. 그러니 그만 훌쩍대거라. 이봐 설마 네놈은 우리 일을 일러바칠 셈은 아닐 테지? 내가 네놈을 믿는다면 개자식이지. 만약 네가 우리를 일러바치는 날엔…….”

여기서 공작은 말을 멈추었지만 공작이 그렇게 두 눈에 험상궂은 표정을 짓는 것을 나는 본 적이 없었습니다. 나는 여전히 훌쩍훌쩍 울면서 이렇게 말했지요.

"난 누구의 일이든지 일러바칠 생각이 없어요. 그럴 여유도 없지요. 내 검둥일 찾으러 어서 가야만 해요."

공작은 좀 난처한 듯한 얼굴을 하고는 바람에 펄럭거리는 광고 전단을 팔뚝에 걸치고 서서 이맛살을 찡그렸습니다. 마침내 이렇게 입을 열었습니다.

"내 좋은 걸 하나 가르쳐 주마. 우리들은 이 마을에 사흘 동안 머물러 있을 거다. 만약 네가 우리들의 일을 폭로하지 않고 또 그 검둥이도 폭로하지 않게 한다고 약속한다면, 그 검둥

이가 있는 곳을 가르쳐 주마."

그렇게 하겠다고 약속을 하자 공작은 이렇게 말했지요.

"농사꾼인데 그 이름은 사일러스 펠……." 하다가 말을 멈추었습니다. 나에게 정말로 진실을 말하려고 했던 겁니다. 그런 식으로 말을 멈추고 또다시 생각에 젖어 있는 것을 보고, 이 자가 생각이 달라졌다고 판단했지요. 정말 그대로였습니다. 공작은 나를 믿지 못하는 겁니다. 사흘 동안 내내 방해가 되지 않도록 나를 멀리 피하고 싶었던 거였지요. 그러고 나서 그는 곧 "그 검둥이를 산 사람은 에이브럼 포스터, 에이브럼 G. 포스터라는 사람이다. 여기서 64킬로미터 떨어진 벽지 시골로, 라피엣으로 가는 길에 살고 있어." 하고 말하는 겁니다.

"그럼 됐어요." 하고 내가 말했습니다. "64킬로미터라면 사흘이면 걸어갈 수 있어요. 오늘 오후에 곧바로 떠나기로 하겠어요."

"아냐, 안 돼. 지금 곧바로 떠나거라. 1초라도 꾸물거려선 안 돼. 도중에 말을 지껄여도 안 된다. 입을 꾹 다물고는 그저 앞으로 자꾸만 가는 거야. 그러면 우리와 성가신 일도 생기지 않을 거다. 알겠느냐?"

이거야말로 내가 바라던 것이요 머리를 짜낸 것이었습니다. 내 계획을 실행에 옮기기 위해 나는 어서 풀려나고 싶었던 겁니다.

"그럼 어서 꺼져 버려." 하고 그가 말했지요. "포스터 씨에겐 네 마음대로 아무 얘기나 지껄여도 좋아. 짐이 네 검둥이라고 생각하게 할 수도 있고, 어떤 바보들은 증명서를 보자고 하지도 않지, 적어도 이 남부에선 그런 바보들이 있다는 얘기를 들었어. 그 광고 전단과 현상금이 가짜라고 말하고 왜 그런 짓을 했는가를 설명하면 어쩌면 네 얘기를 진짜로 들을는지도 모르지. 자, 어서 떠나거라. 포스터 아저씨에게 무슨 얘길 해도 좋지만 거기 갈 때까지는 절대로 주둥아리를 놀려서는 안 돼."

그래서 나는 길을 떠나 벽지의 그 시골 마을을 향해 걸음을 재촉했습니다. 뒤를 돌아보지는 않았지만 왜인지 공작이 나를 지켜보고 있는 것만 같았습니다. 그러나 그렇게 지켜보고 있다가는 그만 지쳐 버리고 말 것이라는 것을 나는 알았지요. 나는 1킬로미터쯤 곧장 시골 쪽으로 걸어간 다음 거기서 걸음을 멈추었습니다. 그러고는 우물쭈물하는 일이 없이 뒤돌아서 숲을 거쳐 펠프스 농장을 향해 갔지요. 내 계획을 곧 실행에 옮기는 것이 좋겠다고 생각했습니다. 왜냐하면 그놈들이

K.

도망칠 때까지 짐의 입을 봉해 놓고 싶었기 때문이지요. 나는
이따위 놈들과는 성가신 일을 일으키기가 싫었습니다. 이제
그 놈들에 대해선 신물이 날 정도로 속속들이 다 알고 있었
고, 그놈들과는 완전히 손을 끊어 버리고 싶었던 겁니다.

32장

그곳에 이르고 보니 사방은 주일날처럼 무척 조용했고 무더웠으며 햇빛이 쨍쨍 내리쬐고 있었습니다. 일꾼들은 모두 들판에 나가 있었지요. 사방에서 딱정벌레와 파리 떼가 웅웅거리는 소리가 희미하게 들려왔고, 그 때문에 너무나 쓸쓸하고 모든 사람이 죽은 것만 같은 기분을 자아내 주었습니다. 또 산들바람이 획 불어와 나뭇잎을 흔들어 대면 구슬픈 생각이 들었지요. 사람의 귀신이, 까마득히 먼 옛날에 죽은 사람의 귀신이, 서로 속삭이고 있는 듯한 느낌이 들었고, 마치 우리에 대해 말을 하고 있는 것만 같았기 때문이지요. 일반적으로 이 소리를 들으면 사람들은 자기도 죽어 버려 모든 것을 다 잊어버리고 싶어질 정도였습니다.

펠프스 농장은 초라하기 그지없는 조그마한 목화 농장으로 그곳 농장들은 모두가 비슷비슷했습니다. 2400평 넓이의 마당 주위에 횡목 울타리가 둘러쳐 있고, 그 울타리를 넘기 위해 마치 키가 다른 통을 죽 늘어놓은 것처럼 통나무를 톱으로 켜서 거꾸로 박아놓은 계단이 있었고, 이 계단은 여자들이 말을 탈 때에도 발판으로 삼고 있었습니다. 넓은 마당에는 초라한 잔디밭이 있었지만 대부분 털이 다 빠진 헌 모자처럼 아무것도 자라고 있는 것이 없이 평평했지요. 백인이 살고 있는 집은 통나무집 두 채를 하나로 이어 만든 큰 집이었습니다. 잘 다듬지 않은 재목에다 틈새를 진흙과 모르타르로 틀어막아 놓았고, 이 진흙 줄무늬에는 한때 흰 회를 칠해 놓았습니다. 둥근 통나무로 만든 부엌과 집 사이에는 벽이 없이 트이고 지붕을 한 넓은 통로로 이어져 있었습니다. 부엌 뒤쪽에는 통나무로 지은 훈제소가 있었고, 그 건너편에는 통나무로 지은 조그마한 검둥이 오막집 세 채가 한 줄로 죽 늘어서 있었고, 그 반대편에는 좀 떨어진 곳에 딴채가 몇 개 더 있었지요. 그 조그마한 오막집 옆에는 잿물통과 비누를 끓이는 솥이 놓여 있었고, 부엌 문 옆에는 물이 든 양동이와 바가지를 올려놓은 벤치가 있었습니다. 사냥개들이 햇볕을 쪼이며 낮잠을 자고 있었지요. 그 주위에는 사냥개 몇 마리가 더 잠을 자고 있었습니다. 한구석에는 햇빛을 가려 주는 나무가 세 그루쯤 서 있었고, 울타리 옆 한 곳에는 까치밥나무 덤불과 구주베리 덤불이 자라 있었습니다. 울타리 밖에는 채소밭과 수박밭이 있었고, 그다음부터 목화밭이 시작되었지요. 그리고 목화밭이 끝나는 곳부터 숲이 시작되었습니다.

나는 빙 돌아 잿물통 옆 발판을 넘어 부엌 쪽으로 향했습니다. 조금 가자 물레바퀴 소리가 '봉' 하고 높아졌다가 다시 '봉' 하고 낮아지는 소리가 들렸습니다. 그 소리를 듣고 있자니 나는 정말 죽어 버리고 싶은 심정이 들었지요. 이 세상에서 이 소리보다 더 쓸쓸한 소리도 없었을 것이기 때문입니다.

나는 별로 어떻게 하겠다는 계획도 없이 그냥 자꾸만 앞으로 나아갔습니다. 위급한 때가 오면 하나님께서 적당한 말을 가르쳐 주리라고 믿고서 말입니다. 그냥 내맡겨 두기만 하면 반드시 하나님이 적당한 말을 가르쳐 주리라는 것을 잘 알고 있었기 때문이지요.

반쯤 왔을 때 개가 한 마리 한 마리씩 다가와 나에게 달려들었습니다. 물론 나는 걸음을 멈추고는 놈들과 얼굴을 맞대고 가만히 서 있었지요. 그러자 개들이 이루 말할 수 없이 무섭게 짖어 대는 것이 아니겠습니까! 채 15초도 되지 않아 나는 말하자면 바퀴통 꼴이 되고 말았습니다. 개들이 바퀴살이고요. 열다섯 마리나 되는 개들이 빙 내 주위를 둘러싸고 목과 코를 내 쪽으로 들어올리고는 짖어 대며 으르렁거렸지요. 그 수가 점점 더 늘어만 갔습니다. 울타리를 뛰어넘고 모퉁이를 돌아 사방에서 모여드는 것이 보였지요.

부엌에서 검둥이 여자 하나가 손에 국수 방망이 하나를 들고 뛰어나와 "저리 가! 티지, 저리 가! 스폿, 너도 어서 꺼져 버려!" 하고 고래고래 소리를 질렀습니다. 여자는 우선 티지를, 다음에는 스폿을 방망이로 후려갈겼으므로 두 마리는 짖으면서 저쪽으로 내뺐고, 그러자 다른 개들도 그 뒤를 따라 도망쳤습니다. 그러나 다음 순간 곧바로 그 절반이 다시 돌아와 내 주위에서 꼬리를 흔들며 친구가 되었지요. 어쨌든 개란 악의가 없는 짐승입니다.

그 검둥이 여인 뒤에서 조그마한 검둥이 계집애 하나와 사내 애 둘이 베 조각으로 만든 셔츠 하나만을 몸에 걸친 꼴로, 검둥이 애들이 늘 그러듯이 엄마 옷에 매달리면서 그 뒤에서 부끄러운 듯 내 쪽을 힐끔 쳐다보고 있었습니다. 그러자 이번에는 백인 여자 하나가 집에서 뛰어나왔습니다. 마흔다섯에서 쉰 살 정도로, 머리에는 모자도 쓰고 있지 않은 채 손에는 물레 막대를 들고 있었지요. 그 뒤에서 애들이 마치 검둥이 애들이 하던 것과 똑같은 짓을 하면서 따라 나왔습니다. 이 여자는 거의 서 있을 수 없을 만큼 얼굴에 온통 미소를 짓고 있었지요. 그러고는 이렇게 입을 열었습니다.

"드디어 네가 왔구나! 그렇지?"

나는 무심코 "예, 아줌마." 하고 말해 버리고 말았습니다. 이 여자는 나를 꽉 껴안고 나서 내 두 손을 잡고 부서질 정도로 힘껏 쥐었습니다. 눈에는 눈물이 고이고 뺨에 흘러내렸습니다. 그녀는 힘껏 껴안고 악수를 해도 부족하다는 듯이 계속 "넌 생각하던 것보다는 네 어머니를 닮지 않았구나. 하지만 그까짓 거 아무려면 어때, 너를 만나 얼마나 기쁜지 모르겠구나! 정말, 정말 깨물어 주고 싶을 정도란 말이다! 얘들아, 너희들 사촌 톰이란다. 인사를 하거라." 하고 말했습니다.

그러나 애들은 고개를 숙이고는 입에다 손을 문 채 어머니 뒤로 숨어들었습니다. 그래서 그녀는 다시 이렇게 말을 이었지요.

"리즈, 어서 빨리 따뜻한 아침 식사를 준비해. 혹 배에서 아침은 먹었니?"

나는 배에서 먹었다고 대답했습니다. 그러자 그녀는 내 손을 끌고 집 쪽으로 걸어갔고, 애들은 그 뒤에서 따라왔습니다. 집 안으로 들어오자 그녀는 나를 등의자에 앉히고 자기는 내 앞 조그만 얕은 걸상에 앉더니 내 두 손을 잡으면서 또 말문을 열었습니다.

"자, 이제 네 얼굴이 잘 보이는구나. 정말, 지난 몇 해 동안

몇 번이나 네가 보고팠는지 모르겠다. 이제 마침내 그 소원이 이루어진 셈이구나! 우리는 이삼 일 전부터 이제나저제나 하고 기다리고 있었단다. 어째서 그렇게 늦게 왔니? 배가 암초에라도 걸렸었니?"

"예, 마님. 배가……."

"마님이 다 뭐냐. 샐리 이모라고 그래라. 어디서 좌초를 당했는데?"

나는 뭐라고 대답을 해야 좋을지 몰랐습니다. 배가 강을 따라 올라왔는지 내려갔는지 몰랐기 때문입니다. 그러나 나는 이럴 때 대개 직감으로 처리해 버리고, 내 직감은 그 배가 상류 쪽으로, 그러니까 하류 쪽 뉴올리언스에서 올라왔다고 가르쳐주었지요. 그러나 그것은 그다지 도움이 되지 않았습니다. 나는 그쪽 모래톱의 이름을 하나도 모르고 있었기 때문이었습니다. 나는 모래톱 이름을 뭐라고 하나 만들어 내거나, 또는 배가 좌초당한 모래톱의 이름을 잊어버렸다고 하지 않으면 안 되었습니다. 바로 그때 그럴듯한 생각 하나가 갑자기 머리에 떠올랐기 때문에 이렇게 말했습니다.

"좌초가 아니었어요. 좌초라면 그렇게 오랫동안 시간이 걸리지 않지요. 실린더 대가리가 터졌어요."

"어머나! 누구 다친 사람은 없었니?"

"없었어요, 마님. 검둥이가 하나 죽었을 뿐이었지요."

"그건 참으로 다행이었구나. 때론 사람이 다치는 때가 있지. 이 년 전 크리스마스 때 네 사일러스 이모부가 뉴올리언스에서 '랠리 룩'호로 타고 강을 올라왔는데, 그때 배 실린더 대가리가 터지는 바람에 한 사람이 불구가 되고 말았단다. 아마 그 후 그 사람은 결국 죽었다지. 그 사람은 침례교 신자였어. 사일러스 이모부는 그 사람네 가족을 잘 알고 있는 베이턴 루지에 사는 한 가족을 알고 있단다. 옳지, 이제 생각나는군. 그 사람은 정말 죽고 말았단다. 괴저(壞疽)가 생겨 다리를 자르지 않으면 안 되었지. 그런데도 헛수고였어. 그래 괴저였어. 바로 그거야. 온몸이 새파랗게 되어서는 영광에 빛나는 부활을 바라면서 죽고 말았지. 볼만한 광경이었다더라, 사람들 말이. 네 이모부는 너를 맞으러 매일같이 마을로 나간단다. 오늘도 한 시간 전에 나갔으니까 이제 곧 돌아올 거야. 도중에서 만났을 법한데, 너 못 만났니? 꽤 나이가 늙스구레한 그리고……."

"아뇨, 샐리 이모, 아무도 못 만났는데요. 배가 마침 새벽녘에 도착하는 바람에 짐을 부둣가 배에다 맡겨 두고, 여기에 너무 빨리 도착하지 않으려고 마을을 돌아다니며 시간을 보냈고, 시골 쪽으로도 조금 가 보았어요. 그래서 뒷길로 온 거지요."

"짐은 누구에게 부탁하고?"

"아무에게도 부탁하지 않았어요."

"아니, 그러다간 도둑을 맞으려고!"

"내가 감춰 둔 곳이라면 그럴 염려가 없을 것 같아요."

"어떻게 그렇게 빨리 배에서 아침을 먹었어?"

엷은 살얼음판을 걷는 듯 아슬해졌지만 나는 이렇게 말했습니다.

"내가 거기 서 있는 걸 보고 선장이 상륙하기 전에 뭐나 좀 먹는 게 좋겠다고 했어요. 나를 상갑판에 있는 사관 식당으로 데리고 가 내가 원하는 걸 뭐든지 먹여 줬어요."

나는 너무나 불안하여 말을 제대로 할 수 없었습니다. 아까부터 줄곧 애들 쪽에 마음이 쏠렸습니다. 애들을 한쪽 구석으로 데리고 가서 꼬셔서 내가 도대체 누구인지 알아내고 싶었지요. 그러나 그런 기회를 주지 않고 펠프스 부인은 쉴 새 없이 지껄여 대고 있었습니다. 곧 펠프스 부인은 내 등골을 오싹하게 만들었습니다. 바로 이런 말을 꺼냈기 때문이지요.

"이렇게 지껄이다 보니, 너는 언니며 누구 얘기도 한마디도 없었구나. 자, 이걸로 난 얘기를 그만 할 테니 이젠 네가 좀 해 봐라. 뭐든지 전부 얘기해 봐. 하나도 빼놓지 말고, 집안 식구들에 대해서 죄다 얘기해 보려무나. 어떻게 지내고 있는지, 무슨 일을 하는지. 어서 생각나는 대로 죄다 얘기해 보란 말이다."

또다시 나는 난처하게, 그것도 몹시 난처하게 되었습니다. 이제까지는 하나님이 틀림없이 내편을 들어주셨지만, 지금은 꼼짝없이 좌초당한 느낌이 들었지요. 앞으로 나가려고 한들 아무 소용이 없다는 것을 깨달았습니다. 두 손을 들어 항복할 수밖에 없었지요. 그래서 위험을 무릅쓰고 사실대로 실토해야 할 때가 또 왔구나 하고 혼잣말로 속삭였습니다. 막 이야기를 꺼내려고 하는 참에 그녀가 나를 붙잡고 급히 침대 뒤에 밀어넣으면서 이렇게 말했습니다.

"지금 돌아오신다! 머리를 좀 더 숙여, 옳지, 됐다. 이제는 안 보이는구나. 네가 여기 있는 걸 알려선 안 돼. 그이를 좀 놀려 줘야지. 너희들, 아무 말도 하지 마라."

이제 나는 어려운 궁지에 몰리고 말았습니다. 그렇다고 해서 걱정을 해 본댔자 아무 소용이 없었습니다. 그저 가만히 기다리고 있다가 벼락이 떨어지면 비켜서는 것밖에 별 도리가 없었지요.

집 안에 들어설 때 노신사를 한 번 흘낏 보았을 뿐 침대 때문에 더 이상 모습이 보이지 않았습니다. 펠프스 부인은 그에게 달려가 이렇게 말했습니다.

"그 애 왔수?"

"아니." 하고 남편이 대답했습니다.

"아니 저런!" 하고 그녀가 말했지요. "도대체 어떻게 된 셈일까?"

"나도 모르겠는걸." 하고 노신사가 말했습니다. "정말 걱정되어 죽겠는데."

"걱정된다고요!" 하고 그녀는 말했습니다. "난 이제라도 당장 미칠 것만 같은데요! 그 앤 지금쯤 꼭 왔을 텐데요. 당신이 길에서 그 애를 놓쳐 버린 거예요. 그게 분명해요. 웬일인지 그런 생각이 드는군요."

"샐리, 원 당신도, 내가 길에서 그 애를 놓쳤을 것 같수? 당신도 잘 알 텐데."

"하지만 저런, 어떡하나, 언니가 뭐라고 할지 몰라! 그 애는 틀림없이 왔을 거예요! 당신이 놓쳤어요. 그 앤……."

"아, 그렇잖아도 마음을 졸이고 있는데 더 이상 날 괴롭히지 말아요. 대관절 이게 어떻게 된 노릇인지 도무지 모르겠는걸. 마음이 몹시 불안해서 죽을 지경이야. 하지만 그 애가

왔을 리 없어. 왔다면 그걸 내가 놓칠 리 있나. 샐리, 큰일났
어. 정말 큰일났구려. 필경 배에 무슨 일이 생긴 것임에 틀림
없어!"

"어마나, 사일러스! 저쪽 좀 보세요! 저 길 쪽을요! 저기 누
가 오고 있지 않나요?"

노신사는 침대 머리맡 창가로 달려갔습니다. 이 바람에 펠
프스 부인은 노리던 기회를 얻었지요. 부인은 급히 침대 다리
쪽으로 몸을 굽혀 나를 잡아끌었고 나는 밖으로 나왔습니다.
노신사가 창에서 돌아와 보니 부인은 활활 타고 있는 집처럼
얼굴에 온통 웃음을 띠며 서 있었고, 그 옆에는 내가 매우 점
잖게 식은땀을 흘리며 서 있었습니다. 노신사는 놀라서 이렇
게 말했습니다.

"아니, 그건 누구요?"

"누구라고 생각해요?"

"정말 모를 노릇인데. 이 앤 누구요?"

"톰 소여예요!"

맙소사, 하마터면 나는 그만 마룻바닥 밑으로 가라앉을 뻔
했습니다. 그러나 놀라고 말고 할 시간이 없었습니다. 그 노인
은 내 손을 꽉 붙잡고는 계속 흔들어 댔습니다. 그동안 부인은
춤을 추듯 뛰어 돌아다니며 웃고 울고 야단이었지요. 그러고
나서 두 사람 다 시드와 메리, 그 밖의 집안 식구들에 관해 안
부를 퍼부어 댔습니다.

그러나 이 두 사람이 제아무리 기뻐했다 하더라도 내가 기
뻐한 것에 비교하면 그것은 문제도 되지 않았습니다. 마치 죽

었다가 다시 살아난 것만 같았기 때문이었지요. 나는 내가 누
구라는 것을 알고 너무나 기뻤습니다. 두 사람은 두 시간 동안
이나 내 옆에 찰싹 달라붙어 있었습니다. 마침내 나중에는 내
턱이 그만 뻣뻣하게 되어 더 이상 움직이지 않게 되기까지, 나
는 그들에게 소여 이름을 가진 여섯 가문 사람들한테 일어난
것보다도 더 많이 우리 집안 식구에 관해(소여의 집안 식구들 말
이지요.) 얘기를 들려주었습니다. 그러고 나서 나는 또 화이트
강 어구에서 실린더 대가리가 터져 그것을 고치는 데 꼬박 사
흘이나 걸렸다는 것도 자세히 설명했지요. 모든 게 정말 근사
하게 잘 돌아갔습니다. 그들은 그것을 수선하는 데 왜 사흘씩
이나 걸렸는지 알 턱이 없었지요. 실린더 대가리가 아니라 나

사뭇 대가리라고 했어도 마찬가지로 멋지게 통했을 겁니다.

　이제 나는 한편으로는 마음이 꽤 놓였지만 다른 한편으로는 자뭇 불안했습니다. 톰 소여 노릇을 하는 것은 누워 떡 먹기처럼 쉽고 편했습니다. 그 편한 마음도 마침내 증기선이 기침 소리를 내며 강을 따라 내려오는 소리가 들리자 끝장나고 말았지요. 그 소리를 듣고 나는 이렇게 혼자 생각했습니다. 만일 톰 소여가 저 배를 타고 온다면? 그리고 갑자기 나타나, 내가 가만히 있으라고 눈짓을 할 사이도 없이 내 이름을 큰 소리로 불러 댄다면? 아니, 그런 일이 일어나서는 안 되었습니다. 절대로 안 됩니다. 한길로 나가 톰을 도중에서 기다려야 했지요. 그래서 나는 두 사람에게 마을로 짐을 찾으러 간다고 했습니다. 그랬더니 노신사가 함께 따라가겠다고 했지만 그럴 필요가 없다고 대답했습니다. 나 혼자서도 말을 몰 수가 있다고, 이제 더 이상 나 때문에 폐를 끼치고 싶지 않다고 말입니다.

33장

그래서 나는 마차를 몰고 마을로 향했고, 절반쯤 갔을 때 저쪽에서 짐마차 한 대가 오는 것이 보였습니다. 그것은 틀림없이 톰 소여였지요. 나는 말을 세우고 톰이 가까이 올 때까지 기다리고 있었습니다. 내가 "멈춰라!" 하고 말하자, 그 마차는 내 마차 옆에 나란히 섰습니다. 톰은 입을 가방만 하게 크게 벌리고는 다물 줄을 몰랐습니다. 목이 타는 사람처럼 그는 두서너 번 침을 삼키더니 이렇게 말했습니다.

"나는 너에게 아무 나쁜 짓을 한 기억이 없어. 그건 너도 알 테지. 그렇다면 무엇 때문에 이 세상에 다시 나타나 나를 괴롭히려고 하는 거야?"

내가 이렇게 말했지요.

"난 다시 돌아온 게 아냐. 언제 내가 죽었어야 말이지."

내 목소리를 듣자 톰은 얼마간 제정신으로 돌아왔지만 그렇다고 아주 완전히 납득한 것은 아니었습니다.

"날 놀려선 안 돼. 나는 널 놀리지 않을 테니까. 설마하니 넌 귀신은 아닐 테지?"

"정말이지 난 귀신이 아냐." 하고 내가 대답했지요.

"글쎄…… 난…… 난 말이야…… 글쎄, 물론 이걸로 문제는 해결된 셈이지. 하지만 아무래도 이해가 안 가. 이봐, 그럼 넌 살해당했던 게 아니었단 말이야?"

"아니고말고. 내가 살해당하긴 왜 당해? 난 모두를 속인 거야. 내 말이 믿어지지 않는다면 이리 와서 나를 만져 보란 말이야."

그랬더니 톰은 하라는 대로 했고, 그것으로 납득이 갔습니다. 그리고 또다시 나를 만나게 된 것을 기뻐하며 몸둘 바를 몰라했습니다. 그는 당장 모든 것을 알고 싶어 했습니다. 이것이야말로 굉장한 모험인 데다 신비스런 모험이어서 톰의 급소를 찔렀기 때문이지요. 그러나 나는 그 얘기는 나중에 하자고 말하고, 톰의 마부에게 기다리고 있으라고 부탁하고는, 우리들은 조금 앞까지 마차를 몰고 갔지요. 그리고 내가 이제 어떠한 곤경에 빠져 있는가를 톰에게 말해 주고, 어떻게 하면 좋겠느냐고 물었습니다. 톰은 잠시 자기를 방해하지 말고 조용히 내버려 두어 달라고 말하는 겁니다. 그러고는 열심히 생각에 생각을 거듭하더니 곧 이렇게 말했습니다.

"이제 됐어. 어떻게 할지 알아냈어. 내 가방을 네 마차에다 싣고 네 가방인 척해. 그리고 알맞게 집에 도착할 수 있도록 슬슬 놀면서 말을 몰고 돌아가란 말이야. 나는 마을에 잠시 들어가서 다시 출발하여 너보다 15분이나 30분쯤 늦게 도착할 테니. 너는 처음에는 날 알고 있는 척 안 해도 좋아."

내가 이렇게 말했지요.

"좋아. 헌데 잠깐만 기다려 봐. 또 한 가지 얘기할 게 있어. 나밖엔 아무도 모르는 얘기야. 그건 말이야, 여기 내가 노예 신분에서 구해 내려고 하는 검둥이가 하나 있어. 이름이 짐이라고 하는데…… 왓츤 아줌마네 짐 말이야."

그가 이렇게 말했습니다.

"뭐라구? 어떻게 해서 짐이……."

그는 말을 멈추고는 다시 생각에 잠겼습니다. 그래서 내가 이렇게 말했지요.

"네가 무슨 말을 하려는지 난 알아. 그건 더럽고 비열한 짓이라고 할 테지. 하지만 어떻다는 거야? 난 야비한 인간이야. 짐을 훔쳐 낼 작정이야. 네가 입 다물고 누설하지 말아 주었으면 해. 그렇게 해 줄 거지?"

이 말에 톰은 눈에 광채를 띠며 이렇게 말했습니다.

"짐을 훔쳐 내는 걸 도와주겠어!"

이 말을 듣고 총에라도 얻어맞은 듯이 나는 정신이 아찔했습니다. 이렇게 사람을 놀라게 한 말을 듣기란 난생처음이었으니까요. 그리고 톰 소여에 대한 평가가 상당히 떨어졌다고 말하지 않을 수 없었지요. 도저히 믿어지지가 않았습니다. 톰 소여가 검둥이 도둑이라니요!

"쳇!" 하고 나는 말했습니다. "지금 너 농담하고 있는 거지?"

"농담하고 있는 게 아냐."

"그럼 됐어." 하고 내가 말했지요. "농담이건 아니건, 도망친 검둥이 얘기가 어디서 나오거든, 넌 그런 놈의 얘긴 전혀 모르고 있고, 나도 전혀 모르고 있다는 사실을 잊어선 안 돼."

그러고 나서 톰은 가방을 내 짐마차에다 싣고서 자기는 마을 쪽으로 다시 돌아갔고, 나는 집으로 돌아왔습니다. 하지만 나는 너무도 기분이 좋은 데다 생각할 일이 많았기 때문에 천천히 말을 모는 것을 그만 깜박 잊어버리고 말았지요. 그래서 그만한 거리치고는 너무 빨리 도착했습니다. 노신사는 문간으로 나와서 이렇게 말했습니다.

"야, 이거 놀랍군! 그놈의 말이 그렇게 빨리 달릴 줄 누가 생각했겠어. 시간을 재 두었으면 좋았을 걸 그랬군. 게다가 땀도 흘리지 않고 있으니…… 털 하나에도 말이야. 정말 이상한데. 100달러를 주겠다고 해도 팔고 싶은 생각이 들지 않는군 그래. 하지만 전 같았으면 15달러에 팔아 치워 버렸을지도 모르고, 또 그 만한 가치밖에 없는 줄 알았지 뭐야."

노신사가 한 말은 그뿐이었습니다. 이렇게 순박하고도 선량한 노인은 난생처음이었지요. 하지만 그것은 별로 놀랄 것이 못 되었습니다. 그는 그저 농부였지만 또한 목사님이기도 했기 때문이지요. 농장 뒤꼍 저쪽에다 자기 돈을 들여 통나무로 초라한 교회 겸 학교를 손수 지었습니다. 설교는 돈을 내고 들어도 충분히 가치가 있음에도 노인은 한 푼도 받지 않았습니다. 남부에서는 이렇게 농부와 목사를 겸하는 사람이 그 외에도 많이 있지요.

반 시간쯤 지난 다음 톰의 마차가 정문 층계 바로 옆에 와 닿았습니다. 샐리 아줌마는 창에서 불과 450미터밖에 떨어져 있지 않았기 때문에 창 너머로 그 모습을 지켜보고는 이렇게 말했습니다.

"저기 봐, 누가 왔네! 누굴까? 지미, 낯선 사람 같은데." (지미는 한 애 이름였지요.) "리즈한테 뛰어가서 점심 식사 한 그릇 더 준비하라고 그래라."

집안 식구들 모두가 현관 쪽으로 급히 달려갔습니다. 왜냐하면 일 년 내내 손님이 별로 오지 않기 때문이지요. 그래서 어쩌다 손님이 오는 날이면 황열병(黃熱病)이 찾아온 것보다도 더 관심을 끌었습니다. 톰은 계단을 넘어서 집 쪽으로 걸어오고, 마차는 마을 쪽을 향해 달려가 버렸으며, 우리들은 모두가 현관에 모여 있었습니다. 톰은 가게에서 산 양복을 입고 있었고 늘 관중을 의식하고 있었습니다. 그것은 언제나 톰 소여가 즐거워하는 짓이었지요. 이런 처지에서도 그는 자기한테 어울리는 멋을 부리는 것은 별로 어려운 일이 아니었습니다. 톰은 양처럼 온순하게 마당으로 들어설 그런 애가 아니었지요. 천만에요, 숫양처럼 유유히 뽐내면서 들어오는 겁니다. 우리들 앞으로 다가오자, 마치 그 안에서 잠을 자고 있는 나비들을 깨우지 않으려고 상자 뚜껑을 여는 것처럼 자못 품위 있

고도 우아하게 모자를 벗고는 이렇게 말하는 겁니다.

"아치볼드 니콜라스 씨 댁인가요?"

"애야, 아니다." 노신사가 말했지요. "저런, 마부에게 속았구나. 니콜라스 씨 댁은 아직도 3킬로미터는 더 가야 해. 어쨌든 자, 들어와, 들어오거라."

톰은 어깨 너머로 뒤를 돌아다보며 "이젠 너무 늦었군. 마부도 보이지 않네." 하고 말했습니다.

"그럼, 벌써 가 버렸다니까, 애야. 그러니까 좀 들어와서 우리들과 함께 점심이나 먹자꾸나. 그리고 나서 마차를 준비해서 니콜라스 씨 댁까지 데려다줄 테니."

"어디, 그런 폐를 끼쳐드리고 싶지 않습니다. 별말씀을 다.

걸어서 가지요. 멀어도 괜찮아요."

"하지만 우린 너를 그냥 걸려 보낼 수는 없다. 그렇게 하면 남부의 손님 예절법에 어긋나게 될 거야. 자, 어서 들어오렴."

"제발, 그러려무나." 하고 샐리 아주머니가 말했습니다. "우리한테는 조금도 폐가 되지 않는다. 머물다 가야만 한다. 먼지투성이의 3킬로미터나 되는 긴 길을 걸어서 가다니 안 될 말이다. 더군다나 네가 오는 걸 보고 난 벌써 식사 한 그릇을 더 준비하라고 일렀단다. 그러니 우리를 실망케 해서는 안 돼. 자, 어서 안으로 들어와 편히 쉬도록 해라."

그래서 톰은 마음에서 우러난 감사를 그들에게 표하고는 결국 주인 청을 받아들여 안으로 들어왔습니다. 들어오자 그는 오하이오주 힉스빌에서 온 사람으로, 이름은 윌리엄 톰슨이라고 하면서 다시 한번 허리를 굽혀 인사를 했지요.

그러고 나서 톰은 힉스빌과 그곳에 살고 있는 모든 사람들에 관해 꾸며 낼 수 있는 한 계속 꾸며 수다를 떨기 시작했습니다. 나는 조금 초조해졌습니다. 과연 이런 수다가 나를 곤경에서 구해 주는 데 얼마나 도움이 될지 궁금했지요. 마침내 계속 지껄여 대면서 톰은 목을 길게 뽑고는 샐리 아주머니의 입에다 똑바로 키스를 하더니, 다시 의자에 돌아와 앉아서 또다시 계속 지껄여 댔습니다. 그러나 그녀는 벌떡 자리에서 일어나 손등으로 입을 훔치며 이렇게 말했지요.

"이 뻔뻔스러운 놈 같으니!"

톰은 다소 감정을 상한 듯한 얼굴로 이렇게 받아넘겼습니다.

"마님, 정말 놀랐습니다."

"네가 놀랐다고? 넌 대관절 나를 무엇으로 생각하고 있는 거냐? 이놈 단단히 혼꾸멍을 내 줘야지. 내게 키스한 것은 무슨 뜻이지?"

톰은 겸손한 태도를 지으며 이렇게 말했습니다.

"별 뜻이 있어서 그런 건 아닙니다. 악의가 있어 그런 게 아니란 말입니다. 난…… 난 키스를 해 주면 마님이 좋아하리라고 생각했지요."

"뭐라고, 이 바보 같은 놈아!" 하고 그녀는 물레 막대를 쳐들고는, 그것으로 때리고 싶은 것을 꾹 참고 있는 것 같았습니다. "왜 내가 그걸 좋아하리라고 생각한 거지?"

"저, 그건 모르겠는데요. 그저 사람들이…… 사람들이 그러더군요, 마님이 좋아할 거라구 그랬어요."

"사람들이 그랬단 말이지. 그따위 소릴 하는 놈은 너처럼 미친 놈들이야. 참말이지 이런 일은 처음이다. 도대체 그 사람들이란 게 누구냐?"

"뭘요. 누구누구 할 것 없이 모두 다이지요. 마님, 모두들 다 그랬어요."

부인은 때리고 싶은 것을 간신히 참고 있는 것 같았습니다. 두 눈을 부릅뜨고, 할퀴고 싶은 듯 손가락을 움직여 댔지요.

"그 '모두'란 게 도대체 누구냐 말이야? 어서 그 이름을 대지 못해? 그 이름을 대지 않으면 이 세상에서 바보 하나가 더 없어질 거다."

톰은 자리에서 일어나 슬픈 표정을 짓고 모자를 만지작거리며 이렇게 말했습니다.

"죄송합니다. 이렇게 되리라곤 미처 생각을 못했습니다. 나더러 그렇게 하라고 했어요. 모두들요. 마님께 키스를 하라고요. 그러면 좋아할 거라고요. 모두가 그랬지요. 다들 하나같이요. 하지만 마님, 죄송했습니다. 이제 다시는 그러지 않겠습니다. 정말입니다."

"두 번 다시는 안 하겠지? 그래, 다시는 그렇게 안 할 거지!"

"그래요, 정말입니다. 절대로 다시는 그렇게 하지 않으렵니다. 마님이 해 달라고 부탁하실 때까지는요."

"내가 해 달라고 부탁할 때까지는? 아니, 어처구니가 없어 말문이 다 막히는구나! 너나, 너 따위 놈들에게 키스해 달라고 부탁하는 일은 하늘이 무너져도 결코 없을 게다."

"글쎄요." 하고 톰은 말했지요. "정말 놀랍군요. 도무지 이해가 가지 않습니다. 모두들 기뻐할 거라고 말하던데요, 그리고 제 생각도 그렇고요. 하지만…… ." 여기서 톰은 말을 끊고는 어디서 동정해 줄 눈초리라도 찾으려는 듯 천천히 주위를 둘러보았습니다. 그러고 나서 노신사와 시선이 마주치자 "아저씨는 부인께서 내가 키스해 주면 하고 바라고 있던 참이라고 생각하지 않으셨어요?" 하고 물었습니다.

"뭐라고, 아냐, 난. 난 말이야…… 글쎄, 아냐, 그렇게 생각하지 않았어."

여기서 톰은 아까와 마찬가지로 주위를 한 바퀴 둘러보더니 나와 시선이 마주치자 이렇게 말했습니다.

"톰, 넌 샐리 아주머니가 두 팔을 펴고 이렇게 말하리라곤 생각하지 않았니, '시드 소여야!' 하고 말이야."

"아니 뭐라고!" 하고 갑자기 그녀가 끼어들어 그에게로 달려들며 "이 짓궂고 고약한 녀석 같으니라고, 아니 사람을 이렇게 놀려 댈 수가⋯⋯." 하고 말하고는 그를 꽉 껴안으려고 했지만 톰은 그것을 막으며 이렇게 말했습니다.

"안 돼요. 이모가 먼저 나에게 부탁하기 전까진요."

그래서 부인은 즉시로 그렇게 해 달라고 부탁하고는 몇 번씩이나 톰을 껴안고 키스를 하고 나서야 노인 쪽으로 그를 넘겼고, 노인은 그 나머지 반쪽을 물려받은 셈이었지요. 소동이 조금 가라앉자 부인이 이렇게 말했습니다.

"정말 이렇게 놀라긴 난생처음이구나. 우리는 톰만 올 줄 알았지 너까지 올 줄은 꿈에도 생각하지 못했단다. 언니 편지에도 톰 말고는 어느 누구도 온다고 하지 않았거든."

"처음엔 톰만 오기로 되어 있었기 때문이지요." 하고 그가 말했습니다. "하지만 내가 졸라 댔더니 마침내 아줌마가 나도 가도 가도 좋다고 하셨어요. 그래서 강을 따라 내려오면서 톰이 먼저 이리 오고 저는 나중에 늦게 낯선 사람처럼 슬쩍 나타나면 모든 집안 식구들이 놀랄 것이라고 생각했던 겁니다. 하지만 샐리 이모, 그건 실수였어요. 여기는 낯선 사람이 올 곳이 못 되는군요."

"그렇고말고! 짓궂은 장난꾸러기들이 오기엔 말이다, 시드. 그저 네 녀석 턱을 한 방 먹였으면 좋겠다만. 이렇게 부아가 나긴 생전 처음이야. 하지만 이젠 괜찮아. 무슨 일을 당해도 괜찮아. 너희들이 여기 와 주기만 한다면 이런 장난은 몇천 번 당해도 참을 수 있지. 그런데 아까 그 장난은 정말 생각만 해

도! 그렇게 쭉 소리를 내며 나에게 키스를 했을 때엔 난 정말
이지 깜짝 놀라 자빠질 뻔했단다."

우리들은 집과 부엌 사이에 있는 넓은 복도에서 점심을 먹
었습니다. 식탁 위에는 일곱 사람이 먹을 음식이 듬뿍 놓여 있
었습니다. 게다가 그 음식이 모두 따끈따끈했지요. 밤새도록
축축한 지하실 찬장 속에 넣어 두어서 아침이 되면 차디찬 식
인종 살덩어리 같은 맛이 나는 그런 고기가 아니었습니다.

사일러스 아저씨는 식사 기도를 꽤나 길게 올렸지만 그만한
가치가 있었습니다. 기도라는 것이 곧잘 음식을 식히고 마는
것을 보아 왔지만 아저씨의 기도는 조금도 음식을 식히지 않
았지요.

오후 내내 우리들은 여러 가지 이야기로 꽃을 피웠습니다.
나와 톰은 늘 경계를 늦추지 않고 있었지만 그럴 필요가 전혀
없었습니다. 그들은 도망친 검둥이에 관한 이야기는 한마디도
꺼내지 않았고, 그렇다고 해서 우리들이 이야기를 그쪽으로

끌고 가기에도 겁이 났지요. 그러나 그날 밤 저녁 식사 때 사내아이 하나가 이렇게 말했습니다.

"아버지, 톰 형이랑 시드 형이랑 나랑 이렇게 셋이서 연극 구경 가면 안 돼요?"

"안 돼." 하고 노인이 말했습니다. "연극 들어온 것이 없을 거다. 있다 하더라도 가선 안 돼. 그 도망친 검둥이가 버튼과 나에게 그 엉터리 연극 얘길 전부 들려주더라. 버튼은 그 얘기를 마을 사람에게 한다고 했으니까 지금쯤 사람들은 벌써 그 뻔뻔스러운 건달 놈들을 마을에서 쫓아 버렸을 거다."

아이구 어쩌면 좋지요! 하지만 나로선 어떻게 할 도리가 없었습니다. 톰과 나는 같은 방 같은 침대에서 자기로 되어 있었습니다. 피곤했으므로 우리들은 저녁 식사가 끝나자마자 곧 인사를 하고는 침실로 들어갔습니다. 그리고 창문으로부터 기어나온 다음 피뢰침을 타고 아래로 내려와 마을 쪽을 향해 걸

음을 재촉했지요. 왕과 공작에게 귀띔을 해 줄 사람이라곤 하나도 없을 테니까, 어서 빨리 달려가서 가르쳐 주지 않으면 반드시 곤경에 빠지게 될 거라는 생각이 들었기 때문이었지요.

마을로 가는 도중 톰은 사람들이 내가 살해당한 줄로 알고 있다고 생각했다는 얘기며, 아빠가 곧 자취를 감추어 버려 다시는 돌아오지 않았다는 얘기며, 짐이 도망쳤을 때 큰 소동이 일어났다는 얘기 따위를 들려주었습니다. 나는 톰에게 「왕실의 걸작」 악한들 얘기를 전부 들려주었고, 시간이 허용하는 한 뗏목 여행 얘기를 낱낱이 해 주었지요. 마을 한가운데로 들어와 보니 벌써 8시 반이 되었지요. 저쪽에서 횃불을 든 사람들이 소리소리 지르고 떠들어 대고 또 양철 냄비를 마구 두드려대며 호각을 불면서 돌진해 왔습니다. 우리들은 그 행렬이 지나가도록 길 한쪽으로 얼른 비켰지요. 사람들이 지나갈 때 보니 왕과 공작을 가로장 위에다 올려 앉히고는 지고 가는 것이 보였습니다. 둘 다 온몸에 타르를 바르고 깃털로 덮여 있어서 도저히 사람처럼 보이지 않았지만 나는 분명히 왕과 공작이라는 것을 알 수 있었지요. 마치 한쌍의 커다란 군모(軍帽)의 깃털 장식처럼 보였습니다. 그것을 보자 메스꺼워졌습니다. 이 가엾은 악당들이 불쌍하게 생각되었지요. 아무리 해도 이 두 놈을 더 이상 미워할 생각이 들지 않았습니다. 그것은 보기에도 끔찍한 광경이었지요. 인간이란 다른 인간에 대해 이렇게 잔인할 수 있는 겁니다.

우리들은 너무 늦게 도착했습니다. 어떻게 할 도리가 없다는 것을 깨달았지요. 어떻게 된 것이냐고 뒤에 쳐진 사람들에게 물어보았더니 그 사람들 얘기로는, 모두들 순진한 얼굴로 연극 구경을 갔다는 겁니다. 그 불쌍한 늙은 왕이 무대 위에서 나와 이리 뛰고 저리 뛰고 할 때까지 조용히들 앉아 있다가 누군가가 신호를 보내자 구경꾼 모두가 '와아!' 하고 자리를 박차고 일어나 두 놈에게로 몰려갔다는 것이었습니다.

우리들은 어슬렁어슬렁 집으로 돌아왔습니다. 나는 지금까지의 건방진 생각은 없어지고, 오히려 천박하고 비열하며 어쩐지 모든 것이 내 탓처럼 느껴졌습니다. 내가 한 일은 아무것도 없었지만 말입니다. 늘 이런 식이었지요. 옳은 일을 하든 그른 일을 하든 매한가지였습니다. 인간의 양심이란 사물의 이치를 깨닫지 못하고 인간을 탓할 뿐이었습니다. 만일 인간의 양심만큼 사물의 이치를 깨닫지 못하는 똥개가 있다면, 난 그놈을 잡아 독살해 버리고 말 겁니다. 양심이란 인간의 내장 모두가 차지하는 것보다도 더 큰 장소를 차지하고 있으면서도 아무 소용에도 닿지 않는 겁니다. 톰 소여도 나와 똑같은 이야기를 하더라고요.

34장

우리들은 이야기를 그만두고 생각하기 시작했습니다. 마침내 톰이 이렇게 말했습니다.

"이봐, 헉, 이제까지 그걸 생각해 내지 못했다니 참 한심한 노릇이군! 난 짐이 어디 있는지 알 것 같아."

"그럴 리가! 어디 있는데?"

"잿물통 옆 오두막이야. 생각해 봐. 이보라고. 우리들이 점심을 먹고 있을 때 검둥이 하나가 먹을 것을 가지고 그쪽으로 가는 걸 못 보았니?"

"봤지."

"그걸 누구에게 줄 거라고 생각했니?"

"개겠지 뭐야."

"나도 처음엔 그렇게 생각했어. 그러나 실은 개에게 주는 게 아니었어."

"어째서?"

"음식에는 수박이 있었으니 그렇지."

"옳지 그래! 나도 봤어. 개가 수박을 먹지 않는다는 것을 몰랐다니 큰 실수였군. 사람이란 무엇인가를 눈으로 보고 있으면서도 알아보지 못하는 수가 있다니까."

"한데 말이야, 그 검둥이는 오두막에 들어갈 때 자물쇠를 열고, 나와서는 또 잠그더라니까. 우리들이 식탁에서 물러설 때 아저씨에게 열쇠를 갖다주었어. 바로 그 열쇠가 틀림없어. 수박을 보면 사람이라는 것을 알 수 있고, 열쇠를 보면 죄수가 있다는 것을 알 수 있지 뭐야. 요까짓 손바닥만 한 농장에서, 게다가 친절하고 사람이 좋은 사람들만이 사는 곳에 죄수가 둘이나 있을 리가 없어. 짐이 바로 그 죄수란 말이야. 난 탐정식으로 그걸 찾아낸 것이 여간 기쁘지 않아. 다른 방법은 딱 질색이야. 자, 이제 통밥을 잘 굴려 짐을 훔쳐 낼 방법을 궁리해 보란 말이야. 나도 궁리해 볼 테니까. 그중에서 제일 좋은 방법을 택하기로 하자고."

아직 나이 어린 사내아이가 그렇게도 머리가 썩 잘 돌아가다니! 만약 내가 톰 소여와 같은 머리를 가지고 있다면, 공작으로 만들어 준다 해도, 증기선의 항해사로 만들어 준다 해도, 서커스단의 익살꾼으로 만들어 준다 해도, 또 그 밖에 생각해 낼 수 있는 그 무엇으로 만들어 준다 해도 절대로 그 머리와는 바꾸지 않을 겁니다. 나는 묘안을 짜내기 시작했지만 다만 무엇을 생각할 뿐 뾰족한 묘수가 떠오르지 않았지요. 그 묘안이 어디에서 나온다는 것쯤은 잘 알고 있었습니다. 얼마 안 되어 톰이 이렇게 물었습니다.

"준비됐니?"

"응."

"좋아. 그럼 얘기해 봐."

"내 계획은 이래." 하고 내가 말했지요. "거기 있는 게 짐인지 아닌지는 쉽게 알아낼 수 있어. 그걸 알게 되면 내일 밤 카누를 물에서 건져 내어 섬에서 뗏목을 가져온단 말이야. 달이 뜨지 않은 맨 처음 어두운 밤에, 잠을 자러 간 아저씨 주머니에서 열쇠를 훔쳐 내어 짐을 데리고 강을 따라 뗏목을 몰고 나랑 짐이 전에 하던 것처럼 낮에는 숨고 밤에는 움직인단 말씀이야. 이 계획이 잘될까?"

"잘되겠냐고? 물론이지. 쥐싸움처럼 잘되고말고. 하지만 그건 너무 간단해서 전혀 재미가 없어. 그것처럼 간단한 계획이 무슨 쓸모가 있겠어? 거위 젖처럼 너무 싱거워. 이봐, 헉, 그런 짓은 비누 공장에 뚫고 들어간 것 정도밖에는 평판을 얻지 못할 거야."

나는 아무 말도 하지 않았습니다. 으레 톰이 그렇게 말하리라는 것을 잘 알고 있었기 때문이지요. 하지만 톰이 자기 계획을 일단 결정하면, 그 누구도 그 계획에 어떤 반대도 할 수 없다는 것을 나는 잘 알고 있었습니다.

　이 계획도 그랬습니다. 톰은 자기의 계획을 말했고, 벌써 내계획보다 그 스타일부터가 열다섯 배는 더 가치가 있었습니다. 내 계획과 마찬가지로 짐을 자유의 몸으로 만들뿐더러, 게다가 어쩌면 우리들도 모두 죽음을 맞게 될지도 모를 일입니다. 그래서 나는 그 계획에 만족했고, 그 계획을 곧 대담하게 실행에 옮기자고 말했지요. 그것이 어떠한 계획이라는 것은 여기서 말할 필요도 없을 겁니다. 그것이 그대로 실행될 리 없다는 것을 나는 잘 알고 있었기 때문이지요. 톰은 그 계획을 실행하면서 여기저기서 바꾸고, 기회 있을 때마다 새로운 아이디어를 덧붙여 나간다는 것을 잘 알고 있었던 겁니다. 그리고 과연 예상했던 대로였지요.

　그런데 한 가지만은 확실했습니다. 그것은 톰 소여가 진지하다는 것과, 실제로 그 검둥이를 훔쳐 내는 데 도와주려고 했다는 겁니다. 이것은 나로서는 도저히 이해가 안 가는 일이었지요. 톰은 점잖은 애일뿐더러 훌륭한 가정 교육을 받은 애입니다. 체면을 잃을 수 있고, 고향에 있는 집안 식구들도 체면을 잃을 수 있었습니다. 머리가 영리하며 바보가 아니었지요. 아는 것이 한두 가지가 아니며, 무식하지도 않았습니다. 또 악의가 없고 친절했지요. 그런데 이 애는 자존심도 정의도 감정도 다 내팽겨쳐 버리고는 이와 같은 일에 손을 대어, 모든 사람들 앞에 자기뿐만 아니라 자기 가족 모두의 얼굴에다 똥칠을 하려는 겁니다. 나에게는 전혀 이해가 가지 않았습니다. 이것은 천만 뜻밖의 일로, 무슨 일이 있어도 말해 주어야겠다고 나는 생각했지요. 참된 벗이라면 그 일을 당장에 그만두도록 하여 그의 체면을 지키게 하지 않으면 안 되었던 겁니다. 그래서 실제로 그렇게 말을 꺼내기 시작했지만 그는 나의 입을 막으며 이렇게 말했습니다.

"너는 내가 무슨 짓을 하고 있는지도 모르고 있다고 생각하는 거야? 대체 무엇을 하고 있는지 내가 모르고 있단 말이야?"

"알고 있지."

"내가 그 검둥이를 훔쳐내는 것을 돕겠다고 하지 않았니?"

"그랬지."

"그럼 그걸로 됐지 뭐야?"

톰이 말한 것은 이것이 전부이며, 또 내가 말한 전부이기도 합니다. 그 이상 말해도 소용없는 일이었습니다. 톰은 일단 무슨 일을 한다고 하면 반드시 해내고야 마는 성미였기 때문이지요. 그러나 톰이 왜 이렇게까지 자진해서 이 일에 끼어들려고 하는지 나는 통 알 수가 없었습니다. 그래서 나는 그냥 내버려 두고는 이제 그 일에 대해선 신경을 모두 끄기로 했지요. 톰이 그렇게 한다고 한 이상 나로서는 어찌할 도리가 없었던 겁니다.

우리들이 집에 이르고 보니 집안은 컴컴하고 고요했습니다. 그래서 잿물통 옆 오두막을 살펴보러 갔습니다. 개들이 어떻게 하나 보려고 마당을 지나갔지요. 개들은 우리들을 알아보고 시골개들이 밤중에 무슨 일이 생겼을 때 으레 지르는 소리 이상은 지르지는 않았습니다. 오두막까지 오자 앞쪽과 양쪽을 살폈습니다. 내가 아직 모르고 있던 쪽 (그러니까 북쪽이었지요.) 꽤 높은 곳에 네모난 창이 하나 있고, 거기에는 못에 박힌 튼튼한 판자 한 장이 걸려 있는 것이 보였습니다. 내가 이렇게 말했습니다.

"좋은 게 있구나. 저 판자를 잡아빼 버리면, 그 구멍으로 짐이 기어 나올 수 있을 게 아니겠어."

그러자 톰이 곧 내 말을 받았습니다.

"그건 애들이 하는 티태토 놀이처럼 간단하고 수업 땡땡이 치는 것처럼 누워 떡 먹기지. 헉 핀, 난 그보다는 좀 더 복잡한 방법을 썼으면 좋겠단 말이야."

"그럼 좋아." 하고 내가 말했지요. "그때 내가 살해되기 전에 한 것처럼 말이야, 톱으로 통나무를 잘라서 짐을 구출해 내면 어떨까?"

"그 편이 좋을 것 같아." 하고 그가 말했습니다. "정말로 신비스럽고 까다롭고 훌륭하구나." 그는 다시 말을 이었지요. "허나 그보다 배는 오래 걸릴 방법을 찾아낼 수 있을 거야. 서두를 건 없으니까 좀 더 그 근처를 둘러보기로 하자."

뒤껼으로 오두막과 울타리 사이에 기대어 지은 판자 헛간 비슷한 게 하나 있었는데, 오두막과는 처마로 연결되어 있었습니다. 길이는 헛간과 같았으나 폭은 좁았습니다. 겨우 2미터밖에는 되지 않았지요. 문은 남쪽 끝에 붙어 있고, 자물쇠가 채워 있었습니다. 톰은 비누를 끓이는 솥 쪽으로 가서 그 근처를 뒤져 솥뚜껑을 여는 쇠 도구를 들고 와 그것으로 자물쇠 하나를 비틀어 열었습니다. 쇠사슬은 떨어져 나가고, 우리들은 문을 열고 안으로 들어가, 문을 닫고는 성냥을 그었지

요. 헛간은 오두막에 기대어 지었을 뿐 서로 통해 있지 않았습니다. 또 헛간에는 마루도 없고, 있는 것이라고는 녹슬고 낡아 빠진 괭이며 삽이며 곡괭이며 이가 부러진 가래뿐이었습니다. 성냥은 꺼져 버렸고, 우리들도 헛간에서 나와 또 고리못을 박고는 아까처럼 문에 자물쇠를 채웠습니다. 톰은 자못 유쾌한 모양이었습니다. 이렇게 말했지요.

"자, 이걸로 됐다. 짐을 파내서 구출하기로 하자. 한 주일은 걸릴걸!"

그다음 우리들은 집으로 향했고, 나는 뒷문을 통해 안으로 들어갔습니다. 이 집 사람들은 자물쇠를 채우는 법이 없기 때문에 사슴 가죽끈을 약간 잡아당기기만 하면 되었지요. 그러나 톰 소여에게 이것은 너무나 싱거운 일이었습니다. 그래서 다짜고짜로 피뢰침 장대를 타고 기어 올라가겠다고 고집을 부렸습니다. 그러나 세 번이나 절반쯤 기어오르고는 그때마다 실패하여 떨어졌고, 맨 마지막에는 하마터면 골통을 깰 뻔하고는 단념하지 않으면 안 되겠다고 생각했지요. 그러나 한참 쉬고 난 다음 재수를 보기 위해서 다시 한번 시도해 보겠다고 했는데 이번에는 성공했습니다.

그 이튿날 아침 우리들은 먼동이 틀 무렵 잠자리에서 일어나서 개들을 삶아 놓을 겸 또 짐에게 (물론 음식을 받아 먹는 사람이 짐이라면 말이지요.) 음식을 가져다주는 검둥이와 사귈 겸 검둥이들이 머무르는 오두막집으로 갔습니다. 검둥이들은 아침 식사를 끝마치고는 밭일을 나가는 참이었지요. 짐을 맡은 검둥이는 양철 냄비에다 빵과 고기와 그 밖의 여러 가지 먹을 것을 산처럼 수북이 쌓고 있었습니다. 다른 검둥이들이 막 오두막집을 나가려고 할 때 집에서 열쇠가 왔습니다.

이 검둥이는 사람이 좋아 보이는 바보 같은 얼굴을 하고 있었고, 그의 고수머리는 실을 가지고 몇 개의 조그마한 가닥으로 땋은 모양이었습니다. 그것은 마녀를 몰아내는 부적이었습니다. 그는 요즈음 마녀들이 밤마다 어찌나 자기를 괴롭히는지, 온갖 이상한 물건을 보여 주기도 하고 또 이상한 말과 소리를 들려주기도 하여, 지금까지 이렇게 오랫동안 마법에 걸리기는 처음이라고 했지요. 그는 너무도 흥분한 나머지 자기 근심거리만 지껄여 댈 뿐 자기가 해야 할 일이 무엇인지 깜빡 잊어버리고 있었습니다. 그래서 그 틈을 타서 톰이 이렇게 넌지시 한마디 물어보았지요.

"이 먹을 건 뭘 하는 거야? 개에게 주는 건가?"

마치 진창 웅덩이 속에 벽돌 조각을 던졌을 때처럼 검둥이 얼굴에 점점 미소가 퍼져 나가기 시작하였습니다.

"네, 개에게 주려고요, 시드 도련님. 개치고는 이상한 개랑께유. 한 번 가서 보고 싶은 감유?"

"응, 가 보고 싶어."

나는 팔꿈치로 톰을 쿡 찌르고는 이렇게 속삭였습니다.

"이런 새벽녘에 벌써 가는 거야? 그런 계획이 아니었잖아?"

"그래 맞아. 하지만 이젠 그럴 계획이야."

빌어먹을, 그래서 우리들은 그곳으로 갔지만 나는 그다지 마음이 내키지 않았습니다. 오두막 안으로 들어가자 너무 컴컴해서 아무것도 보이지 않았지요. 과연 거기에 짐이 있었습니다. 그리고 우리들을 알아보았던지 큰 소리로 이렇게 말했습니다.

"아니 이건 헉이 아니냥께! 맙소사! 그리고 저건 톰 도련님이 아닝가베?"

나는 일이 어떻게 될지 잘 알고 있었습니다. 이렇게 되리라고 미리 예상했으니까요. 어떻게 해야 할지 몰랐습니다. 비록 그 방법을 알고 있다고 하더라도 어떻게 할 수 없었을 겁니다. 그 검둥이가 이렇게 큰 소리를 지르며 말했기 때문이지요.

"아니, 어럽쇼! 이 잔 도련님들을 알고 있는 겅가유?"

이젠 꽤 사방이 잘 보이게 되었습니다. 톰은 그 검둥이를 물끄러미 그리고 이상하다는 듯이 쳐다보면서 이렇게 말했지요.

"누가 우리들을 알고 있다는 거야?"

"여기 있는 이 도망친 검둥이지 누구냥께유?"

"난 이놈이 우리를 알고 있다고 생각하지 않는데. 한데 왜 그렇게 생각한 거지?"

"왜 그렇게 생각하느냐구유? 이제 방금 이 작자가 도련님을 알고 있는 것처럼 소리를 지르지 않았능감유?"

톰은 알 수 없는 일이라는 듯이 이렇게 말했습니다.

"그렇다면 참 이상한 노릇인데. 누가 큰 소리를 질렀다는 거야! 언제 큰 소리를 지르더냐? 또 뭐라구 큰 소리를 질렀다는 거냐?"

물론 대답은 한 가지밖에는 없었지요. 그래서 내가 이렇게 말했지요.

"아니. 난 아무 소리도 듣지 못했는데." 그러자 이번에는 톰이 짐 쪽으로 돌아서며 아직까지 한 번도 본 일이 없다는 듯이 그를 훑어보고는 이렇게 말했습니다.

"그래 네놈은 큰 소리를 질렀느냐?"

"아뇨, 아무 말도 안 했지라우."

"한마디도?"

"네, 한마디두요."

"네놈은 우리를 전에 만난 적이 있느냐?"

"아뉴. 제가 아는 한 없지라우."

그래서 톰은 그 검둥이 쪽으로 돌아서자, 그 검둥이는 험상궂은 얼굴로 어찌할 바를 모르는 겁니다. 그러자 톰은 단호한 어조로 이렇게 쏘아붙였지요.

"대관절 네놈 머리가 어떻게 되었다는 생각이 안 드느냐?

누가 큰 소리를 질렀다고 왜 그렇게 생각하는 거냐?"

"아, 그 지긋지긋한 마녀 탓이랑께유. 정말 난 죽고 싶어유. 놈들은 늘 이 못된 짓거리를 해싸서 그만 죽을 지경으로 놀라게 한단 말이지라우. 하지만 이 얘기를 아무한테도 하지 말아 달랑께유, 제발. 그러면 사일러스 나리한테 혼쭐낭께유. 나리께선 마녀 같은 게 어디 있느냐고 야단 야단이제. 나리께서 바로 이 자리에 계시면 얼마나 좋을까. 그러면 나리께선 뭐라고 하실까! 이번 만큼은 빠져나갈 구멍을 찾지 못하실 거랑께유. 하지만 세상은 늘 이렇다니까유. 바보는 죽어야 신세를 면한다구유. 스스로는 찾아내려고 하지 않는단 말이랑께유. 그리고 이쪽에서 찾아내서 알려 줘도 도무지 그걸 믿으려고 하지 않지라우."

톰은 그에게 10센트짜리 은화를 한 닢 주며, 아무에게도 그 얘기를 하지 않겠다고 했습니다. 그 돈으로 실을 사서 머리

를 묶으라고 했지요. 그러고 나서 이번에는 짐을 쳐다보며 이렇게 말했습니다.

"사일러스 이모부가 이 검둥이놈 목을 매달아 죽일지도 몰라. 만일 나 같으면 은혜를 모르고 도망치는 검둥이 놈을 붙잡는 날엔, 그놈을 그대로 내버려 두진 않을 거야. 꼭 목을 매달아 죽이고야 말지." 그리고 이 검둥이가 문간 쪽으로 가서 자꾸만 그 은화를 들여다보면서 진짜인가 보려고 이빨로 깨물어보고 있는 동안 톰은 짐에게 이렇게 속삭였습니다.

"우리를 아는 척해선 안 돼. 그리고 밤에 땅을 파는 소리가 나면 그건 우리야. 우리가 짐을 자유의 몸으로 만들어 주려고 그러는 거야."

짐이 겨우 우리들의 손을 붙잡고 꼭 누를 시간밖에 없었습니다. 그때 그 검둥이가 돌아왔고, 우리는 그가 원한다면 나중에 또 같이 오겠다고 했습니다. 그러자 그 검둥이는 특히 날씨가 컴컴한 날에는 제발 좀 그렇게 해 달라고 부탁했지요. 마녀는 대개 컴컴할 때 찾아오니까 그때 누가 함께 있어 주면 참 좋겠다는 겁니다.

35장

아침 식사 시간까지는 아직도 한 시간이나 남아 있었습니다. 그래서 우리들은 집을 떠나 숲속으로 들어갔습니다. 땅을 파려면 무슨 불빛이 있어야 하고, 램프는 너무도 밝아서 귀찮은 일이 생기게 될지도 모른다고 톰이 말했기 때문이지요. 우리들이 구해야 할 것은 도깨비불이라고 부르는 썩은 나무 덩어리로, 그것을 어두운 장소에 놔두면 희미한 빛을 낸다는 겁니다. 우리들은 그것을 한 아름씩 들고 와 풀 속에 감춰 놓고는 앉아서 쉬었습니다. 톰은 조금 못마땅한 표정으로 짓고 이렇게 말했지요.

"정말, 이 일 모두가 너무 쉬워서 거북스럽단 말씀이야. 그래서 어려운 계획을 세우기가 무척 힘든 거야. 마취제를 써야 할 감시인도 없고. 그렇지, 감시인이 하나쯤은 있어야 해. 수면제를 먹여야 할 개 한 마리도 없으니. 짐은 3미터의 쇠사슬로 침대 다리에 한쪽 발이 묶여 있을 뿐이야. 침대를 쳐들어 쇠사슬을 풀면 그걸로 그만일 테구. 그리고 사일러스 아저씨는 모든 사람을 다 믿고는 열쇠를 그 호박대가리 검둥이에게 주어 버리고 그 녀석을 감시할 사람도 보내지 않거든. 짐은 벌써 먼 옛날에 그 구멍으로 도망칠 수도 있었단 말이야. 하지만 3미터의 쇠사슬을 발에다 달고 뺑소니쳐봤자 무슨 쓸모가 있겠나. 헉, 제기랄, 세상에 이렇게 싱거운 일이 어디 있담. 그러니까 이쪽에서 모든 어려운 일을 생각해 내서 하지 않으면 안 돼. 어쩔 수 없이 우리가 가지고 있는 물건들을 가지고 최선을 다해야 한단 말이야. 어쨌든 이거 하나만은 확실해. 결국 난관이니 위험을 제공할 의무를 가지고 있는 자들이 그걸 제공해 주지 않는다면, 이쪽에서 머리를 짜내 많은 난관과 위험을 무릅쓰고 그 사나이를 구출해야만 그만큼 명예로운 일이 되는 거야. 저 램프 하나만 보라고. 사실 엄밀히 따지고 보면, 우리들은 램프가 위험하다는 시늉을 하지 않으면 안 되거든. 글쎄, 마음만 내키면 횃불 행렬로도 이 일을 할 수 있다고 믿어. 한데 생각해 보니 기회가 있는 대로 먼저 무언가 톱을 만들어 낼 물건을 찾아야만 하겠다."

"톱은 어디다 쓰려고?"

"뭣에 쓰냐고? 쇠사슬을 벗기기 위해 짐의 침대 다리를 잘라 내야 할 게 아냐?"

"아니, 지금 방금 넌 침대를 쳐들어 쇠사슬을 풀겠다고 하지 않았니?"

"헉 핀, 넌 그래 역시 못 말리겠구나. 그저 한다는 게 유치원식 일밖엔 생각해 내지 않는단 말이야. 대관절 넌 책이라는 걸 읽어 본 적이 있니? 트렌트 남작이라든지, 카사노바라든지, 벤베누토 첼레니라든지, 앙리 4세라든지 하는 그런 영웅들 얘기를 하나도 읽어 본 일이 없느냐 말이야? 그런 할망구 같은 식으로 죄수를 구출했다는 얘기를 난 들어 본 적이 없어. 정말이야! 최고 권위자들이 하는 식이라면, 침대 다리를 둘로 썰어서 감쪽같이 그대로 해 놓고는 톱밥은 눈에 띄지 않도록 전부 깨끗이 삼켜 버리고 제아무리 고양이 같은 눈을 가진 하인도 다리가 잘려 나간 흔적을 보지 못하고 다리가 완전하다고 생각하도록 그 자른 장소 주위에다 진흙과 기름을 발라 두는 거야. 그러고 나서 준비가 모두 끝나는 날 그 다리를 걷어차면 침대는 꽈당 하고 쓰러지고 쇠사슬은 풀리고 말아 자유의 몸이 되는 거란 말이다. 다만 밧줄 사다리를 흉벽에다 걸치고 그걸 타고 기어 내려가 해자(垓字) 속에서 다리를 부러뜨리기만 하면 돼. 왜냐하면 밧줄 사다리는 길이가 5미터나 모자라니까 그렇지. 그러면 그곳에는 심복 부하가 말을 가지고 기다리고 있다가 너를 쳐들어 안장 위에다 던져 주면 넌 말을 몰아 고향인 랑귀독이니 나바레니 그 밖의 아무 데라도 가기만 하면 된단 말씀이야. 헉, 어때 멋지지. 이 오두막집에도 연

못이 하나 있으면 근사할 텐데 말이야. 짐을 탈출시키는 날 밤 시간이 있다면 어디 해자를 하나 파 볼까."

그래서 내가 이렇게 말했지요.

"오두막 땅 밑으로 짐을 몰래 탈출시키는 데 해자는 무슨 해자가 필요해?"

그러나 톰은 내 말을 귓등으로도 듣지 않았습니다. 내가 있는 것도 그 밖의 모든 것도 다 잊어버리고 있었습니다. 팔에다 턱을 괴고는 깊이 생각에 젖어 있었지요. 곧 톰은 한숨을 내쉬고는 머리를 가로저었습니다. 다시 한번 한숨을 쉬더니 이렇게 말하는 겁니다.

"아냐, 그것으로 안 돼. 그럴 필요가 없어."

"무엇 때문에?"

"뭐긴 짐의 다리를 잘라 버리는 거 말이야." 하고 그가 말했습니다.

"아니 얘가!" 하고 내가 말했습니다. "그럴 필요가 없다고 했겠다. 그렇다면 대관절 무엇 때문에 짐의 다리를 자르겠다는 거야?"

"그건 말이야, 가장 훌륭한 어떤 권위자 중에 그렇게 하는 사람이 있었기 때문이지. 그 사람들은 아무리 해도 쇠사슬이 풀어지지 않자 손을 자르고는 도망친 거야. 다리라면 더 좋지. 하지만 그것만큼은 그만둬야 해. 이 경우에는 그럴 필요가 없어. 게다가 짐은 검둥이니까 그 이유도, 또 유럽에선 그게 관습으로 돼 있다는 것도 알 까닭이 없을 테고 하니까. 그러니까 그것은 그만두기로 하자. 하지만 요것 하나만큼은 할 수 있지. 짐도 밧줄 사다리를 갖도록 하는 거야. 우리들이 침대 시트를 찢어 아주 쉽게 밧줄 사다리를 만들 수 있지. 그것을 파이 속에 넣어서 들여보내면 되지 않아. 대개 그렇게들 하는 거야. 난 그보다 더 지독한 파이를 먹어 본 적도 있는데 뭐."

"어이, 톰 소여, 넌 무슨 소리를 그렇게 하는 거야." 하고 내가 말했습니다. "짐에겐 밧줄 사다리가 필요 없어."

"밧줄 사다리는 꼭 필요해. 너야말로 무슨 소리를 그렇게 하는 거야. 아무것도 모르면 가만 있으라고. 짐한테는 꼭 밧줄 사다리가 필요하다니까. 다들 그래."

"대관절 어디에 쓰려고?"

"어디에 쓰냐고? 침대 속에 그것을 감출 수 있겠지, 안 그래? 다른 사람들도 다들 그렇게 하거든. 그러니까 짐도 그렇게 하는 거야. 헉, 너는 하나도 규정대로 하고 싶지 않은 모양이구나. 늘 새로운 것만 하고 싶어 하는 것 같아. 설령 짐이 그밧줄 사다리 가지고 아무것도 하지 않는다면 어때? 밧줄 사다리는 도망친 다음에도 침대 속에 그대로 남아 있으면 단서가 될 게 아니겠어? 그리고 사람들에게 단서가 필요하다고 생각하지 않아? 물론 단서가 있기를 바라지. 그런데도 단서를 남겨 놓지 않는다는 거야? 그러면 꽤나 난처하게 되지 않겠냔 말이야! 난 그런 소리 들어 본 적 없어.”

“응, 그래.” 하고 내가 말했지요. “그게 규정에 있고 그가 그것을 가져야 한다면 좋아. 그럼 짐이 그걸 갖도록 하지 뭐. 나도 규정에 어긋나는 일을 하고 싶진 않으니까. 하지만 톰 소여, 여기 문제가 하나 있어. 만약 우리들이 짐의 밧줄 사다리를 만들려고 침대 시트를 찢는다면 그 때문에 샐리 아줌마와 문제가 생길 게 틀림없어. 그래서 말인데 말이야, 히코리 나무 껍질 사다리는 돈이 들지도 않고, 헛되게 버리는 것도 없는 데다가 네가 만들려는 헝겊 사다리 못지 않게 파이 속에 틀어넣을 수도 있고 밀짚 이불잇에 감출 수도 있을 게 아니냐 말이야. 게다가 또 짐으로 치면 경험이 없으니까 아무 거라도 상관 안 할…….”

“쯧, 헉, 너두 참. 내가 너처럼 무식하다면 난 가만히 입을 다물고 있을 거야. 정말이야. 국사범(國事犯)이 히코리 껍질 사다리를 타고 도망쳤다는 얘기를 난 아직껏 들어본 적이 없어. 그거 참으로 웃기는 얘기다.”

“그럼 좋아. 톰. 너 좋을 대로 해. 헌데 만약 네가 내 충고를 받아들인다면 말이야, 나더러 빨랫줄에서 침대 시트를 하나 빌려 오라고 하는 게 좋겠어."

그거 좋다고 톰이 말했습니다. 그러더니 톰은 또 다른 생각 하나를 떠올렸습니다. 그가 이렇게 말했지요.

"셔츠도 한 장 빌려 오렴."

"톰, 셔츠는 뭘 하려고?"

"짐더러 거기다 일기를 쓰게 하려고."

"일기는 무슨 얼어 죽을 일기야. 짐이 무슨 글씨를 쓸 줄 안다고."

"쓸 줄 모른다고 하더라도, 헌 백랍 스푼이나 헌 철통 부스러기로 짐에게 펜을 만들어 주면, 셔츠에다 그걸로 표시를 할 수는 있잖아?"

"뭘 그래, 톰. 거위 깃털 하나만 뽑으면 그보다 몇 배 좋은 펜을 만들어 줄 수 있을 텐데. 게다가 빨리 만들 수도 있고."

"펜을 만들도록 깃털을 빼라고 어떤 놈의 거위가 죄수가 들어 있는 지하실 주위를 날아다녀, 이 바보 멍텅구리야. 죄수라는 건 손이 닿는 곳에 있는 헌 놋쇠 촛대니 그런 따위 아주 단단하고 부러질 염려가 없는 가장 귀찮은 물건으로 펜을 만드는 법이야. 그걸 뾰족하게 갈아 내는 데 몇 주일씩 몇 달씩이나 걸리거든. 벽에다 갈아서 뾰족하게 만들어야 하니까 말이지. 만약 손 안에 들어왔다 하더라도 죄수라면 거위 깃털을 쓰려고 하지 않아. 규정대로의 방법이 아니니까."

"그럼 잉크는 무엇으로 만들어 준담?"

"대부분의 죄수는 쇠녹에다 눈물로 잉크를 만들지만, 이건 흔해 빠진 방법으로 여자들이나 하는 짓이야. 최고의 권위자는 자기 피를 사용하는 거야. 짐은 그렇게 할 수 있어. 그리고 자기가 어디에 갇혀 있는지 짧고도 흔해 빠진 소식을 온 세계에 알리고 싶다면, 양철 접시 아래에다 포크로 써서 창 밖으로 던져 버리는 거야. '철가면'은 언제나 그렇게 했어. 그거야말로 멋들어진 방법이지."

"짐에게 어디 양철 접시가 있어야 말이지. 먹을 것을 냄비에다 넣어서 갖다주니까 말이야."

"그런 건 아무려면 어때. 우리들이 양철 접시를 넣어 주면 되잖아."

"접시에다 쓴 짐의 글씨를 읽어 낼 사람이 어디 있어야 말이지."

"혁, 그런 건 아무려면 어떠니. 짐이 해야 할 일은 접시에다 글씨를 써서 밖으로 내던지는 것뿐이야. 그 글씨를 읽을 능력이 있을 필요는 없어. 죄수가 양철 접시니 다른 뭐에다 쓴 글씨는 절반은 아무도 읽어 내지 못하는데 뭐."

"그럼, 왜 접시를 낭비하는 거야?"

"빌어먹을, 그건 죄수의 접시가 아니란 말이다."

"접시 주인이 있을 게 아냐?"

"그래 있다 치자, 그게 어떻다는 거야? 그게 누구의 접시이건 죄수가 뭐 그런 거에다 마음을 쓸……."

여기서 톰은 잠시 말을 멈추었습니다. 아침 식사를 알리는 뿔나팔 소리가 들렸기 때문입니다. 그래서 우리들은 숲을 빠져나와 집으로 달려갔지요.

　오전 중에 나는 빨래줄에서 침대 시트랑 흰 셔츠를 한 장씩 슬쩍 빌렸습니다. 헌 주머니를 하나 찾아 거기다 이 물건들을 집어 넣었고, 숲으로 들어가 도깨비불을 주워서 이것도 주머니 속에 넣었습니다. 아빠가 늘 그렇게 불렀기 때문에 나도 그런 짓을 '빌린다'고 하지요. 그러나 톰은 그것은 빌리는 것이 아니라 훔치는 것이라고 했습니다. 톰은 우리들은 죄수의 대표자이고, 죄수라고 하는 것은 무엇을 손 안에 넣기만 하면 그만이지 그 수단과 방법은 문제가 아니며, 또 아무도 죄수를 탓할 권리도 없다고 했습니다. 죄수가 탈출하는 데 필요한 물건을 훔치는 것은 죄가 안 된다고 톰은 말했지요. 그럴 권리가 있기 때문이라는 겁니다. 그러니까 우리들이 죄수를 대표하고 있는 한 여기 있는 물건 중에서 우리들이 조금이라도 탈옥에 필요로 하는 물건은 무엇이나 다 훔칠 권리가 있다는 거지요. 만일 우리들이 죄수가 아니라면 이야기는 전혀 다르며, 죄수도 아닌데 훔치는 것은 비열한 인간이나 하는 짓이라고 했습니다. 그래서 우리는 손에 닿는 물건은 뭣이고 다 훔치기로 했지요. 그러나 어느 날 내가 검둥이 밭에서 수박을 훔쳐 와 먹었더니 톰은 펄펄 뛰며 마구 화를 냈습니다. 그 까닭은 말하지 말고 검둥이에게 10센트 은화 한 닢을 갖다주고 오도록 했습니다. 톰의 말로는 우리가 필요로 하는 것만 훔친다는 겁니다. 내가 수박이 필요해서 훔쳤노라고 그랬더니, 톰은 탈옥시키는 데 수박이 무슨 필요가 있느냐고 하며 그 둘 사이에는 큰 차이가 있다는 겁니다. 만일 내가 그 속에다 칼을 감추어, 집사를 죽이도록 그것을 몰래 짐에게 들여보내는 데 수박이 필요하다면 그것은 괜찮다고 했지요. 그래서 나는 여기서 그만두어 버렸습니다. 수박을 훔칠 때마다 앉아서 그렇게 자질구레한 구별을 일일이 생각해야 한다면, 죄수를 대표해서 무슨 이익이 있는지 도저히 알 수 없는 노릇이었지요.

그날 아침 집안 식구들이 모두 일을 시작하여 누구 하나 마당에 얼씬 안할 때까지 기다리고 있었습니다. 그때서야 톰은 내가 좀 떨어진 곳에 서서 감시를 하는 동안 예의 그 주머니를 오두막에 잇대 지은 헛간으로 운반해 갔습니다. 마침내 톰이 밖으로 나왔고, 우리들은 장작 더미 있는 데로 가 앉아 이야기를 나누었지요. 톰이 먼저 입을 열었습니다.

"도구 외엔 만사가 잘되었어. 도구도 문제없이 구할 수 있을 거야."

"도구라니?" 하고 내가 물었습니다.

"그래, 연장 말이야."

"무엇 하는 연장인데?"

"무엇 하긴, 땅을 파는 데 필요하지. 설마 우리가 이빨로 물어뜯어서 짐을 탈출시킬 순 없겠지, 안 그래?"

"저기 있는 저 못 쓰게 된 헌 곡괭이로도 검둥이 하나쯤은 능히 파낼 수 있지 않을까?"

톰은 이쪽이 울고 싶을 만큼 동정어린 표정으로 나를 쳐다보더니 이렇게 말했습니다.

"헉 핀, 넌 죄수가 땅을 파서 탈옥하는 데 곡괭이니 삽이니 그 밖의 여러 현대적인 편리한 장비를 옷장 속에다 가지고 있다는 얘기를 들어 본 적 있니? 너한테 하나 묻고 싶은 게 있는데 말이야…… 만약 너한테 분별력이 있다면 말인데……. 모처럼 영웅이 된다 해도 그래 가지고서는 아무 소용이 없지 않겠어? 차라리 열쇠를 빌려주어 당장에 해치우는 게 더 낫지. 곡괭이와 삽이라고? 그런 건 왕이라도 마련해 주지 않을걸."

"그렇다면 말이야." 하고 내가 말했습니다. "곡괭이와 삽이 필요없다면 무엇이 필요하다는 거지?"

"칼집에 든 칼 두 자루지 뭐야."

"그것으로 저 오두막집 밑바닥을 파낸다는 거야?"

"물론이지."

"쯧, 톰. 바보 같은 소리 하지 마."

"아무리 바보 같다고 해도 상관없어. 그게 올바른 방식이니까. 그리고 규정이기도 하고. 내가 들어 본 중에서 그 방법밖에는 없고, 난 이런 얘기를 쓴 책이라면 안 읽어 본 것이 없어. 반드시 칼집에 든 칼로 파게 되어 있지. 게다가 내 말 잘 들어, 흙을 파는 게 아냐. 대개 단단한 바위를 파내는 거야. 몇 주일씩이나 헤아릴 수 없이 많은 시간이 걸리는 거야. 이봐, 마르세이유 항구에 있는 디프성(城) 지하 감옥에 갇혀 있던 죄수 하나를 보란 말이다. 이 사람도 이런 식으로 구멍을 파고 탈옥한 거야. 얼마나 오래 걸렸는지 알아?"

"모르겠는걸."

"자, 어디 한번 알아맞춰 봐."

"모른대도. 한 달 반?"

"무려 삼십칠 년이야. 그리고 나와 보니 중국이더란 말이야. 바로 그런 식이야. 이 요새 아래도 단단한 암반이었으면 좋겠다."

"중국에는 짐이 아는 사람이라곤 하나도 없을 텐데."

"그래서 그게 어떻다는 거야? 그 다른 친구도 그랬지. 헌데 너는 늘 옆길로 새고 말거든. 왜 요점에 매달리지 못하느냔 말이야."

"좋아! 그가 나오기만 한다면, 어디로 나오든 난 상관없어. 짐도 상관하지 않을 거야. 하지만 이거 하나만은 확실해. 짐은 너무 나이가 들어 칼집에 든 칼로 땅을 파고 나올 순 없을 거야. 그때까지 지탱해 내지 못할 테니까 말이야."

"천만에, 지탱할 수 있고 말고. 설마 하니 흙을 파내는 데 삼십 년이나 걸리리라고 생각하진 않을 테지?"

"톰, 그럼 얼마나 걸릴까?"

"글쎄, 사일러스 이모부가 뉴올리언스에서 소식을 듣게 되는 것도 그다지 오래 걸리지 않을 테니까, 우리가 시간을 너무 바치다가는 위험해. 이모부는 짐이 뉴올리언스에서 도망쳐 온 것이 아니라는 걸 알게 될 테지. 그러면 다음에 할 일은 짐을 광고에 내거나 그 비슷한 것을 하실 테지. 그러니까 우리는 짐을 파내는 데 마음대로 시간을 바칠 순 없단 말씀이야. 사실은 한 이 년쯤은 시간을 바쳐야만 하겠지만 어디 그렇게 할 수 있어야 말이지. 앞일이 너무도 불안하니까 이렇게 했으면 좋겠어. 즉 우린 되도록 빨리 파고 또 판 다음 우리 자신에게 삼십칠 년이 걸린 것으로 치면 되잖아. 그렇게 해 놓고서 경보가 있자마자 짐을 납치해 가지고 그만 도망쳐 버리는 거야. 옳지, 그게 제일 좋은 방법이 아닐까 생각하는데."

"그건 일리 있는 말이군 그래." 하고 내가 말했지요. "그렇게 걸린 걸로 해 놔도 돈 한 푼 드는 것도 아닐 테고. 또 조금도 귀찮지도 않고. 필요하다면 150년 걸린 것으로 해 둬도 나는 상관없어. 일단 그렇게 익숙해진 다음엔 조금도 힘들지 않을 테고. 자, 그럼 이제 당장 가서 칼집에 든 칼을 몇 자루 훔쳐 올게."

"세 자루 훔쳐 와." 하고 톰이 말했습니다. "톱을 만드는 데 한 자루 더 필요하니까."

"톰, 이런 말을 해도 규정에서 벗어나거나 신앙심이 없는 것이 아니라면 말인데……." 하고 내가 말했지요. "훈제실 뒤쪽 비막이 벽판자 아래에 낡고 녹슨 톱 하나가 있던데."

이 말에 톰은 지치고 맥빠진 표정을 지으며 이렇게 말하는

겁니다.

 "헉, 소 귀에 경 읽기로구나. 너한테는 아무것도 가르쳐 줄 수 없으니. 칼이나 어서 훔쳐와. 세 자루다." 그래서 나는 그가 시키는 대로 했지요.

36장

그날 밤 모든 집안 식구들이 잠들어 버린 것을 알자 우리들은 피뢰침을 타고 내려와 오두막에 잇대어 지은 헛간으로 들어가 문을 꼭 닫고는 도깨비불을 한 덩어리 수북이 꺼내놓고는 일에 착수했습니다. 밑통나무의 한복판을 따라 1미터가량 걸치적거리는 물건을 모두 치워 버렸지요. 톰의 말에 따르면 이제 우리는 짐의 침대 뒤쪽에 있으며, 바로 그 밑을 파내려갈 것이고, 다 끝난 다음에도 오두막 안에서도 거기 구멍이 있다는 것을 알아볼 사람은 아무도 없을 거라고 했습니다. 짐의 이

불이 땅에 닿을 만큼 늘어져 있으니 그 구멍을 보려면 이불을 쳐들고 그 아래를 들여다봐야만 하기 때문이라는 거지요. 그래서 우리들은 칼집에 든 칼로 거의 한밤중이 될 때까지 열심히 팠지요. 그랬더니 몸은 그만 녹초가 되어 버렸고, 손에는 물집이 잡히고 말았습니다. 그런데도 별반 파들어 간 것 같지가 않았지요. 드디어 내가 이렇게 입을 열었습니다.

"톰 소여, 이건 삼십칠 년이 걸리는 일이 아니라, 삼십팔 년이 걸리는 일이다."

톰은 한마디도 대답하지 않았습니다. 그러나 한숨을 쉬더니 곧 파던 일을 멈추고는 꽤나 오랫동안 생각에 젖어 있었지요. 그러더니 이렇게 말했습니다.

"헉, 소용없어. 이래 가지고는 도무지 안 되겠는걸. 우리들이 죄수라면 이걸로도 좋아. 몇 년이 걸려도 상관없고 서둘 필요도 없으니까. 감시원이 교대할 때 파는 것이니 매일마다 몇 분 동안만 일할 뿐이지. 그러니까 손에 물집이 생길 리도 없지. 그러고는 몇 해고 간에 계속 파내려 갈 수도 있고, 옳은 방법으로 규정에 맞게 할 수 있는 거야. 그러나 우린 어디 그럴 수가 있어야 말이지, 우물쭈물 할 틈이 없이 단번에 해치워야지. 한시가 급해. 만일 또 하룻밤을 이런 꼴로 보내야 한다면, 물집이 없어지려면 일주일은 쉬어야 할 거야. 그보다 더 일찍은 칼집에 든 칼에 손도 대지 못할걸."

"톰, 그럼 어떡하면 좋지?"

"이렇게 하면 돼. 그건 옳은 일도 아니고 또 도덕에 닿지 않는 일이라서 난 그렇게 되기를 바라지 않지만 말이야. 그러나 방법이라곤 그거 하나밖에는 없어. 곡괭이로 짐을 파내고서는 칼집에 든 칼로 판 것으로 치잔 말씀이야."

"이제서야 옳은 말을 하는군!" 하고 내가 말했습니다. "톰소여, 네 머리는 점점 좋아지는구나." 내가 계속 말을 이었지요. "도덕에 닿건 말건 땅을 파는 데는 곡괭이가 제일이야. 나로 말하면, 도덕이니 나발이니 하는 소리는 눈곱만큼도 상관하지 않아. 검둥이며 수박이며 주일학교 책을 훔치려고 할 때는, 훔치기만 하면 되는 것이지 어떤 방법으로 훔치는가는 따지지 않거든. 내가 원하는 건 내 검둥이거나, 내가 원하는 건 수박이거나, 또 내가 원하는 건 주일학교 책이란 말이야. 그래서 곡괭이가 제일 편리한 물건이라면, 난 그 곡괭이로 검둥이니 수박이니 주일 학교 책이니를 파낼 뿐이야. 권위자들이 그것을 두고 뭐라고 생각하든 그 따위는 내 알 바가 아니거든."

"한데 말이다." 하고 톰이 말했습니다. "이런 경우 곡괭이를 칼이라 하고 사용하는 데에는 변명의 여지가 있지. 그렇지 않고선 난 찬성도 안 하고 또 가만히 서서 규칙을 어기는 것을 보고 있지 않을 거다. 옳은 건 어디까지 옳은 것이고 그른 건 어디까지나 그른 것이고, 무식해서 그보다 나은 방법을 모른다면 얘기가 다르지만 사람이란 무릇 그릇된 짓을 해서는 안 되니까 말이지. 너라면 곡괭이로 짐을 파내고도 칼집에 든 칼을 사용한 것처럼 하지 않아도 괜찮을 거야. 너에겐 그 이상의 지혜가 없으니까 말이야. 하지만 세상 일을 더 잘 알고 있는 나로서는 그렇게 할 수는 없다. 칼집에 든 칼을 이리 줘."

톰은 자기 것을 옆에다 놓고 있었지만 나는 내 것을 집어서 그에게 주었습니다. 그러자 톰은 그것을 내동댕이치며 이렇게 말했습니다.

"칼집에 든 칼을 이리 줘."

나는 대관절 어떻게 해야 좋을지를 몰랐습니다. 그러나 곧 생각이 났지요. 나는 헌 연장 속을 뒤져서 곡괭이를 찾아 그것을 톰에게 주었습니다. 톰은 그것을 받아들고는 파기 시작할 뿐 한 마디도 말을 하지 않았지요.

톰은 늘 이렇게 까다로웠습니다. 또 원리 원칙에 철저한 편이었고요.

그러고 나서 나는 삽을 들고 파헤쳤고, 그다음 우리는 곡괭이와 삽을 서로 번갈아가며 야단법석을 떨었습니다. 반 시간쯤 일에 열중했지만 그 이상은 더 할 수 없었습니다. 그러나 상당히 큰 구멍을 파냈지요. 2층으로 올라가 창 밖을 내다보니 톰이 있는 힘을 다해 피뢰침을 기어오르고 있는 모습이 보였습니다. 그러나 톰은 두 손이 너무도 아팠으므로 창문까지 기어오를 수 없었습니다. 마침내 톰이 입을 열었습니다.

"안 돼. 못 올라가겠어. 어떻게 하면 좋을까? 무슨 좋은 생각이 없니?"

"있지." 하고 내가 말했지요. "하지만 정식 방법이라곤 생각하지 않아. 계단으로 올라오는 거야. 그리고 그 계단이 피뢰침이라고 해 두면 될 것 아니겠어!"

톰은 내가 시키는 대로 했습니다.

다음 날 톰은 짐에게 펜을 만들어 주기 위해 백랍 스푼 하나와 놋쇠 촛대 하나, 그리고 수지(樹脂) 양초 여섯 개를 훔쳤습니다. 나는 검둥이 오두막집 근처를 배회하며 기회를 노려 양철 접시 세 개를 훔쳐 냈지요. 톰은 셋으로는 부족하다고 했습니다. 그러나 나는 짐이 내던진 접시는 창구 아래에 피어 있는 국화풀이나 흰꽃독말풀 같은 잡초 속으로 떨어질 테니 아무 눈에도 띄지 않게 되고, 그렇게 되면 우리들은 그걸 다시 가져다 짐에게 쓰도록 할 수 있지 않겠느냐고 했지요. 그래서 톰은 만족해하며 이렇게 말했습니다.

"그런데 문제는, 어떻게 그런 물건들을 짐에게 건네주느냐 하는 거야."

"그 구멍으로 가지고 들어가면 되잖아?" 하고 내가 말했지요. "구멍을 다 파내거든 말이야."

톰은 경멸하는 듯한 표정으로 그런 바보 같은 생각은 아직 들어 본 적이 없다고 말하고는 궁리를 했습니다. 마침내 톰은 두서너 가지 방법을 생각해 냈지만 아직 어느 것으로 할지 결정을 내릴 필요는 없다고 했지요. 이 일을 우선 짐에게 알려야 한다고 말하는 겁니다.

그날 밤 10시가 조금 지나서 우리들은 피뢰침을 타고 아래로 내려가서 양초를 하나 들고 창구 밑에서 귀를 기울였습니다. 짐은 코를 골며 자고 있었습니다. 그래서 양초를 안으로 던졌지만 짐은 잠에서 깨어나지 않았지요. 다음 우리들은 곡괭이와 삽을 들고 일에 착수했고, 두 시간 반쯤 걸려 일을 모두 마쳤습니다. 우리들은 짐의 침대 아래로 기어들어가 오두막 안으로 들어가서는 손을 더듬어 양초를 찾아 불을 붙였습니다. 잠시 짐의 앞에 서서 보니 짐이 기운차고 건강하게 보였지요. 조용히 그리고 천천히 짐을 깨웠습니다. 우리들을 보고서 짐은 너무도 기쁜 나머지 눈물을 글썽글썽거리며 '귀염둥이'니 그 밖에 생각해 낼 수 있는 애칭으로 우리를 불러 댔습니다. 그러고는 어서 빨리 다리의 쇠사슬을 잘라 버릴 끌을 찾아 달라고, 한시라도 머뭇거리지 않고 내빼겠다고 애원했지요. 그러나 톰은 그것이 규정에 맞지 않는다고 말하고는, 앉아서 우리들의 계획을 낱낱이 짐에게 털어놓았습니다. 또 무슨 경보가 있을 때마다 즉시 그 계획을 바꿀 수 있을 거라고 말하고, 틀림없이 도망칠 수 있게 해 줄 테니 조금도 걱정말고 있으라고 거듭 당부했지요. 그래서 짐도 좋다고 했고, 우리들은 거기 앉아서 잠시 옛날 얘기로 꽃을 피웠습니다. 그러고 나서 톰은 여러 가지 일을 물어보았지요. 짐이 사일러스 아저씨가 기도를 올리러 매일마다 아니면 이틀에 한 번씩은 꼭꼭 와 주고, 샐리 아주머니도 짐이 불편한 곳은 없는지, 먹을 것은 충분한지 살피러 오며, 두 사람 다 더할 나위 없이 친절하다고 말하자 톰이 이렇게 말했습니다.

"이제 어떻게 하면 좋을지 알겠어. 그들을 시켜 물건을 전하도록 해야겠군."

"그런 짓은 제발 그만둬. 그런 바보 같은 소리 들어 본 적이 없어." 하고 내가 말렸지만, 톰은 내 말 같은 건 귓등으로도 듣지 않고 그저 자기 얘기만 계속 지껄여 댔습니다. 일단 계획을 세우면 그는 늘 이런 식으로 해 나갔지요.

그래서 우리들은 짐에게 먹을 것을 갖다주는 검둥이 냇에게 밧줄 사다리가 든 파이와 그 밖의 큰 물건들을 몰래 들여

보내겠다든지, 정신을 바짝 차리고 놀라서는 안 된다든지, 냇
에게 그런 물건들을 여는 것을 보여서는 안 된다든지, 우리들
이 조그마한 물건을 아저씨의 웃저고리 주머니 속에다 넣어
둘 테니 그것을 훔쳐 내야 한다든지, 기회 있는 대로 아줌마
앞치마 끝에다 매 놓거나 앞치마 주머니에다 넣어 두거나 할
테니 그것도 훔쳐 내지 않으면 안 된다고 했습니다. 그리고 그
런 물건이 무어무엇이며, 무엇에다 쓸 물건인지도 설명했지요.
그다음 어떻게 자기 피로 셔츠에다 일기를 쓰는지 따위를 가
르쳐 주었습니다. 톰은 짐에게 낱낱이 일러 주었습니다. 짐은
그 얘기의 대부분이 이치에 닿지 않는 일이라고 생각했지만
우리들이 백인이니까 자기보다는 똑똑할 거라고 생각했지요.
그래서 그는 만족해했고 시키는 대로 그렇게 하마고 했습니다.

짐은 옥수수대로 만든 곰방대와 담배를 많이 가지고 있었
습니다. 그래서 우리들은 즐거운 시간을 마음껏 보냈습니다.
그리고 나서 구멍으로 기어나와 잠을 자러 집으로 돌아갔지
만, 우리들의 손은 마치 무엇에 물린 것처럼 엉망이 되어 있
었지요. 톰은 자못 기분이 좋았습니다. 난생처음 재미난 일을
해 보았을 뿐 아니라 가장 지적인 일을 했다는 겁니다. 그 방
법만 찾을 수 있다면 우리들은 일평생 이 일을 계속하고, 우
리들의 애들에게도 이 일을 맡겨 짐을 구출하게 하자고 했습
니다. 짐은 이 일에 익숙하게 되면 될수록 점점 이 일이 좋아
지게 될 것이라고 믿기 때문이라고 했지요. 이런 식이라면 팔
십 년 동안이나 끌어갈 수 있어 최장기 탈옥의 신기록을 세우
게 될 테니 관계자 모두를 유명하게 만들 것이 아니겠느냐고

했습니다.

　다음 날 아침 우리들은 장작 더미 있는 데로 가서, 놋쇠 촛대를 알맞는 길이로 잘라 그것을 톰의 백랍 스푼과 함께 주머니 속에다 넣었습니다. 그다음 우리들은 검둥이 오두막집으로 가서 내가 냇의 주의를 딴데로 돌리는 동안 톰이 짐의 냄비 속에 들어 있는 옥수수빵 한복판에다 알맞게 자른 촛대 토막을 보기 좋게 틀어넣었지요. 그러고 나서 우리들은 그 결과를 보러 냇을 따라 함께 갔는데, 정말로 멋지게 되었습니다. 짐이 빵을 덥석 물어뜯다가 이빨을 송두리째 모두 부러뜨릴 뻔했습니다. 일이 이보다 더 멋지게 되기도 어렵다고 톰이 말했지요. 짐은 흔히 빵 속에 섞여 있는 돌멩이나 그와 비슷한 어떤 것인 척했습니다. 그 후로는 우선 포크로 서너 군데 쿡쿡 찔러

보고 난 다음이 아니면 절대로 무엇이든지 깨물지 않게 되었
지요.

이렇게 우리들이 희미한 불빛 아래 서 있는데, 그때 개 두서
너 마리가 짐의 침대 밑에서 불쑥 솟아 나왔습니다. 그러고는
차례차례로 삽시에 열한 마리가 되어 버렸으므로 방 안은 거
의 질식할 만큼 비좁아지고 말았지요. 아니 맙소사, 우리들은
잇대어 지은 헛간 문을 닫는 것을 그만 깜빡 잊어버렸던 겁니
다. 냇은 외마디로 "마녀다!" 하고 소리를 치더니 그만 개들로
들끓고 있는 그 한복판에 나자빠져 죽어 가는 사람처럼 신음
소리를 냈습니다. 톰이 날쌔게 문을 열고는 짐의 식사용 고기
조각을 밖으로 내던졌더니 개들은 우르르 그 뒤를 따라갔습

니다. 그리고 2초 동안에 톰은 그 자신도 밖으로 나갔다가 또다시 돌아와 문을 닫았지요. 나는 톰이 다른 문도 닫아 버린 것을 알았습니다. 그다음 톰은 검둥이에게 달려들어 그를 달래기도 하고 어루만지기도 하며 또 무엇을 본 것 같느냐고 묻기도 했습니다. 냇은 일어나서 눈을 껌벅거리며 주위를 두리번거렸습니다.

"시드 도련님, 이놈을 바보라고 하시겠지만 난 확실히 백만이나 되는 개나 악마나 그 밖에 어떤 것을 보지 않았다면 이 자리에서 당장 죽어도 좋당께유. 시드 도련님, 정말이여유. 그놈들을 만져 봤당께유. 확실히 손으로 만져 봤지라우. 그놈들은 막 이놈 몸 위를 뛰어 넘어갔지유. 빌어먹을, 딱 한 번이라도 좋으니 그 마녀 한 놈이라도 꼭 붙잡아 봤으면 좋겠당께유. 딱 한 번만이라도. 그게 이놈의 소원이구먼유. 하지만 무엇보다도 난 놈들이 이놈을 그냥 내버려 두었으면 얼마나 좋을지 모르겠시유."

톰이 이렇게 말했습니다.

"그럼, 어디 내 생각을 얘기해 볼까. 마녀들은 왜 하필이면 이 도망친 검둥이가 아침밥을 먹을 때에만 꼭 찾아오느냐 말이야? 그건 배가 고파서이지. 바로 그 때문이야. 네놈은 그놈들에게 마녀의 파이를 만들어 주는 거야. 네놈이 할 일은 바로 그거다."

"맙소사, 시드 도련님. 이놈이 무슨 수로 놈들에게 마녀의 파이를 만들어 줄 수 있단 말예유? 만들 줄을 모른당께유. 그런 얘기는 전에 들어 본 적도 없구만유."

"응, 그렇다면 내가 손수 만들어야겠군."

"도련님, 도련님이 만들어 주실 거라구유? 정말이랑가유? 이놈은 도련님의 발바닥이라도 핥겠당께유!"

"그래, 만들어 준다니까. 네놈이니까. 또 네놈은 우리들에게 친절하게 대해 주었고, 도망친 검둥이도 보여 주었으니까. 하지만 네놈은 여간 조심하지 않으면 안 돼. 우리들이 오거든 저쪽을 쳐다보는 거야. 그리고 우리들이 냄비 속에다 무엇을 넣어도 조금도 아는 척해선 안 된다. 그리고 짐이 냄비에서 무엇을 꺼낼 때에도 쳐다봐서도 안 되고. 무슨 일이 일어날지도 모르니까. 그게 어떤 일인지는 나도 몰라. 그리고 무엇보다도 마녀의 물건에 절대로 손을 대선 안 돼."

"시드 도련님, 손을 댄다구요? 무슨 그런 말씀을 그렇게 하신당까유? 천만금을 준다 해도 그런 물건엔 손가락 하나 까딱하지 않을 거구만유. 정말이구말구유."

37장

　일이 모두 결정되었습니다. 그래서 우리들은 그곳을 떠나 헌 구두랑 넝마랑 깨진 병이랑 구멍 뚫린 양철 물건이랑 그 밖의 갖가지 쓰레기들이 쌓여 있는 뒷마당 쓰레기더미로 가서 그곳을 뒤져 헌 양철 빨래 대야를 찾아냈습니다. 그것으로 파이를 굽기 위해 될 수 있는 데까지 구멍을 잘 틀어막고는 지하실로 가지고 가서 거기다 가득히 밀가루를 훔쳐 담은 다음 아침밥을 먹으러 갔습니다. 그리고 지붕 판자에 박는 못을 두 개 발견했는데, 톰은 이거야말로 죄수가 감옥 벽에다 자기 이름과 슬픈 감정을 낙서하기에는 안성맞춤이라고 하고는, 그중 한 개를 의자에 걸어둔 사일러스 아줌마의 앞치마 주머니에다 집어넣고, 또 한 개는 화장농 위에 있던 사일러스 아저씨의 모자 테에다 꽂아 놓았지요. 애들이 아빠도 엄마도 오늘 아침은 도망친 검둥이의 오두막집으로 갈 것이고 그다음에야 아침 식사를 하게 될 거라고 했기 때문에, 톰은 백랍 스푼을 사일러스 아저씨의 윗저고리 주머니에다 집어넣었습니다. 샐리 아줌마가 아직 오지 않았으므로 우리들은 잠시 기다리고 있지 않으면 안 되었습니다.

아줌마가 돌아왔을 때 열을 받아서 얼굴이 빨갛게 되었고 기분이 언짢아 식사 기도조차 제대로 기다릴 수 없었습니다. 기도가 끝나자 아줌마는 한 손으로 커피를 따르고, 골무를 낀 다른 한 손으로는 가장 가까운 곳에 있는 애의 머리를 쥐어박으며 이렇게 말했지요.

"집 안을 온통 샅샅이 찾아보았지만 당신의 다른 셔츠가 어디 갔는지 영 눈에 띄지 않는구려."

이 말을 듣고 내 가슴이 덜컥 주저앉았습니다. 딱딱한 옥수수빵 껍질 한 조각이 목구멍을 내려가다가 도중에서 기침을 만나 튀어나와 식탁 너머 애들 하나의 눈에 맞자, 그 애는 낚싯밥 지렁이처럼 몸을 움츠리더니 인디언이 싸울 때 지르는 함성만큼이나 크게 소리를 질렀습니다. 톰은 턱언저리 근처가 조금 파래지고, 이 바람에 온 좌석은 한 15초쯤 큰 난장판으로 변하고 말았지요. 나는 쥐구멍에라도 들어가고 싶은 심정이었습니다. 그러나 그다음 모든 게 다시 평온한 상태로 돌아갔지요. 우리들의 간담을 그렇게 서늘하게 한 것은, 그 일이 너무나도 갑작스럽게 일어났기 때문이었습니다. 사일러스 아저씨가 이렇게 말했습니다.

"참 이상하구려, 알다가도 모르겠는걸. 그 셔츠를 벗은 것만은 확실히 기억하고 있거든. 왜냐하면……"

"왜냐하면요, 당신은 셔츠를 한 장밖에는 안 입고 있으니까 그렇지 뭐예요. 무슨 말을 그렇게 한담! 당신이 벗은 건 나도 잘 알고 있어요. 당신의 그 멍청한 기억보다 더 나은 방법으로 알고 있지요. 그 셔츠는 어저께 빨랫줄에 걸려 있었으니까요. 이 눈으로 똑똑히 봤거든요. 한데 그게 없어지고 말았고, 그 얘기는 더 이상 할 필요가 없지요. 당신은 내가 새 셔츠를 만들 때까지 빨간 프란넬 셔츠로 바꿔 입을 수밖에 다른 도리가 없어요. 이 년 동안에 벌써 세 번째예요. 당신에게 셔츠를 대느라고 정말 눈알이 빠질 지경이에요. 대관절 당신이 셔츠를 다 어떻게 하는지 참 모를 일이군요. 당신 나이쯤 되면 셔츠쯤은 간수할 줄 알아야 되지 않겠어요."

"샐리, 나도 알고 있소. 할 수 있는 데까지 그렇게 하고 있지. 하지만 이건 내 잘못이 아니오. 셔츠를 입고 있을 때에는 몰라도 그 밖엔 내가 어디 셔츠를 보거나 건드리거나 하오. 게다가 또 내가 입고 있는 셔츠를 잃어버린 적이 한 번이나 있었소."

"글쎄, 사일러스, 입고 있는 셔츠를 잃어버리지 않았다면, 그건 당신 잘못이 아니겠지요. 그것도 잃어버릴 수 있다면 잃어버렸을 거예요. 잃어버린 건 셔츠만이 아니죠. 숟가락도 한 개가 모자라요. 어디 그뿐인가요. 열 개 있던 것이 아홉 개밖에 없고요. 셔츠는 송아지가 가져갔다고도 생각되지만, 글쎄 송아지가 숟가락을 갖다 뭘 하겠어요?"

"샐리, 그 밖에 또 잃어버린 건 없소?"

"글쎄 양초가 여섯 개 없어요. 그래요. 쥐가 훔쳐 갔을지 몰라요. 아마 틀림없이 그럴 거예요. 당신은 늘 쥐구멍을 막는다는 말만 할 뿐이지 막지 않으니까 쥐가 이 집을 송두리째 훔쳐 가지 않는 게 이상할 정도예요. 사일러스, 또 쥐가 바보가 아니라면 당신 머리카락 속에서 잠을 자겠어요. 그래도 당신은 그걸 모르고 있을 양반이에요. 하지만 숟가락을 쥐 탓으로 돌릴 순 없지요. 그건 분명하지요."

"그렇군, 샐리, 내 잘못이오. 나도 인정해. 내가 늘 게을렀어. 하지만 내일은 무슨 일이 있어도 꼭 쥐구멍을 틀어막으리다."

"아, 나 같으면 그렇게 서둘지 않겠어요. 내년이라도 괜찮을 게 아녜요. 아니, 마틸다 앤젤리너 애러민타 펠프스야!"

골무를 세게 내리쳤고, 이 바람에 계집애가 얼른 설탕 단지에서 손을 뗐습니다. 마침 그때 검둥이 하녀가 복도로 들어와서 이렇게 말했습니다.

"마님, 글쎄 침대 시트 한 장이 보이지 않는군요."

"침대 시트가 없어졌다고! 이게 도대체 어떻게 된 일일까!"

"내 오늘 쥐구멍을 막으리다." 하고 사일러스 아저씨는 슬픈 얼굴을 지었습니다.

"자, 가만 있어요! 쥐가 침대 시트를 끌고 갔다? 리즈, 어디로 가져갔을까?"

"마님, 영 모르겠는걸요. 어저께 빨랫줄에 걸려 있었는데

없어졌어요. 아무리 찾아봐도 안 보여요.”

“말세가 다 된 모양인가 보다. 이런 꼴은 난생 처음이야. 셔츠에다, 침대 시트에다, 숟가락에다, 여섯 개나 되는 양······.”

“마님.” 하고 노란 피부색을 한 젊은 혼혈 여자가 들어왔습니다. “놋쇠 촛대가 없어졌어요.”

“썩 나가지 못해, 요 말괄량이 같은 것. 냉큼 나가지 않으면 이 냄비를 던져 버릴 테야!”

정말 아줌마는 화가 나서 방방 뜨고 있었습니다. 그래서 나는 기회를 엿보기 시작했습니다. 폭풍우가 가라앉을 때까지 몰래 빠져나가 숲속에 가 있자고 생각했던 거지요. 아줌마는 화가 계속 치밀어 올라 혼자서 고래고래 소리를 지르고 있었

고, 다른 사람들은 모두가 얌전히들 가만히 있었습니다. 마침
내 사일러스 아저씨가 멋쩍은 듯이 주머니에서 그 숟가락을
끄집어냈지요. 아줌마는 입을 딱 벌리고 손을 쳐든 채 그만
말하고 있던 것도 뚝 그치고 있었습니다. 나로 말하면 지옥이
나 어디로 그만 도망가고 싶었습니다. 그러나 그 소동은 그리
오래 계속되지 않았습니다. 아줌마가 곧 이렇게 말을 꺼냈기
때문이지요.

"예상하던 바 그대로군요. 그러니까 당신이 애당초부터 그
것을 주머니에다 넣고 계셨군요. 모르긴 몰라도 다른 물건들
도 필경 거기 들어가 있을 거예요. 어떡해서 숟가락이 그런 데
들어가 있을까요?"

"샐리, 난 정말 모를 일이오." 하고 그는 사과하는 말투로 말
했지요. "알고 있었다면 꼭 말했을 게 아니겠어. 난 아침 먹기
전에 「사도행전」 십칠 장에 관해 설교를 준비하고 있었어. 그
래서 성경 책을 넣는다는 것을 무심코 잘못 숟가락을 넣은 모
양이지. 아마 그럴 거요. 성경 책은 이 주머니 속에 들어 있지
않거든. 그렇지만 어디 가보고 오리다. 만일 성경 책이 내가
놔둔 장소에 그대로 있다면 내가 성경 책을 넣지 않은 것이
확실해. 그리고 성경 책을 아래다 내려놓고 그 대신 숟가락을
집어들고……."

"오, 아이구머니! 제발 숨이나 돌리게 해 줘요! 자, 너희들
애들은 모두 나가거라. 내 마음이 가라앉을 때까지 내 근처에
는 얼씬거리지도 마라."

아줌마가 비록 큰 소리를 지르지 않고 혼잣말처럼 중얼거

렸다 하더라도 내 귀에 똑똑히 들렸을 것이며, 내가 죽은 시체라고 하더라도 나는 일어서서 아줌마 분부에 복종했을 겁니다. 우리들이 거실을 막 빠져나오려고 할 때 노인이 집어든 모자에서 지붕 판자용 못이 하나 탁 하고 마루에 떨어졌지요. 노인은 그것을 주워서 난로 선반에다 놓고는 아무 말도 없이 나가 버렸습니다. 톰은 그것을 보자 숟가락 생각이 나 이렇게 말했지요.

"안 되겠는데, 아저씨를 통해서 물건을 전달한다는 건 안 되겠어. 믿을 수가 없어." 그러고 나서 그는 다시 말을 이어 "하지만 어쨌든 아저씨는 아무것도 모르고 그 숟가락으로 우리들에게 좋은 일을 해 주셨지. 그러니까 우리도 아저씨 모르게 아저씨를 위해 좋은 일을 해 드리기로 하자. 쥐구멍을 막아 주자는 말이다."

지하실에는 굉장히 많은 쥐구멍들이 있었고, 그것을 막는 데만 꼬박 한 시간이 걸렸습니다. 하지만 우리들은 단단하고도 근사하게 감쪽같이 그 일을 해냈지요. 그때 계단을 내려오는 발소리가 들렸으므로 불을 끄고는 숨어 버렸습니다. 아니나다를까 아저씨가 나타나 재작년처럼 얼빠진 표정으로 한 손에는 양초를, 또 한 손에는 구멍을 틀어막을 물건을 들고 있었습니다. 아저씨는 멍하니 이 구멍 저 구멍으로 돌아다닌 다음 마침내 모든 구멍을 다 돌아다녔지요. 그러고 나서 흘러내리는 촛농을 초에서 뜯어 떼어 버리면서 한 5분 동안 생각에 젖어 서 있었습니다. 그러고 나서 그는 천천히 꿈이라도 꾸듯 계단 쪽으로 걸음을 옮겨 놓으면서 이렇게 중얼거리는 겁니다.

"가만 있자, 쥐구멍을 대관절 언제 틀어막았는지 나도 모르겠는걸. 이제 쥐 일 때문에 책잡힐 일은 없다는 것을 마누라에게 증명할 수 있겠구먼. 하지만 그게 무슨 상관이야. 그냥 내버려 두자. 그런 짓을 한들 아무 소용 없을 테니까."

그러고 나서 그는 중얼거리며 위층으로 올라가 버렸고, 우리들도 거기에서 나왔습니다. 아저씨는 참으로 좋은 사람이었지요. 언제나 그랬습니다.

톰은 어떻게 하면 숟가락을 손에 넣을 수 있을까 퍽 고심했습니다. 우리들은 무슨 일이 있더라도 숟가락만큼은 수중에 넣어야 한다고 했습니다. 그래서 그는 곰곰이 궁리하기 시작했지요. 묘안이 하나 머리에 떠오르자 톰은 그것을 나에게 일러 주었습니다. 그러고 나서 우리들은 숟가락 통 옆에서 샐리 아줌마가 오기를 기다리고 있었습니다. 아줌마가 오자 톰은 숟가락을 세어서 한쪽으로 밀어 놓았지요. 그중 하나를 나는 슬쩍 소맷자락에다 밀어 넣었고, 톰이 이렇게 말했습니다.

"이봐요, 이모, 숟가락은 암만해도 아홉 개밖엔 안 되네요."

그러자 그녀가 말했지요.

"어서 저리 나가 놀기나 해. 성가시게 굴지 말고. 내가 더 잘 알고 있다. 내가 손수 세어 보았으니까."

"그래도 이모, 두 번이나 세어 보았는데요. 내가 세어 보니 암만해도 아홉 개밖에 안 돼요."

아줌마는 이제 더 이상 참을 수 없을 듯한 얼굴을 하고 있었지만 어쨌든 와서 세어 보았습니다. 아마 누구라도 다 그렇게 했을 겁니다.

　"어머나, 정말 아홉 개로구나!" 하고 그녀가 말했지요. "아니, 도대체 이게 어떻게 된 거야. 빌어먹을, 어디 또 한 번 다시 세어 보자."

　그래서 나는 감춰 두었던 숟가락을 슬쩍 돌려놓았고, 아줌마는 모두 세고 나서 이렇게 말하는 겁니다.

　"그놈의 숟가락, 참 귀찮아 죽겠네. 이번엔 열 개잖아!" 하고 아줌마는 부루퉁한 표정에다 난처한 표정을 지었습니다. 그러나 톰이 다시 이렇게 말했습니다.

　"아무래도, 이모, 열 개 같지가 않은데요."

　"바보 녀석, 넌 내가 세고 있는 걸 보고 있지 않았단 말이냐?"

　"보고 있었지만요."

　"그럼 또다시 한번 세어 보자."

여기서 나는 한 개를 슬쩍 훔쳐 내었고 숟가락은 아까와 마찬가지로 아홉 개가 되고 말았습니다. 아줌마는 정말 화가 나 있었습니다. 온몸을 부들부들 떨며 노발대발했지요. 그러나 아줌마는 세고 또 세어 나중에는 그만 머리가 이상해져 때로는 숟가락 통마저 숟가락으로 셀 정도였답니다. 그래서 세 번은 맞고, 세 번은 맞지 않았지요. 그러자 아줌마는 숟가락 통을 움켜쥐고는 담 쪽으로 내던졌습니다. 그 바람에 고양이 눈에 맞았습니다. 우리들한테는 어서들 나가 좀 가만히 내버려 두라고, 점심 전에 와서 또 귀찮게 굴면 그냥 두지 않겠다고 야단을 쳤지요. 그래서 우리들은 아줌마가 나가라는 명령을 내리고 있는 동안 나머지 숟가락을 아줌마의 앞치마 주머니 속에다 슬쩍 집어넣었습니다. 그래서 짐은 정오가 되기 전에 그걸 지붕 판자용 못과 함께 무사히 손에 넣을 수가 있었지요. 우리들은 이 일에 아주 만족했습니다. 톰은 수고한 두 배 만큼의 보람이 있었다고 했습니다. 왜냐하면 아줌마는 무슨 일이 있어도 다시는 또 그 숟가락들을 세어 보려고 하지 않을 것이고, 설령 세었다 하더라도 정확하게 세었다고는 믿지 않을 것이며, 그 후로도 사흘 동안 머리가 돌 지경으로 세어 보다가 포기해 버리고는, 만약 한 번만 더 세어 보라는 사람이 있으면 그 사람을 죽여 버리겠다고 덤벼들 것이 뻔하기 때문이라는 거였지요.

그래서 우리들은 그날 밤 침대 시트를 도로 빨랫줄에다 갖다 놓고 아줌마의 침구장에서 다시 한 장을 훔쳐 냈습니다. 그 후 며칠 동안 그것을 훔쳤다가 다시 갖다 놓다가를 반복했으므로 마침내 아줌마는 더 이상 침대 시트가 모두 몇 장인지 모르게 되었고 그것에 대해 전혀 상관하지 않게 되었다고 했지요. 그 일로 해서 나머지 골마저 썩히지 않겠다고, 목숨을 건지는 한이 있더라도 다시는 그것을 세지 않고 차라리 죽어 버리고 마는 편이 더 낫다고 말하는 겁니다.

그래서 셔츠랑, 침대 시트랑, 숟가락이랑 촛대에 관해서는 송아지와 쥐와 뒤죽박죽이 된 계산 덕택으로 모두 잘 풀리고 말았습니다. 촛대에 관해서는 얼마 후 곧 꺼지고 말 테니 크게 문제가 되지 않았지요.

그러나 파이는 큰 골칫거리였습니다. 그것은 정말로 끝없는 걱정거리였지요. 우리들은 숲속 깊숙이 들어가서 준비를 하여 그것을 구워 냈습니다. 마침내 겨우 만들었는데 아주 만족스러웠습니다. 그러나 단 하루 만에 끝낸 것은 아니었지요. 모두 세 대야분의 밀가루가 필요했습니다. 그리고 또 여기저기 심한 화상을 입었으며, 연기 때문에 두 눈을 제대로 뜰 수도 없었습니다. 우리들에게 필요한 것은 파이 껍데기뿐이었는데, 그것을 멋지게 부풀게 할 수가 없었고 언제나 납작하게 가라앉고 말았습니다. 그러나 물론 마침내 멋진 방법을 생각해 냈는데, 그것은 사다리를 파이 속에 넣고 굽는 거였지요. 그래서 우리들은 그 이튿날 밤 짐의 오두막집 속에 틀어박혀 침대 시트를 갈갈이 가늘게 찢어 꼬아서 날이 세기 훨씬 전에 벌써 목을 매달아 놓아도 좋을 훌륭한 밧줄을 만들었습니다. 우리들은 그것을 만드는 데 무려 아홉 달이나 걸린 것으로 했지요.

그리고 오전에 우리들은 밧줄을 숲속으로 가지고 갔지만

밧줄은 영 그놈의 파이 속으로 들어가지 않았습니다. 침대 시
트 한 장을 모두 사용해서 만든 것이었기 때문에 파이 마흔
개 분의 밧줄이 되고 말았고, 그 위에 수프랑 소세지랑 또 그
밖의 무엇이든 마음에 드는 음식 속에 넣고도 남을 만한 분량
의 밧줄이 되고 말았습니다. 그것이라면 아마 진수성찬이라도
만들 수 있을 정도였지요.

그러나 우리들에게는 그런 것은 필요 없었습니다. 우리에
게 필요한 것은 파이 하나로 충분했기 때문에, 그 나머지 것
은 모두 버리고 말았습니다. 땜질 납이 녹을까봐 우리들은 파
이를 대야에 굽지 않았습니다. 그런데 사일러스 아저씨는 근
사한 놋쇠 난상기(煖床器)를 하나 가지고 있었는데, 그것을 아
저씨는 매우 소중히 여기고 있었지요. 선조 중의 한 사람이 영
국에서 정복왕 윌리엄과 함께 '메이플라워'인가 뭔가 하는 옛
날 배에 싣고 온 물건으로 긴 나무 자루가 달려 있었습니다.
이것을 다른 헌 그릇들이랑 다른 물건과 함께 지붕밑 다락방
에 넣어 두었습니다. 이런 물건들은 무슨 가치가 있어서 소중
한 것이 아니라, 비록 가치는 없더라도 유품이기 때문에 소중
한 것이었지요. 우리들은 이 물건을 몰래 꺼내 숲속으로 가지
고 갔지만 처음에는 굽는 방법을 잘 몰라 파이를 굽는 데 실
패했습니다. 그러나 나중에 파이는 그야말로 대성공이었습니
다. 우리들은 난상기 안쪽에다 밀가루 반죽을 발라 불에다
올려놓고, 헝겊 밧줄을 그 뒤에다 놓고, 그 위에다 또 반죽을
씌운 다음 뚜껑을 덮고, 그 위에다 타다 남은 뜨거운 재를 덮
고는 긴 자루를 들고서 1.5미터쯤 떨어진 곳에 서늘하고도 편

37장

안하게 서 있었습니다. 15분이 지나자 보기에도 훌륭한 파이
가 구워졌지요. 그러나 그 파이를 먹은 사람은 아마 이쑤시개
가 몇 통은 필요할 겁니다. 만약 그 밧줄 사다리를 먹는 사람
이 골탕을 먹지 않는다면, 지금 내가 헛소리를 하고 있는 것이
될 겁니다. 또한 그 사람이 복통을 일으켜 다음 번까지 드러
눕게 되지 않아도 마찬가지고요.

우리들이 짐의 냄비에 마녀의 파이를 놓았을 때, 냇은 쳐다
보지 않았습니다. 우리들은 또 냄비 바닥 음식 밑에다 양철
접시 석 장을 슬쩍 밀어넣었지요. 그래서 이것으로 짐은 무사
히 모든 것을 손에 넣은 셈이었습니다. 그래서 짐은 혼자가 되
자 파이를 좍 갈라 밧줄 사다리를 밀짚 이불 속에다 감추었
고, 양철 접시에다 뭐라고 끄적거린 다음 창문 밖으로 내던졌
습니다.

38장

펜을 만든다는 것은 여간 힘이 드는 일이 아니었습니다. 톱을 만드는 것도 마찬가지였고요. 짐은 가장 힘드는 일이 글씨를 새겨 넣는 일일 거라고 했습니다. 죄수가 벽에다 글씨를 적어 놓는 것 말입니다. 그러나 우리는 꼭 그것을 해야만 했지요. 톰은 무슨 일이 있어도 그렇게 해야 한다고 했습니다. 자고로 국사범의 죄수가 글씨나 자기 문장(紋章)을 남겨 놓지 않는 예는 없는 법이라는 거였지요.

"제인 그레이 부인을 보란 말이다." 하고 톰이 말했습니다.

"길포드 더들리를 보란 말이다. 노섬버랜드 영감을 보란 말이다! 이봐, 헉, 설령 이게 퍽 귀찮은 일이라고 하자. 너라면 어떻게 하겠니? 어떻게 처리하겠느냐 말이야? 짐은 무슨 일이 있어도 글씨와 문장만큼은 꼭 써야 하는 거야. 죄수들이란 으레 다 그렇게 하는 법이거든."

그러자 짐이 끼어들었습니다.

"한데 톰 도련님, 나한테는 문장 같은 것이 없잖어유. 여기 있는 이 헌 셔츠밖엔 아무것도 가진 게 없당께유. 게다가 이 셔츠에다 일기를 써야 된당께유."

"짐, 아직도 내 말을 못 알아듣는군. 문장이라는 건 다른 거야."

"글쎄." 하고 내가 말했지요. "짐이 문장을 가지고 있지 않다는 말은 옳아. 정말로 가지고 있지 않으니까 말이야."

"그걸 누가 모르나?" 하고 톰이 대답했습니다. "하지만 여기서 나가기 전에는 문장을 가질 필요가 있어. 왜냐하면 짐은 규정에 따라 탈옥하는 거니까, 그리고 그래야만 그의 기록에는 흠집이 하나도 남지 않게 되기 때문이야."

그리하여 짐은 놋쇠 촛대를, 나는 숟가락을 벽돌 조각에 갈면서 펜을 만드는 동안 톰은 문장을 생각해 내느라 고심했습니다. 마침내 톰은 어느 것으로 결정짓기 어려울 만큼 멋진 것들이 수없이 머리에 떠올랐지만, 그중에서 고르고 싶은 것 하나가 머리에 떠올랐다고 했지요. 그러고는 그는 이렇게 말하는 겁니다.

"방패꼴 위 오른쪽 하단에 황금색 사선(斜線) 하나를 긋고,

그 한복판에 짙은 자홍색 성(聖) 앤드류 십자가를 놓고, 일반 의장(意匠)은 머리를 쳐들고 웅크리고 앉아 있는 개로 하자. 개의 발 밑에는 노예 신분을 상징하는 쇠사슬을 요철(凹凸) 형으로 배열하고, 톱니 모양의 상단은 녹색 산형(山形)으로 하 자. 하늘색 바탕에는 세 줄로 된 나선형 줄을 넣고, 깊이 파낸 톱니 띠에는 태점(胎點) 몇 개가 앞발을 쳐들고 있는 것을 집 어넣자. 식장(飾章)은 도망친 검둥이 노예가 왼쪽으로 굽은 막 대기에 보따리를 어깨 위에 걸머메고 있는 도안을 흑색으로 표시하자. 그리고 적선(赤線) 두 개가 떠받들고 있는 건 너와 나야. 표어는 '마지오레 프레타, 미노레 아토'고. 어느 책에서 따온 거야. 서둘면 서둘수록 느려진다는 뜻이야."

"젠장." 하고 내가 말했지요. "하지만 그 나머지는 무슨 뜻 이야?"

"우린 그런 거 걱정할 시간이 없어." 하고 톰이 말했습니다. "열심히 일이나 하란 말이야."

"그건 그렇지만." 하고 내가 말했습니다. "하여튼 조금은 가 르쳐 줘야 하잖아. '한복판'이란 어디를 두고 말하는 거지?"

"한복판이라…… 한복판이라…… 너 같은 건 한복판이 무 엇인지 알 필요가 없어. 짐이 그것을 만들 때 그 만드는 방법 을 그에게 가르쳐 줄 거야."

"쳇, 톰." 하고 내가 말했지요. "가르쳐 줘도 상관없지 않아? '왼쪽으로 굽은 막대기'란 또 뭐지?"

"야, 나도 몰라. 하지만 어쨌든 짐에게 필요한 거야. 귀족은 다 그렇게 한단 말이야."

톰은 언제나 이러한 식이었습니다. 무엇을 남에게 설명하기 싫으면, 죽어도 설명해 주려고 하지 않지요. 일주일을 끈덕지게 졸라도 매한가지입니다.

톰은 문장(紋章)에 관한 일을 모두 결정지었으므로, 그다음은 그 일의 나머지 부분, 즉 슬픈 문구를 지어내는 일을 마저 끝내기 시작했습니다. 다른 사람들처럼 짐도 그렇게 하지 않으면 안 된다는 겁니다. 톰은 여러 개를 지어 그것을 종이 위에다 써놓고는 하나씩 하나씩 읽어 나갔지요.

1. 이곳에서 포로의 심장이 터졌도다.

2. 이곳에서 세상과 친구한테 버림받은 가련한 죄수, 스스로 슬픈 생애를 애태우고 있도다.

3. 이곳에서 37년간의 고독한 유폐(幽閉) 후 외로운 마음이 상심하고, 피로한 영혼은 안식을 찾았도다.

4. 이곳에서 37년간의 쓰라린 유폐 후 고귀한 이방인, 루이 14세의 사생아는 집도 없고 벗도 없이 사라졌도다.

이것을 읽는 톰의 목소리는 떨렸고 하마터면 울음을 터뜨릴 뻔했습니다. 그것을 다 읽고 났을 때, 모두가 다 그럴듯했기 때문에 그는 짐에게 어느 것을 벽에다 써 놓게 해야 좋을지 전혀 결심이 서지 않습니다. 그러나 마침내 그 전부를 쓰게 하자고 했지요. 이렇게 많은 것을 짐은 못으로 통나무에다 쓰려면 아마 1년은 족히 걸리게 될 것이며, 더구나 자기는 어떻게 글씨를 써야 하는지 전혀 모른다고 했습니다. 그러나 톰은 자신이 대충 틀을 잡아 줄 테니 그 위를 그대로 그리기만 하면 된다고 했지요. 곧 톰이 이렇게 말했습니다.

"생각해 보니 통나무 가지고는 안 되겠다. 지하 토굴에는 통나무 벽이 없거든. 바위에다 글씨를 새기지 않으면 안 되겠어. 바위를 가져오기로 하자."

짐은 바위 쪽이 통나무보다도 더 고약하다고 말했습니다. 그 문구들을 바위에다 새기려면 꽤나 오랜 시간이 걸릴 테니까 영원히 탈출할 수 없을 게 아니겠느냐고 불평을 늘어놓았습니다. 그러나 톰은 짐에게 헉더러 도와주게 할 것이라고 했지요. 그러고 나서 톰은 나와 짐이 펜을 얼마나 준비했는지 돌아보았습니다. 그것은 정말로 지독히 시간이 오래 걸리는 귀찮은 일로, 그 때문에 내 손에는 상처가 나을 겨를이 없었습니다. 그래서 거의 진척되는 것처럼 보이지 않았지요. 톰이 이렇게 말했습니다.

"옳지, 좋은 수가 있어. 문장(紋章)을 그려넣고 슬픈 문구를 새기려면 바위가 필요한데, 이 바위로 일석이조(一石二鳥) 구실을 할 수 있거든. 저기 목재소에 굉장히 큰 숫돌이 있는데, 그놈을 훔쳐다가 거기다가 여러 가지 것을 새기고, 동시에 그것을 사용하여 펜과 톱을 갈면 될 게 아냐?"

그 생각은 만만한 생각이 아니었고, 또 그 숫돌도 만만하지가 않았습니다. 그러나 우리들은 그놈과 한번 겨루어 보려고 했습니다. 아직 한밤중이 안 되었지만 짐을 일하도록 혼자 남겨두고 톰과 나는 둘이서 목재소로 가서 숫돌을 훔쳐 내어 그것을 집까지 굴려 가지고 오리라고 생각했지만 그것은 여간

힘드는 작업이 아니었지요. 때로는 아무리 노력을 해 봐도 이 놈은 계속 쓰러졌으며, 쓰러질 때마다 하마터면 그 밑에 깔려 죽을 것만 같았습니다. 이러다가는 이 일을 끝낼 때까지 꼭 둘 중의 하나는 골로 가고야 말 거라고 톰이 말했습니다. 우리들은 반쯤 굴려 왔지만 그만 녹초가 되고 말아 온몸이 땀으로 멱을 감을 지경이 되고 말았지요. 이런 상태로는 도저히 안 되겠다고 생각하고, 짐을 데리고 오지 않으면 안 되었습니다. 그래서 짐은 침대를 쳐들어, 침대 다리에서 쇠사슬을 끌러 그 것을 목 주위에다 칭칭 감고는, 우리들이 파낸 구멍으로 기어 나와 숫돌 있는 데로 왔고, 톰의 감독 아래 짐과 내가 달라붙어 그 숫돌을 손쉽게 굴려 왔습니다. 내가 알고 있는 한 사람을 부리는 데는 톰을 당해 낼 자가 없었지요. 톰은 무슨 일에도 그 방법을 잘 알고 있었습니다.

우리들이 만든 구멍은 꽤 큰 것이었지만 숫돌을 들여넣기에는 충분하지 않았습니다. 그러나 짐이 곡괭이를 집어들고 곧 구멍을 넓혔습니다. 그러고 나서 톰은 그 돌 위에다 못으로 문장과 문구를 썼고, 짐에게 못을 끌로 삼고 오두막에 잇대지은 헛간의 쓰레기 더미에서 찾아낸 쇠꼬치를 망치로 삼아 문장과 문구를 돌 위에다 새기게 했지요. 남은 양초가 모두 타 버릴 때까지 계속해서 파다가 양초가 꺼지면 잠자리로 들어가되 숫돌은 밀짚 이불 밑에다 감추고 그 위에서 자라고 했습니다. 그러고 나서 우리들은 짐이 쇠사슬을 또다시 침대 다리에다 끼도록 도와주었고, 그다음에야 우리들도 잠자리에 들 준비를 했지요. 그러나 톰은 무슨 생각이 났던지 이렇게 물었습니다.

"짐, 여기 거미는 없나?"

"도련님, 없어유. 다행히도 한 마리도 없지라우, 톰 도련님."

"옳지 그럼, 좀 몇 마리 잡아다 주지."

"아니, 이게 무슨 말이당가. 난 그런 거 소용없당께유. 거미라면 딱 질색이랑께유. 차라리 방울뱀이 더 낫제."

톰은 한 1, 2분 동안 생각하더니 다시 이렇게 입을 열었습니다.

"그거 좋은 생각이야. 그런 건 전에도 그랬을 것 같애. 필경 있었을 거야. 이유가 닿아. 음, 그거 아주 멋들어진 생각인데 그래. 그런데 어디다 기른다?"

"톰 도련님, 뭘 기른다고요?"

"뭐긴 뭐야, 방울뱀이지."

"톰 도련님, 아니 그게 또 무슨 말씀이여유! 만일 여기에 방울뱀이 들어온다면, 난 대갈통으로 저 통나무 벽을 부수고 도망칠 거구먼유."

"짐, 뭘 그리 무서워해. 조금만 지나면 무서워하지 않게 될 걸 가지고. 길들일 수 있을 테니까."

"길들인다구유!"

"그래. 누워 떡 먹기야. 짐승이라고 하는 건 어느 거나 다 친절하게 귀여워해 주기만 하면 고맙게 생각하는 법이야. 귀여워해 주는 사람에겐 해를 끼치려곤 안 하지. 어느 책에든지 다 그렇게 쓰여 있어. 어디 한번 해 봐. 그게 내 부탁이야. 한 이삼 일만 어디 시험 삼아 해 보라구. 곧 길들일 수 있을 테고, 뱀이 짐에게 단짝이 되어 그만 떨어지지 않고 같이 잠을 자게 될 거야. 그렇게 되는 날에는 짐과 1분도 떨어져 있으려고 하지 않을걸. 짐의 목을 친친 감거나 대가리를 짐의 입속에다 처넣게까지 해 줄 거야."

"톰 도련님, 제발. 그런 소리 제발 그만두랑께유! 도저히 참을 수 없시유! 방울뱀이 대가리를 제 입 속에다 처넣는다구유? 호의로 그렇게 하는 거라구유? 언제까지 기다려도 내 쪽에서 그런 부탁은 영 안할 거랑께유. 더군다나 난 방울뱀과 같이 자는 건 딱 질색이지유."

"짐, 그렇게 바보같이 굴지 마. 죄수란 건 뭣이건 말 못 하는 애완 동물 하나쯤은 길러야 하는 거야. 게다가 만일 어느 누구도 전에 방울뱀을 길러 본 사람이 없다면, 짐이 제일 먼저 해 보는 것이니 목숨을 살리기 위해 생각할 수 있는 어떤 방

법보다도 그만큼 더 큰 명예를 얻게 되는 거라고"

"이봐요, 톰 도련님, 난 그런 명예는 싫당께유. 뱀에게 이 목을 물리게 된다면, 어디 명예구 나발이구 무슨 소용이 있당까유? 정말이지 난 그런 짓은 하고 싶지 않지라우."

"젠장, 한 번 시험해 볼 수도 없겠어? 어디 한번 시험 삼아 해 봤으면 좋겠는데 말이야. 만에 하나 잘 안 되면 그만둬도 괜찮아."

"한데 이놈이 그 방울뱀을 시험하고 있는 동안 나를 물으면, 만사가 다 끝장이랑께유. 톰 도련님, 난 무리한 일만 아니면 대개는 자진해서 하는 편이지만, 도련님과 헉이 이놈더러 방울뱀을 가져다 길들이라고 한다면 난 기필코 이곳을 떠나고 말 거랑께유."

"그렇다면 됐어. 짐이 정 그렇게까지 고집불통이라면 그만둬 버리면 될 거 아냐. 줄무늬뱀이나 몇 마리 잡아가지고 올테니, 짐은 그 꼬리에다 방울을 달아서 그걸 방울뱀이라고 하면 돼. 되잖아. 그러면 될 거야."

"톰 도련님, 그거라면 할 수 있당께유. 그렇지만은 그놈도 없는 거라면 얼마나 좋을지 모르겠시유. 죄수가 된다는 게 이렇게 까다롭고 귀찮은 줄은 예전엔 몰랐당께유."

"글쎄, 정식대로 하자면 늘 그런 법이야. 이곳에는 쥐가 있는가?"

"없지라우. 한 마리도 본 적이 없당께유."

"그럼, 쥐도 몇 마리 갖다 주기로 하지."

"톰 도련님, 난 쥐 같은 건 아무 소용 없당께유. 쥐처럼 그렇게 지긋지긋한 놈도 없구만유. 잠을 자려고 하면 방해를 해쌌지 않나, 몸 위로 돌아다니지를 않나, 발을 깨물지를 않나. 싫구만유, 꼭 길러야만 한다면, 줄무늬뱀은 괜찮지만 쥐는 싫당께유. 쥐는 아무 쓸모가 없지유."

"한데 짐, 쥐는 무슨 일이 있어도 꼭 길러야만 하는 거야. 모두들 그렇게 해. 그러니까 쥐 얘기 가지고 이제 더 이상 왈가왈부하지 마. 쥐와 같이 살지 않은 죄수란 이제껏 한 사람도 없었어. 그런 예가 없단 말씀이야. 죄수들은 쥐를 길들여 기르고, 귀여워하고, 재롱을 가르치고, 그렇게 하면 파리처럼 바싹 사람들에게 정이 붙게 되는 거야. 한데 짐은 쥐에게 음악을 들려주어야 해. 뭐든 좋으니 악기를 하나 가지고 있는 것 없나?"

"엉성한 빗과 종이 한 장과 구금(口琴) 말고는 가진 게 없지유. 그렇지만 쥐는 구금 같은 건 재미나 하지 않을 거구먼유."

"실제로는 그렇지 않아. 아무 음악이라도 상관없어. 구금이라면 쥐에겐 안성맞춤이야. 짐승치고 음악 싫어하는 놈이 없거든. 감옥에선 쥐들은 음악이라면 사족을 못 써. 특히 비통한 음악을 좋아하거든. 비통한 음악처럼 좋아하는 건 없지. 헌데 구금 말고는 그런 음악을 얻을 수 없고, 비통한 음악은 늘 쥐들에게 흥미를 끈단 말씀이야. 쥐들이 짐한테 무슨 일이 있나 하고 보러 올 거야. 옳지, 짐은 이제 됐어. 준비는 이것으로 충분해. 짐은 밤마다 자기 전과 아침 일찍이 침대 위에 앉아서 구금을 타란 말이야. 「마지막 고리가 끊어졌나니」를 켜란 말이야. 그 노래를 켜면 다른 무엇보다도 빨리 쥐를 모을 수 있지. 2분가량만 켜 보란 말이야. 그러면 쥐니 뱀이니 거미니 할 것 없이 모두 짐을 걱정하며 모여들 테니까. 그리고 죽 짐의 주위를 둘러싸고는 참으로 멋진 시간을 갖게 될 거란 말씀이야."

"톰 도련님, 물론 동물들은 그러겠지요. 하지만 이 짐은 어떻게 되는 거냥께유? 제기랄, 그걸 잘 모르겠지라우. 하지만 꼭 해야만 한다면 난 그렇게 하겠구먼유. 짐승놈들도 즐거워하고, 집안에서도 귀찮은 일이 일어나지 않는 게 좋겠당께유."

톰은 그 밖에 무엇이 더 없을까 하고 잠시 궁리를 하더니 곧 이렇게 말했지요.

"아, 한 가지 잊어버린 게 있구나. 짐, 이곳에서 꽃을 기를 수 있을까?"

"톰 도련님, 잘 모르겠지만 하자면 할 수 있겠지라우. 하지만 이곳은 지독히 어둡고, 게다가 또 나한테는 꽃 같은 건 아무 소용이 없지유. 지독히 귀찮을 거구먼유."

"어쨌든 한번 시도해 보는 거야. 꽃을 기른 죄수들도 있었으니까."

"톰 도련님, 저 커다란 고양이 꼬리같이 생긴 현삼화라면, 이곳에서도 자랄지도 모르겠구먼유. 하지만 노력을 들인 그 절반의 보람도 없을 거랑께유."

"그렇게 생각하지 마. 조그만 걸 하나 갖다줄 테니 저 구석에다 기르는 거야. 그리고 그것을 현삼화라고 해서는 안 돼. 피치올라라고 하는 거야. 감옥에선 그렇게 부르는 게 어울리는 이름이니까. 짐의 눈물로 물을 주는 거야."

"하지만 톰 도련님, 샘물이 얼마든지 있잖어유."

"샘물은 소용없어. 짐의 눈물로 물을 주지 않으면 안 되는 거야. 죄수란 언제나 그렇게 하는 법이거든."

"톰 도련님, 다른 사람이 현삼화를 눈물로 기르고 있는 동안, 난 샘물로 그 배나 빠르게 기를 수가 있당께유."

"그런 게 아냐. 짐은 꼭 눈물로만 길러야 하는 거야."

"톰 도련님, 나한테 걸리면 말라 죽을 거랑께유. 꼭 그렇게 될 거구만유. 난 눈물을 흘리는 일이 별로 없으니까 말이유."

여기서 톰은 그만 말문이 콱 막히고 말았습니다. 그러나 곰곰이 생각해 보고는 짐이 양파를 가지고 고생을 해 보아야 한다고 했습니다. 아침에 검둥이 오두막집에 가서 짐의 커피 주전자 속에다 몰래 양파 하나를 넣어 두겠다고 약속했습니다. 짐은 "차라리 그것보다는 담배를 그 속에다 넣어 주면 좋겠구먼유." 하고 말하고는 그것에 대해 몹시도 투덜댔지요. 또 현삼화를 기르고, 구금을 쥐에게 들려주고, 뱀이니 거미니 따위를 귀여워하며 기르는 일이며, 더구나 펜이니 문구니 일기니 따위의 일은 지금까지 해 온 어떤 일보다도 죄수가 된 것이 귀찮고 괴로우며 책임이 무겁다고 투덜대는 겁니다. 그러자 톰도 더 이상은 참으려야 참을 수 없게 되어, 짐더러 이 세상의 어떤 죄수도 여태껏 가져 보지 못한 명성을 떨치기에 좋은 기회가 얻어걸렸는데도, 그것도 모르고 모처럼의 기회를 헛되이 버리려 한다고 닦달했지요. 그래서 짐도 미안하다고 사과하며 앞으로 다시는 그런 불평을 늘어놓지 않겠다고 약속했습니다. 그러고 나서 우리들은 집으로 잠을 자러 갔습니다.

39장

그다음 날 아침 우리들은 마을로 가서 철사 쥐덫을 사가지고 지하실로 들고 갔습니다. 제일 그럴듯한 쥐구멍을 터놓자한 시간도 못 되어 아주 기운 센 쥐를 열다섯 마리나 잡았습니다. 그것을 우리들은 샐리 아줌마의 침대 밑 안전한 장소에다 갖다 두었지요. 그런데 우리들이 거미를 찾으러 가 있는 동안 꼬마 토머스 프랭크린 벤자민 제퍼슨 엘렉산더 펠프스가그것을 보고, 쥐가 나오나 보려고 그만 쥐덫 뚜껑을 열었고, 쥐들이 밖으로 뛰쳐나와 버렸습니다. 그때 마침 샐리 아줌마가 방에 들어왔고, 우리들이 집에 돌아왔을 때에는 침대 위에 서서 야단법석을 떨고 있는 중이었지요. 쥐들은 아줌마의 지리한 시간을 몰아내려고 있는 힘을 다해 날뛰고 있었습니다. 그래서 아줌마는 우리들을 붙잡아 히코리 나무로 매를 때렸으며, 그 빌어먹을 성가신 꼬마 녀석 탓으로 우리는 다시 다른 열대여섯 마리의 쥐를 잡느라고 무려 두 시간이나 보냈습니다. 그러나 이번에 잡은 놈들은 먼저 놈에 비해 신통하지가 않았습니다. 처음에 잡은 놈들이 집 안에서 가장 좋은 놈들이었지요. 나는 처음 잡은 그런 놈들만 한 쥐를 본 적이 없습니다.

우리들은 거미랑 빈대랑 개구리랑 송충이랑 그 밖에도 갖가지 훌륭한 무리를 구할 수 있었습니다. 말벌 집도 구하고 싶었지만 구할 수가 없었습니다. 말벌 가족들이 벌집 안에 들어가 있었기 때문이었지요. 그러나 우리들은 쉽게 포기하지 않고 될 수 있는 데까지 기다리고 있었습니다. 우리들이 벌들을 녹아 떨어뜨리게 하든지, 놈들이 우리들을 녹아 떨어뜨리게 하든지, 둘 중 어느 거라고 생각했기 때문입니다. 그러나 결국 우리들이 손을 들고 말았지요. 그래서 우리들은 토목향(土木香)을 따다가 벌에 쏘인 곳에다 발랐습니다. 그랬더니 아픈 데가 거의 가시기는 했지만 앉기에는 아직 불편했습니다. 그 다음 우리들은 뱀을 잡으러 갔는데, 줄무늬뱀과 구렁이를 한 스물댓 마리쯤 잡아가지고 그것을 자루에다 넣고 와 내 방에다 갖다 두었습니다. 그땐 벌써 저녁을 먹을 시간이 되어 있었고, 하루 일치고는 매우 훌륭한 편이었지요. 배가 고팠냐고요? 천만에요, 조금도 배가 고프지는 않았지요! 방에 돌아와 보니 뱀이라곤 한 마리도 없는 게 아니겠습니까. 자루 아구리를 꼭 잡아매 놓지 않았으므로 뱀은 어떻게 빠져나와 단 한 마리도 남지 않고 모두 도망쳐 버렸던 겁니다. 하지만 아직 집 어딘가에 있을 테니까 그런 것은 대단한 문제가 아니었습니다. 그래서 그중 몇 마리는 잡을 수 있으리라는 생각이 들었지요. 사실 이 집에는 한동안 뱀이 득실거리고 있었습니다. 서까래나 그 밖의 곳에서 뚝뚝 늘어져 있었지요. 밥 그릇이니, 목 둘레니 대개 우리가 싫어하는 곳에 마구 떨어졌습니다. 이놈들은 몸매가 고운 데다 줄무늬가 있어 몇백만 마리가 있어도 아무 해가 되지는 않았습니다. 그러나 샐리 아줌마는 그런 것에는 아랑곳하지 않고 뱀이라면 어떤 종류이건 무턱대고 질색이었고, 누가 뭐래도 뱀이 무서워서 견딜 수 없다는 겁니다. 그래서 뱀이 아줌마 위로 떨어지면 무슨 일을 하고 있더라도 그 일을 내팽개쳐 버리고는 밖으로 뛰쳐나갔지요. 이런 여자를 난 본 적이 없습니다. 그리고 천장이 무너져라고 큰 소리를 지르는 꼴이란 참으로 가관이었습니다. 집게로 뱀 한 마리 집을 수도 없었고, 또 침대에서 돌아누웠을 때 그 위에 뱀 한 마리라도 있는 것을 보면 허겁지겁 침대 밖으로 기어 나와 집에 불이라도 붙은 것처럼 큰 소리를 질러 대는 것이었습니다. 아줌마가 아저씨를 하도 못살게 굴은 나머지 아저씨는 애초부터 이 세상에 뱀이 창조되지 않았다면 좋았을 거라고 했지요. 마지막 뱀이 집 밖으로 나간 지 일주일이 지난 다음에도 샐리 아줌마는 아직 뱀의 공포에서 완전히 벗어나지 못하고 있었습니다. 조금도 벗어나지 못했지요. 앉아서 무슨 생각을 하고 있을 때 목덜미에 깃털이라도 대면 소스라치게 놀라 무섭게 펄쩍 뛰어올랐습니다. 참 우습기 짝이 없었지요. 그러나 톰은 여자들이란 다 그렇다고 했습니다. 무슨 까닭인지는 몰라도 여자들이란 다 그런 식으로 만들어졌다는 겁니다.

우리들은 뱀 한 마리가 아줌마 앞에 나타날 때마다 얻어맞았습니다. 아줌마는 다시 한번 뱀 같은 것을 집 안에 들고 들어와서 퍼뜨리는 날에는 매 같은 것은 아무것도 아니라고 했습니다. 나는 매를 얻어맞는 것쯤은 상관도 하지 않았습니다. 그런 것쯤은 아무렇지도 않았기 때문이지요. 그러나 또 다른 뱀 한 무리를 잡을 고생을 생각하니 마음에 걸렸습니다. 그러나 뱀과 그 밖의 여러 가지 것들도 구해 오고야 말았습니다. 그런 동물들이 음악 소리를 듣고 슬슬 기어 짐 쪽으로 다가갈 때의 짐의 오두막처럼 그렇게 멋들어진 모습은 본 적이 없었습니다. 짐은 거미를 싫어했고, 거미도 짐을 싫어했지요. 거미들은 숨어 있다가 짐을 혼내 주곤 했습니다. 짐은 쥐와 뱀과 숫돌 때문에 침대 위에선 잠을 잘 자리가 별로 없게 되었다고 불평을 늘어놓았지요. 그 자리가 있다고 해도 늘 시끄러워서 도저히 잠을 이룰 수 없었다고 했습니다. 놈들은 모두가 한꺼번에 잠을 자지 않고 번갈아 자는 까닭으로, 뱀이 잠을 자고 있을 때에는 쥐가 간판 위에 나오고, 또 쥐가 잠자리에 들었을 때에는 뱀이 망을 보러 오는 식이었지요. 그러니까 늘 짐 밑에서 방해를 놓는 악당이 있는가 하면, 위에서는 서커스를 하는 다른 악당들이 있었고, 만약 짐이 새 장소를 찾아 일어나면 거미들이 달려들었지요. 짐은 만약 이곳을 탈출하는 날

39장

이면 월급을 주며 하라고 해도 죄수 노릇을 두 번 다시는 하지 않겠다고 했습니다.

이럭저럭 하는 동안에 삼 주가 지나고 모든 준비가 끝났습니다. 셔츠는 진작부터 파이 속에 넣어서 짐의 손에 넣게 했고, 쥐에게 물릴 때마다 짐은 일어나 피 잉크가 굳어지기 전에 일기를 한 줄 써넣었습니다. 펜도 만들어져 문구 따위도 모두 숫돌에 새겼습니다. 침대 다리는 둘로 잘려졌고, 우리들은 그 톱밥을 먹어 버렸는데, 그 때문에 지독한 위통을 일으켜 모두가 골로 가는 게 아닌가 생각했지만 그렇게 되지는 않았습니다. 나는 이렇게 소화가 안 되는 톱밥을 먹어 본 적이 없었지요. 톰도 똑같은 말을 했습니다. 그러나 방금 말한 것처럼 우리들은 드디어 모든 준비를 끝마쳤고, 모두가 지칠 대로 지쳤

습니다. 그중에서도 가장 녹아떨어진 것은 짐이었지요. 아저씨
는 몇 번씩이나 뉴올리언스 하류의 농장으로 편지를 내어 도
망친 검둥이를 찾으로 와 달라고 했지만 아무런 답장도 오지
않았습니다. 그런 농장이 있을 리 만무했기 때문이지요. 그래
서 아저씨는 세인트 루이스와 뉴올리언스 신문에다 짐의 광고
를 내겠다고 했습니다. 세인트 루이스라는 말을 듣고 나는 가
슴이 덜컥 내려앉았습니다. 이제 더 이상 꾸물거리고 있을 때
가 아니라는 생각이 들었지요. 톰은 드디어 익명의 편지를 쓸
때가 왔다고 했습니다.

"무슨 편지 말이야?" 하고 내가 물었습니다.

"무슨 일이 일어나고 있다는 것을 사람들에게 미리 알리는
경고 말이야. 그 방법은 때에 따라 달라. 그러나 반드시 정세
를 살펴서 성주(城主)에게 밀고하는 스파이가 있거든. 루이 16
세가 툴레리궁에서 탈출하려고 할 때에는 몸종 계집애가 이
일을 맡았지. 그건 참으로 좋은 방법이고, 익명의 편지도 좋은
방법이지. 우린 두 가지를 다 해 보기로 하자. 그리고 죄수 어
머니가 죄수 옷으로 갈아입고, 어머니 쪽이 남고, 죄수가 어머
니 옷을 입고 빠져나가는 방법도 가끔 있어. 우리 그 방법도
해 보기로 하자."

"톰, 한데 말이야, 무슨 일이 일어날 것 같다는 것을 왜 미
리 경고해야 하지? 자기들이 직접 찾아내라지. 그게 그들이 해
야 할 일이 아니겠어?"

"그야 그렇지. 하지만 그 사람들에게 맡길 순 없어. 애당초
부터 그래 왔으니까. 모든 걸 우리들에게 맡겨 둔 거야. 그놈

39장

들은 그야말로 우리를 신뢰하고 있을 뿐 아니라 바보 멍텅구리니까 통 아무것도 눈치채지 못해. 그러니까 우리가 일러 주지 않으면 우리를 방해하려는 사람이나 사건이 없을 거란 말이야. 그렇게 되면 모처럼 우리들이 이렇게까지 애써 노력한 이 탈주가 그만 김이 새고 말 게 아니겠어. 아무것도 아닌 것이 되고, 보잘것없는 것이 되고 말 거라는 거지."

"톰, 난 말이야. 차라리 그렇게 됐으면 좋겠는데."

"젠장!" 하고 톰이 말했고, 그는 역겨운 듯한 표정을 지었습니다. 그래서 내가 이렇게 말했지요.

"하지만 난 불평을 말하려는 게 아니야. 네가 좋아하는 방법이라면 나한테도 좋아. 몸종 계집애는 어떻게 한다?"

"네가 그 노릇을 하는 거야. 한밤중에 몰래 침입하여 그 혼혈아 계집애의 옷을 훔쳐 내는 거야."

"톰, 그런 짓을 하다간 그다음 날 아침 큰 소동이 벌어지게 될걸. 물론 그 계집애는 그 옷 한 벌밖에 가지고 있지 않을 테니까 말이지."

"그걸 누가 몰라서 하는 소린가. 하지만 네가 익명의 편지를 가지고 가서 앞문 밑에다 밀어 넣을 때까지 불과 15분 동안만 입고 있으면 되는 거야."

"좋았어, 그럼 그대로 하기로 하지. 하지만 내 옷을 입고서도 쉽게 할 수가 있어."

"그럼 넌 몸종 계집애처럼 보이지 않을 것 같은데, 안 그래?"

"그럴 테지. 하지만 어쨌든 내가 누구로 보일지 볼 사람은 없을 텐데."

"그것하고는 아무런 상관이 없어. 우리가 할 일은, 우리의 의무를 다하는 것뿐이지, 누군가가 우리들이 하는 짓을 보고 있는지 보고 있지 않은지는 걱정할 필요가 없어. 너한테는 전혀 원칙이라는 게 없니?"

"좋아. 이젠 아무 말도 안 할 테야. 내가 그 몸종 계집애 노릇을 하마. 그럼 짐 어머니는 누구고?"

"내가 한다. 샐리 아줌마의 옷을 훔쳐 낼 거야."

"그럼, 나랑 짐이 도망칠 때 너는 그 방 안에 그대로 남아 있어야만 하겠구나?"

"아냐, 그렇지 않아. 난 짐 옷에다 밀짚을 잔뜩 틀어넣어 침대 위에다 눕혀 짐 어머니로 변장하는 거야. 짐은 샐리 아줌마의 옷을 나한테서 빼앗아 자기가 입는 거야. 그러고 나서 우리 모두가 다 같이 탈출하는 거다. 유명한 죄수가 도망칠 땐 탈출이라고 부르는 거야. 가령 왕이 도망칠 땐 언제나 그렇게 부르지. 왕의 아들도 마찬가지고. 그 아들이 적자든 서자든 상관없어."

그래서 톰은 익명의 편지를 썼습니다. 나는 그날 밤 그 혼혈 계집애의 옷을 훔쳐 입고 톰의 말대로 그 편지를 앞문 밑에다 틀어넣었지요. 편지는 이렇게 쓰여 있었습니다.

경계하라. 시끄러운 문제가 일어나고 있다. 엄중한 경계를 요한다.

—익명의 친구

　그 이튿날 밤 우리들은 톰이 피로 그린, 두개골과 그 밑에
대퇴골을 교차시킨 그림을 앞문 위에다 붙이고, 그다음 날 밤
에는 관(棺) 그림을 하나 뒷문 위에다 붙였습니다. 나는 펠프
스 집안 식구들처럼 그렇게 불안에 떠는 가족을 일찍이 본 적
이 없었지요. 비록 모든 물건 뒤쪽과 침대 아래에 숨어서, 그
리고 공중을 뒤흔드는 유령으로 온통 들끓고 있다고 하더라
도, 이 집안 식구들은 이보다 더 무서워하지는 않았을 겁니다.
문이 쾅쾅대며 닫히자 샐리 아줌마는 "아이고머니!" 하고 뛰
어오르며 소리를 질러 댔지요. 무엇이 떨어지기만 해도 아줌
마는 뛰어오르며 "아이고머니, 맙소사!" 하고 소리를 질렀습니
다. 또 아줌마가 무심코 있을 때 무엇이 몸에 닿기만 해도 마

찬가지였고요. 아줌마는 어느 쪽을 돌아보아도 안심할 수가 없었습니다. 언제나 자기 뒤에 무엇이 꼭 있는 것만 같아 불안했기 때문이지요. 그래서 아줌마는 늘 갑자기 뒤돌아 보고는 "아이고머니!" 하고 소리를 질렀고, 채 삼분의 이도 돌리기 전에 또 먼저대로 머리를 되돌리며 똑같은 소리를 질러 대는 겁니다. 아줌마는 잠을 자러 가기도 무서웠지만 그렇다고 해서 일어나 있을 수도 없었지요. 이것을 보고 톰은 일이 참 잘되어 간다고 했습니다. 이렇게 만족스럽게 돌아간 적은 한 번도 없었다는 겁니다. 그야말로 모든 일이 순조롭게 잘 진행되고 있다는 증거라고 했지요.

그래서 톰은 "이제부터 정면 대결이야!" 하고 말했습니다. 그다음 날 아침 날이 밝아오자 우리들은 또 한 장의 편지를 썼습니다. 그리고 이 편지를 어떻게 하면 좋을까 하고 곰곰이 생각했습니다. 왜냐하면 저녁 식사 때 집안 식구들이 검둥이를 밤새도록 앞문과 뒷문에 보초를 세워 놓도록 하자고 얘기하는 것을 들었기 때문이지요. 톰은 피뢰침을 타고 내려가서 정찰을 나갔습니다. 뒷문 보초를 서는 검둥이가 자고 있었으므로 편지를 그놈 목덜미에다 꽂아 놓고는 돌아왔습니다. 편지 내용은 다음과 같았지요.

나를 배반하지 마라, 나는 귀하의 친구가 되기를 원한다. 저 멀리 인디언 지역에서 온 무지막지한 살인자 패거리가 오늘 밤 도망친 귀하의 검둥이를 훔쳐 내려고 하고 있으며 귀하가 집 안에 머물러 있고 이 일을 방해하지 않도록 그동안 귀하에게 겁을 주려고 해 왔다. 나는 그 갱단의 일원이었지만 신앙 생활을 하게 되었기 때문에 그 짓을 그만두고 다시 올바른 생활을 하려는 나머지 이 흉악한 계획을 폭로하는 바이다. 놈들은 울타리를 따라 한밤중 자정 정각에 위조 열쇠를 가지고 북쪽으로부터 침입하여 검둥이 방으로 들어가서 그 검둥이를 훔쳐 내려고 한다. 나는 좀 떨어진 곳에 있다가 위험이 있다고 생각되면 양철 호각을 불기로 되어 있다. 그러나 나는 놈들이 집 안으로 들어가는 즉시 '음매!' 하고 양 울음소리를 내고 호각은 불지 않겠다. 그리고 놈들이 그 검둥이의 쇠사슬을 풀고 있는 동안 귀하는 몰래 침입하여 열쇠를 채워 놈들을 그 안에서 잠가 버린 다음 시간 나는 대로 천천히 놈들을 죽여 버릴 수가 있다. 내가 귀하에게 알린 방법 이외의 행동은 절대로 해서는 안 된다. 만약 귀하가 무슨 일을 하면, 놈들은 의심을 품고 큰 소동을 일으킬 것이다. 나는 옳은 일을 하고 있다는 사실을 아는 것으로 만족할 뿐 그밖에 아무런 보수도 바라지 않는다.

—익명의 친구

40장

　우리들은 아침 식사 후 기분이 아주 좋았으므로 도시락을 들고 카누를 타고 강으로 낚시질을 나가 유쾌한 시간을 보냈습니다. 뗏목을 보러 갔더니 여전히 잘 있었습니다. 늦게서야 저녁을 먹으러 집에 왔을 때 집안 식구 모두가 어찌나 불안과 걱정에 떨고 있는지, 머리로 서 있는지 발로 서 있는지조차 전혀 분간하지 못할 정도였지요. 저녁 식사를 끝마치자마자 우리들을 침실로 내쫓고는 무슨 일이 일어났는지 한마디도 들려주지 않았고, 또 새로 받은 편지에 관해서도 입을 꼭 다물고 있었습니다. 하지만 우리들에게 말할 필요가 없었습니다. 우리들이 누구보다도 더 잘 알고 있었기 때문이지요. 그래서 우리들은 계단을 절반쯤 올라오다가 아줌마가 등을 돌리자마자 몰래 지하실 찬장으로 가서 멋진 도시락 하나를 만들어 방으로 들어와 잠자리로 들어갔습니다. 그리고 11시 반쯤에 자리에서 일어나 톰은 미리 훔쳐 둔 샐리 아줌마의 옷으로 갈아입고 도시락을 들고 나가려고 하다가 이렇게 말했습니다.

"버터는 어디 있지?"

"옥수수빵 위에다 올려놓았는데." 하고 내가 말했지요. "큰 덩어리를 말이야."

"그럼 거기다 놔둔 채 그냥 온 모양이로구나. 여기에는 없어."

"없어도 되잖아." 하고 내가 말했습니다.

"있어도 나쁠 건 없지." 하고 그가 말했습니다. "지하실로 슬쩍 들어가서 그걸 가져와. 그러고 나서 빨리 피뢰침을 타고 내려와. 난 짐의 옷에다 밀짚을 틀어넣어 짐의 어머니로 변장시키고, 네가 오는 대로 곧 음매 양 울음소리를 내고 도망칠 준비를 할 테니까."

그러고 나서 톰은 밖으로 나갔고, 나는 지하실로 내려갔습니다. 사람 주먹만 한 버터 덩어리가 내가 놓아둔 곳에 그대로 있었습니다. 그래서 나는 그게 들어 있는 옥수수빵까지 한꺼번에 집어 들고 불을 끄고는 가만가만 발소리를 죽여 가며 계단을 오르기 시작했지요. 1층까지는 무사히 올라왔는데, 때마침 샐리 아줌마가 촛불을 들고 이쪽으로 다가오고 있었습니다. 나는 버터를 얼른 모자 속에다 집어넣고는 모자를 썼고,

그다음 순간 아줌마가 나를 보더니 이렇게 말하는 겁니다.

"너 지하실에 갔다 오는구나?"

"예, 이모."

"지하실에서 무슨 짓 하고 있었지?"

"아무것도 안 했어요."

"아무 짓도 안 했다구?"

"예, 이모."

"그럼, 무엇 때문에 이런 밤중에 지하실에 내려간 거지?"

"모르겠는데요, 이모."

"모르다니? 톰, 그런 식으로 대답하는 게 아니야. 지하실에서 무슨 짓을 하고 있었는지 알아내야겠구나."

"샐리 이모, 아무 일도 하지 않았어요. 제가 만약 무슨 일을 했다면 사람이 아니에요."

이제는 나를 보내 주려니 하고 생각했습니다. 아마 여느 때라면 그렇게 했을 겁니다. 그러나 이상한 일들이 너무나 자주 일어났기 때문에 아줌마는 아무리 사소한 일이라도 생기면 몹시 불안해하고 있었지요. 그래서 아줌마는 아주 단호하게 이렇게 말했습니다.

"저 거실로 들어가서 내가 돌아올 때까지 꼼짝말고 기다리고 있거라. 넌 너하고는 상관없는 일을 저질렀을 거야. 난 그게 뭔지 알 때까지는 너를 보내지 않을 테다."

이 한마디를 남겨 놓고 아줌마는 가 버렸습니다. 내가 거실 문을 열고 들어가 보았더니 아니 맙소사, 거기에는 많은 사람들이 모여 있는 게 아니겠습니까! 열다섯 명이나 되는 농부들

이 한 사람도 빠짐없이 모두 총을 들고 있었던 겁니다. 나는 너무나 메스꺼워 토할 것 같아 살그머니 의자에 가서 걸터앉았습니다. 농부들도 모두 앉아 있었고, 그중에 몇 사람은 낮은 목소리로 무어라고 속삭이고 있었습니다. 모두들 안절부절 못하고 불안에 떨고 있었지만 애써 그것을 감추려고 하고 있었지요. 그러나 나는 그들이 초조와 불안에 떨고 있다는 것을 금방 알 수 있었습니다. 왜냐하면 그들은 자꾸만 모자를 벗었다 썼다 하고, 머리를 긁기도 하고, 자리를 바꾸기도 하고, 단추를 만지작거리고 있었기 때문이지요. 나 자신도 마음이 편하지 않았지만 줄곧 모자를 벗지 않고 그대로 쓰고 있었습니다.

　나는 정말로 샐리 아줌마가 어서 돌아와서 나를 어떻게 해주었으면 했습니다. 매를 때리고 싶으면 때리든지 해서 어서 빨리 나를 내보내 주었으면 하고 말이지요. 톰에게 우리들 장난이 얼마나 지나쳤는지, 우리가 지금 천둥소리처럼 웅웅거리는 말벌 집 속에 들어가 있는 격이 되고 말았다고 말하고, 어서 이런 어리석은 수작을 집어치우고는, 이 작자들이 참다 못해 우리들에게 달려들기 전에 짐을 데리고 도망치자고 말하고 싶었습니다.

마침내 아줌마가 돌아와서는 나한테 갖가지 질문을 퍼붓기 시작했습니다. 그러나 나는 발로 서 있는지 머리로 서 있는지 모를 만큼 정신을 차릴 수 없었기 때문에 제대로 대답을 할 수 없었습니다. 거기 모인 사람들은 이제 더 이상 안절부절하지 못하고는 그중 몇 사람은 당장이라도 뛰어가 매복하자, 자정까진 몇 분밖에는 남지 않았다고 하였고, 또 다른 몇 사람은 그 사람들을 말리며 양의 음매 소리를 들을 때까지 기다리고 있자고 주장했지요. 그런데 이런 와중에 아줌마가 꼬치꼬치 캐묻는 바람에 나는 나대로 온몸이 부들부들 떨리며, 너무나도 무서워 언제라도 금방 그 자리에 주저앉을 것만 같았습니다. 거실 안은 점점 더워만 갔고, 버터가 녹기 시작하여 내 목덜미와 귀 뒤로 줄줄 흘러내렸지요. 모인 사람들 중 하나가 "지금 당장 오두막에 들어가 그놈들이 들어오는 것을 붙잡자는 말에 찬성한다." 하고 말했을 때, 나는 하마터면 그만 털썩 주저앉을 뻔했습니다. 그리고 버터 한 줄기가 내 이마로 줄줄 흘러내렸습니다. 샐리 아줌마는 그것을 보고는 얼굴이 백지장처럼 하얗게 질려서 이렇게 말했습니다.

"어머나, 아니 저 애는 어떻게 된 거야! 경 뇌막염에 걸린 게 틀림없어. 머릿골이 새어 나오고 있지 않아!"

그러자 모두들 그것을 보려고 내 쪽으로 달려왔고, 아줌마는 내 모자를 잡아 젖혔습니다. 그러자 빵과 나머지 버터가 나왔습니다. 아줌마는 나를 꼭 껴안고는 이렇게 말했습니다.

"아이고머니, 이렇게 사람을 놀라게 하는 일도 있나! 그래도 이 정도니 얼마나 기쁘고 고마운지 모르겠구나. 요새는 하도 재수가 없는 데다가, 한 번 재수가 없으면 줄줄이 알사탕처럼 계속 재수가 없으니 말이야. 그것을 보았을 때 난 영락없이 너를 아주 잃어버리고 마는 것으로 생각했구나. 빛깔로 보나 뭐로 보나 영락없이 네 머릿골이라고 생각하고서는, 글쎄 이 애야, 왜 그것을 가지러 지하실에 갔다 왔다고 말하지 않았느냐. 그랬더라도 아무 일도 없었을 걸 가지고. 자, 이젠 어서 가서 잠을 자거라. 내일 아침까지 내 앞에 얼씬거리지도 말아라!"

나는 순식간에 2층으로 올라갔고, 다음 순간 피뢰침을 타고 다시 아래로 내려왔습니다. 그리고 어둠 속을 가로질러 오두막에 잇대어 지은 헛간을 향해 쏜살같이 달렸지요. 걱정이 되어 입이 제대로 떨어지지 않을 정도였습니다. 그러나 나는 톰에게 어서 빨리 그 일을 단행하지 않으면 안 된다, 이제 단 1초의 시간도 허비할 수 없다, 지금 저 집에는 총을 가진 사람들로 가득하다고 말했지요!

이 말을 듣고 톰은 눈에 광채를 띠면서 이렇게 말했습니다.

"음! 그래? 거 근사한데! 이봐, 헉, 다시 한번 더 한다면 200명을 끌어모으기는 문제 없겠구나! 만약 우리가 이 일을 연기할 수만 있다면……."

"어서! 빨리 서둘러!" 하고 내가 말했지요. "짐은 어디 있어?"

"네 바로 팔꿈치에 있잖아. 손을 뻗치면 닿을 수 있어. 옷을 입고 있고 완전 준비 완료야. 자, 그럼 가만히 나가서 음매 우는 양 신호를 보내기로 할까."

그러나 바로 그때 문간 쪽으로 다가오는 사람들의 발소리, 자물쇠를 만지작거리는 소리, 그리고 한 사람이 이렇게 말하는 소리가 들렸습니다.

"내가 아직 너무 이르다고 안 그랬어. 그놈들이 아직 안 왔구먼. 문에 아직 자물쇠가 채워져 있어. 자, 자물쇠를 따고 자네들 중 몇을 안에 들여보내 줄 테니 어둠 속에서 놈들을 기다리고 있다가 들어오거든 죽여 버리란 말이야. 나머지 사람들은 좀 떨어진 곳에 뿔뿔이 흩어져 있어. 그러고는 놈들이 오는 소리가 들리는지 귀를 기울이고들 있어."

그러고 나서 사람들은 안으로 들어왔지만 어두워서 우리들을 볼 수 없었습니다. 우리들이 얼른 침대 아래로 기어 들어가려고 밀치는 동안 하마터면 사람들 발에 밟힐 뻔했습니다. 그러나 무사히 기어 들어갈 수 있었고 재빨리 그러나 살짝 구멍을 통해 빠져나왔지요. 톰의 명령에 따라 맨 먼저 짐이, 그다음에 내가, 맨 나중에 톰이 나왔습니다. 우리들은 이렇게 해서 잇대어 지은 헛간에 숨어가지고, 곧 밖의 발소리에 귀를 기울였습니다. 톰은 우리들을 거기 있게 해 놓고는 틈바구니로 밖을 내다보았지만 어두워서 아무것도 보이지 않았습니다. 발소리가 멀어져 가는 소리가 들리니까 팔로 쿡 찌르면 제일 먼저 짐이 빠져나가고 자기는 맨 나중에 나가겠다고 나지막하게 속삭였지요. 그래서 톰은 틈에다 계속 귀를 대고 열심히 귀를 기울이고 있었고, 밖에서는 계속하여 발을 질질 끌며 돌아다니는 소리가 들렸습니다. 마침내 톰이 팔꿈치로 우리들을 꾹

찔렀고, 우리들은 살짝 밖으로 빠져나와 몸을 숙이고 숨을 죽여 가며 소리 하나 내지 않고 일렬종대로 울타리 쪽으로 살금살금 걸어갔지요. 그리고 무사히 울타리에 다다랐고, 나와 짐은 무사히 울타리를 넘을 수 있었지만 톰의 바짓가랑이가 제일 꼭대기 횡목의 갈라진 조각에 걸려 좀처럼 빠지지 않았습니다. 바로 그때 발자국 소리가 들렸습니다. 그래서 톰은 억지로 잡아당기지 않으면 안 되었고, 그 바람에 그 갈라진 조각이 부러지면서 뚝 하는 소리가 났지요. 그리고 톰이 우리 쪽에 뛰어내려 달리려고 할 때 누군가가 이렇게 외쳤습니다.

"누구야? 대답해. 대답을 하지 않으면 쏜다!"

그러나 우리들은 대답을 하지 않았습니다. 다리야 날 살려라 하고 내달렸습니다. 그러자 사람들이 우우 하고 돌진해 오더니 '땅! 땅! 땅!' 하고 총을 쏘아 댔고, 총알은 우리 주위를 '슛! 슛! 슛!' 하며 날아갔습니다! 그들이 이렇게 외치는 소리가 들렸지요.

"저기 있다! 강 쪽으로 내뺐어! 자, 그놈들의 뒤를 좇아라! 그리고 어서 개를 풀어놔!"

그들은 전속력으로 우리 뒤를 따라왔습니다. 그들은 장화를 신고 있었고 큰 소리로 떠들어 대고 있었지만, 우리들은 장화도 신지 않고 소리도 지르지 않았기 때문에, 그들이 따라오는 소리를 들을 수 있었습니다. 우리들은 목재소로 가는 길목에 있었지요. 그들이 꽤 가까이 다가오자 우리들은 덤불로 몸을 피하고는 그들을 먼저 보내고 나서 그 뒤를 따라갔습니다. 강도에게 겁을 주어 도망치게 하지 않도록 그들은 모든 개를 가둬두었습니다. 그러나 이때 비로소 누군가가 개를 풀어놓았습니다. 그래서 개들은 몇백만 마리나 되는 듯한 큰 소리로 왕왕 짖어 대며 이쪽으로 몰려오고 있었지요. 그러나 그것들은 우리 집 개였습니다. 그래서 개들이 따라올 때까지 그곳에서 그대로 가만히 있었습니다. 개들도 그게 다른 사람이 아닌 우리들이었고 별로 흥미거리가 없다는 것을 알자 그저 반가워하고는 소리나는 쪽으로 곧장 달려가 버렸습니다. 그다음 우리들은 또다시 강 상류 쪽으로 달리기 시작하였고, 목재소에 거의 닿을 때까지 사람들 뒤를 슛슛 소리를 내며 내달렸지요. 그다음부터는 덤불 속을 기어, 카누를 묶어 둔 데까지 와서는 카누에 뛰어올라 강 한복판을 향해 있는 힘을 다해 열

심히 노를 저었습니다. 그러나 꼭 필요한 소리 말고는 아무런
소리도 내지 않았습니다. 그러고 나서 우리들은 천천히 그리
고 기분좋게 뗏목을 감춰 둔 섬을 향해 노를 젓기 시작했지
요. 사람들과 개들이 강둑 여기저기서 서로 떠들어 대고 짖어
대고 있는 소리가 들렸습니다. 마침내 우리들은 꽤나 멀리 떨
어져 있기 땜문에 소리는 점점 희미해지더니 곧 사라지고 말
았습니다. 뗏목에 올라타서 내가 이렇게 말했지요.

"자, 짐. 짐은 이제 또다시 자유의 몸이 됐어. 이젠 다시는
일생 동안 노예가 될 일은 없을 거야."

"헉, 게다가 그건 참 멋들어진 일이기도 했당께. 계획도 훌
륭했고 실행도 근사했제. 우리가 한 것 이상으로 더 복잡하고
멋진 계획을 세울 수 있는 사람도 아마 없을 거랑께."

우리들은 뭐라고 해야 좋을지 모를 만큼 무척이나 기뻤습
니다. 그러나 그중에서도 제일 기쁜 것은 톰이었는데, 그것은
장딴지에 총을 맞았기 때문이었지요.

나와 짐은 그 얘기를 듣자 아까처럼 신바람이 나지 않았습
니다. 상당히 아파 보이는 데다가 피가 흘러내리고 있었습니
다. 그래서 우리들은 톰을 뗏목 오두막 속에다 눕히고는 공작
의 셔츠 한 장을 찢어 붕대를 만들었습니다.

"그 헝겊을 이리 줘. 내가 혼자 할 수 있으니까. 이제 서 있
지 마. 여기서 우물쭈물하면 안 돼. 탈출은 아주 멋들어졌어.
큰 노를 달고, 뗏목을 띄워라! 친구들, 이 일을 얼마나 멋지게
해냈던가! 정말로 근사했지. 루이 16세의 사건을 우리들이 맡
았다면 얼마나 좋았을까. 그러면 그의 전기에 '세인트 루이의

후예여, 승천하라!'는 문구가 쓰이지 않았어도 되었을 게다. 천만에, 그럴 필요가 없고말고. 우리는 왕을 무사하게 국경 밖으로 탈출시켰을 게 아냐. 틀림없이 그렇게 했을 거야. 그것도 누워 떡 먹기처럼 아주 쉽게 해치웠을 거다. 큰 노를 잡아라! 어서 큰 노를 잡아라!"

그러나 짐과 나는 서로 의견을 나누었습니다. 또한 궁리를 하고 있었습니다. 잠시 궁리한 끝에 내가 이렇게 말했지요.

"말해 봐, 짐."

그러자 짐이 이렇게 말했습니다.

"헉, 그런데 내 생각은 이렇구먼. 만일 톰 도련님이 자유의 몸이 되고, 우리 중 하나가 총에 맞았다면 톰 도련님이 '나를 살려 줘. 이 애를 살릴 의사 같은 건 필요없어.' 하고 말할 수 있겠느냐 말이여? 그게 톰 소여 도련님이겠느냐 말이냥께? 그가 그렇게 말할까? 천만의 말씀, 그럴 리가 없제! 그렇다면 이 짐이 그런 말을 할 수 있을까? 천만의 말씀! 난 의사 없이는 여기서 한 걸음도 내딛지 않을거랑께. 설령 사십 년이 걸린다고 하더라도 말이제!"

나는 짐의 마음이 눈처럼 흰 것을 알고 있었고, 반드시 그런 말이 나오리라고 기대했었습니다. 그래서 모든 일이 잘되었습니다. 나는 톰에게 의사를 부르러 갔다 오겠다고 했습니다. 톰이 무척 반대했지만 나와 짐은 무슨 일이 있어도 안 된다고 조금도 양보하지 않았지요. 그러자 톰은 이번에도 기어나와 자기 손으로 뗏목을 푼다고 야단이었습니다. 그러나 우리들은 그렇게 하게 그냥 내버려 두지는 않았지요. 그러자 톰이 우리들

에게 화를 내기 시작했습니다. 그래도 아무 소용이 없었지요.

그래서 내가 카누를 타고 갈 준비를 하고 있는 것을 보자 톰이 이렇게 말했습니다.

"좋아, 무슨 일이 있어도 꼭 가야만 한다면 마을로 가서 어떻게 할지 그 방법을 가르쳐 주지. 문을 꼭 닫고, 꽉 풀어지지 않도록 의사에게 눈가리개를 하고, 장승처럼 침묵을 지키겠다는 맹세를 받아 내고, 금화가 가득 찬 주머니를 그의 손에다 쥐여 주고는, 뒷골목길이니 어디를 돌아, 컴컴한 곳만을 골라서 데리고 와 카누에다 태우는 거야. 그리고 섬 사이를 이리저리 돌아서 이곳에 데리고 와. 몸을 뒤져 백묵을 빼앗아 네가 의사를 마을로 다시 데려다줄 때까지 되돌려 주지 않는 거야.

그렇지 않으면 이 뗏목을 찾아낼 수 있도록 백묵으로 이 뗏목에다 표시를 할 수 있을 테니까 말이야."

그래서 나는 그렇게 하겠다고 약속하고 떠났습니다. 그리고 짐은 의사가 오는 것이 보이거든 숲속에 숨어 있다가 의사가 떠나갈 때까지 모습을 드러내지 않기로 했습니다.

41장

  의사는 나이가 많은 사람이었습니다. 잠자고 있는 그를 깨
웠을 때 그는 꽤 마음씨가 착하고 친절해 보이는 노인이었습
니다. 나는 어제 오후 동생과 함께 스페인섬에서 사냥을 하다
가 거기서 발견한 뗏목 위에서 야영을 했는데, 한밤중에 동생
이 꿈을 꾸다가 총을 발로 걷어차는 바람에 발에 총상을 입
었다고 하고는, 제발 좀 와서 치료를 해 주고 그 일에 관해서
는 한마디도 입 밖에 내거나 또 아무에게도 알리지 말아 달라
고 부탁했지요. 오늘 밤 집으로 돌아가서 집안 식구들을 깜짝

놀라게 해 주고 싶은 생각에서 그러는 거라고 했습니다.

"뉘 댁이지?" 하고 의사가 물었습니다.

"저 아래 마을 펠프스 집 사람이에요."

"음." 하고 그는 말했습니다. 그러고 나서 잠시 후 "어떡하다 총상을 입었다고 그랬지?" 하고 물었지요.

"꿈을 꾸었어요." 하고 내가 말했습니다. "꿈이 동생을 쏘았지요."

"이상한 꿈도 다 있구나." 하고 그가 말했습니다.

그가 램프에 불을 켜고 안장 주머니를 든 다음 우리들은 출발했습니다. 그러나 내 카누를 보자 그는 그 모습이 마음에 들지 않은 모양이었습니다. 혼자라면 안전하지만 둘이서 타면 좀 위험하다는 것이었지요.

"의사 선생님, 무서워하실 것 없어요. 우리 세 사람도 편히 탈 수 있었으니까요."

"세 사람이라니?"

"그게, 나랑 시드랑 그리고…… 그리고…… 그리고 총 말이에요. 셋이라는 건 바로 그 뜻이지요."

"음, 그래." 하고 그가 말했지요.

그러나 그는 뱃전에 발을 걸치고는 카누를 흔들어 보면서 머리를 가로젓더니 좀 더 큰 배를 찾아보아야 되겠다고 했습니다. 그러나 다른 카누들은 모두 다 자물쇠가 채워져 있고 쇠사슬로 매어져 있었습니다. 그래서 의사는 내 카누를 타고는 나더러 자기가 돌아올 때까지 기다리고 있으라고 했지요. 그렇지 않으면 좀 더 배를 찾아보거나, 원한다면 집으로 돌아가서 집안 사람들을 깜짝 놀라게 할 준비를 해 놓는 것이 좋겠다고 했습니다. 그러나 나는 그러고 싶지 않다고 말하고는 그에게 뗏목으로 가는 길을 가르쳐 주었지요. 그래서 의사는 혼자서 떠났습니다.

곧 묘안 하나가 떠올랐습니다. 만약 그 의사가 다리를 금방 치료할 수 없다면? 아니 사나흘 걸린다고 한다면? 그렇다면 우리들은 어떻게 되는 거지? 의사의 입에서 비밀이 새어 나올 때까지 여기서 멍청하게 있을 것인가? 천만의 말씀, 이렇게 하면 될 거야. 여기 기다리고 있다가 그 의사가 돌아와서 다시 좀 더 치료를 해야 한다고 한다면, 나도 헤엄을 쳐서라도 뗏목 있는 데로 가자. 그러고는 의사를 결박해 놓고 강을 따라 내려가기로 하자. 그리고 톰에게 의사가 필요 없게 되면 의사에게 치료비에 해당하는 것이나 우리가 갖고 있는 모든 것을 주어 상륙시키자고 말입니다.

그래서 나는 한잠 잠을 자기 위해 목재더미 속으로 기어 들어갔습니다. 눈을 떴을 때에는 해는 벌써 중천에 높이 떠 있는 것이 아니겠습니까! 나는 재빨리 의사의 집으로 달려갔지만 사람들이 하는 말이, 의사는 어제 밤중에 집을 나가서는 아직 돌아오지 않았다는 겁니다. 톰의 상처가 심한 모양이라고 생각하고는 곧장 섬으로 가기로 했지요. 이렇게 생각하고 그 집을 뛰어나와 막 모퉁이를 돌다가 하마터면 사일러스 아저씨의 배를 들이받을 뻔했지요! 그가 이렇게 말했습니다.

"톰, 이놈! 지금까지 어디에 있었느냐, 이 장난꾸러기 녀석아."

"어디에 있긴 어디에 있어요." 하고 내가 말했습니다. "도망

친 검둥이를 찾고 있었을 뿐이에요. 나랑, 시드랑."

"도대체 어디 갔었느냐 말이다? 네 숙모가 몹시 걱정하고 있다."

"걱정하실 필요 없어요. 우리는 모두 잘 있었으니까요. 우리들은 여러 사람들과 개 뒤를 따라갔는데 그만 뒤떨어지고 말아 놓쳐 버리고 말았어요. 그러나 상류 쪽에서 무슨 소리가 들리는 것 같아서 카누를 타고 뒤를 쫓으면서 강을 건넜는데 더 이상 찾을 수가 없었지요. 그래서 우리들은 강을 따라 올라갔다가 그만 지쳐 녹초가 되고 말았어요. 카누를 강둑에다 매 놓은 다음 잠을 자고 말았지요. 한 시간 전까지 줄곧 잠을 잤습니다. 잠에서 깨자 소식을 들으러 여기까지 카누를 타고 왔어요. 시드는 무슨 소식이 없나 하고 우체국으로 갔고, 나는 먹을 것을 좀 얻으려고 서로 헤어졌어요. 그런 다음 우리는 집으로 돌아갈 작정이었어요."

그다음 우리들은 시드를 찾으러 우체국으로 갔지만, 물론 시드는 거기 있을 턱이 없었습니다. 그래서 아저씨는 우체국에서 편지를 한 통 받았고, 좀 더 거기서 기다리고 있었지만 시드는 나타나지 않았습니다. 그래서 아저씨는 "자, 그만 가자꾸나. 시드는 돌아다니다 싫증나면 걸어오든지 카누를 저어 오겠지. 그러니 우리는 마차를 타고 가자." 하는 겁니다. 아저씨는 내가 우체국에 남아서 시드가 오기를 기다리도록 해 주지 않았습니다. 그래 보았자 아무 소용이 없으니 나더러 함께 가서 우리들이 모두 무사하다는 소식을 알려야 한다고 했지요.

우리들이 집에 이르자 샐리 아줌마는 너무 기쁜 나머지 울다가 웃으며 나를 꼭 껴안고는 아줌마식으로 아프지도 않게 때리고는 시드가 돌아와도 똑같이 때리겠다고 했습니다.

집 안은 마침 점심을 먹으러 들어온 농부들과 그 부인들로 초만원을 이루었고 시끄럽게 떠들어 대는 꼴이란 정말 대단했습니다. 그중에서도 호치키스 할머니가 가장 심했지요. 그녀의 혀는 잠시도 쉴 사이가 없이 돌아갔습니다. 그녀는 이렇게 말했습니다.

"한데 말이요, 펠프스 자매님, 난 그 오두막집 안을 샅샅이 뒤져 봤는데, 그 검둥이 녀석이 미친 게 확실하다니까. 댐럴 자매님에게도 내 말했지만…… 댐럴 자매님, 안 그랬남? 그놈이 미쳤다고 그랬지 뭐야. 바로 그렇게 말했지. 다들 내 얘기를 들으셨겠구먼. 그놈이 미쳤다는 말이야. 무얼 봐도 그렇게밖엔 생각되지 않는다고 그랬지. 거기 있는 그 숫돌을 좀 보라고 내 안 그럽디까. 제정신이 있는 녀석이라면 그런 미친 말을 숫돌에다 쓰진 않을 것이 뻔한 일이 아니겠느냐고 내 안 그럽디까. 여기서 이러저러한 사람의 가슴은 터졌느니, 여기서 이러저러한 사람은 삼십칠 년 동안을 보냈다느니, 루이 거시기 사생아 아들이니 뭐니 씨도 안 먹히는 소리를 끝도 없이 써넣은 게 아닌감. 그 검둥이 녀석은 미쳐도 단단히 미친 녀석이라고 내 안 그럽디까. 제일 먼저 그 얘기를 한 것도 나고, 중간에 가서 한 것도 나고, 맨 나중에 가서 한 것도 나였지 뭐야. 그 검둥이 녀석은 대가리가 돌았다고. 저 바빌론의 왕 네부카드네자르(느부갓네살) 모양으로 돌았다고."

"호치키스 자매님, 또 글쎄, 그 헝겊으로 만든 사다리를 좀 봐요." 하고 댐럴 할머니가 말했지요. "대관절 그것을 어디에다 쓰려고……."

"바로 그 얘기를 지금 방금 어터백 자매님에게 하던 참이었지 뭐야. 그 자매님은 그렇다고 직접 얘기할 거야. 그 자매님이 거기 있는 헝겊 사다리를 보라고 그랬다우. 그리고 나도 그랬지, 그것을 보라고. 무엇에 쓰려고 했나 하고 그랬지 뭐야. 호치키스 자매님도 그랬다우. 호치키스 자매님도 말하기를……."

"헌데 대관절 어떻게 그 숫돌을 거기다 갖다 놓은 것일까? 누가 거기다 그런 구멍을 팠을까? 게다가 또 누가……."

"펜로드 형제님, 제 말이 바로 그거예요! 거기 있는 당밀 접시 좀 이리 주시구려. 난 지금 방금 던랩 자매님에게 어떻게 숫돌을 거기까지 갖다 놓았을까 하고 말하던 참이었다우. 그것도 혼자서, 다른 사람 도움도 안 받고 말이에요! 자, 문제는 이것이에요. 내가 그런 말 말라고 했죠. 분명히 도와준 사람이 있었을 거라고 내가 그랬죠. 그것도 한두 사람이 아니라 꽤 많은 사람이 도왔을 거라고요. 그 검둥이를 도와준 사람은 열 명은 넘을 거라고요. 이 집에 있는 검둥이들을 모조리 껍질을 벗겨서라도 그 짓을 한 놈을 꼭 찾아내야 한다고 하지 않았나요!"

"열 명이 넘는다고! 마흔 명이 있어도 그만한 일을 모두 해내진 못해요. 그 칼집에 든 칼톱이니 뭐니를 좀 보구려. 그걸 만드는 데 얼마나 많은 시간이 걸렸겠수. 그걸로 잘라 낸 침대 다리를 좀 봐요. 여섯 명이 한 주일은 걸릴 만한 일이에요. 그리고 침대 위에 있는 밀짚으로 만든 검둥이를 좀 봐요. 그리고 또……."

"하이타워 형제님, 옳으신 말씀이에요! 그 말은 지금 막 내가 다른 사람도 아닌 펠프스 자매님에게 말한 그대로이구면.

그 자매님 말이, '호치키스 자매님, 어떻게 생각하오?' 하고 말이에요. 그래서 내가 '펠프스 자매님, 어떻게 생각하오?' 하고 물었죠. 그랬더니 그 자매님이 하는 소리가, 뭔 뭐야, 그렇게 잘라진 침대 다리를 어떻게 생각하느냐고 하는 소리지. 그래서 내가 어떻게 생각하느니라니 그게 무슨 소리냐고 따지지 않았겠어요. 침대가 제 다리를 자를 리 만무하다고 말했죠. 그러니 어느 누군가가 그것을 잘랐을 거라고 말이에요. 보잘 것 없는 생각이지만 들어주건 안 들어주건 어쨌든 그게 내 생각이라고 말이에요. 하여튼 내 의견은 그렇다고 말했죠. 어디더 그럴듯한 의견이 있으면 들어 보자고 그랬지요. 던랩 자매님에게 말했지만……"

"펠프스 자매님, 정말이지 그만한 일을 하려면 적어도 네 주일은 매일밤 거진 방안이 검둥이들로 틀림없이 들끓었을 거구먼요. 그 셔츠 좀 보라고요. 온통 피로 쓴 비밀 아프리카 글씨가 써 있지 않습디까! 쉴 새 없이 여러 놈이 열심히 낑낑대며 그걸 썼을 거예요. 글쎄, 만약 누가 그걸 읽어 주면 내 2달러를 내놓지. 그리고 그 글씨를 쓴 검둥이 놈들을 붙잡아서 그저 당장에 두들겨 패고는……"

"그 검둥이를 도와준 놈들 말이지요, 마플스 형제님! 이 집에 얼마 동안 살았다면 틀림없이 그렇게 생각했을 겁니다. 아, 글쎄 놈들은 그저 닥치는 대로 아무거나 막 훔치는 게 아니겠어요. 그것도 줄곧 감시하고 있었는데도 말이지요. 그놈들은 빨랫줄에 걸어 둔 셔츠를 훔쳐 갔지 뭐예요! 그리고 그 헝겊 사다리를 만든 그 이불잇으로 말하면, 글쎄 몇 번씩이나 그것

을 훔쳐 냈는지 일일이 헤아릴 수 없어요. 그리고 밀가루니 양
초니 촛대랑 숟가락이니 헌 난상기니, 그만 잊어버리고 말았
지만 그 밖에도 갖가지 물건들이랑, 내 새 갱사 옷까지 훔쳐
갔단 말이에요. 아까도 얘기한 것처럼 나랑, 애들 아빠랑, 시드
랑 톰이 밤낮을 가리지 않고 줄곧 감시를 하고 있었는데도 살
갗 하나, 머리카락 하나 보였겠어요, 그림자 하나, 소리 하나가
들렸겠어요. 그리고 막판에 가서는 아이 참 기가 막혀서, 놈
들은 내 코 바로 아래로 몰래 침입하여 우리들을 실컷 조롱한
게 아니냔 말이에요. 우리를 조롱했을 뿐 아니라 놈들은 인디
언 부락의 강도놈들까지도 우롱하여 감쪽같이 그 검둥이놈
을 데리고 도망치지 않았겠어요. 바로 그 순간 사내 열여섯 명
하고 개가 스물두 마리나 곧장 그 뒤를 쫓았는데도 말이에요!
난 정말 이런 일은 머리털 나고 생전 처음이지 뭐예요. 귀신이
곡할 노릇이에요. 분명히 귀신들이 분명하다니까요. 우리 집
개들 잘들 알고 있잖아요, 그 개들보다 더 훌륭한 개가 어디
있습디까? 그런데도 그 개들이 놈들 발자국 냄새를 한 번도
맡아 내지 못했다니까요, 글쎄! 누가 그걸 설명할 사람이 있으
면 어디 좀 해 보시라니까요! 누구든지 말이에요!"

"글쎄, 그거 정말……."
"참 기가 막혀서, 난 한 번도……."
"맹세코, 나 같으면 절대로……."
"집도둑질만이 아니고……."
"어마나, 이런 집에서 살라면 난 무서워서 그만……."
"살기가 무섭다고요! 난 너무 무서워서 잠을 자러 가자니

잘 수도 없고, 일어나 있자니 일어나 있을 수도 없고, 누워 있자니 누워 있을 수도 없고, 앉아 있자니 앉아 있을 수도 없지 않았겠수 글쎄, 릿지웨이 자매님. 글쎄 놈들은 심지어 집안 식구까지도 훔치러 들었지 뭐예요. 어젯밤 한밤중 자정이 됐을 때 내 얼마나 놀랐는지 자매님도 아시겠구려. 난 정말 놈들이 집안 식구 중 누구를 훔쳐 가지나 않을까 하고 얼마나 가슴을 졸였는지 몰라요! 그 지경에 있으니까 어디 판단력이 제대로 있었겠어요. 지금은 벌건 대낮이니까 우습게 생각되지만요. 저 2층 쓸쓸한 방에서 내 불쌍한 어린 것들이 자고 있을 테지 하고 생각하니 너무 불안한 나머지 글쎄 몰래 기어 올라가서 밖에서 열쇠를 채워 두었지 않았겠수! 정말 그렇게 했다우. 누구라도 그렇게 했을 거예요. 그렇게까지 무서워서 벌벌 떨고 그 무서운 마음이 언제까지 자꾸만 계속되고, 머리가 그만 뒤죽박죽이 되어 온갖 터무니없는 짓을 하게 되기 때문이지요. 그래서 마침내 만약 내가 애이고 자물쇠도 채워 있지 않는 저 2층 방에 있었더라면 어떠할까 하고 생각했죠. 그리고……." 여기서 아줌마는 말을 끊고 영문을 잘 모르겠다는 표정을 짓고는 천천히 고개를 돌렸지요. 그리고 그녀의 시선이 나에게 쏠렸을 때 나는 일어서서 산책을 나갔습니다.

한쪽 길에 나가 산책하며 조금만 생각해 보면, 오늘 아침 우리들이 그 방에 있지 않은 경위를 좀 더 근사하게 설명할 수 있으리라는 생각이 들었습니다. 그래서 나는 밖으로 나온 겁니다. 그러나 아줌마가 나를 부를지 몰랐으므로 멀리 가지 않았습니다. 오후 늦게 사람들이 모두 가 버린 틈을 타서 나는 집으로 들어가 아줌마에게 밖에서 왁자지껄하고 '땅!' 하는 총소리에 그만 나랑 '시드'랑 잠이 깨어 그 재미난 소동을 구경하고 싶어서 문에는 쇠가 채워 있고 해서 할 수 없이 피뢰침을 타고 내려왔다고 말했지요. 그래서 둘 다 약간 부상을 입었는데 다시는 이런 짓은 하지 않겠다고 했습니다. 그러고 나서 아까 사일러스 아저씨에게 한 얘기도 전부 했습니다. 그랬더니 아줌마는 우리들을 용서해 주시겠다 하시면서 이렇게 말하는 겁니다. 어차피 이제 괜찮다, 또 사내애들이란 으레 그런 거다, 아줌마가 알고 있는 한 사내애들이란 하나같이 짓궂은 짓을 한다고 말입니다. 그러니 무슨 피해가 없는 이상 이젠 다 끝난 일로 애태우기보다는 오히려 우리들이 몸 성히 살아서 아줌마하고 같이 있다는 사실을 고맙게 생각한다고 말입니다. 그러고 나서 아줌마는 나에게 키스를 하고 내 머리를 가볍게 두드리며 멍하니 무슨 생각에 젖어 있더니 곧 갑자기 자리에서 일어나며 이렇게 말했지요.

"아니, 이거 큰일이구나, 이제 거의 밤이 되었는데 아직 시드는 돌아오지 않으니! 그 애가 도대체 어떻게 된 셈일까?"

나는 이때라고 생각하고는 아줌마 앞으로 깡충 뛰어가서 이렇게 말했습니다.

"내가 당장 뛰어가서 데려올게요."

"아냐, 넌 안 돼." 하고 아줌마가 말했습니다. "넌 지금 있는 자리에서 한 걸음도 나가선 안 돼. 한 번에 한 녀석만 잊어버리는 것으로 족해. 저녁 때까지 돌아오지 않으면 아저씨를 보내지."

그러나 저녁 때가 되어도 시드는 돌아오지 않았습니다. 그래서 저녁 식사를 끝내자마자 아저씨가 그를 찾으러 떠났습니다.

아저씨는 밤 10시쯤 다소 걱정스러운 낯으로 돌아왔습니다. 톰의 발자국도 찾을 수 없었다는 겁니다. 샐리 아줌마는 여간 걱정하지 않았지요. 그러나 사일러스 아저씨는 걱정할 건 없다고 하며 사내애들이란 어디까지나 사내애들이니까, 이 애도 아침이 되면 무사히 돌아올 것이라고 말했습니다. 그래서 아줌마도 그것으로 만족하지 않으면 안 되었습니다. 하지만 아줌마는 어쨌든 좀 더 일어나 앉아서 그 애가 볼 수 있도록 불을 켜 놓겠노라고 했습니다.

그다음 내가 잠자리에 들려고 2층으로 올라갔을 때 아줌마는 양초를 들고 뒤따라와 나에게 이불을 잘 덮어 주며 참으로 엄마처럼 돌보아 주었습니다. 그래서 나는 웬일인지 나 자신이 비열하게 느껴지고 도저히 아줌마 얼굴을 똑바로 쳐다볼 수 없었습니다. 그러고는 침대에 걸터앉아 한참 동안 나와 이야기를 주고받았습니다. 그리고 시드가 여간 좋은 애가 아니라고 말하면서 언제까지나 그 애 얘기를 하고 싶어 했지요. 나에게 시드가 길을 잃은 것은 아닌지, 다친 것은 아닌지, 물에 빠진 것은 아닌지 하고 이따금 나에게 물어보았습니다. 어쩌면 지금쯤 어디서 고통을 당하고 있거나 죽어 있을지도 모르는데 그 옆에서 돌봐 주지도 못하다니 하고 두 뺨에 조용히 눈물을 떨구는 겁니다. 그래서 나는 시드가 잘 있으며 아침이 되면 꼭 돌아올 거라고 했더니, 아줌마는 내 손을 꼭 쥐고는 나에게 키스를 하고 다시 한번 그 말을 해 보라고, 어서 자꾸

만 그런 말을 하라고, 그런 말을 들으면 안심이 된다고, 지금
걱정이 되어서 죽을 지경이니까라고 말했지요. 그리고 방을
나가면서 아줌마는 내 눈을 아주 찬찬히 그리고 부드럽게 내
려다보며 이렇게 말하는 겁니다.

"톰, 문에 열쇠를 채우지 않는다. 그리고 피뢰침도 창도 그
대로 있다. 하지만 넌 착한 애지? 그러니 아무 데도 가지 않겠
지? 제발 나를 생각해서 말이다."

사실 나는 톰이 어떻게 하고 있는지 알고 싶어서 견딜 수
없었고, 꼭 가보기로 단단히 마음먹고 있었습니다. 그러나 아
줌마한테서 그런 말을 듣고 보니 설령 이 세상을 다 준다고
해도 차마 그럴 수가 없었지요.

그러나 아줌마 일도 마음에 걸리고, 톰의 일도 마음에 걸렸

습니다. 그래서 잠자리가 편치 못했습니다. 밤중에 두 번이나 피뢰침을 타고 내려와 몰래 집 앞쪽으로 돌아가 보았더니 아줌마는 창가에다 양초를 켜 놓고 그 옆에 앉아서 눈물이 글썽한 눈으로 한길 쪽을 내다보고 있었습니다. 나는 아줌마를 위해서 무슨 일을 해 주고 싶었지만, 내가 할 수 있는 일이란 기껏 아줌마를 더 이상 슬프게 해 드리지 않겠다고 맹세하는 것뿐이었지요. 세 번째로 새벽녘에 눈을 떴을 때 몰래 또다시 아래로 기어 내려가 보니, 아줌마는 아직도 거기 있었습니다. 양초는 거의 다 닳아 있었고, 아줌마는 희끗희끗한 머리를 두 손에 괴고 잠이 들어 있었습니다.

42장

사일러스 아저씨는 아침 식사 전에 또다시 마을로 가 보았지만 톰의 행방은 여전히 묘연했습니다. 아저씨도 아줌마도 식탁에 앉기는 했지만 생각에 젖어 서로 아무 말도 없이 비장한 얼굴을 하고 있었고, 커피는 식을 대로 식게 내버려 둔 채 음식에는 손 하나 까닥하지 않았습니다. 마침내 아저씨가 이렇게 입을 열었습니다.

"내가 그 편지를 당신에게 주었던가?"

"무슨 편지 말이에요?"

"어제 우체국에서 가지고 온 편지 말이야."

"아뇨, 무슨 편지를 줬다고 그래요."

"그럼, 내가 잊어버린 모양이군."

아저씨는 이 주머니 저 주머니를 뒤져 본 다음 그것을 놓아 둔 곳으로 가서 찾아가지고 와서는 아줌마에게 주었습니다.

"어머나, 세인트 피터스버그에서 온 편지군요. 형님에게서 온 편지 말이에요."

나는 다시 한번 산책을 나갔다 왔으면 좋겠다고 생각했지만 손가락 하나 까닥할 수 없었습니다. 아줌마는 편지 봉투를 뜯기 전에 그것을 바닥에 떨어뜨리고는 달려갔습니다. 무엇을 보았기 때문이었지요. 나도 보았습니다. 그것은 매트리스 위에 누워 있는 톰 소여랑, 예의 그 노인 의사랑, 여자용 캥거 옷을 입고 두 손이 뒤에서 결박당한 짐, 그리고 많은 사람들이었습니다. 나는 편지를 가장 가까운 곳에 있는 물건 뒤에다 감춘 다음 재빨리 달려갔지요. 아줌마는 울면서 톰에게 몸을 내던지고는 이렇게 말했습니다.

"아이고, 죽었구나, 죽었어. 영락없이 죽었구나!"

그러자 톰은 몸을 조금 움직이며 뭐라고 중얼거렸습니다. 그것으로 보아 제정신이 아니라는 것을 알 수 있었습니다. 그러자 아줌마는 두 손을 번쩍 쳐들며 소리쳤지요.

"살아 있구나, 아이구 고마워라! 살아 있기만 하면 돼!" 그리고 아줌마는 톰에게 한 번 키스를 하고 나서, 침대를 준비하러 집 안으로 뛰어가면서 혀를 부지런히 놀려 가며 좌우에 있는 검둥이들이나 누구 할 것 없이 닥치는 대로 이 일 저 일을 시키는 겁니다.

나는 사람들이 짐을 어떻게 할까 보려고 뒤에서 쫓아갔습니다. 노인 의사와 사일러스 아저씨는 톰의 뒤를 따라 집 안으로 들어갔습니다. 사람들은 몹시도 흥분해 있었고, 그중 몇 사람은 동네 검둥이들에게 본때를 보이도록 짐을 목매달아 죽이자고 야단이었지요. 그렇게 하면 다른 검둥이들은 짐처럼 그렇게 도망칠 생각은 아예 하지 않을 것이고, 이러한 소동도 일으키지 않을 터이고, 또 온 가족이 밤낮 죽을 정도로 벌벌 떨고 있을 리도 만무할 게 아니냐고 했지요. 그러나 다른 사람들은 그런 짓을 해도 아무 소용도 없다고, 이 검둥이는 우리들의 검둥이가 아니니까 필경 그 주인이 나타나 우리들에게 돈을 물어 내라고 할 것이라고 했습니다. 그러자 흥분이 조금 가라앉았습니다. 나쁜 짓을 한 검둥이의 목을 매달아 버리자고 가장 날뛰는 사람들이란, 목을 매달아 만족을 얻은 다음 돈을 물어 낼 때가 되면 늘 뒤꽁무니를 빼는 사람들이기 때문이었지요.

그러나 사람들은 짐에게 몹시 욕설을 퍼부었고, 가끔 짐의 따귀를 후려갈겼지만 짐은 한마디도 대꾸하지 않았을뿐더러, 또 나를 아는 내색을 조금도 하지 않았습니다. 사람들은 짐을 예의 같은 오두막으로 끌고 들어가 짐이 입고 있던 옷을 다시 입히고, 또다시 쇠사슬로 결박하여 이번에는 침대 다리가 아니라 밑바닥 통나무에 박은 커다란 고리못에다 붙잡아 매어 놓았지요. 게다가 두 손과 두 다리를 쇠사슬로 결박해 놓고 앞으로는 주인이 나타나거나, 주인이 일정한 기간 안에 나타나 우리가 파낸 구멍을 메꾸지 않으면 경매에 붙여 팔아 버릴 때까지 먹을 것이라곤 빵과 물밖에는 주지 않겠다고 했지요. 농부가 두 사람씩 밤마다 총을 들고 이 오두막집 주위를 감시하지 않으면 안 되고, 또 낮에는 불독 개를 문간에다 매어 두지 않으면 안 되겠다고 했습니다. 이럭저럭 하는 동안에 이 일도 대강 끝났으므로 사람들은 서로 욕지거리를 절반씩 섞어 작별 인사를 하면서 뿔뿔이 흩어지기 시작했지요. 그때 노인 의사가 나타나 주위를 돌아보고는 이렇게 말했습니다.

"필요 이상으로 심하게 학대하지는 마시오. 이 검둥이는 나쁜 녀석이 아니니까요. 내가 그 애 있는 데로 가 보니까 누구 도움을 받지 않고서는 도저히 총알을 빼낼 수가 없었단 말입니다. 그 애를 혼자 남겨 놓고 사람들을 불러올 수 있을 만한 상태가 아니었단 말이지요. 게다가 그 애는 점점 상태가 더욱 악화되기만 하여 마침내는 머리가 이상해졌는지 내가 가까이 오지 못하게 하지를 않나, 자기 뗏목에다 백묵 표시를 하면 죽여 버리겠다는 둥 헛소리를 끝없이 지껄여 대는 까닭으로 나는 도저히 손을 쓸 길이 없었단 말씀이지요. 그래서 내가 무슨 수를 써서라도 사람을 데리고 오지 않으면 안 되겠다고 했더니, 그 말이 채 끝나기도 전에 이 검둥이 녀석이 어디서 기어 나와 도와주겠다고 하고는, 정말 그 말대로 훌륭하게 나를 도와주었지요. 물론 나는 금방 이 녀석이 도망친 검둥이 녀석이라고 판단했지요. 헌데 내 처지란 참으로 난처했지요! 그날 나머지 낮 시간과 그날 밤을 줄곧 붙어 있지 않으면 안 되었지요. 말하자면 진퇴양난이라고나 할까요! 그때 감기 환

자가 둘이나 있어서 물론 어서 마을로 달려가 그 사람들을 돌
보고 싶었지만 어디 차마 갈 수가 있어야지요. 검둥이가 도망
칠지도 모르고, 만일 그렇게 되는 날엔 내 탓이 되고 말 테니
까요. 한데 소리질러 부를 만한 거리에 쪽배 한 척 오지 않았
지요. 그래서 난 그대로 오늘 새벽까지 그곳을 떠나지 못하고
머물러 있지 않으면 안 되었단 말씀이지요. 정말 이 검둥이보
다 훌륭하고 충실한 간호인은 난생처음입니다. 게다가 이 녀
석은 자신의 자유가 위태롭게 되는 것마저 아랑곳하지 않았
고, 몸이 기진맥진이 되도록 나를 도와주었단 말입니다. 최근
몹시 혹사당한 흔적이 대번에 드러나는 게 아니겠어요. 그래
서 난 이 검둥이 녀석이 좋아졌지요. 여러분, 이와 같은 검둥
이는 1000달러의 가치가 있소. 또한 친절한 대우를 받을 가치

가 있단 말이지요. 내가 필요로 하는 건 모두 갖다주었고, 그래서 그 애는 집에 있는 것과 마찬가지로, 아니, 어쩌면 집에 있는 것 이상으로 간호를 잘 받았소. 거긴 퍽 조용한 곳이었으니까요. 그곳에서 난 그 애와 검둥일 데리고 오늘 새벽녘까지 있지 않으면 안 되었소. 때마침 몇 사람이 쪽배를 타고 옆을 지나갔고, 천만다행으로 검둥이는 밀짚이 불 옆에 앉아 머리를 무릎 위에다 박고 세상 모르고 자고 있는 것이 아니겠어요. 그래 난 그 사람들에게 눈짓을 했더니 그 사람들은 살며시 접근해 와 검둥이를 붙잡고 무슨 영문인지 몰라 어리둥절하고 있는 놈을 그만 결박해 버려 아무 문제도 일어나지 않았소. 그리고 애가 열에 뜬 얼굴을 하고 잠을 자고 있었으므로 우리들은 소리를 내지 않고 노를 살살 저어 뗏목을 아주 감쪽같이 조용히 끌고 왔단 말이외다. 그런데 검둥이는 처음부터 전혀 소동을 부리지도 않았고, 한마디 말도 안 하는 게 아니겠소. 여러분, 이 녀석은 절대로 나쁜 녀석이 아니오. 내 생각은 그렇소.”

누군가가 이렇게 말했습니다.

“의사 선생님, 정말 훌륭한 얘기인데요. 정말입니다.”

다른 사람들도 얼마간 누그러졌고, 나는 그처럼 짐에게 호의를 베풀어 준 노인 의사에 대해서 매우 고맙게 생각했습니다. 그리고 또한 내가 짐에 대해 판단하고 있던 것과 꼭 같아서 기뻤습니다. 나는 한눈에 벌써 이 사람이 인정이 많고 착한 사람이라고 생각했지요. 그래서 사람들은 짐이 매우 훌륭한 짓을 했기 때문에 얼마간 인정해 주고 보답해 줄 가치가 있다는 데 의견을 모았지요. 그리하여 그 즉시 하나같이 더이상 짐에게 욕설을 퍼붓지 않기로 마음에서 우러나는 약속을 했습니다.

그러고 나서 사람들은 그 방에서 나와 자물쇠를 채우고는 짐을 안에다 가둬 버렸습니다. 너무도 무거우니까 쇠사슬을 한둘 풀어 주자느니, 빵과 물 말고도 고기와 야채도 갖다주자느니 하고 말하기를 은근히 바랐지만, 사람들의 생각이 거기까지는 미치지 못했지요. 그렇다고 해서 내가 내 입으로 직접 끼어드는 것은 좋지 않다고 생각했습니다. 하지만 이제 내 앞에 가로놓여 있는 난관만 돌파하면 어떻게 해서든지 샐리 아줌마에게 그 얘기를 꺼내리라고 생각했습니다. 제 말은요, 톰이랑 내가 그 빌어먹을 밤 도망친 검둥이를 찾으려고 돌아다니던 이야기를 하면서 시드가 총상을 입었다는 말을 어떻게 해서 내가 깜빡 잊어버리게 되었는지에 대해 설명하는 일 말입니다.

그러나 나에게는 시간의 여유가 얼마든지 있었습니다. 샐리 아줌마는 밤낮을 가리지 않고 줄곧 병실에 붙어 있었고, 나는 사일러스 아저씨가 그 근처를 서성거리는 것을 볼 때마다 아저씨를 피해 다녔지요.

이튿날 아침 톰의 상태가 훨씬 좋아졌고, 샐리 아줌마도 한잠 자러 갔다는 말을 들었습니다. 그래서 나는 몰래 병실로 들어가 톰이 일어나 있으면 집안 식구들에게 의심을 살 염려가 없을 이야기를 꾸며낼 수 있으리라고 생각했지요. 그러나 톰은 아주 편안하게 잠이 들어 있었고, 집으로 실려 올 때

와 같이 붉게 달아오른 얼굴이 아니라 창백한 얼굴을 하고 있었습니다. 그래서 나는 거기 앉아서 톰이 눈을 뜨기를 기다리고 있었지요. 한 30분쯤 지나자 샐리 아줌마가 살며시 들어왔고, 나는 또 난처한 지경에 빠지고 말았지요! 아줌마는 조용히 하라고 손짓을 하고는 내 옆에 앉으며 낮은 목소리로 이제는 모두 기뻐해도 좋다고 말했습니다. 모든 증상이 더할 나위 없이 양호하고, 저렇게 계속 잠만 자고, 점점 회복 일로에 있으니 십중팔구 눈을 뜨면 제정신으로 다시 돌아올 것이기 때문이라고 했습니다.

그래서 우리 둘은 앉아서 지켜보고 있었고, 마침내 톰이 몸을 조금 꿈틀거리더니 아주 자연스럽게 눈을 뜨고는 주위를 둘러보며 이렇게 말했습니다.

"아니, 내가 지금 집에 돌아와 있는 게 아냐! 이게 어찌된 일이지? 뗏목은 어디 있는 거야?"

"괜찮아." 하고 내가 말했지요.

"그리고 짐은?"

"괜찮아." 하고 내가 말했지만 그다지 힘있는 대답은 아니었습니다. 그러나 톰은 그런 것을 전혀 알아보지 못하고는 이렇게 말했습니다.

"옳지 잘됐어! 아주 훌륭해! 이젠 우린 안전하구나! 아줌마에게 얘기했니?"

내가 그렇다고 막 대답하려고 하는데 아줌마가 말을 가로막고 이렇게 물었습니다.

"시드, 무엇 말이야?"

"뭐 뭐예요, 그 모든 일을 해낸 방법 말이지요."

"모든 일이라니?"

"글쎄, 그 모든 일 말이에요. 하나밖에 없어요. 우리들이, 나랑 톰 말이에요, 도망친 검둥이를 자유의 몸으로 만들어 준 일 말이지요."

"맙소사! 도망친 짐! 지금 이 애가 무슨 소리를 하고 있는 거람! 저런, 저런 너 또 머리가 이상해졌구나!"

"아니요, 난 머리가 이상해진 게 아니에요. 제가 얘기하고 있는 걸 다 알고 있는걸요. 우리들이 그 검둥이를 자유의 몸으로 만들었지요. 나랑 톰이 말이에요. 우린 그 일을 계획하고 실행에 옮긴 거예요. 게다가 그 일을 아주 멋들어지게 해냈거든요." 하고 톰이 지껄이기 시작했고, 아줌마는 그냥 그대로 내버려 두었습니다. 내가 끼어들어도 아무 소용 없다는 것을 알았지요. "글쎄, 이모, 여간 힘든 일이 아니었어요. 몇 주일이 걸렸는지 모르겠어요. 밤이면 밤마다 몇 시간씩 집안 식구들이 모두 자고 있는 동안에 말이에요. 그다음 우리들은 양초니, 침대 시트니, 셔츠니, 이모 옷이니, 숟가락이니, 양철 접시니, 칼집에 든 칼이니, 난상기니, 숫돌이니, 밀가루니 그 밖에 이루 다 셀 수 없을 만큼 온갖 물건을 훔치지 않으면 안 되었지요. 그리고 톱을 만들랴, 펜을 만들랴, 문구를 새기랴 얼마나 힘이 들었는지 이모는 아마 상상도 못 할 거예요. 또 이모는 그 재미 절반도 모를 거예요. 그리고 나서 우리들은 관이니 뭐니 하는 그림을 그리지 않으면 안 되었고, 강도가 보내온 익명의 편지를 쓰지 않으면 안 되었으며, 피뢰침을 오르내렸는가 하면, 오두막집으로 통하는 구멍을 뚫지 않으면 안 되었고, 밧줄 사다리를 만들어 파이 속에 넣어서 들여보내지 않으면 안 되었고, 또 도구로 쓸 숟가락이랑 그 밖의 물건들을 이모 앞치마 호주머니 속에다 넣어서 들여보내지 않으면 안 되었던 거예요……."

"아니 이럴 수가!"

"……그리고 짐과 벗이 될 만한 쥐니 뱀이니 하는 동물들을 잔뜩 집어넣지 않으면 안 되었지요. 이모가 모자 속에다 버터를 넣고 있는 톰을 그렇게 오랫동안 붙잡아 놓는 바람에 그만 이 일은 하마터면 실패하고 말 뻔했어요. 우리들이 오두막집을 채 나서기도 전에 사람들이 우르르 밀어닥쳤기 때문이지요. 그 바람에 우리는 서둘러 도망치지 않으면 안 되었고, 사람들은 우리 소리를 듣자 우리들에게 총을 쏴 댔고, 그 바람에 내가 총에 맞은 거예요. 우리들은 길에서 몸을 피해 그 사람들을 먼저 보냈지요. 개는 왔어도 우리들은 거들떠보지도 않고 시끄런 소리가 나는 곳으로 가 버렸지요. 그 후 우리들은 카누를 타고 뗏목 있는 데로 가서 모두 무사하게 되었고, 짐은 마침내 자유의 몸이 된 거예요. 그런데 이 모든 일을 전부 우리들만의 힘으로 해낸 겁니다. 장하지 않아요, 이모?"

"어머나, 이런 얘기는 머리카락 나고 처음 듣는구나! 그럼 이 모든 소란을 피워 모든 사람의 간을 콩알만 하게 만들고 죽을 지경으로 만든 게 바로 너희들이었단 말이냐, 이 꼬마 악당들 같으니라고. 지금 당장 혼내 주고 싶은 생각이 굴뚝 같구나. 나는 그것도 모르고 밤이면 밤마다 여기서 이렇게 마음 졸이고 있었다고 생각하니⋯⋯. 네가 낫기만 해 봐라, 이 장난꾸러기 악당 녀석들아, 꼭 네 두 놈의 나쁜 버르장머리를 단단히 고쳐 놓고 말 테다!"

그러나 톰은 득의만면해서 말을 멈출 수가 없었고 혀를 쉴 새 없이 놀려 댔습니다. 이번에는 아줌마도 맞장구를 치며 화를 내는 바람에 마치 고양이 싸움처럼 두 사람이 동시에 지걸여 댔지요. 그러다가 그녀가 이렇게 말했습니다.

"그래 좋아, 지금은 실컷 좋아해라. 하지만 다시 한번만 그놈에게 손을 대다가 나한테 들키는 날이면⋯⋯."

"누구에게 손을 댄다는 거예요?" 톰은 웃는 얼굴을 멈추고 놀란 표정을 지었습니다.

"누구에게냐고? 누군 누구야, 물론 저 도망친 검둥이 녀석 말이지. 그 녀석 말고 또 누가 있겠어?"

톰은 아주 정색을 하고 나를 쳐다보며 이렇게 말했습니다.

"톰, 그는 괜찮다고 방금 그러지 않았니? 도망친 게 아니란 말이야?"

"그라니?" 하고 샐리 아줌마가 말했지요. "도망친 검둥이 말이냐? 도망치다니, 천만의 말씀. 무사히 붙잡아 왔단다. 그래서 도로 그 오두막에다 가두어 놓았지. 먹는 건 빵과 물뿐이고. 누가 자기 것이라고 주장하거나 팔아 버릴 때까지 쇠사슬로 친친 묶어 놓았단다."

톰은 벌떡 침대에 일어나 앉았습니다. 두 눈을 이글이글거리며 콧구멍은 마치 물고기 아가미처럼 열렸다 닫혔다 하면서 말이지요. 그러고는 나에게 소리를 쳤습니다.

"짐을 가둘 권리가 있는 사람은 아무도 없어! 어서 빨리 가! 1분이라도 꾸물거리고 있어선 안 돼. 쇠사슬을 풀어주란 말이야! 짐은 이제 노예가 아니야. 이 지상을 걸어다니는 어느 생물 못지않게 자유의 몸이란 말이야!"

"이 애가 도대체 무슨 소리를 하고 있는 거야?"

"샐리 이모, 한마디 한마디가 모두 정말이에요. 아무도 안 간다면 내가 갈 거예요. 나는 일생 동안 그 검둥이를 잘 알고 있고, 그건 저기 있는 톰도 마찬가지지요. 왓츤 아줌마가 두 달 전에 세상을 떠났는데, 그를 강 하류에다 팔려고 하던 일을 부끄럽게 생각하고 있다고 그랬어요. 그래서 유언으로 그를 노예 신분에서 해방시켜 주었어요."

"그렇다면 대관절 무엇 때문에 너는 그를 자유의 몸으로 만들어 주려고 했단 말이냐, 벌써 자유의 몸이 되었다면서?"

"글쎄요, 실은 그게 문제예요. 역시 이모도 여자는 여자군요! 난 모험을 하고 싶었던 겁니다. 피바다에 목만 내놓고 거닐고…… 아니, 맙소사, 폴리 이모다!"

그때 폴리 아줌마가 몹시 기분이 좋은 천사처럼 인자하고 만족스런 표정을 하고 문 안쪽에 서 있는 것이 아니겠습니까!

샐리 아줌마는 폴리 아줌마에게로 뛰어들어 머리가 목에서 떨어져 나갈 뻔하게 꼭 껴안고는 매달려 울었습니다. 암만해도 우리들에게 사태가 불리하게 벌어질 것만 같아 나는 침대 밑으로 기어 들어갔지요. 거기서 밖을 엿보고 있으려니까, 얼마 후 톰의 폴리 아줌마가 샐리 아줌마를 뿌리치고 서서 안경 너머로 톰을 물끄러미 쳐다보았습니다. 마치 그를 땅 속에 밀어넣기라도 하는 것처럼 말입니다. 그러고 나서 폴리 아줌마가 이렇게 입을 열었습니다.

"그래, 넌 머리를 옆으로 돌리는 게 좋겠다. 톰, 내가 너라면 그렇게 하겠다."

"어머나, 맙소사!" 하고 샐리 아줌마가 말했지요. "그 애가 그렇게 달라졌수? 아니, 그 앤 톰이 아니고 시드예요. 톰은…… 톰…… 헌데 톰이 어디 갔지? 방금까지만 해도 여기 있었는데."

"아우 말은, 헉 핀이 지금 어디 있느냐 그 말이겠지. 그 애를 두고 하는 말이야! 긴 세월 동안 톰 같은 그런 장난꾸러기를 손수 키워 온 내가 첫눈에 알아보지 못할 리가 있겠나. 알아보지 못한다면 그건 참으로 어처구니 없는 노릇이지. 헉 핀, 어서 침대 밑에서 나오지 못할까."

그래서 나는 침대 밑에서 기어 나왔지만 도무지 신바람이

나지 않았습니다.

샐리 아줌마처럼 마치 무엇에 홀린 듯이 어리둥절한 표정을 짓고 있는 사람을 나는 일찍이 본 적이 없습니다. 아니, 또 한 사람이 있었는데, 그 사람은 방 안에 들어와 아줌마들로부터 자초지종을 들은 사일러스 아저씨였지요. 마치 아저씨는 술에 취한 사람처럼 그날 오후 내내 멍하니 지냈습니다. 그날 밤 기도회에서 한 설교는 굉장히 유명하게 되었습니다. 왜냐하면 이 세상에서 제일 나이 많은 노인이라도 그 설교를 알아들을 수가 없었기 때문이지요. 그래서 톰의 폴리 아줌마는 내가 누구이며, 어떠한 애인가 하는 것을 낱낱이 털어놓았습니다. 나도 펠프스 부인이 나를 톰 소여로 잘못 알았을 때 얼마나 입장이 난처했는지 모릅니다. 펠프스 부인이 끼어들어 "그래, 나를 그냥 샐리 아줌마라고 부르려무나. 이제는 귀에 익어 구태여 바꿀 필요는 없다." 하고 말했지요. 샐리 아줌마가 나를 톰 소여로 잘못 알았을 때, 나는 가만히 있을 수밖에 없었다고, 그렇게 할 수밖에 달리 뾰족한 수가 없었노라고 털어놓아야만 했습니다. 신비스런 일이라면 사족을 못쓰는 톰인지라 그것을 모험거리로 만들어 아주 만족할 것이기 때문에 그도 상관하지 않을 것으로 알고 있었다고 말했지요. 그래서 일이 이렇게 생각한 대로 돌아갔는데, 톰은 시드인 척을 하며 될 수 있는 데까지 나의 마음이 편하도록 해 주었다고 말입니다.

톰의 폴리 아줌마는 왓츤 아줌마가 유언으로 짐을 노예 신분에서 해방시켜 준 것은 톰이 말한 그대로라고 했습니다. 그렇다면 결국 톰은 자유의 몸인 검둥이를 자유의 몸으로 만들기 위해 그토록 귀찮고 성가신 일을 했던 셈이었지요! 그래서 나는 그때 그 이야기를 들을 때서야 비로소 그런 좋은 집안에서 자라난 톰이 어찌하여 검둥이를 자유롭게 풀어 주려는 일을 도울 생각이 났는지 이해가 갔던 겁니다.

샐리 아줌마가 시드도 무사히 도착했다는 편지를 보냈을 때, 자기는 이렇게 혼잣말을 했노라고 폴리 아줌마는 말했습니다.

"옳지, 저것 좀 봐! 내 그럴 줄 알았지. 그 애를 감독할 사람 하나 딸려 보내지 않고 혼자 떠나보냈으니 저 꼴이 되고 말았구나. 그래서 지금 당장 1770킬로미터나 되는 강을 따라 내려가서 이번엔 그 애가 무슨 짓을 저지르는지 알아봐야겠다고 했지. 아우한테서 그 편지에 대한 답장도 오지 않을 것 같았으니까."

"아니, 형님한테 아무 편지를 받은 적이 없는데요." 하고 샐리 아줌마가 말했지요.

"아니, 이럴 수가! 시드가 와 있다는 게 대체 무슨 소리냐고 두 번이나 편지를 보냈는데."

"형님, 편지 한 통도 안 받았어요."

폴리 아줌마는 천천히 그리고 엄숙한 얼굴로 고개를 이쪽으로 돌리더니 이렇게 말했습니다.

"이놈, 톰!"

"뭐, 뭔데요?" 하고 그가 조금 시치미를 떼듯이 말했지요. "무슨 편지인데요?"

"그 편지 말이야. 내 네 녀석을 붙잡기만 하면 맹세코……."

"가방 속에 있어요. 그럼 됐지요. 우체국에서 찾아온 대로 그대로 놔뒀어요. 읽지도 않았고 만져 보지도 않았어요. 하지만 이 편지가 귀찮은 문제를 일으키리라는 건 알았지요. 그래서 급한 편지가 아니라면 감춰 두는 게 좋다고 생각했지요."

"그래, 암만해도 네 녀석을 단단히 혼내 줘야겠다. 꼭 그래야만 하겠는걸. 그 후 내려간다는 편지를 또 한 통 썼는데, 그것마저 저 녀석이……."

"아녜요, 그 편지는 어제 받았어요. 아직 읽진 않았지만 그 편지는 무사해요. 그 편지는 받았어요."

나는 샐리 아줌마가 그 편지도 받지 않았다는 사실에 2달러 내기라도 걸겠지만, 그렇게 하지 않는 편이 더 안전하리라는 생각이 들었지요. 그래서 입을 꼭 다물고 잠자코 있었습니다.

마지막 장

　처음으로 톰과 단 둘이만 있게 되자 나는 그에게 도망가고 있는 동안 어떻게 할 작정이었느냐고 물었습니다. 탈출이 제대로 성공하고 이미 자유의 몸이 되어 있는 검둥이를 또다시 자유의 몸으로 만들었을 때, 어떻게 할 계획이었는지 말입니다. 그러자 톰은 처음부터 머릿속에 가지고 있던 계획을 이렇게 말했지요. 짐을 무사히 구출하여 그를 뗏목에 태워 강 하구까지 곧장 모험을 하면서 데리고 내려간 다음, 짐에게 자유의 몸이 되었다는 사실을 알리고 정정당당히 기선을 태워 고향으로 데리고 가, 짐에게 이제까지 수고를 끼친 수고비를 치러 주고, 미리 편지를 내어 고향 일대의 검둥이들 모두에게 환영을 나오게 하여, 횃불 행렬과 악대를 앞세워 마을로 돌아오게 한다는 겁니다. 그렇게 되면 짐은 영웅이 되고 우리들도 영웅이 될 게 아니겠느냐는 거였지요. 하지만 나는 지금 상태로도 일이 잘되었다는 생각이 들었습니다.

우리들은 곧 짐의 쇠사슬을 풀어 주었고, 짐이 의사를 잘 도와서 톰을 간호했다는 것을 알게 되자 폴리 아줌마도, 샐리 아줌마도, 사일러스 아저씨도 꽤나 야단법석을 떨며 짐에게 멋진 옷을 입히고, 먹고 싶은 것을 마음대로 먹도록 갖다 주고, 일을 시키지 않고 즐겁게 놀도록 해 주었지요. 우리들은 병실로 짐을 데려다 놓고는 얘기꽃을 피웠습니다. 그렇게 참을성 있게 우리들을 위해서 죄수 노릇을 해 주었고 그 역을 그렇게 잘해 준 대가로 톰은 짐에게 무려 40달러를 주었습니다. 짐이 너무나 기쁜 나머지 까무러치는 게 아닌가 싶을 정도였지요. 짐이 이렇게 말했습니다.

"이봐, 헉, 내 뭐라고 했덩가? 그 잭슨섬에서 한 말 말이제. 내 가슴팍에 털이 나 있으니 이게 무슨 좋은 일이 일어날 징조라고 하지 않았냐 말이여? 그리고 한때 부자였으니 다시 한번 부자가 될 팔자라고 하지 않더냐 말이제. 자 그대로 됐지 뭐야. 정말로 이루어지고 말았당께! 자, 지금 말이제! 암만 나에게 뭐라고 해도 소용없제. 징조는 징조랑께. 지금 내가 이렇게 서 있는 것처럼 확실히 다시 한번 부자가 되리라는 걸 이미 알고 있었단 말이여!"

마지막 장

그리고 나서 톰은 언제 그칠지 모를 이야기를 계속 자꾸만 지껄여 대면서 언제 밤에 셋이서 몰래 이곳을 탈출하여, 여행 장비를 준비하여 한 2, 3주쯤 인디언 부락에 있는 인디언들과 굉장한 모험을 한바탕 해 보면 어떻겠느냐고 했지요. 나는 좋다고, 마음에 쏙 들지만 나에겐 장비를 살 만한 돈이 없고, 집에서 붙여 올 수도 없다고 말했습니다. 오래전에 벌써 아빠가 돌아와서 틀림없이 새처 판사한테서 그 돈 모두를 찾아다가 술값으로 다 써 버렸을 것이기 때문이라고 했지요.

"아냐, 아직은 그렇지 않아." 하고 톰이 말했습니다. "그 돈은 아직 고스란히 그대로 남아 있어. 6000달러 이상이나 그대로 남아 있단 말이야. 그리고 네 아버진 그 후로는 한 번도 돌아온 적이 없었어. 어쨌든 내가 그곳을 떠날 때까지 아직 돌아오진 않았어."

짐이 조금 엄숙한 말투로 말했습니다.

"헉, 그 양반은 이제 다시는 돌아오지 못하제."

내가 물었지요.

"짐, 왜 돌아오지 않는다는 거야?"

"헉, 왜구 뭐구 없어. 하지만 그 양반은 다시는 돌아오지 않는데두 그러는구먼."

그러나 내가 자꾸 따지자 마침내 하는 수 없이 짐이 이렇게 말했습니다.

"강을 따라 떠내려온 통나무집을 기억하고 있제? 그 안에 무엇에 덮힌 사람 하나가 있었는데, 내가 안으로 들어가서 덮여 있는 걸 들춰 보고는 너를 그 안에 들어오지 못하게 안 하덩가? 그러니까 말인데, 그 돈 필요할 때 얼마든지 손에 넣을 수 있어. 왜냐면 죽은 시체는 바로 네 아빠였으니까 말이제."

톰은 이제 몸이 거의 다 나아서 뽑아낸 총알을 쇠줄에다 달고 시계 대신 목에다 걸고는 늘 지금 몇 시냐고 그것을 들여다보았습니다. 자, 이제 더 이상 쓸 이야기라고는 아무것도 없습니다. 그것이 나에게는 무엇보다도 기쁩니다. 그 까닭은 만일 책을 쓴다는 것이 이렇게도 귀찮은 일인지 미리 알았더라면, 나는 아마 이 일에 덤벼들지 않았을 것이고, 두 번 다시는 이런 일을 하려고도 하지 않을 겁니다. 그러나 나는 나머지 사람들보다 앞서 인디언 지역으로 떠나지 않으면 안 되겠다는 생각이 들었습니다. 샐리 아줌마가 나를 양자로 삼아 '교양 있는' 사람으로 만들려 하고 있고, 나는 그 일이 도저히 참을 수 없었기 때문이지요. 그 일이라면 전에도 한 번 해 본 적이 있으니 말입니다.

미국 현대 문학의 시작 『허클베리 핀의 모험』

흔히 '미국의 셰익스피어'요 '미국 문학의 링컨'으로 일컫는 마크 트웨인은 미국 작가뿐만 아니라 세계의 모든 작가를 통틀어서도 가장 폭넓은 독자층이 넓은 작가로 꼽힌다. 그의 작품은 유치원 학생에서 대학원 박사 과정에 있는 학생에 이르기까지 글을 읽을 줄 아는 사람이라면 누구나 즐겨 읽는다. 『톰 소여의 모험』이나 『허클베리 핀의 모험』 또는 『왕자와 거지』 같은 작품을 읽지 않고 어린 시절을 보낸 사람은 아마 거의 없을 듯하다. 이렇듯 그의 작품은 청소년들이라면 반드시 겪어야 하는 일종의 통과 의례 같은 의미가 있다. 마찬가지로 문학 작품을 좀 더 진지하게 읽고 체계적으로 연구하는 학자들의 독서 목록에도 그의 작품은 약방의 감초처럼 꼭 끼게 마련이다.

일반 독자들만이 아니라 많은 작가들도 입에 침이 마르도록 트웨인에게 찬사를 아끼지 않는다. 적지 않은 작가들이 그동안 그에게서 직접 또는 간접 큰 영향을 받아왔다고 솔직히 털어놓았다. 말하자면 트웨인은 '작가들의 작가'로서도 문학사에서 독특한 위치를 차지하고 있다. 예를 들어 J. D. 샐린저를 비롯한 미국 현대 작가들의 작품을 읽다 보면 트웨인의 그림자가 여기저기서 어른거린다.

어니스트 헤밍웨이는 '미국의 모든 현대 문학은 마크 트웨인이 쓴 『허클베리 핀의 모험』이라는 책 한 권에서 비롯하였다.'고 말한 적이 있다. 헤밍웨이와 같은 시대에 활약한 윌리엄 포크너도 셔웃 앤더슨이 자기 세대 작가들의 아버지라고 한다면, 트웨인이야말로 앤더슨 같은 선배 세대 작가들의 아버지라고 밝혔다. 그렇다면 헤밍웨이나 포크너 같은 작가들에게 트웨인은 미국 문학의 할아버지에 해당하는 셈이다. 그리고 영국과 미국 모더니즘 문학의 대부격인 T. S. 엘리엇 또한 '트웨인은 자기 자신뿐만 아니라 다른 작가들에게도 새로운 창작 방법을 발견해 낸 작가들 가운데 한 사람'이라고 말했다. 미국 문학사, 더 나아가 세계 문학사에서 트웨인이 이룩해 놓은 업적을 생각할 때 이러한 찬사는 결코 지나친 말이 아닌 성싶다.

마크 트웨인이 발표한 많은 작품 가운에서도 『허클베리 핀의 모험』(1884)은 가장 중요한 위치를 차지한다. 이 작품은 미국 문학사는 말할 것도 없고 세계 문학사의 반열에 올라 있다. 이 작품을 읽지 않고서 미국 문학을 제대로 말할 수 없다고 하여도 그렇게 틀린 말이 아닐 것 같다. 프랑스 문학사에서 스탕달의 『적과 흑』, 독일 문학사에서 괴테의 『파우스트』, 그리고 러시아 문학사에서 레프 톨스토이의 『전쟁과 평화』를 빼놓을 수 없듯이 미국 문학사에서 트웨인의 『허클베리 핀의 모험』을 빼놓을 수 없다.

그러나 훌륭한 작품들이 대개 그러하듯이 트웨인의 이 작품도 제대로 빛을 보기까지는 갖가지 어려움을 겪었다. 이 소설은 '불건전한' 내용 때문에 처음 출간되었을 때부터 비난의 화살을 받았다. 특히 청소년들이 읽기에는 여러 모로 부적절하다는 판정을 받았다. 무엇보다도 주인공 헉 핀이 거짓말을 밥 먹는 듯이 하는 소년이라는 것이다. 실제로 그는 기회 있을 때마다 거짓말을 일삼는다. 물론 헉의 거짓말은 고아와 다름없는 소년으로서 살아남기 위한 생존 전략이거나 어려운 위기를 모면하기 위한 임기응변이라고 할 만하다. 말하자면 '악의 없는 거짓말'이라고도 할 수 있다. 비록 이 점을 염두에 두더라도 그의 거짓말은 지나친 데가 없지 않다.

또한 헉은 미시시피강을 따라 여행하면서 남의 집 수박이나 닭 같은 물건들을 자주 '빌려 오기도' 한다. 더글러스 과부댁의 말대로 이 빌려온다는 표현은 '훔쳐 온다'는 표현을 완곡하게 표현한 것에 지나지 않고 실제로는 남의 물건을 도둑질하는 것과 크게 다르지 않다. 심지어는 톰 소여조차도 헉이 검둥이 밭에서 수박을 훔쳐 먹자 그를 심히 나무라며 주인에게 10센트를 갖다주라고 야단이다. 남의 집 부엌에 들어가 양초 몇 개를 슬쩍 가지고 나오면서 5센트 은화를 식탁에 놓고 나오는 톰과 비교해 보면 헉의 이러한 행동은 크게 차이가 난다.

더구나 헉은 이 무렵 미국 사회의 주춧돌이라고 할 수 있는 기독교와 도덕성 그리고 윤리관을 가차없이 조롱하고 모멸한다. 17세기 초엽 메이플라워호를 타고 대서양을 건너온 식민지 개척자들의 청교도 정신이 점차 그 빛을 잃었고 남북 전쟁 이후에는 급격히 쇠퇴했다고는 하지만 이 무렵 아직도 미국 사회를 떠받들고 있는 정신적 지주는 역시 기독교 윤리였다. 그런데도 헉은 아무 거리낌 없이 천국보다는 오히려 지옥에 가고 싶다고 말한다. 이 밖에도 왕과 공작 같은 사기꾼들은 여러 장면에서 기독교인들의 위선과 기만을 날카롭게 꼬집는다.

그런가 하면 이 소설이 배척받은 데에는 헉이 사용하는 말투도 톡톡히 한몫했다. 남서부 지방의 사투리를 비롯하여 비어나 속어를 자주 쓰는 것은 물론이고 소년으로서는 도저히 입에 담기 어려운 상스런 말이나 욕설까지도 서슴지 않고 내뱉는다. 뿐만 아니라 헉을 비롯한 다른 작중인물들이 사용하는 어법도 미국의 표준어와는 꽤 거리가 멀다. 예를 들어 그들은 시제에 있어 불규칙 과거 동사를 엄격히 지키지 않는다든지, 경우에 따라서는 규범 문법에서 금하는 이중 부정을 즐겨 사용한다. 이렇게 어법과 문법에 맞지 않는 구어체 언어는 학교 교육에서 엄격히 통제하는 것들이다.

이 작품이 처음 출간된 19세기 말엽과 20세기 초엽의 독자들은 헉이 불량 소년이며 그의 행동거지나 말버릇이 청소년들에게 해를 끼친다고 주장했다. 그리하여 이 책이 처음 출간되

었을 때《라이프》지는 이 작품을 두고 '피를 굳게 하는 유머'
니 '하수구의 리얼리즘'이니 또는 '천박하고 지루한 농담'이니
하고 신랄히 비판했다. 매서추세츠주의 콩코드 도서관 위원회
는 『허클베리 핀의 모험』을 '쓰레기' 같은 작품으로 여겨 도서
관 장서 목록에서 삭제해 버렸다. 미국 전역에 걸쳐 적지 않은
학교에서도 이 작품을 학생들에게 읽혀서는 안 되는 금서로
지정하기도 했다. 기껏하여야 일반 독자들은 19세기 말엽 미
국에서 크게 인기를 끌던 이른바 '문학적 코미디언들'의 작품
정도로 받아들였을 정도였다. 이 작품이 제대로 그 진가를 인
정받게 된 것은 윌리엄 딘 하월스나 조엘 챈들러 해리스 같은
몇몇 통찰력 있는 작가들이 이 작품의 문학성을 높이 평가하
면서부터였다.

　『허클베리 핀의 모험』은 그 제목 그대로 허클베리 핀이라는
열서너 살 된 한 소년이 겪는 갖가지 모험담으로 되어 있다.
기본적인 플롯을 살펴보면 헉 핀은 미주리주 세인트 피터스버
그 마을의 술주정뱅이의 아들로서, 이 소설이 시작하기 전에
이미 같은 마을의 더글러스 과부댁의 양자가 되었다. 헉은 더
글러스 과부댁과 그녀의 동생인 노처녀 왓츤의 훈육에 때로
는 염증을 느끼기도 하지만 그런 대로 잘 적응해 나간다. 이
무렵 헉 핀이 뜻하지 않게 돈을 손에 넣게 되었다는 소문을
듣고 아버지가 나타나 그를 다시 괴롭히기 시작한다. 아버지
로부터 유괴를 당한 헉은 마침내 아버지로부터 탈출하여 미
시시피강 한복판에 있는 잭슨섬에 숨는다. 거기서 우연히 도
망쳐 나온 왓츤의 흑인 노예 짐을 만나며, 이 두 사람은 홍수

에 떠내려온 뗏목을 타고 미시시피강을 따라 남쪽으로 여행한다. 백인 소년과 흑인 노예가 뗏목을 타고 여행하면서 강과 강변에서 겪는 갖가지 사건들이 이 소설의 핵심적인 뼈대를 이루고 있다. 이 소설은 마침내 아칸소주 파이크스빌 마을에 도착한 헉과 짐이 마침 친척집에 찾아온 톰 소여와 함께 벌이는 희극적 사건으로 끝을 맺는다.

이렇듯 이 작품은 넓은 의미에서 전통적인 '악한 소설'의 형식을 취한다. 첫째, 이 소설은 신분이 낮은 서민 출신의 인물들을 주인공으로 삼고 있다. 물론 여기에서 헉이나 짐은 르 사주의『질 블라스』의 주인공처럼 전형적인 악한(피카로)은 아니지만 출신이 분명치 않은 부랑아나 방랑아임에는 틀림없다. 둘째, 이 소설은 주인공이 여행이나 노상(路上)에서 겪는 갖가지 경험을 주요한 모티프로 사용한다. 트웨인은 미시시피강을 두고 '움직이는 길'이라고 말한 적이 있는데, 실제로 미시시피강은 악한 소설의 주인공이 경험을 겪는 노상과 크게 다름없다. 노상에서 벌어지는 사건을 다루는 만큼 이 작품에서는 주인공의 외부 행동이 매우 중요하게 다루어진다.

셋째, 이 작품은 이런 천한 주인공이 몸소 겪은 사건을 고백하는 자서전적 소설로 되어 있다. 트웨인은 이 소설을 '허클베리의 자서전'이라고 부른 적이 있다. '만약 여러분이『톰 소여의 모험』이라는 책을 읽지 않았다면 아마 나에 대해 잘 모를 겁니다.'라는 소설의 첫 문장에서 벌써 독자들은 주인공이 자신의 경험을 직접 고백하고 있다는 사실을 금방 알아차릴 수 있다.

넷째, 이 소설은 구성면에서 면밀하게 짜여진 플롯에 의존하고 있지 않다. 작품이 시작하기 앞서 작가 자신이 "경고문"이라는 짤막한 글에서 '이 이야기에서 어떤 플롯을 찾으려고 하는 자(者)는 총살할 것이다.'라고 경고하고 있는 사실만 보아도 이 점을 쉽게 알 수 있다. 이 작품에서 사건은 어떤 결말을 향하여 치밀하게 전개되는 전통적인 소설과는 달리 구전 민담처럼 에피소드식으로 느슨하게 짜여져 있다.

그러나 『허클베리 핀의 모험』을 단순히 악한 소설로만 읽는다면 작가가 이 작품에서 의도하고 있는 바를 놓치기 쉽다. 비록 헉은 언뜻 불량 소년처럼 보일는지 모르지만 공작이나 왕같은 다른 작중 인물과는 근본적으로 다르다. 좀 더 따져 보면 그에게는 부정적인 측면에 못지않게 긍정적인 측면이 아주 많다. 한마디로 헉은 병적인 인물이라기보다는 오히려 건강한 인물이라고 할 수 있다.

무엇보다도 헉은 전형적인 피카로와는 달리 풍부한 감수성과 인간성의 소유자로서 심한 내적 갈등과 긴장을 겪고 있으며, 동료 인간들이 받고 있는 고통에 대해서도 남다른 동정심을 느낀다. 예를 들어 살인자들을 난파한 월터 스콧호에 남겨 두고 탈출할 때 헉은 그들이 놓여 있는 처지를 생각하며 무척 가슴 아파한다. 그는 '비록 사람을 죽인 범인이라고는 하지만 그런 곤경에 빠지게 되면 얼마나 무서울까 하고 생각하기 시작했던 겁니다. 나라고 사람을 죽이는 살인자가 되지 말라는 법도 없을 텐데, 내가 그런 꼴이 되면 내 기분이 어떨까 하고 혼자 마음속으로 생각해 보았지요.' 하고 말한다. 그리하여 그는 근처에 있는 거룻배 선원에게 이 사실을 알려 범인들을 구출하도록 한다.

　서커스 장면에서도 크게 다르지 않다. 한 서커스 단원이 술주정꾼을 가장하고 말을 타고 갖은 묘기를 보이는 모습을 보고 다른 관객들은 하나같이 배꼽을 쥐며 웃어 댄다. 그러나 헉은 술주정꾼의 묘기보다는 오히려 그의 안전을 먼저 생각한다. '내게는 조금도 우습지 않았습니다. 이 술주정뱅이의 위태로운 꼴에 몸이 저절로 부들부들 떨렸지요.' 하고 말하는 것을 보면, 아슬아슬한 상황에 놓여 있는 술주정꾼에 대하여 깊은 연민과 동정심을 느끼고 있음이 틀림없다.

　아칸소주의 파이크스빌에서 사기 행각을 벌이던 왕과 공작이 마침내 마을 사람들한테 붙잡혀 곤욕을 치를 때에도 헉은 그들에 대하여 큰 동정심을 보인다. 사일러스 씨로부터 마을 사람들이 왕과 공작을 혼내 주려고 한다는 말을 우연히 듣고 헉은 그들에게 이 사실을 알려 주기 위하여 2층 방에서 피뢰침을 타고 몰래 내려와 마을로 달려간다. 그러나 톰 소여와 함께 마을에 도착했을 때에는 벌써 마을 사람들은 왕과 공작의 몸에 타르를 칠하고 깃털을 꽂아 철봉대에 싣고 다니며 정신적 모멸감과 함께 심한 육체적 고통을 주며, 마침내 그들을 죽게 만든다. 이 끔찍한 광경을 바라보며 헉은 '인간이란 다른 인간에 대해 이렇게 잔인할 수 있는 겁니다.' 하고 절망감을 털어놓는다. 더욱이 헉은 그들에게 이러한 일이 일어나게 된 것도 사기꾼들의 비행 탓보다는 오히려 자기 자신의 실수 탓으로 돌린다. '지금까지의 건방진 생각은 없어지고, 오히려 웬일인지 천박하고 비열하며 내 탓처럼 느껴졌습니다.' 하고 말하는 것이다.

혁 핀이 이렇게 다른 사람들의 고통에 대하여 아주 민감한 반응을 보이는 것은 짐에 대한 태도에서 가장 뚜렷하게 드러난다. 뗏목을 타고 미시시피강을 따라 여행하는 동안 짐은 어느 날 멀리 두고 온 아내와 자식들을 생각하며 비통한 감회에 젖는다. 이러한 모습을 지켜보고 혁은 흑인도 백인과 똑같은 감정을 가지고 있는 인간이라는 사실을 처음으로 깨닫는다.

또 다른 장면에서 짐은 일리노이주 케이로에 가까이 가자 곧 자유인이 될 수 있다는 희열감에 도취되어 있다. 이러한 짐의 태도를 보는 순간 혁은 자신이 흑인 노예를 도피시키고 있다는 사실을 처음으로 깨닫고 양심의 가책을 느낀다. 그리하여 그는 짐의 탈출을 알리기 위하여 카누를 타고 강변으로 향하던 도중 탈출 노예를 잡으려는 무장 경비원들을 만난다. 그러나 짐과 같은 좋은 친구를 배신하면 더욱더 양심의 가책을 느낄 것으로 판단한 혁은 끝까지 짐을 도와주기로 결심한다. 뗏목에는 천연두에 걸려 있는 자기 아버지가 타고 있다고 거짓말을 함으로써 짐을 가까스로 구출해 내기에 이른다.

얼마 후 혁은 다시 한번 도덕적 위기를 맞는다. 이번에는 짐의 노예주 왓튼에게 짐이 펠프스 농장에 체포되어 있다는 편지를 띄우기로 결심한다. 그러나 그는 그동안 짐이 자기에게 베풀어 준 갖가지 행동과 그의 착한 본성을 생각하며 마침내 그 편지를 북북 찢어 버린다. 그러면서 그는 '좋아, 난 지옥으로 가겠어.' 하고 말한다. 이 말에 대하여 혁은 '그것은 끔찍스런 생각이었고 무서운 말이었지만 벌써 입 밖으로 내뱉고 말았습니다. 그리고 나는 내뱉은 말을 취소하지 않고 그냥 그대로 내버려 두었지요.' 하고 말하고 있다. 이 작품에는 이 무렵 점잖은 독자들의 비위에 거슬리게 하는 부분이 한둘이 아니었지만, 특히 그들을 그토록 화나게 만든 것은 바로 이 구절이었다. 그러나 헉의 이 절규는 문명 사회가 부여하는 모든 제약과 구속에서 벗어나 개인의 직관과 참다운 양심에 따라 행동할 것을 천명하는 일종의 양심 선언서다. 이 작품의 맨 마지막 부분에서 그가 문명 사회로 돌아가기를 거부한 채 인디언들이 살고 있는 미개척 지역으로 떠나기로 결심하는 것은 이 점을 더욱 뒷받침해 준다.

여행의 모티프를 지니고 있는 대부분의 소설이 으레 그렇듯이 『허클베리 핀의 모험』 또한 여행 그 자체보다는 그러한 여행을 통하여 주인공이 얻게 되는 정신적 각성 또는 도덕적 통찰이 중요한 주제로 부각되어 있다. 이 작품에서 미시시피강을 따라 이루어지는 기나긴 여행은 곧 헉 핀과 짐이 추구하고 있는 자유에의 여로요 여정이다. 짐이 추구하고 있는 자유는 두말할 나위 없이 노예 제도가 부여하는 구속과 속박의 멍에로부터의 자유이다. 더글러스 과부댁 집에서 왓츤의 노예로 일하고 있는 짐은 자신을 남부 지방으로 팔려고 하는 계획을 우연히 엿듣고 탈출을 기도하여 신체적 자유를 찾아 안주할 곳을 찾아 헤맨다. 적어도 이러한 점에서는 이 작품은 해리엇 비처 스토우의 『톰 아저씨의 오두막』과 아주 비슷한 데가 있다. 그러나 트웨인의 작품은 노예 제도에 대하여 정면 공격을 시도한 스토우의 작품보다 훨씬 더 큰 설득력과 호소력을 지 닌다. 그것은 스토우의 톰 아저씨가 지나치게 우화적 인물로 그려져 있는 반면, 트웨인의 짐은 좀 더 현실적이고 구체적인 인물로 그려져 있기 때문이다. 결국 짐은 노예주 왓츤이 임종 의 자리에서 그를 해방시킴으로써 마침내 자유의 몸이 된다.

한편 헉 핀이 갈구하고 있는 자유는 짐이 추구하고 있는 신 체적 자유와는 달리 좀 더 정신적이고 형이상학적이다. 헉은 문명 사회가 부여하는 모든 제약이나 구속에서 벗어나 개인 의 참다운 자유를 찾아 헤매고 있다. 좀 더 구체적으로 말한 다면 그가 추구하고 있는 자유나 해방은 더글러스 과부댁과 왓츤, 폴리와 샐리로 대변되는 캘빈주의와 빅토리아 시대의 낡은 도덕률과 윤리, 그리고 미시시피강 강변 여러 마을에서 그가 목격하는 갖가지 악으로부터의 자유와 해방이다. 그는 종교, 도덕, 법률, 문화라는 이름으로 사회의 모든 구성원들에 게 요구하는 편견과 그릇된 가치관에서 벗어나 직관적인 자아 와 자연스러운 내적 충동에 따라 살기를 바라는 인물이다. 이 러한 점에서 그는 문명 사회를 등지고 대자연의 원시림 속에 서 살았던 미국 문학의 주인공들, 이를테면 제임스 페니모어 쿠퍼의 '레더스타킹 연작 소설'에 등장하는 주인공 내티 범포, 그리고 허먼 멜빌의 『모비 딕』의 주인공 에이헙 선장의 문학적 후예라고 하여도 결코 지나친 말이 아니다.

헉 핀이 보여 주고 있는 자연과 문명, 개인과 사회, 그리고 선천적으로 물려받은 양심과 후천적으로 습득한 도덕과의 갈 등이나 긴장은 서로 상반되는 두 지리적 배경으로 펼쳐진다.

헉과 짐이 마치 자신들의 고향 집처럼 느끼는 미시시피강과 뗏목, 그리고 강변과 그 주위에 여기저기 흩어져 있는 마을이 바로 그것이다. 물론 강과 강변, 뗏목과 마을을 단순히 기계적으로 대조시키는 데에는 적잖이 무리가 따른다. 가령 미시시피강에는 앞이 보이지 않을 만큼 자주 안개가 껴 증기선들을 비롯한 선박들이 서로 충돌하는가 하면 홍수와 급류 때문에 갖가지 사고가 일어난다. 그런가 하면 강 곳곳에는 암초가 도사리고 있기도 하다. 마찬가지로 강변의 마을에서도 언제나 폭력이 난무하고 악이 횡행하는 것만은 아니다.

그러나 이 두 지리적 배경은 단순한 외형적인 물리적 조건에 그치지 않고 주인공들이 겪고 있는 경험의 유형을 상징적으로 나타낸다. 좀 더 구체적으로 말해서 미시시피강과 뗏목은 자유와 안정, 행복, 평화, 자연과의 조화 따위를 상징하는 한편, 강변과 그 주위 마을은 속악과 악의, 기만, 탐욕, 폭력을 상징한다. 헉과 짐은 이 두 경험 사이를 마치 괘종시계의 추처럼 끊임없이 서로 오가고 있다. 그렇다면 미시시피강과 그 강변 마을은 물리적 공간보다는 오히려 주인공의 정신적 공간이요 내면 풍경과 크게 다르지 않다.

『허클베리 핀의 모험』의 작중인물들이 추구하는 자유와 평등 그리고 박애 정신은 다름아닌 미국 민주주의가 지향하는 이상이기도 하다. 민주주의는 정치 형태나 제도의 한 가지이지만 그 밑바닥에는 자유와 평등 그리고 박애주의라는 휴머니즘이 깔려 있다. 이러한 휴머니즘을 떠나서 민주주의를 말할 수 없다. 미국 문학사에서 민주주의 이상을 문학 작품에 가장 잘 형상화한 문학가로 흔히 월트 휘트먼을 꼽는다. 시집 『풀잎』에 실려 있는 여러 작품에서 그는 미국 민주주의를 예찬한다. 휘트먼에게 늘 '미국의 국민 시인'이라는 꼬리표가 붙어 다니는 것은 바로 그 때문이다.

휘트먼이 시 문학을 통하여 민주주의의 이상을 노래했다면 마크 트웨인은 산문 문학을 통하여 그것을 표현했다. 그러나 트웨인의 『허클베리 핀의 모험』이 휘트먼의 『풀잎』보다 좀 더 효과적으로 이러한 이상을 형상화했다는 평가를 받는다. 이 점에서 '마크 트웨인은 철두철미한 미국인이다. 만약 외국인이 미국 정신의 실체를 알고 싶다면 마크 트웨인을 읽게 하라. 그는 미국인들이 편애하는 월트 휘트먼보다 몇 갑절 더 미국적인 작가이다.'라는 문학 비평가 W. L. 펠프스의 주장은 결코 지나친 말이 아니다.

미국의 시인 로버트 프로스트는 시를 정의하면서 어느 한 시를 다른 나라 말로 옮기고 난 나머지 부분이 바로 참다운 의미에서의 시라고 말한 적이 있다. 이것을 달리 표현하면 시란 다른 나라 말로는 도저히 번역할 수 없는 것이라는 말이 된다. 물론 정도의 차이는 있지만 산문 형식을 취하는 소설 작품도 이와 크게 다르지 않다. 특히 내용을 전달하는 데 치중하는 작품보다는 그 내용을 전달하는 방법이나 형식을 중시하는 작품의 경우에는 더 더욱 그러하다. 트웨인의 『허클베리 핀의 모험』이 바로 그러한 작품 가운데 하나다. 이 작품에서는 내용에 못지않게 그 내용을 전달하는 방법이 아주 중요하다.

다시 말해서 '무엇'을 말하는가 하는 문제가 중요한 만큼 그것을 '어떻게' 말하는가 하는 것 또한 매우 중요하다. '어 다르고 아 다르다'는 우리 말 속담도 있듯이 같은 말이라고 하더라도 어떻게 말하느냐에 따라 그 의미가 사뭇 달라진다.

『허클베리 핀의 모험』처럼 일인칭 화법에 구어체를 구사하는 고백체 소설은 우리 말로 옮기는 데 훨씬 더 큰 어려움이 따른다. 작가 자신이 "일러두기"라는 글에서 밝히고 있듯이 이 작품에는 미국 남서부 지방의 사투리가 나오고, 그것도 한 사투리가 아니라 여러 갈래의 사투리를 구사하고 있는 것이다. 사투리에서 오는 미묘한 차이를 우리 말로 그대로 옮겨 낸다는 것은 아예 처음부터 불가능한 일이었다. 『심청전』이나 『춘향전』 같은 고전소설을 외국어로 옮겨놓을 때와 마찬가지로 트웨인의 작품의 분위기와 어조를 충실히 전달하는 데에도 한계가 따를 수밖에 없다. 이러한 한계를 조금이라도 극복하기 위하여 충청도 사투리나 호남 사투리와 비슷해 보일지 모르지만 실제로는 어느 특정 지역에 국한되지 않은 사투리를 적절히 사용하려고 노력했다.

사투리에 못지않게 속어나 비어도 이 책을 우리 말로 옮기는 데 큰 걸림돌이 되었다. 속어나 비어는 한 시대를 풍미하는 유행 의상과 같아서 그것이 유행하던 시대의 정신을 잘 반영하지만, 그것이 쓰이던 시대가 지나면 그 의미는 곧 신선한 맛을 잃어버리게 마련이다. 그러나 속어나 비어가 갖는 특성을 고려하여 요즈음 우리 젊은이들 사이에서 유행하는 몇몇 속어나 비어를 구사해 보았다. 어떤 것은 한물 지난 낡은 유행어처럼 생각될는지 모르지만 최근에 유행하는 말들은 될 수 있는 대로 피하려고 했다. 유행어에 둔감한 세대들에게는 자칫 의미 전달을 어렵게 할 가능성이 있기 때문이다.

이 번역판은 1996년 여름, 뉴욕의 랜덤하우스 출판사가 간행한 『허클베리 핀의 모험: 유일한 종합판』을 텍스트로 삼았다. 이 텍스트는 작가의 친필 원고를 기초로 뉴욕 주립 대학(버팔로)의 빅터 A. 도이노 교수가 새로이 편집한 것이다. '유일한 종합판'이라는 부제에 걸맞게 이 텍스트에서 편집자는 작가의 의도를 될 수 있는 대로 충실히 살리려고 노력했다. 편집자는 이미 버팔로 공공도서관에 소장되어 있는 작품의 후반부 친필 원고와, 1990년 10월 로스앤젤러스의 한 저택 다락방에서 우연히 발견한 전반부 친필 원고를 면밀히 대조해 이 종합판 텍스트를 만들었다. 이 새 텍스트에는 작가가 이러저러한 이유로 초판본에 싣지 못한 부분이 모두 실려 있어 '종합판'이라는 꼬리표는 결코 과장이 아니다. 좀 더 학구적인 결정판이 나올 때까지 당분간은 이 책이 그 역할을 떠맡게 될 것이다.

또한 원문 텍스트와 마찬가지로 이 번역판에서도 삽화를 실었다. 이 삽화는 랜덤하우스 출판사에서 처음 넣은 것이 아니고 1883년 영국 초판본과 1884년 미국 초판본부터 실려 있던 것이다. 마크 트웨인은 초판 텍스트를 출간할 때부터 삽화에 깊은 관심을 가지고 있었으며, 《라이프》지의 삽화가로 활약하던 에드워드 W. 켐블에게 삽화를 그리도록 부탁했다. 물론 화가는 작가와 여러 번 상의하여 작품의 내용에 걸맞는 삽화를 그리려고 애를 썼다. 그러므로 이 삽화는 본문의 내용에 못지않게 하부 텍스트로서 자못 중요한 의미를 지니고 있음은 두말할 나위가 없다.

1998년 7월

김욱동

작가 연보

1835년 11월 30일, 미주리주 먼로군의 플로리다 마을에서 치안
판사인 존 마셜 클레멘스와 제인 램프턴의 4남 3녀 중
다섯째로 태어나다. 본명은 새뮤얼 랭혼 클레멘스이고,
마크 트웨인은 필명이다.

1839년 11월, 가족이 미시시피강 서쪽 하니벌로 이주하여 새뮤
얼은 이곳에서 어린 시절을 보내다.

1847년 3월, 아버지를 여의다. 새뮤얼은 학교를 그만두고, 지방의
인쇄소에서 견습 식자공 노릇을 하다.

1848년 지방 신문 《쿠리어》에 식자공으로 취직하여 신문사 일
을 배우다.

1850년 맏형 오라이언이 경영하는 신문사에서 식자공 노릇을
하며 익살스런 글을 발표하기 시작하다.

1852년	5월, 보스턴의 주간 유머 신문《여행 가방》에 「산 사람을 위협한 댄디의 이야기」라는 콩트를 싣다.
1853년	6월, 신문사 일을 그만두고 세인트 루이스, 뉴욕, 필라델피아에서 신문사 견습 기자가 되다.
1857년	오하이오주 신시내티에 머물고 있는 동안 맥팔린이라는 스코틀랜드 사람으로부터 찰스 다윈의 진화론을 듣고 감명받다. 4월, 뉴올리언스에서 남아메리카로 가는 기선을 타고 미시시피강을 따라 내려가던 중 수로 안내인의 훈련을 받다.
1858년	화물선의 수로 안내인 노릇을 하다. 9월, 정식으로 수로 안내인 면허증을 받다.
1861년	남북 전쟁이 일어나 미시시피강 항로가 두절되어 수로 안내인을 그만두다. 6월, 하니벌로 돌아와 민병대에 참가하다. 7월, 네바다주의 서기관으로 있던 형 오라이언의 개인 비서 자격으로 서부로 가다. 이 무렵 여러 지방 신문에 글을 기고하다.
1863년	2월, 처음으로 '마크 트웨인'이라는 필명을 쓰기 시작하다.
1864년	샌프란시스코에서 신문 기자가 되다. 서부에서 활약 중이던 브렛 하트, 아티머스 워드, 오퓨스 카, 호어퀸 미러 등의 문인들과 교제하다.
1866년	3월, 샌드위치 군도(하와이 제도)를 여행하다.
1867년	1월, 서부 생활을 모두 끝내고 뉴욕에 도착하다. 5월, 단편집『캘러베라스 군의 유명한 뜀뛰는 개구리 및 그 밖

의 스케치』를 출간하다. 6월, 특파원 자격으로 유럽 성지 관광 여행단에 끼여 유럽 여행을 떠나다.

1868년   8월, 뉴욕의 엘마이러로 랭던 집안을 방문해 장차 부인 이 될 올리비어를 만나다.

1869년   2월, 랭던 집안의 반대를 무릅쓰고 올리비어와 약혼 하다. 7월, 『순진한 사람의 해외 여행기』를 출간하다. 8월, 뉴욕 주 버팔로의 신문 《익스프레스》를 인수하 다. 10월, 보스턴에서 강연하던 중 《어틀랜틱 몬슬리》 지의 부주필이던 소설가 윌리엄 딘 하월스를 처음 만 나다.

1870년   2월, 올리비어와 결혼하고 버팔로에 정착하다. 11월, 장 남 랭던 클레멘스가 태어나다.

1871년   4월, 《익스프레스》지를 팔고, 뉴욕의 쿼리 팜에 잠시 기거하다. 10월, 커네티컷주의 하트퍼드로 이사하다.

1872년   2월, 서부 여행기 『고난을 딛고』를 출간하다. 3월, 장녀 올리비어 수전이 태어나다. 8월, 영국에 건너가다.

1873년   가족을 데리고 다시 영국에 건너가다. 12월, 찰스 더들 리 워너와 함께 쓴 『도금 시대』를 출간하다.

1874년   6월, 둘째 딸 클레러가 태어나다 9월, 『도금 시대』를 극 화해 뉴욕에서 상연했으나 실패하다.

1875년   1월, 《어틀랜틱 몬슬리》지에 『미시시피강의 생활』을 연 재하기 시작하다.

1876년   12월, 『톰 소여의 모험』을 출간하다.

1878년   4월, 가족과 함께 독일을 여행하다.

1880년	3월, 독일, 이탈리아, 스위스 여행을 기록한 『방랑자의 여행기』를 출간하다. 7월, 셋째 딸 진이 태어나다.
1882년	1월, 『왕자와 거지』를 출간하다.
1883년	5월, 『미시시피강의 생활』을 출간하다.
1884년	12월, 『허클베리 핀의 모험』을 영국과 캐나다에서 출간하다.
1885년	2월, 미국판 『허클베리 핀의 모험』을 출간하다. J. W. 페이지 자동 식자기에 흥미를 갖기 시작하다.
1889년	12월, 『아서왕 궁정의 커네티컷 양키』를 출간하다.
1891년	6월, 하트퍼드의 저택을 처분하고 가족을 데리고 유럽 여행을 떠나다. 자동 식자기의 실패로 큰 경제적 타격을 받다.
1894년	4월, 친척 찰스 L. 웹스터와 함께 경영하던 웹스터 출판사가 도산하다. 『멍텅구리 윌슨』을 출간하다.
1895년	5월, 가족과 함께 귀국하여 빚을 갚기 위하여 세계 일주 강연 여행을 떠나다.
1897년	12월, 강연 여행기 『적도를 따라』를 출간하다.
1900년	6월, 단편 작품집 『해들리버그를 타락시킨 사나이 및 기타 작품』을 출간하다.
1901년	미국 예일대학에서 명예 문학 박사 학위를 받다.
1904년	6월, 아내 올리비어가 사망하다.
1906년	앨버트 B. 페인의 전기 집필 제의를 받아들여 구술하기 시작하다. 6월, 『하와의 일기』, 8월, 『인간이란 무엇인가』를 출간하다.

1907년   6월, 영국 옥스퍼드대학에서 명예 문학 박사 학위를 받다.
1908년   4월 21일, 커네티컷주 레딩에서 사망하다.

세계문학전집 6

허클베리 핀의 모험

1판 1쇄 펴냄 1998년 8월 5일
1판 72쇄 펴냄 2023년 11월 21일

지은이 마크 트웨인
옮긴이 김욱동
발행인 박근섭, 박상준
펴낸곳 (주)민음사

출판등록 1966. 5. 19. (제 16-490호)
서울특별시 강남구 도산대로1길 62(신사동) 강남출판문화센터 5층 (우편번호 06027)
대표전화 02-515-2000 팩시밀리 02-515-2007
www.minumsa.com

ISBN 978-89-374-6006-7 04800
ISBN 978-89-374-6000-5 (세트)

* 잘못 만들어진 책은 구입처에서 교환해 드립니다.

민음사 세계문학전집

세계문학전집 목록

세계문학전집은 계속 간행됩니다.